上古　　Ancient Chinese Mythology　　㊤　钟毓龙
神话演义　　　　　　　　　　　　　　　　　著

人民文学出版社

图书在版编目（CIP）数据

上古神话演义：上中下/钟毓龙著.—北京：人民文学出版社，2023（2024.7重印）
ISBN 978-7-02-017940-4

I.①上… II.①钟… III.①神话—作品集—中国 IV.①I277.5

中国国家版本馆 CIP 数据核字（2023）第 057931 号

责任编辑　曾雪梅
装帧设计　陶　雷
责任印制　张　娜

出版发行　人民文学出版社
社　　址　北京市朝内大街 166 号
邮政编码　100705

印　　刷　三河市鑫金马印装有限公司
经　　销　全国新华书店等

字　　数　1154 千字
开　　本　890 毫米×1290 毫米　1/32
印　　张　47.375　插页 6
印　　数　3001—6000
版　　次　2023 年 10 月北京第 1 版
印　　次　2024 年 7 月第 2 次印刷

书　　号　978-7-02-017940-4
定　　价　199.00 元（全三册）

如有印装质量问题，请与本社图书销售中心调换。电话：010-65233595

出 版 说 明

《上古神话演义》创作于二十世纪三十年代,是一部为当时中小学生讲述中国上古神话及传说的课外通俗读物。作者钟毓龙先生历经十年笔耕不辍,参考整合如《禹贡》《山海经》等约五百部中国经典古籍,集从开天辟地到大禹治水这段时期上古神话之大成,完成总计一百六十回百万余字的作品。此次出版,我们将其分成上中下三个部分,充分尊重作者写作风格,文字内容尽量保持原样。为了方便今天读者阅读,我们只是针对一些和现在用法不一致的词语,以及不符合当前行政区划的地名,做了必要的修改与调整。

人民文学出版社编辑部
2023 年 5 月

编著例言

一　本书人名地名及事迹,皆有所本,不敢臆造。

一　地名之有可考者,并注明今地名,以便参考。

一　古人之年龄世系,最为难明。本书于此,但据一家之言,不复多所考证。谬误疏失,谅所难免。

一　本书取材时,一事两说,有歧异矛盾者,可兼用则委曲并存之,否则便舍去其一。

一　洪水来源及黄河有无两问题,纯系笔者个人之理想,亦即此书着手之动机。其说能否成立,亟盼当世大雅之教正。

一　本书纪事纪言,大都代表古人,为四千年以前之人着想。其举动见解,作如是观。读者当以历史的眼光衡量之。

一　小说以新奇为尚。此书多涉考古,未免声稀味淡。故中间加以议论穿插,俾作波澜,以增兴趣。

一　近来中小学生,苦无良好之课外读物,此点亦为本书编著动机之一。事必有据,辞必求达,下笔时再三斟酌,庶青年读此,于史地方面可以资印证,于国文方面可以资启发。

一　章回小说之回目例用偶句,但对仗之工整易,内容之赅括难。与其买椟还珠,毋宁据事直书,俾得一目了然。是以本书回目,专在标举内容,不拘形式。

叙　言

民国十三年春,余承乏宗文中学校务,兼任安定中学讲席。课余之暇,朋侪纵谈上下今古。校长陈君柏园谓吾国夏禹治水为千古第一伟绩,史无专书详载其事,未免缺憾,因顾余曰:"子多稽古而喜治史,岂有意乎?"余自惭谫陋,而心韪其说。退则陈箧发书,从事稽考,其有关系者则摘录之。故除《禹贡》一书外,其余多单词只句,无系统之可言,甚者乃类于神话。太史公所谓"文不雅驯"者是。即《禹贡》所载导水导山等,亦第就功成后综叙大略而言之,简括已甚。至于洪水之来源,当时之地形,与夫当初入手之计划,设施之次第,及疏凿之方法,皆所不详。生乎四千年后,追叙四千年前之事迹,佐证既少,戛戛其难。后阅暨阳蒋孟洁先生瑞藻所著《小说考证》,谓清代嘉、道时山阴沈藤友嘉然曾撰夏禹治水小说,大率以《禹贡》为纲,而以《山海经》《岳渎经》《真仙通鉴》诸书附会而成,书凡六十卷、百二十回。惜稿未梓行,舟覆沦于水。余思夏禹治水,八年于外,迹历九州,大山之开凿,名川之疏浚,都凡数十。当时交通未便,器械未精,何以及此?后世疑为神助,谥为神禹,夫岂无因!故此等不雅驯之说,岂足据为信史?而揣测臆造之谈,又岂可呈诸大雅?无已,惟有如沈先生之法,托诸小说,以抒我个人之理想而已。校务殷繁，有志未暇。其年秋，江浙战事起，风鹤惊心，弦诵辍响，忧焦徬徨，无可为计，乃始着手下笔以自遣。其初，范围原拟仅限于治水。顾既已小说矣，所撷拾新奇可喜之资料未忍舍弃，则益旁搜博采，以期综集上古神话之大成。战事既终，校务又迫，作辍靡恒，甚者或累月不一执笔。柏园屡督促，无以应也。余妻高时馨助余搜集，致力良勤。老友陈荫轩亦时有以见诒。荏苒八年，大致粗就。迻写增损，又历二年，乃得脱稿，而柏园之墓已有宿草，荫轩之墓木且拱，竟不获就之一正是非。回首前尘，曷禁腹痛！

民国二十三年一月，杭县钟毓龙自叙。

目　次

上古神话演义·上

第 一 回　历史上一治一乱之原因　地球之毁坏及开辟　　　-3-

第 二 回　少昊氏生于穷桑之历史　帝喾辅佐颛顼

　　　　　帝喾即天子位　帝喾四妃之历史

　　　　　盘瓠降生之历史　　　　　　　　　　　　　　 -8-

第 三 回　共工氏称霸九州　伏羲氏、女娲氏定嫁娶之礼

　　　　　女娲氏抟土为人　　　　　　　　　　　　　　-16-

第 四 回　女娲氏炼石补天　诛戮康回

　　　　　共工氏重霸九州　后土为社神　　　　　　　　-24-

第 五 回　共工氏与颛顼氏争天下　羿论射法

　　　　　共工氏触不周山而亡　　　　　　　　　　　　-33-

第 六 回　帝喾平定共工氏　庚寅日诛重黎

　　　　　帝喾出巡　姜嫄游閟宫履帝武敏歆

　　　　　帝喾上恒山戮诸怀　帝喾浴温泉　　　　　　　-43-

第 七 回　后稷初生遭三弃　帝喾巡狩西北　　　　　　　-53-

第 八 回　浴玄池简狄吞燕卵　稷泽玉膏　　　　　　　　-61-

第 九 回　赟山遇泰逢喜神　姮娥窃药奔月之历史　　　　-69-

— 1 —

第 十 回	简狄剖胸而生篱　熊泉之役	
	帝喾挈女南巡	-76-
第十一回	山膏骂人,兽能人言　黄帝与蚩尤战争之历史	-86-
第十二回	黄帝战败蚩尤之历史　黄帝成仙之原因	-96-
第十三回	丰山之异物　马头娘之历史	
	房王纵兵虐民	-106-
第十四回	房王作乱围帝喾	
	帝喾悬赏购房王及吴将军之头	
	盘瓠咬死房王及吴将军	-115-
第十五回	司衡羿率逢蒙将兵来救	
	盘瓠负帝女逃入深山	-124-
第十六回	帝喾入深山寻帝女阻于云雾	
	陈锋握衷逝世　唐尧降生,育于母家	-131-
第十七回	唐尧降生之历史　丹邱国贡玛瑙瓮	
	咸黑、有倕作乐	-141-
第十八回	盘瓠逸去,帝女归来　帝喾至东海访柏昭	-151-
第十九回	帝喾纳羲和国女为妃　盘瓠子女到亳都	-160-
第 二十 回	赤松子之历史　师延之历史	
	凤凰之情形	-168-
第二十一回	赤松子治病　帝喾至青城山访道	
	天皇之历史	-175-
第二十二回	帝喾至钟山访九天真王　舟人授书	
	帝喾悟道	-184-
第二十三回	帝女、常仪先后逝世　盘瓠子孙东西分封	
	帝喾议立嗣子	-192-
第二十四回	占卜之方法　帝喾立挚为嗣子	

	封禅泰山　留厌越于紫蒙之野	-201-
第二十五回	帝喾尸解　帝挚即位	
	三凶绰号之由来　众老臣谋去三凶	
	三凶蛊惑帝挚　三苗绰号之由来	-210-
第二十六回	帝尧出封于陶　众老臣辞职	
	三凶当朝　孔壬至西方收服相柳	-219-
第二十七回	驩兜求帝挚封国南方	
	狐功设计残民蛊民愚民	-229-
第二十八回	尧改封于唐　羿往少咸山杀猰貐	-238-
第二十九回	巫咸弟子辅佐三苗　巫术之情形	
	羿往桑林杀封豕	-247-
第 三 十 回	羿杀九婴,取雄黄　羿往洞庭之野屠巴蛇	-257-
第三十一回	羿往寿华之野杀凿齿　帝挚下诏禅位唐尧	
	三苗建国于南方	-266-
第三十二回	唐尧居母丧　务成子论风	
	羿缴大风于青邱之野	-275-
第三十三回	唐尧践位,定都平阳　命官分职	
	蓂荚生阶　皋陶感生之历史	-283-
第三十四回	帝尧田猎讲武　鸿超被鸟射伤其目	-291-
第三十五回	祝由科之方法　巫咸以鸿术为尧医	
	越裳氏来献神龟　开天辟地以后之历史	-299-
第三十六回	帝尧东巡　樗蒲之起源	
	帝尧初见皋陶	-310-
第三十七回	厌越述紫蒙风土　阏伯、实沈兄弟参商	-318-
第三十八回	帝尧遇赤将子舆　植物有知觉	-327-
第三十九回	帝尧以宝露赐群臣　大司农筹备蜡祭	

— 3 —

　　　　　　　帝尧遇钱铿　屈轶生于庭　　　　　　　-334-

第四十回　帝尧师事尹寿　尹寿称许由等四贤
　　　　　玛瑙瓮迁入平阳　指佞草之奇异　　　　-343-

第四十一回　麒麟之情形　五星坠地
　　　　　　尹寿说天文　羿与逢蒙较射　　　　　-349-

第四十二回　尧访许由于箕山及沛泽　长淮水怪
　　　　　　三江之形势　文身风俗之情形　　　　-358-

第四十三回　各方奇异之风俗　帝尧见许由
　　　　　　黄帝问道于广成子　胎息之法　　　　-365-

第四十四回　帝尧游黟山　黟山之风景　　　　　　-372-

第四十五回　黟山之风景　帝尧遇金道华
　　　　　　兰之可贵　　　　　　　　　　　　　-381-

第四十六回　缙云山黄帝修道　太姥山老母成仙
　　　　　　迷信之谬　海神救人之情形
　　　　　　洪厓仙人漏泄天机　　　　　　　　　-391-

第四十七回　三苗狐功设计害帝尧　帝尧严责三苗　-400-

第四十八回　自由恋爱男女同川而浴
　　　　　　帝尧君臣中蛊　瘴气之情形　　　　　-408-

第四十九回　养蛊之情形　苗民跳月之情形
　　　　　　苗民夫妇之情形　　　　　　　　　　-417-

第五十回　盘瓠子孙之状况　人化异物
　　　　　帝尧师事善卷　帝尧灭西夏国
　　　　　尧杀长子　尧见四子　　　　　　　　　-427-

— 4 —

上古神话演义・中

第五十一回　羿射十日　羿与姮娥相见
　　　　　　渠搜国来朝　　　　　　　　　　　　　-439-

第五十二回　洪水来源之理想　黄河成因之理想
　　　　　　黄河命名之理想　　　　　　　　　　-449-

第五十三回　共工受命治河　尧让天下于许由
　　　　　　偓佺以松子遗尧　獬豸出现
　　　　　　皋陶得喑疾　稷为尧使西见王母　　　-458-

第五十四回　冯夷服水仙得仙　羿射河伯中左目
　　　　　　羿猎得大兔　逢蒙杀羿　　　　　　　-466-

第五十五回　青鸟使迎迓大司农　西王母性喜樗蒲
　　　　　　神仙与世人不同之情形　东王公之历史　-476-

第五十六回　昆仑山希有大鸟　昆仑山风景
　　　　　　西王母瑶池宴客　　　　　　　　　　-486-

第五十七回　大司农归平阳　帝尧与南蛮战于丹水之浦
　　　　　　驩兜三苗降伏　　　　　　　　　　　-496-

第五十八回　尧让天下于巢父　尧以许由为九州长
　　　　　　巢父洗耳许由作歌　焦侥国来朝
　　　　　　短小人　焦侥国情形　　　　　　　　-506-

第五十九回　海人献冰蚕茧　员峤山风景
　　　　　　尧教子朱围棋　　　　　　　　　　　-515-

第六十回　　尧比神农　华封三祝
　　　　　　柏成子高论劫数　　　　　　　　　　-524-

第六十一回　帝尧开凿尧门山　张果老为尧侍中

	蛮蛮鸟出现	-533-
第六十二回	帝尧训大夏讨渠搜　帝尧缔交狐不谐	
	尧到西海　贯月槎见神仙	-541-
第六十三回	彭祖祈年　帝尧北巡狩	
	獂鸎之状况　赤将子舆仙去	
	帝尧师尹蒲子　康衢老人击壤	
	帝尧欲让位于子州支父	-550-
第六十四回	舜生于诸冯　舜不得于亲	
	务成子教舜	-560-
第六十五回	仓颉佉卢梵三人造字　舜小杖则受大杖则走	
	舜兄得狂疾	-569-
第六十六回	务成跗论诸弟子品格　舜初耕历山	
	舜教其弟象　舜被逐出门	-578-
第六十七回	秦不虚东不訾赠舜行　舜耕第二历山	
	舜交灵甫　舜二次被逐	-587-
第六十八回	舜订交方回　治目疾之法	
	舜师尹寿　舜师蒲衣子	-597-
第六十九回	舜耕第三历山　象耕鸟耘	
	舜耕第四历山第五历山　雒陶伯阳万里访舜	
	舜耕第六历山	-606-
第七十回	舜三次被逐　作什器于寿邱	
	舜交续牙　舜四次被逐	
	学琴于纪后　舜友石户之农	-617-
第七十一回	舜耕第七历山　以德化人	
	舜遇隤敳　舜贩于顿邱	
	迁于负夏　师事许由	

— 6 —

	交北人无择	-625-
第七十二回	历山成都舜号都君　号泣于旻天而作歌	
	三足乌集庭　渔雷泽交皋陶	
	元恺大会集	-635-
第七十三回	帝子朱慢游是好　夸父臣帝子朱	
	罔水行舟	-644-
第七十四回	帝尧使大司农放子朱于丹渊　迁都太原	
	伊献献图　水逆行之理想	
	共工免职　四岳举鲧	-652-
第七十五回	石纽村神禹圻背生　鲧受命治水	
	窃帝之息壤	-661-
第七十六回	禹师墨如　禹师郁华子	
	禹受学于西王国　鲧作九仞之城	-671-
第七十七回	舜以陶器化东夷　仰延论瑟	
	舜耕第八历山　渔于濩泽	
	陶于河滨　舜与禹相遇	-681-
第七十八回	帝尧一日遇十瑞　祗支国贡重明鸟	
	帝尧梦长人与之论治　四岳举舜	-690-
第七十九回	舜渔雷泽　耕第九历山	
	梦击鼓　得玉版受历数	
	梦眉与发齐　帝尧相攸	
	舜不告而娶	-699-
第八十回	帝尧降二女于沩汭　舜率二女归觐父母	-708-
第八十一回	舜尚见帝,帝馆甥于贰室　舜与尧问答	
	尧赐舜雕弓、干戈、昭华玉　舜琴尧加	
	瞽叟使舜完廪、浚井	-718-

— 7 —

第八十二回　象日以杀舜为事　二女与舜药浴

　　　舜为司徒，举八元八恺　荐皋陶为士师

　　　七友逃舜　　　　　　　　　　　　　　　-729-

第八十三回　尧以舜为耳目　宾于四门

　　　纳于大麓，烈风雷雨不迷，虎狼蝮蛇不害

　　　命舜摄位，三凶不服　　　　　　　　　-738-

第八十四回　鲧湮洪水　鲧遁至羽山

　　　帝尧命祝融殛鲧，副之以吴刀　鲧化黄熊入羽渊

　　　舜举禹治水　　　　　　　　　　　　　-747-

第八十五回　禹梦乘身从月中过　月中之状况

　　　禹师大成挚　　　　　　　　　　　　　-757-

第八十六回　恒山神澄渭淳见禹　禹初过桐柏山，风雷震惊

　　　禹得宛委山藏书　禹梦洗河

　　　禹遇云华夫人　　　　　　　　　　　　-767-

第八十七回　云华夫人授禹敕召鬼神之书，并遣天将为助

　　　禹入都就职伯益、水平佐禹

　　　帝尧郊祭，神响发座上　　　　　　　　-777-

第八十八回　舜受终于文祖，赤凤来仪　在璇玑玉衡以齐七政

　　　务成昭戒舜　禹治水之计划

　　　禹乘四载　禹治碣石，召东海神阿明　　-786-

第八十九回　黄魔、大翳大战罔象、天吴

　　　南极紫玄夫人荐举禹虢　降伏罔象、天吴

　　　应龙佐禹治水　　　　　　　　　　　　-796-

第 九 十 回　天地十四将大战　庚辰到非想非非想处天

　　　西城王君收服七地将并授禹仙箓

　　　王屋山洞之情形　　　　　　　　　　　-806-

— 8 —

第九十一回　平逢山群蜂为患　玉卮娘降伏骄虫

　　　　　　明视佐禹治水　禹以身解于阳盱之河

　　　　　　风后教禹　　　　　　　　　　　　　　-815-

第九十二回　九河既道　凿砥柱山以显中国之道德

　　　　　　华山神浩郁狩见禹　云华夫人为云为雨

　　　　　　群仙集华山　　　　　　　　　　　　-825-

第九十三回　巨灵擘太华　龙伯国大人钓六鳌

　　　　　　济水之命名　肥蠖出见

　　　　　　伯益作《山海经》　　　　　　　　　-834-

第九十四回　逆河中鱼妖为患

　　　　　　伯益作井而龙登玄云,神栖昆仑

　　　　　　铁索锁鱼妖　玄龟负泥封印山川　　　-843-

第九十五回　禹凿龙门　禹入龙门穴

　　　　　　八威之神　伏羲氏赐禹玉简　　　　　-852-

第九十六回　河伯夫妇宴禹于河上　冀州水患平

　　　　　　相柳毒害人民　　　　　　　　　　　-862-

第九十七回　禹被困于相柳　日中五帝诛灭相柳　　-872-

第九十八回　黄蛇守护共工台　孔壬被逮

　　　　　　皋陶喑而为大理　皋陶日杀之三,尧曰宥之三

　　　　　　流共工于幽州　　　　　　　　　　　-882-

第九十九回　导河积石得延喜玉　女床闻鸾鸟鸣

　　　　　　西王母赐轩辕镜除神魃　少昊帝护穷奇

　　　　　　鸟鼠同穴　　　　　　　　　　　　　-892-

第一百回　　青要山遇神武罗　天地将除妖蛇

　　　　　　洛出神龟,锡禹洪范九畴　禹辟伊阙

　　　　　　禹铸铁牛　鲤鱼跳龙门　　　　　　　-902-

— 9 —

上古神话演义·下

第一百〇一回　济水三伏三见　禹遇后夔、伯夷
　　　　　　　泰山神圆常龙华谒禹　天地将斩朱獳　　-915-

第一百〇二回　天地将除妖鸟　嵎夷九族朝禹
　　　　　　　禹等遇疫　　　　　　　　　　　　　-925-

第一百〇三回　聚窟洲返魂香　划除蜚兽
　　　　　　　青州水患平　　　　　　　　　　　　-935-

第一百〇四回　九尾白狐向禹提亲　禹再过桐柏山，风雷震惊
　　　　　　　霍山、潜山两储君骑龙迎禹　巫支祁之历史　-945-

第一百〇五回　禹娶于涂山　巫支祁袭禹
　　　　　　　囚鸿濛氏　辛壬癸甲，禹出治水　　　　-954-

第一百〇六回　牛渚燃犀　禹三过桐柏山，风雷震惊
　　　　　　　禹召万神共战巫支祁　伯益受伤　奔云伏诛
　　　　　　　全州兵书峡　　　　　　　　　　　　-964-

第一百〇七回　庚辰锁巫支祁　禹过门不入
　　　　　　　淮水治平　禹凿辕辕化为熊
　　　　　　　女攸化石，石破而生启　　　　　　　-974-

第一百〇八回　钹耳、贯胸之民来献珠鳖　产珠之动物
　　　　　　　两虹龙夹禹舟　禹牵笮号山
　　　　　　　禹二次过门不入　　　　　　　　　　-983-

第一百〇九回　水平王震泽为神　禹遇善卷
　　　　　　　禹入三苗国　繇余、黄魔奉使三苗　　　-993-

第一百十回　　禹破灭三苗　驩兜远窜南海
　　　　　　　苗民反侧难驯　禹修彭蠡之防

— 10 —

　　　　　　　　禹勒石纪功　彭蠡古地理之理想

　　　　　　　　三苗之民远窜三危　　　　　　　　　　-1003-

第一百十一回　嚣围、计蒙误会冲突　云林宫右英夫人解围　-1013-

第一百十二回　四川地势之理想　黄魔凿黄牛峡

　　　　　　　　古今中外葬法之不同　禹凿巴山峡

　　　　　　　　巫山之猿　　　　　　　　　　　　　-1022-

第一百十三回　禹治云梦　衡山神丹灵峙泰迎禹

　　　　　　　　掘昆仑之息土以治洪水　禹三次过门不入

　　　　　　　　涂山氏望夫　禹伐曹、魏、屈、骜四国　-1031-

第一百十四回　天将驱除狍狼　禹责梓神

　　　　　　　　禹二次遇疫　　　　　　　　　　　-1040-

第一百十五回　方相氏驱疫　蔡蒙旅平，和夷底绩

　　　　　　　　禹导沱江上岷山　云梦泽禹遇神女　　-1050-

第一百十六回　禹作岣嵝碑　禹得玉版金简

　　　　　　　　刻石大孤山　禹上会稽山作歌

　　　　　　　　禹植柏于大别山　禹三次遇疫

　　　　　　　　神农氏传授避疫方　　　　　　　　-1059-

第一百十七回　禹诛疫兽　嶓冢导漾

　　　　　　　　禹治黑水以铁桩镇海眼　弱水中窫窳为患　-1069-

第一百十八回　天上革命　刑天氏与帝争神

　　　　　　　　太真夫人除窫窳　　　　　　　　　-1078-

第一百十九回　杀三苗于三危　河精献河图

　　　　　　　　舜颁五瑞于群后　同律度量衡

　　　　　　　　五载一巡狩　尧与舜至首山观河　　-1086-

第一百二十回　舜舐瞽叟目复明　五老游河，告河图将来

　　　　　　　　龙马献图　凤凰献图

— 11 —

	尧作《握河记》 命质作乐	-1097-
第一百二十一回	禹出巡海外 郭支为禹御龙	
	禹荐董父 应龙杀旱魃	-1106-
第一百二十二回	禹至柔利国 应龙杀夸父	
	夸父逐日 应龙遁居南方	
	禹遍历北方诸国 禹迷途至终北国	-1116-
第一百二十三回	终北国之情形 禹至无继国	-1125-
第一百二十四回	钟山烛龙 禹至跂踵、无肠、拘缨等国	
	禹收九凤、强梁 冰中䶅鼠	
	禹至北海禺强之所	
	禹至聂耳、大行伯、大人等国 禹至肃慎国	-1135-
第一百二十五回	鲲鹏变化 禹至劳民、毛民、玄股等国	
	禹遇雨师妾 驾鼋鼍以为梁	-1145-
第一百二十六回	禹到榑木 扶桑国之情形	
	禹到黑齿、青邱、君子等国 君子国之情形	-1154-
第一百二十七回	禹逢巨蟹 海若助除妖 禹到虹虹国	-1163-
第一百二十八回	禹到小人、大人等国 南海君祝赤见禹	
	禹到长臂国 禹到有緘山遇緘	-1172-
第一百二十九回	䰠逸廖救緘疫 禹到歧舌、百虑、白民等国	
	禹到沸水山	-1182-
第一百三十回	禹受困于枫林 南海君杀祖状之尸	
	禹到裸国	-1192-
第一百三十一回	禹到寿麻、枭阳、穿胸、身毒等国	
	埃及国之理想 宛渠国螺舟	-1202-
第一百三十二回	禹到长脚、扶卢、女子、轩辕、丈夫等国	-1212-
第一百三十三回	禹拟配合丈夫、女子二国	

— 12 —

　　　　　　　夏耕尸为患　西海神率禹避难

　　　　　　　刑天氏之结果　禹见屏蓬兽　　　　　　-1223-

第一百三十四回　禹配合二国失败　禹到淑士国

　　　　　　　禹凿方山　　　　　　　　　　　　　-1232-

第一百三十五回　禹到三身国　禹到奇肱国试飞车

　　　　　　　禹到一臂国　青鸟使迎禹

　　　　　　　槐山遇老童　　　　　　　　　　　　-1242-

第一百三十六回　禹乘跻车到蓬莱　蓬莱山之情形

　　　　　　　禹到钟山觐天帝　天上之情形

　　　　　　　禹到昆仑住黄帝之宫　禹见西王母　　-1251-

第一百三十七回　群仙大会庆成功　说梦

　　　　　　　禹游昆仑　　　　　　　　　　　　　-1261-

第一百三十八回　老童偕伯益等游山　禹结束危神

　　　　　　　尧沉璧于洛　禹觐尧告成功

　　　　　　　繇余受封　　　　　　　　　　　　　-1270-

第一百三十九回　尧作大章乐　皋陶作象刑

　　　　　　　分九州为十二州　大封群臣

　　　　　　　尧居于城阳　　　　　　　　　　　　-1279-

第一百四十回　董父豢龙于夏泽　尧作龟书

　　　　　　　尧崩,葬于谷林　舜避丹朱

　　　　　　　舜遇晏龙　　　　　　　　　　　　　-1288-

第一百四十一回　舜重到会稽　百官迎舜

　　　　　　　舜即位,分命百官　定都于蒲坂　　　-1297-

第一百四十二回　封弟象于有庳　设立学校

　　　　　　　以玉女妻伯益　养老尊师

　　　　　　　西王母献益地图　　　　　　　　　　-1306-

— 13 —

第一百四十三回	大司稷逝世　渠搜国献裘	
	南浔国贡毛龙,豢龙　鴃首画扇	
	舜作南风歌　舜作衣裳	-1316-
第一百四十四回	孝养国来朝　夔作乐	
	改封丹朱	-1325-
第一百四十五回	奏韶乐,舞百兽　郊天,以丹朱为尸	
	舜有卑父之谤	-1334-
第一百四十六回	舜巡狩审乐　石户之农逃舜入海	
	舜三到会稽　舜到武夷山	
	盘瓠之结束　彭祖修道之法	-1343-
第一百四十七回	舜遇元秀真人　舜南巡奏韶乐	
	善卷逃舜入深山　北人无择逃舜,自投清泠之渊	
	舜让天下于子州支父	-1354-
第一百四十八回	舜西教六戎　舜北巡狩,恒山飞石	
	瞽叟夫妇逝世　西王母来朝	-1364-
第一百四十九回	蒲衣逃舜　舜问于丞	
	舜作卿云歌　黄龙负图出河	
	说彗星	-1374-
第一百五十回	入学用万　息慎氏来朝	
	大颒国来朝　孟亏养鸟兽	-1383-
第一百五十一回	封子义均于商　命禹摄位	
	禹复九州　禹征有苗	
	舞干羽,有苗格　玄都氏来朝	-1392-
第一百五十二回	舜封泰山,禅云云　舜居鸣条	
	舜南巡,迁宝瓮于衡山　舜遇何侯,仙去	-1402-
第一百五十三回	二女奔丧,血泪染竹　方回凭吊舜坟	

	二女溺水作湘神	-1411-
第一百五十四回	启结交天下贤士　禹避商均	
	禹即天子位	-1420-
第一百五十五回	颁夏时于万国　作贡法	
	土地国有,平均地权	-1428-
第一百五十六回	改封丹朱、商均　养老求言	
	跌蹄出见　作乐、作雕俎而群臣谏　薄丧礼	-1438-
第一百五十七回	大雨水灾　柏成子高逃禹	
	仪狄作酒　禹恶旨酒而作戒	
	作肉刑　孟涂代皋陶为士师	
	郊鲧而诸侯不服	-1447-
第一百五十八回	禹作城郭　会诸侯于涂山	
	海神朝禹　禹铸九鼎	
	黄龙夹舟　桑林祷雨	
	下车泣罪	-1457-
第一百五十九回	禹让天下于奇子　东里槐责禹	
	天雨金、雨粟　禹藏书于各处	-1466-
第一百六十回	禹会诸侯于会稽山,戮防风氏　禹尸解仙去	
	防风氏臣报仇　启即天子位	
	灭有扈国	-1475-

— 15 —

上古神话演义·上

第一回

历史上一治一乱之原因　地球之毁坏及开辟

我这部书,是叙述上古神话的。但是,我要叙述上古史的神话,先要将天上的情形报告一番。天是无所不包的,但是综合起来,不过"阴、阳"两个字。日间就是阳,夜间就是阴。和暖而带生气的就是阳,寒冷而带杀气的就是阴。所以天上的神祇,亦分两类,一派是阳神,一派是阴神。阳神的主张是创造地球,滋生万物,而尤其注意的,是人类的乐利安全。阴神的主张,是破坏地球,毁灭万物,而尤其痛恶的,是我们人类,定要使人类灭绝而后快。这两派如水与火,如冰与炭,绝对不相容,常常在那里大起冲突。自无始以来一直到现在,那冲突没有断绝过。阳神一派,是以西王母为首领,而其他日月星辰之中大部分神祇都肯帮助她。阴神一派,是以一位不著名的魔神为首领(后来叫作刑天氏),而夏耕、祖状、黄姖、女丑种种魔神以及其他星辰中之一部都肯帮助他。那一位号称至高无上的皇矣上帝,只能依违于两派之间。虽则他的倾向常偏于阳神一派,但是因为天道不能有阳而无阴、人间不能有昼而无夜、生物不能有生而无死、万事不能有成而无毁的缘故,对于阴神一派亦竟奈何他们不得。所以人世间自有历史以来,一治一乱,总是相因的。阳神派得势,派遣他手下许多善神下降人世,将天下治理得太平了。那阴神一派气不过,一定要派遣他手下的魔神下降人世,将天下搅扰得鸡犬不宁,十死八九。然后,那阳神一派看不过,再派遣手下的善神下降,再来整理。到得整理一好,那阴神一派又要派遣魔星下降了。所以遇到浊乱的时世,我们眼看见那些穷凶极恶的人执国秉政,虐待人民,无法无天,又看见那些善良的人民被压制于虐政之下,任凭他们宰割,甚至身家不保,饮泣沉冤,大家都要怨上天之不公,骂上帝之昏聩。其实不必骂,不必怨,要知道天上亦正在那里大起冲突呢!恶神正得势而善神已退处于无权呢!这就是所谓天上之情形了。

我这部书,演说上古史的神话,原想专说夏禹王治水一段故事。但是,既然叫史,必定有一个来源;要说明这个来源,不能不从开天辟地说起。天何以要开,地何以要辟呢?原来我们所住的地球,亦和我们人类一样,有生有死。不过地球的死,不必一定是地球全体的毁坏,只要是住在地球上的生物统统死了,那便是地球死了。这样大一个地球,哪个能够弄它死?当然是阴神一派的魔力。开天辟地,就是地球的死而复生。哪个能够使它复生?当然是阳神一派的能力。我要叙述天地的开辟,不能不先述地球之毁坏。地球毁坏之方法大约有十种:

一种是使人类饥死。地球之上,本来是水多陆少。陆地高出于水面以上的就是山,山的斜坡,就是人类生存栖息之地。但是,山石突出于空气之中,经受燥湿冷热的剥蚀,渐渐碎为细粉,随着雨水之力而冲下,由溪入河,由河入海,将海底填平,海水渐渐上泛。久而久之,高山削平平地,尽成为水,那时人类栖息无从,畜牧种植也无地可施,岂不是要饥死!

一种是使人类溺死。南北两半球季候不同,北半球秋冬两季,共得一百七十九日,南半球秋冬两季,共得一百八十六日,计算每年差七日。南半球寒气既多,那么南冰洋的冰当然渐积渐多,北冰洋的冰当然愈融愈少。经过一万零五百年之后,南冰洋的冰因为多而难化,北冰洋的冰因为少而易融,地球的重心必定因此而移动。假使到了北极最热、南极最冷的时候,地球的重心一变,北方重而南方轻,地面的水将从南方倾注北方,全球淹没,人类岂不是要溺死!

一种是使人类轰死。天空之中,每隔多少年,必定有大的扫帚星出现。久而久之,难保它不和地球相撞。即使不撞着它的星体,而仅仅撞着它的星尾,但是它的星尾系热气聚合而成,倘若和地面的空气匀合,势必爆裂,那么可将地球击成齑粉,而人类统统轰死。

一种是使人类毒死。如上条所说,地球和扫帚星之尾相撞,即使不轰死,但是扫帚星上的那股恶气非常难堪,人类既然受到它的恶气,终究必受毒而死。

一种是使人类热死。天空之中有极薄极细的一种气质,能够阻碍地球的运行,使它迟缓。既然迟缓,那么它对于太阳的离心力就不免减小。但是,太阳的吸力和地球自身的吸力是仍旧不变的。照此情形,久而久之,地球环绕太阳之轨道必成为螺丝形,与太阳愈接愈近。到那时势必寒带也变为热带,而温热两带更不能居住,人类已统统热死了。

一种是使人类闷死。地球的里面,纯是土和岩石,这两种都有吸水的能力。假使土石将地面的水逐渐吸收进去,海洋里面的水涓滴不存,那时候的空气亦必稀薄异常,以至于完全消灭,人类岂不是早已闷死!

一种是使人类焚死。天空中的恒星,常有忽发大光。经过多日之久,大光渐渐消灭,那颗恒星从此就不复再见,想来是销毁了。我们这颗太阳,亦是恒星之一。假使太阳忽然焚毁,那时候地球上面所受到的光热,必定要增加到几千万倍,人类岂不是都要焚死!

即使不焚死,而太阳既然焚毁之后,地球上光热全无,亦都要冻死。

一种是使人类冻死。太阳能够发光和生热,亦全靠物质燃烧的缘故。假使这种燃烧的物料渐渐用尽,那么它的光热亦必逐渐减少。太阳面上的斑点一日增多一日,那喷火口一日减少一日,它的光渐渐变为金色,再变为黄色,再变为赤色。地球上面的陆地日多,海洋日少,寒气日多,热气日少岂不是人类都要冻死!

一种是使人类挤死。地球的里面,日日在那里冷起来。冷极了一定收缩,收缩极了,一定豁裂。近年以来,山崩地震,往往有裂开大缝、陷落人物之事,就是这种表显的现象。照此下去,人住在地面上,未免觉得不稳,只好穴地洞或山洞而居。但是年久之后,大洞亦因为收缩而堵塞,所以人类必至于挤死。

一种是使人类震死。如上条所说,地球既然因冷缩而豁裂,那个时候,人类即使有能力另设一法,仍旧居住地面,以避开那地球豁裂之处,但那裂缝逐年加大,大体分崩,势必将地球分为数块。到那时,这几大块之中,即使还有人类居住,或者还有空气,但在空中乱行,已无轨道,愈行愈远,势必与其他星体相撞,而统统震死。

以上是地球的十种死法。在我们以前的那个地球,它是怎样死的,虽然不得而知,但是有死必有生。以前的地球既然死去,那么现在的新地球,当然急急应该创立,这个纯然是阳神一派得占优势的缘故了。

开天辟地的时候,怎样能够使那个已死之地球重新建设起来?已经死尽的人类,怎样能够使他们滋生起来?当然是"神"的能力,决不是"人"的能力。所以那个首出御世的盘古氏,以及后来的天皇氏、地皇氏、人皇氏等等,以理推想起来,一定就是所谓阳神一派的神祇。既然是神祇,所以有移山倒海的能力,所以有旋乾转坤的本领。以古书考起来,当初毁坏地球的,是阴神一派中之混沌氏。阳神一派中之盘古氏要想开天辟地,少不得和混沌氏大战。也不知费了多少气力,方才将混沌氏打倒,立即将他的尸体解剖起来,拿了他的肉补充从前损失的土,拿了他的骨补充从前毁坏的石,拿了他的血液补充从前消耗了的水,又拿他的肢节竖起来,恢复从前崩坏的山岳,又拿他的肠胃铺起来,恢复从前湮没的江河,又慢慢地滋长万物,诞生人类。这种奇妙灵怪的事迹,一时也说不尽,即使说也说不相像。总而言之,从盘古氏起,一直到有巢氏以前,都是阳神一派的神祇直接到下界来,排除百难,扶植人类的时期。自从有巢氏、燧人氏以后,人类的滋长渐渐地发达了,知道构木为巢以避猛兽了,知道钻木取火以烹饮食了,知道剥取禽兽的羽毛以遮蔽身体了,衣食住三项都已粗粗完备。从此阳神一派的神祇,仍旧回归天上,不复再到人世。但是防恐人类的知识才艺没有完全,还不能够自存自立,所以又不绝地派遣他手下的善神降生人世,间接地前来指导帮助。如同伏羲氏的母亲,住在华胥地方(现在陕西蓝田县;一说在雷泽地方,现在山东菏泽市)的水边,看见一个大人的脚迹,偶然高兴,走过去踏了它一脚,不知不觉,心中大动起来,陡然有一条长虹从天上下来,绕着她的身子,她就如醉如痴了好一晌,及至醒来,就怀孕而生伏羲。神农氏的母亲,名叫安登,看见了一条神龙,心中感动,就怀孕而生神农。黄帝的母亲附宝,看见电光绕着斗星,便心有所感,怀孕而生黄帝。这种都是阳神一派派遣善神降生人世的证据。但是,阳神一派如此,那阴神一派亦岂肯甘休,当然也是不绝地派遣魔星下降,来图谋扰乱,并依旧进行他们毁灭地球之主张。最著名的,就是共工氏的决水,蚩尤氏的杀戮,而尤其重大的,就是洪水之灾,且待在下慢慢地讲来。

第二回

少昊氏生于穷桑之历史　帝喾辅佐颛顼
帝喾即天子位　帝喾四妃之历史
盘瓠降生之历史

夏禹王治水，是在帝尧的时候。但是，有些和治水有关系的人，多生在帝喾的时候。所以我这部书，只能从帝喾说起。这位帝喾，姓姬，名夋，号叫亡斤，是黄帝轩辕氏的曾孙，少昊金天氏的孙子。他的父亲名叫桥极。他的母亲，姓陈锋氏，名叫握裒。这个握裒，有一天到外边去游玩，看见了一个大人的脚迹，也和伏羲氏的母亲一样，走过去踏它一踏，哪知心中亦登时大大的感动，因此就怀孕而生了这位帝喾。而且帝喾一生落地，就能说话，并且自己取一个名字叫夋，这也可见是上天派遣下降的一位星君了。

帝喾所住的地方，名叫穷桑，在西海的旁边。当初他的祖父少昊金天氏生长在此地，也有一段故事。

原来少昊金天氏也是一位上天降下来的星君。他的母亲嫘祖，名字叫女节，小名叫作皇娥，是西陵氏的女儿。当她十四五岁未出嫁的时候，就发明了一种饲蚕织锦的方法，真是我们中国几千年来的恩人。有一日，她在房里织锦，不觉困倦起来，就靠着机子朦胧睡去。忽然做其一梦，梦见到一个海边去游玩，正在极目苍茫的时候，陡见一个童子，相貌非凡，从天上降到水边，走过来向皇娥说道："我是白帝的儿子，太白星的精灵。我和你有骨肉之缘，今日难得在此遇到你,你可跟了我来。"皇娥听说,不知不觉地就跟了他走。走到一处,但见一座极高大的宫殿,精光夺目,仿佛是白玉造成的一般,殿里面陈设亦非常之华丽。顷刻之间,又有极丰美的肴馔,陈列在席上。那童子就携了皇娥的手,同席坐下。这时候,又有无数绝色的女子,各个手执乐器,在那里奏乐。那童子一一指点给皇娥道:"这个女子名叫江妃,她所歌的,是冲锦旋归之曲。那个吹箫的女子名叫盘灵,是此地宫中一口井、名叫盘灵井之神……"那童子虽则详细指点,皇娥听了亦莫名其妙,但觉得那乐声歌声,悠扬婉转,靡曼轻柔,足以荡魄销魂,坐久之后,不觉有点心动起来。那童子就起身,携着皇娥的手,出了殿门,径向海边而来。但见一株桑树,高约八九百尺,树叶都是红色的,更有紫色的桑葚,累累不绝地挂在上面。那童子向皇娥道:"这株桑树,一万年才结一回果,吃了之后,可以后天而老。今天我们恰恰遇到有果的时候,真所谓天假之缘,我去采它几个来尝尝罢。"说着,就飞身上去,采了许多下来,分一半递给皇娥道:"请你吃了,祝你长寿。"皇娥接来吃了,觉得甜美异常,不禁心中又是一动。忽然看见有一只船,停在海边,船上用桂树的枝儿做着一个标记,又用薰茅结了一个旌旗,又有一个用玉雕成的鸠鸟,放在那标记上面。皇娥看了,不解它们有什么用处,便问那童子。那童子道:"这个名叫相风,是考察风向的物件。因为鸠鸟能够知道四时之气候,所以刻着它的形象。"说着,携了皇娥的手,径上船去,并肩坐下。那船不用人去撑摇,自会前进,直向海中浮去。此时,皇娥觉得天风浪浪,海山苍苍,说不尽心中的愉快。回头看见船上,有一张梓树做成的瑟,她就取将过来,放在膝上,弹了一会,又靠着瑟唱一个歌道:

  天清地旷浩茫茫,万象回薄化无方,
  浛天荡荡望沧沧,乘桴轻漾着日旁,

当其何所至穷桑,心知何乐说未央。

皇娥歌罢,那童子道:"我们今朝作桑中之游,这个歌就可算作桑中之乐了。有唱不可无和,待我也来唱一个。"说罢,就唱道:

四维八埏渺难极,驱光逐影穷水域,
璇宫夜静当轩织,桐峰文梓千寻直,
伐梓作器成琴瑟,清歌流畅乐难极,
沧湄海浦来栖息。

二人正在恋爱唱和的时候,忽然一阵大风,海水登时汹涌起来,一个浪头,把船打翻了。皇娥蓦地一惊,陡然醒来,才知道是个奇梦,却是清清楚楚,一点没有忘记。后来嫁了黄帝,和黄帝出游,走到穷桑地方,看见那景致,竟和当日梦中所见一丝不差,不胜诧异,就和黄帝说,要在此地多住几时。黄帝答应,就在海边那一株桑树之东,造了几间房屋,和皇娥一同住下。一日晚间,皇娥正在卸妆,忽见一颗大星,如长虹一般从天上降到水边,倏然不见。仔细一想,正是当时梦中那童子落下之处。回念前情,不觉心中又动了一动,以后就有孕了。及至少昊生出,他的面貌又和梦中所见的童子丝毫无二,于是知道事有前定,这少昊氏必定是星精下降了。所以少昊氏生于穷桑之历史,就是如此。

且说穷桑地方,僻在西海之边,与中原隔绝,人烟稀少。帝訾的父亲桥极又早早去世了。帝訾生长在这个偏僻地方,幼年孤露,可算得是个乡下的小孩子。但是他天生聪明,有些事情竟能够不学而知,不学而能。尤其喜欢研究的,是天文星辰。邻居有一个人,姓柏,名昭,本来是桥极的朋友,学问很好,只是性耽静僻,不喜做官。帝訾就拜他为师,常常去请教,因此学问道德格外猛进。到得十二三岁的时候,居然已经是一位大圣人了。那时候在中原做大皇帝的,是黄帝轩辕氏的孙子、少昊金天氏的侄儿,名叫颛顼高阳氏。排起辈行来,就是帝喾的堂房伯父。这位颛顼高阳氏,亦是一位天上降下来的星君。他未生之前,他的母亲女枢住在幽房之宫中,看见一道瑶光,如长虹一般穿过了月亮。她即时心有所感,便怀孕而生了颛顼。此刻这颛顼高阳氏做大皇帝已经几十年了,天下太平,四方无事。眼见得自己年纪渐渐大了,将来这个大皇帝的宝位传给什么人呢?他心里非常注意挂念。忽然听得他的远房侄儿帝喾,年纪虽小,竟有这样的圣德,不禁大喜,就派遣人到穷桑去,宣召他母子到京,以便任用。帝喾母子听见这个消息,亦当然欢喜,就收拾行李,辞别了柏昭,跟随了颛顼的使臣,径到帝邱京城(现在河南濮阳市)来见颛顼。颛顼一看,只见帝喾生得方颐、庞觐、珠庭、仳齿、戴干,一表非常,心中大悦,便问道:"汝今年几岁了?"帝喾道:"夋今年十五岁。"颛顼帝听了,更加喜悦,又说道:"朕从前在少昊帝的时候,少昊帝命朕辅政,那时朕止十五岁。如今汝亦十五岁,恰好留在此处,辅佐朕躬,亦是千秋佳话。"说罢,就下诏封帝喾为侯爵,并将有辛地方(现在河南商丘市)封帝喾做个国君,但是不必到国,就在朝中佐理政事。从此,帝喾就在帝邱住下。

且说颛顼氏那时,在朝中最大的官职共有五个:一个是木正句芒,专管东方之事。一个是火正祝融,专管南方之事。一个是金正蓐收,专管西方之事。一个是水正玄冥,专管北方之事。一个是后土,专管中央之事。做后土这个官的,名字叫句龙,就是炎帝神农氏的后代。做火正官的,名叫重黎,是颛顼帝的孙子。做木正官的,名字叫重。做金正官的,名字叫该。做水正官的,有两个人,一个名字叫修,一个名字叫熙。重、该、修、熙这四个人,都是少昊氏的儿子,就是帝喾的胞叔。帝喾既然到了帝邱,得了辅政大臣的官爵,当然和各大臣时常来往。重、该、修、熙四个,是他的胞叔,当然更加密切。而帝喾所尤其佩服的是熙,因此又拜了熙做老师。光阴荏苒,不觉已是十几年,颛顼帝忽然得病呜呼了,享年九十一岁,在位共计七十六年。那时候君主大位的继承,实在是个问题。颛顼氏有两个妃子,一个叫邹屠氏,一个叫胜奔氏。邹屠氏是蚩尤氏国民的后代。当初黄帝破灭蚩尤氏之后,将他的百姓分作两部,一部是不善的人,统统驱逐他们到极北的地方去,一部是善良的人,都迁到邹屠地方来。这邹屠氏,从小就很端正。一日在路上遇到一个乌龟,她就避开不肯去踏它。颛顼帝知道了,以为她有贤德,就娶她做了妃子,生了一个儿子,名叫禹祖。后来她又屡次梦见太阳,每梦一次,必定有孕,生一个儿子,共总梦了八次,生了苍舒、陨敳、梼戭、大临、龙降、庭坚、仲容、叔达八个儿子,这时年纪都还甚小。那胜奔氏,名字叫娽,生了三个儿子,一个叫伯称,号叫伯服,一个叫卷章,号叫老童;一个名叫季禺。伯称自小好游,萍踪无定,此刻不知在何处。卷章欢喜求仙访道,亦一去不返。季禺早已死去。那做火正官的重黎,就是卷章的儿子。其余还有几个庶子,但是都是微贱幼小,不足以当君位。现在颛顼帝驾崩,论到年龄资格,当然只有禹祖最为相宜。于是大家就立他起来,做了君主,叫作孺帝颛顼。哪知不到几时,这孺帝颛顼又生病死了。这时国家连遭大丧,百姓惶惶无主。于是,在朝在野有声望的人,会集起来商议,一致推戴帝喾出来做君主。一则因为帝喾才德出众,二则颛顼帝当时早有此意,不过没有明白说出就是了。帝喾却不过大众的意思,只得允许,就即了帝位。一切大小官员,悉仍其旧。不过京都却换了一个,选定嵩山之北的亳邑地方(现在河南洛阳市偃市区西南)作为新都,叫金正、木正带了官员先去营造,等颛顼和孺帝颛顼两个落葬于帝邱城外(现在濮阳市顿丘地方有颛顼台,就是颛顼帝父子之坟）之后，即便迁都到亳邑。因为他初封于辛的缘故，改国号叫作高辛氏。从此以后，便是帝喾时代了。

且说帝喾此时，年已三十，娶了四个妃子。第一个，姓姜，名嫄，是有邰国（现在陕西武功县）君的女儿，性情清静，专一喜欢农桑之事，是个端庄朴实的女子。第二个，是有娀国（大约现在甘肃高台县之地）君的女儿，名叫简狄，极喜欢人事之治，乐于施惠，仁而有礼，而且能上知天文，是个聪明仁厚的女子。第三个，姓陈锋氏，名叫庆都，不是人种，是天上神人大帝的女儿。那大帝生于斗维之野，常在三河（现在天津市蓟州区）东南游玩。一日，天大雷电，一个霹雳将大帝身上的血出了，流到一块大石的里面，后来这血化成婴儿，就是庆都。那时候，适值有一个姓陈锋氏的妇人从石旁经过，听见石头里面有婴儿啼叫之声，就设法取他出来，一看，原来是个女的。因为她出身奇怪，相貌又好，就抱回去抚养，当作自己女儿，因此她就姓了陈锋氏。后来长大之后，她的状貌很像神人大帝，因此大家知道她必是大帝的女儿。尤其奇怪的，她随便走到哪里，头上总有一朵黄云给她遮盖，所以他人如要寻找庆都，不必寻人，只要寻那朵黄云，就寻到了。哪知不到七八年，她的养母陈锋氏忽然死了。这时庆都没有人抚养，不免衣食困苦。但是庆都却并不打紧，即使十几日没得吃，她亦不觉饿，这个岂不是更奇怪么！后来一个姓伊、名长孺的人，看得她好，又看得她奇怪，就收养了去，从此庆都就住在伊长孺家中了。帝喾辅政的时候，伊长孺同庆都来到帝邱。帝喾的母亲握裒，听人说起庆都的奇异，叫了她来一看，头上果真顶着黄云，而且相貌又很好，更兼和自己同姓，因此就叫帝喾和伊长孺说明，收她做了妃子。第四个，是诹訾氏的女儿，名叫常仪，亦是个极奇异的人。她生出来的时候，头发甚长，一直垂到脚跟，而且也能说话。帝喾因为她和自己初生时候的情形相同，所以又收她做了妃子。

　　自从帝喾做了大皇帝之后，他的母亲握裒就向帝喾说道："你现在既然做了天子，应该立一个皇后才是。我看你四个妃子，都是好的，相貌亦都像很有福气的，你随便立一个吧。想来其余三个，决不会心怀不平的。"帝喾道："母亲所言，固然不错，但是儿考察天文，那皇后不必一定要立的。天文中御女星有四颗，一颗最明亮，其余三颗较暗些，都是应着后妃之象。当初我曾祖皇考黄帝，单有四个妃子，不立皇后，亦就是这个缘故。现在儿恰有四个妃子，姜嫄年纪最长，就算她是一个正妃，应着那颗最明亮的星。其余三个，以次相排，作为次妃、三妃、四妃，应着那三颗较暗的星。母亲以为如何？"握裒道："原来有这许多道理，那么随你吧。"

　　且说帝喾虽则有四个妃子，但是姜嫄、简狄、庆都三个都没得生育，只有常仪生了一个女儿，这时已有五岁，握裒爱如珍宝，每日在宫中逗着她玩笑，真是含饴弄孙，其乐无极。一日，正抱着帝女的时候，忽然见一个宫人从外面笑嘻嘻地跑进来，嘴里连声道："怪事怪事！"握裒问道："什么怪事？"宫人道："外边有一个老妪，前日忽然得了一个耳疾，痒不可忍，用耳挖去挖，越挖越痒。到昨日，这耳朵竟渐渐肿大起来了，但是依旧非常之痒，仿佛耳内有什么虫类在那里爬搔一般。老妪没法，到今日只能请一个医生来治。医生道，耳内有一件怪物，非挑出不可。于是用手术将它取了出来，却是和肉团一样的虫儿，大如蚕茧，有头，有眼，有尾，有足，不过不十分辨得清楚。取出之后，蠕蠕欲动，大家看了，都不认识是什么东西。可是老妪的耳病却立刻好了，痒也止了，肿也消了。旁边刚刚有一个瓠篱，老妪就将这怪物放在瓠篱之上，又用盘盖住。及至医生出门，老妪送了转来，揭开盘子一看，那怪物已长大了许多，变成狗形了。现在大家正在那里纷纷地看呢，岂不是怪事么!"握哀听了,便道:"竟有这等事!叫他们去拿进来,让我看。"宫人领命而去。过了一会,同了老妪,手中托着盘子,走进来。握哀一看,盘中果然盛着一只极小的小狗,伏在那里,毛色五彩可爱。宫人道:"此刻又比刚才大得多了。"握哀问老妪,究竟是怎样一回事。老妪又将经过情形说了一遍。恰好帝喾退了朝,到握哀处来请安,看见了这只狗,听见了这番情形,亦很诧异。可是那只狗,不知不觉又大了许多。帝喾道:"这个怪物,朕看起来,绝非偶然而生,必定有些奇异,但不知道它将来的变化究竟如何。"说着,便问那老妪道:"你这只狗有无用处?可否送了朕躬?朕当另以金帛相酬。"老妪听了,慌忙答道:"这只狗,老妇人绝无用处。既然帝要,它就留在此,哪里敢当赏赐呢。"帝喾道:"不然。朕向来不喜欢奇异的东西,现在因为要研究它将来的变化,所以想留它在此。你若不肯受朕的酬谢,那么朕亦只好不要它了。"老妪道:"既然如此,老妇人拜赐。"帝喾便叫人拿了两匹帛,赏了那老妪,老妪极口称谢而去。这时,四个妃子听见说有这样的怪物,一齐来看,都说稀奇之至,于是各用食物去喂它。那只狗也不时不刻的那里长大,不到三日,居然有同獒狗这样大,生得非常之雄骏,毛片五色斑斓,而且灵警异常,知道人的说话,了解人的意思,因此宫中人人欢喜它。帝喾的女儿尤其爱它如性命,那只狗也最喜欢亲近帝喾的女儿,竟有坐卧不离的光景。因为从前放它在瓠篱之上,用盘子盖过的缘故,就给它取一个名字,叫作盘瓠。

第三回

共工氏称霸九州　伏羲氏、女娲氏定嫁娶之礼
女娲氏抟土为人

且说帝喾即位数年,四海之内,无不臣服,只有一个共工国不肯归附。原来那共工国,在冀州地方(现在河北、山西两省之地)。那地方有两个大泽,一个叫大陆泽(现在河南修武县以北,一直向东北,过河北巨鹿县而东北,都是从前的大陆泽。现在河北的胡卢河、宁晋泊,大陆泽是它中心之地),在东面;一个叫昭余泽(现在山西中部祁县一带就是它中心之地),在西面,都是汪洋无际的。所以那个地方的人民,十分有九分住在水面,以船为家,熟悉水性,性情又非常之凶猛,在中国上古史上面很有重大关系。若不把他从头叙明,读者一时决不能了解。

却说伏羲氏的末年,这个冀州地方出了一个怪人,姓康,名回,生得铜头铁额,红发蛇身,想来亦是一位天降的魔君,来和人民作对的了。那康回相貌既如此怕人,性情又非常凶恶,当时地方上的人民就推戴他做了首领,号称共工氏。他既做了首领之后,霸有一方,常带了他凶猛的人民来争中原,要想做全中国的大皇帝。他们既然熟悉水性,所以和他人打起仗来,总是用水攻,因此附近各国都怕他,差不多都听他的号令。这康回就此称霸于九州。因为擅长用水的缘故,自以为得五行之中的水德,一切官制都用水来做名字,亦可谓一世之雄了。谁知道偏偏有人起来和他对抗,那和他对

抗的是什么人呢？是伏羲氏的妹子,号叫女娲氏。那女娲氏生在承注山地方(现在山东济宁市南四十里),虽则是个女子,但也是个极奇怪的人。她的相貌尤为难看,牛首蛇身而宣发。她的本领又极大,一日之中,可以有七十种变化,要变什么就是什么,真可说是我们中国千古第一英雄了。她在伏羲氏的时候,即已做过一件极重要之事,就是制定嫁娶之礼。原来太古时男女之间,岂但是交际公开,自由恋爱,简直是随意匹配。女子遇到男子,无一个不可使他为我之夫;男子遇到女子,亦无一个不可使她为我之妻。弄到后来,生出一个子女,问他究竟是谁生的,他的父亲究竟是谁,连他母亲自己亦莫名其妙。

女娲氏看到这种情形,大大地不以为然,就和伏羲氏商量,要想定一个方法来改正它。伏羲氏问道:"你想定什么方法呢?"女娲氏道:"我想男女两个配作一对夫妻,必定使他们有一定的住所,然后可以永远不离开。不离开,才可以不乱。现在假定男子得到女子,叫作有室;女子得到男子,叫作有家;这'家室'两个字,就是一对夫妻永远的住所了。但是,还是男子住到女子那边去呢,还是女子住到男子这边来呢?我以为应该女子住到男子这边来。何以故呢?现在的世界,还是草茅初启,算不得文明之世。第一,要能够谋衣食;第二,要能够抵抗仇敌。将男子和女子的体力比较起来,当然是男子强,女子弱。那么,男子去供给女子、保护女子,其势容易;女子去供给男子、保护男子,其势繁难。而且,女子以生理上不同的缘故,有时不但不能够供给男子、保护男子,反而必须受男子的供给与保护,既然如此,那么应该服从男子,住到男子那边去,岂不是正当之理呢!所以我定一个名字,男子得到女子,叫作娶,是娶过来;女子得到男子,叫作嫁,须嫁过去。大哥,你看这个方法对么?"伏羲氏道:"男女两个,成了夫妻,就是室家之根本,尽可以公共合意,脱离他们现在的住所,另外创设一个家庭,岂不是好?何必要女的嫁过去、男的娶过来,使女子受一种依靠男子的嫌疑呢?"女娲氏道:"这层道理,我亦想过,固然是好的,但是有为难之处。因为有了夫妻,就有父子,那做父母的将子女辛辛苦苦养将大来,到得结果,儿子女儿寻了一个匹配,双双地都到外边另组家庭,过他的快活日子去了,抛撇了一对老夫妻在家里,寂寞伶仃,好不凄惨呀!万一老夫妻之中,再死去一个,只剩得一个孤家寡人,形影相吊,你想他怎样过日子呢!况且一个人年纪老了,难免有耳聋眼瞎、行动艰难等情形,或者有些疾病,全靠有他的子女在身边,可以服事他、奉养他。假使做子女的都各管各去了,这老病的父母交付何人?讲到报酬的道理,子女幼时不能自生自养,全靠父母抚育,那么父母老了,不能自生自养,当然应该由做子女的去服事奉养,这是所谓天经地义,岂可另外居住、抛撇父母不管吗?"伏羲氏道:"照你这样说来,子女都应该服事父母,奉养父母,这是不错的。但是,女子嫁到男家,那么她的父母哪个去服事奉养呢?难道女子都是没有父母的么?"女娲氏道:"我所定的这个法子,亦是不得已的法子。因为各方面不能面面顾到,只好先顾着一面,所谓'两利相权取其重,两害相较取其轻'呀。况且照我的法子做起来,亦并非没有补救的方法。因为那女子的父母,不见得只生女儿、不生儿子的。假使有儿子,那么女儿虽去嫁人,儿子仍旧在家里,服侍奉养何愁没有人呢?如果竟没有儿子,那么亦可以使男子住在女子家里,不将女子娶过去,或者女子将父母接到男子家中去,或者将所生的儿女承继过来,都是个补救之法,不过是个变例罢了。"伏羲氏道:"你所说的男子必定要娶,女子必定要嫁,这个道理我明白了。但是,在那嫁娶的时候,另外有没有条件呢?"女娲氏道:"我想还有三个条件:第一个,是正姓氏;第二个是通媒妫;第三个,是要男子先行聘礼。"伏羲氏道:"何以要正姓氏呢?"女娲氏道:"夫妻的配合,是要他生儿育女、传宗接代的。但是,同一个祖宗的男女,却配不得夫妻。因为配了夫妻之后,生出来的子女,不是聋,就是哑,或者带残疾,或者成白痴。即使一个时候不聋、不哑、不带残疾、不成白痴,到了一两代之后,终究要发见的,或是愚笨,或是短命,或是不能生育。所以古人有一句话,叫作'男女同姓,其生不蕃',真是历试历验的。细细考察起来,大概是血分太热的缘故。所以我说,第一要正姓氏。凡是同姓的,一概禁止他们相配。大哥你看错不错?"伏羲氏道:"不错不错。那第二个条件通媒妁,又是什么意思呢?"女娲氏道:"这是郑重嫁娶的意思。我看现在男女的配合,实在太不郑重了。他们的配合,可以说全是由于情欲的冲动,而没有另外的心思。男女的情欲,本来是极易冲动的。青年男女的情欲,尤其容易冲动。他们既然以情欲冲动而配合,那么一经配合之后,情欲冲动的热度渐渐低落,就不免冷待起来了。久而久之,或者竟两相厌恶起来了。大凡天下的事情,进得太快的,退起来亦必定极快;结合得太容易的,分散起来亦必定极容易。所以那种自由配合的夫妻,自由离异的亦是很多很多。夫妻配合,原想组织一个永远的家庭,享受永远之幸福的。如若常常要离异,那么永远之家庭从何而组织,幸福从何而享受呢?所以我现在想出一个通媒妁的方法来,媒是谋划的意思,妁是斟酌的意思。男女两个,果然要嫁要娶了,打听到,或者见到某处某家,有一个可嫁可娶之人,那么就请自己的亲眷朋友,或者邻里,总要年高德劭、靠得住的人,出来做个媒妁。先商量这两个人到底配不配,年纪如何,相貌如何,性情如何,才干如何,平日的行为如何。一切都斟酌定了,然后再到那一方面去说;那一方面,亦如此请了媒妁,商量斟酌定了。大家同意,然后再定日期,行那个嫁娶之礼。

一切都是由两方媒妁跑来跑去说的,所以叫作通媒妁。照这个方法,有几项好处:一则可以避免男女情欲的刺激。因为男女两个自己直接商量,虽则个个都有慎重选择的意思,但是见了面之后,选择慎重的意思往往敌不过那个情欲的冲动,急于求成,无暇细细考虑,也是有的。现在既然有媒妁在中间说话,那媒妁又是亲眷朋友邻里中年高德劭靠得住的人,那么对于男女两个可配不可配,当然仔细慎重,不致错误,这是一项好处。二则,可以避免奸诈鬼蜮的行为。男女自己配合,两个果然都是出于诚心,那也罢了。最可怕的,其中有一个并不诚心,或是贪她的色,或是贪他的财,或是贪图一时之快乐,于是用尽心机,百般引诱,以求那一方面的允许。青年男女有何见识,不知不觉,自然堕其术中。即或觉得这个事情有点不妙,但是觌面之下,情不可却,勉强应允,也是有的。到得后来,那个不诚心的人目的既达,自然立刻抛弃;那被抛弃的人,当初是自己答应的,自己情愿的,旁无证人,连冤枉也没处叫。自古以来,这种事情不知有多少!假使经过媒妁的商量斟酌,这种奸诈鬼蜮伎俩,当然不致发生,这是第二项好处。第三项,是可以减少夫妻的离异。男子出妻,女子下堂求去,夫妻两个到得万万不能同居的时候,出此下策,亦是无可如何之事。但是如果可以委曲求全,终以不离异为是。因为夫妻离异,究竟是个不祥之事呀。不过人的心理,都是厌故而喜新的。虽则嫁了娶了,隔了一晌,看见一个漂亮的人,难免不再发生恋爱。既然发生恋爱,当然要舍去旧人,再去嫁他娶她了。自古以来,夫妻因此而离异的,着实不少。如果嫁娶的时候,限定他必须要通媒妁,那么就有点不能自由了。刚才请媒妁的,何以忽然又要请媒妁?他自己一时亦开不出这个口。况且媒妁跑来跑去,何等麻烦!嫁娶的时候,又不知要费多少手续,那么,他们自然不敢轻于离异,希图再嫁再娶了,这是第三项好处。大哥！你看何如？"伏羲氏道："很有理,很有理。第三个条件行聘礼,又是怎么一回事呢？"女娲氏道："这个条件是我专对男子而设的。大凡天下世界,女子对不住男子的少,男子对不住女子的多。我主张女子住到男子那边去,我又主张女子服从男子,这是我斟酌道理而言的,并非是重男轻女。我恐怕世界上那些不明道理的男子,听了我的说话,就骄傲起来,以为女子是受我保护的,要我供给的,应该服从我的,于是就凌辱女子、欺侮女子,或者竟以女子为供我娱乐的玩物,那就大大的不对了。我所以定出这个行聘的方法来,凡嫁娶之时,已经媒妁说明白了,男子必先要拿点贵重物件,送到女家去,表明一种诚心求恳的意思,又表明一种尊重礼貌的意思,这个婚姻才可以算确定。我的意思,要给那些男子知道,夫妻的'妻'字是'齐'字的意思,本来是和我齐一平等,并不是有什么高低的;是用尊敬的礼貌、诚恳的心思去请求来,替我主持家政,上奉祭祀,下育儿孙的,并不是随随便便,快我之情欲的。那么做起人家来自然是同心合意,相敬如宾,不轻易反目了。大哥！你说是不是？"伏羲氏道："道理是极充足的,不过那行聘的贵重东西,究竟是什么东西呢？索性也给他们决定了,免得那些不明事理的人,又要争多嫌少,反而弄出意见来。"女娲氏道："不错,我想现在是茹毛饮血的时候,最通行的是皮,最重要的也是皮,就决定用皮吧。"伏羲氏道："用几张呢？"女娲氏道："用两张皮,取一个成双的意思,不多不少,贫富咸宜。大哥！你看如何？"伏羲氏笑道："好好,都依你,只是你这几个方法定得太凶了,剥夺人家的自由,制止人家的恋爱,只怕几千年以后的青年男女,要大大的不依,骂你是罪魁祸首呢！"女娲氏也笑道："这个不要紧,随便什么方法,断没有历久而不敝的。果然那个时候,另有一个还要好的方法来改变我的方法,我也情愿。况且,一个方法能够行到几千年,还有什么可说,难道还不知足么?"当下兄妹二人商议定了,到了第二日,就下令布告百姓,以后男女婚姻,必须按照女娲氏所定的办法去做,并且叫女娲氏专管这件事。女娲氏又叫一个臣子,名叫塞修的,办理这媒妁通词的事情。自此以后,风俗一变,男女的配合,不会同那禽兽的杂乱无章了。于是百姓给女娲氏取一个别号,叫作神媒。以上所说,就是女娲氏在伏羲氏时候的一回故事。

后来伏羲氏既死,女娲氏代立,号叫女希氏。没有几年,因为年亦渐老,便退休在丽的地方(现在陕西蓝田县女娲谷),不问政事了。哪知来了一个康回,专用水害人,女娲氏老大不忍,于是再出来和康回抵抗。她一日之中是有七十种变化的,一日化作一个老农,跑到康回那里去探听情形,只见那些人正在那里操演决水灌水的方法。有些人在大川中间,用一包一包的沙土填塞起来,等到上流之水积满,他就将所有沙土一齐取出,那股水势自然滔滔汩汩向下流冲去,这是一种方法。有些人在大川两岸或大潮沿边,筑起很高的堤防来,将水量储蓄得非常之多,陡然之间,又将堤防掘去一角,那股水就向缺口冲出,漫溢各地,这又是一种方法。有的在山间将那溪流防堵起来,使那股水聚于一处,然后再将山石凿去一块,那水就从缺口倒泻而下,宛如瀑布,从下面望上面,仿佛这水是从天上来的,这又是一种方法。康回督着百姓,天天在那里做这种勾当,所以那些百姓手脚已操练得非常纯熟。女娲看了一转,心中暗想道:原来如此,难怪大家不能抵挡了。于是就回到自己国里,发布命令,叫众多百姓预备大小各种石头二万块,分为五种,每种用青、黄、赤、黑、白的颜色作为记号。又吩咐预备长短木头一百根,另外再备最长的木头二十根,每根上面,女娲氏亲自动手,都给它雕出一个鳌鱼的形状。又叫百姓再备芦草五十万担,限一个月内备齐。百姓听了,莫名其妙,只得依限去备。那女娲氏又挑选一千名精壮的百姓,指定一座高山,叫他们每日跑上跑下两次,以快为妙。又挑选二千名伶俐的百姓,叫他们到水里去游泳汩没,每日四次,以能在水底里潜伏半日为妙。但是这一项,百姓深以为苦,因为水底里决没有半日可以潜伏的。女娲氏又运用神力,传授他们一种秘诀,那二千名百姓都欢欣鼓舞,各各去练习了。女娲氏布置已毕,闲暇无事,有时督着百姓练习跑山,有时看着百姓练习泅水,有时取些泥土,将它捏成人形,大大小小,各种皆有。每日捏多少个,仿佛她自己有一定的课程,陆续已捏有几千个了。众百姓看了,更不知道她有什么用处。这时候,康回南侵的风声日紧一日,众百姓急了,向女娲氏道:"康回那恶人就要侵过来了,我们怎样抵挡呢?兵器技击,我们亦应该练习练习,那才可以和他厮杀。"女娲氏道:"是呀,我正在这里预备呢。跑山泅水,是预备破他水害的,至于厮杀,我实在不忍用你们。因为厮杀是最危险的事情,不要说打败,即使打胜,亦犯不着。古人说:'杀人一千,自伤八百。'用我们八百个人去换他们一千,虽则打胜,于心何忍呢!"众百姓道:"那么他们杀过来,将如之何?"女娲氏道:"我自有主张,你们不必着急。你们只要将竹木等利器预备好,就是了。"众百姓对于女娲氏是非常信仰的,听见她如此说,料她必有另外的方法可以抵御,便不再言,大家自去预备竹木等利器不提。

第四回

女娲氏炼石补天　诛戮康回
共工氏重霸九州　后土为社神

过了几日,只见东北方的百姓纷纷来报说:"康回已经领着他凶恶的百姓来了。"女娲氏听得,立刻吩咐,将那预备的木石芦草等一齐搬到前方去,一面亲自带了那些练习跑山泅水的三千人,并捏造的无数土偶人,向前方进发。不数日,到了空桑之地(现在河南开封市陈留镇),只见无数百姓,拖男抱女,纷纷向西逃来,口中不住地喊道:"不好了!康回决水了!"原来那空桑地方,左右两面都是汪洋大泽。左面连接的是菏泽(现在山东菏泽市一带),右面连接的是荥泽(现在河南荥泽县一带),北面二百里之外,又连着黄泽(现在河南内黄县一带),南面的地势,又是沮洳卑下,只有空桑地方却是一片平阳,广袤约数百里,居民很多,要算是个富饶之地了。那康回既然霸有九州,单有女娲氏不服他,他哪里肯依呢,所以带了他的百姓前来攻打。到了空桑地方,已是女娲氏的地界。他一看,四面尽是水乡,恰好施展他决水灌水的手段。可怜那无罪的空桑百姓,近的呢,都被他淹死了。有的虽则不淹死,但是连跌带滚,拖泥带水的逃,满身烂污,仿佛和泥人一般。那远的幸而逃得快,不曾遇着水,然而已惊惶不小,流离失所。女娲氏看见这种情形,便叫百姓将那五十万担的芦草先分一半,用火烧起来,顷刻之间,都成为灰。又叫百姓把前面的烂泥掘起无数,同这个芦灰拌匀,每人一担,向前方挑去,遇到有水的地方,就用这个芦灰去填。女娲氏又在后面运用她的神力,作起变化的方法。不到一会,只见那康回灌过来的水,都向康回那方灌过去了。一则以土克水,二则亦有女娲氏的神力在内,所以奏效这般的神速。却说康回这回来攻空桑,心中以为女娲氏是个女子,能有多大本领,所以不曾防备,况且这决水的方法是历试历验、屡攻屡胜的,尤其不曾防备。这日正在那里打算,怎样的再攻过去,灭掉女娲氏,忽听得汩汩的水声,向着自己这边来,不知不觉,两脚已经在水中。正在诧异,只听见他的百姓一齐大喊道:"不好了,水都向我们这里来了。"他们虽则都是熟悉水性,不怕水的,但是衣服粮食等等却不可在水里浸一浸。于是登时大乱,抢东西,搬物件,忙得不得了。康回亦是没法,只得传令后退。这边女娲氏知道共工百姓已经退去,就叫齐百姓,和他们说道:"这康回虽则退去,但恐怕仍旧要来的,不如趁势弄死了他,方可以永绝后患,你们看看如何?"众百姓道:"能够如此,好极了。但凭女皇用什么方法,我们都情愿去做。"女娲氏道:"既然如此,向前进吧。"大家前进数百里,又遇到了共工氏的兵。原来康回虽则退去,并未退远,但拣那高陵大阜水势不到的地方,暂且住下,一面叫人细探女娲氏的动静,一面研究那水势倒回之理。正在不得其解,忽报女娲氏的百姓过来了。康回传令:"这次且不用水攻,专与他厮杀。他们的百姓只有三千人,我们的百姓有几万人,十个打一个,难道还打他不过么?尔等其各奋勇,努力杀敌,勿挫锐气。"共工氏的百姓本来是凶猛的,这次又吃了亏,个个怀恨,听见康回的命令,便一齐摩拳擦掌,拿了尖利的竹木器械和大小石砾等,向女娲氏处迎上来。这边女娲氏知道共工氏的百姓要来冲了,那几千个土偶个个都长大起来,大的长到五丈,小的亦在三丈以外,而且都已变为活人,手执兵器,迈步向前迎敌。这时共工氏的百姓已漫山遍野而来,如狼似虎,喊杀之声,震动天地。陡然看见几千个又长又大的人冲杀过来,不觉又是惊惶,又是诧异,暗想天下世界哪里有这种人呢!不要是神兵呀?如何敌得他过!如此一想,声势顿减,锐气顿挫。看看几千个土偶冲到面前了,那些共工氏的百姓发声一喊,回身便走。康回虽然凶恶,亦禁压不住,只得带了百姓急忙退去。这女娲氏和众百姓督着几千个土偶追了一阵,知道康回百姓已经去远,也就止住不追,作起法来先将几千个土偶恢复原形,然后叫过那一千个练习泅水的百姓来吩咐道:"康回这回退去,必定是拣着险要的地方守起来。从此向北过去,是黄泽;黄泽北面,就是大陆泽;黄泽西北面,又有无数小泽;再过去就是昭余祁大泽,是他老家了。他所守的一定是这两个地方。这个大陆泽周围,是筑有坚固堤防的。我们此次攻过去,他一定决去堤防,来灌我们。我所以叫汝等带了我那预备的木头,先去拣着那有堤防的湖泽,按着它的大小,每个湖泽的四边用四根长木,如打桩一样,打在地底里,再用几根短木打在旁边,那么,他要决起堤防来,亦决不动了。"众人不信,说道:"只有几根木头,又打桩在下面,有什么用呢?"女娲氏道:"大海之中,鳌鱼最大,力亦最大,善于负重,极大之山,它尚能载它牢来,何况区区的堤防!这木头上不是有我所刻的鳌鱼形状吗,我前日到海中和海神商量,将几个鳌鱼的四足暂时借用,所以那木根上刻的,不但是鳌鱼的形状,连它的精神都在里面。堤防遇到这种镇压,他们如何决得动呢?"众人听了大喜,就纷纷起身而去。这里女娲氏带了二千个跑山的百姓,携了土偶、石头等物件,慢慢地向北方前进,直到黄泽,不见共工氏的踪迹。再走两日,到了大陆泽,果然有共工氏的百姓在那里把守。他们都是以船为家的,看见女娲氏赶到,就一齐把船向大陆泽中摇去。有些逞势滚在水中,泅到岸边,来决堤防。谁知道用尽手脚,竟是丝毫不动,平日操练惯的,到此刻竟失去其长技。大家没法,只得回到船上,尽力向西逃去。那女娲氏的百姓已渐渐逼拢来了,几千个长大的土偶人,挺着利器,耀武扬威 尤其可怕。共工氏的百姓只能弃了船只,拼命地向昭余祁大泽逃去。那女娲氏亦随后赶来。且说昭余祁大泽的形势与大陆泽不同。大陆泽是三面平原,只有西方地势较高。昭余祁大泽是四面有山,仿佛天然的堤防一样,那上面都有共工氏所预先做好的缺口,只要等敌人一到,把水一决,就好直灌而下。女娲氏早经考虑到此,就将前次剩下的一半芦草又烧了灰,用烂泥拌好,再将那练习跑山的二千个百姓叫来,吩咐道:"现在快要到昭余祁大泽了,你们分一半人,将我预备的五色石每人拿十块上山去,另外一半人,将这泥灰每人一担,挑上山去,趁着今天夜间他们不防备的时候,去补塞他的缺口。我在这里运起神力来帮助你们。你们吃了晚餐就动身。"众人答应。

且说那康回,自从空桑两次失败之后,退回冀州,心想女娲氏未必就敢来攻我,即使来攻我,我这里布置得如此之坚固,亦不怕她。大约争天下虽不能,退守本国亦可以高枕无忧了。后来看见大陆泽的百姓纷纷逃来,都说女娲氏就要打到了,这康回还是不在意,向百姓道:"他们敢来,我只要将山上的水一冲,管叫他们个个都死。"内中有几个百姓说道:"我们灌水决堤的方法,向来都是很灵的,现在忽然两次不灵,大遭失败,不要是女娲氏另有一种神力在那里为患吧?我们还是仔细小心为是。"康回听了大怒道:"胡说!你敢说这种话,动摇人心,实在可恶。难道我的见识还不如你么!"吩咐左右,将这几个百姓都拿去杀死。众人畏惧,都不敢言。到了第二日,只听得山下一阵呐喊之声,左右报康回道:"女娲氏的百姓到了。"康回忙叫赶快决水去灌,左右道:"我们已经去灌,不知怎样,那缺口已有五色的石头补塞,无论如何掘它不开,却待如何?"康回大怒道:"岂有此理!山上的缺口,是我们预先做好的,哪里有人去补塞呢?就使有敌人的奸细前来,一夜工夫,哪里补得这许多?而且一定没得这样坚固,哪有掘不开之理?想来都是你们这些人大惊小怪,有意淆惑人心,或者借此邀功,亦未可知。这种情形,实在可恶。"吩咐将那管理缺口的首领拿来处死。正在嘈杂的时候,忽听后面有纷纷大乱之声,回首一看,哪知女娲氏的百姓已经从小路抄上来了。康回到了这个时候,也顾不得别的,只得带了几个亲信的人,跳上大船,向大泽中摇去。其余的百姓亦大半逃在泽中,但是各顾性命,哪有工夫去保护康回。这里女娲氏一千个泅水的百姓,如同一千条蛟龙一般,跳在水里,翻波踏浪,来捉康回,将那大船四面围住。那康回见不是头,跳在水中,要想逃走,禁不起这边人多,就立刻被生擒过来了。众人回到岸上,将康回用大索捆绑起来,献与女娲氏。女娲氏大喜,将众多百姓慰劳一番,又分别赏赐些物件,然后责问那康回道:"你亦是个人,有性命、有身家的,有了一个冀州地方,做了一个君主,我想亦应该知足了,为什么还要时常来攻击人家的地方?还要用这种决水灌水的毒法来荼毒人民,弄得各地方的人民或者淹死做枉死鬼,或者财产荡尽,或者骨肉离散,你想伤心不伤心,惨目不惨目呀!即便是没有受到你糟蹋的地方,亦是个个担心,人人害怕,逃的逃,避的避,流离道路,苦不堪言。你想,为了你一个人要争夺地盘的缘故,把众多人民害到如此,你的罪大不大?你的恶极不极?我今朝要将你活活地处死,一则可以使那些受苦受害的人民出出气,二则可以给后来那些和你一样的人做个榜样。要知道你这种人,虽则一时之间侥幸不死,但是这颗头亦不过暂时寄在你脖子上,终究要保不牢的。这叫作天理难容,自作自受。"说罢,便吩咐众人,将康回的头砍去。哪知一刀砍落之后,他头颈里并没有一点血,却有一股黑气,直冒出来，到得空中，结成一条龙形，蜿蜿蜒蜒向北方而去。众人看了诧异之极。女娲氏道："他本来是个黑龙之精降生的，现在他的魂魄，想来是依旧回到天上去，这是无足怪的。"说罢，叫众人将他的尸首葬好，然后班师而回。后人传说女娲氏抟土为人，又有四句，叫作"炼五色石以补苍天，断鳌足以立四极，杀黑龙以济冀州，积芦灰以止淫水"，就是指这回事而言，言之过甚，便类于神话了。这是女娲氏的第二项大功绩。

　　自此之后，共工氏的百姓虽则仍是凶恶，但是蛇无头而不行，所以过了神农、黄帝、少昊三朝，共总七百多年，没有出来为患。到了少昊氏的末年，共工国忽然又出了一个异人，生得力大无穷，因此大家就推他做了君主。他没有姓名，就以共工氏为号，任用一个臣子，名叫浮游，生得状貌奇异，浑身血红，形状又仿佛像一只老熊；走起路来，不时回顾；说起话来，总是先笑；足见得是一个阴狠险诈的人。但共工氏对于他说的话非常相信，没有不依的。他以为天下世界只有浮游一个是好人，其余没有一个可用。一日，浮游向共工氏说道："从前我们共工国的君主康回，霸有九州，何等威风！自从给女娲氏害了之后，到现在七百多年，竟没有一个人能够复兴起来，实在是我们共工国的羞耻呀！现在大王如此雄武，我想正应该定一个方法，将从前伟大的事业恢复过来，方可以使天下后世的人景仰，大王以为何如？"共工氏道："不错不错，但是想一个什么方法呢？"浮游道："我想，从前康回君主的失败，是失败在专门讲究水攻，不能另外讲究打仗方法的缘故。从前打仗，都是用木头、竹竿，所以打起仗来，人多的总占便宜。那时女娲氏的人虽不多，但是能运用神力，所以康回君主打败了。自从神农氏以石为兵，军器已有进步，到得蚩尤氏发明了取铜之后，创出刀戟大弩等，黄帝轩辕氏又制造弓箭，打仗的器械愈变愈精。那打仗的方法，亦与从前大不相同了,不在人多,只要弓强箭锐,刀戟等犀利,即使人少,亦可以打得过人多。大王现在只要先将那各种兵器造起来,再挑选精壮的百姓,教他们各种用刀用戟拉弓射箭的方法,日日操练,以我国共工百姓的勇敢,再加之以大王的本领,我看就是霸有九州亦不是繁难的事情。再则,我还有一个方法,我们如遇到打仗的时候,叫我们的兵士用一种极厚的皮,做成衣服的式样,穿在身上,那么我们的弓箭刀戟可以伤敌人,敌人的弓箭刀戟不能伤我们,岂不是必胜之法么!这个皮衣的名字,就叫作'铠',大王以为何如?"共工氏听了,不胜大喜,当下就叫工匠赶快去制造各种兵器和铠,一面又叫百姓日日操练。但是,经费不敷了,又听了浮游的话,到百姓身上去搜刮,弄得百姓叫苦连天,但是惧怕共工氏的刑罚重,大家敢怒而不敢言。

却说共工氏有一个儿子,名叫后土,生得慈祥恺恻,和他父亲的性情绝不相同,眼见父亲做出如此暴虐行为,心中大不以为然,趁便向共工氏谏道:"孩儿听说,古时候的圣人,都是有了仁政到百姓,才能够做天下的君主,没听见说用了武力能够征服天下的。现在父亲听了浮游的说话,要想用武力统一天下,孩儿想起来,恐怕总有点难呢。况且从前康回君主那样的雄强,蚩尤氏那样的本领,终归于败亡,岂不是前车之鉴么!又况且现在的少昊帝,在位已经八十年,恩泽深厚,人民爱戴,四方诸侯都归心于他,即使我们兵力强盛,恐怕亦终究难以取胜吧。"正在说着,恰好那浮游笑嘻嘻地走来,共工氏就向他将后土所说的大意述了一遍,并问他道:"你看如何?"浮游笑道:"世子的话亦说得不错,但是只知其一,未知其二。古来君主失败的,有些固然是由于武力,但是那成功的,亦未始不是由于武力。即如康回君主,固然由武力而亡,那女娲岂不是以武力而兴么?蚩尤氏固然因武力而败,那轩辕氏岂不是因武力而成么？武力这项东西，原是于百姓不利，不能算作仁政。不过除了武力之外，还有什么方法可以统一天下？所谓'以仁政得天下'这句话，不过是个空言，岂能作为凭据！请看轩辕氏，是后世所称为仁君的，但是照他的事迹说起来，自从破灭了蚩尤氏之后五麾六纛，四征不庭，当时冤死的百姓，正是不少呢！因为后来他做了天下的君主，大家奉承他，就称他做仁君了。或者天下平定之后，做些有利益于百姓的事情，那么大家亦就歌功颂德起来，说他是个仁君了。其实按到实际，何尝真正是以仁政得天下呢！所以我想，只要事成之后，再行仁政不迟，此刻还谈不到此。至于说现在的少昊帝，年纪已经大了，老朽之身，朝不保暮。我们正应该趁这个时候练起兵来，显得我国家的强盛，叫天下都畏服我，那么，到得少昊帝一死之后，四海诸侯当然都要推大王做君主了。即使不然，到那个时候，天下无主，我们用兵力去征服他们，亦未始不可呀！"这一番话，说得共工氏哈哈大笑，连称有理，回头向后土说道："你可听听，你们小孩子家的见识，终究敌不过老成人呢。"后土默默无言，歇了半响，退了出来，暗想道："浮游这张利口，实在厉害。我父亲被他蛊惑，终究要受他的害，到那时国破家亡，我实在不忍看见。但是又没有方法可以挽回，如何是好？"后来一想道："罢了！不如我跑出去吧。"主意决定，到了次日，就收拾行李，弃了室家，凄然上道。临行的时候，却还留一封书给他父亲，说明他所以逃遁的缘故，并且苦苦切切地劝了他父亲一番，这可以算是他做儿子的最后之几谏了。但是，共工氏虽则爱他的儿子，终究敌不过他相信浮游的真切，所以看见了后土的信书之后，心中未始不动一动念，可是不久就忘记了，依旧唯浮游之言是听，真个是无药可救了。

且说后土出门之后，向何处去呢？原来他天性聪明，最喜欢研究学问,尤其喜欢研究水利。那时候天下的水患未尽平治,冀州这个地方水患尤多,共工国的百姓本来熟悉水性的,所以后土平治水土的功夫亦极好。当他在国里的时候,常教导百姓平治水土的方法,甚有效验,百姓甚是爱戴他。此次出门,他立志遍游九州,把日常平治水土的经验到处传授,使各州百姓都能够安居土地,不受水患,亦是一种有利于民的方法。后来果然他到一处,大家欢迎一处,他的声名竟一日一日地大起来了。但是,他始终没有再回国去见他父亲。到得他父亲失败之后,国破人亡,他心中更是痛苦,就隐姓埋名,不知所终。不过九州的百姓都是思念他,处处为他立起庙来祭祀他,叫他作社神,到得几千年后还是如此。此是后话不提。

第五回

共工氏与颛顼氏争天下　羿论射法
共工氏触不周山而亡

且说共工氏自从他儿子后土逃去之后,仍旧是相信浮游的话,大修兵器,不时去攻打四面的邻国。四邻诸侯怕他攻打,不能不勉强听从他的号令。所以那时共工氏居然有重霸九州的气象。一日得到远方的传报,说到少昊帝驾崩了。共工氏一听大喜,心里想这个帝位,除出我之外,恐怕没有第二个人敢做呢。不料过了几时,并不见各处诸侯前来推戴,心中不免疑惑,再叫人去探听。哪里知道回来报说已经立了少昊帝的侄儿颛顼做君主,并且定都在帝邱地方了。共工氏听了,这一气非同小可,立刻叫了浮游来和他商议。浮游道:"既然颛顼已经即了帝位,那么我们非赶快起兵去和他争不可。此刻他新即帝位,人心当然未尽归附,况且正在兴高采烈、营造新都之时,决料不到我们去攻他,一定是没有防备的。我听说那颛顼年纪很轻,只有二十岁,居然能够篡窃这个大位,他手下必定有足智多谋之士。我们倘使不趁这个时候带了大兵直攻过去,等到他羽翼已成,根深蒂固,那么恐怕有一点不容易动摇呢。"共工氏道:"我们攻过去,从哪条路呢?"浮游道:"他现在既然要建都帝邱,那么他的宝玉重器当然逐渐运来,我们就从这条路攻过去。一则并没有多大的绕道,二则亦可以得到他的重器,岂不甚妙!即使不能得到他的重器,但是他新都一失,必定闻风丧胆,兵法所谓'先声有夺人之心',就是如此。大王以为如何？"共工氏听了大喜,就即刻下令,叫全国军士一齐预备出发,限二十日内要赶到帝邱。

不提这边兴师动众,且说颛顼帝那边怎样呢,原来颛顼帝亦是个非常之君主。他自从十五岁辅佐少昊之后,将各地的情形早经弄得明明白白。共工氏那种阴谋岂有不知之理,所以早有预备。这回即了帝位,便请了他的五位老师前来商议。他那五位老师,一个叫大欵,一个叫赤民,一个叫柏亮父,一个叫柏夷父,一个叫渌图,都是有非常的学识的。那日颛顼帝就问道:"共工氏阴谋作乱的情形,我们早有所闻,早有预备了,但是尚没有重要的实据,姑且予以优容。现在少昊帝新崩,朕初即位,新都帝邱和冀州又很逼近,万一他趁这个时候来攻打,我们将如之何？还是先发制人呢,还是静以待动呢？朕一时决不定,所以要请诸位老师来商量。"柏夷父道:"讲到兵法,自然应该先发制人。但是现在共工氏谋逆的痕迹尚未显著,假使我们先起兵,恐怕这个戎首之名,倒反归了我们,大非所宜。况且帝初即位,诸事未办,首先用兵,这个名声亦不好。所以我看,不如等他来吧。"赤民道:"夷父君之言甚是,我想共工氏的举兵,大概不出数月之内,我们犯不着做这个戎首。"颛顼帝问道:"那么新都之事怎样呢？"赤民道:"新都尽管去营造,不过一切物件且慢点迁过去。一则那边工作未完,无可固守,二则帝邱的形势逼近黄泽,亦不利于应战。最好放他到这边来,那时我们以逸待劳,可以一鼓平定,诸位以为何如？"众人都道极是。渌图道:"某料共工氏一定先攻帝邱,得了帝邱之后,一定是长驱到这边来的。这边逼近菏泽,那水攻是共工氏的长技,我们还得注意。"颛顼帝道:"这一层朕早命水正玄冥师昧去预备了,大约可以无虑。"柏亮父道:"我想从帝邱到这里,有两条路,一条绕菏泽之北,一条绕菏泽之南,到那时如何应付,我们应得预先决定。"大欵道:"我看北面这条纯是平原,易攻难守,南面这条东边是绎山,西边是菏泽,中间只有一条隘口,易守而难攻,照寻常的理想起来,总是从北面来的。但是我知道浮游这个人诡计多端,机变百出,说不定是从南面而来,以攻我之虚,我们却要留心。"赤民道:"用兵之道,有备为先。现在我们的百姓,可以说人人都肯用命,分派起来,不嫌不够,我们还是两边都有防备的好。"柏亮父道:"这个自然。他从北面来,我们在汶水南面摆起阵图,等他们一半人渡过水的时候,起而击之,这亦是一种兵法。他如若从南面来,我们放他进了隘口,诱他到山里,十面埋伏,群起而攻之,自然可以全胜了。"大家正在商议之间,忽然壁上大声陡起,两道寒芒,如白虹一般,直向北方飞去,转瞬之间,又回了转来。大家出其不意,都吃了一惊,仔细一看,却是壁间所挂的两柄宝剑,已都出了匣了。原来颛顼帝有两柄宝剑,一柄名叫"腾空",一柄名叫"画影",又叫"曳影",是通神灵的。假使四方有兵起,这二剑飞指其方,则打起仗来无不胜利。这二剑又常在匣中作龙吟虎啸之声,的确是个神物。此次忽然出匣,飞指北方,那么打胜共工氏一定可必了。大家见了,无不欣喜。

柏夷父又向颛顼帝道:"某前次保举的那个人,昨日已到,应否叫他来见?"颛顼帝道:"朕甚愿见他。"柏夷父就立刻饬人前往宣召,不到多时,果然来了,向颛顼帝行礼。颛顼帝一看,只见那人生得方面、大耳、长身、猿臂,而左臂似乎尤长,真是堂堂一表,年纪却不过二十左右。便问他道:"汝名叫羿么?"羿应声道:"是。"颛顼帝道:"朕因夷父师推荐,说汝善于射箭,想来一定非常精明的。朕从前以为这个射箭,是男子的事务,也曾常常去练习过,但是总射不好,究竟这个射箭要它百发百中,有没有秘诀呢?"羿道:"秘诀当然是有的,臣听见臣师说,从前有一个人,名叫甘蝇,他那射箭,真是神妙,不但百发百中,并且不必放箭,只要将弓拉一拉满,那种走兽就伏着不敢动,飞禽就立刻跌下来,岂不是神妙之至么!但是他却没有将这个秘诀传人。后来他有一个弟子,名叫飞卫,亦是极善射的。据人家说,他的射法,还要比甘蝇来得巧妙。这句话的确不的确,不得知,不过他却有个方法传人。他有一个弟子,名叫纪昌,一日问他射法。他说道:'你要学射么?先要学眼睛不瞬才好。'纪昌听了,就去学,但是不瞬是很难的,无论如何,总要瞬。纪昌发起愤来,跑到他妻子的机下,仰面卧着,将两个眼皮碰着机子,他妻织起机来,他两只眼睛尽管瞪着了看。如此几个月,这个不瞬的功夫竟给他学会了。他又跑去问飞卫道:'还有什么方法呢?'飞卫道:'你从今要学看才好,将极小的物件,能够看得极大,将极不清楚的物件,能够看得极清楚,那就会射了。'纪昌一听,登时就想出一个方法,跑回去,捉了一个虱子,用一根极细极细的牦毛,将虱子缚住了,挂在南面的窗上,自己却立在里面,日日地注定了两眼看。起初也不觉得什么,过了几日,居然觉得那虱子渐渐有点大了。三年之后,竟有同车轮一样大。他就用燕角做了一张弓,用孤蓬做了一支箭,向着那虱子射去,恰好射在虱子的中心,那根牦毛却是摇摇的并不跌落。纪昌大喜,从此以后,他看各种东西,无论大小,都同丘山一般的大,所以他射起来,没有不中的。这就是相传的诀窍了。"颛顼帝听了,点点头说道:"这个就是古人所说'用志不纷,乃凝于神'的道理。这个人竟能够如此的坚苦卓绝,真是不可及。但不知此人后来的事业如何,有没有另外再传授子弟。"羿道:"论起这个人来,真是忘恩负义的人。他既然得了飞卫的传授,照理应该感激飞卫。哪里知道,他非但不感激飞卫,倒反要弄死飞卫。一日,师弟两个在野外遇到了,纪昌趁飞卫不防,嗖的就是一箭射过去。飞卫大惊,闪身避过,还当纪昌是错射的。哪知纪昌第二支箭又朝自己射来,这才知道纪昌有谋害之心,于是立刻抽出箭来,和他对射。飞卫故意要卖弄自己的本领给纪昌看看,等纪昌的箭射来的时候;就朝着他的箭头射去,两个箭头恰恰相碰,两支箭一齐落在地面,灰尘都没得飞起,以后箭箭都是如此。两旁的人都看得呆了。到了后来,飞卫的箭少,已射完了,纪昌恰还有一支,两旁的人都替飞卫担忧。只见飞卫随手在路旁拔了一枝小棘,等纪昌一箭射来,他就将小棘的头儿一拨,恰恰将箭拨落在地上。两旁的人无不喝彩。那纪昌登时羞惭满面,丢了弓,跑到飞卫前跪下,涕泣悔过,请从此以父子之礼相待,不敢再萌恶念,并且刺臂出血以立誓。飞卫见他如此,亦饶恕了他,不和他计较。你想这个人,岂不是忘恩负义之极么!"颛顼帝和柏夷父等听了,都说天下竟有这种昧良心的人,真是可恶极了,实在当时飞卫不应该饶恕他的。颛顼帝又问羿道:"汝师何人?现在何地?他的本领如何?"羿道:"臣师名叫弧父,荆山地方人(现在湖北襄阳市西),本来是黄帝的子孙。他从小时候起就喜欢用弓箭,真是性之所近,所以无师自通。他在荆山,专以打猎为业,一切飞禽走兽,凡是他的箭射过去,没有一个能逃脱的。臣的本领和他相比,真是有天渊之别了。"颛顼帝道:"现在正值用人之际,汝师既有如此绝技,可肯出来辅佐朕躬?"羿道:"臣师在母腹之时,臣师之父即已去世了。及至臣师堕地,臣师之母又去世了。臣师生不见父母,平日总是非常悲痛,真所谓抱恨终天。臣师尝说,情愿此生老死山林,决不愿再享人世之荣华。所以虽则帝命去召他,恐怕亦决定不来的。"颛顼帝听了,不免嗟叹一番,又向羿道:"现在共工国恐有作乱之事,朕欲命汝统率军队,前往征剿,汝愿意么?"羿起身应道:"臣应当效力。"颛顼帝大喜,就授了羿一个官职。羿稽首受命。

颛顼帝又问道："共工氏的谋乱，已非一日。他的军士，都是久练的，而且兵坚器利，并制有一种厚铠，刀剑箭戟急切不能够伤他，汝看有何方法可以破敌？"羿道："厚铠虽然坚固，但是面目决不能遮掩。臣当训令部下，打起仗来，专射他的面目，那么亦可以取胜了。再者，臣还有一个药方，请帝饬人依照制配，到打仗的时候，叫军士带在身上，可以使敌人之箭不能近身，那么更可以取胜了。"颛顼帝听了大骇，说道："竟有这等奇方！是何人所发明，汝可知道？"羿道："据说是务成子发明的。"颛顼帝道："务成子是黄帝时候的人，听说其人尚在，不知确否？汝这个方是务成子传汝的么？"羿道："不是，是另一人传授给臣的。但是务成子的确尚在，不过他是个修炼之士，专喜云游四海，现在究竟不知道在何处。"说着，就从怀中将那个药方取出，递与颛顼帝。颛顼帝接来一看，只见上面写着：

  萤火虫一两　　　鬼箭羽一两

  蒺藜一两　　　　雄黄精二两

  雌黄二两　　　　羖羊角一两半（煅存性）

  矾石二两（火烧）

  铁锤柄一两半（入铁处烧焦）

  以上八味，用鸡子黄、丹雄鸡冠各一具，和捣千下，和丸如杏仁，作三角形，绛囊盛五丸，从军时系腰中，可解刀兵。

  颛顼帝看了，不禁大喜，又递与五位老师传观，便命人去采办药料，秘密地依方制造。一面就去发号施令，派兵调将，布置一切，专等共工氏来攻。

  且说那共工氏同了浮游，带了他全国的军士，果然于二十日内赶到帝邱。只见无数工人在那里工作，一见共工氏大兵到了，纷纷向东逃窜,并不见一个兵士前来迎敌。共工氏哈哈大笑,回头向浮游道:"果然不出你所料,他们竟是一无防备的。"浮游道:"此番这些人逃回去之后,他们一定知道,要防备了。我们应该火速进兵,使他们防备不及,才可以不劳而获。"共工氏道:"是。"于是立刻传令,向前进攻。浮游道:"且慢,从这里到曲阜,我晓得有两条路。一条绕菏泽以北,就是方才那些人逃去的大路,一条绕菏泽而南,是小路,但是一面傍山,一面临水,只有中间一个隘口,形势非常险要。照兵法讲起来,隘口易守,人数必少;平原难守,人数必多。我看他们就是有防备,亦必定重在平原而不重在隘口。况且刚才那些人,又多向平原逃去,他们必定以为我们是从平原进兵。现在我们却从隘口攻去,兵法所谓'出其不意,攻其无备',正是这个法子。大王以为如何?"共工氏听了,大加赞美道:"汝于兵法地势熟悉如此,何愁颛顼氏不破呢!"于是盼咐一小部分的军士摇旗呐喊,仿佛要从大路追赶的样子,一面却将大队的人都向小路而来。走了几日,到得隘口,只见前面已有军士把守,但是却不甚多。浮游传令,弓箭手先上去射,拿大戟的第二批,拿短兵的第三批,奋勇前进。今朝务必要夺到这个隘口,方才吃饭。众兵士果然个个争先,勇猛无比,那颛顼氏的军士敌不住,纷纷后退,登时夺了隘口。天色已晚,共工氏就令兵士在山坡下歇宿,一面与浮游商议,极口称赞他用兵的神妙。忽然有几个兵士走来报道:"对面山上有无数的火光,恐怕是敌人前来袭击,我们不可不防。"共工氏同浮游出来一看,果然有许多火光,闪烁往来不定。浮游笑道:"这个是假的,故作疑兵,并非来袭击我们的。"共工氏道:"何以见得?"浮游道:"他们都是这里人,这里的山路当然都是走熟的,况且今朝月色微明,果然要来袭击我们,何必用火?难道怕我们没有防备么?"共工氏一想,不错,便又问道:"那么他们为什么要设这个疑兵呢?"浮游道:"想来他们大兵都在北方,这里兵少空虚,深怕我们乘虚去攻他,所以作此疑兵,使我们不敢轻进,大约是这个意思。"共工氏听了,亦以为然。这日夜间,颛顼兵果然没有来袭击,共工氏益觉放心。到了次日,拔队前进,只见路上仅有逃避的百姓,却不见一个军士。又走了一阵,远远望见山林之中旌旗飘扬,旌旗影里,疏疏落落,有军士在那里立着。共工氏传令兵士放箭,那箭射过去,那些立站的军士依旧不动。共工氏大疑,传令冲锋。共工兵一声呐喊,冲将过去,才晓得都是些草人。当下共工氏向浮游道:"汝料他空虚,现在看此情形,一点也不差,我们可以放胆前进了……"说犹未了,只听得山前山后,陡然间起了一片喊声,从那喊声之中,飞出无数之箭,直向共工氏兵士的脸上射来,受伤者不计其数,队伍登时大乱。共工氏正要整理,只见那颛顼氏的伏兵已经四面涌出,一齐上前,将共工氏围住。共工氏赶快叫兵士扎住阵脚,用箭向颛顼兵射去,哪知没有射到他们身边,都纷纷落在地上。共工兵看了大骇,正不知是什么缘故,禁不得那面的箭射过来,大半都着。共工氏至此,料想不能取胜,就传令退兵,自己当先,向原路冲出,军士折伤不少。刚刚回到隘口,四面伏兵又起。共工氏急忙传令道:"今日我们归路已绝,不是拼死,没有生路。"众人亦知道此时的危险,于是万众一心,猛力冲突,真是困兽之斗,势不可挡。这里颛顼氏也恐怕伤人太多,传令合围的军士,放开一角,让他们出去,一面仍旧督率军士,在后面紧紧追赶。且说共工氏拼命地逃出了隘口,计算兵士已折去了大半,正要稍稍休息,和浮游商议办法,忽听得后面喊声又起,颛顼兵又追来了。这时共工兵已无斗志,四散逃生,禁不起颛顼兵大队一冲,登时将共工氏和浮游冲作两起。那浮游带了些败残兵士,拼命的逃,一时辨不得路径,直向南去,虽则逃得性命,而去冀州愈远,欲归无从。那些败残兵士,沿路渐渐散尽,只剩得孑然一身。到了淮水之边,资斧断绝,饥饿不堪,知道自己是个赤面的人,容易为人识破,想来不能脱身,不如寻个自尽吧,遂投淮水而死。这是一个小人的结局。后来到了春秋时候,他的阴魂化作一只红熊,托梦于晋国的平公,向他作祟,可见他奸恶之心死而不改,还要为恶,真是个小人呢!此是后话不提。

且说那日共工氏被大兵一冲,围在一处,幸亏他力大,终究被他杀出,带了败残兵逃回冀州去了。这里颛顼帝得胜回去,再和群臣商议。大欵道:"共工氏这个人,枭勇异常,留他去冀州,必为后患,不如乘势进兵,擒而杀之,天下方可平定。"群臣听了,都赞成其说。颛顼帝就叫金正该统率大兵,羿做副帅,共同前进。帝自己带水正昧及群臣随后进发。哪知冀州的百姓受了共工氏的暴虐,本来是不敢言而敢怒的,现在看见他大败回来,父子兄弟死伤大半,更将他恨如切齿。等到颛顼兵一到,大家相率投降,没有一个肯替他效死。共工氏知道大势已去,只得带了些亲信之人向西方逃命。那金正和羿知道了,哪里肯放松,便紧紧追赶。共工氏逃了二十多日,到了一个大泽,疲乏极了,暂且休息,问土人道:"这个泽叫什么名字?"土人道:"叫作泑泽。"(现在宁夏地方)共工氏又指着西面问道:"从这边过去,是什么地方?"土人道:"是不周山,再过去是垄山、钟山,再过去就是昆仑山了。"共工氏想道:"我现在国破家亡,无处可去。听说这昆仑山是神仙所居,中多不死之药,不如到那边去求些吃吃,虽则帝位没得到手,能够长生不死,亦可以抵过了。"想到此处,连日愁闷不觉为之一开,正要起身西行,只听得东面人声嘈杂,仔细一看,原来颛顼兵赶到了,不觉大惊,只得慌忙再向西逃,绕过泑泽,上了不周山,早被颛顼兵围住。共工氏料想不能脱身,不觉长叹一声,想起从前儿子后土劝他的话,真是后悔无及;又想起浮游的奸佞,悔不该上他的当;又想我现在已经逃到如此荒远之地,颛顼兵竟还不肯舍,真是可恶已极!想到此际,怒气冲天,说道:"罢了罢了!"举头向山峰的石壁撞去,只听得天崩地裂之声,原来共工氏固然脑裂而死,那山峰亦坍了一半,这亦可见他力大了。且说颛顼兵围住共工氏,正要上山搜索,忽听山上大声陡发,大石崩腾,疑心共工氏尚有救兵,不敢上去。过了多时不见响动,才慢慢上去窥探,却见一处山峰倒了,碎石下压着一人。金正命人拨开一看,原来是共工氏,不禁大喜,便叫军士掘土将其尸埋葬,遂和羿班师而回。

第六回

帝喾平定共工氏　庚寅日诛重黎

帝喾出巡　姜嫄游閟宫履帝武敏歆

帝喾上恒山戮诸怀　帝喾浴温泉

以上两次打平共工氏，已将旧事叙明，以下言归正传。且说帝喾之时，共工氏何以又不肯臣服呢？原来共工的百姓，强悍好乱，又给康回、共工氏两次图霸图王的风气所渐染，总想称雄于九州。这回听说颛顼帝驾崩，帝喾新即位，他们以为有机可乘，便又蠢动起来，但是其中却没有一个杰出的人才，所以乱事还不十分厉害。帝喾听了，便叫火正重黎带了兵去征讨。临行的时候，并嘱咐他，要根本解决，不可以再留遗孽。重黎领命，率领大兵直攻冀州。那些乌合之众，哪里敌得过重黎之师，不到一月，早已荡平。可是重黎是个仁慈的人，哪里肯痛下毒手处置共工氏百姓，不免姑息一点。哪知等到重黎班师回来，那共工氏的百姓又纷纷作乱起来。帝喾听了大怒，拣了一个庚寅日，将重黎杀死，以正他误国之罪。一面就叫重黎的胞弟吴回，代做火正祝融之官，并叫他带了大兵，再去攻讨。吴回因为重黎之死都是为那些乱民的缘故，替兄报仇之心切，加以帝命严厉，所以更不容情。一到那边，专用火攻，竟将那些乱民焚戮净尽，从此共工氏的名称不复再见于史册，亦可算是空前的浩劫了。等到吴回班师回来，帝喾叹道："朕非不仁，下此绝手，亦出于不得已耳。"

且说共工氏虽然平定，但是帝喾终究放心不下，意欲出外巡狩，以考察四方的动静。正要起身，适值常仪生了一个儿子，这是帝喾第一个长子，当然欢喜。过了三日，给他取了一个名字，叫作挚，恰恰和他的曾祖考少昊氏同名，这个亦可见上古时候没有避讳的一端。又过了几日，帝喾决定出巡，带了姜嫄同走，朝中的事情由金、木、水、火、土五大臣共同维持。这次出巡的地点是东、北两方，所以先向东走，绕过菏泽，到了曲阜，便到少昊氏坟上去拜祭过（少昊陵在山东曲阜市东北）。一切询风问俗的事，照例举行，不必细说。公事既毕，就和姜嫄同上泰山，在山上游了两日，方从泰山的北面下山。远远一望，只见山下莽莽一片，尽是平原，从那平原之中，又隆起一个孤阜。当下帝喾就问那随从的人："那个地方叫什么名字？"从人道："那里叫章邱。"（现在山东济南市章丘区）帝喾吩咐，就到那邱上歇歇吧。行不多路，两旁尽是田塍，大车不能通过。帝喾便命将车停下，向姜嫄道："朕和汝步行过去亦试得。"姜嫄答应，遂一齐下车，相偕而行，随从人等均在后面跟着。且说姜嫄虽是个后妃之尊，却是性好稼穑，平日在亳邑都城的时候，早在西北地方划出几百亩地，雇了几十个工人，栽桑种稻，播谷分秧，不时去经营管理，指点教导，做她的农事试验场，有的时候，往往亲自动手。这田塍路是她走惯的，所以一路行去，并不吃力。这时候，正是暮春天气，一路平畴绿野，高下参差，麦浪迎风，桃枝浥露，更是分外有趣。那些农夫，亦正疏疏落落的，低着头在那里工作。忽然抬头，看见许多人走过，不觉诧异，有的荷锄而观，有的辍耕而望，都不知道帝喾等是什么人。不一时，帝喾等到了章邱之上，只见无数人家环绕而居，虽则都是茅檐草舍，却是非常之整洁。正在观望时，忽然一片狗吠之声，早有三四条狗，狰狞咆哮，泼风似的向帝喾等冲来，磨牙张口，竟像要咬的模样。早有随从人等上前驱逐,那许多狗虽则各自躲回它的家中去,可是仍旧朝着外边猎猎地乱吠。从这群狗吠声中,却走出几个妇人来了,有的抱着小孩,有的手中还拿着未曾打成功的草鞋在那里打。见了帝喾等,便问道:"你们诸位,从哪里来的?来做什么?"随从人等过去,告诉了她们。她们一听是帝和后,慌得赶快退回。有的退回之后,仍同小孩子躲在门背后偷看,有的从后门飞也似的下邱去找男人去了。隔了一会,只见无数赤足泥腿的农民,陆陆续续都上邱来,向帝喾参拜。帝喾各各慰劳一番,又问了他们些水旱丰歉的话头,然后向他们说道:"朕此番从泰山下来,路过此地,看得风景甚好,所以过来望望,并无别事。现在正值农忙的时候,你们应该赶快去耕田,不可为朕耽误,朕亦就要去了。"众农民之中,有几个老的,说道:"我们生长在这个偏僻的地方,从来没得见过帝后,现在难得帝和后一齐同到,这个真是我们百姓的大福,所以帝和后务必要停一会再去。我们百姓虽则穷,没得什么贡献,一点蜜水总还是有的。"说着,就请帝喾到一间屋里来坐。帝喾看他们出于至诚,也就答应了。一面就有许多妇女来参见姜嫄,请到别一间屋里去坐。姜嫄就和她们问长问短,又讲了一会蚕桑种植的事情。众多妇女听了,无不诧异。有的暗中想道:"她是一个尊贵的后妃,为什么对于农家的事情,有这样的熟悉?并且内中还有我们所不知道的?这个可见得有大智慧的人,才能够享受大福气呢。"有些暗中想道:"她是后妃之尊,对于农桑的事情尚且这样的研究,可见农桑的职务正是一种极贵重的职务,我们小百姓靠农桑做生活的,更应该怎样地去研究才是。"

不提众多妇女们的心里胡思乱想,且说姜嫄坐了一会,只见帝喾那边叫人来说,时已不早,要动身了。姜嫄立即出来,同了帝喾,仍旧是步行转去。众多男女百姓在后相送,帝喾止他们不住,只得由他。正走之间,帝喾远远望见东南角上有一座山,山上有许多树林,林中隐约有一所房屋,极为高大,就问百姓道:"那边是什么所在?"百姓道:"那边是龙盘山,山上有一个閟宫。"帝喾道:"怎样叫閟宫?"百姓道:"是个庙宇。我们除了祭祀之外,或者有什么重大的事情,大家要聚会商量,那么才去开这个庙门,其余日子总是闭着的,所以叫它閟宫。"帝喾道:"里面供奉的什么神祇?"百姓道:"是女娲娘娘。我们这里没有儿子的人,只要诚心去祭祀祷求,便立刻有子,真是非常灵验呢。"帝喾听了,忽然心有所动,回头看了姜嫄一看,暂不言语。到了大路口,帝喾和姜嫄上车,命随从人等取些布帛赏赐那些百姓,那些百姓无不欢欣鼓舞而去。

这日晚上,帝喾宿于客馆之中,向姜嫄说道:"朕听见说,女娲娘娘古今都叫她做神媒,是专管天下男女婚姻事情的。男女婚姻,无非为生子起见。所以她既然管了婚姻的事情,必然兼管生子的事情,刚才那百姓所说求子灵验的话,当然可信的。汝今年已经四十多岁了,还没得生育,朕心甚为怅怅。朕拟明朝起,斋戒三日,同汝到那閟宫里去求子,汝以为何如?"姜嫄笑道:"妾今年已四十六岁了,差不多就要老了,哪里还会得生子呢?"帝喾道:"不然。古人说得好,'诚能动天'。即使五六十岁的妇人生子,亦是有的,何况现在汝尚未到五十岁呢。况且这位女娲娘娘,是个空前绝后的大女豪,生而为英,死而为神。朕想只要虔心去求,决不会没有灵验的。"说罢,立刻就要姜嫄沐浴起来,斋戒三日,拣了一只毛色纯黑的牛做祭品,又换了两乘小车坐了,径望龙盘山而来。到了山上,却见那閟宫的方向是朝南的,后面一带尽是树木,前面却紧对泰山。原来这龙盘山,就是泰山脚下的一个小支阜。当下帝后二人下了车,相偕入庙。刚到庙门,不多几步,只见路旁烂泥上面有一个极大的脚迹印在那里,五个脚趾,显然明白,足有八尺多长,就是那个大脚指头,比寻常人的全只脚也还要大些。看它的方向,足跟在后,五趾朝着庙门,却是走进庙去的时候所踏的。那时帝喾正在仔细看那庙宇的结构,仰着头,没有留心。姜嫄低头而行,早一眼看见了,诧异之极,暗想天下竟有这样大的脚,那么这个人不知道有怎样大呢,可惜不曾看见。正在想着,已进庙门,只见当中供着一位女娲娘娘的神像,衣饰庄严,丰采奕奕。这时随从人等早把祭物摆好,帝喾和姜嫄就一齐拜下去,至至诚诚地祷告一番。拜罢起身,只见四面陈设非常简陋,想来这地方的人民风俗还是极古朴的。祭罢之后,又到庙后一转,只见那些树林尽是桑树。树林之外,远远的一个孤丘,丘上有许多房屋,想来就是那日所到的章邱了。回到前面,跨出庙门,姜嫄刚要将那大人的脚迹告诉帝喾,只见帝喾仰着面正在那里望泰山,又用手指给姜嫄看道:"汝看,那一座最高的,就是泰山的正峰;那一座相仿的,就是次峰;那边山坳里,就是朕等住宿之所,许多房屋现在被山遮住,看不见了。朕和汝前日在山顶上,东望大海,西望菏泽,北望大陆,南望长淮,真个有目穷千里的样子。但是那个时候,似乎亦并不觉得怎样高。到今朝在这里看起来,方才觉得这个严严巍巍的气象,真是可望而不可即了。"帝喾正在那里乱指乱说,姜嫄一面看,一面听,一面口中答应,一面脚步慢移,不知不觉,一脚踏到那大人的脚迹上去了,所踏的恰恰是个拇指。哪知一踏着之后,姜嫄如同感受到电气一般,立刻间觉得神飞心荡,全身酥软起来,那下身仿佛有男子和她交接似的,一时如醉如痴,如梦如醒,几乎要想卧到地上去。这个时候,不但帝喾和她说话没有听见,并且连她身子究竟在什么地方,她亦不知道了。帝喾因为她好一响不答言,回转头来一看,只见她两只眼睛饧饧儿的,似开似闭,两个面庞红红儿的,若醉若羞,恍惚无力,迎风欲歌,正不知她是什么缘故,忙问道:"汝怎样?汝怎样?

汝身体觉得怎样？"一迭连问了几句，姜嫄总不答应。帝喾慌忙道："不好了，中了风邪。"连忙叫宫人过来扶着，一面将自己所穿的衣服脱下来，披在姜嫄身上，又叫宫人扶抱她上车。上车之后，帝喾又问道："汝究竟怎样？身上难过么？"姜嫄刚才被帝喾连声迭问，早经清醒过来，只是浑身酥软，动弹不得，只能不语。这次又见帝喾来问，想起前头那种情形，不觉羞愧难当，把一张脸统统涨红，直涨到胭颈上去了，却仍是一句话说不出，只好点点头而已。帝喾也不再问，吩咐从人，赶快驱车下山。过了一会，到了客馆，下得车来，帝喾又问姜嫄道："现在怎样？觉得好些么？要不要吃点药？"姜嫄此时，神气已经复原，心思亦已镇定，但是终觉难于启口，只得勉强答道："现在好了，不用吃药，刚才想来受热之故。"帝喾听了，亦不言语，就叫她早去休息。哪知姜嫄这夜，就做了一梦，梦见一个极长大的人，向她说道："我是天上的苍神，閟宫前面的大脚迹，就是我踏的。你踏着我的大拇指，真是和我有缘。我奉女娲娘娘之命，同你做了夫妻，你如今已有孕了，可知道么？"姜嫄梦中听了，又羞又怕，不觉霍然而醒。心里想想，越发诧异，但是不好意思向帝喾说，只得藏在肚里。

　　到了次日起来，身体平复如常，帝喾便吩咐动身，向西北进发。一路地势，都是沮洳卑湿，湖泽极多，人烟极少。到了大陆泽，改坐船只，渡到北岸，百姓较为繁盛。听见说帝后来了，纷纷都来迎接。帝喾照例慰劳一番，问了些民间的疾苦，一切不提。过了几日，忽见随从人等来报说，外面伊耆侯求见。帝喾大喜，就命召他进来。原来伊耆侯就是伊长孺，自从他的养女庆都做了帝喾妃子之后，帝喾见他才具不凡，就封他在伊水地方（现在河南汝阳县）做一个侯国之君。哪知他治绩果然出众，化导百姓，极有方法。适值共工乱民平定，急需贤明的长官去设法善后，帝喾便又将伊长孺改封在耆的地方（现在山西黎城县）做个侯君，叫他去化导冀州的人民，所以就叫伊耆侯。当下伊耆侯见了帝喾，行礼已毕，帝喾便问他道："汝何故在此？"伊耆侯道："臣前数日来此访一友人，听见驾到，特来迎接。"帝喾道："汝友何人？"伊耆侯道："臣友名叫展上公，是个新近得道之士。"帝喾道："就是展上么？朕久闻其名，正想一见，不料就在此地，汝可为朕介绍。"伊耆侯道："可惜他昨日已动身去了。"帝喾忙问道："他到何处去？"伊耆侯道："他本是个云游无定之人，这次听说要往海外，访羡门子高和赤松子诸人，一去不知又要隔多少年才能回来。便是臣此次前来，亦因为知道他将有远游，所以特来送他的。"帝喾道："天下竟有这样不凑巧之事，朕可谓失之交臂了。"说罢，不胜怅怅。当下帝喾就留伊耆侯在客馆夜膳。因为伊耆侯是有治绩的诸侯，特地隆重地设起飨礼来。到那行礼的时候，姜嫄亦出来陪席，坐在一边。原来上古之时，男女之间虽然讲究分别，但是并没有后世的这样严，所以遇到飨礼的时候，后妃夫人总是出来陪坐的。后来直到周朝，有一个阳国的诸侯，到一个缪侯那里去，缪侯设飨礼待他。照例缪侯夫人出来陪坐，哪知阳侯看见缪侯夫人貌美，顿起不良之心，竟杀却缪侯，夺了他的夫人去。从此之后，大家因为有了这个流弊，才把夫人陪坐这个礼节废去，直到清朝，都是如此。人家家里有客人来，主人招待，主妇总是不出来见的。现在外国风俗流到中华，请客之时，主人主妇相对陪坐，大家都说是欧化，其实不过反古而已。闲话不提，且说当日帝喾设飨款待伊耆侯，礼毕，燕坐，姜嫄也进内去了。帝喾便问伊耆侯："近来汝那边民情如何？共工氏遗民颇能改过迁善否？"伊耆侯道："臣到耆之后，确遵帝命，叫百姓勤于农桑，以尽地利；又叫他们节俭用财。有贫苦不能工作的，臣用货财去借给他，赈济他。到现在，他们颇能安居乐业，无匮乏之患了。而且风俗亦

— 49 —

渐渐趋于仁厚,颇能相亲相爱。遇到饮食的时候,大家能够互相分让;遇到急难的时候,大家能够互相救助;遇到有疾病的时候,大家也知道彼此扶持;比到从前已觉大不同了。至于共工余民,在臣所治理的耆国地方,本不甚多。有些住在那边,现在都已能改行从善,请帝放心。"帝喾听了大喜,便说道:"朕此番北来,本拟先到汝处,再到太原,再上恒山。现在既然与汝遇见,那么朕就不必再到汝处了。朕拟从涿鹿(现在河北涿鹿县)、釜山(涿鹿县东南),转到恒山,再到太原,似乎路程较为便利些。"耆侯道:"帝往恒山,臣拟扈从。"帝喾道:"不必,朕与汝将来再见吧。"伊耆侯只得退出。过了几日,帝喾起身,伊耆侯来送,说道:"臣妻近日渐老多病,颇思见臣女庆都。臣拟待帝回都之后,遣人来迓臣女归宁,不知帝肯允许否?"帝喾道:"亦是人情之常,朕无有不允。待朕归后,汝饬人来接可也。"说罢,彼此分散,伊耆侯自回耆国去了。

　　帝喾和姜嫄于是先到涿鹿,游览了黄帝的旧都,又到釜山,寻黄帝大会诸侯合符的遗迹,流连景仰一番,然后竟上恒山而来。那恒山是五岳中之北岳(现在河北曲阳县北阜平县境),山势非常雄峻,只见一路树木多是枳棘檀柘之类。帝喾暗想:"怪不得共工氏的弓箭厉害,原来做弓的好材料柘树这里独多呢。"正在想时,忽听得远远有人呼救命之声,那前面随从人等早已看见,都说道:"那边有个野兽伤人了。"说着,各挈兵器,往前救护。那野兽看见人多,就舍弃了所吃的人,向后奔逃,嘴里发出一种声音,仿佛和雁鸣一般。随从人等怕它逃去,赶快放箭,一时那野兽着了十几支箭,但是还跑了许多路,方才倒地而死。众人来看那被吃的人,早已面目不全,脏腑狼藉,一命呜呼了。只得随便掘一个坎,给他埋葬,然后将那野兽拖来见帝喾。帝喾一看,只见它形状似牛而有四角,两目极像个人,两耳又像个猪,看了半日,实在不知它是什么野兽,且叫随从人等扛着,同上山去,以便询问土人。哪知刚到半山,恰恰有许多人从上面下来,看见了野兽,一齐嚷道:"好了,好了,又打死一只'诸怀'了。"随从人等将众人引至帝前,众人知是君主,慌忙拜过了。帝喾就问道:"方才那只野兽,汝等认识么?叫什么名字?"众百姓道:"叫作'诸怀',极其凶猛,是要吃人的。我们这里的人,不知被它伤害多少了。上半年我们打杀一只,如今又打死一只,可是地方上大运气了。"帝喾道:"这个诸怀,生在这座山里的么?"众百姓应道:"是的,这座山的西面,有一条水叫诸怀水,水的两旁,森林山洞均极多,这个野兽就生长在那里,所以名字叫诸怀。"帝喾又问道:"另外有没有什么异兽呢?"众百姓道:"另外不过虎豹豺狼之类,并没有什么异兽。只有那诸怀水里,却有一种鱼,名叫鮨鱼,它的形状,身子是鱼,头却同狗一样,叫起来的声音又和婴儿一样,颇觉奇怪。但是这鱼可以治惊狂癫痫等疾病,倒是有利而无害的。"帝喾听了道:"原来如此。"又慰劳那百姓几句话,就上山而来。只见最高峰上,有一座北岳祠,祠门外有一块玲珑剔透的大石,高约二丈余,矗立在那里,石上刻着"安王"两个大字,不知是什么意思,更不知道是何年何月何人所刻的。帝喾研究了一会,莫名其妙,亦只得罢休。礼过北岳,与姜嫄各处游玩一遍,就下山往太原而来。早有台骀前来迎接,帝喾问起地方情形,台骀所奏大略与伊耆侯之言相同。帝喾随即向各处巡视一周,只见那堤防沟渠等都做得甚好,汾水中流一带,已现出一块平原来了。帝喾着实地将台骀嘉奖一番。时正炎夏,不便行路,帝喾就在太原住下,闲时与台骀讲求些水利治道。台骀有个胞兄,名叫允格,也时常来和帝喾谈论。台骀因为自己做诸侯甚久,而胞兄还是个庶人,心中着实不安,遂乘势代允格求封一个地方。帝喾道:"汝兄虽无功,但汝父玄冥师有功于国,汝现在亦能为民尽力,仗着这些关系,就封他一个地方吧。"当下就封允格于都（现在河南内乡县）。允格稽首,拜谢而去。

过了几日,帝喾忽接到握衰的信,说道:"次妃简狄父母,思念简狄,着人来迎,应否准其归去？"帝喾看了,立刻复信,准其归宁。来使去了。又过了多日,已交秋分,帝喾吩咐起身,沿着汾水,直向梁山（现在陕西合阳县北）而来。帝喾告姜嫄道:"朕久闻梁山之地,有一个泉水,无冬无夏,总是常温,可以洗浴的。此次经过,必须试验它一番。"姜嫄道:"妾闻泉出于山,总是寒凉的,为什么有温泉？真是不可解。"帝喾道:"天地之大,何奇不有。朕听说有几处地方,那个泉水,不但是温,竟热如沸汤,可以燖鸡豚,岂不是尤其可怪么！照朕看起来,古人说,地中有水、火、风三种,大约此水经过地中,受那地心火力蒸郁的缘故,亦未可知。"过了数日,到了梁山,就去寻访温泉,果然寻到了,却在西南数百里外（现在陕西澄城县境）,有三个源头,下流会合拢来,流到漆沮水（现在叫上洛水）中去的。当下帝喾就解衣入浴,洗了一会。哪知这个泉水,自此之后,竟大大地出了名,到后来大家还叫它帝喾泉,可见得是地以人传了。闲话不提。

且说帝喾知姜嫄有孕,将近分娩,就和姜嫄说道:"朕本拟从此地北到桥山（现在陕西黄陵县西北）去拜谒曾祖考黄帝的陵墓,现在汝既须生产,恐怕多绕路途非常不便。朕想此处离汝家不远,就到汝家里去生产,并且预备过年,汝看好么？"姜嫄笑道:"那是好极了。"当下帝喾便吩咐随从人等,到有邰国去。哪知走不多日,天气骤冷,飘飘扬扬地飞下了一天大雪,把路途阻止。到得雪霁天晴,重复上道,已耽搁多日。一日正行到豳邑地方（现在陕西彬州市）,一面是沮水,一面是漆水,姜嫄忽觉得腹中不舒服起来。帝喾恐怕她要生产,就立刻止住车子不走,于是就在此住下。

第七回

后稷初生遭三弃　帝喾巡狩西北

且说帝喾与姜嫄在漆、沮二水之间住下,静待生产,不知不觉,忽已多日。那时已届岁暮,寒气凛冽,渐不可挡。眼看见那些豳邑的百姓,都是穴地而居,有的一层,有的两层,上面是田阪大道,下面却是人家的住屋。每到夕阳将下,大家就钻入穴中偃卧休息,非到次日日高三丈,决不出来。那土穴里面,方广不过数丈,炊爨坐卧溲溺俱在其中,而且黑暗异常。不要说夜里,就是日间,那阳光空气亦件件不够的。但是那土穴内极其温和,有两层穴的,下层尤其温和,所以一到冬天,大家都要穴居起来,这亦所谓因地制宜的道理,无可勉强的。帝喾看了多日,暗想道:"这里居然还是太古穴居之风,竟不知道有宫室制度之美,真真可怪了。但是看到那些百姓,都是浑浑朴朴,融融泄泄,一点没有奢侈之希望,二点没有争竞之心思,实在是可爱可羡。世界上物质的文明,虽则能够使人便利,使人舒服,但是种种不道德的行为都由这个便利舒服而来,种种争杀劫夺的动机亦包含在这个便利舒服之中,比到此地之民风,真有天渊之别了。但愿这种穴居的情形,再过五千年,仍不改变才好。"正在空想时,忽有人报道:"二妃简狄娘娘来了。"帝喾听了大喜,便命简狄进来。简狄进来见过了帝喾,姜嫄听见了,亦赶快出来相见。帝喾问简狄道:"汝是否要去归宁,路过此地?"简狄道:"是的,妾家饬人来接,蒙帝许可,妾就动身了。走了三个多月,不想在此和帝后相遇,但不知帝后何以在此荒凉的地方耽搁过冬?"帝喾就将姜嫄有孕将待生产之事,说了一遍。简狄忙向姜嫄道喜。姜嫄又羞得将脸涨红了。帝喾向简狄道:"汝来得好极,朕正愁在此荒野之地,正妃生产起来,无人照应。虽然有几个宫女,终是不甚放心。现在汝可留在此间,待正妃产过之后,再归宁不迟。"简狄连声答应道:"是是,妾此来正好伺候正妃。"于是就叫那有娀国迎接简狄的人先动身归去,免得有娀侯夫妇记念。这里简狄坐了一会,姜嫄忙携了简狄的手,到房中谈心去了。

到得晚间,简狄向帝喾道:"正妃年龄已大,初次生产,恐有危险。帝应该寻一个良医来预备,省得临时束手无策。"帝喾道:"汝言极是,朕亦早已虑到。自从决定主意在此生产之后,就叫人到正妃母家去通知,并叫他立刻选一个良医来,想来日内就可到了。"又过了两日,有邰国果然来了两个医生。哪知这日姜嫄就发动生产,不到半个时辰,小儿落地。姜嫄一点没有受到苦痛,两个医生竟用不着,大家出于意外,都非常欢喜。仔细一看,是个男孩,帝喾心里尤其欢喜,拼命地去感激那位女娲娘娘。独有姜嫄,不但面无喜色,而且很露出一种不高兴的模样。众人向她道喜,她也只懒懒儿的,连笑容也没有。大家看了不解,纷纷在背后猜想。内中有一个宫女道:"小儿生落地,总是要哭的。现在这位世子,生落地后,到此刻还没有哭过。正妃娘娘的不高兴,不要是为这个缘故吧。"大家一想不错,不但没有哭过,并且连声音亦一些儿没有,甚是可怪。但是抱起来一看,那婴孩双目炯炯,手足乱动,一点没有疾病,正是不可解。简狄忙向姜嫄安慰道:"正妃有点不高兴,是不是为这个婴孩不会哭么?请你放心,这个婴孩甚好,包管你会哭的。"哪知姜嫄不听这话犹可,一听之后,就立刻说道:"这个孩子我不要了,请你给我叫人抱去抛弃他罢。"简狄当她是玩话,笑着说道:

"辛辛苦苦生了一个孩子,心上哪里肯割舍呢。"哪知姜嫄听了这话,益觉气急起来,红头涨耳,亦不说什么理由是非,口中一迭连声叫人抱去抛了。简狄至此,才知道姜嫄是真心,不是玩话,但是无论如何,猜不出她是什么心思。暗想姜嫄平日的气性,是极平和的,而且极仁慈的,何以今朝忽然如此暴躁残忍起来?况且又是她亲生之子,何以竟至于此?实在想不出这个缘故。后来忽然醒悟道:"哦!是了,不要是受了什么病,将神经错乱了。"慌忙将这个情形来告知帝喾。帝喾立刻叫医生进去诊视。医生诊过脉,又细细问察了一会,出来报告帝喾,说正妃娘娘一点都没有病象,恐怕不是受病之故。帝喾听了,亦想不出一个缘故,但听得里面姜嫄仍旧口口声声在那里吩咐宫人,叫他们抛弃这个孩子。帝喾忽然决定主意,向简狄说道:"朕看就依了正妃,将这孩子抛弃了吧。倘使不依她,恐怕她产后郁怒,生起病来,倒反于她的身体不利。况且据汝说,这个孩子生出来,到此刻声音都没有,难保不是个痴愚呆笨之人,或者生有暗疾,亦未可知。即使抚养他大来,有什么用处?朕从前一生落地,就会得说话,现在这小孩子,连哭喊都不会,可谓不肖到极点了,要他何用?我看你竟叫人抱去抛弃了罢。"简狄也只是不忍,然而帝喾既然如此吩咐,姜嫄那面想来想去亦竟没有话语可以去向她解释劝导,只得叫人将那孩子抱了出来。暗想道:"天气如此寒冷,一个新生的小孩子,丢在外边,怎禁得住?恐怕一刻工夫就要冻死,这个孩子真是命苦呀!"一面想着,一面拿出许多棉衣褓裸等来,给他穿好裹好,禁不住眼泪直流下来,向小孩叫道:"孩儿!你倘使有运气,今天夜里不冻死,到明朝日里有人看见,抱了去,那么你的性命就可以保全了。"说着,就叫人抱去抛弃,一面就走到房中,来望姜嫄。只见姜嫄已哭得同泪人一般。简狄看了,更是不解,心想:"你既然死命地要抛弃这孩子,此时又何必痛惜？既然痛惜，刚才何以死命地要抛弃？这种矛盾的心理，真是不可解的。"谁知姜嫄看见简狄走来，早已勉强忍住了泪，不哭了。简狄见她如此，也不便再去提她的话头，只得用些别的话，敷衍一番，然后来到帝喾处，告知情形。帝喾听了，亦想不出这个缘故。

　　到了次日一早，简狄心里记念着这个孩子，就叫昨晚抱去抛弃的那人来，问道："你昨晚将那孩子抛在何处？"那人道："就抛在此地附近一条隘巷里面。"简狄道："你快给我去看看，是活，是死？有没有给别人抱去？"那人应着去了。不到一刻，慌慌张张地回来报道："怪事！怪事！"这个时候，简狄正在帝喾房中。帝喾听了，便问道："什么怪事？"那人回道："刚才二妃娘娘叫小人去看那昨晚抛弃的世子冻死没有，哪知小人去一看，竟有许多牛羊在那里喂他的乳，并且温暖他，岂不是怪事！"帝喾听了，很不相信，说道："有这等事？"便另外再叫一个人去看。过了一刻，回来报道："确实是真的，小人去看的时候，正见一只牛伏在那里喂乳呢。现在百姓知道了，纷纷前来观看，大家都道诧异。这个真是怪事。"简狄听了，不胜之喜，忙向帝喾道："这个孩子，有这种异事，想来将来必定是个非常之人，请帝赶快叫人去抱回来吧。"帝喾亦以为然，于是就叫人去抱了回来。但见那孩子双目炯炯，和昨晚抱出去的时候一样，绝无受寒受饥的病容，不过仍旧不啼不哭。帝喾也觉诧异，便命简狄抱到姜嫄房中去，并将情形告诉姜嫄。哪知姜嫄不见犹可，一见了那孩子之后，又立刻恼怒起来，仍旧一定要抛弃他。简狄告诉她牛羊腓字的情形，姜嫄不信，说道："这个都是捏造出来的，天下断乎没有这回事。想来昨夜你们并没叫人去抛弃呢。"简狄没法，只得再抱到帝喾这边，告诉帝喾。帝喾想了一想，说道："再叫人抱去抛弃罢，这次并且要抛弃得远些。"简狄大惊，便求帝誉道："这恐怕使不得,一个新生的孩子,哪里吃得住这许多苦楚?况且抛弃得远些,便是山林里了,那边豺狼虎豹甚多,岂不是白白弄死这个孩子么?刚才牛羊喂乳之事,正妃虽则不相信,但是帝总明白的,并且众多百姓都知道的。妾的意思,请帝向正妃说明,将这孩子暂时抚养,等到正妃满月出房之后,亲自调查,如果出于捏造,那么再抛弃不迟。妾想想看,如果正妃知道这孩子真个有如此之异迹,就一定不会抛弃了。帝以为何如?"帝誉道："朕看不必,刚才牛羊喂乳的事情,朕亦还有点疑心。你呢,朕相信是决不会作假的人,但是那些宫人,朕却不敢保她。或者可怜那个孩子,昨夜并没有去抛弃,等到今早,汝问起之后,才抱出去的,亦未可知。不然,深夜之中,人家家里的牛羊哪里会放出来呢?所以这次朕要抛弃得远些,试试看。如果这个孩子将来真个是不凡之人,那么一定遇着救星,仍旧不会死的。假使死了,可见昨晚之事是靠不住,即使靠得住,亦是偶然凑巧,算不得稀奇了。"简狄听了,作声不得,只得再叫人抱了孩子去抛弃。

过了半日,那抱去抛弃的人转来,帝誉问他抛在哪里,那人道："抛弃在三里外,一个山林之中。"帝誉听了,便不言语。简狄听了,万分不忍,足足儿一夜没有睡着。一到黎明,就匆匆起来,正要想同帝誉说,叫人去看,哪知帝誉早已叫人去探听了。过了半日,探听的人回来,说道："真真奇事,小人刚才到郊外,只见有无数百姓都往那边跑,小人问他们为什么事,有一个百姓说道：'我今天一早,想到那边平林里伐些柴木,预备早炊,哪知到得平林之内,忽见一只豺狼伏在那里。我大吃一惊,正要用刀去斩它,仔细一看,那狼身旁却有一个初生的孩子,那狼正在喂他的乳。(现在陕西彬州市有地名叫狼乳沟便是这个古迹。)我看得稀奇极了,所以就回来,邀了大家去看。这个时候,不知道在不在那里了。'一路说,一路领着众人向前走。当时小人就跟了同去，到了平林之内，果见那只狼还在那里喂乳，所喂的小孩，就是帝子，那时方才相信。后来那只狼看见人多了，有的去赶它，它才慢慢地立起身来，将尾巴摇两摇，又到帝子脸上去嗅了一嗅，然后向山里飞跑而去。这是小人看见，千真万真的。"帝喾问道："后来怎样呢？那孩子抱回来没有？"那人道："后来那些百姓都看得稀奇极了，有两个认识的，说道：'这个孩子，就是昨日抛在隘巷里的帝子。昨日牛羊喂乳，已经奇了，今朝豺狼喂乳，更是千古未曾听见过的事情。想起来帝的儿子，福气总是很大，自有天神在那里保护的。假使是我们的儿子，不要说被豺狼吃去，在这山林之中过一夜，冻都早经冻死了。'有一个百姓说道：'我看这个帝子，相貌生得甚好，不知道帝和后为什么一定要抛弃他，真是不可解的。现在我们抱去送还帝吧，假使帝一定不要，我情愿抱去抚养他起来，你们看何如？'大家无不赞成，就抱了向这里来。小人拦阻他们不住，只得和他们一同到此，现在外边，请帝定夺。"帝喾道："那么就将小孩抱进来吧。众百姓处，传朕之命，谢谢他们。"从人答应而去。宫人抱进那个孩子来，帝喾一看，那孩子依旧不啼不哭，但是双目炯炯，神气一点亦没有两样，便知道他将来是一定有出息的，就叫简狄再抱去告诉姜嫄。哪知姜嫄还是不相信。简狄急了，说道："正妃不要再固执了，妾等或许有欺骗之事，如今帝已相信了，难道帝也来欺骗正妃么？"姜嫄道："我终究不相信。外间之事，未见得一定靠得住的。果然这孩子有如此灵异，必须我亲自试过，方才相信。"简狄道："正妃怎样试呢？"姜嫄低头想了一想，道："这房门外院子里，不是有一个大池子么，现在已经连底冻合。我要将这孩子棉衣尽行脱去，单剩小衣，抛在冰上，我自己坐在里面看。如果有一个时辰不冻死，我就抚养他。"简狄一想，又是一个难关了。如此寒天，我们大人,穿了重裘,还难禁受,何况一个新生小孩,可以单衣卧冰么?但是无法劝阻,只得又到外边来和帝喾商议。帝喾道:"依她吧,豺狼尚且不吃,寒冰未见会冻得死呢。"于是果然将小孩棉衣去尽了,单剩一件小衣,放他在冰上。哪知刚放下去,忽听得空中一阵啪啪之声,满个院子登时墨黑。大家都吃了一惊,不知何事,仔细一看,却是无数大鸟,纷纷地扑到池中,或是用大翼垫到孩子的下面,或是用大翼遮盖孩子的上面,团团圈圈,围得来密不通风,一齐伏着不动,足有一个时辰之久,把帝喾等都看得呆了。姜嫄在房中,尤其诧异之至,才相信前两次之事不是假的。正在追悔,忽然又是一阵啪啪之声,只见那些大鸟一霎都已飞去。那孩子在冰上,禁不住这股寒气,呱的一声,方才哭起来了。那哭声宏亮异常,差不多连墙外路上都能听见,足见得不是不能出声之喑者了。那时帝喾在外边看见了,不胜之喜,忙叫人去抱。说声未了,第一个飞跑出来抱的,就是简狄。原来她早将自己衣裳解开,一经抱起,就裹在怀里,走进来向姜嫄说道:"正妃娘娘!请抱他一抱,这个孩子要冻坏了。"姜嫄此时,又是惭愧,又是感激,又是懊悔,又是心疼,禁不住一阵心酸,那眼泪竟同珠子一样,簌簌地落下来。早有宫人递过小孩的衣服,给他穿好,姜嫄就抱在怀中。从此以后,用用心心地抚养他了。帝喾因为这孩子几次三番要抛弃的,所以给他取一个名字,就叫作"弃",后来又给他取一个号,叫作"度辰",这是后话,不提。

过了弥月之后,帝喾常到姜嫄房中看视小孩。有一天晚上,简狄不在旁边,帝喾就盘问姜嫄道:"汝这么大年纪,好容易生了一个男孩,这孩子也生得甚好,并没有什么不祥的事情,虽则不会啼哭,亦并不要紧,为什么一定要抛弃他?并且仿佛要立刻弄死他的样子,朕甚为不解。照汝平日的行为看起来,决不是这种残忍之人,亦决不是偶然之间性情改变,一定有一个什么缘故,汝可说与朕听。"姜嫄听了,登时又把脸儿涨得通红。欲待说出来,实在难以启口;欲待不说,禁不得帝喾再三催促。正在为难,帝喾已看出了,又催着道:"汝只管说,无论什么话,都不要紧的。"姜嫄没法,只得将那日踏大人脚迹,及夜梦苍神的情形,大略说了一遍。帝喾听了,哈哈大笑道:"原来如此,所以自从那日之后,朕看汝总是闷怏怏的不高兴,一提起有孕,汝就将脸涨红了,原来就是这个缘故。汝何以不早和朕说呢,假使和朕说了,这几个月不会得尽管愁闷,那弃儿亦不会得受这种苦楚了。老实和汝说,这个不是妖异,正是祥瑞。当初伏羲太皞帝的母亲华胥,就是和汝一样,踏了大人脚迹而有孕的。即如母后生朕,亦是因为踏了大人脚迹才有孕的。汝如不相信,回到亳都之后,去问问母后,就知道了。汝快放心,这是祥瑞,不是妖异。"说罢,就将弃抱过来,向他叫道:"弃儿!你起初不啼不哭,朕以为汝是不肖之极。现在汝亦是踏迹而生,朕才知道汝真是极肖之肖子了。前此种种,真是委屈了汝。"姜嫄听了这番话,方才明白,从此之后,胸中才一无芥蒂。

过了几日,帝喾向简狄说道:"汝此次归宁,朕因正妃生产,留汝在此,差不多有两个月了。现在正妃既已满月,汝亦可以动身,免得汝二亲悬望。朕打算明日饬人送正妃到有邰国去,使他骨肉团聚,一面由朕送汝到有娀,汝看何如?"简狄笑道:"帝亲送妾,妾实不敢当。"帝喾道:"此次巡狩,本来各地都要去的。现在送汝归去,亦可说并不为汝,只算是顺便罢了。"到了次日,帝喾果然遣姜嫄到有邰国去,约定转来的时候,一同回去。这里就和简狄沿着泾水向有娀国而行。

第八回

浴玄池简狄吞燕卵　稷泽玉膏

　　且说帝喾偕简狄到了有娀国,那简狄的父亲有娀侯早来迎接。有娀侯料到帝喾或将亲来,为尊敬起见,特地筑起一座九层的高台,等帝喾到了,就请帝喾到台上游赏。这日晚间,便在台上设飨礼款待,有娀侯夫人亦出来相陪。一时撞钟擂鼓,奏乐唱歌,非常热闹。过了两日,帝喾向简狄道:"汝难得归家,正好定省二亲。朕拟再向西方一巡,往返约有多日,待朕转来,再与汝一同归去吧。"次日,帝喾果然动身。这里简狄和他的父母,骨肉团聚,好不快活。简狄有一个妹子,名叫建疵,年纪不过二十多岁,生得活泼聪明,善于游戏。此次遇到简狄回家来,尤其高兴之至,几乎整日整夜地缠着简狄,不是说,就是笑,或是顽皮,只碍着帝喾在外边,有时要叫简狄去说话,还不能畅所欲为。凑巧帝喾西巡去了,她就立刻和母亲说道:"这回姐姐是后妃娘娘了,我们万万不可以怠慢她,要恭恭敬敬地请她一请才是。"她母亲笑道:"姐姐来的时候,不是已经请她过么?你还要怎样请法?"建疵道:"不是,不是,那回请的是帝,不是请后妃娘娘。现在我要专诚请一请后妃娘娘,和那日请帝一样,才算得恭敬呢。"简狄听了,笑得连忙来扪她的嘴,说道:"你不要再胡闹了。"建疵用手推开,说道:"后妃娘娘不要客气,我是一定要请的。"当下她母亲说道:"也好也好,前日造好了这座九层的高台,我只上去过一次,既在夜间,又要行礼,实在没有仔细地游览。我们就是明朝,到台上去吃午膳吧。"建疵道:"好极好极!那台上钟鼓乐器,我知道还在那里呢,我们明日午膳的时候,一面吃,一面撞钟擂鼓的作起乐来,岂不是有趣么!"于是就去告诉有娀侯,有娀侯也允许了。

到了次日,大家都到台上,先向四面一望,但见南面的不周山,高耸云端,上面还有许多积雪;东面的渤泽,汪洋无际;西北面隐隐见一片流沙。建疵用手指指,向简狄道:"姐姐!帝在那里呢,你看见么?他还在那里记念你呢。"正说笑间,忽见一双燕子,高低上下,从前面飞掠而过。简狄的母亲道:"现在有燕子了!今年的燕子,来得早呀!"简狄道:"不是,今年的节气早呢。虽则是仲春之初,实在已近春分,所以燕子也来了。"建疵笑道:"不是,不是,它因为帝和后妃娘娘双双而来,所以它们亦双双而来,明朝还要双双地同去呢。"她母亲呵斥她道:"不要如此顽皮,怎么拿燕子比起帝来,真正是大不敬!明朝帝知道了,定要拿你去治罪呢。"建疵笑着,刚要回言,忽见宫人来请吃饭,大家就一同就坐。建疵一定要拖简狄坐首席,简狄央告道:"好妹妹,不要胡闹了,我们吃饭吧。世界上哪有女儿坐在母亲上面的道理呢?"建疵道:"你是后妃娘娘,哪里可拿了寻常女儿的道理来讲呢?"简狄一定不依,建疵也只得罢了。正吃之际,建疵看见乐器,又说道:"有这许多现成乐器,我们何不传了乐工来,叫他们奏一会乐呢。"她的母亲正色说道:"这却使不得。天子吃饭,才可以奏乐,我们吃饭奏乐,岂不是僭用天子之礼么!这个一定试不得。"建疵笑道:"现在不要紧,天子虽不在,后妃娘娘在此,就和天子一样,怕他什么。"她母亲摇摇手道:"这个断乎试不得。"建疵道:"那么我们改变些,不要撞钟,单是擂鼓,不传乐工,就叫宫人动手,总算后妃娘娘比天子降一等,想来决不要紧了。"说着,不管她母亲允不允,立刻叫宫人擂起鼓来。她一面吃,一面听,听到鼓声渊渊的时候,竟是乐不可支,说道:"有趣,有趣!我以后每次吃饭,必定要叫人在旁边擂鼓,亦是个行乐的法子。"众人看她这个举动,都向她笑。饭吃完后,鼓声亦止,她母亲先下台而去。姐妹二人又游眺说笑一会,刚要下台,只见刚才那一双燕子又飞来了,直到台上。建疵忙叫简狄道:"姐姐!我们捉住它。"说着,就用手去捉。简狄看这一双燕子非常有趣,亦帮同捉起来。燕子在各种飞鸟之中,飞得最快,本来是万万捉不着的,可怪这一双燕子,嘴里"谥隘谥隘"的乱叫,但是飞来飞去,东一停,西一息,总不飞出台外。忽然之间,建疵捉着了一只,还有一只亦被宫人捉住了。急切之间,没有物件可以安放它,凑巧旁边有一个玉筐,就拿来权且罩着。这时建疵已跑得两腮通红,气急吁吁,向简狄说道:"我宫中有一个养鸟的笼子,可以养的。"说着就叫宫人去取。不一会取到了,建疵就要去揭那玉筐。简狄道:"你要小心,不要被它逃去。"建疵道:"不会不会。"一面说,一面轻轻揭那玉筐,不提防两只燕子竟如等着一般,筐子微微一开,它们就从那缝里挤出,双双向北飞去了。急得建疵大跌其足,懊悔不迭。简狄也连声说:"可惜可惜!"哪知揭开筐子之后,筐下却有玲玲珑珑两个小卵。姐妹二人看见,重复大喜起来,齐声说道:"这一刹那的时候,已生下了两个卵,真是奇怪!难道这两只燕子,不是雌雄一对,都是雌的么?"众宫人因为燕卵是不常见的东西,都纷纷来看。建疵更是乐不可支,向简狄叫道:"姐姐!我们今朝的事情,奇怪极了,快活极了,我们不可不做一个歌儿,作为纪念。"简狄听说,也很赞成,于是姐妹两个就共同作起一首歌来,题目叫作《燕燕往飞》。据说这首歌的音节,做得非常之妙,后世的人推它为北音之祖,但是可惜歌词久已失传,在下编书,不敢乱造,只好空起不提。

且说二女作完了歌之后,时已不早,就取了二卵归宫而去。过了两日,正交春分,天气骤然融和,春光非常明媚。建疵又向她母亲说,要想同简狄到郊外游玩游玩。她母亲道:"我正在这里想呢,你姐姐做了帝妃,已经多年了,还没得生育,这是很要紧的事情。离此地五里路外,有一座高禖庙,奉祠的是女娲娘娘,据说极其灵验。明日正是春分节,我打算叫你姐姐去拜拜女娲娘娘,求个儿子。你同去游玩一转,亦是好的。"便问简狄道:"你看何如?"简狄虽则不好意思,但是一则不忍违母之意,二则姜嫄祷閟宫而得子之事,她是知道的,所以也就答应了,就去斋戒沐浴。

到得次日,她母亲早将祭品备好,就看她姐妹二人动身。来至郊外,但见水边柳眼,渐渐垂青,山上岚光,微微欲笑,不禁心旷神怡。走了半日,到一个土丘之上,果见一座庙,朝着东方,虽则不甚宏大,却也十分整洁。姐妹二人同走进去,简狄诚心拜祷过,就在庙内暂歇,问那随从的人道:"此丘叫什么名字?"从人道:"叫玄邱。那边丘下一个池,就叫玄池,亦叫玄圃。因为那水底甚深,水色甚黑,所以取这个名。"(现在甘肃山丹县西南)建疵一听,就拖了简狄要去看。到得丘下,果然看见一泓潭水,却是黑沉沉的,直约五丈,横约八丈余,偏着南面角上,有一块坦平的石头,从水中涌出来,不知它是天生成的还是人放在那里的。简狄问从人道:"这个池水,有出口没有?"从人道:"有出口的,东北角上那个缺口,便是通外面的路。这一流出去,就叫黑水,下流直通到弱水呢。但是这个池水,是暖泉,无论怎样严寒,从不结冰,可是一流到外面,就变冷了。"建疵听说这池水是温的,又稀奇起来,便向简狄道:"天下竟有温暖的泉水,可怪之至!"简狄道:"有什么稀奇,天下世界,这种温泉多得很呢。前月我听见帝说,梁山地方,就有一个温泉,帝还去洗过浴呢。"建疵忙问道:"可以洗浴么?"简狄道:"有什么不可以洗。据说,有些患皮肤病的人,还可以洗浴治病呢。"建疵道:"我今朝走得浑身是汗,实在难过,我们就在这里洗他一个浴,亦是难得的。"简狄笑道:"你不要胡闹,你又不患皮肤病,洗他做什么?况且青天白日之下,随从人等都在这里,我们两个女子,赤身裸体,洗起浴来,成什么样子?"建疵道:"洗浴不过玩玩的,你说我没有皮肤病,难道帝在梁山洗浴,是患皮肤病么?至于随从人等,都可以叫他们走开去,不许在此。其余小百姓,知道我们国君的女儿、帝王的后妃在此,当然不敢过来了,怕他什么?"说着,"好姐姐,好姐姐"地叫着,蹶个不休。简狄无奈,只得依她,先遣开了从人,叫他们在外面等着,并且拦阻游人,不许放他们过来,然后姐妹两个,解衣入池。那水果然是很温暖,简狄叫建疵道:"你可要小心,这个不是玩的事。我看那边,有一块平坦石头的地方,水底当然浅一点,我们到那边去洗吧。"建疵依言,同到那边,果然水底较浅,不过齐到大腿罢了。二人正在洗浴的时候,忽然一双燕子又是颉颃上下的,在池面飞来飞去。建疵叫简狄道:"姐姐!那日一双燕子又飞来了。"简狄道:"你何以知道就是那日的一双燕子?"建疵道:"我看过去,有点认识它们,料想它们也有点认识我们。不然,为什么不怕人,尽管来依傍着我们呢?"简狄正要笑她,忽然见那双燕子竟飞到平坦石头上伏着了,离着简狄甚近。建疵又叫道:"姐姐!快些捉住它。"简狄道:"我们在这里洗浴,怎么捉起燕子来呢?就使捉住它,用什么东西来安放呀?"建疵道:"不打紧,我有方法。"简狄伸起手,正要去捉,哪知一双燕子早已飞去了,却又生下一颗五色的卵,玲玲珑珑,放在石头上,甚是可爱。简狄看见,亦是稀奇,便用手取来。但是又要洗浴揩身,这颗卵苦于没有安放的地方,正在踌躇,建疵又叫道:"姐姐!小心,不可捏破。我看你暂时放在嘴里含一含,到了岸上,再取出来吧。"简狄一想,亦好,于是就含在口中。刚要回到岸边,只见建疵在前面被水底石子一绊,几乎跌下去。简狄一急,要想叫起来,一个不留意,那颗燕卵竟咽下喉咙去了,但觉一股暖气,从胸口直达下部,登时浑身酥软,渐渐地有些不自在起来了。简狄急忙凝一凝神,镇定心思,勉强一步一步挨到岸边。这时建疵已先上岸,在那里揩身着衣,嘴里还埋怨简狄道:"姐姐!你为什么走得这样慢?那颗燕卵,可以拿来交给我了。"哪知简狄这时,有气无力,跨不上岸,更答应不出来。建疵看了诧异,便过来搀扶,一面替简狄揩抹,一面问道:"姐姐!你为什么面上如此之红,神气非常懒懈,莫非有点不爽快么?"简狄点点头,只管穿衣。建疵又用手到简狄口边来取燕卵,简狄连连摇头,仍是一言不发。建疵不知是为什么缘故,只好呆呆地看。过了一会,简狄衣裳穿好,神气渐渐恢复,才埋怨建疵道:"都是你走路不小心,绊了一绊,害我着急,连那颗卵都吞到肚里去了,到现在我的心还在跳呢。"建疵叫道:"阿唷!怎么吞落肚子去了,可惜可惜。但是我知道燕卵是无毒的,就是吞在肚里,亦会消化,决无妨害。姐姐!你可放心。"简狄道:"我被你急了一急,现在觉得甚为疲倦,我们回去吧。"建疵依言,找齐了随从的人,便匆匆归去,将出游大略向她母亲述了一遍。这日晚上,简狄因日间吞卵的情形太觉稀奇,无精打采,睡得甚早。哪知自此以后,不知不觉已有孕了。所以后人作诗,有两句,叫作"天命玄鸟,降尔生商",便是这个典故。

且说帝喾那日动身之后,先到不周山上,看那共工氏触死的遗迹,流连凭吊一会,又向西行。到了崒山,但见山上多是些丹木,圆叶红茎,非常美丽。据土人说,这种丹木,花是黄的,果是红的,其味极甜,吃了可以使人长久不饥。帝喾道:"这是好极了,可惜此时没有果子,不能尝它一尝;又可惜这树只生在此地,假使各地方都种植起来,大可便利百姓,免得有凶荒之患。"从官道:"那么帝何不迁它几株,到都城里去种种呢!"帝喾道:"朕亦这般想。不过各样树木,都有一个本性,都有一个土宜,换了土宜,便失却它的本性,是不能活的;即使活着,它的利益功用亦不能保全。不知道这种丹木本性如何,可不可以移植。汝等且去找个土人问问。"从官答应而去。过了一会,领了一个土人来,帝喾就问他丹木的本性。土人道:"这种丹木,很难养的,种的时候要用玉膏来浇灌,浇灌五年,它的颜色才能够五彩光鲜,它的果味才能够馨香甜美,可以疗饥。假使不用玉膏浇灌,是养不活的;玉膏浇灌得不足,亦是养不活的。"帝喾道:"玉膏是什么东西?出在何处?"土人道:"这玉膏是玉的精华,出在西面稷泽之中。稷泽之中所出的玉,就是这玉膏结成的。据老辈说,这个玉膏的滋味,和美酒一样,人多饮了,就可以长生不老。但是此处所生,还不是最好的,最好的玉膏出在少室山和华山的顶上,人倘能饮到,立刻可以成仙呢。"帝喾道:"现在这些丹木都不是汝等种的么?"土人道:"不是,是前代的老辈所种的。"帝喾道:"汝等为什么不种呢?"土人道:"就是因为玉膏难得呀。玉膏的源,在稷泽西南面,从前沸沸汤汤,来得很多,现在不大有了,所以丹木也不能种了。"帝喾道:"原来如此。"便遣发那土人回去。一面想,那玉膏必定是一种灵物,何妨去探检一回呢。主意定了,就吩咐从人,径向稷泽(现在甘肃瓜州县迤西至新疆一带)而来,但见一片渺茫,直向西边,竟不知道它的面积有多大。帝喾道:"刚才土人说,玉膏的上源在稷泽西南面,朕径向西南面而去寻吧。"哪知走了两日,道途极其艰难,却在泽旁发现一块碑文,上面有九句韵文刻着,叫作:

    瑾瑜之玉为良。坚栗精密,浊泽而有光。五色发作,以和柔刚。天地鬼神,是食是飨。君子服之,以御不祥。

帝喾看完,想道:照这韵文看起来,这泽中所生的,不必一定是玉,或者是玉之一类,比玉还要坚硬些,亦未可知。便叫左右到水边去寻。寻了半日,果然得到一种似石非石、似玉非玉的东西,但是在太阳中看起来,光彩闪烁夺目,而且坚硬异常。同时,又有两个人寻出几块玉来,一块是黑的,其余都是白的。帝喾使取过一块白玉来,将那似玉非玉的东西向玉上一刮,那块白玉登时分为两半。众人都诧异道:"好厉害呀!"帝喾道:"此物碑文上既然说'君子服之,以御不祥',朕就带在身边吧。"再向西南寻去,哪知愈走愈难,一片汪洋,竟是无路可通。帝喾道:"现在春水方生,所以泽中水满,看来走不过去,只好等将来再来寻吧。"就命左右转身回去。

过了多日,回到有娀国,那简狄已是每饭常呕,喜食酸味。帝喾知道她已有孕,不禁大喜,便向她说道:"现在汝省亲已毕,朕欲偕汝同归,汝意何如?"简狄道:"妾自然应该同归去的。"当晚就将帝意告知父母。那有娀侯夫妇,虽则爱女情切,但因是帝意,亦不敢强留。独有那建疵听见了这话,如同青天打了一个霹雳,顿时心中万分悲苦,掉下泪来。倒是简狄劝慰她说道:"我此番归去,过一年两年,总可以再来的,你好好在此侍奉父母,不可心焦。昨天帝给我一块黑玉,说是稷泽之中得到的,是个宝物,现在我送给你吧。"说着,从衣袋里面取出来递与建疵。但是,嫡亲骨肉多年阔别,方才聚首了两月,又要分离,想到这里,心中亦万分难过,禁不住也扑簌簌滴下泪来。过了两日,有娀侯再设飨礼,替帝喾饯行,仍在那九层高台上;建疵和她母亲亦在宫里设宴,替简狄饯行,闹忙了一日。到了次日,帝喾就同简狄动身,一路向有邰国而来。

第九回

荍山遇泰逢喜神　姮娥窃药奔月之历史

且说帝喾和简狄到了有邰国,有邰国侯和姜嫄接着,设飨款待,一切自不消说。过了几日,帝喾向姜嫄说,要同回去了。姜嫄不敢违拗,有邰国君亦固留不住,只得照例设飨饯行,又向帝喾道:"从此地到亳都,有两条路。一条是陆路,沿着南山,逾过熊耳山,向洛水而去;一条是水路,过山海,出华山,亦到洛水。请问帝走哪一条?臣可以去预备。"帝喾道:"朕一年以来,坐车的时候多,乘舟的时候少,但是乘舟比较舒服些,朕就走水路吧。"有邰国君听了,就去预备船只。到了动身的那一天,有邰国君直送到山海边(山海在现在陕西终南山以北、周至县以东,直到山西解县等地皆是。今为平陆,古为大潮),等帝妃等开船之后,方才回去。

这里帝喾等解缆东行,走了多日,才到华山脚下泊住。远见太华之山,削成四方,高约五千仞,气象非常奇特。帝喾因归心甚切,无暇再去游玩,不过在船头指点,与姜嫄、简狄二妃观看而已。到了中条山(现在山西解县南),舍舟登陆,逾过几重山岭,已是洛水,顺流而下,渐渐将近亳都。一日晚间,宿在一座山下,帝喾正与二妃计算路程,说道明日一定可到了,简狄忽然抬头看见对面山上有一个人,浑身发出光彩,竟如大晕儿一般,虽在黑夜之中,看过去清清楚楚,不觉诧异之极,忙叫帝喾和姜嫄看。姜嫄看了,也是诧

— 69 —

异,问帝喾道:"想来是个妖人,否则必是仙人。"帝喾道:"都不是,这座山名叫鸉山,这个是神人,名叫泰逢,就住在鸉山的南面。他是个吉神,凡人有喜庆之事,才能够看见他。朕看见已不止一次了,他后面还生一条虎尾呢,汝等不信,且待他转身的时候,留心看着……"说犹未了,那泰逢吉神旋转身来,向山的东方行去。大家仔细一看,他后面果然拖着一条虎尾,不住地动摇,方才相信。简狄道:"我们这番归去,遇见吉神,想来总是好的。"姜嫄笑道:"应在你呢,保佑你生个好儿子。"帝喾在旁听了,笑笑不语。

　　过了一日,已到亳都,早有百官前来迎接。帝喾一一慰劳过,然后同二妃入宫。那时握裒抱着弃儿,自是开心,又知道简狄亦有身孕,更是欢喜。一日,忽报伊耆侯处饬人来接庆都归宁。帝喾答应,准其归去。又过数日,帝喾正在视朝,外边报称,有一个老将,名字叫羿的,前来求见。帝喾大喜,立刻宣召入内。行礼已毕,帝喾向羿一看,只见他长身猿臂,修髯飘拂,大有神仙之概。便问道:"汝今年几岁了?"羿答道:"臣今年九十八岁了。"帝喾道:"看汝精神甚健。"羿答道:"叨帝的福庇,精神尚好,不减壮时。"帝喾道:"那是难得之极了。朕久闻汝立功先朝,甚为钦佩,前几年共工氏作乱,朕曾遣人各处寻汝,未能寻到,不知道这几十年之中汝究在何处?"羿听了这一问,脸上顿时显出一种怒容,随即说道:"老臣自从在先帝时,平定共工氏之后,闲居三十年。当时天下太平,真所谓英雄无用武之地。有一年,老臣忽然大病,病愈之后,精力大不如从前,颇有衰弱之象。仔细一想,自古以来,一个人总逃不去一个死字。无论你如何的英雄豪杰,无论你如何的才德学问,一旦到得死了,统统化归乌有,这是最可怕的。假使有一个方法,能够长生不死,岂不好么?因此一想,就向先帝告了一个假,出外云游,求仙访道,希望得到一个方法。奔走数年,居然有人指点道:昆仑山旁边有一座玉山,玉山上有一个西王母,她是与天同寿的活神仙,她那里不死之药甚多。不过凡夫俗体,大概都不能上去,如果能够上去,问西王母讨些吃吃,当然可以不死了。老臣一想,那条路是从前攻打共工氏的时候走过的,老臣是凡夫俗体,能不能走上去,那是另外一个问题,既然知道有这个方法,当然要去走呀。不料给老臣一个不良之妻知道了,她拼命地缠着老臣,一定要同去。老臣劝阻她,说这万里迢迢的远路,你是一个弱女子,如何能够去得呢。哪知这个狠心不良之妻,一定要同去。她说:'路虽则远,总是人走的,岂有不可去之理。况且你我是恩爱夫妻,生则同衾,死则同穴。现在你要做神仙了,剩着我一个人在这里,孤苦老死,你过意得去么?'当时老臣又劝阻她,说道:'我此番去,能不能见到西王母,是难说的。如果见不着,你同去岂不是空跑么!'那黑心的妻道:'如果见不到,你也是跑一个空,和我一样,有什么要紧呢!况且你我两个人同去,一个无缘,见不到,或许别一个有缘,因此能够见得到,亦未可知。就使那时我见不到,我总不来抱怨你就是了。'老臣听了无法,平日本来是爱怜她、纵容她惯的,只得和她同走。到了玉山一问,哪知西王母不在玉山,在昆仑山。寻到昆仑山,却有弱水万重,四面环绕。后来遇见了一个西王母的使者,承他接引,老臣夫妇居然都能够身到昆仑,叩见西王母,并蒙西王母分外的优待,赐酒赐果,吃了许多。老臣就说明来意,要想讨一点不死之药。西王母听了,笑说道:'不死之药呢,此地应有尽有。不过吃不吃得成功,是有福命的。'当时老臣不知道西王母的话中有因,心里想道,如果药已到手,岂有吃不成之理,就不去细想它。到了次日,西王母果然拿了两包药出来,一包是给老臣的,一包是给黑心妻的。当下西王母就向老臣等说明吃药的方法,并且说要到稷泽吸取白玉膏,作吃药的引子,方才有效。西王母说完,老臣刚要致谢,只见那不良妻先立起来,向西王母致谢,并且问道:'承西王母赏赐妾等灵药,妾等是非常感激的。但是吃一包,可以长生不死,吃两包,有没有害处呢?'西王母听了,向她看了看,笑道:'吃一包,尚且可以长生不死,吃两包,当然可以白日飞升,长生无极,与天齐寿了,还有什么疑心呢?'当时老臣虽然觉得她们问答的话语都有些古怪,但是总想不到那个狠毒之妻竟会得起不良之心呀!等到谢了西王母,下了昆仑山,渡过弱水,到稷泽地方住下,老臣就向那黑心妻说道:'你在此守住灵药,我去取白玉膏来。'不料从早至暮,寻了一日,路约跑了几十里,白玉膏总寻不出,只得回到旅舍,且待明日再说。回到旅舍的时候,看见那不良妻正和一个同住的男子在那里切切促促,不知讲什么话。后来老臣向不良妻盘问刚才同她讲话的是什么人,她答道:'是个卜卦先生,名字叫有黄。'老臣听了,亦不在意。次日一早,老臣依旧去寻白玉膏,好不容易,居然得到许多。回到旅舍,原拟与不良妻分做药引,哪知不良妻已不见了。到处寻觅,终无下落,寻寻那两包灵药,亦都不知所往。老臣到此,才知道那狠毒妻早怀一个不良之心,深恨自己没有见识,一向受她的愚弄。后来又翻转一想,这个灵药吃的时候,西王母吩咐,必须有白玉膏作引子的。她没有白玉膏,虽则偷了药去,有何用处!她是个聪明人,即使有不良之心,亦不至于如此冒昧。况且万里之外,举目无亲,山高水长,跋涉不易,她即使要偷药而逃,亦逃不到哪里去。恐怕一个弱女子,亦没有这样大的胆量。或者因为我一日找不到白玉膏,她要想帮我找,迷了路途,亦未可知。想到这里,心中的气渐渐平下来,倒反替她担忧。正要想出门去寻,恰好遇见那卜卦先生有黄。忽然想起昨日他们两个谈话的情形,暗想,问着这个人或者可以得到一点消息,于是就抓住有黄,问他要人。有黄问道:'那位女子是你的尊夫人么?'老臣答应道：'是。'有黄道：'我并不认识尊夫人，我是在此地以卜卦为职业的。昨日上午，遇见尊夫人，尊夫人便向我询问取白玉膏的地方。这白玉膏，是此地特产，远近闻名的，现在虽则很难寻到，但我是以卜卦为职业的人，既承尊夫人下问，就随即卜了一卦，叫她向某处地方去寻。尊夫人听了，立即出门而去，究竟她有没有寻到，不得而知。到了傍晚，就是你老先生将要回来的前一刻，尊夫人又来找我，说就要远行，再叫我替他卜一个卦，问问向哪个方向走好。当下我就给她卜了一个卦，却是大吉大吉的，有五句繇辞，我还记下在这里。'说着就从身边取出，递与老臣。老臣一看，只见上面写道：

　　翩翩归妹，独将西行。逢天晦芒，无恐无惊。后且大昌。

那有黄道：'照这个繇辞看起来，是向西走的好，尊夫人一定是向西去了。我看你老先生，还是赶快向西去追才是。抓住我有黄，有何用处？我实在不知道你们两夫妇到底为什么事呀。'老臣一听，这话不错，那狠毒的妻偷药的罪恶，到此已经证实，只气得一个发昏。要想立刻去追，但是天已昏黑，不能行路，只得在旅舍中再住一夜，愈思愈恨，愈想愈气，一夜何曾睡着！挨到天明，即刻起身，向西方追去。沿途访问，果然都说有一个单身年轻美貌女子，刚才向前过去。但是追了一个月，总是追不上。后来追到一处，亦不知是什么地方，忽然遇到一个人，交给老臣一封书，他说：'三日前，有一个女子交给他，并且说：倘有一个男子来追寻女子的，就将这封书给他看。'那人因见老臣沿途访问，知道是寻女子的人，所以就将这封书递与老臣。老臣看那书面笔迹，果然是那黑心妻所写的。及至拆开一看，直气得手足发颤，几乎晕去。"帝誉忙问："汝妻书上怎样写？"老将羿道："她书上写的是：

'妾此次窃药奔窜,实属负君。然前日西王母有言,服食灵药,须视福命。稷泽白玉膏,君求之竟日不得,妾于无意中得之,即此一端而言,君无服药成仙之福命亦审矣。无福命而妄求,纵使得之,亦必有祸。妾不忍君之终罹于祸,故窃药而去,迹虽近于不义,实亦区区爱君之心也。妾现已寄居月窟,广寒四万八千户,颇足容身,并蒙月中五帝夫人暨诸仙侣非常优待。灵桂婆娑,当秋而馥,玉兔腾跃,捣药而馨,俯仰之间,颇足自适。所不能忘者君耳!青天碧海,夜夜此心。每当三五良宵,君但矫首遐观,或亦能鉴此苦衷乎!此间与下界隔绝,除是飞仙,决难辄到,君亦不必作无谓之寻求矣。倘果念妾,或有志成仙,可再向西王母处请求灵药。如有福命,讵难如愿?东隅之失,桑榆之收,不过迟早间事。妾在清虚紫府,敬当扫径以俟,把晤匪遥,言不尽意。'

帝想想看,她偷了老臣的药,还说是爱惜老臣,这是什么话!而且书上所说的,又像嘲笑,又像奚落,又像挖苦,使人看了难受,真正可恶极了!"说到此处,怒气冲冲,声色俱厉。帝喾见他如此情形,不免安慰他道:"汝妻如此无情无义,实属可恶。但事已至此,怒也无益,不如看开些吧。依朕看来,汝妻书上所说,叫汝再去昆仑山求药,却是一法,汝何不去求呢?"羿听了,连连顿足道:"老臣当时,何尝不如此想呢!自从接到狠毒妻的书信以后,料想再追也无益,于是就转身向昆仑山而行。哪知弱水无情,去了三次,始终遇不到那个接引之人,渡不过去,只能回转。不信老臣竟没有这样的福命,算起来总是被那狠毒妻所陷害的呀!"金正该在旁边说道:"某从前和老将同打共工氏的时候,曾听见说老将有神箭神弓,便是天上的星宿亦射得下的,何妨将这个明月射它下来,使尊夫人无可容身,岂不是可以报怨么!"羿道:"当初忿激极的时候,亦如此想,后来仔细考虑,有三层不可。第一层,我有这种绝技,那狠毒妻是知道的。我还有一个避箭的药方,那狠毒妻亦是知道的。她是个聪明伶俐的人,岂有不防到这一着之理。万一射它不下,更要为她所耻笑了。第二层,明月与他种妖星不同,它是上面有关系于天文,下面有关系于民生的东西。万一竟被我射下来,便是以私怨害公益,其罪甚大。古人所谓'投鼠忌器',我所以不敢。第三层,我当初所以拼命去追赶她的缘故,不过想问她讨回灵药,并非有害她性命的心思。仔细想来,究竟是结发夫妻。妻虽不仁,夫不可以不义。古人有言:'宁人负我,毋我负人。'况且我已经是不能长生的了,若射下明月,铲除她的窝巢,绝了她的前程,使她亦不能长生,未免损人不利己。岂但负人,岂但不义,简直是个愚人。如此一想,我所以不射的。"木正重道:"老将如此忠厚存心,实在甚可钦佩,将来难说还有得到灵药的机会呢。"帝喾又问道:"汝妻何姓何名?现年几岁?"羿道:"她姓纯狐氏,名叫姮娥,那年逃窜的时候三十五岁,是老臣的继室。老臣因为她年轻貌美,自己又衰老,不免溺爱纵容一点,以致酿成如此结果,这亦是老臣自作之孽,到此刻亦无可说了。"帝喾道:"汝既来此,可肯为朕暂留,将来如有四方之事,还须望汝宣劳,汝意何如?"羿急忙稽首道:"老臣敢不效力!"帝喾大喜,即传命授羿以司衡之职,并且取了白羽所做的箭,名叫"累矰"的,以及彤弓、蒿矢之类,赏赐予羿。羿再拜稽首谢恩而出。

第十回

简狄剖胸而生禼　熊泉之役

帝喾挈女南巡

帝喾一日退朝后,正在书室休息,忽有宫人来报,说道:"太后有请。"帝喾急忙进去问安。握裒道:"今日次妃生产,从早上到此刻,交骨不开,胸前仿佛有物顶住,不时晕去,诸医束手,都说凶多吉少,这事如之奈何?"说罢,脸上露出一种凄愁之色。帝喾道:"母亲放心,儿看简狄这个人,仁而有礼,不像会遭凶折之人。医生虽如此说,或者是他们学识不足之故。儿且到外边,令人寻访良医,能有救星,亦未可知。即使终于无救,人事总是应该尽的,母亲以为何如?"握裒道:"汝言极是,可赶快叫人去寻。"帝喾答应,退出,忙令左右分头去探访治难产之人。寻到半夜,居然请了一位进来,却是向来没有盛名的,年纪不过四十多岁。行过礼之后,帝喾也不及细问姓名,便问道:"汝能治难产么?"那医生道:"小民略有所知。"帝喾便令人引至后宫。原来此时简狄已经昏晕过去,不省人事,姜嫄、常仪等都急得痛哭不止,握裒更自悲伤。医生进来,也不及行礼招呼,便命他去诊治。那医生走到床边,先将简狄的脸色细细察看,又将两手的脉诊过了,然后向胸前四周揿了一会,回头向握裒、姜嫄等说道:"诸位可放心,这是奇产,不是难产,并不要紧。"握裒等听了略略宽怀,就问道:"果真不要紧么?"那医生连声道:"不要紧,不要紧,小民有弟子二人,并器具都在外边,请饬人去叫他们进来,可以动手。"握衰听了不解,一面命人去叫他的弟子,一面就问道:"事已危急,如何治法?何以要用器具?"医生道:"并不危急,太后放心。次妃此种生产,系另一种产法,与寻常不同,须将胸口剖开,然后可产,所以必须用器具。"握衰听了,大惊失色,姜嫄、常仪及宫人等亦均恐慌不置。握衰便问道:"这事岂不甚危险么?万一致命,将如之何?况且胎在腹中,至多不过剖腹,何至于剖胸?汝不会治错么?"那医生道:"不会治错,非剖胸不能生,小民何敢以人命为儿戏,太后但请放心。"握衰听了,犹疑不决。这时医生的两个弟子已携器具而来,那医生就吩咐他们配药理具,预备动手。常仪在旁,便向握衰说道:"太后何不请帝进来,决一决呢?"握衰道:"不错不错。"急命人去请帝。少顷,帝喾来到,那医生就将他的治法说明。帝喾道:"不会治错么?"那医生道:"不会治错。如有差虞,愿服上刑,以正庸医杀人之罪。"帝喾道:"此法究竟危险,舍此有何良法?"那医生道:"此法并不危险,舍此却无他法。"帝喾看他应对从容,料他必是高手,遂决定道:"既如此,就费汝之心,为朕妃一治,将来再当厚谢。"那医生道:"不敢,不敢。小民应该效力的。"说着,又向握衰道:"太后、后妃,如果看了胆怯,暂请回避,最好一无声息,庶几医生与产妇都不致心乱。"帝喾道:"极是,极是。"于是握衰、姜嫄等都退入后舍,单留两个宫人在室中伺候。医生便问宫人道:"小儿褓褓、热水等都已预备好否?"两宫人道:"都已预备好了。"那医生听了,就叫弟子将一块湿布在简狄脸上一遮,一面叫一个宫人拿了火,一个宫人揭开被,解开简狄的上衣,露出胸脯来,并将裤略褪到脐边,然后自己脱去下裳,早有弟子递过一柄小薄刀,医生接在手里,跳上床去,两个弟子各拿了药水器具,立在床边。那医生先用些药水,将简狄胸前搽了一搽,然后轻轻用刀先将外皮一直一横地画作十字形,用器具

— 77 —

将四方挑开,又轻轻用刀将里面的膜肉画成十字形,用器具四方挑开。顷刻之间,那胸前现出一个大窟窿,热血流溢不止。说也奇怪,从那窟窿之中,登时露出小儿的胎发来。医生看见胎发,急忙用手将简狄身上四面一捻一揿,那小儿连胞直从窟窿中钻出。一个弟子放下器具,双手捧过来,随即将胞衣剥去,如剥笋壳一般,却是一个男孩。这时两宫人看见这种情形,已吓得面色雪白,心跳不止。那小儿剥去胞衣,露出身面,为寒气所袭,哇哇地哭起来。那弟子随即将孩子递与宫人,并轻声嘱咐道:"要小心。"此时宫人如梦方醒,捧了小儿自去洗浴包扎,不提。且说这边一个弟子捧过小孩之后,另一个弟子早将药线、药针、药布等递与医生。医生立刻将里面的膜肉和外皮一层一层地合好,再用药线一针一针地缝起来,那窟窿就不见了。又用布略略揩去血迹,用一个大膏药贴上,又取出一块丈余长的白布,嘱咐宫人将产妇身上从背至胸层层裹住,七日之后方可除去,但须轻轻动手,不可震动。原来此次收生,自始至终,不过一刻工夫,已经完毕。帝喾在床侧,不住眼地观看,深叹其技术之精深,手段之敏捷,心中佩服不已。看他跳下床来,急忙过去,等他净了手之后,就举手向他致谢道:"辛苦辛苦!费神费神!"那医生刚要取下裳来穿,见帝喾如此情形,慌得谦逊不迭。正要开言,哪知握衷、姜嫄、常仪等听见外面小儿啼哭声非常洪亮,忍不住都走出来了。握衷先问道:"次妃怎样?"医生道:"小民用麻醉药将其闷住,大约过一刻就会醒来,此时不可去惊动她。"握衷听了,总不放心,走到床边,俯身一听,觉简狄鼻息轻匀,不过如睡熟一般,将心略略放下。回头看见小孩,知道又得一孙,不觉欢喜。帝喾向握衷道:"夜已深了,母亲如此高年,可请安睡,不要再为儿辈操心了。"握衷道:"何尝不是,但刚才急得将疲倦都忘记了,现在已经平安,我就去睡,也好。"说着,慢慢地过去,由姜嫄、常仪陪了进去。

这里帝喾就向医生道："时已不早,汝辛苦之后,想必饥饿,朕已命人预备食物,且到外边坐吧。吃过食物之后,朕再遣人送汝归去。"医生再三谦谢,即说道："帝赐食物不敢当,但是小民还有两个药方,须写出来,待次妃醒来之后,可以照服。"帝喾道："如此正好。"便命宫人持烛引导,径向书室而来。医生一看,却是小小的三间平屋,屋中燃着一支大烛,此时正是深夜,虽觉不甚看得清楚,但觉陈设极其简单,除去四壁都是些简册之外,几乎别无所有。医生至此暗暗佩服帝的俭德。宫人将坐席布好,却是南北向的,帝喾便命医生西面坐,是个客位。医生哪里敢坐。帝喾道："在朝堂之上,须讲君臣之礼,那么自然朕居上位。如今在朕私室之中,汝当然是客,切不可拘泥。况且朕仍旧是南面,无伤于礼制,汝坐下吧。"医生不得已,告罪坐下。两个弟子在下面,另外一席。帝喾向医生道："汝之医术,实在高明,朕深佩服,但不知还是自己研究出来的呢,还是有师傅授的呢?"医生道："臣有师傅授。"帝喾道："汝师何人?"医生道："小民的老师有好几个,一个名叫俞跗,一个名叫少跗,是两弟兄。他们的治病,不用汤药,不用针石,不用按摩之术,不用熨帖之法,专门割皮、解肌、诀脉、结筋、搦髓脑、揲膏肓、爪幕、湔浣肠胃、漱涤五脏、练精易形。小民刚才治次妃的手术,就是从这两位老师那里学来的。还有两个老师,一个叫巫彭,一个叫桐君。他们两个,善于内科,创造种种方药,以救人命。至于剖割、洗浣、针灸等方法,亦会得,不过没有俞老师那样精就是了。"帝喾道："原来汝就是他们几个人的弟子,所以医术有如此之精,朕真失敬了。那几位大医家,都是先曾祖皇考的臣子,当时与先祖皇考及岐伯、雷公诸人,共同研究医术,发明不少,为后世医药之祖,朕都知道的。原来汝就是他们的弟子,朕真失敬了。但是汝既具如此绝艺,应该大名鼎鼎,四远传播,何以近在咫尺,朕竟不知?是否汝不行道么?"医生道:"小民不甚为人治病。"帝喾道:"为什么缘故呢?"医生道:"小民有五个原因:第一个原因,医道至微,人命至重。小民虽得诸名师之传授,略有所知,但是终不敢自信,深恐误人。第二个原因,小民性喜研究各种典籍,若为人治病之时多,虽则也可以多得些经验,但是自己研究之功不免荒疏,因此反而无进步。第三个原因,小民生性戆直,不能阿附病家,以至不为病家所欢迎,求治者遂少。第四个原因,同道之人易生嫉妒。我不如人,自问应该退让;人不如我,相形尤恐招忌,轻则谗谤相加,重则可以性命相搏。从前有一个良医,极其高明,可是他太喜欢出风头了,听见哪一处贵重妇人,他就为带下医;听见哪一处爱重老人,他就为耳目瘄医;听见哪一处喜欢小儿,他就为小儿医;虽则名闻天下,但是到后来终究为人刺死。可见盛名之下,是不容易居的。小民兢兢以此为鉴,所以不敢多为人治病。第五个原因,医生的职务,本为救人,并非借此牟利。但现在的医生,牟利的心多,救人的心少。小民倘使和他们一样,高抬身价,非多少谢礼不治,那么对不起自己的本心,就是对不起这个职业,更对不起从前尽心传授我的几位老师。假使不索厚谢,来者不拒,那么不但夺尽别个医生的衣食饭碗,招怨愈深,并且可以从早到晚,刻无暇晷,小民自己的精力如何支得住呢?虽说医家有割股之心,应该为人牺牲的,但是精力有限,则疏忽难免,因此而反致误人,那么何苦呢!所以小民定一个例,每过几年,必定迁移一个地方,更换一个姓名,不使人知道得多,那么求治的自少了。这次搬到亳都,尚属不久,因此大家不甚知道小民。"帝喾道:"原来如此,那么汝之人品心术,更可敬了。但是朕有大疑之处,要请教汝。古今妇人生产之理,总是一定的,现在次妃的生产,汝知道她不循常理,而从胸口,这是什么缘故?

还是古来是有这种产法的呢,还是汝自己研究出来的呢?"医生道:"古来是有的,不过不必一定从胸口生产,或从背上生,或从胁生,或从两腋生,都是有的。最奇怪的有四个妇人:一个是有孕之后,过了十个月,还不生产,而她的额角上生了一个疮,渐生渐大,后来那个婴儿竟从额疮上钻出。还有一个,是从股中生出的。还有一个,有孕之后,她的髀上痒不可挡,搔之成疮,儿即从疮中生出。还有一个,尤其奇怪,她有孕之后,觉得那胎儿渐渐坠下至股中,又渐渐坠下至足中,又渐渐至足拇指中,其大如杯,其痛欲折,后来竟从足拇指上生出,岂不是奇怪么!大概这种生产法,古人叫作圻副,历史上间或有之,不过不多罢了。"帝喾道:"这种生产的小儿,能养得大么?"医生道:"养得大呀。依小民的观察,从胁生、从腋生、从胸生、从背生的这种小儿,不但养得大,而且一定是个非常之人。从额生、从股生、从髀生、从足拇指生,那种小儿就不足道了。比较起来,从额生的稍稍好一点,至于抚养亦没有不容易抚养的。"帝喾道:"汝怎样知道这种小儿是非常人与寻常人呢?"医生道:"人之生产,本有常轨。他不循常轨,而别出一途,足见他出生之初已与众不同,岂不是个非常之人么!但是妇人受孕,总在腹中的,从胸、从背、从胁、从腋,仍在腹之四周,所谓奇而不失于正,所以不失为非常之人。至于额上、股上、髀上、足趾上,离腹已远,而且都是骨肉团结之处,绝无空隙可以容受胎儿,他们一定要从此处生出,太觉好奇,当然不能成为大器的。但是从额生的,尚有向上之心,还可以做个统兵之将。至于从足拇指而生,可谓下流之至,一定毫无出息了。"帝喾道:"据汝看起来,朕这个剖胸而生之子,将来能有出息么?"医生道:"从胁、从腋、从胸、从背四种生产法,都是奇的,细细分别起来,又有不同。从胁、从腋生的,奇而偏,将来或入于神仙之途,与国家不见得有什么利益。从背而生的,奇中之奇,将来建奇功、立奇业,大有利益于国家,但是他自己本身,不免受尽艰苦。至于从胸生的,奇而正,将来能建勋劳于国家,流福祚于子孙,而他自己一生亦安善平康,一无危险。不是小民说一句恭维的话,这位帝子,恐怕真是天地间灵气所钟呢!"帝喾笑道:"太夸奖了。朕想起来,此次次妃生产,幸而遇到汝,才能免于危险。但是同汝一样医道高深之人,旷古以来,能有几个?假使有这种奇产,而不遇到良医,那么虽则是天地间灵气所钟,而灵气不能出世,反致母子俱毙,将如之何?岂不是灵气反成戾气么?"医生道:"依小民愚见,决不至于如此。因为天地灵气钟毓,决非偶然,既然要他这样生,一定有法来补救。即如小民去年在岳阳(现在山西岳阳县)行医,因为求诊的人太多,搬了出来,本意先到帝邱,再来此地。不知如何一来变计,先到此地,恰好为次妃收产。即使小民不来,或者别有一个医理胜于小民的人来治,亦未可知。即使竟没有人来治,时候过得久了,或者胸口竟会开裂,小儿自会钻出,亦未可知,不过创口难合,做产妇的多受一点痛苦罢了。灵气已经钟毓,而不能出世,母子俱毙,决无此理。"帝喾刚要再问,食物已经搬到,大家正在腹饥,各自举箸。正吃间,一个宫人来问道:"次妃已醒,想啜粥,可啜么?"医生道:"可啜,可啜。要薄,要热,不可啜多。"宫人答应自去。这里帝喾等吃完之后,天已透明,那医生即要过笔来,细细开了两个方剂,向帝喾道:"第一方服三剂,第二方服五剂,就可以痊愈了。"说罢,兴辞。帝喾再三道谢,命人送至宫外,自己再到里面来看简狄,哪知握衷、姜嫄、常仪等都在那里。帝喾就问握衷道:"母亲不曾睡么?太劳神了。"握衷道:"刚才去睡,只是睡不熟,心里记挂,所以就起来了。这位医生,真是神医,刚才我来,次妃刚醒,问问她,竟一点不知道,一些不觉痛苦,你说奇不奇!"帝喾道:"那医生医术果然是精的,他还有两个药方开在这里呢。"说罢,从身边取出,递与姜嫄,叫她去料理,又向握哀道:"天已大明,母亲忙碌一夜,终究以休息休息为是,儿也要视朝去了。"于是母子分散。到了第三日,帝喾给这小孩子取一个名字,叫"禼"。禼是一种虫儿,因为他的生产与人不同,所以当作一种虫儿,以志奇异。一面再叫人去请那医生,预备给他一个官职,叫他多收弟子,以求医学的昌明。哪知去的人转来说,那医生昨日早晨回去,急忙收拾行李,带了他两个弟子,不知搬到何处去了。帝喾听了,怅惜不已。

又过了数月,帝喾视朝,向群臣说道:"朕去年巡狩东北西三方,尚有南方未曾去过。现在朝廷无事,朕拟再往南方一巡,汝诸臣仍依前次之例,在都同理政务,各尽其职。朕此行预算不过三四月而已。"诸臣齐声答应。只见老将司衡起身奏道:"帝往南方,老臣情愿率兵扈从,以防不虞。"帝喾道:"朕的巡狩,无非是采风问俗、察访闾阎疾苦、考求政治利弊的意思,所以轻车简从,绝不铺张。因为一铺张之后,有司的供给华丽,百姓的徭役烦苛,都是不能免的,不是为民而巡狩,倒反是害民而巡狩了。况且要想采风问俗、察访疾苦、考求利弊,尤非轻车简从不可,因为如此才可以使得君民不隔绝,种种得到真相。假使大队车徒前去,不但有司听见了风声可以预先作伪,就是百姓亦见而震惊,何敢尽情吐露?所以朕不愿带兵前去。至于南方小民,皆朕赤子,何怨于朕,欲加危害,以致不测?汝未免过虑了。"羿道:"帝有所不知,南方之地,老臣是跑惯的。那边的百姓,三苗、九黎、南蛮、西戎多半杂居。万一遇到不可理喻的人,不可以德感,那么将如之何?所以请帝须要慎重,还是老臣率兵扈从的好。"帝喾听了,沉吟不决。火正吴回道:"臣职掌南方,知道戎蛮的性情。古人说:有备无患。臣的意思,还是请老将率兵扈从为是。"帝喾道:"那么由司衡选择有技艺材武的师徒五百人,率以从行,想来亦足以御不虞了。"司衡羿道:"如此亦好。"于是就退朝,自去挑选。

这里帝喾入宫,禀知握衰,说要南巡。握衰知道是国家之事,当然无语。哪知被帝女听见了,便和帝喾说,要同去。帝喾道:"此去路很远,很难走呢。刚才司衡老将说,还有苗黎戎蛮等类,恐要为患。汝一小小女子,如何同去?岂不是添朕之累么?"谁知帝女只是蹶着,要同去游历游历,以扩眼界。原来帝女此时已二十岁了,生性极喜欢游乐,亳都附近的山水,早给她游遍了,常嫌不足,要想游遍天下以畅其志。前岁帝喾出巡,她正患病,不能同行,深以为恨。这次帝喾又要出巡,她自然蹶着不肯放过了。她相貌既好,人又聪明伶俐,大家都很爱怜她,握衰尤视如珍宝。这次看见她要同去,就向帝喾说道:"我看就同她去吧,四妃也同去。上年正妃、次妃不是都同去过?这次亦可给她们母女两个增增见识。虽则路上比较难走些,但是有老将羿扈从,大约可以放心的。"帝喾见母亲吩咐,不敢违拗,只得答应下来。那常仪与帝女二个都是欢喜之至,自去准备一切行李。帝喾先布告南方诸侯,约定日期,在南岳相会,然后择日起身。

哪知事不凑巧,刚到起身前一日,忽然接到熊泉地方的警报,说有寇贼作乱,其势非常猖獗,官兵往剿,迭遭失败,不得已请朝廷速与援军,否则百姓不堪设想等语。帝喾见了,即刻召集群臣商议。金正该道:"臣闻熊泉地方的将士,素称精练,如今竟为寇贼所败,料贼中必有能人,未可轻敌。臣意须司衡羿前往,方可以奏肤功,不知帝意何如?"帝喾道:"汝言极是,朕亦如此想。"羿道:"军旅之事,老臣不敢辞。但此刻方将扈从南巡,不能分身,请帝展缓行期,待老臣杀贼归来,何如?"帝喾道:"这个却不必。朕素以信示天下,南巡日期业已通知各诸侯,今忽改期,殊失信用,朕所不取。朕自问以诚待诸侯,以仁待百姓,想来此行,未必有甚危害。即使苗蛮黎戎之类,或有蠢动,那邻近的诸侯和百姓必能救援,似乎可以无虑。现在熊泉之民,水深火热,不得安枕,朕甚忧之。比较起来,自以救熊泉之民为急,朕一人之安危次之,汝其速往。"羿听了,只得稽首受命,统率将士,星夜往熊泉而去,不提。

次日,帝喾带了常仪和帝女,辞了握衷,依旧准期起行。握衷看见帝女去了,不知不觉一阵心酸,流下泪来,仿佛从此不能再见的光景,亦不知何故。三人出了宫门,同上车子,除了五百卫士及随从人等之外,尚有一只大狗盘瓠。那盘瓠生得雄壮非常,咆哮跳跃起来,仿佛和猛虎一般。一向随帝女深闭宫中,不免拘束,现在得到外边,昂头腾绰,忽在车前,忽在车后,忽而驰入森林之中,忽而饮水于小溪之畔,觉得它乐不可支,益发显得它的灵警活泼。帝女在车上看见,指指它向帝喾道:"父亲曾说南方路上不好走,恐怕有苗蛮黎戎等为患。现在我有这只狗,如果他们敢来,包管先咬他一百二十个。"说罢,格格笑个不止,那车子亦循着大路一直而去。

第十一回

山膏骂人,兽能人言　黄帝与蚩尤战争之历史

且说帝喾这次出巡,预定的路程是由嵩山(一名外方山,现在河南登封市北)到荆州,然后渡云梦大泽,浮湘水而达南岳。一日,经过镮辕口(河南洛阳市偃师区南),帝喾指向帝女道:"前面已是少室山了。"帝女道:"听说这座山上,有白玉膏,一服就可以成仙,不知有此事么?"帝喾道:"此事见于记载,想必有的。昆仑山、玉山和这座山,都以白玉膏著名。昆仑、玉山,阻以弱水,此山太峻峭,都不能够上去,所以服白玉膏而成仙的甚少。大约神仙之事真不容易呢。"次日,游过少室山,又到太室山,登嵩山之绝顶,徘徊瞻眺了一会。时值深秋,白云红叶,翠柏黄花,点缀岩岫间,天然图画,常仪和帝女都是见所未见,欣赏不置。帝喾道:"朕游天下,五岳已走过四个。泰山以雄伟著名,华山以奇秀著名,恒山以高古著名,独有此山,虽然没有泰山、恒、华的高奇,但气象雍容,神彩秀朗,仿佛王者宅中居正,端冕垂绅,不大声以色,而德意自远。朕建都在此山之北,亦是这个缘故。"一日,车驾行至一山,忽听得树林内有人叫骂之声。仔细一听,仿佛骂道:"你们这一班恶人!你们这班贱人!你这个把狗做老婆的东西!你这只贼狗!"如此接连不断地在那里骂,大家都非常之诧异。向树林中一望,并不见有人,只见那盘瓠耸起双耳,竖起长尾,霍地大嗥一声,直向林中窜

去。猛听得"你这贼狗！你这恶狗！你这凶狗！"又是一阵大骂之声，以后寂无声息了。左右追纵过去，只见盘瓠在乱草丛中抓住一只赤如丹火的动物，在那里乱咬。仔细一看，仿佛像一只猪形，赶快来报帝喾。帝喾猛然想到道："朕听见苦山之山，产生一兽，名曰山膏，其状如豚，赤若丹火，善于骂人，不要就是此兽么？"即遣左右去探听此山何名。左右道："方才已问过，此山名叫苦山。"帝喾道："那么不用说，一定是山膏了。这个畜生，不过偶然学到几句人话，就庞然自大起来。人家并没有去冲犯它，它却逢人便骂。今日不免有杀身之祸，这个亦可以给那种放肆无礼的人做个榜样。"

　　隔了一会，到了客馆住下，大家又谈起刚才山膏骂人之事。常仪便问帝喾："兽能人言，真是奇事。"帝喾道："兽能人言的种类多着呢，最著名的是猩猩，它不但能够人言，并且能够知道人的姓名，并且能够知道过去之事，岂不是奇怪么！还有一种名叫角端，它的形状，似鹿而马尾，浑身绿色，只生一只角，它不但能说人言，而且于四夷之言亦都能了解，又能知道未来之事，岂不更奇怪么！"帝女忙问道："这个角端，出在何处？"帝喾道："它是个旄星之精，圣人在上的时候，它才奉书而至，是个不常见的灵物，并无一定出处的。还有一种名叫白泽，浑身毛片都是雪白的，它不但能说人言，并且能够通于万物之情，为民除害。高祖皇考东巡狩到海滨，曾经遇到此兽。当时问它天下鬼神的事情，它都一一回答出来。高祖皇考一面问，一面将它的话录出来，或画出来，自古精气为物、游魂为变者，共总得到一万一千五百二十种，就取名叫作白泽图，后来又作了一篇祝邪的文章去祝它，岂不尤其奇怪么！"帝女道："后来这个白泽兽哪里去了？"帝喾道："这种是神兽，不常出现的。大约做君主的明德幽远，它才出来一次。如今朕的德行,远不及高祖皇考,所以它亦不来了。"帝女道:"女儿听见说,高祖皇考后来上天成仙,这事是真的么?"帝喾道:"为什么不真?当初高祖皇考以武功定四夷,以文德化兆民。后来功成之后,到首山采铜,又到荆山下铸鼎。鼎成之后,就有一条神龙,垂着极长的胡髯,从天上下来。高祖皇考知道是来迎接他的,就带了随身的物件及弓剑等,与群臣后宫诀别,然后骑上龙去。群臣后宫知道高祖皇考要登仙了,大家亦都赶快骑上龙去,共总有七十多人。那时龙已渐渐腾起,有些小臣赶不及骑上龙的,都抓住龙髯。龙禁不起这许多人的重量,疼痛起来,把头一昂,凌空而上,龙髯拔去的不少。那些小臣手抓龙髯坠下地来,并且将高祖皇考的弓都震了下来。那时百姓在下面的,何止几千万人。高祖皇考既上了天,大家看不见了,于是有的抱了弓,有的抱了龙髯,大家一齐痛哭。所以后世之人,将这个地方取名叫鼎湖,将这张弓取名叫乌号,此事见于历史,的确有的,为什么疑心它不真呢?"帝女道:"高祖皇考的坟,现在桥山,既然成了仙,为什么还有陵墓呢?"帝喾道:"那个陵墓是假的,后人因为思慕高祖皇考的恩德,所以取了他平日所穿的衣冠,葬在里面,筑起陵来,以便祭祀展拜,并不是真的呀。"帝女道:"原来如此。但是女儿有一种感想,高祖皇考既然以功德隆重,得道而成仙,像父亲现在功德,比到高祖皇考,据女儿看起来,实在差不多,将来多少年之后,难说亦有神龙来迎接父亲上天成仙呢。"帝喾笑道:"汝看得道成仙如此之容易么?当初高祖皇考,生而神灵,弱而能言,幼而循齐,长而聪明,成而敦敏,能够役使百灵,可算得是个天纵之圣人,但是还不能坐而得道,必定要经过多多少少的访求,得过多多少少的名师,才能够通彻一切的秘要,穷道尽真,方才得到成仙的结果。朕哪里能够如此呢,汝真看得成仙太容易了。"帝女道："高祖皇考怎样的访求,有几位名师,如何的传授,如何能够成仙,父亲必知其详,何妨说与女儿听听呢。"帝喾道："精微的道理,朕不能知,所以亦不能说。至于高祖皇考经过的事迹,书册俱在,朕都知道,可以和汝说的。大凡一个人要成仙,须有五个条件。第一要德行高深,第二要智慧绝伦,第三要得天神的帮助,第四至少要立一千三百件善事,第五要有名师传授,得到丹诀和导引服食的方法。这五个条件,缺一不可。高祖皇考的德行智慧,历历在人耳目,朕可以不必再说。最难得的,就是得天神的帮助,这是后人所万不能及的。当初高祖皇考在有熊地方(现在河南新郑市)做诸侯的时候,同时北方有一个诸侯,名叫蚩尤,带了他的臣子作起乱来。那蚩尤氏有兄弟八十一人,个个生得铜头、铁额、石项,而且身子极像个猛兽,有八肱、八趾,手像虎爪,掌有威文,凶恶无比,甚而至于飞空走险,无所不能,抟沙为饭,以石作粮,你看奇不奇呢!凑巧那时候有一座葛卢山崩了,洪水盈溢。水退之后,露出一种矿质,名叫赤金,蚩尤氏就拿了这种赤金来铸兵器,一种叫剑,一种叫铠,一种叫矛,一种叫戟。后来又有一座雍狐山崩了,又露出赤金,他又拿来铸兵器,叫作雍狐之戟、狐父之戈。又创出一种兵器,名叫弩,能够从远方射过去伤人。他们既然生得这般凶恶,又有这种利器,人民已经敌他不过了;他们又变幻无方,能够呼风唤雨,兴云作雾,种种妖奇不一而足。因此之故,暴虐百姓,无所不致。史书上有两句话,叫作'顿戟一怒,伏尸满野。'照这两句话看起来,他们的暴行可怕不可怕呢!那个时候,炎帝榆罔做天子,能力薄弱,没有方法制伏他,只好封他做个卿士,叫他专制西方,管理百工之事,以为可以羁縻他了。哪知蚩尤氏狼心无厌,一定要夺取帝位。一日带了兵来打榆罔。榆罔敌不住,弃了帝位,逃到涿鹿地方去。那蚩尤氏就自称为炎帝,行起封禅之礼来,又要攻灭其他的诸侯。那时高祖皇考在有熊,德高望重,其他诸侯和榆罔都来归命于高祖皇考,要请高祖皇考去讨伐他。当时高祖皇考还想用仁义去感化他,哪知这种一半像人、一半像兽的东西,决不是'仁义'两个字所能感化的,于是乎只好和他打仗。但是无论如何总打他不过,因为蚩尤氏的兵器都是极犀利的赤金铸成,高祖皇考的兵器都是竹木玉石之类,即使万众一心,拼命死战,也不能支持呢。况且蚩尤氏又善于变幻之术,到得危急的时候,或是暴风扬沙,或是急雨倾盆,使高祖皇考之兵不能前进;或是大雾迷漫,或是浓云笼罩,几里路中间不能辨别方向,他却于中乘机攻击。因此之故,高祖皇考屡次攻打总是失败。有一日,又败下来了,退到泰山脚下,聚集残兵,与上将风后、力牧等筹划抵御方法,左思右想,总想不出。高祖皇考心中忧愁焦急,不觉仰天长叹了几声,因为连日战争疲劳,遂退到帐中,昏昏睡去。哪知从这几声长叹之中,感动了上界的一位天神,这位天神,就是端居在玉山的西王母。她知道高祖皇考有难,就叫了九天玄女来,吩咐道:'现在下界蚩尤氏作乱,暴虐百姓,公孙轩辕征讨不下,汝可前往助他一臂。'九天玄女领命,正要起身,西王母道:'且慢,我还有事。'说着,就吩咐旁边侍立的素女道:'把我藏着的一件狐裘取来。'素女将狐裘取到,西王母又取过一方帛布,画了一道符,叫素女拿了,同玄女前往下界,交与公孙轩辕氏。素女领命,与玄女同下山来。那九天,玄女的真身,本来是个鸟形。这次下山,却化为一个绝色美女,骑着一只丹凤,驾着一片景云,穿了一件九色彩翠之衣。那素女也是个天仙,穿了一身洁白之衣,也驾着彩云,和玄女一齐东行,真是瞬息万里,不多时已到泰山脚下。二人按落云头,下了丹凤,一同向大营中走去。那时高祖皇考正在昏睡,所有兵士,三五成群,因为连日战斗疲乏了,正在那里休息。忽然看见来了两个绝色女子,一个彩衣,一个素衣,素衣女子手中,又捧着一件玄狐的裘,不禁诧异。只见那素衣女子问道:'汝主现在何处?'那些军士都是高祖皇考训练过的,都有道德,都有知识,不比那草寇强盗的兵士,一无纪律,所到之处,不是掳掠,就是奸淫,所以他们虽则溃败之后,荒僻之地,遇到两个绝色孤身的女子,仍是恭敬相待,绝不敢稍存兽心。听见她问到君主,更加客气,便齐声答道:'我主正睡着呢,汝等有何事,来此动问?'彩衣女子道:'我们有要事请见,烦诸位为我通报。'军士答应入内。高祖皇考闻知,立刻接见。行礼已毕,玄女、素女说明来意,高祖皇考感激不尽,西向再拜,便将蚩尤氏的凶恶厉害变幻和自己屡次打败的缘故,向二女说知。素女道:'这个不难抵御,请帝放心。'说罢,将狐裘一袭、灵符一道递与高祖皇考,并说道:'穿了这狐裘,刀戟大弩不能伤,佩了这灵符,风雨云雾不致迷,自然会成功了。'高祖皇考听了这两句话,不觉怀疑,便问:'某去攻打蚩尤,全仗军士。假使军士都受伤,独某一个人不受伤;军士都着迷,独某一个人不着迷;何济于事呢?'玄女道:'请帝放心,还有方法呢。蚩尤氏最厉害的,就是刀戟大弩,但是我们亦可以制造的。蚩尤氏最善变幻的,就是风雨云雾,但是我们亦有方法可以破他的。这次西王母叫某等下山相助,有许多事情接洽,恐怕非住在帝营中几个月不能完毕,我们一切慢慢可以细谈。现在这狐裘,这灵符,系西王母特诚叫某等奉赠与帝,请帝穿了、佩了吧。'高祖皇考听了,不胜之喜,慌忙穿好了裘、佩了符,西向再拜,恭恭敬敬将二女留下,再问道:'蚩尤氏的兵器,如何仿造呢?'玄女道:'蚩尤氏的兵器是铜做的。离此地不远,有一座山,叫作昆吾之山(现在江苏徐州市铜山区），那山上就出铜，其色如火，帝可以叫人去凿。凿到一百尺深，还没遇到泉水的时候，再凿下去，看见有火光如星一般的迸出来，那就是了。拿来用火锻炼，就可以得到纯粹的真铜，拿这铜去制造剑戟，岂不是就可以和他相敌么。再仿照他大弩的方法，做成一块小小的铜尖头，缚在小竹竿上，将这尖竿射出去，岂不是比他的大弩还要便利适用么！'高祖皇考听了大喜，又问道：'那么破风雨、灭烟雾的方法如何呢？'玄女道：'这个一时说不明白，我有一种图样在此。'说着，从身边取出，递与高祖皇考。高祖皇考一看，只见上面画着一物，上半边仿佛像个柜，但是顶上和后面都缺一块的，有一个人站在上面，一手擎起，向前方指着，前面又伸出一条半圆形的物件，下半边两个大圆圈形的东西，圆圈中间，满撑着无数的条子。高祖皇考看了不解其故，忙问道：'这个有什么妙用呢？'玄女道：'这种器具，都是从前所没有的，现在只好给它假定几个名字。刚才所说的那个小尖竿，可以叫它作矢，同弩一样的物件，可以叫它作弓。此刻这个物件，可以叫它作车。分开来说，下半边的两个大圆圈可以叫它作轮，前面伸出半圆形的物件可以叫它作辕，车上可以立得三四个人，前面可以用马或者用牛用绳索驾起，拖着车子，两轮转动起来，就会向前走。那蚩尤的兵都是步行，我们用这样大的东西一齐冲突过去，他们哪里挡得住呢。况且他们居下，仰攻为难；我们居高，俯击甚易；又有弓矢可以射远，还怕他做什么！'高祖皇考道：'原来如此。但是那站在车上的人，用手指着，又是什么意思？'玄女道：'这是破他云雾之物。蚩尤氏兴云作雾，他的目的是要使我们的军士迷于方向。这车上的人，可以叫他做仙人；他的手上有个机关，随便车子怎样旋转，他那只手总是指着南面。蚩尤氏虽则善于兴云作雾，但是我们的方向不迷，岂不是就可以破他么!'高祖皇考诧异道:'车是术造的,这个仙人当然亦是木雕的,并非真是仙人,纵使设有机关,何以能使它一定指着南面?这个道理,很难明白,莫非其中含有什么仙术?'玄女笑道:"其中并无仙术,不过一种吸引的道理罢了。山石里面有一种石质,名叫磁石,它的吸引力很强,但是有阴阳二类,遇到同类的则相拒,遇到异类的则相吸,实属奇妙之至,不可思议的一样物件。大地之上,磁石最旺的地方,在极南极北的两头,所以吸引力最大,差不多全个地面上的磁石,都可以被它吸引。现在这仙人的指头,就是用磁石磨尖了,配上去,所以车子无论如何的旋转,总能够指着南面了。'高祖皇考听了,不住地赞叹道:'原来如此。这件东西发明了之后,后世的人,不知道有几千年大家都受其利益呢。'玄女道:'还有一件是与它相辅而行的。'说着,又拿出一张图样来。高祖皇考接来一看,只见上面依旧是一乘车子,车上依旧站着一个仙人,但是仙人手中却拿着一根椎,椎下放着一面鼓。高祖皇考问它作什么用途,玄女道:'这个名叫记里鼓,仙人的里面,亦设机关,车子行到一里路,那机关展动,就会击一下鼓,走二里路,就会击二下鼓。我们遇到蚩尤氏兴云作雾的时候,有了指南车,方向虽然不迷,但是追奔逐北,路之远近不能知道,进退行止终究不能自如,还不是万全之道,有了这个记里鼓车就不怕了。况且这个车子,不但为行军之用,就是寻常行路,亦很便利的。'高祖皇考听了,不胜感激,就向玄女再拜稽首,深深致谢。玄女道:'这几件专是抵制他的兵器和云雾之用,至于那风雨的变幻,我知道蚩尤氏亦不常用,到那时候自有破之之法,此刻尚无须预言。'高祖皇考大喜,就留二女在军中,供给异常优厚。一面叫人按照玄女所说的一切,去分头置备。玄女又将各种兵器道术,统统传授与高祖皇考。综计她所传授而后人知道的,共有八种。一种是三宫五音阴阳的方略;一种是太乙遁甲六壬步斗的法术,并给与一张六甲六壬兵信之符;一种是阴符的机要;一种是灵宝五帝策;内中有五符五胜的文字;一种是役使鬼神的书;一种是四神胜负握机之图;一种是五兵河图策精之诀;还有一种是制妖通灵五明之印;其余究竟有没有,不得而知了。高祖皇考本来是智慧绝伦的人,一经玄女伸说,自然是声入心通,不到几日,都已习熟。玄女又道:'帝现在且慢些与蚩尤争锋,暂将军士退归有熊,我还要请帝去东海边一行呢。'高祖皇考忙问:'到东海边何事?'玄女道:'那边还有一件器具,取来可以大壮军威。'当时高祖皇考对于玄女信仰之至,言无不从,一面叫上将风后,带了全部军士退归有熊,一面选了一千个兵士,同了玄女、素女,径向东海滨而来。玄女即向高祖皇考道:'前面海中有一座山,叫作流波之山,入海七千里。山上有一只兽,其状如牛,苍身而无角,只有一只脚。它是两栖类的动物,有时在山上,有时亦在海中。它出水入水的时候,必定风雨大至。它的两只眼睛,光芒极足,虽然在黑夜之中,射出来和明月一般,能够使各种物件丝毫毕现。它叫起来,声音极响,仿佛雷霆,闻于百里。它的名字,叫作夔牛。假使杀死它,拿它的皮来绷鼓,那鼓声极响极响,一面鼓可以声闻六里,八十面鼓可以声闻五百里,连敲起来,可以声闻三千八百里,岂不是可以破敌人之胆而大壮军威么!'高祖皇考道:'此等异兽,恐不易捉。'玄女道:'虽则灵异,不过是一种兽类而已,总有方法好想的。'一日,到了流波山,玄女先上去察看了一会,再下山来,带了二百个士兵再上山去,指授方略,叫他们拿了器具,如何分头埋伏,如何攻击擒捉,一面又画一道符,贴在要路旁边的树上,禁止那夔牛奔驰抵触的力量。然后再下山来,与高祖皇考闲谈,静候好音。到了薄暮光景,果然听见雷声甚是迅厉。过了一会,声音顿止。又过了好一会,只见二百兵士持了火把,扛下一只怪兽来,细看已打死了。玄女便吩咐将皮剥下,将那尸身抛在海中,次日遂奏凯而归。"帝喾刚说到这一句,只听见外面砰然一声大响,大家都吃了一惊,仿佛真个敲起夔牛鼓来了,忙叫从人出去一看,原来是一个伺候的人,倦极而睡,撞在板上的缘故。帝喾忙问现在什么时候了,从人道:"夜已过半了。"帝喾便道:"时已不早,明日再说吧。"于是各自归寝。

第十二回

黄帝战败蚩尤之历史　黄帝成仙之原因

到了次日,帝喾依旧上路前行。左右报道,已到首山了(现在河南襄城县),于是大家都上山来。登到顶上,拜过了黄帝的祠庙,帝喾就向帝女说道:"天下的名山,共有八座,但是有三座在蛮夷之地,不容易去游玩。在中原的五座,就是雍州的华山、兖州的泰山、青州的东莱山、豫州的太室山以及此山,都是高祖皇考所常游玩,并且与各位神仙相会合的地方。后来高祖皇考成仙上天之后,大家拿了他的衣服葬在桥山。有一个臣子名叫左彻,总是思慕不忘,又拿了高祖皇考的衣冠、几杖等类,立起庙来,庙里面用木头雕出一个高祖皇考的容貌,将衣冠披戴在身上,几杖安放在旁边,朝夕去拜奉,仿佛和高祖皇考在世一般。后来各处的神庙,都是由此而起的。现在凡是高祖皇考所曾经驻足过的地方,统统都有庙,这里的庙,就是其中之一个。"常仪道:"这个臣子,可算是忠心至诚了。"帝喾道:"后来这个左彻亦是成仙上天的。有人说是先帝感他的至诚,来引渡他,那却不可知了。"帝女道:"女儿常想,供奉神祇的地方都叫作庙,不懂它的解说,原来庙字就是'貌'字的意思呀。"帝喾点首道:"正是,不错。"说着,天已向晚,就同下山来。

到了馆舍,常仪、帝女看见帝喾无事,就来追问那昨晚所未说完的故事。帝喾道:"自从高祖皇考取了夔牛之后,就向有熊归去,沿途上将夔牛皮绷了数面鼓,但是敲起来并不甚响,不过比较寻常的牛皮鼓洪亮一点,大家都不免怀疑。玄女道:'不要性急,器具没有配齐呢。'一日,走到雷泽地方(现在山东菏泽市牡丹区),迎面看见一个大土堆。玄女就叫军士将那土堆发掘,掘了几尺深,掘出一堆骸骨来,似人非人,似兽非兽。高祖皇考忙问:'此是何骨?有何用处?'玄女道:'此是雷神之骨,生在前世纪的时候,其首似龙,其颊似人,鼓起它的腹来,声如雷响,所以叫它做雷神。因为它并不是人,所以亦叫它雷兽。此地有泽名叫雷泽。它的骸骨拿来击夔鼓,方才显得出它们的灵异。'玄女说时,早有军士将雷兽之骨取出了。一听玄女之言,就拿起一根雷兽之骨,向绷好的夔鼓上一击,但觉大声陡起,震耳欲聋,大家才相信玄女之言不谬。于是一路归去,一路不时地敲击。后来八十面夔鼓制成了,更时时一齐敲击,四方诸侯,闻而震惊。虽则那时尚未出兵,但是先声已可夺人了。回到有熊之后,早有群臣纷纷前来报告。一个姓赤将,名叫子舆的,他是个木正,已将指南车造好了,只差一块磁石。玄女从身边取出,配在仙人手指上,果然四面旋转,总是指南,大家看了,欢呼之至。又有一个名叫邑夷的,已将记里鼓车造好了,试试看,亦非常准确。邑夷又仿照玄女两种车的格式,并且仿照北斗星之周旋,另外造成一辆车子,名叫大辂,专供高祖皇考乘坐。高祖皇考看了,亦非常之欢喜。又有个名叫挥的,是少昊帝的第五个儿子,他已将弓造成……"说到此处,帝女儇口问道:"父亲慢说,女儿听说从前有一个善于张网罗的人,名字叫挥,是不是就是他呢?"帝喾道:"是呀,就是他。他因为造弓作弦张网罗,所以他的子孙就姓张了。那时挥造成弓之后,又有一个名叫夷牟的,已将矢造成,只差一种铜的箭头尚未制就,因为到昆吾山取铜的太山稽、老龙告两个人，这时尚未回来。玄女又取出几张图来，递与高祖皇考，图上画着有些是圆形的，有些是长形的，有一张很像牛角的。玄女指着圆形的道：'这个叫钲。'指着长形的道：'这个叫铙。这两项敲打起来，声如冰雹，大可以壮军声。'又指着牛角形的道：'这个叫角，可以制成二十四个，后来大有用处。'高祖皇考一一如言，就叫天师岐伯去造。一日素女无事，正在与高祖皇考闲谈，旁边适值看见一个瑟，那瑟有五十根弦线的，素女用手去抚弄挑拨。高祖皇考就问她道：'向来善于鼓瑟么？'素女道：'略知一二。'高祖皇考就请她一奏雅音。素女取过瑟来，鼓了一曲。哪知这个曲调凄凉之至，高祖皇考本在败亡之际，心绪不佳，听了之后，涕泗横流，悲不自胜；就是那左右之人，亦莫不悲哀欲绝。曲罢之后，高祖皇考问素女道：'声音之道，感人深矣！但是酸苦的曲调，朕亦曾听见过，何以竟至于此？'素女道：'大约是弦线太多之故。弦多则音繁，繁则易于伤感了。'后来高祖皇考想到素女的话，就将那张瑟破而为二，每张二十五弦。现在所有的瑟，大半是二十五弦。就是高祖皇考改定的。过了两日，太山稽、老龙告等将昆吾山的铜取到，玄女又指授如何鼓铸之法，就与素女向高祖皇考辞别，说要回去复命。高祖皇考竭力挽留，玄女道：'此时尚无须我等在此，将来到了中冀之野，自当再来效劳，后会有期。'说罢，瞥然而去，其行如风，顷刻不知所在。高祖皇考又是感激，又是诧异，便西向再拜稽首以送谢之。又隔了一个月，各种军器等都已造好了，高祖皇考预备誓师起兵。先叫卜筮官巫咸卜一个卦。巫咸卜卦后，看了繇辞，说道：'吉是吉的，胜是胜的，不过中途还要受点惊吓，且不免受点顿挫。'高祖皇考道：'这有何伤。'就立刻领兵出发。哪知蚩尤兵已渐渐逼近来了，原来高祖皇考自泰山忽然退归有熊之后，蚩尤氏大为诧异，深恐其中或有机谋，顿兵不敢前进。后来探听许久,觉得并无动静,乃又带兵前来。行到半途,忽听得鼓声震耳,以为高祖皇考的兵近在咫尺,饬人四处探听,却不见踪迹。但是那鼓声,仍旧不时地逢逢震耳,而且越近越响,蚩尤氏心中甚为疑异,步步为营,不敢长驱直入。因此高祖皇考能够于几个月之中,从容预备一切,这是玄女制造夔牛鼓的作用。到得高祖皇考领兵出发,那蚩尤氏的兵亦逼近有熊,两军相遇,遂又交绥起来。这时高祖皇考的军容,与前大不相同。指南车在前,记里鼓车在后,亲自乘了大辂站在中央,刀仗精利鲜明,映着日光,闪闪夺目,而且五种大旗,五种旌麾,飘扬披拂,分列五方;六面大纛,分配各地,阵法极其严整,这都是上将风后推衍握奇兵法所制成的。前面战士,个个如熊如罴,如虎如貔;左右前后,又有无数小旗,旗上都画出雕、鹖、鹰、鹯等猛鸷的鸟形;还有那天师岐伯所造的镯、铙、鼓、角、灵髀、神钲等响器,夹杂其间;夔牛大鼓又不时发声,真是个旌旗蔽天,鼛鼓动地,蚩尤氏虽然凶猛,到此际亦看得呆了。尤其奇怪的,高祖皇考自从穿了西王母所赠的狐裘,佩了所赐的灵符以后,头顶上常有五色的祥云遮盖,那祥云之中,又隐隐有各种花葩金枝玉叶包含在内。后世的人出门,乘车车上有个翠盖,就是仿照这个而作的。当时蚩尤氏的兵看了,猜不出是人是神,既然已经害怕,又复十分怀疑,遂致全无斗志。高祖皇考的军士,因为历次受了蚩尤氏的残杀,个个恨如切齿,到得此时,都想要报仇,有的拿了弓矢,持满待发;有的拿了利器,跃跃欲试。只听得上将风后一声号令,大将力牧、神皇直等奋勇当先,大家一拥而前,蚩尤氏的兵早已杀死无数。蚩尤氏见势不妙,赶快作起变幻法来,顷刻之间,黑云笼罩,妖雾迷漫,几乎伸手不见五指。哪知高祖皇考之兵,既有指南车,又有钲、鼓、旌麾等以为耳目,方向不迷,一无所惑,依旧冒雾排云,拼命向前进攻。最奇怪的,高祖皇考顶上的五色云,到此刻忽然分外鲜明,在空中照得同火伞一般,那光辉直从云雾中透出,不到一时,云也散了,雾也消了。四方军士看见这种情形,万众欢呼,鼓舞争奋,这一阵直杀得蚩尤氏的兵尸横遍野,血流成渠。事后调查,蚩尤氏八十一个兄弟,杀死了四十五个。那蚩尤氏的怪相,本是人间所无的,大家恨极他,就把四十五个尸首的肱统统连肩割下,总共有三百六十个肱,分开几处,埋葬起来,后人就给它取个名字,叫作肩髀冢(现在山东巨野县)。这里还有三十六个蚩尤氏,赶快带了败残兵士,急急向冀州逃去。高祖皇考哪里再肯放松,率领大兵,紧紧追赶,一面号召四方诸侯,会师涿鹿。

一日,到了冀州。那冀州之野,湖泽极多,一片汪洋,尽是水潦,不便行军。高祖皇考乃叫应龙,将这些水都吸收到别处去,储蓄起来,且待战事终了之后,再次恢复原状。原来那应龙不是个人,是一条白龙,四爪而有两翼,所以有这种能力,会得吸水蓄水。高祖皇考自从得了玄女号召鬼神之书,能够驱遣百物,这个就是他驱遣百物之一。过了几日,四方诸侯的兵都到了,大家进扑涿鹿,百道环攻。正要破进去,忽然见涿鹿城内走出无数奇兽来,都是四只脚的,但是它的脸却又和人一样,不知道是什么东西。只见它们走到阵前,有些将头摇两摇,有些朝着四方军士笑几笑,那四方军士在前面的,不期然而然都迷惑起来,如醉如痴,如昏如梦,跑也不能跑,动也不能动,不要说打仗了。在这个期间,蚩尤氏之兵乘势从城内杀出,锐不可挡。正在坐而待毙之时,高祖皇考猛然想到玄女之言,说道:'这个是山林异气所生,能为人害的,叫魑魅,但是有法可破。'急忙传令,叫后面二十四个吹角手,赶快吹起角来。只听得悠扬呜咽,仿佛龙吟大泽,触耳惊心,这个曲调,亦是素女所传授的。说也奇怪,自从角声一起之后,一霎时间,那无数魑魅逃得无影无踪,四方军士亦顿然清醒。中军一声号令,大家一齐掩杀过去,那蚩尤氏如何抵挡得住,只得又作起变幻的方法,霎时间狂风大起,急雨倾盆,把高祖皇考及四方诸侯的兵刮得站脚不牢,冲得浑身尽湿,旌旗倒卷,钲鼓无声,看看要败下了。只见一个女子,如飞而来,直至军中,衣裾不湿,袂带不飘,仔细一看,却是九天玄女。高祖皇考大喜,正要施礼求救,只见玄女用手向天一指,大喝一声,天上陡然落下一个青衣女子来,顷刻之间,急雨骤止,狂风亦息。定睛细看,这青衣女子真是生得怕人,身长不过三尺,头上颈上手上脚上都是白毛,而且脸上只有一只眼睛,头顶上却有一只眼睛,倏忽之间,向西方山中而去,其行如风,转瞬不见。大家看了,无不骇然。高祖皇考就问玄女道:'此位是何天神?'玄女道:'此非天神,名叫旱魃。她所出现的地方,赤地千里,滴水全无,是最可怕的。本想不叫她下来,但是除了她,亦没有方法可以破得蚩尤之雨,所以只好叫她下来。不过她既下来之后,一时之间不能再上去,冀州地方恐怕时常有旱灾了。'高祖皇考忙问道:'她不是已经去了么?'玄女道:'她此去是躲在山林之内,并非复返天上。她从此不出来则已,如果出来,冀州旱灾是不能免的。'高祖皇考踌躇道:'百姓受殃,如之奈何?有无补救方法?还请赐教。'玄女道:'这个亦是冀州百姓的劫运使然,逃不脱的。但是如果到旱极的时候,驱逐她的方法亦有一个。'说着,就将方法细细说明。高祖皇考大喜,再拜受教。玄女道:'现在蚩尤氏两种变幻的法术都已破除,料他亦没有另外的能力了。四年之内,蚩尤氏可以尽灭,大功可以告成。我且还山,等到将来百年之后,帝得道升仙之时,我们天上再见吧。'说毕兴辞,其行如风,倏忽不见。高祖皇考听了玄女的话,胸中非常诧异,暗想:蚩尤氏业经大败,只此一隅之地,何以还要四年才能大功告成?颇觉不解。正要再问,玄女已去,只得作罢。后来这个女魃,果然常常出现,冀州之地非常亢旱,田禾不生。高祖皇考依照玄女所授的方法施行,将她驱逐到赤水(现名乌兰木伦河,在内蒙古,下流入陕西神木市,名窟野河)以北,方才能够得雨。但是玄女所授的方法,后世不传,所传的只有十二个字,叫作'令其北行,先除水道,决通沟渎',如此而已。依理想起来,女魃这样一种异物,恐怕不是如此简单的方法所能驱遣吧,那也不必去考究它了。

且说那一日蚩尤氏的风雨为女魃所破之后,非常穷蹙,拼命向北而逃。禁不得四方的兵围合拢来,把蚩尤氏弟兄又杀去了二十七个,其余兵士死者不计其数。蚩尤氏弟兄,只剩了最凶恶的九个,带了败残的兵,都退到阪泉地方(现在河北涿鹿县),这是他最后的巢穴。四方军士,四面合围,尽力攻打,不料城池坚固,蚩尤氏又极善守御,总是攻他不下。风后虽有智谋,力牧、神皇直等虽然勇猛,至此亦无所施其技。看看已过三年之久,高祖皇考焦急万分,遣使到各处访求能人。一日,有一个术士前来求见。高祖皇考问他姓名,那术士道:'小人姓伍,名胥。'高祖皇考道:'汝有破城之策么?'伍胥道:'有的。帝攻这个城池,三年不能攻破,依小人看起来,并非兵不精,并非将不勇,并非智谋不足,并非器具不备,是因为那开始攻击的时候方向不对的缘故。大凡打起仗来,不但要兵精将勇,智谋充足,器具完备,还要明了孤虚旺相、生克制服的道理。现在城中的主将蚩尤氏,色白而商音,是个金属。这里军中的主将是帝,苍色而角音,是个木属。金能克木,木不能克金。况且开始进攻的时候,又是个秋天,正是金气旺盛的时候,而帝又从东方进攻,东方属木,金能克木,所以虽有百倍之众,攻打三年之久,仍不能占优胜了。现在可换一个方法,将四方兵士分作五军,用五种颜色的旗帜分配五方;每军之中,又分作五队;五军四面环攻,五队更番作战,昼夜轮流,没有一个时辰给他停止；那么三日之中，必有一个时辰遇到他的避忌，必有一处地方遇到他的冲克，那么就可以制胜了。'高祖皇考听了，大喜，就叫他帮着风后调度一切。果然到了第三日，城就攻破了。四方兵士，乘势一拥而入，谁知那九个蚩尤氏非常勇悍，依旧拼命地死斗。到后来看看所有军士被高祖皇考的士卒或擒或杀，快要完了，料想再斗也是无益，就用出他那个飞空走险的绝技，向上面一冲，凌空直向西南而去。那时四方诸侯见了，都狂喊道：'蚩尤氏走了！'大家面面相觑，无法可想。忽听得空中一阵啪啪之声，仰面一望，原来那条应龙，奋着两翼，张牙舞爪，经向西南追去。高祖皇考统率大兵，随后继续前进……"说到此处，帝女又插口道："蚩尤既然会得飞空走险，那起先的七十二个，何以被杀呢？"帝喾道："那个情形不同呀！前时蚩尤虽在败军的时候，残余的兵士很多，做主帅的，决不能抛却大众，独自逃生，只有拼命地死斗，所以被杀。如今只剩下此九人了，他们可逃，为什么不逃？"帝女听了不语。帝喾又接续说道："大兵追过去之后，走了多日，直到山海之滨，只见应龙已将蚩尤氏擒住了，但是四爪之下，只抓住四个，还有五个不知去向。那四个在龙爪之下，兀自肱动趾摇，想来还是活的。高祖皇考就叫人取过无数桎梏来，将四个蚩尤的肱趾重重缚住，那蚩尤才不能反抗。大家正在械击蚩尤之时，那条应龙又凌空而去，过了多时，又复转来，爪下抓住五个蚩尤，掷于地下。大家一看，原来都已死的了，血肉模糊，肢体亦不完全，想来与应龙剧斗之所致。高祖皇考大喜，计算八十一个蚩尤，已尽数杀获了，就将那四个活的蚩尤推过来，会同各路诸侯审讯一番，又责骂了几句，然后命左右牵出去，一一斩首正法。四方兵士恨极了他们，又将他们的尸首肢解起来，流出之血，甚多甚多。后人就把这个地方取名叫解

— 103 —

（现在山西运城市解州镇）。附近一个盐池，大家说就是蚩尤氏之血所凝结成功的，那却不可尽信了。蚩尤氏既然斩首之后，高祖皇考因他们蹒跶兖州最为酷烈，就将九个首级传示兖州，以快人心，后来就葬在那里，所以那里亦有一个蚩尤冢（现在山东聊城市寿张镇）。这就是玄女帮助高祖皇考打平蚩尤的历史了。照这件事看来，成仙的第三个条件，岂不是已经齐备了么！至于第四个条件，高祖皇考创出种种器用，以为天下万世之利，这个善事，已经不止一千三百件了。况且又同雷公、岐伯诸人发明医药之学，做了《灵枢》《素问》各种医书，通天地之秘奥，使天下万世之人民减少痛苦，免于夭折，这个善事尤其多呢！讲到第五个条件，除出玄女教授之外，后来又到青邱，过风山，得见紫府先生，受三皇内文，所以能够召劾万神；南到圆陇荫建木，观百谷之所登，采若乾之华，饮丹礜之水，所以能够长生不老；西见中黄子，受九加之方；又过洞庭湖，登崆峒山，问广成子以大道，然后受自然之经；又北到洪堤，上具茨山，见大隗君黄盖童子，受神芝图；回来登王屋山，得到神丹金诀；又入金谷洞，问道于滑子；再到峨眉山，见天皇真人于玉堂，服食导引等方法，才能统统领会。你看高祖皇考经过多少的跋涉，遇到多少名师，五个条件齐备，方才成仙，难是难极了，朕哪里及得来呢！"帝女听了，似乎还有疑问，只见常仪先问道："帝刚才屡屡说其行如风，瞬息不见，这是真的么？妾想一个人走路，不过是两足掉换，哪里有这么快呢！"帝訾道："这个就叫'得道'，得道之后，才能如此，其中自有玄妙，凡人俗眼不能知道的。譬如刚才所说的指南针，汝是见过的，两个磁极，远在几万里之外，山河木石，层层阻隔，小小磁针，竟能吸引，这个理由，汝能说得出么？用何物来吸引，汝能看得见么？这真是奇妙不可思议。玄女、素女，是个天仙，飞行绝迹，那是不必说了;就是高祖皇考得道之后,亦能如此。当初巡行四海的时候,叫风后负书、常伯荷剑跟随着,旦游洹流,夕归阴浦,行万里而一息,岂不亦是奇怪么!的确有此事,岂有不真之理。"帝女还要再问,帝喾道:"时已不早,去睡吧。"于是各自归寝。

第十三回

丰山之异物　马头娘之历史
房王纵兵虐民

次日,帝喾等又起身向南行,逾过了一座大山,在客馆中住下。只听见远远有一种声音,摇荡上下,断续不绝,仿佛和钟声一般。帝喾便问左右道:"何处撞钟?"左右道:"在前面山林之内。"帝喾道:"前面是什么山?"左右道:"听说是丰山。"(现在河南南阳市东北)帝喾恍然道:"朕知道了。"就向帝女说道:"这个钟声,不是人撞而响的,是自己会响的。朕听说这座丰山上,有九口钟,遇到霜降,则能自鸣。现在隆冬夜半,外边必定有霜了,所以它们一齐鸣起来。这个亦是和昨日所说的磁针一样,物类自然的感应,不可解的一种道理。"帝女和常仪仔细听了一会,果然那个声音没有高低轻重,不像是人撞的,都说道:"奇怪奇怪!"帝喾道:"这座山里,奇怪之物还有呢。有一个神人,名叫耕父,就住在这座山上,常到山下一个清泠之渊里去游玩,走进走出,浑身是光,仿佛一个火人,岂不奇怪么!还有一种兽,其状如猿而赤目赤口,全身又是黄的,名叫雍和之兽,岂不是一个奇兽么!"帝女道:"明朝我们走过去看看,倒可以长长见识。"帝喾摇摇头道:"这个不能见的,亦不可以见的。雍和奇兽出现了,国家必定有大恐慌的事情发生。耕父神出现了,国家必定有祸败的事情发生,因为耕父神是个旱神,哪里可以出现呢?不要说这两种奇兽,与国家有关系的,不能见;就使

— 106 —

此刻在那里鸣的这九口钟,与国家并无关系的,恐怕亦不能见。"帝女道:"这又奇了,既然不能见,何以知道有这么一个奇兽?何以知道有这么一个神人?更何以知道响的是钟,并且知道有九口呢?"帝喾道:"当然有人见过的,而且不止一次。奇兽、神人每见一次,国家一定发生恐慌,发生祸败,屡试不爽,所以后人才敢著之于书,世人才能知道。至于那九口钟,是个神物,隐现无时,前人如没有见过,岂能造诳么?"帝女听了,点头无语。到了次日,走到丰山,果然没有看见那雍和兽和耕父神,便是那九口钟亦寻不到,想来真是神物了。

过了几日,到了白水,换了船,顺流而下,直到荆州。那荆州的民情风俗,却与北方不同,甚欢喜鬼神之事,又崇尚巫术,所以经过的地方,庙宇很多,祭祀祷告的人民亦络绎不绝。这个还是玄都氏九黎国的遗风,不能变革的。有一日,到了房国境界(现在湖北房县),那房国的君主派人来说有病在身,不能前来迎接。帝喾见了那来使,慰劳一番,说道:"既然汝主有病,不必前来了,且待朕巡狩南岳之后,归途再见吧。"来使去后,帝喾就直向汉水而来。

一日,走到一处,只见远远有一座簇新的庙宇,装饰得非常华丽,红男绿女,进进出出者不可以数计。帝喾就吩咐从人,且到庙前停车,看看究竟所奉的是何神祇。那时在庙前的许多百姓,知道是帝妃来了,一齐让开。帝喾等下车后,抬头一看,只见庙门上面横着一块大匾,写着"马头娘娘庙"五个大字,不知道她是什么出处。进庙一看,当中供着一位美貌的女神,戴珠挂玉,庄严非常,但是身上却披着一张马皮,旁边还列着许多木偶,仿佛是侍卫模样,再旁边又列着一匹木马,真是莫名其妙。便命左右去叫几个耆老来问。那时众多百姓虽已让开,但是因为要瞻仰天子和妃子的仪容丰采,所以都未散去。一经宣召,便有几个老者上前向帝喾行礼。帝喾答礼之后,就问他们道:"这个马头神是什么来历?为什么要供奉她?"那百姓答道:"不瞒圣帝说,这位马头娘娘,是新近成仙的。她是梁州地方(现在四川)的一个孝女,名字叫作苑窳,她的姓却记不清了。她的父亲,有一日给邻村的强盗掳了去,这位马头娘娘伤痛之至,整日整夜地哭泣,不肯饮食。她的母亲既痛其夫,又忧其女,无计可施,忽然想得一法,邀集全村之人,指着马头娘娘对众人立一个誓道:'有哪个能够救得她父亲回来的,我就将这个女儿嫁他为妻。'这位马头娘娘生得非常美貌,大家听了,没有一个不想方设法的,但是那强盗却非常厉害,大家想想无法可设,所以亦没有一个敢答应去救。哪知道马头娘娘的父亲有一匹马,是向来乘骑的,一听见这句话之后,立刻惊跃起来,将缰绳震断,奔驰而去。大家以为这匹马忽发野性,不知是什么缘故,亦不以为意。过了两日,马头娘娘的父亲忽然骑着那匹马回来了。马头娘娘和她的母亲见了,都惊喜异常,便问她父亲,怎样能够回来的。她父亲道:'我那日被强盗掳去之后,捉到一座山里,就强迫我入他们的伙,同去打家劫舍。我哪里肯入伙呢!但是不依他们,他们就要杀我,不得已,只能暂时依了,且等机会慢慢地再想逃脱之法。哪知这伙强盗甚是刁猾,早猜到我是假答应的,处处提防我,又将我搬到一座深山之内,四面都是乱峰,只有一面是平路,却又有人把守住了。我到此时,焦急万分,自问必无生理,专向那无数乱峰中盼望,希冀有一条小径,可以逃得出去。哪知正在盼望之际,忽见那乱峰之巅,似乎有一只野兽。察看它的方向,却是走下来的,渐走渐近,乃是一只野马,在那巉岩之中款段而走。我当时心中一动,暗想,我倘若骑一匹骏马,或者能够逃得出去。不料那马渐渐地已走到面前,我仔细一看,竟是我这匹心爱之马,不知它如何会跑到这里来。当时亦不暇细想,就腾身跨上去,这马就向着乱山之中而走,路途忽高忽低,马行亦忽徐忽疾,也不知道走了多少路程,到得那峻峭的地方,下临万丈深渊,危险之极,我只好紧抱马颈,心想,倘一蹉跌,不免要粉身碎骨了。不料越过峻峭地方,不多时,已到平地,又隔了一会,已到自己村外了。你们想,这事奇也不奇!这匹马真是我的大恩人呢,你们以后务须好好地喂养它才是。'当时马头娘娘听见她父亲如此说,心中着实地感激这匹马,赶快拿了上等的食料去喂马,又拿了刷帚给它洗刷,表示感谢的意思。哪知这匹马向着马头娘娘腾身而起,竟显出一种无礼的交配状态来,把马头娘娘吓得又羞又怕,赶快逃进房中。父母问起原因,马头娘娘羞得说不出话来,那匹马却在外面悲鸣、腾跃不已。马头娘娘的母亲看见这种情形,却猜到了几分,就将那日当众立誓的话大略告诉了她父亲一遍。她父亲听了大惊道:'有这等事!这匹马可养不得了,但是它又有大恩于我,不忍便加毒手,且待将来,再想别法。现在且叫女儿不要走出去便是了。'计议已定,哪知这匹马竟悲鸣腾跃了一夜,不时节还来撞门,大家都被它骚扰不安。到了第二日,马头娘娘的父母跑出去一看,只见昨日放在那里的草料一点没有吃过。那马一见马头娘娘的母亲,登时又顿足长鸣,仿佛怨恨她失信的光景。马头娘娘的父亲便走过去向马说道:'你有大恩于我,我是感激的。但是人和马岂能作为配偶?你如果真有灵性,这一层道理应该知道,不是我们失信呀。我劝你赶快打消了这个念头,好好地在这里,依旧供我乘骑,我总特别地优待你。'说着,拿了缰绳,要想去羁勒它。哪知这匹马顿时咆哮跳跃起来,不受羁勒,又骧首长鸣一声,仿佛是怪他忘恩负义的样子。马头娘娘的父亲猛不提防,几乎倾跌,赶快回到房中,关了门和大家商议道:'我看这匹马太通灵性,如今有挟而求,既然不能如它之意,倘使再留在家中,必为后患,不如杀死了它吧。'马头娘娘的母亲听了,连连摇头道:'太忍太忍,我看不如放它到深山里去,岂不是好!'马头娘娘的父亲道:'不行不行,这马是通灵性的,前日我被强盗掳去之后,它竟能知道我所在的地方,跑来救我。我在深山之中,一无路径,它竟会驮我出来。它有这样的本领,就使放它到深山之中,它走出来亦是很容易的,到那时,女儿无论在家出门,都很危险,真是防不胜防。况且照现在这种咆哮喷沫的情形,就是要赶它出去,亦是不容易呢。'马头娘娘的母亲道:'杀死它究竟太忍心,太说不过去,再想想别的方法吧。'马头娘娘的父亲道:'另外还有什么方法可想呢?我看这种马,留在家中,保不住还要成妖作怪,到那时后悔莫及。古人说得好:宁我负人,无人负我。待人尚且如此,何况一匹马呢。况且它救我,并非因爱我而救我,是因为要我的女儿而救我,我何必感激它呢!它是一个畜生,竟存了这种万无此理的非礼心思,还要吵闹为患,就是杀死它,亦不算是我之过呀。'正说到此处,只听得那匹马又在外边大鸣大跳。马头娘娘的父亲此时怒不可遏,不觉下了决心,立刻起身,取了弓箭,从门牖中觑准了,一箭射去,正中要害。那马大吼一声,立时倒在地上,滚了两滚,就不动了。马头娘娘的父亲走出门外,刚要俯身去看看,哪知道这匹马霍地又复立起,冲将过来,但是究竟受伤太重,挣扎不住,走了两步,依旧倒地而死。马头娘娘的父亲经此一吓,更加愤怒,翻身进内,取了一柄快刀,将那马的胸腹破开,又将它的皮统统剥下来,摊在庭中,然后唤了几个邻人,将那匹马身扛到远处荒僻之地,掘坎埋葬了,方才回家。临走的时候,还指着马坟说道:'我念你救我的情面,不来吃你的肉就是了,你是自作自受,不要怨我。'从此之后,马头娘娘和她母亲都吓得不敢出房。那马皮却依旧晒在庭中,未及收拾。过了几日,马头娘娘因为亲戚家有事,不能不去应酬,浓妆艳抹,刚到庭除,忽然一阵狂风,那马皮陡然飞起来,向马头娘娘直扑过来。马头娘娘吓得回身便逃,却好那马皮从背后向前身包住,即时凌空而上。马头娘娘的父母看见了,急忙来抢,一面狂叫救人,但是哪里还来得及,到得四面邻人赶来之后,只见那被马皮裹住的马头娘娘只在空中旋转,但是渐渐缩小,约有一个时辰光景,已缩得和小蛇一般,骤然之间,落在前面一株老桑树上。大家赶忙跑过去看,只见她已经变成一个大蚕,足足有五六寸长,正在那里拼命地吃桑叶,自脰颈以下,仿佛有一层薄壳,想来就是那马皮所化的。大家都看得呆了,就是马头娘娘的父母,到了此刻,亦觉得奇异的心思多,悲苦的心思少,呆呆地只管看着,大约亦知道是命运气数使然,无可如何了。过了多时,那蚕已经把一树的桑叶统统吃完,霎时间口中就吐出丝来,渐渐做成一个大茧。她父母因为是他们女儿所做的,就将那茧子采了回去,供在堂中,做个感伤悲悼的纪念物。一日,他父母正在对着茧子感伤的时候,忽听得门外空中,有人马喧闹之声,且闻着阵阵香气。回头一看,却是他们的女儿马头娘娘,乘着云车,驾着那匹作怪的马,装束非常之华贵,旁边跟随的侍卫有几十个人,从天上慢慢地落到庭前,向着她父母说道:'父亲母亲,从此千万不要悲悼女儿了,太上神君因为女儿身心不忘义,所以封女儿一个九宫妃嫔的官爵,现在住在天上,非常安乐。因为父亲母亲在这里伤悼起来,女儿的心中觉得牵扯不安,所以今朝向太上告一个假,来和父亲母亲说个明白,人间不能久留,女儿就此告辞了,千万请父亲母亲从此以后不要再为女儿悲感,伤害身体。'说完之后,回身上车。她父母这时又惊又喜,又悲又痛,正要想挽留她,细细再说两句话,哪知马头娘娘的云车已冉冉上升,倏忽不见了。这时左右邻近的人,个个都跑来观看,共见共闻,无不稽首顶礼,诧为异事。自此之后,就有人创议,给她立起一座庙来,春秋祭祀。一传二、二传三地推广开去,替她立庙的渐多,后来汉水地方也立庙了。我们这里,是由汉水地方传过来的,立庙不过三年,但是自立庙之后,养蚕总是十分发达,十分利市,所以我们益发崇拜她,每到春初,必来祭祀,这就是马头娘娘的历史了。"

老百姓说完,常仪及左右宫人听了无不惊异,连声道怪。独有那帝女不作一声,默默如有所思,也不知道她所思的是什么。只听见帝喾又问道:"这事真的么?"老百姓道:"真的真的,据梁州地方的人说起来,无人不知。那马头娘娘的年纪,今年还不过二十五岁或二十六岁,她的父母恐怕还都健在呢。"帝喾沉吟道:"哦!原来如此,且待朕饬人调查之后再说吧。"于是就同妃女等出庙而来,老百姓在后相送。

刚要上车,只见前面有无数蛮人,蜂拥而至,个个赤着脚、披着发,颈上脚上,都套着一个大环,衣服装束,非常诡异,手中有拿长矛的、有拿短刀的、有拿弓箭的,走到帝喾车旁,忽然停止不行,环绕观看,目光个个直射帝女,灼灼不已。这时,那些老百姓吓得纷纷都躲入庙中去了。忽听得一声狂吠,仿佛晴天起了一个霹雳,却是那只盘瓠,从帝女身旁直窜过去,要搏噬那些蛮人。那些蛮人猝不及防,都急忙倒退几步,刚想拿兵器来抵敌,早有武装卫士赶快上前,喝住盘瓠,开导那些蛮人,说是天子和帝妃帝女在这里,不可啰唣,叫他们让开。那些蛮人听了,也不行礼,依旧延挨了片时,才打一声胡哨,狼奔豕突而去。帝喾忙问老百姓:"这种是什么人?汝等为什么这样怕他?"老百姓道:"他们是房王手下的兵士,到前面山中打猎的。他们常来打猎,来的时候,骚扰得很,看见鸡豚就杀来吃,看见好的物件就拿了走,看见年轻妇女就来调戏,甚至抢了就跑。我们做小百姓的,个个害怕,真是敢怒而不敢言呀!"帝喾道:"汝等何不告到房侯那边去呢?"老百姓叹口气道:"起初何尝不去告呢,但是告了之后,倒反吃一个大亏,所以不敢再告了。"帝咨诧异道:"何以反要吃亏呢?"老百姓道:"我们这个房王,平日待兵士非常之骄纵,但是对兵士的话无不听从,仿佛有了兵士就可打平天下似的。我们小百姓,虽然去告,他亦置之不理。路远迢迢的几百里,空跑一趟,讨一个没趣,已经吃亏了。有的时候,事情较大,打死了人,或抢了妇女,焚烧了房屋,凭据确凿,房王不能不理了,他却开口便问我们:'那个闯祸作恶的兵士,究竟是哪几个?叫什么名字?'要我们指出来、说出来,他就办,他好办。帝想想看,房王的兵士至少有几千,又不是我们本地方的人,闯祸作恶之后,拔脚便跑,我们哪里说得出他们的姓名,指得出他们的哪几个人来呢!我们指不出、说不出,那房王就发话了:'你们既然指不出、说不出是哪几个人,又硬要叫我来办,岂不是戏弄我么!'于是轻则将我们逐出去,重则还要坐我们以欺罔诬告之罪,那个吃亏,岂不更大么!再者,我们就使指得出、说得出那几个人来,亦是无济的。因为到了那边,他们人多口多,我们人少口少,他假使狡赖不承认,又有多人帮助他,国君庇护他,我们无论如何总说他不过的。即使说得他过,他答应我们从重办理了,但是我们终究不能监督他行刑的呀!假使他仍旧不办,我们亦奈何他不得,岂不是依然无济于事么!即使他果然从重办理了,但是这许多兵士,多是一气相生的,兔死狐悲,物伤其类,假使他们要替同党报仇起来,明枪易避,暗箭难防,我们恐怕更不得了!还有一层,我们小百姓,都是有职业的,都是要谋生计的,抛弃了职业生计,弯远地跑去诉冤,只要多延搁着两三个月,即使我们都是如愿而偿,一无弊害,这一笔损失已经是不小了,何况还是吃亏的份儿多呢!所以我们做小百姓的,只好处处忍耐,甘心受辱,不敢和他们计较,说来亦真是可怜呀!"帝咨听了这番话,亦不觉长叹一声,说道:"原来如此,汝等且自放心,待朕巡狩转来,见了房侯之后,规诫他一番,叫他切实整饬军纪,那么汝等就可以不受蹂躏了。"老百姓听了,慌忙跪下稽首道:"若得帝如此设法,真是小百姓等的天大幸福了。"帝喾答礼之后,与妃女等即行上车。晚间到了馆舍,一面着人预备船只,一面修了一封诏书,饬人星夜递往亳都,也不知书中所说的是什么,按下不表。

第十四回

房王作乱围帝营　帝营悬赏购房王及吴将军之头
盘瓠咬死房王及吴将军

到了次日,帝喾匆匆率领常仪、帝女等下船,径向云梦大泽中摇去。那云梦大泽周围约三千几百里(现在湖北东南部自安陆市以南、枝江市以东、黄冈市以西,湖南西北部自临澧、常德二市以东、长沙县以北,都是云梦大泽的遗迹,洞庭湖亦包含在内),仿佛如火海一般,波涛浩渺,烟水苍茫,到得中心一望,四面不见边际。其时偏偏遇到逆风,舟行迟缓。一日,迎面忽见一座小山,挺立水中,高约几千丈。常仪便问帝喾道:"这座小山很有趣,不知叫什么名字?"帝喾道:"大约是洞庭山了(现在叫君山)。朕听说这座山上,多蘼芜、芎䓖等香草;又多怪神,其状如人,而头上戴一蛇,左右两手又各操一蛇;又多怪鸟。山下有穴,潜通到东海中的包山脚下(现在太湖中之洞庭山古名包山),又曲曲通到各处,名叫地脉。所以此地离海虽远,一样也有潮汐,就是地脉潜通的缘故。"过了几日,帝喾等的船舶已到云梦大泽的南岸泊下,这个地方,名叫长沙(现在湖南省城)。这长沙二字的取义,有两个解说。一说,因为天上二十八宿的轸宿,旁边有一颗小星,名叫长沙,这个地方恰恰应着这颗星,所以取名叫长沙。一说,这个地方有非常之长的沙滩,名叫万里沙,它的尾巴直接到江夏(现在湖北武汉市武昌区),

所以叫长沙。照理说起来,以第二说为不错。何以呢?因为云梦大泽本来是个内海的遗迹,那个时候,陆地渐渐升高,大泽的东南岸边,浅滩涸露,必是有的。后世的人因为此地有长沙之名,而天上轸宿旁边的小星适临此地,所以就叫那颗星作长沙,是星以地而得名,不是地以星而得名呢。如说地以星而得名,那么这颗小星的名字叫长沙,又有什么意义呢?闲话不提。

且说帝喾到了长沙之后,舍舟登陆,乘车沿着湘水向南前进,早有当地的诸侯渌侯、云阳侯等前来迎接。那渌侯是颛顼帝师傅图的儿子,受封于渌(湖南醴陵市有渌水)。云阳侯封国在茶陵(湖南茶陵县),亦是颛顼帝时所封。这两国都在衡山之东。当下,帝喾延见之后,不免逐一慰劳一番,又向云阳侯道:"贵国在云阳山。当初先祖皇考少昊帝曾在那里住过几时,有许多文字,都是记载那里风土民情的,朕都见过,但恨不曾亲到。此次朕拟至贵国一游,拜访先祖皇考遗迹,兼祭炎帝神农氏的陵墓,须烦汝为东道主,但是切不可劳费呀。"云阳侯道:"帝肯辱临小国,荣幸之至。先少昊帝前时居住之宫殿,现尚谨敬地修葺保护,请帝可以临幸。至于茶陵地方,风景很好,炎帝陵墓一带……"正说到此句,只听得后面一阵呐喊之声,大家都吃了一惊,不解其故。帝喾正要饬人往问,早有随从左右的人仓皇来报道:"不好了,有无数蛮兵,不知从何处来的,已经将我们的归路截断了,有一部还要直冲过去,现在卫士正在那里拼命地和他们抵抗,请帝作速设法。"帝喾诧异道:"莫非房国的兵竟来了么?有这等神速!朕真失算了。"遂向渌侯道:"现在蛮兵作乱,究竟不知是哪一国来的,而且,他们来的意思是要想抢劫财物,还是要危害朕躬,都不能知道。朕所带来的虎贲卫士,不过五百人,即使连各诸侯带来的卫兵甲士,并计恐亦不过一千人。现在蛮兵的虚实人数,朕等不能知道。万一他人数众多,四面合围起来,朕与各诸侯不免坐困。此地离贵国甚近,朕拟暂往贵国息足,且待征师四方,再行征伐,不知贵国武备如何?尚可以守御么?"渌侯道:"蛮人无理,竟敢干扰乘舆,这是普天所同愤的。敝国虽小,军备尚完,请帝从速前往,臣谨当率领臣民,效力死守,想蛮人虽顽强,亦决不能攻进来呢。"云阳侯道:"敝国离此地亦不远,臣拟饬人星夜前往,调集倾国之兵,前来护卫。"帝嚳大喜道:"汝等能如此忠爱,朕无忧矣。"正说之间,只见后面的卫士来报道:"蛮兵已被臣等杀死几十个,此刻全数退去了。"帝嚳道:"汝等受伤否?"卫士道:"臣等受伤者亦有十几个。"帝嚳听了,慨然太息,急忙来到后方,亲加抚慰,又问起刚才战斗的情形,将所有卫士统统嘉劳一番。卫士道:"现在有一名受伤的蛮兵,被臣等生擒在此,请帝发落。"帝嚳便吩咐扛他来。只见那蛮兵年纪不过三十多岁,脸上中一支箭,肩上腿上各着一刀,流血不止,伤势已是甚重,看了亦自可怜。帝嚳便问他道:"汝是哪一国的兵?为什么来攻打朕躬?"那蛮兵呻吟着说道:"我们是房国的兵,我们房王要想夺你们的天下,弄死你们的天子,所以叫我们来攻打的。"帝嚳道:"现在房王在这里么?"蛮兵道:"是在这里,吴将军亦同来的,我们都是吴将军手下的兵。"帝嚳听了,顿脚道:"果真是房国的兵,不好不好!"说着,也不发落那个蛮兵,立刻发令,叫大众一齐火速向渌国进发。哪知走不数里,忽听见前面又是喊声大起,有一大队蛮兵拦住去路,箭如飞蝗一般地射来。卫士刚要前去抵敌,只听见后面钲鼓之声又大起,仿佛又有无数蛮兵赶上来了。帝嚳到此,前后受敌,不觉仰天长叹一声,说道:"不听司衡羿之言,以至于此,真是朕自取其咎了。"左右卫士道:"请帝放心,臣等誓愿效死打败蛮兵。"帝嚳道:"汝等虽忠勇,但是寡不敌众。依朕看来,现在天色向晚,只能暂时结营坚守,预备抵御。恰好此地山林险阻,料蛮兵断不敢深夜进攻,且待明日,再作计议。"左右听了,急忙到外边去传令,帝喾又向各诸侯道:"现在事势真危急了,因为朕的不德,以致累及汝等君民,朕心实为惭愧。朕所带来的卫士人等,他们情愿为朕效死,这个亦是他们的忠心,朕亦不好拦阻。至于汝等及汝等同来的臣民,为了朕的缘故,横遭灾难,未免无谓。汝等可作速各带臣民,自行回去,想来蛮兵专和朕躬为难,决不致仇视汝等的。"各诸侯听了,齐声说道:"这个决无此理,臣等为朝觐而来,遇有急难,理应护卫,缓则相亲,急则相弃,在朋友之交,犹且不可,何况君臣!帝请放心,臣等当即出外,号召同来之人,勉以大义,叫他们齐心杀贼,共济艰危。"说罢,各起身向外而去。帝喾一时无策可筹,踱来踱去,偶然踱到内边,只见常仪、帝女及众宫人等,都已吓得来魂不附体,脸色煞白,带有泪痕,但个个默无一语。独有那只盘瓠,依旧雄赳赳、气昂昂的,蹲在帝女脚边,耸身摆尾,仿佛是个帝女保护者的样子。大家一见帝喾进来,都站起来,正要开言动问,陡听见外面一片喊声,震天动地,大家又重复吓得都发起抖来。帝喾也自心惊,慌忙走出外边,饬人探听。原来各诸侯同来的臣民,经各诸侯一番晓谕、激劝之后,个个都踔厉奋发,慷慨激昂,志愿尽忠卫帝,不期然而然地同声发出杀贼的喊声来。从这喊声之中,帝喾却猛然得了一个主意,随即进内向帝女说道:"现在时势,危急极了,外面的救兵,有没有不可知;即使有救兵,来得迟早亦不可知;现在所靠者,就是朕所带来的五百个卫士和各诸侯带来的臣民了。他们如果个个都肯用命,虽则未见得就能够打退蛮兵,但是总还有一时好支持。看到刚才那奋勇喊杀的情形,可见得他们是肯用命的。朕不能不再用一点赏赐去奖慰他们。古人说得好:'重赏之下,必有勇夫。'他们一千多人中间,安见得没有奇才杰出的人?朕拟仿照那马头娘娘母亲的办法,出一个号令,有人能够杀死房王的,将汝配与为妻,汝心里愿意么?"帝女听了,用袖子遮着脸,大哭起来,说道:"现在父亲危险之至,女儿正恨自身是个女子,不能帮助父亲杀贼,救父亲出去,如果有人能够杀死敌君,救得父亲的,不要说将女儿配他为妻,就使给他做侍妾、做奴仆,女儿也是甘心,请父亲赶快出去传令吧。"帝喾听了,甚是惨然,就到外边,悬出赏格道:"现在房氏不道,无故称兵,危及朕躬。汝等臣民卫士,忠勇奋发,不避艰险,为朕捍卫,朕心实深嘉赖。汝臣民卫士等,明日奋力作战,如有能得房氏之头者,朕赏以黄金千镒,封以土地万家,又以朕女妻之;如有能得房氏将吴将军之头者,朕赏以黄金千斤,又赐以美女;如有杀蛮兵一人者,赐以黄金一斤;一俟事平,即行给赏,朕不食言。"自从这个赏格悬出之后,所有臣民卫士,愈加奋激,思想立功,时已向夜,只好等明日再说。按下帝喾这边之事不提。

且说那房王究竟是个什么人呢?原来他是个西戎之人,生得身长八尺,虬须大颡,膂力过人。有一年他从西戎跑到荆州的房山来,房山地方的蛮民个个惧怕他,就奉戴他做了君主,僭号房王。他手下又有一个姓吴的臣子,既有智谋,又饶勇力,号称吴将军。他们两个,就此练兵讲武,凌暴百姓起来,就是四邻的诸侯,亦渐渐怕他们了。一日,房王同吴将军商议道:"听说那中原的姬夋高辛氏,就要到荆州来,行什么巡狩典礼了。他是中原的天子,他所到的地方,凡是国君都要去迎接他、朝见他的。孤家想起来,姬夋亦不过是一个国君,他有什么本领?这样威风,要我们去迎接他,孤家实在不愿意。等他来的时候,孤家竟不去理他,你看如何?"吴将军道:"大王之言甚是,但是臣的意思,仅仅乎不去理他,还不是彻底的办法。假使我们不去理他,他等到巡狩礼毕,回去之后,说我们不恭,带了各国诸侯来攻打我们,那是亦不妙的。"房王道:

"照你说来,怎样才算彻底呢?"吴将军道:"臣听说姬夋这个人,非常之轻率,又非常之托大。他自以为仁及四方,所有天下的百姓都是爱戴他的,所以他出去巡狩,总是不带兵师防护。这次南来,想必仍是如此。臣的意思,最好等他来的时候,乘其不备,一鼓而擒之,永绝后患,岂不是一个彻底的办法么!况且姬夋这个人,是四方诸侯所惧怕的人,假使被我们擒住了,四方诸侯必定以为大王的本领还要高过姬夋百倍,到那时他们惧怕姬夋的,转而都惧怕大王,都来朝贡称臣,岂不是大王就可以做四海的大君主么!"房王听了这番话,不禁大喜,就说道:"孤家果然做了四海大君主,一定封你做一个大国之君。"吴将军慌忙敛手称谢。

过了多日,探听得帝喾将要到了,房王又和吴将军商议。吴将军道:"臣上次料姬夋不带兵来,所以等他一到之后,就可乘其不备而攻之。现在听说他带兵来了,究竟不知带多少兵,强弱如何。我们切不可冒昧从事,须得仔细探听明白,方可动手。最好请大王遣人前往,装出一种非常恭慎的样子,说大王有病,不能前去迎接,使他放心,不致疑我忌我,一面就可以察看他的虚实,再作计较。大王以为如何?"房王道:"极是极是,你可算得是个'临事而惧,好谋而成'的人了。"说罢,就叫人到帝喾那边去称病告假,一面又叫吴将军带了兵士,假作打猎,去窥探虚实,恰好遇着帝喾在马头娘娘庙前。吴将军回来,向房王说道:"现在尚且不可动手。一则,他手下卫士虽少,却个个都极雄壮,一时间不容易对付。二则,中原诸侯送行的尚多,恐有救兵。三则,此地离豫州甚近,万一擒他不住,被他逃了回去,那么大费周章了。臣看不如放他过了云梦大泽,等他到了长沙,我们派了兵士,星夜赶去,烧毁他的船只,杜绝他的归路,然后另外派一支兵绕在他前面,使他不能进亦不能退,围困他起来,不必和他打仗,不到三日,必然饥饿,他手下的人,不是死，就是降，到那时我们可以不劳而成，岂不大妙！况且那边地势，都是山林，利于我们的步兵，不利于他们的车辆，这是可以必胜的。望大王作速预备遣兵吧。"房王道："你这个计策，真是周到万全。成功之后，定受上赏。"吴将军道："上赏不敢当，臣前日看见姬夋那里，有一个青年女子，甚是美貌，事成之后，如果大王不要，赏赐予臣，那就是臣之大幸了。"房王哈哈大笑道："果然孤家做了四海大皇帝，何愁没有美女，你既然看中那女子，就赏给你吧。"吴将军大喜，称谢而出。

　　到了次日，房王立刻调齐全国之兵，只留老弱的在国中守御，其余都从旱道直走长沙，房王与吴将军亲自督队而进。那爬山越岭，本来是蛮人的长技，不过十日，已到了云梦大泽的西南岸。吴将军和房王商议，暂时顿兵，一面先遣人前往探听。哪知帝夋的船，因风势不顺，尚不曾到。吴将军大喜，向房王道："他来得这般慢，我们可以从容布置，这回事情一定成功了。现在我们留一千兵在这里，叫他们等姬夋上岸、越过长沙之后，先将他的船只统统毁去，然后埋伏在各处山林间，不时擂鼓鸣钟、摇旗呐喊，使他不敢回转来。臣和大王，从这里绕过前面去，拣着扼要之处等着，亦用疑兵的方法，处处设伏，那就可以制他的死命了。"房王听说，都依计而行，率领大兵，绕在前面。等了两日，果然远远望见帝夋的车舆旌旗人马匆匆而来。房王大喜，向吴将军道："果然不出你所料。"说毕，就传令蛮兵一齐呐喊起来，再将弓箭射过去。过了一会，却见帝夋的许多车子渐渐地连合拢来，结成一个阵势，有许多人憧憧往来，天色向晚，远远望去，看不出他们在做什么事情。房王忍不住，向吴将军道："我们冲过去吧，免得他别生诡计。"吴将军刚欲开言，说声"不可"，只听得帝夋那边一阵喊声，震动山谷。吴将军与房王亦自惊心，以为帝夋的兵要杀过来，赶快叫蛮兵整齐队伍，准备抵敌。过了一会,却又寂无动静。吴将军当即向房王道:"大王要想冲过去,那是万万不可的。一则天已昏黑,战斗为难;二则姬夋手下的人,有才干的多,又个个都肯效死,就使打胜了他,我们死伤的人亦必定不少,甚不上算。依臣的愚见,还是软困为是。"正说之间,只见一只五色斑斓的大狗,直从外面蹿进来,到房王面前,将两只前脚向上一拱,尾巴摇两摇,仿佛是行礼的样子;随即又跑到吴将军面前,也是如此。房王等起初出于不意,大吃一惊,正要拔出刀来杀它。后来看见它做出这种状态,煞是奇怪,正要问左右的人,这只狗究竟是哪里来的。哪知吴将军细一看,早已认识,不觉失声叫道:"啊呀!这只是姬夋的狗呀!那一日岂不是要跑来咬我们的么,现在怎样会跑到这里来呢?大奇大奇!"房王道:"你认识是姬夋的狗么?"吴将军道:"臣认识它,的确是姬夋的狗,因为五色斑斓的狗,本来是世上少有,况且它那高大雄壮的身子,仿佛和老虎一般,尤其难得。臣那日见了它,又是稀奇,又是可爱,世界上哪里还会有第二只呢!"房王听了,就向狗说道:"你真是高辛氏姬夋的狗么?你是不是知道高辛氏要亡、孤家要兴,所以来投孤家的么?你如果真有灵性,你抬起头来,向孤家叫两声。"哪知这只狗竟通人意,仰头向着房王,汪汪地吠了两声,仿佛是答应的意思,随即又跑到房王脚边,用鼻嗅了两嗅,倒身就卧在旁边。一时左右的人无不称奇,直把房王喜得乐不可支,就向吴将军说道:"孤家听见古人说,狗这种畜生,最通灵性,一家人要兴了,狗就跑进来;一家人要亡了,狗先跑去;这是历试历验的。现在姬夋的狗竟跑到孤家这边来,依恋不去,可见得姬夋必亡、孤家必兴了。有这种祥兆,不可不庆贺庆贺。"说罢,就叫左右的人大摆筵席,叫吴将军及许多上级军官齐来饮宴,又叫带来的蛮女唱起蛮歌、作起蛮乐来侑酒,总算是为狗接风的意思。哪知这只狗却亦古怪,遇到歌声乐声美妙的地方,它竟从房王脚边站起来,摇摆跳跃,按弦应节而舞。大家看了,尤觉稀奇之至。左右之人,因此恭维房王,说他德感禽兽,把个房王喜得来几乎乐死,左一碗酒来右一碗酒,直饮得酩酊大醉。就是那吴将军,平日号称精细、足智多谋的人,到此刻亦尽量豪饮,醉态酕醄了。一则蛮人贪饮,是他们的天性;二则这只狗的状态,煞是奇怪可爱;三则蛮人最重迷信,那句"狗来家兴,狗去家亡"的俗语,早已深入其心。所以虽则在军务倥偬之中,大家都忘其所以,直饮到月落参横,晨鸡叫曙,君臣诸人方才由左右扶着,分头去睡,却都已人事不知的了。哪知这只狗非常作怪,先一闪闪到房王帐中,等服侍的人一齐出去之后,它便跳过去,向房王颈上尽力一咬,那房王早已一命呜呼,又接连咬了两咬,那颗斗大的头玲玲珑珑地落下,与本身脱离关系了。那狗衔了房王的头,倏而转身,又向吴将军帐中跑来,却亦是静悄悄的寂无一人。原来左右的人,伺候了一日一夜,已都有倦意,夜色又深,又兼都有点酒意,所以都去安睡了。可惜帝营那边,不能知道这种情形,假使知道这种情形,一阵子掩杀过来,必定可以大获全胜的,闲话不提。且说那只狗闪进了吴将军帐中之后,先将房王之头放下,又跳过去,将吴将军的脰颈照式咬两咬,那颗头颅顷刻之间又咬了下来。它将两颗头衔在一起,总衔了两个头的头发,飞风似的往外便跑,直向帝营方面而来。那时夜已向晨,朦朦胧胧地有点亮光,几个蛮兵正在那里打呵欠,却不曾看见这只狗出去。一则晨光熹微,二则倦眼迷蒙,三则再料不到有这种事,四则狗高不如人,又不向正路而走,所以优哉游哉,一无阻隔地竟跑出去了。

第十五回

司衡羿率逢蒙将兵来救　盘瓠负帝女逃入深山

　　且说帝喾那夜虽则出了一个赏格,但不过是个无聊之极思,并非的确靠得住的,所以仍是踱来踱去,筹划方法。暗想今夜虽然勉强过去了,明日怎样呢?前日到亳都调兵的文书,不知何日可到?司衡羿的救兵不知何日能来?那蛮兵果然尽锐攻过来,这边的臣民卫士究竟抵不抵得住?假使抵不住,那么怎样?即使抵得住,但是冲不出去,粮食没有一日可以支持,仍是危险,那么又将如何?正在一层一层地盘算,忽听得里面有呼唤盘瓠之声,不觉信步地踱了进去,便向帝女等说道:"现在这种危险的时候,汝等还要寻一只狗,真是好整以暇了。"帝女道:"女儿亦知道现在的危险。但是仔细想想,父亲如此仁德,上天必能垂佑,决无意外之处,所怕的是女儿带在身边,未免为父亲之累。所以打定主意,万一到那个危急的时候,拼却寻一个死,决不受贼人的耻辱,父亲亦可脱身而去。不过再想想看,就此寻死,太不甘心。那只盘瓠非常雄猛,非常听女儿的说话,但愿它咬杀几个贼人,那么女儿虽死,亦无恨了。现在有好许多时候不看见它在身边,所以叫宫人寻一寻。"说着,眼泪流个不住。常仪道:"女儿之言甚是,妾亦正如此想。"这时候天已微明,只见那盘瓠从后面直蹿进来,嘴里衔着两件东西,仔细一看,却是两个人头,血肉模糊,辨不出是什么人,早把常仪、帝女及宫人等吓得魂不附体,用手将脸遮着,不敢正视。那盘瓠将两颗人头放下之后,忽而跳到帝喾身边,忽而跳到帝女身边,且跳且喘,非常得意。帝喾亦自骇然,而心中却已猜到了几分,慌忙走到外边,叫人将两颗头颅拿出去,细细察看,的确是蛮人的头,一时总猜不出盘瓠从何处咬来的。有的说,或者是附近居住的蛮人,有的说,或者是深夜之中来做奸细、窥察虚实的蛮人,被盘瓠瞥见,因而咬死。大家听了这一说,都以为然。那时渌侯在旁说道:"昨日不是有一个受伤的蛮兵被擒么,何妨叫他来看一看,或者认得出是什么人呢。"帝喾道:"不错不错。"就叫人去将那蛮兵带来,问他道:"汝可认识这两个人么?"蛮兵走过去,将两颗头颅细细一看,不觉失声叫道:"哪哟!这个不是房王么!这个不是吴将军么!怎样都会得杀死在此?"说罢,即回转身来,向帝喾跑着,没命地叩头道:"帝呀帝呀!你真是个天人,从此蛮人不复反了。"帝喾等一听之后,这一喜真非同小可。当下云阳侯等就向帝喾称贺道:"帝仁德及物,所以在此危难之时,区区一狗,亦能建立大功,臣等忝为万物之灵,竟不能杀敌致果,对了它,真有愧色了。"渌侯道:"现在元恶虽死,小丑犹在,我们正宜乘此进攻,使他尽数扑灭,免致再贻后患。"帝喾点首称是,于是立刻发令,叫卫士及诸侯臣民向前方攻击,一面又用两根长竿,将两颗头颅挂起,直向蛮营而来。那时,蛮营中兵士已经骚乱不堪了,因为他们一早起来,看见满地都是血迹,寻到房王和吴将军帐中,但见两个无头死尸躺在床上,不知是何缘故。正在纷纷猜议,疑神疑鬼,忽听见一阵呐喊之声,帝喾方面的军士逐渐逼近,更惊得手忙脚乱,没了主意,有的向后飞身便跑,有的向丛林之中潜身藏躲,一霎间各鸟兽散。这边帝喾军队,看见他们毫无抵抗,亦不穷追,单将房王及吴将军两个尸身拿来献与帝喾,并请示方略。帝喾便吩咐将两尸身并首级掘坎埋葬,一面饬人四出察看,有无伏兵。正在吩咐之际,哪知后面忽然又起了一阵杀伐之声。帝喾大惊,忙登高处一望,只见那边又有无数蛮兵,纷纷向此地逃来,仿佛被人杀败,后面有人追赶的样子。帝喾忙叫卫士开向后方,严阵以待,杜绝他们的奔窜。那些败残蛮兵见前面又有军队阻住,料想不能抵敌,有的长跪乞降,有些向旁边小路舍命逃去。

转瞬之间,只见有一队军士,打着高辛氏旗号,徐徐向前行来,军容甚整;当中一员大将,立在车上,左手持弓,右手拈箭,腰间悬挂一柄短刀,短须长脸,双目炯炯,极其雄武。帝喾却不认识这个人,正在疑讶,早有卫士跑过去盘问。那人知道帝喾在此,慌忙跳下车来,丢去了弓箭,除去了佩刀,请求觐见。左右领他到帝喾面前,那人行过礼,帝喾便问他道:"汝是何人?"那人奏道:"臣乃司衡羿之弟子逄蒙是也。臣师羿平定了熊泉乱党之后,未曾休息,立刻率领臣等前来扈驾。走到半途,恰好奉到帝的诏令,知道房国的态度可疑,因此臣师羿不敢急慢,督率部下紧紧前进。到了汉水,哪知帝已登舟入云梦大泽了。臣师羿以兵士太多,船只不敷,深恐误时,立刻决定主意,改从陆路,先到房国,以察情形。不料房王大逆不道,果然倾巢南犯,图袭乘舆。臣师羿又是愤怒,又是惶恐,除将房国留守之兵尽数歼灭外,随即逾山越岭,昼夜趱行,昨夜到此,但听得各处山林之内,不时有擂鼓呐喊之声,料想事急,因在深夜,亦不敢造次。今日拂晓,臣与臣师羿分头寻觅敌人,驱逐杀戮得不少,不意臣得先见帝驾,臣师羿想必就来了。"正说之间,只见又是一辆车子从远而来,拥护着许多兵士,仔细一看,正是老将司衡。帝喾大喜,急忙下去迎接。老将羿看见了帝喾,亦慌忙下车,免冠行礼。帝喾执了他的手,说道:"不听汝言,几遭不测,现在可算是侥幸了。"羿道:"老臣扈从来迟,致帝受惊,死罪死罪!"一面说,一面帝喾就领他师徒二人到帐中，与各诸侯相见，然后坐下。帝喾道："朕那日到汉水，看见蛮兵那种状态，听见了他们那种行为，就知道此事不妙。但是朕治天下，素来以信字为本，既然已经出巡，未到衡山，无端折回，未免失信，又不能说明因有危险之故，所以只能依旧前进，一面召汝前来，以资防卫。朕的意思，以为过了云梦大泽，越过了房国的边境，总可以无患的了，他即使要不利于朕躬，亦不过待朕归途的时候，邀击而已。不料他竟劳师袭远，而且来得这般快速，那真是朕之所不及料的。"羿道："现在蛮兵一部虽已破散，但是房氏那个元凶，犹稽显戮。老臣拟就此督率兵士，前往征剿，请帝在此少等一等。"说着，就站起身来。帝喾忙止他道："不必，不必，房氏和他的死党吴将军均已授首了。"就将前事说了一遍。羿大喜道："这只狗真是帝之功狗了，老臣无任佩服，将来必须见它一见，以表敬意。"云阳侯、渌侯等在旁，一齐说道："是极是极，我等亦愿见它一见。"帝喾便吩咐左右，去唤那只狗来。这里帝喾又指着逢蒙问羿道："逢蒙这人材武得很，汝是何处收来的弟子？"羿道："老臣奉命往熊泉征伐的时候，路上遇着了他，他情愿拜老臣为师。老臣试试他的射法，甚有功夫，原来他在幼年曾经学射于甘蝇。老臣见他甚可教诲，所以并不推辞，就收他做了弟子。上次戡定熊泉之乱，这次前来攻打蛮兵，他都是奋勇争先，功绩不小。请帝授以官职，将来如有征讨之事，他总可以胜任的。"帝喾道："逢蒙有如此材武，朕自应重用，况又屡立大功，更应加以懋赏，待还都之后，即刻举行吧。"正说之间，那唤狗的人来回道："可恶那盘瓠，今日非常作怪，不要说臣等唤它不动，就是帝女唤它亦不动，给它肉吃亦不吃，只管蹲在地上，两只眼睛望着帝女。看它神气，又不像个有病，不知什么缘故。"帝喾一听，登时愁虑起来，连连顿足道："不好不好！这个真是莫非命也！"说罢，又连声叹息,踌躇不已。老将羿道:"这只狗或者因为夜间杀人疲乏了,亦未可知。老臣军中有个兽医,甚是精明,叫他来看一看如何?"哪知帝喾正在凝思出神,老将羿的这些话竟没有听见。羿见帝喾不去睬他,亦不敢再说。大家都呆呆地望着帝喾。过了好一会,只见帝喾忽然长叹一声道:"莫非命也!莫非命也!"说毕,即起身与各诸侯及羿等施礼,匆匆进内而去。

大家见帝喾如此情形,都莫名其妙。哪知帝喾走到里面,一见帝女,又长叹一声,眼中禁不住流下泪来。哪知帝女亦正哭得和泪人一般,不知何故。常仪与宫人等,却还是拿了肉,在那里逗着盘瓠,唤着盘瓠。那盘瓠总是不动不理,两只眼睛仍是向着帝女。帝喾遂上前向着盘瓠说道:"朕昨天出一个赏格,如有能得房氏头者,妻以帝女,这句话确系有的,但是系指人而言,不是指禽兽而言,这种理由,汝应该明白。禽兽和人,可以做得夫妻么?朕昨日赏格上,还有土地万家、黄金万镒两条,汝想想看,可以封得土地万家么?黄金万镒,可以赏汝,但是汝如何能拿去?即使拿去,又有什么用处呢?朕亦知道汝颇通人性,所以甚爱重汝,但是汝亦应自爱自重,不可无理取闹呀!"说罢,拿了一块肉,亲自来饲盘瓠。哪知盘瓠依旧不吃,并一动也不动。帝喾呼唤它,亦竟不立起来。帝喾大怒,厉声道:"汝这个畜生,不要恃功骄蹇。朕亲自来饲汝唤汝,汝竟敢不动不理,真是无理极了。汝要知道,天下凡是冥顽不灵而有害于人的东西,和恃功骄蹇的人,照法律讲起来,都应该杀,汝以为朕不能杀汝么?"哪知盘瓠听了这话,仍旧不动。帝喾愈怒,拔出佩刀,举起来,正要作势砍去,此时帝女急得来顾不得了,慌忙过来,将帝喾的手阻住,一面哭,一面说道:"这个盘瓠,妄想非分,不听父亲的说话,原是可恶。但是父亲尊为天子,又素来以信字为治天下之根本的。昨日赏格上两个者字,虽说是指人而言,但是并没有兽禽不在内的声明。如今杀了盘瓠,虽则它咎由自取,然而寻常人的心理想起来,总是说父亲失信的。还有一层,现在盘瓠不过不饮不食,呼它不动,尚未为患。父亲此刻要杀死它,亦并不是与禽类计较礼节,不过恐怕将来在女儿身上或有不利,所以要杜绝后患的意思。但是女儿想过,总是自己命薄的缘故,即使杀死盘瓠,亦仍旧不利的。那个马头娘娘,岂不是女儿前车之鉴么!左右总是一个不利,所以照女儿看起来,索性听它去,看它怎样。它要咬死女儿,听它咬死;它要拖了女儿走,就跟了它走,看它怎样。总之是女儿的命恶罢了。"帝喾听了这番话,亦作声不得,丢了佩刀,正在踌躇,猛不提防那只盘瓠霍地里立起来,倒转身子,将那后股向帝女一撞,帝女出于不意,立脚不稳,直扑下去,恰好伏在盘瓠背上,盘瓠背了帝女,立刻冲出帐外,向后山而去。这事出于仓促,而且极其神速,大家都不及防阻,直看它冲出帐外之后,方才齐声呼救,那盘瓠已走有丈余远之路了。

卫士等在外,陡然看见盘瓠背了一个人跑出来,又听见里面一片喊救之声,忙忙向前狂追,那盘瓠已到半山之中。盘瓠走的不是正路,都是樵径,卫士等追赶非常吃力,赶到半山,盘瓠已在山巅,赶到山巅,盘瓠早已无影无踪,不知去向了。正在徘徊之间,后面老将羿和逢蒙带了无数兵士,已张弓挟矢而来,见了卫士,便问道:"帝女往哪里去了?"卫士道:"我们到得山头,已经不知去向,我们正在这里没法想呢。"老将道:"赶快分头去寻,假使寻不到,我们还有脸去见天子么?"大家一想不错,于是重复振起精神,向前山追去。追了许久,也不知走了多少路程,仍是杳无踪迹,那一轮红日已在西山了。老将羿还想前进,倒是逢蒙说道:"我们不可再赶了,一则日已平西,昏黑之中,万山之内,赶亦无益;二则仓皇之间,未曾携带粮食,枵腹恐怕难支;三则房王虽诛,蛮兵未尽歼灭,伏莽遍地。我们悉众而来，离帝处已甚远，万一蛮兵余孽或乘机窃发，那时卫士空虚，危险甚大。据弟子之意，不如暂且归去，等明日再设法吧。"老将一想，话亦有理，于是传令退回。一时角声大起，四山之兵，陆续集中一处，缓缓行走。哪知走不到多路，天已昏黑，山路崎岖，行走万分不便，幸喜隔了多时，半轮明月渐渐上升，方得辨清路径，回到帝处，已是半夜了。那时常仪已哭得死去活来，帝喾亦不住地叹气，口中连叫："莫非命也，莫非命也。"还有一个宫女，年龄和帝女相仿，是素来服事帝女的，帝女极其爱她，她亦极敬爱帝女，到此时亦悲痛异常。其余宫人，感念帝女平日的温和仁厚，亦无不凄怆欲绝。所以全个帐中，充满了一种悲哀之气，所唯一希望的，就是老将羿等一干人的追寻，或者能够同了回来，那是人人心中所馨香祷祝的。哪知左等也不来，右等也不来，悲哀之中，更不免带一种忧疑。直等到羿等归来之后，仍是一个空，大家不免又悲哀起来。究竟帝喾是个圣君，明达老练，虽则爱女情切，还能强自排遣镇定，急忙出来向羿等慰劳一番，说道："汝等已经连日为朕勤劳，今日又为朕女辛苦一昼夜，朕心甚为不安。朕女遭此变故，总缘朕之不德，亦是天之定数有以致之，汝等请不必再为朕操心了。夜色已深，汝等进点食物，从速休息吧。"众人齐声告罪，称谢而退。

第十六回

帝喾入深山寻帝女阻于云雾　　陈锋握衷逝世唐尧降生,育于母家

且说帝喾慰劳羿等之后,重复回到内帐,劝常仪道:"汝亦不必再悲伤了,这回事情,大约无非是个'天数'。汝想这只盘瓠,它的来历就非常之奇异。当时朕留他在宫中,原说要看它后来的变化,不想它的变化竟在女儿身上,岂不是'天数'注定的么!再则,这个女儿是母后所非常钟爱、一刻不能离开的,此次南巡,母亲竟一定要朕和她同来,岂非怪事!如此想来,可见得冥冥之中,自有前定,无可逃遁的了。女儿此去,朕看来未必即至于伤身,将来或者有重逢之日,亦未可知。如今悲伤也是无益,不如丢开了,不再去想她吧。"常仪哭道:"妾何尝不如此想,怎奈总是丢她不开,真是没法的。想女儿从小到大,何尝有一日离开妾身;承欢侍奉,有说有笑,何等热闹!如今冷冷清清,焉得不使人触目悲伤呀!至于女大须嫁,原是总要离开父母,不能长依膝下的。但是那个犹有可说,事前还有一个预备,事后还有一个见面的日子。今朝这个事情,岂能说得个嫁,简直比强盗劫了去还要凶。因为强盗虽凶,究竟还是人类呀;简直比急病而死还要惨,因为急病而死,真真是'天命',以后倒不必牵肠挂肚了。如今生死不明,存亡莫卜,妾身如果一日在世,恐怕此心一日不得安宁呢!想从前在亳都的时候,有多多少少的名人贵族,前来求亲,母后及帝和妾等总不肯轻易答

应,总想选一个十全的快婿,不料今朝竟失身于非类!回想前情,岂不要令人痛死么!女儿生长在深宫之中,虽则算不得锦衣玉食,也总算是养尊处优惯的人了,今朝这一夜,在那荒山旷野之中,她能够惯的么?即使不冻死,恐怕亦要吓死;即使不饿死,恐怕亦要愁死悲死。帝说以后或者还有重逢之日,妾想起来,决无此事,除非是梦中了。"说到此句,放声大哭。左右之人,无不垂泪。帝喾也是惨然,忍住了,再来劝慰。常仪道:"妾想女儿此去,多半是个死的,可否请帝许妾明日亲自前往寻觅,如果寻得着尸首,将她葬了,那么妾的心思就可以丢开。如果寻不着,那么只好再说。未知帝允许不允许?"帝喾道:"这个亦并没有什么不可,不过恐怕是空跑的。刚才老将司衡羿等大伙儿人追踪而去,尚且无处可觅,何况时隔一夜之久,路有千条之多,从何处再去寻起呢?"常仪道:"虽则如此,但是妾不亲往一行,心终不死,万望我帝赐以允许。"帝喾答应道:"那就是了,明日朕和汝一齐前去吧。"常仪至此,方才止住悲声。大家心里,亦都仿佛以为确有把握,可以寻得着的一般,略略放怀,暂时各去休寝。

不到一时,天已大明,帝喾出帐与各国诸侯相见,说道:"朕此次南巡,本拟以衡山为行礼之地,还想到茶陵拜祭神农氏的陵墓,又想到云阳山景仰先祖皇考的遗迹,然后南到苍梧,以临南服,方才转去。不料事变横生,先有蛮人之祸,后又有小女之厄,现在蛮人虽已平定,而小女竟无踪迹。朕为天性之亲的缘故,不能不前往追寻,衡山之行,只能作罢。好在众多诸侯,均已接见,且有共经患难的,于朕前次通告,已不为失信,登岳祭告种种典礼,且待异日再来举行。汝等诸侯离国已久,均可即归,朕于汝等此番追随共忧危的厚意,深铭五内,永矢勿谖,谢谢谢谢!"说罢,举手向各诸侯深深行礼。各诸侯慌忙拜手稽首,齐声说道:"臣等理应扈从西行,以寻帝女,岂敢归国即安。"帝喾再三辞谢道:"小女失踪,乃朕之私事,岂敢累及汝等重劳跋涉,使朕心益发不安,请各归去吧。"诸侯不便再说,只能称谢,各自归国而去。

　　帝喾带了羿和逢蒙及卫士兵队等,同了常仪并众宫人,即日动身起行。常仪于将起身之时,先向天拜祷,求示方向,拔下一支压发,向前抛去,预计头向哪方,就向哪方前进。后来压发落下,头向正西,大众就向正西而行。但是正西并无大路,都是嵚崎山岭,登陟极其艰难,车舆不能适用。常仪至此,为女心切,亦一切不顾,舍车而徒步,由宫人扶掖,攀跻上升。但是那些宫人,亦都是生长宫闱的女子,气力有限,尤其未曾经过这种山路,况且要扶掖常仪,尤其为难,走不多远,早已气喘汗流,因此不时停息。走到日暮,才到昨日羿等兵士所追到之处,只得暂时住下。老将羿向帝喾道:"如今山路歧而又歧,专走一路,不免脱漏,老臣的意思拟将军士分为十队,分头搜索,似乎较为便利。"帝喾道:"此言极是,但是在何处集合呢?"老将道:"集合之处,每日相机而定。明日集合之地,就定在前面高山上吧。"帝喾听了,极以为然。到了次日,老将羿果然约束军士,分为十队,叫他们分头去寻。那常仪因迷信压发头向西的缘故,不肯绕道,直向西行。哪知如此十余日,越过无数山岭,看看已到濜水沿岸了,仍是杳无消息。帝喾劝常仪道:"朕看起来,不必寻了,再过去都是溪洞,艰阻异常,而且保不住还有瘴气,甚危险呢!"常仪至此,亦自知绝望,但是心终不肯就死,指着前面一座大山向帝喾说道:"且到那座山上看看,如果再没有影响,那么就回去吧。"帝喾依言,就令大众渡过濜水,向着大山而行。哪知走到半山,忽然有一条帨,丢在远远的草地里,被那帝女所爱的宫女瞥眼看见,忙忙地走过去拾起来,仔细一看,原来是帝女所用的帨,惊喜异常,不由得大声喊道:"这条帨岂不是帝女的么!"大众一听,如同触着电气一般,齐声说道:"那么帝女一定在这座山里了,即使不在这座山里,亦总是从这座山里经过,我们赶快去寻吧。"原来自从出发以来,寻了十多日,除了常仪等以外,大家的意兴都渐渐懈怠了,以为大海里捞针,是永远不会捞着的。现在既然发现了这条遗帨,把大众的意兴重复又鼓舞起来,而且比从前还要来得热烈,因为已经确有痕迹,确有端倪了。哪知刚刚到得山顶,陡然之间,大雾迷漫起来,对面不见一人,伸手不见五指,将前路一齐迷住。众人至此,颇觉惶窘。而且福无双至,祸不单临,一霎之间,又是雷声隆隆,电光闪闪,狂风急起,骤雨旋来。大众赶忙集队,支撑帷帐,原来这个帷帐的制度,是帝喾所创造的。帝喾因为巡狩出行的缘故,路有远近,地有夷险,不一定有客馆,亦不一定能赶到客馆,所以特别创出这种帷帐来,夜间搭起,可以遮风,可以阻雨,可以免霜露的欺虐,和在房屋中无异。日里动身的时候,就将这帷帐拆下,折叠起来,捆载而去,绝不累赘,是个极便利的物件。这次大众猝不及防,在昏雾之中摸索支撑,颇觉费力,而且雨势既急,风势尤狂,刚刚支撑得好,又被风吹倒了,弄得人人手忙脚乱,个个衣裳淋漓。好容易将帷帐支好了,大家躲了进去,略略喘息,那时风也定了,雨也止了,雷声也收了,独有那电光,依旧和紫金蛇一样,在空中掣个不休。这时候万众寂静,但听得帐中泠泠之声,响个不已。

　　读者诸君,要知道这泠泠之声是什么呢?原来常仪平日极喜欢弹琴,曾经取一种碧瑶之梓,做一张琴,不时地在那里弹的。帝喾因为她欢喜琴,是个极高雅的事情,所以遇到好的琴,总买来给她弹。后来得到一张琴,真是异宝了,不但品质好,弹起来音调佳,而且每遇到电光一照,它就会得应光而鸣,因此给它取一个名字,叫作电母琴。常仪爱如性命,时刻不离,这次南行,自然也带在身边了,刚才雷霆风雨,声响甚大,而且在忙乱之中,故不曾听到,如今万籁俱寂,所以觉得那泠泠之声,震入耳鼓。帝喾听了,知道天气一时无晴霁之望,不觉心中焦急。又过了许久,电光止了,大家探头向帐外一望,但觉沉沉昏晦,亦不知道究竟是昼是夜,然而无法可施,只得忍耐,听之而已。又过了许时,帝女所爱的那个宫女忽然站起来说道:"那不是盘瓠在叫么!"常仪和其他宫人等仔细静听,都觉寂无声息,便斥她道:"何尝有此事呢?你是自己的心理作用,或者是耳鸣弄错了。"那宫人力争道:"盘瓠的吠声,是我听惯的,哪里会弄错。而且此刻还在那里狂吠,仿佛越走越近的样子,你们听见么?"说罢,侧着耳,伸着手,向外边指指。大家又仔细听了一会,依然寂无声息,都责备她的错误。那宫女不服,气愤愤地说道:"让我去唤唤它看。"说着,不等常仪答应,将身挨出帐外,像个要去呼唤的意思。哪知这一去,竟不复回来了。帐里的人等了许久,不见她进内,亦不见她唤狗之声,颇觉诧异,提着她的名字叫,亦不见答应,大家这才惊疑起来,慌忙通知卫士,叫他们设法去寻。但是在此昏暗迷漫之中,伸手不见五指,举步不辨高低,哪里去寻呢!只能在附近一带,提着名字,叫喊了一会,寂无应声,也只索罢了。常仪因此重复纳闷,觉得这事真有点可怪了。又不知过了多少时候,却见东方远远地有一块灰暗色的白璧,在空中挂起,原来已是第二日了。又过了许久,白日渐高,大雾渐消,山东一带已隐约辨得出路径,但是山西之地,仍旧昏黑如故。大家没法,只得静待。哪知等了三日,仍是如此,而且每到下午,东方亦昏黑起来。帝喾看到这种情形,知道没有希望了,便对常仪说道:"朕看起来,明日我们回去吧。不用再寻了。起初女儿的事情,朕以为是'天数',照现在的情形一看,不但是'天数',而且还含有一种神秘的道理在里面,即使再寻,恐怕亦是无益的呢。汝想想看,大家同在一起,何以都没有听见盘瓠的吠声,只有那宫女硬说听见,这是可怪的一项。宫女一出帐门,就会忽然不见,而且一点声息都没有。四面驻扎的,都是卫士和老将部下的兵士,重重围裹,从哪里跑出去的呢?这是可怪的第二项。我们一到山顶,风雨雷电就忽然而来,仿佛有意阻住我们去路似的,这是可怪的第三项。大雾三日,始终不消,而且东方较明,西方则昏暗不见一物,分明不许我们前进,或者不许我们窥见它的秘密,这是可怪的第四项。有这许多可怪之事,所以据朕的猜想,女儿与盘瓠一定就在这座山的西面,而且都安然无恙,那个宫女或许也同在一处,亦未可知。不过要使我们寻着,那是万万不可能之事。因为种种的现象,都是挡我们的驾、止我们的步的表示。假使再不觉悟,不肯回转,恐怕它还要用强硬的方法来阻止我们呢!到那时候,另有奇异的变化发生,使我们大受惊恐,或者竟有死伤,那么何苦来呢!况且朕等在此深山穷谷之中,走了多日,万一粮食不继,岂不是进退两难么?再者,朕和汝为了女儿,骨肉情深,受苦受难,固然是应该的,情愿的,他们这批将士兵士,为什么缘故亦要叫他们跟着吃这种苦头呢?为了女儿私情,要那做国家干城的将士吃苦,朕心实有不忍,而且于理上亦说不过去。所以朕想起来,只有赶快回去,不要再等再寻了。"常仪听了这番话,垂泪无语,只得答应。

到了次日,天气依然如昨,帝喾便传令归去。老将羿听了不解,就进来问道:"如今帝女未曾寻到,何以舍之而归?"帝喾便将昨晚劝告常仪的话,又重述了一遍。老将羿叹道:"帝真是仁慈之主,体恤将士,可谓至美尽美了。其实这些将士,深感帝的仁德,即使叫他们为帝赴汤蹈火,亦乐于从事,何况跑跑山路,在山里住两日,哪便是苦呢?至于粮食一层,老臣早已饬人转去预备,源源接济,即以现有者而论,亦尚有数日可以支持,何妨再迟几日,等这大雾消了再说呢。"帝喾道:"朕意决了,不必再等了。朕于一切行事,总求心之所安,不安者不做。现在劳师动众多日之久,为了朕的私事,朕回想起来,实在不安已极,所以总以赶快回去为是。汝等如此忠诚,朕真感激不尽。"老将羿见帝意如此坚决,不便再说,只得号令将士,拔队转身。哪知一到山脚,天色顿然清朗,与山上绝不相同。常仪到此,方才相信帝喾之言不谬,死心塌地地一同回去。不过回想到出来的时候,何等高兴,何等热闹!今日遄归,如此寂寞,如此凄惨!不由得悲从中来,不能自已,一路上眼泪未曾干过,这亦是母女天性,无可避免的,闲话不提。

且说这次归程,是沿溠水而下,直到云梦大泽,沿途蛮人甚多,形状衣饰亦极诡异,但都不敢为患。一则有兵队拥护,甲仗整齐,彼等自望而生畏;二则房王、吴将军的被杀,彼等亦有传闻,早生恐惧。所以大众所到之处,不是望风逃匿,就是道旁稽首,绝无阻碍。一日到了云梦大泽,要想北渡,但是搜求船只,非常缺乏。原来帝喾前次所坐来的船,都给房王的兵毁坏了。他们深恐帝喾逃脱的缘故,又将所有大泽南岸的船只都统统毁去,因此交通早已断绝。即使有几只新造的船只,因帝喾人多,加以老将羿统率的大队,万万不能敷用。所以会商的结果,只得从大泽的西岸,走陆路回去。到了汉水,帝喾向常仪说道:"此地离亳都近了,汝归宫之后,切不可再露出悲伤状态。因为母后年高,并且甚钟爱女儿,假使问起来,朕不敢隐瞒,而且亦无可隐瞒,到那时母后必定十二分的悲痛,还须汝与正妃等宽慰疏解。倘汝再悲伤起来,触动母后哀绪,那更不得了呢!"常仪听了,唯唯答应。

过了几日,竟回到亳都了。那亳都留守的臣子,听见帝喾巡狩归来,自然皆出都迎接,又问起房王作乱之事,帝喾大略地告诉一遍,并且慰劳他们一番,然后与常仪进宫,来朝见握衺。那握衺因为子妇孙女多月阔别,一朝团聚,不胜欢喜,正在那里和姜嫄、简狄等商量,如何接风,如何燕乐,又说道:"孙女是最欢喜谈天说话,这次到南边去了一转,听见看见的一定不少,回来之后,那一种谈笑,恐怕说几日几夜还不肯闭嘴呢。"正在说时,人报帝来了。握衺一看,前面是帝喾,后面是常仪。帝喾先上前向握衺问安,随后常仪上前也是如此。姜嫄、简狄亦都相见了。握衺等了一会,不见帝女进来,觉得有点诧异,便问道:"孙女呢?"这一声问,大家顿时寂无声息,答应不来。原来帝女遭难大略,帝喾在归途之中,禀安握衺的时候,早已经附信给姜嫄、简狄,告诉一切,但是叫她们万万不可就说出来。所以这个时候,姜嫄、简狄是早早知道了,握衺一问,如何回答?常仪悲痛在心,恨不得大哭出来,然而又不敢哭出来,哪里还能回答呢。只见帝喾走到握衺面前,低声下气,婉婉转转地说道:"儿有一事,正要禀告母亲,但是请母亲总要达观,切不可伤心。"握衺听见这两句话,晓得事情不妙,面色登时大变,气急匆匆地直站起来,问道:"怎样怎样?病死了么?水里溺死了么?给蛮人劫去了么?"帝喾连连说道:"不是,不是,母亲不要着急,请坐下吧,待儿好说。"握衺坐下了,帝喾就将那日如何情形,曲曲折折地说了出来。握衺没有听完,已经哭了,听完之后,放声大哭,直哭得气接不上。姜嫄、简狄亦泪落不止,常仪更不必说。然而握衺已经如此了,大家只能忍住悲声,走过去替握衺敲背的敲背,捶胸的捶胸,呼唤的呼唤,过了好一会,才慢慢地回过气来。帝喾亦力劝道:"事已如此,母亲哭也无益,请看开些吧。万一悲苦伤身,做儿子的益发不安了。"握衺又哭着说道:"当初你原是不准她同去的,都是我硬逼着你同了去,现在如此,岂不是我害了她么!"帝喾道:"母亲,不是这样说,实在是儿子的不是。假使当时儿不要研究这个盘瓠的变化，不留它在宫中，那么岂不是就没有这一回事么。所以儿看起来，这个中间，无非是'天意'，请母亲千万不要再去想她了。"那时姜嫄、简狄亦齐来相劝，可是握裒越想越悔，越悔越伤心，接连两日，不曾好好地吃一餐饭、睡一宿觉，总是哭泣。年老之人禁不住，第三日就生起病来了。帝喾着急，赶快延医调治，躬侍汤药，但是那病势日日加重。姜嫄私下埋怨帝喾道："帝太爽直了，当日不应该对母后直说。"帝喾道："朕一路归来，何尝不如此想。一则，人子对于父母，不该有欺诳之事；二则，这个情事，即使要欺诳，亦欺诳不来。女儿是向来生长在宫中的，朕等一同归来，而女儿不归来，这个理由，从何说起？若说已经嫁人了，嫁的是何人？并非迫不及待之事，何以不先禀命于母后？若说连常仪亦不同回来，那么她们母女两个，究竟在何处？为什么不同回来？母后假使问起来，无论如何，总说不圆的。总而言之，朕不仁不德，致有这种非常之变，现在又贻患于母后，朕不孝之罪，真是无可逃遁的了。"说着，泪落不止。过了数日，握裒病势愈重，群臣束手。帝喾忙叫人去寻访那个给简狄收生的医生，亦杳无踪迹，尤其窘迫，无法可施。又过数日，握裒竟呜呼了，帝喾擗踊哭泣，哀毁尽礼，自不必说。

哪知刚到三朝，忽然伊耆侯处有人报到，说三妃庆都生了一个儿子了。帝喾正在热丧之中，无心去理会他。群臣知道了，亦不敢称贺。过了七日，握裒大殓已毕，帝喾才把那新生的儿子取一个名字，叫作尧。是否因为他生在外边，取遥远的遥字别音，不得而知。总之，帝喾因新遭母丧，不乐闻喜庆之事，又因伊耆侯报到之时，握裒已死，假使能早十天五天来报，那么握裒虽有丧一孙女之悲，却有添一孙子之喜，或者病势可以减轻、不至于殒命，亦未可知。因此一想，愈加伤感，愈无兴趣。就和伊耆侯的使者说，叫庆都和尧就住在伊耆侯处,成服守制,不必回来奔丧。如将来要他们回来时,自有命令来召。使者领命而去。哪知从此之后,帝尧在外家竟一住十余年,此是后话不提。

第十七回

唐尧降生之历史　　丹邱国贡玛瑙瓮
咸黑、有倕作乐

且说那唐尧怎样降生的呢？原来庆都自从归宁之后,到了伊耆国,伊耆侯夫妇格外优待,自不消说。隔了多日,伊耆侯夫妇和庆都说道:"这几日天气很好,我们陪你出去游玩游玩吧。"庆都听了,非常欢喜,就问道:"到哪里去呢?"伊耆侯道:"我们这里,可游玩的地方很多,你是喜欢水呢,还是喜欢陆呢?"庆都道:"女儿想,还是水路好。一则坐船比较安逸,二则风景亦似乎比山岭来得清秀。"伊耆侯道:"那么我们到大陆泽去吧,那边风景很不坏。"当下就议定了。

次日,伊耆侯夫妇便同了庆都,径向大陆泽而来。一路山势逶迤,林木葱郁,正走之间,忽然空中落下一块细石,正打在庆都头上。庆都出其不意,虽则不甚痛,不免吃了一惊,往上一看,并无别物,但见一群小鸟,向前飞去,颇觉诧异。伊耆侯道:"这种鸟儿,名叫精卫,又叫鸟市,又叫冤禽,又叫志鸟,原来是炎帝神农氏女儿的魂魄所化的。当初神农氏有两个女儿,都是慕道求仙,要想长生不老。哪知后来一个女儿跟了赤松子云游四方,居然成了神仙。还有一个,名叫女娃,偏没有成仙的缘分。赤松子不去收她,她愤极了,要想跑到海外去访求神仙。谁知到了东海,上船不过半天,舵翻樯折,竟溺死了,因此她的精魂不散,就变成这种鸟儿。它的窝都在我们国的西面发鸠山上(现在山西长子县西)。它们常常衔些小木小石,飞到东海去丢在海中,想要填平东海,以泄她溺死之恨。它们一生一世,除了饮食倦卧之外,就是做这件事情,历代以来,子子孙孙,无有休息间断,真真是个怪鸟。我们在这一带走路,往往给它所衔的小石打着,这是不足为异的。"庆都听了,方才恍然。过了一会,走到一座林中,只听得一片叫精卫之声,原来就是这些小鸟,在那里自己叫自己。仔细一看,形状很像个乌鸦,不过头是花的,嘴是白的,脚是赤的罢了。

过了几日,大家到了大陆泽,船只早已备好,就一齐登船。正要启碇,忽然一阵大风,只见东南角上卷起一朵红云,那红云之中,仿佛有一个动物蜿蜒夭矫,跟着红云,直向船顶而来。须臾之间,愈逼愈近,鳞爪全见,原来是一条赤龙,长约十余丈,张牙舞爪,骧首摇尾,形状怕人。大家都看得呆了。后来那条赤龙渐渐来到船的左近,顿然风也止了,云也散了,它却盘旋于船的左右,忽而飞腾,忽而上下,总不离开这只船。众人都吓得惊疑不定,猜不出是祸是福。独有那庆都,不作一语,亦绝无恐怖,尽管凭着船窗,呆呆地对着那条赤龙看,看到后来,脸上露出笑容,仿佛那条赤龙是十分可爱的样子,大家亦莫名其妙。过了一会,天色向晚,暮云四起,那条赤龙亦渐渐不见。当晚众人就宿在船中,谈那条龙的奇异。伊耆侯夫人道:"我们今朝,假使不是为了这条龙,早已走了不少路了。虽则看见了一种没有见过的东西,却是耽搁了我们半日的行程。"伊耆侯道:"有什么要紧呢,我们原是游山玩水,并没有什么一定的去处,就是多迟几日,亦不妨。"三人说说谈谈,不觉向夜,各自归寝。

到了次日,天色甫明,只听得一阵呐喊之声,伊耆侯大惊,急忙披衣起身,问有何事。众人报道:"昨日的那条赤龙又来了。"伊耆侯听了,诧异之至,来到船头一看,果然就是昨日的那条赤龙,但是身体像是短小了好些。隔了一会,伊耆侯夫人和庆都也来了,只见那赤龙总是在半空中翱翔,和老鹰一般,但是总不离开这只船,大家都猜不出它是什么意思。有几个水手就问伊耆侯:"照这个样子,今天还是开船呢,还是不要开呢?"伊耆侯道:"开船便怎样?"水手道:"万一开到半中间,同昨日那样的大风刮起来,那是禁不住的。龙的可怕,就是它那一条尾巴,假使它将尾巴向水里一掉,那水就会得直立起来,岂不是可怕的么!"伊耆侯听了,踌躇半晌,便说道:"既然如此,我看就再等一会吧,那条龙想来总就要去的,等它去了,再开船不迟。"哪知这赤龙在空中,总是不去,直到傍晚,方才渐渐不见。到了次日,却又来了,接连三日,都是如此。但是每隔一天,它的身躯必短小不少。大家诧异之极,心中疑惑,闷闷不已。伊耆侯和他夫人说道:"我看只好回去吧,这条龙实在有点古怪,恐怕有祸事发生呢。"伊耆侯夫人道:"我们劳师动众,到得此地,好不容易,大陆泽的风景还没有领略得一半,就此回去,未免可惜。"庆都道:"据女儿的意思,我们不要直渡了,只要沿着岸,慢慢开过去,倘使遇着变动,赶快收篷拢港,想还不至于来不及。好在我们这次出来,不过游赏风景,并没有目的地的。即使不能走远,亦是无妨,不知父亲母亲以为何如?"伊耆侯道:"这也却好。"于是吩咐水手,沿着岸开去。哪知那条赤龙非常作怪,总是随后跟往。过了几日,它的身躯已缩得只有一丈左右长了,离船也愈近了。众人看了,都莫名其妙,却因为连日以来,渐渐习惯,亦不以为意。一日船到一处,伊耆侯猛然想起一事,就笑向庆都说道:"女儿呀,这里是近着三河地方了,你可知道么?和你甚有关系呢!"庆都道:"从前记得父亲曾经说过,女儿生于三河之野的一块大石中,由一个叫陈锋的母亲看见了,抚养大的,是不是?当时年纪小,不十分注意，原来就在此地么？既然在这里，今朝倒要去看看，究竟那块大石在哪里？"伊耆侯道："我们连日坐船，正有点气闷，上岸走走，舒舒筋骨，亦是一法。"等了一会，船到三河，伊耆侯便吩咐停泊。大家登岸，行不多路，只见那条赤龙依旧紧紧跟随，大家亦不去理会它。走了许久，庆都要想寻那块托生的石头，却是无从寻起。一则此处地方荒僻，人烟不多，无可询问；二则伊耆侯当时亦是听人传说，并非目击，亦未遇到陈锋氏，所以不能确实指出这个地方。大家只得在前后左右走了一会，碰到几块有裂缝的大石，便猜度揣测一番，如此而已。究竟是与不是，没有人能够证实它。庆都此时，心中非常难过，暗想，可惜最初抚养我的那个陈锋母亲死得太早了，假使她在这里，定然能够使我知道生身之所在，岂不是一件快事么！我这种出身法，本来是前古所未闻、天下所没有的，倘能够指出一个证据，在这里立一个纪念物，传到后世，或者还有人相信。现在这般迷离惝恍，不要说后世的人听了未必相信，就是我自己现在亦不能相信呢。究竟我这个人，是哪里来的呢？想到这里，不禁烦闷起来，正在出神之际，忽听得后面一片喊叫道："快走开！快走开！龙来了。"庆都回头一看，但见那条赤龙，离地不过二尺，张牙舞爪，直向前来，慌得众人连跌带滚，纷纷逃避，便是伊耆侯夫妇，亦顾不得庆都，急向左右分蹿。庆都刚要逃时，那龙已到面前。庆都急向左转，那龙冲过右边，再回转左面来，将庆都阻住。庆都急向右转，那龙从左边再回右边，又将庆都阻住。如此两三次，陡然风声飒飒，阴云四合，伸手不见五指，那条龙直向庆都身上扑来，此时庆都已如醉如痴，失其知觉，仰身倒地，听其所为。过了些时，云开日出，龙已不知所往了，庆都心地亦顿然明白，慌忙从地下爬起，整束衣带，但是满身涎沫，腥秽难当。这时伊耆侯夫妇及家人等都逐渐奔集，看见这个情形，便问庆都道："怎样

— 144 —

了？怎样会得如此？没有给那龙撞坏吓坏么？"庆都满面羞惭,不好回答。伊耆侯夫妇也觉得这个情形有点尴尬,亦不再追问。恰好看见地上丢着一卷物件,腥涎满腻,想来是那条赤龙遗下在这里的。拾起来一看,原来是一幅图画,展将开来,只见上面有字有画,当中画的是一个赤色人,眉如八采,鬓发甚长,面貌上小下大,上面的文字,是"赤帝受天祐,眉八采,鬓发长七尺二寸,面锐上丰下,足履翼宿"二十四个大字,大约就是说所画的这个人了。下面还有七个字,是"赤帝起成天下宝"。大家看了都不能解。不但这幅字画的意义不能解,就是那赤龙何以能够有这幅字画,又何以遗在此地,这种理由都不可解。但是这时庆都身体狼狈肮脏,软弱疲惫,万万不能再留,只好大家搀扶着,急急回到船中。换过衣服,庆都回想刚才之事,胸中不快,懈怠异常,一到天晚,即便安歇。哪知自此之后,已有身孕了。这种事迹,在古史上说来,亦算是感生的一种。后来直到秦始皇的时候,那汉高祖的母亲刘媪,在大泽之陂困觉,梦见和一个神人相遇,她的父亲太公去找她,远远看见一条龙在她身上和她交接,后来就有孕而生汉高祖,大约还是抄的这篇老文章吧。闲话不提。

且说庆都自从这日之后,总觉得恹恹少力,游兴全无,便向伊耆侯夫妇说,要回去了。伊耆侯即叫水手转舵,过了多日,回到耆国。休息了几个月,时交夏令,伊耆侯夫人向庆都道:"现在已是夏天,此地很热,你是有孕的人,恐受不惯这种炎暑。离此地西南,有一座山,叫作伊耆之山,原来那山上常有虎豹猛兽为患,伤人不少。你父亲到了此地之后,派兵去将那虎豹猛兽统统驱杀净尽,那山边的人民感激异常,因此就将此山改了这个名字,并且在那山边一个丹陵(山西长治市南)上,造了些房屋,以作纪念。那些房屋甚为幽雅,四面多是森林,夏令颇觉凉爽,大可以避暑,你父亲曾经在那里住过几时,现在我和你到那边去住吧。"庆都听了,极为愿意,于是大家就搬到丹陵去住。转瞬暑退凉生,庆都因贪恋着此地的风景好,不愿搬回去,又住了几个月。一日分娩,生产了一个男孩,却也奇怪,那男孩的状貌,竟和那幅字画上所说的差不多。两只脚心上,各有二十二颗朱痣,仿佛同天上的翼星一般。(翼星是南方的第六宿,有二十二星为朱鸟之翼,所以叫作翼星。)这个叫"赤帝之精生于翼",就是大名鼎鼎的唐尧降生之历史了。那时,伊耆侯夫妇和庆都都非常高兴,并料定这男孩生有自来,将来一定是个非常之人,于是一面用心抚养,一面赶快修书去报告帝喾。这时候离庆都从亳都动身之日,恰恰已有十四个月,就说她是孕十四月而生的,后世就传为佳话。到得汉武帝时候,他的妃子钩弋夫人诞生昭帝,亦是十四个月,汉武帝就把她居住地方的门取一个名字叫尧母门,就是用这个典故了。哪知帝尧降生的历史虽然奇异,但是生出来之后,却事不凑巧,刚刚他祖母握裛死了,帝喾不要他回去,因此长住在外祖伊长孺家,一住多年,连他的姓都变为伊耆了,这是后话不提。

且说帝喾居丧三年,不亲政治,后来服满,才出来处理政务。那个时候,至德所被,物阜民康,真可算得一个郅治之世。就有大小臣工创议,请求帝喾举行封禅之礼。帝喾正在谦让未遑,忽有南方的官员奏道:"丹邱国前来进贡,使臣已到郊外了。"帝喾大喜,便和群众商量招待他的礼节,命木正、火正前去办理。过了多日,丹邱国使者到了,帝喾就令在殿庭延见,由火正领导,兼做翻译。丹邱国使者共有二人,一正一副,其余随从的总共六十多个。内中有八个人,用一个彩亭抬着一项物件,跟了正副使者同上殿来,其余的都留在外面。当时二使者上殿之后,见了帝喾,行过了礼,就说道:"小国僻在南方,向来极仰慕中华的文化,只因路途太远,不能前来观光,甚为缺憾。近年风调雨顺,海不扬波,小国人民意想起来,一定中华又出了一位大圣人了,才能如此。小国君主本想亲自前来朝见的,只因政务甚忙,一时找不出摄政之人,只能略备一项不中用的东西,特饬陪臣等前来贡献,聊表远方小国的敬意,伏乞圣人赏收,小国人民不胜荣幸。"说罢,便回身叫那八个人将彩亭抬上殿来,安放在中央。二个使者掀开帷幕,从彩亭中捧出一件其赤如火的东西,仿佛是瓶瓮之类,恭恭敬敬送到帝喾面前。早有帝喾侍从之臣,将它接住,放在旁边几上。众人一看,果然是个大瓮,高约八尺,通体鲜红,艳丽夺目,可爱之至,却不知是什么东西制成的,更不知里面盛着些什么。当下帝喾先慰劳了使者一番,又对于他国君称谢一番,又问那使者何日动身,走了多少路程,又问他国中政治风俗及一切情形。两个使者一一对答了,帝喾方才问那所贡的物件道:"这个叫什么名字?用什么制成的?"使者道:"是用玛瑙制成的,所以就叫玛瑙瓮。"帝喾道:"玛瑙是矿物么?"使者道:"小国那里玛瑙有好几种:一种是矿石,一种是马的脑质变成的,一种是恶鬼的血变成的。矿石生成的那一种,品质极小,不能做大的器物。恶鬼血变成的那一种,不可多得。现在这个瓮,是马的脑质做成的,尤其是稀罕之物。小国君主偶然得到了,不敢自私,因此特来贡献于中华圣天子。"帝喾听了,诧异之至,便问道:"马的脑质,可以做器物么?"使者道:"可以可以,小国那里有一种人,听见了马的鸣声或者看见了马的状态,就可以辨别它脑质的颜色。大概日行万里的马以及能够腾空飞行的马,它的脑子的颜色一定如血一般的鲜艳。现在这个瓮,就是这种马的脑子所做的。能够日行千里的马,它的脑子一定是黄色的。假使嘶鸣起来,几百里之远的地方都能够听到它的声音,那么它的脑子一定是青色。走到水里去,毛鬣一点都不濡湿,跑起路来,每日可以走五百里,那么它的脑子一定是黑色。力气甚大,并且善于发怒,这种马的脑子一定是白色。所以这一类的玛瑙,红、黄、青、黑、白,色色都有,并不十分稀奇。不过红色的最难得,最贵重罢了。"帝喾听了这番话,似乎不相信,然而他既然说得如此确凿,也不好再去驳他,只得又问道:"那么恶鬼之血变成的玛瑙,又是怎样的呢?"使者道:"这一类亦有两种:一种白色,一种赤色。赤色的生在小国野外,是小国本国恶鬼的血所变成的。至于白色的那一种,据故老传说,是中国的恶鬼所化成的。当初中国闻说有一圣人,名叫黄帝,和一个恶鬼的首领蚩尤打仗。那蚩尤氏部下的凶人,恶魔妖魅,各种都有,并且不可胜计。后来黄帝用天兵天将将那蚩尤氏杀败了,连四方的凶人恶魔以及各种妖魅一概杀戮净尽,填川满谷,积血成渊,聚骨成山,几年之中,血凝如石,骨白如灰,膏流成泉,都汇集到小国那边去。所以小国那边有肥泉之水,有白垩之山,远望过去峨峨然和霜雪一般,这种山水里面,白玛瑙甚多。所以陪臣知道,白色的玛瑙是中国的恶鬼血所化成的。"帝喾道:"汝这种话可信么?"使者道:"小国那边,故老相传是如此说的,究竟可信不可信,陪臣亦不知道。不过肥泉之水,白垩之山,明明都在,山下水中又常常有白玛瑙发现,证据凿凿,想来一定是可信了。"帝喾听了,也不再和他分辩,又问道:"那么贵国矿石质的玛瑙有几种呢?"使者想了一想,才说道:"据陪臣所知道的,共有六种:一种红色,里面含有枝叶和五色的缠丝,仿佛同柏枝一样,这种叫作柏枝玛瑙。一种黑色与白色相间,叫作金子玛瑙。一种质理纯黑,中间夹杂白色和绿色的,叫作合子玛瑙。还有一种,正面看起来莹白光彩,侧面看起来仿佛和凝血一般,这种叫夹胎玛瑙,最可宝贵。还有一种叫作鬼面青,它的颜色是青中带黑,有的中间杂以红色,同蜘蛛丝一样,尤可珍贵,我们小国那边竟不大有,听说中国西北这一种生产得最多,不知是不是?还有一种,颜色正红,一些瘢点都没有,小国那边就叫它真正玛瑙,因为它是南方正色的缘故,生产亦最多,不过品质大的竟没有。以上六种,都是陪臣所知道的,此外有无遗漏,不得而知了。"帝喾听了,觉得他于玛瑙一类的矿石的确大有研究,与刚才那一番荒唐之话大不相同,又不胜诧异,当下又问道:"这个玛瑙瓮,既然是马的脑子做成的,那么贵国的人都会得制造玛瑙器具了。如何制造法,汝可知道么?"使者道:"小国的这种玛瑙器物,不是人工制造的,是鬼工制造的,所以如何制造法陪臣实在不得而知。"帝喾听了,尤其诧异,便问道:"鬼是无形无质的,如何能够制造?贵国人有何种法力,能够驱使鬼物呢?"使者道:"小国那里有一种鬼,叫作夜叉驹跋之鬼,它的性质,最喜欢制造玛瑙器具,尤其喜欢用红色的玛瑙来制造成瓮碗之类。它轻易不肯露形,有时人遇到它,就倐然隐去,亦从不向人作祟作害。人要叫它制造玛瑙器具,亦不是用法术驱遣它的,只要将玛瑙放在一间暗室之中,向空中祝告,说我要制造一种什么器物,务请费心等话,过了几日去看,一定已经制造好了。还有一层,小国那边这种夜叉驹跋之鬼,不但能够制造瓶瓮盂碗之类,而且能够制造各种乐器,并且极其精妙美丽。中国人凡有到小国那边去的,都愿拿出重价来买几个使用。一则物件真可爱,二则出门行路、游山过水的人,有了这种夜叉驹跋鬼所制造的东西在身边,一切魑魅之类都会得望之而远避,还有这么一项伟大的功用,所以这次小国君主特地选了这件东西来贡献。固然因为它难得,或者圣主有相当的用处,亦未可知。"帝喾听了,觉得又是一篇鬼话,亦不追究,再问道:"现在这瓮里盛有什么?"使者道:"是天上降下来的甘露,服之长生。小国君主在国内造起一个高台,台上安放一个承露盘,积之多年,方才得到少许,现在盛在瓮内,谨敬奉献,恭祝圣主万寿无疆。"帝喾称谢道:"承汝主如此嘉赏,实在可感之至。汝归去之后,务须着实为朕道谢。"使者连称不敢,当下帝喾就叫火正设宴款待,后来又叫他陪着往各处游玩,以表显上国的风景。过了月余,使者告辞,帝喾备了许多贵重物件,报答丹邱国王,对于两个使者及随从的人,都厚加赏赐,并饬人送他们出境。那些人都欢欣鼓舞而去。

这里帝喾就命将那玛瑙瓮供藏在太庙里,以示珍重,又取了许多甘露分赐予群臣。群臣尝过了,其味如饴,无不称谢称贺,都再拜稽首说道:"现在帝德被于殊方,如此远的丹邱国,都来贡献珍物,这是前古所无的。依臣等看起来,那封禅大典,实在可以举行了。"帝喾听了,兀自谦逊。后土句龙道:"臣闻古代圣帝,功成之后,都先作乐;乐成之后,以祀上帝,以致嘉祥。如今帝既不肯封禅,何妨先作乐呢。"帝喾道:"还以汝的说话为是。不过要作乐,必须先要有精于乐理的人,汝诸臣意中,可有这个人么?"木正道:"臣属下有咸黑,颇精乐理,可以胜任。"水正熙道:"后土句龙之子有倕,善于制造乐器,臣可以保举。"帝喾大喜,即刻命二人以官职,叫他们前去办理。帝喾无事之时,常常到那里去看看,和他们二人谈谈。

第十八回

盘瓠逸去,帝女归来　帝喾至东海访柏昭

且说帝喾四个妃子,姜嫄生弃之后,又生了一个,名叫台玺;简狄只生了一个卨;庆都亦只生了一个尧;常仪生了一个帝女和一个挚。后来帝喾又纳了两个宫人做侧室,一个生了两子,大的名叫阏伯,小的名叫实沈;一个生了三子,长的名叫叔戏,次的叫晏龙,小的叫巫人。除出庆都母子久住在外边,不曾回来外,其余三妃、两侧室、九个儿子,雍雍熙熙,倒也极家室天伦之乐。只有常仪,因为帝女失身非类,生死不明,时时悲思。虽经姜嫄等百般劝慰,终解不了她的愁闷,这也是母子天性,无可避免的。

一日,常仪正在独坐伤怀的时候,只听见外面宫人报道:"帝女回来了。"常仪吃了一惊,诧异之极,刚要详问,只见许多宫人已拥着一个服式奇异的女子进来。那女子一见常仪,就抢过来,一把抱住,双膝跪地,放声大哭。常仪仔细一看,只看见她面庞、声音、态度的确是帝女,不过肌肤消瘦得多了。再加以穿的是个独力之衣,所系的是个仆鉴之结,膏沐不施,形状憔悴,不觉惊喜交集,一时间竟说不出话来。又看见帝女这样大哭,也禁不住痛哭起来。这时候早惊动了一宫之人,姜嫄、简狄、挚、弃、卨、台玺诸兄弟,都跑了过来。便是帝喾正在退朝之后,得到这个消息,亦急忙跑来。大家看见这种情形,都禁不住垂下泪来,一室之中,充满了悲哀之气,仿佛与帝女失去那一日的景象差不多。过了一会,还是帝喾止住他们,叫不要哭了。帝女见是父亲,方才止住悲声,走过来参见了,又和诸母亲及诸兄弟见过了。帝喾叫她坐下,便问她那日以后的情形。帝女还是抽抽噎噎的,一面哭,一面说道:"女儿自从那日被盘瓠背了出门以后,身不自主,但觉忽高忽低,总在那丛山之中乱窜。女儿那时,早把生死两个字置之度外,所以心中尚不十分慌。只见两旁木石,如飞如倒地过去,不知道窜过了几个山头,又不知道窜过了几条大河,天色渐渐昏黑了,忽然到了一个石洞。那石洞很宽很大,寻常最大的房屋大约还比它不上。(现在湖南泸溪县西一百八十里,有一座武山,半山有洞,就是盘瓠的遗迹。据说此山高可万仞,山洞可以容到数万人,洞前有石羊石兽,洞里有石床,又有一石,其形状如狗,就是盘瓠的遗像。)盘瓠到此,才把女儿丢下。女儿那时惊忧饥饿,真疲倦极了,不能动作,不觉昏昏睡去。及至醒来,一轮红日,照进洞来,想来已是第二日了,却见盘瓠口衔一个大石碗,碗中满盛着清水,到女儿面前放下,要女儿喝。女儿真是饥渴,就勉强喝了两口,那精神才渐渐回复。细看那洞里面,远远有一张石床,另外还有石灶石釜,并各种器具之类甚多,不过都是石做的。女儿到此,痛定思痛,心想,前回山膏所骂的那句话,不料竟给它说着了,真是命该如此,亦没得说。不过撇下了祖母、父亲、诸位母亲和诸位兄弟,独自一个,在这荒山石室之中,与兽类为偶,真是最残酷之事。自古以来的女子,同女儿这样的遭际,恐怕是没有的。想到这种地方,寸心如割,几次三番想要寻个自尽,但是盘瓠非常有灵性,总是预先知道,总是预先防备,所以不能如愿。最难过的,盘瓠虽懂得女儿的话,女儿却懂不得盘瓠的话,无可谈讲,尤其气闷。有一日,盘瓠忽然有许多时候没有到石室里,女儿正在怀疑,哪知到了夜间,它竟又背了一个人进来。女儿大吓了一跳,仔细一看,原来就是伺候女儿的那个宫女。"大家听到这里,都诧异起来,说道:"原来又是它背去的,所以无影无踪,总寻不着。"帝喾又问道:"那么后来怎样呢?"帝女道:"那时宫女看见了女儿,亦是惊喜交集。后来女儿细细地问她,才知道父亲、母亲如何为了女儿悲愁,又如何地叫大众追寻,又如何寻到女儿的一块巾帨,又如何地大雾迷路,不能前进。女儿听了,愈加悲伤,原拟配与宫女商量,要想两个人下山,寻路回来的,不过走出石室一望,早已心慌腿软,原来那边山势极高,一面是下临绝壑,一面亦是崎岖险阻,绝无路途,想来自古以来,从没有人走过的。况且女儿和宫女,又都是生长闺门,此等山路,如何能走呢?还有一层,盘瓠每日总是伴着,绝少离开的时候,因此逃走的这一层,亦只能作罢。不过自此之后,有了一个宫女作伴,可以谈说商量,比到前数日,颇不寂寞,亦只能就此延挨过去。"常仪听到此处,忍不住儳言道:"你们的吃食,哪里来的呢?"常女道:"总是盘瓠去衔来的,或者野兽,或者飞禽,狼獾狐兔虎鹿雉鸠鸽雀之类,无所不有,大约它每日总去衔一件来。"常仪道:"你们是生吃的么?"帝女道:"不是,是熟吃的。那边山洞中,原有石灶石釜之类,连其他器具以及取火的器具,种种都齐,不知道它究竟是从哪里弄来的。所以女儿有时候想想,实在是神异,或者竟是天数了。"常仪道:"你们两个做这种烧煮洗剥的事情,做得惯么?"帝女道:"起初很觉困难,不过事到其间,亦无可如何,只能硬了头皮做,做了几个月,亦渐渐熟习了,所欠缺的,就是没有盐,味道太淡,甚难下咽,久而久之,才成习惯。"说到此处,帝喾忙拦住她道:"这个且慢说,后来到底怎样?此刻汝又怎能回来呢?"帝女把帝喾这一问,不禁涨红了脸儿,低下头去,半响才说道:"自此之后,不知隔了多少日子,女儿与宫女两个都有孕了。大约有三四年光景之久,女儿连生三胎,每胎两男两女,总共六男六女;宫女也连生三胎,每胎一男二女,总共三男六女。"帝喾忙问道:"所生男女,都是人形么?"帝女道:"女儿生的都是人形,宫女生的,女子是人形,只有三个男子,虽则都是人形,但有一条狗尾,颇不好看。"帝喾道:"现在他们都在哪里?"帝女道:"都在山洞之中。"帝喾道:"那么汝怎样能够寻来呢?"帝女听了,又哭起来,说道:"女儿自从失身于盘瓠之后,生男育女,渐渐相安,盘瓠的说话,女儿亦渐渐了解了。盘瓠虽则是个异类,但是待女儿甚好,待宫女亦好,女儿常和它说:'你既然要我做妻子,不应该弄我到这种地方来,使我受这种苦。我有祖母、父母,不能侍奉,我有兄弟亲戚,不能见面,未免太刻毒了。'它对于女儿的这种话,亦不分辩,不过说,将来自有归去之一日,叫女儿不要性急。女儿问它到底几时可以归去,它又摇摇头不说。这种经过,不知道好几次了。有一日,它忽然不饮不食,只管朝着女儿和宫女两个呜呜地哭。女儿问它为什么缘故,它说,同我们夫妻缘分已尽,不久就要分离了。女儿和宫女听了它这句话,都大吃一惊,忙问它道:'为什么要分离呢?分离之后,你又要跑到哪里去呢?'哪知它只是呜呜地哭,不肯说出来。后来女儿问得急了,它才说出一句,叫作'天意如此,无可挽回'。当时女儿等虽失身非类,但是,多年以来,情同夫妇,听说它要走,如何放得下呢,就问它道:'你走了之后,撇下我们和一班儿女在这里,叫我们怎样呢?你既要走,何妨带了我们同走,何必一定要分离呢?'盘瓠说:'这个不能,种种都是定数,不是我不愿,实在是天数难违。好在我从前和你说,你还有归去之一日,现在这个日子就要到了,你何必愁呢?'女儿当时听了这话,更加诧异,便又问道:'你在这里,或者你还能够送我们回去。现在你要去了,剩我们两个,和一班小孩在此,此地又是一个绝境,多年以来,从没有看见一个人影儿,叫我们怎样回去呢?'

盘瓠道：'凡事都有天定，天数要叫你回去，自然到那时有人指引你，何须过虑呢！至于你们没有回去之前，所有粮食，我都已预备好，就在这石屋后面，你们只要安心等待，一切不必担忧。'女儿等见它说得如此确凿决绝，亦无可再说。哪知到得第二日，盘瓠果然一去不复返了。女儿等料想寻亦无益，只好听之。寻到石屋之后，果然堆着无数食物，也不知它什么时候安放在那里的。然而计算起来，不到一年之粮，究竟这一年内，能否有机会可以回家，正不敢说，但是事已至此，只能按着盘瓠的说话，安心度日，静待天命。哪知有一日，女儿一个长子，名叫自能的，忽然直往山下乱跑，呼之不应。等了许久，不见回来，女儿没法，只得将其余的男女交付宫女代管，独自一人下山去找，一直走到山脚下，这是女儿几年来从没有到过的地方。哪知自能刚从前面回转来，手里拿着一件不知什么东西。离自能前面约五六丈路，仿佛一个男子，匆匆向那面跑去，这又是这几年来初次见到的一个人。自能走到面前，女儿察看他所拿的东西，原来一张本处的地图，非常工细。女儿问自能哪里来的，自能回转头，指指向那面跑的男子说道，是那男子给他的。女儿又问自能：'那男子给你地图的时候，怎样和你说呢？'自能道：'他叫我拿了这张东西去见外祖。'女儿听了这句话，知道盘瓠的话要应验了，急忙和自能跑回石洞中，与宫女商量，并将地图展开观察。只见图上注得明明白白，从山上起身，到何处转弯，到何处又须转弯，到何处才有市镇，不过到了这个市镇，此外就没有了。宫女道：'是呀，只要到了有人烟的地方，就有方法好想了。'于是商量动身之法，究竟如何动身呢？统统同走么？两个弱女子，带了二十几个小男女，有几个年纪甚小，万万走不动，即使走得动，亦实在照顾不到，况且还有三个是有尾巴的，路上假使有人怀疑起来，欺侮凌辱，那么又将如何？还有一层，这班小男女极善吵闹，实在是野性难驯。平日在山洞里,已经不容易制伏,一旦到了外面,假使闯起祸来,那么又将如何?所以统统同走一层,实在办不到。至于女儿一个人动身独走,荒山旷野,千里迢迢,实在有点心慌,亦是做不到的。假使同宫女同走,撇下了一班小男女在洞里,听他们自生自灭,那更无此办法,问心亦所不忍。后来决定了,由女儿带两个年纪最长、身体较健的男孩,陪伴女儿同走,其余的多留在洞中,由宫女抚育,约定一到亳都之后,即刻去迎接他们同来。哪知到了动身的那一日,十几个小男女一齐哭吵,说道:要去同去,要不去都不去。女儿没法,气得一个死,只得硬着头皮说,都去吧。但是,粮食问题,衣裳问题,一路都是不可少的。两个大人,总还可以勉强多带些,二十几个小男女的衣食,都要两个大人兼带,那是已经为难了,况且还有几个尚须提抱之小孩,顾了行李,顾不得小孩,顾了小孩,顾不得行李,真是难之又难。后来一想,只好一个不同走,女儿独自一人走吧。幸喜得下山之后,走了不到两日,就遇着移家的两夫妇,刚刚经过此地。起初见了女儿的装束,以为是野人蛮女,很有不肯和女儿接近之意,后来经女儿将情况告诉了他们一番,他们才愿意与女儿同行,一路招呼,并且非常优待。直到了云梦大泽旁边,他们住下了,又相帮女儿到处招呼,寻人伴送。那边百姓知道女儿是个帝女,并且知道有盘瓠背去之事,大家都来馈送食物或川资,或者情愿陪送一段路,所以女儿从那边直到这里,虽则走了一两个月,但是很舒服的,这都是父亲的恩德及于百姓之故呀。"正说到此,忽然问道:"今日祖母和三母亲何以不见?"众人见她原原本本的叙述,正听得出神之际,忽然给她这么一问,不觉都呆住了。停了一停,常仪就告诉她说,三母亲回母家去了,太后已经去世了。帝女听了,吃了一惊,那眼泪又不禁直淌下来,急急问道:"几时去世的?患什么病?"常仪就将所有情况都告诉了她。帝女愈听愈凄惨,听完之后,又放声大哭起来,说道:"女儿向来承祖母异常钟爱的,离开了多年之久,今朝邀天之幸,得回家乡,满拟依旧和从前一样,承欢膝下,弥补这几年的缺陷,不料祖母竟为我而死,可不是要使我恨死惨死么!"这时提起了太后,大家都不禁哭起来。帝喾在旁边,引起了终天之恨,尤其泣不可抑。过了一会,还远是简狄,含着眼泪来劝帝女道:"你可不要再哭了,一则你沿途劳顿,伤心过度,恐怕损害身体;二则太后去世,帝亦悲伤之至,到现在才有点停止,你不可使帝再伤心了。"帝女道:"女儿这几年里,总是终日以泪洗面,损害身体的一层,只好不去管它。至于女儿的这种境遇,二母亲想想看,怎能够不伤悲!"帝喾一面拭泪,一面立起身来,说道:"罢了罢了,以前的事,都不必去提它了,汝那个地图还带在身边么?可交与朕,再写一信给宫女,朕立刻饬人去接他们到此地来,何如?"帝女收泪道:"承父亲如此,那是好极了,不过地图在外边行李里,停一会,等女儿信写好之后,一同检出,送交父亲吧。"帝喾道:"如此亦好。"遂往外而去。这里姜嫄、简狄、常仪等,就和帝女问长问短。多年阔别,劫后余生,自然分外的亲热。有好几个小兄弟,都是近来生的,尚未见过,都上前见过了。常仪又到里面,拿出一套衣裳来,叫帝女将独力之衣换去,一面说道:"这套衣裳,还是你从前的呢,你认识么?可怜我自从你遭难之后,回到这里,看到你剩下的这些衣裳用具,实在难过之至,几次三番想要分给宫人,不愿再放在眼面前了。然而仔细想想,终究不忍,硬着头皮,年年地替你收拾晒晾,看到这几件衣裳,仿佛如看见你这个人一般。不想你今朝果然能够回来,依旧穿这几件衣裳,这真是皇天保佑。"说到此处,禁不住那眼泪又和珍珠一般簌簌地下来,帝女亦哭起来了。姜嫄忙打岔,指那独力之衣问道:"这种衣服是哪里来的?"帝女道:"女儿在石洞中住了几时,衣服只有这随身几件,又垢又敝,实在困苦不堪,便是那宫女,也是如此。后来走到洞外,偶然看见一种野草,仿佛和葛草一般,采来考验起来,的确相类。女儿从前在宫中,曾经听见大母亲讲过,并且看见制过织过,所以颇有点经验。因此同宫女商量,就拿了来试试织织,果然织成了一种布,不过没有器具,纯是手工,所以粗拙到这个样子,但是现在已经改良而又改良了,当初还要难看呢。"说罢,走进房中,宫人早将浴具等备好,帝女洗过了浴,换好了衣服,又梳栉了一会,然后写了一封给宫女的信,报告别后一切情形,叫她见信之后,就领这批男女回来。又在行李之中寻出地图,叫宫人一并送与帝喾。帝喾将地图展开一看,只见那地图画得虽然详细,但只有从石洞到村镇的一条路,显然这图是专为帝女归路而画的。画图的是什么人?送图的又是什么人?盘瓠的长子自能,向来不跑下山,何以这日不听母命,直跑下山?又何以恰巧与那送图的人相遇?帝喾将这几点联想起来,再加之上次的大雾拦阻,断定其中不但是个"天意",而且冥冥之中竟还有鬼神在那里往来簸弄,但是这种簸弄,究竟是祸是福,不得而知,只能顺势顺理做过去就是了。当下帝喾想罢,就叫了一个素来和宫女相识之人,随同许多人,星夜往南方而去。

过了数日,帝喾正在视朝,只见木正出班奏道:"昨日臣属下有人从东海回来,说道,在那边遇到柏昭老师,叫他转致问候帝的起居,特谨奏闻。"帝喾听了大喜道:"朕即位之后,就叫人到扶桑去问候,哪知柏老师已不在扶桑了。后来又几次饬人去探听,都说不曾回来。哪知老师却不在西海,而在东海,那自然寻不着了。但不知老师是久住,还是偶然经过,汝那个属官知道么?"木正道:"据那个属官说,柏老师住在那边已有许多月,将来是否长住,不得而知。"帝喾想了一想,说道:"那么朕明日就去访老师吧,多年不见了。"木正道:"何妨就叫臣的那个属官去请他来呢?"帝喾道:"那个不可。柏老师是朕的师傅,并且未曾做过一日的臣子,哪里可去请呢,还是由朕亲自去拜为是。好在此刻朝中无事,来往不过数月,轻车简从,亦没有什么不便。"说罢,就决定次日起程。司衡羿带了几十个卫士,随同前往。一切政务,仍由众臣工共同处理。

且说帝喾这次出门,并非巡狩,所以沿途亦别无耽搁,不过一月,已到东海之滨。哪知事不凑巧,柏昭已渡过海去了,到哪里去却又探听不出。帝喾不胜嗟怅,驻车海边,望洋而叹,便问那土人道:"海外最近的是什么地方?"土人道:"最近是颛顼国,再过去是羲和国。"帝喾听到颛顼国三字,猛然想起一件事,便向羿说道:"当初颛顼帝有一个儿子,名叫伯偶,亦叫伯服,就是现在火正祝融的嫡亲伯父,自少欢喜出游,后来竟一去不返。朕即位之后,到处访问,仿佛听见说他已跑到海外,辟土开疆,自立为一个国王了。现在这个颛顼国,不知是否他所立的?朕想就此渡海过去看看,兼可以访问柏老师的踪迹,汝看何如?"司衡羿道:"这个甚好。老臣于陆地山水跑得多了,西海亦去过,只有这东海的风景还不曾见,借此随帝游历,长长见识,多个经历,亦甚有趣。"土人在旁说道:"帝要渡海,恰好明日有船要出口,帝何妨就此同去呢。不过帝的从人太多,一只船恐怕局促,再叫他们多开一只吧。"帝喾道:"这个不妨,朕的从人可以少带几个去。倘能专开一只尤其好,将来朕可以从重酬谢,但不知渡过去要几日?"土人道:"如遇顺风,十日可到,倘遇逆风,则不能定。"帝喾沉吟了一会,决计渡海,于是就叫土人前去定船。

第十九回

帝喾纳义和国女为妃　　盘瓠子女到亳都

到了次日,帝喾等一齐登舟泛海,恰好遇着顺风,那船在海中真如箭激一般,四面一望,不见涯涘。帝喾暗想:我曾祖考黄帝创造舟楫,创造指南针,真是利赖无穷。假使没有这项东西,茫茫大海,怎能够飞渡过去呢?过了八日,果然远远已见陆地了。舟子欢呼道:"这回真走得快,不到九日,已经到了,这是圣天子的洪福呢!"天色傍晚,船已泊岸,早有颛顼国的关吏前来检查行李和人数,并问到此地来做什么。帝喾的卫士一一告诉了他。那关吏听说是中华天子降临,诧异万分,慌忙转身飞奔,去报告他的长官。这一夜,帝喾等依旧宿在船中。次日黎明,只听得岸上人声杂逻,并夹以鼓乐之音。帝喾急忙起身,早有从人来报说,颛顼国王率领了他的臣民前来迎接了。帝喾听了,非常不安,忙请那国君登船相见。颛顼国王定要行朝见之礼,帝喾谦让再三,方才行礼坐下。帝喾先说明来意,又细问他建国的历史,才知道他果然是伯偁的孙子。伯偁开国到现在,已有八十多年。颛顼帝驾崩的时候,伯偁早死了,传到他已经第三世,排起辈行来,颛顼国王是帝喾的堂房侄孙。于是那国王益发亲敬,一定要邀帝喾到他宫里去住几日。帝喾不能推却,只得依他。于是,颛顼国王亲自带领了他的臣民做前导,帝喾坐在一个极笨重的车上,一路鼓乐拥护着过去。司衡羿和卫士从人亦都拥护在一起。帝喾四面一望,早知道这个国是很小很贫苦的,大约不过是个小岛吧。不一时,已到宫中,一切装饰果然都极简陋。颛顼国王请帝喾在居中坐了,又吩咐臣下招呼司衡羿等,又叫人去查询各处关吏,两月之中有没有一个中华人,姓伯名昭的,到本国来过。两项吩咐已毕,才来陪侍帝喾,说道:"小国贫苦,又不知圣帝驾临,一切没有预备,很简慢的。"帝喾谦谢了几句,就问他道:"此处物产不多么?"颛顼国君道:"只有黍最多,其余都很欠缺,要向邻国去买。"帝喾道:"此地与哪一国最近?"颛顼国王道:"羲和国最近。"帝喾道:"那国丰富么?"颛顼国王道:"比小国要丰富得多。"帝喾道:"此地民情很古朴,共有多少人?"颛顼国王道:"小国民情很鄙陋,共只一千五百多人。"帝喾道:"羲和国民情如何?"颛顼国王道:"他的人民多智慧,善于天文,有几句诗,是他们精神的表示,叫作:'空桑之苍苍,八极之既张,乃有夫羲和,是主日月,职出入以为晦明。'听了这几句诗,就可以知道他们的民情了。"帝喾听了,不胜诧异,暗想海外小国,竟有这样的学问,真是难得了。当下又问道:"羲和国离此有多少路?"颛顼国王道:"他们共有好几个岛,最大的一岛,名叫旸谷,是他国都之所在,离此颇远。最近的一岛,名叫甘渊,离此地不过半日程。那岛上有一个甘泉,风景颇好,帝如有兴,可以前往游玩。"帝喾道:"那亦甚好。"于是又谈了一会,就进午膳,除黍之外,略有几项鱼肉,要算他们的珍品了。

  膳后,国王就陪了帝喾等上船,渡到甘渊,天尚未晚,只见无数人民皆在海边,男女分行,面西而立。帝喾甚为诧异,不知他们是在做什么。颛顼国王道:"这是他们的风俗,每日日出日入的时候,都要来迎送的。早晨在东岸,晚间在西岸,名叫浴日,亦不知道究竟什么意思。"帝喾仔细一看,他们人民文秀者多,内中一个年轻女子,很是端庄,又很姝丽,是有大福之相,不觉称奇,暗想:如此岛国,竟有如此美人,真是芝草无根了!因此一想,不觉看了她几眼,哪知颛顼帝在旁,见帝喾看那女子看得出神,起了误会,以为有意了,便暗地饬人去和那女子的家属商量,要他将女子献与帝喾。一面仍陪了帝喾,到甘泉游玩一会。那甘泉在山坳之中,其味极甘。登山而望,海中波浪如浮鸥起伏,荡漾无常,中间夹以日光穿射,又如万点金鳞,闪烁不定,风景煞是可爱。隔了一会,斜阳落于水平线下,顿觉暮色苍茫,浮烟四起,羲和国人民亦都归去了。大家急忙回到船中,那时颛顼国王遣去商量的使者亦回来了。那女子家属听说中华天子要娶他女儿为妃,非常愿意,就是那女子亦愿意了,约定明日送来。颛顼国王大喜,但是仍旧不与帝喾说明。这一夜,大家都住在船里。到了次日,船回颛顼国,早有人来呈报国王说,各处关吏都已查过,数月之中并无中华人柏昭来过。帝喾道:"既然不在此,朕回去吧。"颛顼国王固留不住,恰好那羲和女也送到了,帝喾问起缘由,不禁大惊,忙说:"这个不行,万万动不得。朕偶然来此一游,娶女子而归,外国之君知道了,必定说朕是个好色之徒,专为猎艳而来,哪里可以呢!"颛顼国君道:"这是臣的一点微忱,她家属又非常愿意,并非帝去强迫,有什么要紧呢!况且羲和国女子极重名节,她既来此,忽又退回,使她难堪,以后不能再嫁,岂不是反倒害了她么!"帝喾一想,这事太突兀了,然而事已至此,无法可施。转念一想,凡事皆有"天数",或者这亦是天数之一种,亦未可知,姑且收纳了吧,当下就收纳了。一面与颛顼国王道谢,作别,转舵而归。这一次却是逆风,路上日子耽搁甚多,回到海边,已有月余了。那羲和女子资质很聪敏,帝喾给她起一个名字,就叫作羲和。后来十年工夫,连生十子,都以甲乙丙丁做小名,所以史传上面载着说"羲和生十日",就是这个解释,此是后话不提。

且说帝喾回到东海边,因柏昭既寻不着,就急急回去。到了亳都,进宫之后,只见无数小孩子在院中乱窜,有的爬到窗上去,有的躺在地上,衣服都是斑斓五色,口中的话亦是叽叽咕咕,一句不可懂。看见帝喾和羲和走进来,大家便一拥上前,或是牵衣,或是抱腿,有几个竟用拳头来打。左右的人喝他们不住,推开了这个,又来了那个。羲和初到,便碰到这种情形,吓得真莫名其妙。帝喾亦无可如何,料想必定是盘瓠的子孙到了。正在难解难分之际,恰好帝女跟了姜嫄、简狄、常仪等出来迎接,看见了大喝一声,那些小孩顿时四散奔逃,一霎时不知去向。帝喾等方才进内坐下,先指引羲和与姜嫄、简狄、常仪等相见。行过了礼,又将路上大略情形说了一遍,便问帝女道:"他们是几时来的?"帝女道:"来了第六日了,野性未除,吵个不得了,几乎连房屋都被他们拆去;看见了生人,就要欺侮,所以几个小兄弟这几日来只好隔绝,不让他们见面。似此情形,如何是好?女儿看起来,只好将他们仍旧撵回去,或者挑一所房屋,将他们关禁起来,才是方法,否则恐怕要闯祸呢!女儿为着这件事,连日与诸位母亲商量,真无良策,专盼父亲回来处置。"帝喾道:"他们既具人形,必有人心,或者因为生长山野之中,与社会从没有接触过,所以发生这种野性,亦未可知。朕想,只能慢慢地设法教导,使他们识字读书,范之以礼貌,或者可以变化他们的气质。汝不必这般性急,且待朕来想法吧。就是一层,人数太多,合在一处,实在不宜。必须要将他们分开来,才有办法;合在一堆,恐怕就是教导亦无效的。"帝女道:"女儿看起来,恐怕有点难。他们这种桀骜野蛮之性,在人与兽之间,是不容易使他变化的。父亲既是这样说,且试试看,如果将来能够成一个人,真是父亲如天之德了。"帝喾道:"照刚才情形看起来,汝大声一喝,他们就逃走,似乎见了汝还有惧怕,对于宫女呢……"说到此际,用眼四面一望,就问道:"宫女何以不来见朕?她是同回来的?"帝女听了这一问,顿时脸上露出一种凄怆之色,扑簌簌又掉下泪来,说道:"宫女没有同回来,据说,她已化为石头了。"帝喾诧异之至,忙问道:"岂有此理!人哪里会化石头呢?在半路上化的么?在山洞里化的么?怎样一来会化石头?"帝女道:"据说是在山上化的,至于怎样会化石头,到此刻总想不出这个理由。"帝喾听了,沉吟了一会,又问道:"是在我们迎接的人未到以前化的呢,还是在迎接的人到了之后化的?"帝女道:"是在我们迎接的人未到以前化的。"帝喾道:"我们迎接的人,既然没有到,怎样知道她是化为石头呢?或者因为汝久无音信,下山寻汝,迷失路途,或为野兽所吞噬,都是难说之事。人化石头,决无此理!朕总有点不信。"帝女道:"不是化了一块石头,竟是化成一个石人。据那迎接的人回来说,身材面貌,种种确肖,一切都没有改变,看过去俨然可以认识,不过不动不摇,抚摩她的身体,冷而且硬,竟是个石质罢了。"帝喾听到此处,愈加诧异,就叫宫人立刻去宣召那个迎接的人来。过了一会,那人到了,帝喾便问道:"汝等去接盘瓠的男女,是怎样一回事,其中详细情形,可说与朕听。"那人道:"臣等到了沅江方面,按照地图,果然寻到一座山;半山中间,果然有一个极大的石洞;洞内洞外,有十几个小孩在那里跳跃嬉戏,看起情形,都不过七八岁光景。臣等知道一定是了,就跑过去问他们话。哪知他们都不懂,一齐向石洞里逃进去。臣等追踪进去,只见那洞里除出几个小孩之外,并无一个大人。那些小孩看见臣等进洞,有些躲向洞的暗陬去伏着,有几个乘隙逃出洞外去了。臣等见寻不着宫女,和小孩子又无可说,只得退出洞外,向各处找寻,料想宫女不过暂时出外,总在此洞附近,不久总要回来的。哪知等了许久,不见踪迹,到处寻喊,亦杳无影响。

臣等不胜怀疑,忽见对面山上,有许多孩子在那里乱跑,臣等急忙赶过去,那些小孩看见了臣等,回身便跑。臣等跟随过去,又走了好几里路,只见远远一个大人,立在山坡上,臣等以为一定是宫女了,哪知这些小孩都已跑到那人身边,团团围绕,或是牵,或是推,或是哭叫,但是那个人总是兀然不动。臣等甚为诧异,渐渐走近,见那人的身材的确是个女子;又走近些,觉得那状貌的确是宫女。当时极口大叫,那宫女也不应,及至走到面前,仍是如此,仔细一看,原来她的面色已经和石头一样了。(现在湖南泸溪县西南三十里,山上有石,屹立如人,相传高辛氏女化石于此,所以名叫辛女岩,就是这个典故。)用手去摸,其冷如冰,其硬如金,真个和石头无异。臣等此时,惊异之极,也不知是什么缘故,当时大家商量,无法可施。后来决定,索性连石人扛了回来吧,可以做个凭证,大家研究研究,以广见识。哪知众人用尽气力,总扛她不动,原来石人和山石已经连成一块了。回头看那些小孩,因为臣等走到,早已四散跑开,看见臣等搬弄石人,他们都站远处观看,呼之不理,走过去时,他们又跑开了。臣等至此,都是一筹莫展,看看天色将晚,方才一齐会合,向山洞而去。他们这些小孩,年纪虽小,那爬山越岭的本领却非常之大,臣等几乎跟他们不上。后来看他们都走进洞去,那时天已昏黑,洞中一无所见,只听见那些小孩都在里面呼叫争闹,亦不知道他们为着何事。臣等不便进内,只得就在洞外支帷帐露宿。后来大家商议,这些小孩言语既不通,接引又不能,宫女又化为石头了,无人管束,我们假使再用柔软的方法叫他们跟了我们同走,恐怕不能成功的。万一明朝仍旧是如此,环山追逐起来,顾了这个,顾不了那个,或者发生意外危险,那么何以回来复命呢?因此决定用强硬手段,臣等十余人,制伏二十几个小孩,只要不给他们逃出洞外,总有方法可想。到了次日,天尚未明,臣等就到洞外守候。过了多时,天大亮了,他们有几个醒来,看见臣等,慌忙爬起,发一声喊,要想逃走,禁不住洞口已经堵塞,只得大家陆续都向洞底藏躲。臣等多数人守住洞口,几个人手携干粮饼饵之类,进去分给他们。他们起初一定不敢接收,后来有两个最小的接去吃了,大家才慢慢地接去吃了,但是个个狼吞虎咽,吃得甚多,想来可怜,大约有两日没得吃了。吃完之后,臣等和他们做手势,表示要与他们同走的意思,但是他们始终不懂。有几个大一点的,几次三番想要冲出洞去,幸喜有人把守,没有给他们逃出。臣等一想,照此情形,终非了局,只能实行强权,先将六七个大的都捉住了,用布捆住手脚,挟之而行,其余小的,逼定他们同走,方才慢慢地下山。可是臣等有几个已经被他们拳打脚踢嘴咬,几乎体无完肤。下山以后,添雇人夫看守,在路上走了一个多月,防备甚严,幸喜未曾失事,这就是臣等这次去迎接的情形了。"帝喾听完之后,就说道:"原来如此,朕知道了,汝等辛苦之至,且去休歇吧。"那人退出,帝喾向帝女道:"照此说来,宫女化石之事是无疑的了。朕从前听人说,古时有女子望夫不致而化为石之事,甚不相信,以为天下必无此理,不料现在竟有此事,可见凡事不可以一概而论了。不过宫女化石,不在洞内洞外,而在相距甚远的地方,甚不可解。"帝女道:"女儿想过,或者为女儿一去,杳无音信,时常到那处盼望,因而化在那处的;或者因女儿的几个长男女不听宫女教训,宫女责备了他们一番,他们不肯服气,逃了出去,不肯回洞,宫女到处寻找不着,恐无以对女儿,因而忧愁焦急,就在那里化为石的,亦未可知。女儿前日问过那些孩子,据说不服教训、有两日逃走不归的事情,是有之。依此看来,似以第二层为近。然而石人无语,莫可究诘,这个疑团如何能破呢?"说到这里,不免又痛哭起来。帝喾忙安慰她道:"汝和宫女虽有上下的名分关系,但是数年以来,同处患难之中,情同姐妹。今朝她化为石头,汝的伤心亦是应该的。不过事已至此,无可如何,汝亦不必过于哀悼了。至于这些孩子,朕总替汝等设法,分别请人来教导,汝可放心。"说罢。起身出宫而去。

第二十回

赤松子之历史　师延之历史

凤凰之情形

一日,帝喾正在视朝之际,忽报有一道人,自称赤松子,前来求见。原来这赤松子是个神仙,他在炎帝神农氏的时候,曾经任过雨师之职,要天雨,天就雨;要天晴,天就晴;五日一雨叫行雨,十日一雨叫谷雨,十五日一雨叫时雨。当时百姓,因为他有这样大本领,称他所下的雨为神雨。他善于吐纳导引之术,辟谷不食,常常吃些火芝,以当餐饭。他又喜欢吃枸杞实,所以他的牙齿生了又落,落了又生,不知道有几次了。他在神农氏的时候,常劝神农氏服食水玉,说是能够入火不烧的。但是神农氏没有工夫去依他,只有神农氏的一个小女儿非常相信他。他自从辞了雨师之职之后,邀游天下,遍访名山,神农氏的小女儿总是跟着他走,后来亦得道而仙去。这位赤松子的老家,是在云阳山下(现在湖南茶陵县西)。他所常游玩的地方,是梁州西北(现在四川松潘县,唐朝时叫松州,便是以赤松子得名)、闽海之滨(现在福建将乐县天阶山下有玉华洞,是赤松子采药处)、震泽边的穹窿山(现在江苏吴市西南六十里,相传赤松子采赤石脂之处,上有炼丹台遗迹)和彭蠡之滨(现在江西瑞昌市西北有赤颜山,亦赤松子游处)。他最欢喜住的是昆仑山,常住在西王母的石室之中,任是狂风大雨,他出来游玩,总是随风雨而上下,衣裳一点也不动,一些也不湿,所以真正是个神仙,这就是他的历史了。

且说帝喾是知道他的历史的,听说他来求见,非常欢喜,连忙迎接他进入殿内。行礼既毕,推他上座,赤松子却不过,只好在上面坐下。帝喾细看那赤松子,生得长身玉立,颜如朝霞,仿佛只有三四十岁的模样,不禁暗暗诧异,便说道:"朕久闻老仙人大名,只是无缘,不曾拜识。今日难得鹤驾亲临,不胜欣幸之至,想来必有以见教也。"赤松子道:"山人前在令曾祖轩辕黄帝时,对于轩辕皇帝成仙登天,亦曾小效微劳。如今见王子功德巍焕(道书上多称帝喾王子),与轩辕黄帝不相上下,那么成仙登天亦大有期望,所以山人不揣冒昧,前来造谒,打算略略有点贡献,不知王子肯赐容纳否?"帝喾听了,大喜道:"那么真是朕之万幸了。既然如此,朕就拜老师为师,以便朝夕承教。"说着,就起身北面,拜了下去。赤松子慌忙还礼,重复坐下。帝喾道:"弟子蒙老师如此厚爱,实属感激不尽,不过弟子想想,从前先曾祖皇考功业何等伟大,天资又何等圣哲,何等智慧,尚且要经过多少困难,经过多少时间,才能成功。如今朕这样庸愚,不能及先曾祖考于万一,恐怕老师虽肯不吝教诲,亦终不能度脱这个凡夫俗骨呢!"赤松子道:"这个不然,大凡一件事情,第一个做起的,总是繁难些,后来继起的,总是容易些。因为创始的人前无所因,后来的人有成法可考的故。令曾祖黄帝前无所因,登仙得道所以繁难。现在既然有令曾祖黄帝的成法在前,时间又相去不远,所以并不会繁难的。"帝喾道:"那么全仗老师教诲。"赤松子道:"山人所知,还不过粗浅之法,并非大道,不足为训。现在拟介绍两位真仙,如能传授,那么登仙得道真易如反掌了。"帝喾忙问是哪两位真仙,叫什么法号,住在何处。赤松子道:"一位就是令曾祖黄帝曾经问道的天皇,现住在梁州青城山(现在四川都江堰市西南)。一位法号叫九天真王,住在雍州西面的钟山。王子此刻正在制乐,且等制乐成功之后,亲到那边去拜谒,必定有效的。"帝喾大喜,就问道:"天皇就是天皇真人么?"赤松子道:"不是不是,天皇真人住在峨眉山的玉堂,那天皇又是一个了。"帝喾道:"人间的尊荣,夋不敢加之于老师,恐反亵渎。现在拟尊老师为国师,请老师暂屈在此,不知老师肯俯就么?"赤松子道:"这亦不必,山人在神农氏的时候,亦曾任过雨师之职,现在王子既然因为山人在此,不可没有一个名号,那么仍旧是雨师吧。"帝喾大喜,就拜赤松子为雨师,又指定一所轩爽静僻的房屋,请他住下。赤松子是不食人间烟火的,他的吃食,除服饵丹药之外,一种是云母粉,一种是凤葵草,所以一切的供给他都是不需要的。帝喾政务之暇,总常到那边去请教,学学服食导引的方法。

　　过了数月,咸黑来报,说道乐已经制作成功了。帝喾就给这个乐起一个名字,叫六英;又叫水正熙到郊外去,建筑一所宫殿,名叫合宫;又选择一个演乐的日子,是第二年仲春月的丁卯日。又过了一月,合宫造成,其时恰值是孟春下旬,距离仲春月的丁卯日不过一旬。咸黑报告帝喾,就定了甲子日开始演习。先将所有的乐器统统都搬到那里去,陈列起来,到得演习的那一日,帝喾大会百官,连赤松子也邀在里面,同到合宫。只见那合宫建筑在平时祀天帝的一个圜丘的北面,四围都是长林大木。合宫之旁,绕以流水,有桥通连。当中一座大殿,四边无壁无门。殿内殿外,陈列乐器,祥金之钟,沉鸣之磬,都挂在殿上,其余的或在两楹之旁,或在阶下。六十四个舞人,都穿着五彩之衣,手中拿着干戚、羽旄、翟龠之类,分列八行。三十六个乐工,则分作六列,各司其事。赤松子一看,就称赞道:"实在制作得好,实在制作得好。"咸黑谦逊道:"某的学问很为浅薄,承雨师过奖,真要惭愧极了。有一个人,他的学问胜某万倍,某当时很想保举他来承办这项大典,可惜寻他不着,只好作罢。假使那个人能够来,那么真可以通天地、降鬼神,值得雨师之称赞了。"帝喾在旁听见,忙问何人。咸黑道:"这人名字叫延,因为他在黄帝时候曾经做过司乐之官,所以大家都叫他师延。"帝喾道:"这个人尚在么?年岁有这么长,料想必是一个得道之士,可惜朕无缘,不能请到他。"赤松子笑道:"说起这个人来,山人亦知道,并且认识,果然也是一个修道之士,而且他于音乐一道确有神悟。他每次作乐的时候,抚起一弦琴来,地祇都为之上升;吹起玉律来,天神都为之下降;而且听到哪一国的乐,就能够知道它的兴亡治乱,真正可以算得是有数的音乐大家了。不过他的心术却不甚可靠,只要于他有利,就是长君之过、逢君之恶的事情,他亦肯做,所以当时令曾祖黄帝亦不甚相信他,没有拿重大的职务去叫他做。假使他学问这样高而品行能够端正,那么令曾祖黄帝升仙的时候早经携他同去,何至到现在还沦落人间呢!"帝喾道:"此刻他可在何处?"赤松子道:"此刻他隐居在一座名山之中,修真养性,很像个不慕人间富贵的样子。但是依山人看起来,江山好改,本性难移,照他那一种热衷的情形,以后终究是还要出来做官的。怎样一种结果,很有点难说呢。这次寻他不着,不去叫他来,据山人的意思,所谓'未始非福',亦并没有什么可惜之处。"帝喾听他如此说,也就不问了。(后来这个师延,到商朝末年的时候,居然仍旧出来做纣王的官,迎合纣王的心理,造出一种北里之舞,靡靡之音,听了之后,真个可以荡魄销魂。纣王的淫乐,可以说一半是他的诱惑。后来不知如何得罪了纣王,纣王将他囚在阴宫里面,到得周武王伐纣,师过孟津,他那时已经放出来了,知道这事情有点不妙,将来武王一定将他治罪的,他慌忙越濮水而逃。谁知年迈力弱,禁不住水的冲击,竟溺死在濮水之中。一个修道一千几百年的人,结果终究如此,真是可惜。但是他究竟是修道多年之人,死了之后,阴灵不散，常在濮水的旁边玩弄他的音乐。到得春秋时候，卫国的君主灵公将要到晋国去，路过濮水，住在那里，半夜之中忽然听到弹琴之声，非常悦耳。左右之人都没有听见，独有灵公听见，不觉诧异之极，就专诚叫了他的乐师师涓过来。那师涓是个瞎子，瞎子的听觉异常敏锐，居然也听见了。于是灵公就叫师涓记出他的声调来学，学了三日方才学会。到了晋国之后，灵公就叫师涓把这个新学来的琴弹给晋平公听。哪知晋国有一个大音乐家，名叫师旷，在旁边听见了，忙止住师涓，叫他不要弹了，说这是亡国之音，不是做君主的可以听的。大家问师旷怎样知道呢，师旷道："这个琴调，是商朝师延所作的。他在纣王时，以此靡靡之乐蛊惑纣王，武王伐纣，他东走，死于濮水之中，所以这个琴声必定是从濮水之上去听来的。先听见这个声音之国家，必定要削弱，所以听不得。"大家听了这番话，无不佩服师旷之学问。照此看来，师延这个人做了鬼还在那里玩弄这种不正当的淫声，真所谓死犹不悟，难怪赤松子说不用他"未始非福"了。）闲话不提。

且说这个时候，各乐工已经将各种乐器敲的敲、吹的吹起来了。赤松子听了一会，又大加赞赏。忽然听见外面无数观看的百姓都一齐仰着头，在那里叫道："好美丽的鸟儿！好美丽的鸟儿！好看呀！好看呀！"帝喾和群臣给他们这一叫，都不禁仰面向上一看，只见有两只极美丽的大鸟，正在空中回翔，四面又有无数奇奇怪怪的鸟儿跟着。过了一会，两只美丽的大鸟都飞集在对面梧桐树上，其余诸鸟亦都飞集在各处树上。这时候大家见所未见，都看得呆了，便是各舞人也都停止了。赤松子笑向帝喾道："这最大的两只，就是凤凰呀！"帝喾惊异道："原来就是凤凰么！"大家听了，更仔细朝它看。赤松子便指示道："凤凰有六项相像：它的头很像鸡，它的额很像燕，它的颈很像蛇，它的胸很像鸿，它的尾很像鱼，它的身很像龟。诸位看看,相像么?"众人道:"果然相像。"赤松子道:"还有一说,头圆像天,目明像日,背偃像月,翼舒像风,足方像地,尾五色具全像纬,这个亦是六像。"帝喾笑道:"据朕看来,这个六像,有点勉强,恐怕因为凤凰是个灵鸟,特地附会出来的,不如以前那六个相像的确肖。"赤松子道:"那么还有五像呢,试看它的五色文彩,头上的文彩,仿佛像德字;翼上的文彩,仿佛像顺字;背上的文彩,仿佛像义字;腹上的文彩,仿佛像信字;胸前的文彩,仿佛像仁字;戴德、拥顺、背义、抱信、履仁,所以说它是五德具备之鸟。诸位看看还像么?"大家仔细看了一会,说道:"这个虽则亦是恭维它的话,但有几处地方却非常之像,真奇极了!"正说时,只听见那两只凤凰"即足即足"地叫起来了,旁边一群异鸟亦一齐都叫起来,仿佛两个在那里问话,其余在那里答应似的。赤松子又指着说道:"这个叫起来声音'即即即'的,是雄鸟,就是凤。那个叫起来声音'足足足'的,是雌鸟,就是凰。那边那些五色斑斓、尾巴极长的鸟儿,名叫天翟,亦是很名贵不可多得的,如今也跟着凤凰来了。"帝喾道:"朕闻凤凰为百鸟之长,所以大家都跟着它,仿佛臣子跟着君主一般,这句话可信么?"赤松子道:"这句话可信。凤凰一飞,群鸟从者以万数,所以仓颉造字,凤字与朋字同一个写法。梁州南方,有一处山上,凤凰死了,群鸟每年总来吊悼一次,数百千计,悲啾啁唧,数日方散,因此大家将那座山叫作鸟吊山,古迹现在(现在云南浪穹县凤羽山)。山人游历到彼,曾经目睹,所以可信的。不过世上的神鸟,五方各有一种。在东方的叫作发明,在南方的叫作焦明,在西方的叫作鹔鹴,在北方的叫作幽昌,这四种都在海外。我们中华人除出鹔鹴之外,都不能见。其实它们能够使百鸟护从,亦是和凤凰一样的。因为凤凰是中央的神鸟,历史上常见,所以大家只知道凤凰为百鸟之长了。"帝喾道:"朕听见说,凤凰能通天祉、应地灵、律五音、览九德。天下有道,得凤象之一,则凤凰过之;得凤象之二,则凤凰翔之;得凤象之三,则凤凰集之;得凤象之四,则凤凰春秋下之;得凤象之五,则凤凰没身居之。现在爱的德行,并没得好,而凤凰居然翔集,实在是惭愧的。"赤松子道:"有其应者,必有其德,王子亦何必过谦呢。不过当初令曾祖黄帝的时候,凤凰飞来,山人听说是再拜迎接的。如今王子似乎亦应该向它致一个敬礼,以迓天庥为是。"帝喾听了,矍然地应道:"是。"于是整肃衣冠,从东阶方面走下去,朝着西面再拜稽首的说道:"皇天降祉,不敢不承命。"礼毕之后,停了一会,率领大众回去。自此之后,那凤凰和群鸟亦就止宿在这些树上,不再飞去了。

第二十一回

赤松子治病　帝喾至青城山访道

天皇之历史

且说凤凰飞来之后,那些百姓是从没有见过的,真看得稀奇极了,有些竟长日地守着它看,只见它起来时候的鸣声,总是"上翔"两个字;停落时候的鸣声,总是"归昌"两个字;早晨的鸣声,是"发明"两个字;昏暮的鸣声,是"固常"两个字;日间的鸣声,是"保长"两个字。又看它不是梧桐树不栖,不是竹实不食,不是醴泉不饮。飞起来时,大批异鸟天翟等总是跟着,没有单独飞过。那些百姓在几日之中,竟把这种情形考察得清清楚楚,真个是圣世盛瑞了。

过了三日,正是作乐享上帝的正日,帝喾和群臣先期斋戒,约定半夜子初,就先到合宫里去布置一切。哪知咸黑忽然病倒了,不省人事,原来他三年以来制乐造器,心力用得太过,明日又是个正日,大典大礼所在,关系非轻,他尤其用心筹度,深恐或有一点疏漏,致败全功,哪知一时气血不足,竟有类乎中风,仰面困翻了。这时大众心慌,不但是慌他的病势而已,一切布置都是他一人主持,蛇无头而不行,明日之事岂不要搁浅么!所以一面赶快给他延医,一面飞奔地通知帝喾。帝喾这一惊非同小可,也顾不得是斋戒期内,就想出宫去望咸黑。后来一想,究竟不是,先叫人去探听吧。不多一会,探听的人和诊治的医生一齐同来,向帝喾道:"这病是用心过度,血往上冲所致。现在照法施治,大命已属无妨,不过半月之内恐决不能照常行动。"帝喾听了大命无妨的话,虽略略放心,但想明日之事,不免焦心。正在踌躇,左右忽报赤松子求见。帝喾听了,知道他突如其来,必有缘故,急忙迎入坐下。赤松子道:"山人听说大乐正病了,急切不能痊愈,明日大事又少他不得,山人有一颗黄珠在此,可以治这个病,请王子饬医生拿去,将这珠在大乐正身上周遍摩擦一番,就好了。"说罢,将珠取出,递与帝喾。众人一看,色如真金,确是异宝。帝喾大喜,忙叫医生拿去如法施治,不到一时,咸黑已和那医生同来,交还黄珠,兼谢帝喾和赤松子。帝喾看他精神矍铄,一无病容,大为惊异,便问赤松子道:"这颗仙珠,是老师所炼成的么?"赤松子道:"不是,它名叫销疾珠,是个黄蛇之卵,所以一名蛇珠。这黄蛇却是仙山之物,很不易看见。山人从前偶然游戏,遇到黄蛇,想要拿它作龙骑,哪知它走入水中,忽然不见,就遗下这颗卵,为山人所得。山人知道它可以治百疾,有起死回生之奇效,所以常带在身边,这就是黄珠的历史了。"众人听了,无不称奇,咸黑尤感谢不置。

这日半夜里,帝喾君臣就先到合宫布置一切。天色黎明,大众恪恭将事。少顷,有㪷的韶声一动,钟声、磬声、鼟鼓声、椎钟声便一齐动作起来,中间杂以苓管声、坝箎声,热闹非常。忽而咸黑抗声一歌,三十六个伶人都接着齐唱,唱歌声与乐器之声按腔合拍,和谐之至。接着,那六十四个舞人亦都动手了,还有那许多不拿乐器的伶人,亦用两手交拍起来,以与那乐声的音节相应和。正在目穷千变、耳迷八音的时候,只见那对面林中的鸟儿,亦个个舞起来了。当先的一对凤凰,随后的是十几对天翟,再次的是各种文鸟,翻飞上下,左右参差,仿佛如五彩锦绣在空中乱抖,又仿佛如万朵奇花在风前齐放,真是好看之极。舞到后来,里面的歌止乐终,它们亦渐渐地歇住,仍旧栖息在树木之上。这一次,直把帝喾喜得来乐不可支,便是那些百姓群臣亦个个开心之至,交口称颂帝喾的功德,能够感动禽兽,是万古所稀有的。自此以后,数年以来所筹备经营的作乐事情,居然得到一个很美满的结果,于是大家又要商议请行封禅之礼了。帝喾自从赤松子介绍过两个真仙之后,时常想去访求,但是封禅的泰山在东方,两个真仙所住的在西面,路径是不对的。是先行封禅之礼呢,还是先访两个真仙呢?一时委决不下,便来请教赤松子。赤松子道:"据山人之意,似乎应该先访真仙。因为封禅之礼,不过是王者告成功于天的一个手续,或迟或早,并无一定的。现在王子对于服食导引等功夫,渐渐已有门径,正应该访道求仙,以竟大功,功成之后,再行封禅礼,并不算晚呢。"帝喾道:"老师指教极是,夋本来亦如此想,但是夋此番前去,拟请老师同往,庶不至于访求不遇,不知老师肯赐允许么?"赤松子道:"这个不必。王子圣德昭著,加以虔诚去寻访,决没有不遇的道理。至于山人,是个闲散之人,和他们真仙气诣不同,同去亦殊无谓。昨日刚计算过,在这里闲住,不知不觉时日已经甚久了,现在暂拟告别,且等王子道成之后,我们再相见吧。"帝喾忙道:"老师既不愿同去,亦不妨在此宽住几时,何必就要去呢?"赤松子笑道:"不瞒王子说,山人山野之性,一向散荡惯了,在这里一住几个月,如鸟在笼中,实在受不住这种拘束。况且王子既出去访道,山人住在这里做什么?好在王子大道计日可成,我们后会之期亦不远呢。"帝喾道:"虽然如此,夋总要请老师再住几日,且待夋动身之时,一同登程何如?"赤松子答应道:"这个可以。"于是帝喾就去打叠一切,又择了起身的日期。到了那日,帝喾与赤松子一同出行,百官群臣在后相送。大家因为赤松子是个神仙,这一去之后,不知能否再见,都有依恋不舍之意。赤松子与大家一一握手道别,亦都有赠勉的话。独对于老将司衡羿,更着实的殷勤,向他说道:

"老将军年纪大了,忠心赤胆,实在是很可钦敬的,将来天下尚有一番大乱,全仗老将军双手扶持,愿加意自己保重为要。不过有一句话,老将军所最怕的是鹓扶君,以后倘使碰着了,千万不可去得罪他,须切记山人之言。"说罢,就向帝喾和众人告别,转身飘然而去。大家听了,都莫解所谓,只得听之。便是老将军也不将他的话语放在心上,以为只要将来碰到鹓扶君的时候,再留心就是了。

这里帝喾直待赤松子去远,方才与群臣作别,向西南而行。这一次是诚心访道,所以对于沿途风景,略不在意,便是各处的诸侯亦都不去惊动他们。沿着伊水,翻过熊耳山(现在河南卢氏县南),到了汉水旁边,适值水势大涨,车马不能通行,只得暂时歇住。那些百姓感戴帝喾的恩德,听说驻跸在此,个个都来拜谒。帝喾一面慰劳,一面教导他们,对于农桑实业,务须大家尽力,不可怠忽;又教他们对于用财务须节俭,千万不可浪费,倘使政令有不便的地方,尽管直说,可以改的总答应他们一定改。那些百姓听了,个个满意,都欢欣鼓舞而去。后来大家就在这个地方给帝喾立一个庙(现在陕西旬阳县南),春秋祭祀之,这是后话不提。且说帝喾等水退之后,即便动身,溯汉水而上,逾过嶓冢山(现在陕西略阳县东)、左担山(现在四川平武县东),直到岷江流域,在路上足足走了五个多月。有一日,远远望见青城山了,帝喾急忙斋戒沐浴,整肃衣冠,上山而来。哪知车子刚到山脚,只见有两个童子在旁迎接,拱手问道:"来者莫非当今圣天子么?"帝喾大惊,问那童子:"汝何以知之?"童子道:"早晨吾师说,今日当今圣天子要来枉驾,叫我们前来伺候,吾师随后便来迎接了。"帝喾尤为诧异,便问道:"汝师何人?"童子道:"法号天皇。"正说之间,只见山坡上一个道者飘然而来,童子忙指道:"吾师来了,吾师来了。"帝喾一看,只见那天皇褊衣卢服,貌甚不扬,但是不敢怠慢,急忙跳下车,上前施礼。那时天皇已到面前,拱手先说道:"王子驾临,有失远迎,恕罪恕罪。"帝喾一面施礼,一面说道:"夋竭诚远来叩谒,深恐以下愚之质,摈斥不屑教诲,乃承吾师不弃,且劳玉趾,远下山来,益发使夋不安了。"天皇道:"王子功德巍巍,现在做世间之帝主,将来列天上之仙班,名位之隆,远非野道所能及,又承枉驾辱临,安敢不来迎接呢!"帝喾又谦让两句,便回头吩咐从人在山下等候,自己却与天皇同上山来。走不二里,只见路旁山壁上刻有五个摩崖大篆,细看乃是"五岳丈人山"五个字,下面具款是黄帝轩辕氏的名字,原来当初黄帝亦曾来此问天皇以蟠龙飞行之道,所以特封青城山为五岳丈人山,并刻字于此,以志纪念。帝喾见了,更是肃然起敬。又走了一会,遥望奇峰屏列,曲崦低环,树荫中微露墙屋一角。天皇用手指指道:"这是野道的下院,且进去歇歇吧。"帝喾上去一看,只见那道院背山临涧,景物清幽,种树成行,甃石作路,门外柳花糁径,豆蔓缘篱,杉柏四围,竹扉半掩,真乃是个仙境。进院之后,行礼坐定,帝喾便将访道之意与天皇说了。天皇道:"王子过听了。野道所知,甚为有限,恐不能大有益于王子,但既蒙不弃,亦自愿贡献一点愚见。请问王子所问的,究竟是长生不死之道呢,还是白日飞升之道呢?如果是白日飞升之道,固然甚难,除出令祖黄帝之外,殊不多见;即使是长生不死之道,亦甚不容易,至多不过一个老而尸解罢了。因为人的精神,不能不附丽于肉体,但是肉体这项东西,不能久而不坏。譬如一项用器,用久必弊,勉强修补,终属无益,这亦是天然的道理,所以仙家不仅注意在服食导引,以维持他的衰老之躯,尤注重在脱胎换骨,以重创他的新造之躯。即如赤松子、展上公诸人,王子都是见过的,看他们那种神气,仿佛都是长生不老的样子,其实他们的身体,不知道已经更换过几回了。即如野道,王子看起来,岂非亦是一个长生不老的人么?其实野道不但死过一次,并且死过多次。"帝喾听了,诧异之至,便问道:"既然死了,何以此刻还在世界呢?"天皇道:"这种死法!仙家不叫作死,叫作尸解。尸解的原因有三种:一种是要脱胎换骨,另创一个新身躯,因此就将那旧的臭皮囊舍去,所以叫作尸解,解是分解的意思。一种是因为在人间游戏久了,被世人纠缠不过,借一个方法,解脱而去。还有一种,是因为功成业就,不愿再到人间,所以也借此脱然而去。这两种尸解,都是解脱的意思。但是无论哪一种,这脱胎换骨的功夫总是不可少的。"帝喾道:"老师以前死过几次的事情,可否略说一点给爻听么?"天皇笑道:"王子到此间来,可知道野道从前在俗世时的姓名么?"帝喾道:"爻疏忽,未曾打听。"天皇道:"野道俗名叫作宁封子,在令曾祖黄帝的时候,曾经做过陶正之官,与王子排起来,还有一点世交呢。"帝喾愕然道:"原来就是宁老师,爻真失敬了。"说罢,重复稽首。天皇道:"当初野道确好仙术,不远万里,到处寻访,对于脱胎换骨的方法,略略有点知道。后来走到昆邱之外,一个洹流地方,去中国约有万里之遥。那地方满地都是沙尘,所以一名叫兰沙,脚踏着就要陷落去,也不知道它底下有多少深,遇到大风的时候,那沙就满天地飞起来,同雾露一般,咫尺之间都辨不清楚,是个极凶险的所在。但是那水里有一种花,名叫石蘂,颜色青青,坚而且轻,跟着大风欹来倒去,覆在水面上,甚为好看。而且这种石蘂,一茎百叶,千年才开一次花,极为名贵,所以求仙的人往往欢喜到那里去望望。就是令曾祖黄帝,经野道谈起之后,亦曾经去看过。当时野道到了那边,正在赏玩的时候,忽见水中有无数动物在那里游泳,忽然有几个飞出水面来,把野道吓了一跳。仔细一看,原来一种是神龙,一种是鱼,一种是鳖,都是能飞的。恰好有一条飞鱼向野道身边飞来,野道不禁大动其食欲,便顺手将它捉住,拿到所住的山洞里,烹而食之,其味甚佳,方为得意。哪知隔不多时，身体忽然不自在起来了，即刻睡倒，要想运用那脱胎换骨的方法，但是那时候功夫不深，一时竟做不到，足足过了二百年，才得脱换成功，复生转来，这是野道第一次的死了。野道当日复生之后，就做了一篇七言的颂词，赞美那石薬花，内中有两句，叫作：'青薬灼烁千载舒，百龄暂死铒飞鱼'，就是咏这次的事情了。后来偶然跑到这里，爱这座青城山的风景，就此住下。不知怎样一来，给令曾祖黄帝知道了，枉驾下临，谆谆垂询，并且力劝野道出山辅佐。那时令曾祖黄帝正在研究陶器，野道情不可却，又因为这种陶器果能做成，对于天下后世的确有极大的利益，所以当时就答应了，出山做一个陶正。但是野道于陶器一道，实在亦没有多大的研究，而那个用火之法，或者太猛了，或者太低了，尤其弄不妥当。后来有一个异人前来访问野道，情愿做这个掌火的事情，哪知他这个火却用得很好，陶器就告成功了，而且非常之精美。尤其奇怪的，他烧的火化为烟气之后，絪缊五色，变化不穷，大家看得奇异，都非常之敬重他。久而久之，那个异人就将所有用火的奥妙，以及在火中脱胎换骨的方法，统统都传授了野道。后来陶正之官做得讨厌起来了，屡次向令曾祖黄帝辞职，总是不允。野道闷气之极，不免玩一个把戏，有一日在院子里积起了许多柴草，野道就睡在柴草上面，点一个火，竟把自己烧起来。大家看见了，要来救时，只见野道身体随烟气而上下，久之渐渐消灭，化为灰烬。大家以为野道真个烧死了，拾起了灰烬之中的几块余骨，葬在宁北山中，做一个坟，封将起来，所以后人叫野道叫宁封子，其实野道并非姓宁名封子呀，这是第二次的死了。不过这次脱胎换骨非常容易，而且非常写意，以后还有三次四次，那是更容易了。所以野道的意思，以为王子果然要求道，与其求长生不死之道，不如求脱胎换骨之道，不知道王子以为何如？"帝訾慌忙稽首道："老师明诲，爰如开茅塞,但不知脱胎换骨之法,如何可成?还求老师教诲。"天皇道:"此法一言难尽,一时难明,此刻时已不早,王子腹中想必饥饿,野道已令小徒薄具蔬肴,且待食过之后,与野道同至山上,再谈吧。"帝喾唯唯称谢。少顷,童子果然搬出饭来,食过之后,帝喾就和天皇一同上山。一路山势,皆排闼拥洞,仿佛和迎接人一般,而且松篁夹道,荫翠欲滴,溪流琤琮作响,音韵如奏笙簧,山色岚光,挹人衣袖,比到半山风景,又胜一层。那山势亦愈上愈峻,不知翻过几个盘道,方才到得山顶,却已日平西山,天色垂暮。帝喾看那上院的结构,并不宏大,却是精雅绝伦,几案之上及四壁,都是堆着简册。天皇招呼帝喾坐下,便问道:"今日走这许多山路,疲乏了么?"帝喾道:"贪看山景,尚不觉疲乏。此山不知共总有多少峰头?"天皇道:"此山有三十六个峰头,以应天罡之数;又有七十二个洞,以应地煞之数;此外另有一百八十个景致,今日所走,不过它的一小部分呢。"

隔了一会,吃过晚膳,一轮明月涌上东山,照得大千世界同银海一般,那天皇就邀帝喾到院门外一块大石上并坐倾谈,并将所有脱胎换骨的大道尽心传授,又向帝喾道:"野道还有许多书籍,可以奉赠。"说毕,就匆匆走进院去。那时上院室中,已是昏黑之至,但是天皇一踏进去,便觉满室通明,纤毫毕现。帝喾在外面遥望,并未见他燃灯点烛,不知此光从何而来,不觉万分诧异。细细考察那光芒,像是从天皇身上射出,仿佛他胸前悬有宝炬一般,照来照去,总是依着天皇的身躯转动。正猜想不出这个理由,只见天皇走到几案旁边,在许多书籍之中取了几册,又走到东壁西壁两处,各取了几册,随即转身向外,匆匆而来。这时候帝喾却看得清楚了,原来那个光芒,竟是从天皇腹中迸出来的,灼灼夺目,不可逼视。等到天皇走出院外,在明月之下,那光芒就不见了。帝喾正要动问,那天皇已走到面前,将许多书籍递与帝喾,说道:"这些书都可时时观看,作为参考之用,那么对于各种大道都可有点门径,不但脱胎换骨一法而已。"帝喾接来,随手翻开一看,只见上面都是些符篆,下面却有许多注释。天皇道:"这一部叫作《五符文》,备具五行之妙用,王子可细心参之,成道入德之门大略都在这里了。"帝喾听了,慌忙再拜领受。这一夜,二人直谈到月落参横,方才就寝。在那就寝之前,天皇陪着帝喾走进院去,一到黑暗之地,天皇腹中的光芒又吐出来了。帝喾便问道:"老师这个光芒,是一种仙术,一时拿来应用的呢,还是修炼之后,自然而然会有的呢?"天皇笑道:"都不是,都不是,有一种植物,名叫明茎草,亦叫洞冥草,夜里望过去,如金灯一般,折取这草的枝条烧起来,能够照见鬼物的形状,却是一种宝贵的仙草。野道颇欢喜吃它,常常拿来做粮食,哪知久服之后,深得它的好处,每到夜瞑之时,或黑暗之中,不必燃烛,亦不必另用什么仙术,腹中之光通于外面,无物不见,真是非常便利。"帝喾听了,方才恍然。

第二十二回

帝喾至钟山访九天真王　舟人授书
帝喾悟道

且说帝喾在青城山与天皇讨论道术，一连七日，把《五符文》研究得非常明白，觉得成仙登天之事有点把握了，于是拜谢天皇，说明还要到钟山去访求九天真王。天皇道："九天真王的道行，胜野道百倍，王子去访他，是极应该的。不过他从不轻易见人，王子到那边，务须要以毅力求之，切记切记。"帝喾稽首受教。到了次日，天皇一直送帝喾至山下，指示了西北去的路程，方才回山。

再说帝喾率领从人径向钟山而来，这一路却都是崇山峻岭，登降跋涉，非常困难，所看见的奇兽异禽、山鬼川怪，亦非常之多。一日，过了不周山，来到有娀国，那时有娀侯夫妇皆已下世，建疵亦早出嫁了，有娀侯的长子袭职，闻帝降临，前来迎接。帝喾便到有娀侯的宗庙里去吊祭一番，并不停留，随即匆匆上道。一日已到峚山，只见那无数丹木，依旧是红如榴火，焜耀山谷，仔细想想，不知不觉已过了多少年了，旧地重来，不胜感慨，电光石火，人生几何，因此一想，益觉那求仙访道之事更刻不可缓了。下了峚山，远望那稷泽之水，仍是汪洋无际，帝喾便吩咐从人，从陆路径向钟山而去。原来那稷泽，东到峚山，西接槐江，北接钟山与泰器山，西南连昆仑山，从峚山到钟山，约有四百六十里。帝喾走了五日，渐渐地望见钟山，便即刻斋戒沐浴起来。又走了三日，已到钟山，帝喾便整肃衣冠,屏去车子,虔诚地徒步上山而来。哪知走了半日,静悄悄地,不见一人,但见苍松翠柏盘舞空中,异草古藤纷披满地,白鸟青雕到处飞集,赤豹白虎不时往来,随从人等虽手中个个执有武器,但不免都有戒心。那帝喾却一秉至诚,绝无退缩之意。看看走到半山,日已过午,不但人迹不见,并且四面一望,连房屋草舍都没有一所。随从人等肚里真饿不过,都来劝帝喾道:"依臣等看起来,此山绝无人迹,和从前青城山大不相同,九天真王或者不住在此山中,亦未可知。现在可否请帝下山,暂时休息,待臣等找几个土人,访问确实之后,再行前进,如何?"帝喾道:"赤松子和朕说,九天真王住在钟山,决无错误之理。朕前日下青城山时,天皇指示路程,亦说在此,哪里会错呢。况且现在已到此间,只宜前进,岂宜退转!汝等如饥饿疲乏,且在此地吃点干粮,休息片刻再走,亦无不可。"随从人等只得答应。过了一会,帝喾依旧向山顶而进,哪知道路愈走愈难,攀藤附葛,困苦不堪。后来走到一处,竟是插天绝壁,无路可通。帝喾至此,只能索然而止,心中暗想道:我竟如此无缘么?或者因我尚欠至诚么?望着山头,叹了两声,就照原路退了下来。那时一轮红日已在西山之顶,暮烟渐起,异兽怪物出没愈多。走到半路,天已昏黑,不辨路径,耳边但听得豹嚎虎啸豺鸣狼叫之声,惊心动魄。有时忽见一个黑影,仿佛从身边掠过;有时足下绊着荆棘藤蔓,几乎倒栽一跤;如此者亦不止一次。帝喾是个有道行的圣人,虽则不因此而生恐怖,但是随从之人却都气喘心颤,狼狈不堪了。幸亏得人多,拼命地保护了帝喾,走一程,息一程,有时大叫一阵,以壮声威,有时将武器挥一会,以壮胆力。走到半夜,那一钩明月渐渐地升起来,依稀辨得出途径,大家才得放心。可是歇不多时,天亦亮了,匆匆地回到山下宿舍,这一日一夜的疲乏,方得休息。

过了些时,有几个随从的人就去找土人询问。土人道:"我们这里的钟山,走上去有好几条路。一条是从东面上去,但是路很难走,歧路又多,走错了就要上当。一条是从南面上去,较为好走些,不过路程远得多了。要是从稷泽里坐船过去,亦是一法,较为安稳。一条在北面,从泰戏山那边来的人,都是走那条路,但是我们不大到那边去,所以那条路究竟好不好走亦不甚清楚。"随从人又问道:"这座钟山上,有一位九天真王,你们可知道他住在哪里?"土人道:"九天真王是什么人?我们不知道。"随从人道:"是个活神仙,你们怎的会不知道?"土人道:"是神仙么,我们亦听见说是有的,所以这座山里,有许多虎豹猛兽之类,从来不害人,大家都说是受了神仙感化的缘故。至于这个神仙,他的名字是否叫九天真王,却不知道。"旁边另有一个土人,夹着说道:"我们这山上,有一项怪东西,名字叫作鼓,这是我们所知道的。据老辈传说,他就是这座钟山的儿子,他的形状,人面而龙身,极为可怕。有一日,不知为什么事,和住在西南昆仑山上一个人面兽身的得道之怪神,名叫钦䲹,亦叫钳且的,联合起来,将住在昆仑山南面的一个祖江杀死了,天帝闻而大怒,就将鼓和钦䲹两个一齐捉住,在这座钟山东面的一个瑶厓地方正法抵命。哪知后来钦䲹的精魂化为一只大鹗,其状如雕,白头而黑羽,赤嘴而虎爪,叫起来声音仿佛和鸿鹄一般。那鼓的精魂亦化为一只怪鸟,名叫䳒,其状如鸱,赤足而直嘴,白头而黄羽,叫起来声音亦仿佛和鸿鹄一般。这两只鸟儿,都是个不祥之物,大鹗如果出现,地方就有兵革之灾,䳒鸟如果出现,地方就有极大之旱灾。但是几百年来,大鹗始终没有见过,䳒鸟亦只见过一次,大家都说,全是这座山里的神仙禁压住的,所以照这样看起来,神仙是一定有的,不过我们无福,没有见过,至于他的名字是不是叫九天真王,那就更不知道了。"随从等听了这番话,谢了土人,就来奏知帝喾。帝喾道:"既然钟山正面不在这里,那么朕向南面那一条路去吧。"随从人道:"从水路去呢,还是从陆路去呢?"帝喾想了一想道:"水路贪安逸,便不致诚,朕从陆路去吧。"于是一齐起身,循山脚而行。到了次日,果然看见一条大路,直通山上,一面逼近稷泽,水口有一个埠头,停泊着一只船,船里没有人。帝喾也不去留意,遂一步一步上山而来。但是此处所有景物,与东路所见竟差不多,走了半日,并不见一个人影,四处一望,亦并不见一所屋宇。众人到此,又觉诧异,但是帝喾诚心不懈,仍旧前行,众人只得跟着。又走了一程,只听见从人中有一个叫道:"好了好了!前面有人来了。"帝喾向上一望,果然看见一个人下山而来,便说道:"既然有人,就好问了。"说着,止住了步,等他下来。只见那人头戴箬帽,身穿褐衣,脚踏草履,手中拿着一根竹竿,徐步而行,神气仿佛像个渔夫。帝喾等他走到面前,慌忙拱手作礼,向他问道:"请问一声,这座山上有一位九天真王,住在何处,足下可知道么?"那人将帝喾周身上下估量了一会,又向那许多随从人等望了一望,然后才转问帝喾道:"汝是何人?来此寻九天真王何事?"帝喾道:"朕乃当今君主,特来拜询九天真王,访问大道。"那人道:"既是当今君主,那么所访问之道,当然是理国治民之道,决不是升仙登天之道。九天真王是个真仙,但知道升仙登天之道,并不知道理国治民之道,要到他那里去访问,岂不是错了么?"帝喾一听这个话,词严而义正,大有道理,不觉肃然起敬,拱手正立,不作一声。隔了一会,那人又说道:"如果要访问理国治民之道的,请回去吧,不必在此穷山之中。如果要访问升仙登天之道的,那么亦不必寻什么九天真王,跟我来就是了。"说着,徐步下山而去。这时,随从人等看见那人言语态度如此倨傲,个个心中都有点不平。因为他们跟了帝喾,跑来跑去多少年,所看见的人,对于帝喾总是极恭顺、极客气，从来没有这般大模大样的。但是看看帝喾，却是越发谦恭，竟跟了那人同走，大家亦只得跟了去。后来走到山脚，稷泽水口，那人就跳上停泊在那里的船上，插了竹竿，钻进舱中，隔了一会，手中拿了一部书出来，递与帝喾，说道："照这部书上所说的去做，亦可以升仙登天，何必寻九天真王呢？"帝喾接来一看，只见书上面写着"灵宝秘文"四个大字，知道是道家珍贵之书，慌忙稽首拜受，口中说道："谢老师赏赐。"原来帝喾竟愿以师礼事之了。哪知那人头也不回，早跳上船去，拔起竹竿，向岸边一点，将那只船向泽中撑开，然后放下竹竿，扳起柔橹，竟自咿咿呀呀地向西南摇去了。帝喾想问他姓名，已来不及，惆怅不已。

回到宿处，帝喾把那《灵宝秘文》翻开，细细一看，觉得非常之有味。原来帝喾本是个圣哲之人，又加赤松子、宁天皇两个已经讲究过，所以虽则极深奥的秘文亦看得明白。当下看完之后，又细细再研究一遍，心中想道："我这次跑来，虽则受了许多辛苦，但是得到这部秘文，亦可谓不虚此行了。不过九天真王始终没有见到，目的未达，就此回去，总觉问心不安。况且赤松子老师曾经说过，可以会到的，宁天皇亦劝我要有毅力，我想起来，不是九天真王一定不可得见，大约总是我欠虔诚罢了。"想到这里，起了个决心，重复斋戒沐浴起来，过了三日，吩咐从人将所有器具糇粮一切都携带了走，预备这次见不到时，就住在山上，各处去寻，一定要见着而后已。于是再由原路上山而来，走到半山，忽听得一派音乐之声，风过处，香气扑鼻。帝喾暗想：这次或许侥幸可以得见了，于是益秉诚心，奋勇而前。转过峰头，只见山顶上有一块平坦之地，地上有一座石头堆起来的台，台上坐着一个道者，修眉凤目，羽衣星冠，飘飘不群，正在那里焚香鼓瑟，旁边许多侍者，或是吹笙，或是击鼓，正在作乐。一见帝喾，那道者便推瑟而起，下台拱手道："王子远来,失迓失迓。"帝喾知道就是九天真王了,慌忙倒身下拜,说道:"夋不远千里,前来求教,今日得拜接光仪,实为万幸,还请老师赐予收录,使夋得列门墙,那真是感戴不尽了。"九天真王急忙还礼,一面邀请帝喾登台坐下,便说道:"王子远来,贫道极应相接,不过岑寂之性,不愿轻与世人晤面,所以未能迎迓,抱歉之至。后来知道王子诚心访道,贫道理应效劳,所以特饬舟人送上《灵宝秘文》一部,以供修养之助,不料王子殷殷厚意,仍复屈驾前来,贫道问心,更觉不安了。"帝喾听了,恍然道:"原来那部《灵宝秘文》之书是老师所赐的,夋还没有拜谢,荒唐之至。"说着,再拜稽首。九天真王道:"那送书的人,是王子一家呢,王子认识么?"帝喾诧异道:"是夋一家人?夋不认识。"九天真王道:"他是颛顼高阳氏之子孙,王子没有见过面么?"帝喾一想,颛顼氏子孙甚多,散在四方,没有见过面的人亦甚多,便答应道是是。只因求道心切,也不追问那舟人究竟是颛顼氏的子孙曾玄,便说道:"夋自从在亳都的时候,已经立志前来拜谒。虽则老师赏以灵宝秘书,但是当时并未知道是老师所赏赐的,不远千里而来,未见老师之面,如何敢就回去呢!今蒙老师不弃,赐予接见,还请多多教诲。"九天真王道:"王子求道之心,可谓深切,但不知于《灵宝秘文》一书,都能了解么?"帝喾便将那秘文大意统统说了一遍,有些疑问处,经九天真王一一解释,也都豁然了悟。九天真王道:"这种书,不过一个大意而已。大意如果都能了了,其余都是糟粕,无所用之,那部秘文王子可以见还,或者就藏在这座山里,待将来遇到有缘的人,再送与他吧。"帝喾连声答应,即向台下叫从人将那部秘文取来,亲自递与九天真王。那九天真王却又从袖中取出一书来,交与帝喾。帝喾一看,上面写着是"九变十化之书"。正要翻阅,九天真王忙止住道:"现在且不必去看它,待下山之后,细细推究,一个月自然明了。王子本有凤根,此刻功行亦过一半,所未达者,只此一间。如能将此书参透,则不但升仙不难,而且一切可以无不如志了。此处不可久留,贫道亦就要他去,我们后会有期。"说罢,便站起身来。帝喾不敢再问,正要拜谢,只见那九天真王回转身来,用手将石壁一扳,顿时落下一大块,里面却露出一个大洞,叫帝喾将那部《灵宝秘文》放在洞内,他再用那大块岩石把洞口掩好,却是泯然无迹,和天生成的一般,一点碎缝都没有。帝喾看了,暗暗称奇,叹为仙家妙用,于是就拜辞了九天真王,下得台来,九天真王送来转弯之处,即便止步。这里帝喾等自下山而行,回到旅舍,就将那《九变十化之书》取来翻阅,哪知这部书却深奥极了,有几处看不懂,有几处竟连句法都读不断。帝喾无法,只得搁起,夜间辗转,不能成寐。次日再上山来,想请教九天真王,哪知走到昨日之地,空台尚在,人迹毫无。帝喾料想不能再见到了,于是将台的三面察看一会,只见那台是靠着石壁造的,高不过两丈,周围不过四丈,南面大石上凿着"牧德台"三个大字。帝喾于是又朝着台拜了两拜,方才循原路下山。心中想道:古人说,"思之思之,鬼神告之。"现在这部书,虽则有很多不懂的地方,但是我昨日并没有苦思,只想请九天真王指教,未免不用心了,未免太想不劳而获了。况且九天真王明明叫我研究一个月,现在还不到一日夜,未免太欲速了。这种情形,岂是学道之人所宜有的!想罢,心中自悔不已。不一会,回到旅舍,便和随从人等说道:"现在朕拟在此休息一月,汝等跟着朕终日奔走,都太辛苦了,亦可休息休息,且待一月之后再回去吧。"众人答应。

帝喾自这日起,就居于室内,终日不出,一步不走,将这部《九变十化之书》翻来覆去,忽而诵读,忽而研求,过了二十日以后,却是绝无门路,不懂的地方仍旧是不懂,有几处已经懂的地方也反而疑惑起来。但是帝喾仍旧研究不懈,有时终日不食,有时竟终夜不寝。有一日,正在参究的时候,实在疲倦极了,不知不觉伏几而睡,忽见一人前来说道:"九天真王有请。"帝喾听了,惊喜非常,慌忙站起,也不及招呼从人,也不及驾车,跟了来人便走。走到山上牧德台边,只见那九天真王依旧在台上鼓瑟,帝喾走上台去,正要行礼,那九天真王先问道:"《九变十化之书》王子已参透了么?"帝喾慌忙道:"还不曾参透,正要请老师指教。"九天真王哈哈大笑道:"区区这一点诀窍还不能参透,哪里还可望升仙登天呢!贫道看来,王子不如就此回去,做一个圣贤的君主吧,不必在此了。"说着,用手一推,将帝喾直从台上倒跌下去。帝喾大吓一跳,不觉醒来,乃是一梦。仔细一想,但觉那部《九变十化之书》通体一句一字,无不朗彻于胸中,一无疑难,一无遗漏,从前所疑惑不懂的,现在竟没有不懂了。这叫作:"真积力久,一旦豁然贯通。"古来多少困而学之的人,大半有此境界,不是作书的人所能够虚造的。自此之后,帝喾大道已成,通天彻地,无所不晓,并且能够隐遁日月,游行星辰,从钟山回到亳都,不过倏忽之间,就可以到。不过帝喾以君主之尊,假使如此行动,未免骇人耳目,所以不动声色,仍旧吩咐从人等:"明日起身归去。"计算起来,恰恰研究了一个月,这亦可谓奇了。

第二十三回

帝女、常仪先后逝世　盘瓠子孙东西分封
帝喾议立嗣子

且说帝喾自出都访道之后,到此番回朝,不知不觉已是几年。这几年中,国家之事自有大小臣工和衷共济,仍旧是太平无事,可是宫中却起了非常之骚扰。为什么呢?就是盘瓠的一班男女,起初吵闹不堪,虽则依了帝喾的方法分别教导,但是帝喾的宫室并不甚大,声息相闻,不免仍旧要聚拢来。加之这班男女年龄渐大,恶作剧的事情亦渐渐增多,不是逾墙,就是穿壁,真是吵得来不可开交,管理教导他们的人竟是无可奈何。他们所惧怕的,只有帝女一个,但帝女终是女流,而且没有帮手,二十几个孩子,五六处地方,顾了这面,顾不了那面,教训了这批,又要教训那批,弄得来终日奔走,略无休息,舌敝唇焦,精力疲惫,几个月以后,渐渐生起病来了。姜嫄、简狄、常仪等见她如此,都苦苦相劝,叫她不要再操心了。但是这班男女,没有帝女去管束,益发肆无忌惮,到得后来,竟闹出风化案子来了。原来这些孩子虽不过都在十岁左右,但是身体发长得甚快,大的几个竟有寻常十四五岁样子,因而他们的知识亦开得甚早,异想天开,竟是兄弟姐妹各各做起夫妻来了。帝女在病中听到这个消息,一时急怒攻心,吐血不止。常仪知道了,慌忙过来,百般劝慰,又吩咐宫人,以后无论何种事情,都不许轻来报告。哪知自此以后,帝女之病日重一日,看看已是无望。恰好帝喾归来,常仪就把这种情形统统告诉帝喾。帝喾听了,也不免长叹一声,说道:"莫非命也!"于是就到后宫来视帝女。帝女起初听见帝喾归来,颇觉心喜,后来看见帝喾走到床前,不禁又大哭起来,说道:"父亲!你空养女儿一场了。女儿当初,原想做一个有名誉的人,给父亲争一口气,哪知道竟遭了这样不名誉的事情。仔细想想,倒不如做了那个马头娘娘,还能够到处立庙,受着人家的崇拜呢。现在生了这许多小孽种,原想好好地教导他们,将来有点出息,成个人才,或者还可以挽回些名誉,不料如今竟做出这种禽兽乱伦的事来!女儿的羞辱亦羞辱尽了。生不如死,请父亲千万不要为女儿伤悲。不过女儿承父亲养育教诲之恩,丝毫未报,这是死不瞑目的。"帝喾不等她说完,连连摇手,叫她不要说。帝女还是哭泣不止,唠叨个不休。帝喾道:"汝在病中,岂可如此伤心。世间之事,大概总离不开一个'命'字。以前的事情,汝还要尽着去想它做什么。至于这班小孩子,虽则吵闹无礼,但是因为他们的种性与人不同,并非就可算是耻辱之事。依朕看来,将来他们虽不能在历史上有赫赫之名,成赫赫之功,但族类一定非常繁衍,而且有名誉的,汝可放心吧。"帝女听了,以为是父亲安慰她的话,并不信以为真,不过连声答应就是了。哪知因此一来,伤感过度,病势更剧,渐渐不救。临死的时候,向常仪说道:"女儿生性欢喜游乐,硬要跟了父亲去南巡,以至得到这种不幸的结果,现在已毋庸说了。不过女儿抛撇家庭的日子太多,这次回来,虽住了几年,但是寿命不济,又要离别父母而死。女儿虽死,女儿的魂魄仍旧恋恋于家庭,所以女儿死了之后,每到正月里,务望母亲拿女儿平日穿过的衣裳向空中招迎一会。那么女儿的魂魄一定仍旧回来的,母亲千万记牢。"常仪听到这种话,真如万箭穿心,凄惨之极,口中只能连连答应。隔不多时,帝女竟呜呼了,一切丧葬等事,自不消说。帝女平日待人甚好,她的这种遭际更为可怜,所以宫中上下人等,无不痛悼。但是依母女之情,自然以常仪为最甚,过了几日,不知不觉也恹恹地生起病来了。

且说常仪为什么缘故生病呢,固然连月以来服侍帝女之病,又悲伤帝女之死,忧劳憔悴所致,但其中还有忧子的一段故事。原来常仪只生了帝女和挚两个,帝女遭遇已经是大大不幸了,那个挚呢,照年岁说来,并不算小,却因从小祖母溺爱,又因为他是帝喾长子的缘故,凡事不免纵容,就养成了一种骄奢淫逸的习惯。虽说帝喾是个圣君,治国之道,齐家为先,但是一个人总只有这一点精力,总只有这一点时间。帝喾平日,勤求治理,旰食宵衣,已经是绝无暇晷,哪里还有工夫亲自教子!再加历年以来,省方巡狩,出外的时间居多,近年又因求仙访道,多年不归,那么教子一层自然只好圈起了。那个挚既然没有严父之管束,已经不能循规蹈矩,禁不得手下一批势利的小人,又去怂恿他、诱惑他,把挚益发教坏了。这几年来,帝喾在外,挚的行为越弄越糟,声名亦愈弄愈劣。常仪知道了,气得个发昏,几次三番地叫了他来,加以训诫,但是挚的年纪已经大了,不是小孩子了,而且终日在外,做母亲的如何管得到呢,所以常仪虽则严切的教训,终是如水沃石,一无效验。常仪眼看见姜嫄所生的那个弃,终日在那里讲求农学,歧嶷英俊;简狄所生的那个卨,终日在那里研究礼义,孝友敦笃,都是极好的人才。便是侧室所生的子女,除出实沈、阏伯两个气性不大好外,其余亦都优秀。别人生的子女个个如此好,自己所生的子女,个个如此不好,妇女们的心理,本来以子女为希望依靠的,现在相形之下,到得如此,不免灰心绝望,因气生愁,因闷生郁,再加以劳瘁悲伤,那个身体如何禁得住呢,所以一经生病,便非常沉重。帝喾明知道常仪这个病是不能好了,但是为尽人事起见,不能不安慰她的心。一日,对常仪说道："朕看汝不必再为儿女操心了,挚儿虽则不好,没有做君主的德行,但是他品貌颇好,很有做君主的福分。朕年纪老了,继嗣问题,正在打算,拟就立挚儿做继嗣的人。名分定了之后,他或者知道做君主的艰难,能够改行为善,兢兢业业,亦未可知。朕再加之以训诲,好好地选几个正人去辅佐他,未见得不会好起来,汝何必尽管忧愁呢?"常仪听了,大惊道："这个断断乎动不得。君主之位,何等郑重!天生民而立之君,是为百姓而立的,不是为私情而立的,况且现在正妃生的这个弃,何等笃实;次妃生的这个离,何等仁厚;就是三妃所生的那个尧,虽则还没有见过,但是听说亦非常之圣智,那么应该就他们三个之中选立一个,岂可以立这个不肖的挚呢!帝向来大公无私,处处以天下为重,以百姓为心,现在忽然有这个念头,莫非因为妾患重病,要想拿这个来安妾的心么?帝的恩德,妾真感激极了,但是妾实在没有这个心思,而且以为万万不可的。照班次而论,妾居第四,当然应该立正妃之子。照人才而论,更不必说。就是为挚儿着想,亦断断不宜,因为他现在并没有做君主,尚且如此,万一明朝果然做了君主,势必更加昏纵。自古以来,昏君庸主的下场,是不堪设想的,岂不是倒反害了他么!"帝喾听了这一篇大议论,不觉连连点头,说道："汝言极有道理,一无寻常妇女的私心,朕甚佩服。不过朕的意思,挚儿是个长子,太后向来又是极钟爱的,他的相貌又似乎还有做君主的福分,因为这三层,所以起了这个念头。现在给汝一说,朕亦不免疑惑起来,且待将来再议吧。"常仪道："三妃一去,多少年不回来,妾甚记念她。就是她生的那个尧,到今朝还没有见过父亲,亦未免是个缺陷。妾想起来,总应该叫他们回来,不知帝意如何?"帝喾道："汝言极是,朕即日就遣人去叫他们吧,汝总以安心静养为是。"说罢,走出宫来,要想到简狄那边去。哪知刚到转弯处,忽然一块瓦片迎面飞来,帝喾急忙把头一低,幸未打着,却把一顶冠帽打落地了。向前一看,又是那几个有尾巴的孩子在那里恶作剧,一见帝喾走来,都纷纷四散逃去。帝喾也不追寻,拾起帽子,就向简狄宫中而来。简狄与羲慌忙迎接,看见帝喾手中拿着帽子,不免问起缘由,帝喾遂将上事说了。简狄道:"论起那班孩子,实在太不驯良了,现在我们自家的这许多孩子,大家商量着只好不许他们出去。一则恐怕受那班孩子的欺侮,二则亦恐怕沾染恶习。但是照这种情形下去,如何是好!妾想帝总有办法可以处置他们的。"帝喾道:"朕已定有办法,明朝就要实行了。"简狄刚要问如何办法,忽报木正重在外有事求见。帝喾不及细谈,就匆匆地出宫御朝去了。到了次日,帝喾吩咐教导盘瓠子女的几个人,将那些孩子都叫了来。原来那班孩子虽则桀骜不驯,但对于帝喾尚有几分惧怕,听见说叫他们,不敢不来,不过见面之后,一无礼貌罢了。帝喾一看,那班孩子大的竟与成人无异,小的亦有十二三岁的样子,暗想这个真是异种。当下就正色地向他们说道:"朕在几年以前,从那么远的地方接了汝等来,给汝等吃,给汝等穿,又请了师长教导汝等,汝等不知道感激,用心习上,又不听师长的教训,不服师长的命令,终日到晚,总是恶吵,照这种情形看来,实在不能再留汝等在此,只好将汝等逐出去了。汝等不要怨朕无情,说母亲才死,便见驱逐,要知道实在是汝等不好。汝等懂朕的话么?"那班孩子听了,面面相觑,都不作一声。帝喾便问那些教导的人:"这些孩子对于朕的普通话能够懂么?"大家齐声道:"已能了解。"帝喾又正色问那班孩子道:"据师长说,汝等对于朕的话都已能了解,那么为什么听了之后不发一言呢?现在朕再问汝等,如汝等愿意住在这里的,自此之后,必须改过自新,明白礼仪,研究书籍,才可以算得一个人。要知道这里是中土文化之邦,不是野蛮之地可以任性而行,随便糊涂过去的。倘使不能够如此,还是早早离开这里的好,朕亦不来管汝等。汝等应该细细地想一想,自己决定。"帝喾说完了,用眼将那班孩子一个一个地看了一转。隔了一会,有一个年纪大的孩子说道:"我们实在不要住在这里,一点不能跑动,要闷坏人的。"帝喾道:"那么朕放汝等到外边去,好么?"众孩子一齐大叫道:"好!好!好!"帝喾道:"朕仍旧送汝等到那个石洞的地方去,好么?"有些孩子都连声应道:"好!好!"有些孩子却连声反对道:"不好!不好!"霎时间大家又吵闹起来。帝喾细看那些说"不好"的孩子,都是有尾巴的,知道是宫女的儿女了。一面喝住他们,不许吵闹,一面就问那些有尾巴的孩子道:"那边山洞,是汝等的老家,理应回去,为什么说不好呢?"那些孩子道:"那边去住了,人要变成石头的。我们母亲,已经变成石头了,所以我们不愿去。"那些帝女的孩子听了,非常不服气,就僦着说道:"帝不要听他们的话,活人变石头,不过是偶然之事,哪里尽管会变呢。我们的母亲何以不变?"说着,两方面又大吵闹起来。帝喾再喝住他们,便问那些有尾巴的孩子道:"汝等既然不愿住在那山洞里,那么愿住在哪里呢?"有几个道:"最好是有山的地方。"有几个道:"最好是有水的地方。"帝喾道:"朕给汝等一个地方,又有山又有水,如何?"那些孩子听了,都大喜跳跃,说道:"好!好!好!"于是帝喾又正色向众孩子说道:"汝等这些孩子,年纪尚小,现在出去,又分作两处,虽说是汝等情愿,但朕总不放心。现在朕想弄些牛羊布帛,及各种五谷种子之类,给汝等带去,那么到了那边之后,容易谋生,不至于饿死,汝等愿么?"那班孩子又一齐拍掌跳跃地叫道:"好!好!好!要,要,要!"帝喾道:"那么,这许多东西一时一刻不能办齐,至少要等十几日,但是这十几日之中,汝等切须安静,不可再吵,汝等知道么?"众孩子听了,又一齐叫道:"知道,知道,我们决不吵,请帝放心,我们决不吵。"帝喾点点头,就叫教导他们的人领他们进去。过了十日,各物齐备了,姜嫄、简狄及各宫人对于众孩子虽无好感,但是看在帝女和常仪面上,各有衣服及种种物件赠送。常仪因为是自己的亲外孙,赐予的优渥更不必说,所以行李辎重非常之多。到了动身那日,帝喾选了四十个壮士,分作两组,一组伴送帝女的子女到石洞去,一组送宫女的子女到涂山(现在浙江绍兴市会稽山)去。临走的时候,帝喾又切实地教训他们道:"汝等这番出去,第一在路上要听送行人的话,不可倔强。第二,将来汝等繁盛之后,对于中国,切须恪守臣子的礼节,不可随便前来侵犯,否则不但中国决不轻恕汝等,必要用兵征讨,便是皇天亦不保佑,汝等可知道么?"众孩子听了,都诺诺连声,欢欣鼓舞而去。后来那帝女所生的六男六女,到了山洞之后,自相婚配起来,子孙滋蔓得很,自号曰蛮,表面像个愚笨的人,里面实在很奸很刁。他们以为祖父是曾经有功劳于国家的,祖母又是皇帝的女儿,因此骄傲之极,不肯遵守法律,凡有种田经商等等,都不肯缴纳赋税。官吏对于他们,也无可如何。至于那宫女生的三男六女,到了涂山以后,亦自相婚配起来,子孙也非常众多。后来他们浮海东去,得到一块周围三百里的大地,立起一个国家来,叫作犬封氏。此是后话,不提。

且说盘瓠一班男女送出之后,大家都觉得顿时安静。帝喾的无数小儿女,从此可以往来自由,不比以前几年,只能躲在一室,不轻易出房,亦觉非常舒服。独有常仪,不免反有伤感,那病势不觉又重了几分。一日,庆都奉帝喾之命,带了尧回来了。那时尧已十岁,因为寄居母家之故,依了他母亲之姓,叫作伊耆尧。可怜他自堕地以来,尚未见过父亲,入宫之后,当然先来拜见帝喾。帝喾一看,只见他生得丰上锐下,龙颜日角,眉有八彩,鸟庭荷胜,好一表人才,真是个圣明天子的状貌;又拿他两只手来看看,掌中都有纹路,仿佛握着一个"嘉"字;问他说话,又是非常明达;当下心中不胜喜悦。那时姜嫄、简狄、羲和等妃子,及挚、弃、㸿等小兄弟,都闻声而来,聚集在一处。就是常仪,因为庆都来了,也勉强扶病出来。尧都上前一一见过,真是热闹非常,几乎连屋子都挤不起,有几个只好站在外边。帝喾将四个妃子的儿子细细一比较,暗想,刚才尧儿的相貌固然好极,就是弃儿相貌亦不坏,下部披颐,上部开张,像个角亢之星,照相法上说起来,亦是个全福之相;再看看㸿儿,亦是不凡的;就是挚儿的相貌,虽则及不来三个兄弟,但是"九五"之尊亦是有分,至于凶败不得善终之相却一点没有,不过他的福分不长久罢了。我现在如果立他做储君,不但在朝的臣子要说我偏私溺爱,就是后世的人,亦要疑心我不辨贤愚。但是我如果不立他做储君呢,却又难违天意,这事却甚难处置。后来又想了一想,立即决定了一个主意,暂且不发表。过了几日,帝喾视朝,大会文武,除司衡羿因事他去外,其余百官都到。帝喾便说道:"朕在位六十余年,现在已经九十多岁了。从前颛顼帝在位七十八年,享寿不过九十一岁。先祖少昊帝在位八十四年,享寿不过一百岁。即如先曾祖考黄帝在位百年,享寿亦不过一百十一岁。朕的薄德浅能,在位的年份虽则远不及列祖,但是在人世上的年龄,已经比颛顼帝为过,比少昊帝差不多了,将来还有几年可以在世,殊不能逆料,所以朕身后之事,不能不与汝等商酌妥协,庶免临时仓促,不能妥善,汝等以为何如?"百官大小听了这番话,觉得是出其不意,不免面面相觑,无能作答。倒是火正吴回先说道:"帝春秋虽高,但是精力很好,而且这几年来研求道学,功效不浅,面上的色泽,竟和三四十岁的壮年一样,将来享国长久,正未有艾,何必预先计算到后事呢?"帝喾道:"这个不然,凡事豫则立,不豫则废,古圣人的话是一点不错的。现在朕并非说即刻就不能生存,不过为预备起见,不能不有一种商量。朕所最难解决的,就是继嗣问题。朕诸子之中,论人才,当然是尧与挚;论其母的资格,当然是弃;而论年纪的长幼,当然是挚;而且挚又是先母后所钟爱的。但他的才德,却及不来他的兄弟,朕因此甚为踌躇,所以欲与汝等一商。汝等以为朕之诸子中,究竟谁可继嗣?"木正重道:"立储大事,最好简在帝心。臣等愚昧,实在不能赞一词。"水正熙道:"木正之言甚是,古人说得好:'知子莫若父。'无论臣等知人之明,万万不能及帝,就是以亲疏而言,观察所及,亦决不能如帝的详细,请帝自定吧。"帝喾道:"朕因为踌躇不决,所以和汝等商量。现在汝等之意,既然如此,那么朕想谋之于鬼神,用龟来卜它一下,汝等以为何如?"诸臣齐声道:"这是极应该的。"当下决定了方法,帝喾便去斋戒沐浴,择日告庙,以便占卜。

第二十四回

占卜之方法　帝訾立挚为嗣子
封禅泰山　留厌越于紫蒙之野

大凡古人占卜,所用的是龟。用龟之法有两种,一种是用活的,一种是用龟壳。用活龟来卜,须用神龟,寻常的龟是用不着的。龟有十种:一曰神龟,二曰灵龟,三曰摄龟,四曰宝龟,五曰文龟,六曰筮龟,七曰山龟,八曰泽龟,九曰水龟,十曰火龟。十种之中,灵龟、宝龟、文龟已难得,神龟更为难得。神龟的年岁,总在八百岁以上,到了八百岁之后,它的身躯能够缩小,不过和铜钱一样大,夏天常在荷花上游游,冬天藏在藕节之中。有人走过去,它受惊了,就随波荡漾,却仍旧不离开荷花的当中。人细细地看起来,只见有黑气如烟煤一般的在荷心中,甚为分明,这个就叫作息气。人如若要捉它,看见了黑气之后,切不可惊动它,只要秘密地含了水或油膏等,噀过去,那么这个神龟就不能再隐遁了。占卜的时候,是看它的颜色及动作来推测。假使问一个人的生死,如果能生的,这神龟的甲文便现出桃花之色,其红可爱;假使不能生了,那么它的甲文便变为黯淡之色,其污可恶。假使问一项事情之善恶,倘使是善的,那个神龟便蹒跚跳跃起来,制都制它不住;如若是恶的呢,那么它的颜色固然不变,而且伏息竟日,一动也不动。这个就是用活龟来占卜的方法。但是神龟要得到,谈何容易,所以古人的占卜,总是用龟壳。用龟壳之法,是用它腹下之壳,先用墨在壳上随意画两画,以求吉兆;再用刀刻一个记号,表示火所应该烧的地方;再用荆木扎成一个火把,用太阳里取来的明火烧起来,叫作楚焞。楚焞一时不容易烧旺,先用一种烧木存性的燋点起来,再烧在楚焞上,楚焞烧旺之后,就灼在龟壳上,看它豁裂的纹路如何,以定吉凶。这个纹路叫作"兆",有玉兆、瓦兆、原兆三种。玉兆纹路最细,瓦兆纹路较大,原兆更大。倘使是依墨所画的地方豁裂甚大,叫作兆广;裂在旁边,纷歧细出的,叫作璺坼。它的变化,粗分起来,有一百二十个;细分起来,有一千二百个;每个各有一个颂词,以断吉凶,总共有一千二百个颂。《左传》上面所说的繇辞,就是颂词的别名。假使灼龟的时候,烧得过度,龟甲都焦了,那么兆既不成,卜亦无效,所问的事情,当然是不可以做的。所以古人对于龟卜这件事,看得非常郑重,有卜人之官,以专管这件事情,没有学识经验的人,是不能占卜的。就是对于龟壳,亦有一个龟人之官,以掌管之。取龟壳用春天,攻龟壳用秋天。又有藏龟之室,分作天地东西南北六部。天龟曰灵属,其身俯,其色玄。地龟曰绎属,其身仰,其色黄。东龟曰果属,甲向前长而前弇,其色青。西龟曰雷属,其头向左,其色白。南龟曰猎属,甲向后长而后弇,其色赤。北龟曰若属,其头向右,其色黑。这六种龟,用六间房屋分别藏起来。如卜祭天用灵属,卜祭地用绎属,春用果属,夏用猎属,秋用雷属,冬用若属,一丝不能乱,乱了就不灵验。古人对于这件事既然如此之考究,所以卜占起来,亦非常灵验,古书所载,斑斑可考。大凡无论什么事件,只要专心致志,细密错综地研究起来,必定有一番道理,必定另外有一个境界。古人尽有聪明圣哲的人,并不都是愚夫,不能说他都是迷信野蛮呀。自从那一千二百个颂词亡失之后,灼龟壳之法和辨纹路断吉凶之法又都失了传授,这个龟卜法就无人再能知之,这是甚可惜的,闲话不提。

且说帝喾当时斋戒了三日，就召集百官，到太庙会齐。先在庙门外西南面，向西设一张茵席，预备作占卜之所；又在庙门外西首墊上，陈列那所用的龟壳，及楚焞明火之燋等等；然后帝喾走进庙内，三拜稽首，虔诚祝告。原来这一次卜法，不指定一个人，挚、弃、离、尧四个人个个都问到，看他们哪一个有做君主的福分，所以帝喾所祝告的也就是这点。祝告完毕，走出庙门，早有太卜将那陈列的四个龟壳及楚焞等一齐恭恭敬敬捧过来。帝喾亲自在四个龟壳上都画了墨，又用刀刻了记号，一面就和立在旁边的史官说道："朕今日枚卜，其次序是依照四人年龄的长幼为先后，所以第一个卜的是挚，第二个是弃，第三个是离，第四个是尧，汝可按次记之。"史官连连答应。那时卜人已用燋木从太阳里取到明火，将楚焞烧着，递与帝喾。帝喾接了，便将那龟壳烧起来，须臾壳坼兆成。太卜拿来细细一看，就将那繇辞背了出来，说道："这是大吉之兆，将来必定有天下的，恭喜恭喜！"接连第二个卜起来，也是如此，第三第四个，也是如此。可惜上古的书籍早已散失无存，那四个繇辞不曾流传下来。如果能和《左传》上所载一样，流传下来，那么它的语气必定是个个切合而极有趣的。现在作书的人不能替它乱造，只好装一个闷葫芦了，闲话不提。且说四个占卜毕事之后，所有百官个个都向帝喾称贺，说道："四子皆有天下，这是从古所无的盛事。不是帝的仁德超迈千古，哪能如此呢！"帝喾谦让几句，就说道："朕本意想挑选一个人而立之，现在既然四个人皆有天下，那么不妨以齿为序，先立了挚，然后再兄终弟及，亦是一个方法，汝等以为何如？"百官都说道："极是极是。"于是一桩大事，总算了结。

哪知这事发表之后，弃、离、尧三个听了有天下的话，都毫不在意，就是姜嫄、简狄、庆都亦若无其事，独有常仪非常担忧，心想挚的这种行为,哪里可以做君主呢!但是事已如此,忧亦无益,正想等挚进来,再切实告诫他一番,使他知道做君主的繁难和危险,或者有所警戒,可以觉悟。哪知左等也不来,右等也不来,不免焦躁异常。原来挚这个人,虽则沾染了骄奢淫逸的恶习,但他的本性却是非常忠厚,所以他对于常仪,虽则不能遵从她的教训,而事母的礼节尚并无一失。常仪现在有病,他总是常来问候。此次占卜结果,他第一个轮到做天子,这个消息传布之后,直把他喜得来乐不可支。他手下的那一批小人匪类,又更加拼命地恭维他、奉承他,忽而这个设席庆贺,忽而那个又设乐道喜,把个挚弄得来昏天黑地,遂把一个有病在床上的母亲抛在九霄云外了。常仪等到黄昏以后,还不见挚进来,直气得一夜不曾合眼。到了次日午刻,挚居然走进来了,常仪就痛痛地责备了他一番,又苦苦切切将各种道理同他譬解。挚听了之后,心里未始不有所感动,不过天理敌不住人欲,当面应承得甚好,一出门之后,被那批小人匪类包围哄诱,母亲的慈训又不知抛向何处去了。常仪看到这般情形,料想他终于不可救药,也就不再开口,但是那病势却是日重一日,不到多日,也就离尘世而去。那时帝喾正在与群臣研究封禅的礼节,要想出外巡狩,这么一来,不免耽搁住了。

　　直到次年二月,常仪丧葬之礼办毕,于是再定日期,东行封禅。在那出门的前两日,帝喾特地叫了挚来,和他说道:"现在朕已决定,立汝为继嗣的储君。朕百年之后,汝就是四方之君主。但是汝要知道,君主是极不容易做的。百姓和水一般;君主和舟一般,水可以载舟,亦可以覆舟;民可以戴君,亦可以逐君。汝想想看,区区一个人,立在无数臣工、亿兆黎民之上,锦衣玉食,赫赫威权,试问汝何德何功,而能够到这个地位?这岂不是最可怕的么!所以朕临御天下七十年,兢兢业业,不敢一日自暇自逸,孜孜地勤求治理,就是这个缘故。汝靠了朕的一点余荫,一无功德,并无才能,居然亦可以做到君主,譬如那基础不坚固的房屋,已经是极可危险了,哪可以再做出一种无道之事来摇撼它呢!汝的母亲,是个贤母,时常教导汝,汝丝毫不听。现在汝母死了,虽则不是完全给汝气死的,但是为汝忧郁愁闷,多半亦有一部分在内。照这样看起来,汝的罪恶,实已不小,将来能否有好结果,殊难预言。历年以来,朕因为理政和访道的缘故,无暇来教导汝,现在朕又要出去了,汝在都中,务宜好好地改过自新。最要紧的,是亲近贤人,疏远小人,万万再不可和从前一样的骄奢淫逸。朕现在临别赠言,所教导汝的就是这两句话,汝如若不听,那么汝将来虽则做了君主,恐怕亦做不到十年吧。"帝喾说完,挚一一答应,又站了一会,帝喾命其退出去,自己却慢慢地踱到内室来。那时,姜嫄、简狄、庆都、羲和以及一班帝子等因为帝喾将有远行,所以都来团聚在一处。帝喾将出行的宗旨和大家说了,瞥眼见羲和生的儿子,伯奋、仲戡、叔献、季仲、伯虎、仲熊、叔豹、季狸、续牙、厌越十个,都已渐大了,站在一边,一个低似一个,仿佛和梯子档一般,甚为有趣。而且看他们的品貌,山林钟鼎,都是人才,心中不觉暗喜,便向羲和说道:"汝自到此间,将近二十年了,尚未归过母家。朕此次东巡,离汝国很近,朕想带汝同去,汝借此可到母家一转,汝愿意么?"羲和听了,真是喜出望外,连忙答应道:"这是圣帝的恩德,贱妾的大幸,岂有不愿之理。"帝喾道:"厌越年纪虽小,朕看他胆量甚大,不妨同了去。"厌越听了,更自不胜之喜。母子两个,谢了帝喾,急急去预备行李。其余诸兄弟,虽则不胜离别之情,然而帝喾不说同去,他们亦无可如何。

到了动身的那一天,大家都来送行。帝喾带了羲和、厌越、木正重,以及手下的属官等,还有许多卫士,一路向东而去。原来那木正是个掌礼之官,封禅大典是他的专职,所以不可少的。一路无话,到了曲阜,帝喾去祭过少昊氏的庙,就来到泰山之下。那时东方的诸侯,约有七十几国,听见了这个消息,都来朝觐,赞襄大礼,把一座泰山拥挤得热闹非常。这时木正等官早把封禅应该用的一切物件都预备好了。帝喾斋戒沐浴起来,到了吉日,就迤逦上山,诸侯官属都随从着。来到山顶最高的峰头,众多诸侯各司其事,分行地排列着,帝喾站在当中,木正就将那预备好的金简玉字之书送过来递与帝喾,由帝喾亲自安放在那预先掘好的坎里,然后从官卫士等畚箕锹锄,一齐动手,顷刻间将那个坎填平,又堆成一个大阜。堆好之后,帝喾就向着那大阜三拜稽首,行了一个大礼。这时候,百姓四面来观看的填山溢谷,正不知有几千几万人。因为这个典礼本来是不常见的,而且帝喾又是一个盛德之君,所以有这般踊跃。等到礼毕之后,大家一起呼起"万岁"来,真是震动山谷。那幽居在山洞或深林里的禽兽,听了之后,都为之惊骇,飞的飞,奔的奔,真可谓极一时之盛。礼毕之后,帝喾就率领众人向泰山北面而来,只听得远远有一种动物鸣叫之声,非常奇怪。厌越究竟年纪小,不免东张西望,只见前面树林中,仿佛有和豚豕一般的东西直窜过去,嘴里还在那里"同、同"地叫。厌越诧异,就问从官,这是什么野兽。从官道:"这个名叫狪狪,其状如豚而有珠,它叫起来的声音,就是它的名字,这座山里很多,不稀罕的。"不一会,到了一座小山,名叫云云,大家就歇下了。只见那里已收拾出一片广场,广场上面,堆积无数的柴,足有两丈多高,柴上还有许多三脊的菁茅及各种香草之类,都是预先布置好的。帝喾等到了,少歇片时,那从官就取出一块水晶和燋木等,从太阳中取得明火,登时就把柴烧起来,顷刻间烈焰飞腾,上冲霄汉。帝喾就走到下面,朝着泰山正峰,举行三拜稽首之礼。木正重又奉着一篇昭告成功的文章,跪在旁边高声宣读。那时候祥云霭霭,景风徐徐,气象非常之美盛。宣读既毕,一场封禅大典于是乎告成。回到行馆,帝喾大享诸侯,又慰劳勉励了他们一番。数日之后,诸侯纷纷归去,木正等亦回亳都去了。

帝喾带了羲和、厌越,就向东海边而来。到了海滨,帝喾向羲和道:"汝一人归去吧,朕还想向东北一游,往还约有好多月,那时朕再遣人来接汝就是了。厌越不必同去,跟了朕走走,亦可以多一点阅历,增长见识。"羲和听了,唯唯答应。当下帝喾就叫许多宫人及卫士送羲和渡海,归国而去。这里帝喾带了厌越,径向东北沿海而走。一日,到了一个行馆歇下,那行馆在小山之上,面临大海,一片苍茫,极目千里。帝喾与厌越凭阑观望了良久,厌越爽心豁目,觉得有趣之极,隔了一会,独自一个又跑出来观望。只见前时所见的大海之中,忽然有一座大殿涌现出来,又有三座方楼端拱在殿的左面,又有三株团松植立在殿的右面。忽然间,又见无数车马、人民,纷纷来往,仿佛如做戏剧一般。厌越诧异非凡,不禁狂叫起来。帝喾听了,急忙来看,就说道:"这个称作海市,虽则难得看见,却是不稀奇的。"厌越道:"怎样叫作海市?"帝喾道:"这有两说:一说,海中有一动物,名叫蜃,是蛟龙之类。它有时张口向上吐出气来,浮到天空,就能幻成楼台、人物、草木、禽兽等等形状,所以叫作海市,亦叫作蜃楼,但是恐怕靠不住。因为这种现象,不但海面可以看到,就是山谷之中、沙漠之中,亦都可以看到。在山谷中的叫作山市,在沙漠中的叫作漠市。假使果然是蜃气所幻成,那么山谷沙漠之中哪会得有蜃呢?况且,蜃不过是一种动物,它的气吐出来,就能幻成种种景气,于理亦通不过。还有一说,是空气疏密的缘故。因为空气本来是无色透明的东西,它在空中有疏有密,疏的地方,能够吸收远方的景物,如同镜子照物一般。春夏之交,天时忽冷忽热,空气变幻得厉害,它的疏密亦变幻得厉害,所以海市、漠市的出现总以春夏两季为多,这一说大约是可信的。现在看见的楼台人物,必定确有这个地方,不过这个地方究竟在何处,忽然被它照来,那就不可知了。"正说到此,忽然微风一阵,只见那楼台人物渐渐地消归乌有,又隐隐地露出无数远山来;又稍停一会,远山亦渐渐不见,依旧是一片苍茫的大海。厌越连声叫道:"有趣有趣!这里好!这里好!这里好!"帝喾笑道:"汝说这里好么?那好的地方多着呢。"

到了次日,又动身前行,帝喾向厌越说道:"前面就是乾山了,那山上无草木无水,所以叫作乾山,但是却生一种三只脚的兽,名字叫'獂',很是奇怪的。"厌越道:"三只脚的兽能够走么?"帝喾笑道:"汝真是孩子气,不能走,怎样能活呢?大概世界上的动物,万有不齐,如蜈蚣之类,脚很多,但它走起来并不觉得累赘;至于夔,只有一只脚,亦能够跉踔而行,并不觉得吃力;可见天下事只要习惯就是了;一只脚尚且能走,何况三只呢!况且三只脚的动物亦并不止这个獂,太阳中之三足乌,那是我们所不能看见的,不去说它;至于水中的鳖类有一种叫'能',岂不亦只有三只脚么。"厌越道:"夔是怎样的东西?出在何处?可以使儿见见么?"帝喾道:"夔是木石之精,形状如龙而有角,它的鳞甲有光,如日月一般。倘使出来,这个地方就要大旱,所以不能常见,亦不可以常见的。"厌越道:"世界上怪物有如此之多么?"帝喾道:"世界上怪物正多着呢,即如前面乾山过去,有一座伦山,山上出一种兽;名叫'羆',它的粪门生在尾上,岂非亦是一个奇兽么!"正说着,已到乾山,厌越细细留心,果然看见一种三只脚的兽,其状如牛,不过走起路来有点不便,没有那四只脚的敏捷就是了。过了两日,到了伦山,又看见那种羆兽,其状如麋鹿,但是粪门生在尾上却远望不清。厌越一心想实验研究,叫从人设法去捉,哪知此兽善跑,一转瞬间不知去向,只得作罢。一日走到碣石山(现在渤海口的庙群岛),那山之高不过数十丈,自南而北,连绵不断,有十七八个峰头。山之西面,极目平原,地势卑湿,湖泊极多(就是现在的渤海)。山之东面,隔不久远,就是大海。这个碣石山,仿佛如海陆中间的门槛。帝喾看了一会,默默如有所思,但不知道他思的是什么。

又走了几日,到得一处,高山耸天,气象雄伟,而里面却有极大的平原,草木茂盛,禽兽充斥。厌越看了,又狂叫道:"好一个所在!"就问帝喾:"此地叫什么名字?"帝喾道:"此地叫紫蒙之野(现在辽宁西南部),南面山外就是大海,东北过去就连着不咸山(就是长白山),山北就是息慎国了。汝看此地好么?"厌越道:"甚好甚好!"帝喾道:"汝既然说好,就住在此地吧,不要回去了。"厌越听了这句话,还道是帝喾之戏言,含笑不语。帝喾道:"朕并非戏言,为汝将来计算,以留在此地为是。因为中原地方,虽则是个腹心,但是人才太多,不容易露出头角。即如汝兄弟多人,亦未必个个都能够发展,还不如在此地住住,将来或者可以自成一系,所谓人弃我取,汝以为何如?"厌越想了一想,说道:"父亲的话是不错的,不过儿年纪还小,恐怕不能够自立,那么怎样呢?"帝喾道:"这却不妨事,朕现在留多少卫士保护汝,将来再遣多少人来辅佐汝就是了。汝母亲之国,离此不远,汝去迎接她到此地来同住,亦未始不可。"厌越听了,满心欢喜,就留住在这里。后来他的子孙滋生日多,号曰东胡;到得秦汉之时,已渐渐出来与中原交通;到得晋朝,有一派叫作慕容氏,割据黄河流域,为五胡之一,有前燕、后燕、西燕等国,声势极大;又有一支分入青海地方,号称吐谷浑,到现在还有他的遗裔存在,亦可见这厌越与中国历史的关系了。这是后话,不提。

第二十五回

帝喾尸解　帝挚即位
三凶绰号之由来　众老臣谋去三凶
三凶蛊惑帝挚　三苗绰号之由来

　　且说帝喾游于海滨,将少子厌越留住紫蒙之野之后,又代他布置一切,然后转身归来,心想,一切俗缘都已办理了结,可以谢绝人世了。于是,过了几日,就渐渐生起病来,到了东海滨,饬人渡海去通知羲和,说身体有病,急需回亳都,叫羲和不必前来伺候,最好就到紫蒙之野去扶助厌越,以后有便,再回来吧。使者渡海东去。帝喾带了从官,急急趱行,哪知到了曲阜,竟是病莫能兴,只得暂且住下。从官等非常着急,星夜遣人到亳都去通报。当时姜嫄、简狄、庆都等听了,都吃惊不小,急忙带了挚、弃、离、尧等一班儿女,随着木正、水正两大臣往曲阜而来。到了之后,帝喾病势已是非常沉重,语言蹇涩。姜嫄等请示遗嘱,只说得一句"朕死之后葬在顿邱"而已。又过了一日,驾就崩了,在位七十年,享寿一百岁。那时后妃帝子及臣下等,哀痛悲悼,自不消说。一切丧仪是木正的专职,统统归他按照典制去办理。一面讣告诸侯,一面公推火正祝融暂时摄政,因为这个时候挚在丧服之中,例须"亮阴"三年,不亲政事,所以不能就在枢前即位。过了七个月,群臣恭奉梓宫,葬于顿邱台城阴野之狄山(一名秋山,亦名渤海山,在今河南濮阳市与河南浚县之间)。照地理上考起来,帝喾的坟共有三个,一个在此地,一个在河北高阳县,一个在陕西合阳县。三个之中,以在此地的为真,其余两个都是假的。大概古圣王功德隆盛,死了之后,百姓感激思慕,大家商量另外假造一个坟墓以做纪念,这是常有之事,所以伏羲氏、黄帝轩辕氏的坟都有好几个,就是这个缘故,闲话不提。且说帝喾当时是怎样的葬法呢,原来古时帝王葬法,与常人不同,他的坟墓叫作陵,是高大如丘陵的意思。陵的里面,有房,有户,有寝室,有食堂,仿佛与生人的家庭无异。这种制度并非一定是迷信有鬼,亦并非表示奢侈,大约还是事死如事生的意思。坟内种种布置好之后,另外开一个隧道,通到外面,那口棺材,就从这隧道之中抬进去。棺材并不是埋在地下,亦不是摆在地上,却是六面凌空的;或者上面造一个铁架,用铁索将棺材挂在中间;或是铸四个铁人,跪在地上,用四只手将棺材擎住,方法甚多。帝喾虽是个崇尚节俭的君主,但是礼制所在,亦不能不照样的做,不过稍为减省一点罢了,但是终究费了好几个月的工程,方才办妥。在这几个月当中,群臣送葬监工,闲着无事,不免纷纷议论,大家对于帝喾的死都有点怀疑。因为帝喾近年求仙访道,非常诚切,看他的精神态度,又确系返老还童,何以忽然得病,终究不免于一死?有的说,神仙之道,究竟虚无缥缈,靠不住的;有的说,帝喾功候未到,大限已到,所以无可逃的;有的说,成仙必定要有仙骨,有仙缘,大概这两种帝喾都没有的缘故;有的说,帝喾既然有志求仙,应该抛弃一切,摄心习静,练养功夫,方才可以得到效果,不应东巡西狩,劳精疲神,以促年龄的;一时众论纷纭,莫衷一是。后来直到夏朝中衰的时候,有一班强盗发掘帝喾的坟,但见里面空空洞洞,一无所有,就是棺材里面亦没有尸骸的痕迹,只有一把宝剑在北面寝宫之上,看见有人进去,它就发出声音来,仿佛龙吟一般。一班强盗吓得魂不附体,不敢上前,后来又邀了许多人再走进去,那一把宝剑已不知所往了。这才知道帝喾的死,并非真死,是个尸解,就是宁封子教他的脱胎换骨方法,于是这重疑案方才明白,这是后话,不提。

且说帝喾安葬之后,大众回到亳都,那时距离帝喾的死期差不多要两年了。又过了几月,挚服满之后,就出来行即位之礼,亲揽大政,于是从前单名一个挚字的,以后便改称帝挚了。帝挚这个人,从前说过,是个忠厚无用的。假使有好好的人才去辅佐他,未始不可以做一个无毁无誉的君主,可是他从小就结交了几个不良之人,一个名叫驩兜,是黄帝儿子的帝鸿氏的子孙。这个人,秉性凶恶,专喜做一种盗贼残忍的事情,又最喜和那种凶恶的人相结交,后世史家有五句话批评他,叫作:

掩义隐贼,好行凶德,丑类恶物,顽嚚不友,是与比周。

照这五句看起来,这个人的不良已可概见,所以当时的人给他取一个绰号,叫浑敦。浑敦亦叫浑沌,有两个意思:一个是中央之神,无知无识,无有七窍,是个不开通的意思;一个是恶兽的名字,这恶兽生在昆仑之西,一名无耳,又名无心,其状如犬,长毛而四足,似黑而无爪,有目而不见,有耳而不闻,有腹而无五脏,有肠直而不旋,食物经过,空居无常,咋尾回转,向天而笑,遇有德行之人,往往抵触之,遇有凶恶之人,则往往凭依之,如此一种恶兽。给他取这个绰号,就比他是浑敦了。这个人,帝挚却和他最要好。还有一个,名叫孔壬,是少昊氏的子孙。这个人比驩兜尤其不良,表面巧言令色,非常恭顺,极像个善人,但是他心里却非常刻毒。后世史家有五句话语批评他,叫作:

毁信废忠,崇饰恶言,靖谮庸回,服谗蒐慝,以诬盛德。

照这五句话看起来,驩兜的不良不过坏在自己,他的不良却害及善人,岂不是比驩兜还要不良么!所以当时的人亦给他取一个绰号,叫作穷奇。穷奇也是个恶兽之名,出在北方一个蜪犬国之北,其状如虎而有翼,能飞,浑身猬毛毿毿,足乘两龙,音如嗥狗,最喜吃人,能知道人的言语。看见人在那里争斗,便飞过去吃那个理直的人;听见有秉忠守信的人,它就飞过去咬他的鼻子;看见一个凶恶的人,或者做一件恶逆不善之事,它就咬死了野兽去馈送他,仿佛是敬慕他、奖赏他的意思,你想这种兽凶恶不凶恶!还有一层,猛虎的吃人是从脚上先吃起的,吃到两耳,它知道是人了,它就止住不吃。至于穷奇的吃人,是从头上吃起,更可见它比猛虎还毒。孔壬得到这种绰号,他的为人可以想见。还有一个,名字叫鲧,是颛顼帝的儿子,和帝挚正是从堂叔侄。他的做人,并没有怎样的不好,不过自以为是,刚愎得很。后世史家亦有六句话语批评他,叫作:

  不可教训,不知话言,告之则顽,舍之则嚚,傲很明德,以乱天常。

照这六句话看起来,虽则没有驩兜、孔壬那种凶恶,但是这种态度、脾气,人遇到他总是惧怕厌恶的。所以当时的人也给他取一个绰号,叫作梼杌。梼杌也是一个兽名,不过可以两用,有的说它是瑞兽,商之兴也,梼杌次子丕山,是当它作兴王之瑞,如麒麟、驺虞一类的看待。但是给鲧取作绰号的,却指的是恶兽。何以见得呢?因为梼杌这个兽,生得非常凶恶,形如猛虎,浑身犬毛,长有二尺,而且人面、虎足、猪牙,尾长一丈八尺,生在西方荒山之中,最喜欢搅乱一切,所以它的别名又叫作傲很,又叫作难驯,岂非亦是一个恶兽!鲧的性情,有点和它相像,所以人给他取这个绰号,一定是恶兽的意思了。闲话不提。

且说帝挚自幼即和这三个不良的人做朋友,当然被他们引坏。

自从做了君主之后,那三人更是得意,益发教导帝挚做不道德之事,不是饮酒,就是作乐,或是和骧兜等出去打猎,对于政事非常懈怠。那时木正重、火正吴回和司衡羿等一班老臣宿将看了之后,着实看不过,商量着大家齐来规谏。帝挚想起他母亲常仪的教训,又想起帝喾临行时教训的一番话,又想起常仪病死的情形,心中未始不动,颇想改过振作,但是隔不多时,受了孔壬等的诱惑,故态又复萌了。诸大臣忧虑之至,对于孔壬等无不愤恨,称他们为"三凶",老将羿尤为切齿。过了几月,金正该以老病逝世,大家商议继任之人。帝挚道:"朕意中却有三个人,一个是骧兜,一个是孔壬,一个是鲧,这三个都是帝室懿亲,而且才德兼备,朕想在这三个人之中选一个继金正之职,汝诸臣以为何如?"火正吴回首先站起来说道:"这三个人虽则是懿亲,但是平日性行不良,大不理于众口。金正一职,系股肱之臣,非常重要,如果叫他们来继任,势必大失天下之望,臣谨以为绝对不可。"帝挚听了,非常诧异,急忙问道:"这三个人向与朕要好,他们的德行,朕所素知。汝说他们性行不良,又说他们大不理于众口,不知何所见而云然?朕实不解。"火正道:"这三个人是有名的不良,骧兜的绰号叫浑敦,孔壬的绰号叫穷奇,鲧的绰号叫梼杌,人人皆知,帝可以打听。假使他们果然是有德行的,那么天下之人应该歌颂赞美,何以反把他们比成恶兽呢?帝只要从此一想,就可以知道了。"水正熙接着说道:"人君治理天下,以精勤为先。臣等前日,拿了这个道理向帝陈说,蒙帝采纳,十余日中早朝晏罢,不惮辛劳,可见帝德渊冲,虚怀纳谏,臣等无任钦佩。哪知后来骤然疏懈了,臣等悬揣,必有小人在那里蛊惑君心,仔细探听,知道这三个人常在那里出入宫禁,料必是他们在帝面前蛊惑了。蛊惑君心之人,岂是贤人?所以照臣熙的意思,这三个人不但不可以使他继任金正之职,还要请帝疏而远之,或竟诛而窜之,方不至于为帝德之累。臣言戆直,但发于忠诚,还请帝三思之。"帝挚未及开言,土正又接着说道:"古人有言:'亲贤人,远小人,国家所以兴隆也;亲小人,远贤人,国家所以倾颓也。'先帝当日与臣等讲求治道,常常提到这两句话,又谈到共工氏误在浮游手里,未尝不为之叹息。可见亲贤远佞,是人君治乱的紧要关头,最宜注意。不过奸佞小人,他们的那副相貌,他们的那种谈论,看了之后,听了之后,往往非常使人可爱可信,一定不会疑心他们是奸佞小人的。古人有言:'大奸似忠,大诈似信。'这种地方,还请帝细细留意,不可受他们的愚弄。臣等与这三人并无仇隙,因为为帝计算,为天下百姓计算,这三个人断断乎用不得的。"帝挚本来是一团高兴,受了三凶之托,一心一意要想给他们安插一个位置,不料被诸大臣这么一说,而且越逼越紧,不但不可用,并且要加以诛窜,当下不禁呆住了。沉吟了一会,才说道:"那么,金正之职何人可以继任呢?"司衡羿在旁即说道:"以老臣愚见,无过于尧,他不但是帝的胞弟,而且是大家佩服的,帝以为何如?"帝挚道:"好是好的,不过年龄太小呢,恐怕不胜任。"羿道:"老臣看起来,决不会不胜任。从前先帝佐颛顼,颛顼佐少昊,都只有十几岁,这是有成例可援的。"帝挚道:"虽然如此,朕终不放心,且再说吧。"水正、土正同声说道:"司衡羿之言甚是,帝何以还不放心?"帝挚道:"朕总嫌他年纪太轻,既然汝等如此说,朕且先封他一个国君,试试看吧。当初颛顼任用先帝,朕记得亦是如此的。"火正道:"既然如此,请帝定一个封地。"帝挚道:"朕前年奉先帝梓宫安葬,曾走过陶邑(现在山东菏泽市定陶区),那地方甚好,又近着先帝陵寝,离亳都亦不甚远,封他在此地,汝等以为何如?"诸大臣都稽首道:"帝言甚善。"于是就决定封尧于陶,择日再行册命之礼。这里君臣又辩论了许久,三凶虽则得不到金正之职,但是继任之人亦始终想不出,只得命水正脩暂代。

帝挚退朝之后,急忙叫人去召了三凶进来,向他们说道:"前日汝等想继金正之职,要求朕提出朝议,如今提出过了,不想诸大臣一齐不答应,倒反说了汝等一大批坏话,可是汝等平日亦太不检点,以至声名狼藉,弄到如此,这是汝等自己之过,怨不得朕不能作主。"说罢,就将刚才那些话述了一遍,并说:"以后朕亦不好常常来召汝等,免致再受诸大臣之责备,汝等亦宜自己设法,挽回这个狼藉之声名才是。"那三凶听了这番话,直气得胸膛几乎胀破,但亦无可如何,只能愤愤而已。过了一会,三人退出,一路商量,绝无善策。后来,骥兜说道:"我家里有个臣子,名叫狐功,颇有谋略,某平日有疑难之事都请教于他。现在二位何妨到我家去,叫他来同商量商量呢。"孔壬、鲧都说道好,于是同到骥兜家中,骥兜就命人将狐功叫来。孔壬、鲧二人一看,只见那狐功生得短小精悍,脑球向前突出,两睛流转不定,很像个足智多谋的样子。骥兜介绍过了,就叫他坐在下面,仔细将一切情形告诉他,并且说:"我们现在金正做不成,不要紧,为帝所疏远,亦不要紧,只是给这班老不死的人这样嘲骂轻侮,实在可恶之极。我们要想报仇出气,无奈他们都是三朝元老,资深望重,连帝都奈何他们不得,何况我们。所以我特地叫了汝来,和汝商量,汝有妙法能够使我们出这口气么?"孔壬接着说道:"如果足下果有妙法,使我们能够出气,不但汝主必定重用足下,即吾辈亦必定重重酬谢,请足下细细想一想。"话未说完,只见那狐功的眉心早已皱了几皱,即说道:"承主人下问,小人无不尽心竭力。不过小人想这件事,还得在帝身上着想,如果帝心能够不倾向他们,不相信他们,那么这事就有办法了。"孔壬道:"我亦正如此想,可谓英雄所见略同,不过怎样能够做到这个地步,总想不出一个方法,还要请教。"狐功问道:"帝有什么嗜好没有?"骧兜道:"帝的嗜好多呢,好酒、好音乐、好田猎,项项都好。"狐功道:"女色呢?"骧兜道:"这却不清楚。"狐功道:"小人想来,一定是好的。既然好酒、好音乐、好田猎,那么帝的心性必定是聪明流动的一路人,既然是聪明流动的一路人,一定多情,一定好色。现在最好多选几个美女,送至帝处,使他迷恋起来,那么和那些大臣自然而然地就疏远了。疏远之后,主公还有什么事办不到呢?这个叫美人计,主公以为何如?"骧兜拍手大笑道:"甚好甚好!汝诚不愧为智多星。"鲧道:"我看此计太毒,似乎不可行。"狐功诧异道:"为什么?"鲧道:"我们和诸大臣有仇,和帝没有仇,和国家百姓也没有仇,如果这策行了之后,诸大臣固然疏远了,然而帝亦为色所迷,不能处理政治,岂非对于帝身、对于国家百姓都有害么?"孔壬听了,连忙摇头说道:"这话太迂腐了,我们现在头痛救头,脚痛救脚,且出了这口气再说。将来如果帝身为色所迷,我们再想补救之法不迟,现在哪里顾得这许多。"骧兜、狐功一齐称善,鲧也不作声了。孔壬便说道:"此法妥妙之至,不过这些美女要送进去的时候,还得和她们约定,对于她们的家属,结之以恩,许之以利,那么她们在宫中可以暗中帮助我们。有些话我们不能或不便和帝说的,只要她们去和帝说,岂不是格外简便而有效力么!"骧兜、狐功又齐叫道:"好极好极!这么一来,不但我们的这口气可以出,而且以后的希望甚大呢。"大家正在说得高兴,只见外面跟跟跄跄地走进一个少年来,身材高大,牙齿上下相冒,面带醉容,手中还拿着些珠玉等类,嘴里糊糊涂涂地说他的醉话。孔壬、鲧看了,都不认得,只见骧兜向那少年喝道:"日日要吃得这个模样,两位尊长在此,还不过来行礼!"那少年似听见不听见的样子,还要向里边走去,倒是狐功赶过去,一把拖了过来,勉强和孔壬、鲧行了一个礼,也不说一句话,一转眼,又连跌带滚地跑进去了。鲧便问骧兜道:

"这位就是令郎苗民么?"骦兜道:"是的,这个孩子,论到他的才干见识,还不算坏,就是太贪嘴,欢喜多吃,刚才那种模样,真是见笑于两位尊长了。"孔壬道:"听说令郎一向在南边,未知几时回来的?"骦兜道:"回来得不多时,两位尊长处还没有叫他来拜谒,实在失礼。"孔壬道:"令郎在南边做什么?"骦兜道:"这个孩子自小善于理财,最喜积聚财宝,听见说南方多犀象、玳瑁、珠玉等种种宝物,所以一定要到南方去游历。一去之后,将近十年,给他弄到的宝物却不少,这个亦可以算他的成绩了。"鲧道:"这样年纪,就有这样本领,实在佩服得很。老兄有此佳儿,可贺可贺!弟结缡多载,姒续犹虚,真是羡慕极了。"四人又谈了一会,推定狐功、孔壬两个去搜罗美女,方才散去。

且说这个苗民,究竟是何等样人呢?原来他一名叫作三苗,为人非常贪婪,又非常凶狠,后世史家亦有几句话批评,叫作:

贪于饮食,冒于货贿,侵欲崇侈,不可盈厌,聚敛积实,不知纪极,不分孤寡,不恤穷匮。

照这八句话看起来,他的为人亦可想而知了。所以当时的人亦给他取一个绰号,叫作饕餮。饕餮亦是一个恶兽之名,但是有两种。一种出在钩玉之山,羊身而人面,其目在腋下,虎齿而人牙,音如婴儿,食人如食物。一种出在西南荒中,垂其腹,蠃其面,坐起来很像个人,但是下面很大,仿佛如承着一个盘子似的,有翼而不能飞。古时候鼎彝敦盘各种器具上,往往刻着它的形像,但是都有首而无身,表明它的吃人不及下咽,已经害及其身,拿来做个警诫的意思,可见得亦是个恶兽了。骦兜家里,四个凶人倒占据了两个,还有佞臣狐功为之辅佐,古人所谓方以类聚,真是一点不错的。闲话不提。

第二十六回

帝尧出封于陶　众老臣辞职
三凶当朝　孔壬至西方收服相柳

且说三凶定了美人计之后,一面搜寻美女,一面又劝帝挚将众兄弟都迁出宫去,以便腾出房屋,可以广储妃嫔。帝挚是为三凶所蛊惑的人,当然言听计从,于是就下令册封弟尧于陶,即日就国,其余帝子亦均令其出宫居住。诸大臣虽然觉得这个命令来得太突兀,但是从前颇有成例,而且是他的家事,不是国事,因此不好进谏,只能由他去吧。于是,尧奉了庆都先往陶邑而去,随后弃和弟台玺亦奉了姜嫄搬到亳都之外一个村上去住,因为那边有许多田地,是姜嫄平日所经营,并且教弃学习耕稼的,所以搬到那边去。姜嫄和简狄最要好,弃和禼亦最友爱,因见简狄等尚找不到适宜的住处,于是就邀了他们前去,一同住下。阏伯、实沈两弟兄则住到旷林地方去,其余伯奋、仲戡等弟兄则径到羲和国寻母亲去,还有的都散住于各处,一个热热闹闹、向来团聚的家庭,不到几日,风流云散。大家到此,都不免感慨万分,离愁万种。然而聚散亦人生之常,况且这事出于帝命,亦是无可如何的。

过了几日,孔壬、骦兜果然选了四个美女送来。帝挚一看,个个绝色,而且先意承志,极善伺候,百媚千娇,令人荡魄,直把帝挚陷入迷阵中,不但从此君王不早朝,可说从此君王不视朝了。诸大臣日日赴朝待漏,帝挚总推说有病,不能出来,约有半个多月。诸大臣已探听明白,知道中了美人之计,不觉都长叹一声,有的打算竭力再谏。老将羿愤然道:"就使再谏,亦是无益的,病根现在更深了。"火正吴回亦说道:"现在连望见颜色都不能,何从谏起呢。"水正熙道:"我们同进去问疾,如何?"众人都道:"亦好。"于是即刻叫内侍进宫去通报,说诸大臣要来问疾。哪知去了半日,回来说道:"帝此刻尚未起身,候了许久,无从通知,诸位大臣下午来吧。"众人听了,都默无一声。老将羿道:"既然如此,我们就是下午去。"于是大家散归,到了下午,重复聚集,再要进宫求见。此刻帝挚已经起身,知道诸大臣早晨已来过,料必是来进谏的,一则宿酒未醒,精神确有一点不济;二则羞恶之心发生,实在愧见诸大臣之面;三则知道诸大臣这次谏起来,一定是非常痛切,受又不能,不受又不能的。三种缘由,交战于胸中,到后来决定主意,总只有饰非文过的了。于是吩咐内侍,只说病甚沉重,不能起坐谈天,承诸大臣来问,甚为感谢,明后日如能小愈,一定视朝,一切政治届时再议吧。内侍将这番语言传到,诸大臣亦只好怅怅而出。火正向众人道:"寒舍离此不远,请过去坐坐吧。"于是众人齐到火正家中,尚未坐定,老将羿就发话道:"照这样情形看来,还是照老夫的原议,大家走吧。诸位就是不走,老夫亦只好先走了。前日帝妃、帝子纷纷迁出,老夫已大不以为然,何况现在又是这种景象呀!"水正修拖他坐下道:"且坐一坐再说。古来知其不可为而不为的,叫智士;知其不可为而为之的,叫仁人。我以为与其做智士,不如做仁人,还是再谏吧。"老将气愤愤说道:"见面尚且不能,哪里去谏呢?"水正修道:"我们可以用表章。"木正重道:"不错不错,我们前两次的谏,虽说是良药苦口,应该如此,但是有些地方终显激切,不免有束缚驰骤的样子,这个大非所宜。帝今日不肯见我们,或者亦因为这个缘故。我们这次的表章,口气应该婉转些,诸位以为何如?"众人都赞成,于是大家共同斟酌,做了一篇谏章,到次早送了进去。又过了两日,帝挚居然视朝了,但是那神气却是昏昏沉沉的,开口便向诸大臣道:"前日汝等谏章,朕已细细阅览,甚感汝等之忠忱,不过错疑朕了。朕近日虽纳了几个嫔妃,不过为广宗嗣起见,决不致因此而入迷途。前数日不能视朝,确系患病,望汝等勿再生疑。"火正道:"臣等安敢疑帝,只因为帝自纳嫔妃之后,即闻帝躬不豫的消息,而调询内侍,又并无令医生诊视之事,是以遂致生疑,是实臣等之罪也。"说罢稽首。帝挚听了这句话,不觉涨红了脸,勉强说道:"朕自思无甚大病,不过劳伤所致,静养数日,即可痊愈,所以不要服药。再者,近来医生脉理精的很少,万一药不对症,病反因此加重,所以朕决定不延医,亦是不药为中医的意思。"诸大臣听他如此说,知道他全是遁词,却不好再去驳他。只见水正熙说道:"帝能不迷于女色,不但臣等之幸,亦是天下国家的大幸。不过臣等所虑的,就是帝近日所纳的几个嫔妃,并不出于上等人家,亦并没有受过优美的教育,这种女子,将来不免为帝德之累。臣等为防微杜渐起见,所以起了这种误会。既然帝躬确系不适,那么臣等妄加揣测之罪,真是无可逭了。"说罢亦稽首。帝挚道:"汝等放心,朕决不为女色所误也。"于是处理一些政务,未到巳刻,推说患病新愈,不能久坐,就退朝回宫而去。自此之后,又接连多日不视朝。老将羿到此刻,真耐不住了,首先上表辞职,不等批准,即日率同弟子逢蒙出都而去。过了两日,水正兄弟同上表乞骸骨,火正、木正亦接续地告了老病。土正看见众人都走散,便亦叹口气道:"一木焉能支大厦!"于是亦辞职了。帝挚见诸大臣纷纷辞职,其初亦颇动心,照例挽留。后来接二连三,一辞再辞的辞之不已,不免渐渐地看得淡然起来。禁不得骧兜、孔壬等又从中进谗,说诸大臣同盟罢工,迹近要挟,如果做君主的受了他们的挟制,势必魁柄下移,臣下可以朋比为奸,君主地位危险万分了!帝挚已是受迷的人,听了这种话,当然相信,把诸大臣辞职的表章个个批准。犹喜得他天性忠厚,虽则准他们辞职,仍旧表示种种可惜,又赏赐重叠,并且亲自送他们的行,这亦可见帝挚这个人尚非极无道之君了,闲话不提。

且说诸大臣既纷纷而去,朝廷之上不能一日无重臣,继任之人当然是三凶了。当时帝挚和孔壬等商量好,不再用五正等官名,另外更换几个。一个叫司徒,是总理一切民政的,帝挚就叫骧兜去做。一个叫共工,是供给兴办一切工作器具的,帝挚就叫孔壬去做。一个叫司空,是专治水土道路的,帝挚就叫鲧去做。其余各官,更动的及自行告退的亦不少,都换过一大批,真所谓"一朝天子一朝臣"了。自此之后,帝挚固然可以安心寻他的娱乐,没有人再来谏诤,就是三凶,亦可以为所欲为,可说是各得其愿,所苦的就是百姓罢了。哪知隔了几月,帝挚为酒色所困,身体怯弱,咳嗽咯血,真个生起病来,医药无效。鲧便埋怨孔壬、骧兜,说道:"果然帝受你们之害,我当初早料到的。"孔壬道:"不打紧,某听说昆仑山和玉山两处,都有不死之药,从前老将羿曾去求到过的,所以他年在百岁以上还是这么强壮。现在帝既患了羸症,某想到那两处去求求看,如果求得到,不但于帝有益,就是我们呢,亦可以分润一点,个个长寿了。"鲧冷笑道:"恐怕没有这么容易。"骧兜道:"即使求不到,亦不过空跑一次,有什么妨害呢。"于是议定了,就和帝挚来说。帝挚极口称赞孔壬之忠心,感谢不尽。

过了几日,孔壬带了几十个从人动身出门,径向昆仑而行,经过华山,泛过山海,溯泾水而上,刚要到不周山相近,只见一路草木不生,遍地都是源泽。走了好久,人踪断绝,景象凄惨。正在不解其故,忽然腥风大起,从对面山上窜下一条怪物,孔壬和从人都怕得不得了,不敢向它细看,回身便跑。但是到处都是源泽,行走甚难,那怪物窜得又非常之快,转瞬之间,已到面前,将几个从人蟠住,它的尾巴又直扫过来,将孔壬及其余从人等一概扫倒。孔壬在这个时候,明知不能脱身,倒在地下,仔细向那怪物一看,原来是一条大蛇,足有十多丈长,却生着九个人头,圆睁着十八只大眼,撑开了九张大嘴,好不怕人!被它蟠着的几个人,早经吓死绞死了,它却俯下头去,一个一个地咬着,吮他们的血,唧唧有声。孔壬到此,魂飞魄散,自分绝望,不觉仰天长叹一声道:"不想我孔壬今朝竟死在这里!"哪知这怪物听见了,竟放下人不吮,把头蜿蜿蜒蜒伸过来,说着人话,问道:"你刚才说什么?什么叫孔壬?"孔壬这个时候,看见怪物头伸过来,以为是来吃他了,闭着眼睛,拼却一死,忽听得它会说人话,而且问着自己的名字,不由得又惊又喜,便开了眼,大着胆说道:"孔壬是我的名字,我是中朝大官,天子叫我到昆仑山去求灵药的。如今死在你手里不足惜,不过灵药没人去求,有负天子之命令,这是可恨的,所以我刚才叹这口气,说这句话。"那怪物道:"你既是天子的大官,又是给天子去求灵药的,那么我就不弄死你也可以,不过我有一件事要求你,你能答应我么?"孔壬听到这口气,觉得自己大有生机,就没命地答应道:"可以可以。"那怪物道:"我在这里多年,各种动物都已给我征服了。吮它的血,吸它的膏,甚而至于取它的性命,都由我。这里的土地亦给我占据了,只是还有一件美中不足的事,就是没有一个名号。照理说起来,我现在既然霸有一方,就是随便给自己取一个什么名号,所谓'赵王赵帝,孤自为之',亦未尝不可。不过我自己想想,究竟是一个人不像人、兽不像兽的东西,自己取一个名号,总没和人间帝王赐我的那种体面。所以我要求你的,就是这件事。你能够在君主面前保举我,封我一个什么国君,那么我就达到目的,不但不弄死你,而且还要感激你呢。"孔壬听了,仍旧连声说:"可以可以!一定可以!"那怪物道:"答应的权柄在你嘴里,封不封的权柄不在你手里。假使天子不答应封我,你怎样呢?"孔壬又连声道:"总答应的,我去说,一定答应的。"那怪物道:"我的心愿很和平,你这次替我去求,求得到一个国君的名号固然甚好,即使求不到,国君随便封我一个什么官爵都是好的。或者你做一个国君,我给你做臣子,我亦愿意,只要有一种名号就是了。"孔壬听了这话,不禁心生一计,就说道:"我去求,天子一定答应的。不过你的形状与人不同,倘使问起来,或要召见你,那时却不免生出一个问题,就是对于百姓、对于万国,都失了一种体统,讲到这点,恐怕为难。至于封我做国君,我们天子因我功大,早有此意,那是一定成功的,不过屈你做我的臣子,未免不敢当。"那怪物道:"不要紧,不要紧,我自己知道这副形状不对,所以只好降格以求,这是我自己情愿的。只要你不失信,我一定给你做臣子;假使你有急难,我还要帮助你呢。"说到这里,那怪物已经将身躯蟠起在一堆,那九个头昂在上面,足有一丈多高。孔壬从地下爬起来,朝它一看,实是骇人,便问它道:"你住在什么地方?"那怪物道:"我就住在西面山洞之中。"孔壬道:"你有名姓么?"那怪物道:"我没有姓,只有名字,叫作相繇,或叫作相柳,随你们叫吧。"孔壬道:"你们这一族类,共总有多少?"相柳道:"只有我一个,我亦不知道我身从何来。"孔壬道:"那么,你能说人话,懂得人类的事情,是哪个教的呢?"相柳道:"我自己亦不知道,我只觉向来是会的,或者我从前本来是个人,后来变成这个形状,亦未可知,可是我不明白了。"孔壬看它说话尚近情理,就问它道:"我有点不懂,你的形状既与我们不同,你的本领又有这么大,那么你自己独霸一方,亦未为不可,何必一定要一个天子的封号,并且做我的臣子都肯呢?"相柳道:"这是有一个缘故。我在此地,是专门以吸吮人民的脂膏为生活的。人民受了我的吸吮,必定以我为异类,心中不服,就是我亦终觉得是一无凭借的。假使有一个封号,那么我就奉天子之命,来临此土;或者是奉国君之命,留守此邦,名正言顺,人民自然不敢不受我的吸吮,我就可以为所欲为了。所以自古以来,那些豪强官吏,占据地方,不受朝廷指挥,但他的嘴里,总是口口声声说服从君命,拥护王家,并且要求节钺的,我就是师他们的故智呀!"当相柳滔滔汩汩地说时,孔壬细看,它虽则有九个头、九张嘴,但是只用当中最下的一个头、一张嘴,其余八个头、八张嘴始终没有动,究竟不知它用不用的,只是不好问它。等它说完,便说道:"原来如此,那么我一定给你达到目的。不过你要多少地盘才满心愿?"相柳道:"地盘自然愈大愈好,起码总要一个大国的里数。但是这个不成问题,因为我立定了基础之后,自己会逐渐扩张开去的。"孔壬道:"那么我怎样给你回信呢?"相柳道:"等你得到天子允许之后,你就将天子的册书送来,我总在这里等你便了。"孔壬道:"我还要西行求灵药,回来经过此处,再和你细谈吧。"相柳道:"我看不必去了,昆仑山的灵药是不容易求的,一万个人里面,求到的恐怕不到一个。再者,现在时世变更,路上如我一般和人类作对的不止一个,即如西面弱水之中,有一个窦窳,亦是要吃人的,恐怕还有危险呢。况且往返一来,时日过久,我性很急,等不及了,不如赶早回去吧。"孔壬听见,怎敢不依,只得诺诺连声,招呼了从人起身要走。那从人三分之一已死,其余亦是拖泥带水,面无人色。孔壬看见满地源泽,就问相柳道:"此地源泽甚多,是向来如此么?"相柳道:"不是,这是因为我身躯过重,经过之后,摩擦而成的。"孔壬听了,不禁咋舌,于是与相柳作别,急回亳都而来。一路吩咐从人,以后不许将相柳之事提及,违者处死,从人等只能答应。

不一月,孔壬回到了亳都,骦兜和鲧急忙来访道:"回来得这样快,不死之药已求到么?"孔壬道:"阻于山水,未能求到,只是在路上收得一员人才,尚不虚此一行。"骦兜道:"如何人才?"孔壬道:"此人力大无穷,在西方很有势力,我意想请帝封他一个国君,以备干城之用。不料他感激我的知遇,一定不肯,情愿做我的臣子。所以我想明日请帝授以名号,将来西陲有事,总可以得他之死力的。"二人道:"原来如此,这真不虚此一行了。"孔壬道:"近日帝躬如何?"骦兜道:"自兄去后,忽好忽坏。据医生言,确系痨瘵初步,最好摄心静养,节欲节劳,所以近日一切政治都是我们两个处理,连报告都不去报告了。"孔壬听了,不作一语。停了一会,二人辞去。次日,孔壬独自进宫,将那灵药求不到的原因乱造了一回,又将那相柳的本领铺张了一遍,一面为他求封号,一面又说道:"封他一个国君,固然是好的,不过此人向无功绩,并不著名,无故封之,恐天下疑怪。二则他未必肯受,因为他一心愿为臣效力的,但是如若不封,又恐他心冷,被人收去,反足为患。因此臣一路踌躇,绝无善策。"帝挚道:"这有什么踌躇呢,他既愿效忠于汝,就是间接地愿效忠于朕,有什么不可呢?不必多说,朕就封汝为那边的国君吧。"孔壬听了,佯作惊恐之状,说道:"臣本为收罗人才起见,现在倒先封了臣,仿佛是臣托故求封了。况且臣一无勋劳,安敢受封呢?"帝挚道:"能进贤,就是勋劳,应受上赏,不必多言,朕意决了。"于是就传谕到外边,叫臣下预备典礼。孔壬大喜,拜谢而出,在朝之臣闻得此信,都来称贺。

过了两日,孔壬受了册封,就来拜辞帝挚,说要到那边去略为布置。帝挚道:"这是应该的,不过汝是朕股肱之臣,不能久离朕处,一经布置妥当,即便归来,那边就叫相柳留守吧。"孔壬受命,稽首退出,就选择了无数人员,再往不周山而来。哪知相柳早已等着,一见孔壬,就大喜,说道:"你真是信人,封号得了么?"孔壬道:"天子因你形状与人不同,险些儿不答应。幸亏我竭力申说,由我负责担保,才许叫我做这里的国君,叫你留守,不过有屈你吧。"相柳道:"不打紧,我自己情愿的。你真是个守信之人,将来你如有急难,可跑到此地来,我一定帮你。"孔壬道:"你的盛情是好极的,不过现在有一句话,要和你说,不知你肯听么?"相柳道:"什么话?"孔壬道:"现在你有了留守的封号,就是代理国君了,但是你的形状怕人,又要吮人的脂膏,人民当然见而惧怕,望风远避,弄到千里荒凉,一无人烟,哪里还算得一个国家呢?我的意思,劝你以后藏躲起来,我另外派人到此地,筑起房屋,耕起田来。人民看见了,以为你已不见了,或者以为你不再吮人的脂膏了,庶几可以渐渐聚集、繁盛,才可以算得一个国家。否则一个人都没有,尽是荒地,可以算得国家么?"那相柳听了,想了一想,将九个头一齐摇动,说道:"这个做不到。我是靠吮人脂膏过生活的,假使藏躲起来,岂不要饿死么?"孔壬道:"这个不然,你每天要吃多少人的脂膏,不必自己出去寻,只要责成手下人去代你寻觅贡献,岂不省事!我看你孤立无援,很是可怕。万一人民怕你极了,四散逃开,岂不是就要受饿么?或者操了强弓毒矢,来同你拼命,岂不亦是危险!所以我劝你,还不如在暗中吸吮吧,一则人民聚集,可以成为一个真正的国家;二则你的食料可以源源不断;三则没有害人之迹;可以不居害人之名;你看如何?"相柳一听,顿时九张面孔一齐笑起来,说道:"你说强弓毒矢来同我打,我是不怕的,你没有见我的本领呢。至于食料缺乏一层,却是可虑。我有时出来寻觅食物,终日寻不到,已屡次受饿了。没有害人之名这一层,尤其合我的理,既如此说,就依你吧。"孔壬就叫同来的人,都来见相柳,并将他们的姓名都一一说了,又吩咐他们:"好生服侍相柳,设法供给它的食料,一面按照我所预定的计划,分头进行。我每年必来省视你们一次。"吩咐既毕,又和相柳谈了些话,就转身回亳都而去。

第二十七回

驩兜求帝挚封国南方　狐功设计残民蛊民愚民

且说驩兜自为司徒之后,在朝臣之中居于首位,心满意足。一日,正在家中闲坐,计划行凶德之事,忽见狐功跑来,说道:"小人今日听见一个消息,甚为不好,虽则尚未成为事实,但亦不可以不防。"驩兜忙问何事,狐功道:"小人有个朋友,新从东方来,说起东方诸侯的态度,对于帝甚不满意,而陶侯尧的声望却非常之隆盛,许多诸侯都和他往来密切。小人以为这个不是好现象。"驩兜道:"怪不得现在各处诸侯来朝贡者甚少,不要说远方,就是近畿的亦不肯来,原来他们都已有异心了。但是我看不要紧,现在天子的大位是先帝所传与,名分所在,他们敢怎样不成?"狐功道:"主人的话固然不错,但是小人有一点顾虑,就是陶侯尧亦是先帝的嫡子,亦是卜卦上所说可以有天下的。万一他们诸侯结合起来,借着一种事故,推尊陶侯为帝,不承认此地的帝,那么亦可以算名正言顺,我们其奈之何!"驩兜道:"我看亦不至于如此,因为四方诸侯恐怕没有这样齐心,即使能够齐心,那尧这个人是假仁假义、自命为孝弟的,向来与帝亦非常和睦。违先帝之命,不能称孝;夺长兄之位,不能称弟;他肯受四方诸侯的推戴么?"狐功道:"主公明见,极有道理,但是现在帝甚多病,据医生说,痨瘵已成,颇难医治。小人知道痨瘵这个病无时无刻可以变剧,脱有不讳,龙驭上宾,前月嫔妃所生的那个帝子玄元又不是嫡子,万不能奉以为君,那么怎样?岂不是我们所依靠的冰山倒了么?危险不危险?"骦兜道:"是呀,前年我和孔壬早已虑到这一层,所以想到昆仑山去求灵药,不想灵药求不到,而帝的病势亦愈深,那可怎么办呢?你想想有何方法可以补救。"狐功道:"小人想来想去,只有两个方法。一个是改封陶侯,明日主公去奏帝,说明陶侯功德昭著,治绩茂美,请求改封一个大国。如此一来,可以表明朝廷赏罚之公,并不糊涂;二则可以缓和陶侯受诸侯的拥戴;三则主公可以卖一个情面给陶侯,为后来退步计,这是一法。"骦兜道:"此法不难行,不过改封在什么地方,须先想好。不然,帝问起来,不能对答,倒反窘了。"狐功道:"小人看来,最好是近着大陆泽一带。因为陶侯本来是生长在那边,富贵而归故乡,人之常情;况且那边又近着他的外家,现今庆都尚在,妇女心理总以近母家为满意,封他在那边,岂不是更可以在陶侯母子前卖个情面么!"骦兜道:"好好,有理有理。还有一法呢!"狐功道:"还有一个,是'狡兔三窟'之计。照主公现在所处的地位,一个地盘是不够的,必须另外还有一个地盘,才可以遥为声势。万不得已,亦有一个退步,不至于穷无所归。叵耐孔壬那厮,假称求药,到外边去游历了一转,假造一个什么叫相柳的人,骗帝封到一块土地,建立一国,自去经营去了。小人想起来,他就是这个'狡兔三窟'的方法。不过孔壬那厮甚为奸诈,不肯和主公说明就是了。"骦兜拍手道:"汝这方法甚好,不过地盘最好在哪里呢?再者,即使得到了地盘,我自己决不能去,汝是我的心腹,须时时替我筹划,其势又不能去,另外又没有什么相柳不相柳,那么谁人去守这个地盘呢?"狐功道:"小人已计划好了,公子三苗,人才出众,前在南方,是游历长久的,对于那边的风土人情及一切地势险要,都非常熟悉,所以小人想,最好将地盘选在那里,就叫公子去做留守。父子两个，一内一外，遥为声援，即使易代之后，亦轻易不敢来摇动，岂非三窟之计么！"骧兜听罢，又连连拍手道："妙极妙极！我此刻就去进行，想来没有不成功的。"正要起身，忽然又问道："我听说，那边天气非常炎热，地势非常卑湿，人民又都是九黎、南蛮那一类，恐怕不容易收服他，那么怎样呢？"狐功道："小人从前曾听见公子讲过，那边天气地势两种虽不好，尚不碍于卫生；至于人民不易治这一层，主公虑得很不错，但是小人亦有方法去制伏他，可以使他们为我效力，请主公放心，只管去进行吧。"骧兜对于狐功的话，本来信如神明，听见他这样说，料想必有把握，于是亦不再问，就匆匆入宫，来见帝挚。

帝挚正斜卧在一张床上，旁边环侍着几个嫔妃，那嫔妃就是骧兜等进献的，所以并不回避。帝挚叫他坐下，问道："汝来此有何政事？"骧兜道："臣偶然想起一事，封赏是人君鼓舞天下、收拾人心的要务，自帝即位以后，数年之间，还没有举行过，人心不免觖望。现在帝子新生，虽则不是嫡子，但亦是帝的元子，可否趁此举行一次封赏大典，亦是好的。"帝挚道："前日共工册封时，朕亦想到，汝和他还有鲧，你们三人本是同功一体之人，他既封了，你们两个亦应当受封。不过朕病总是不好，时常发热，因此非常懒懈，不觉忘记了。汝既提醒了朕，朕明日就册封，何如？"骧兜慌忙起立道："不可不可，帝误会臣的意思了，臣的意思是覃敷帝的恩德起见，并非为自己设法。假使专对臣等，天下必以帝为偏爱，而臣今日之提议，又变了为自己求封起见，这是大大不可的。"帝挚命他坐下，再问道："照汝的意思，应该先封哪个呢？"骧兜道："臣伏见陶侯尧自就国之后，治绩彰彰，百姓爱戴，天下钦佩，况且又是帝的胞弟，若先改封他一个大国，天下诸侯必定称颂帝的明见，其余再择优的庆赏几国，那就对了。"帝挚道："陶侯对于朕，素极恭顺，人亦极好,改封大国,朕甚以为然,不过改封在什么地方呢?"骦兜道:"臣的意思,冀州最宜,因为陶侯自幼生长在那边,风土民情当然熟悉,治理起来容易奏功;再者,冀州地方的百姓最不易治,虽则有台骀伊耆侯等化导多年,但是都早死了,非得有贵戚重臣,才德兼备如陶侯一般的人去治理他们不可,帝以为何如?"帝挚道:"甚好,朕决定改封他吧。但是汝亦不可没有封地,汝为朕亲信之臣,愿封何地,尽可自择,不必谦逊。将来鲧自己愿封何地,朕亦叫他自择便了。"骦兜听了,故意装出一种局促不安的模样,说道:"既承帝如此厚恩,臣肝脑涂地,无以为报。臣不敢求善地,臣听说荆州南部民情最反复难治,当初先帝曾经在那里受困过的。臣子苗民,游历其地多年,颇有研究,如果帝必欲封臣,愿在那边得一块地,庶几可以为国家绥靖南服,未知可否?"帝挚大喜道:"汝不取善地,偏取此恶劣之地,忠忱实是可嘉,朕依你,明日即册封吧。"骦兜谢恩退出。到了次日,帝挚果然降诏,改封陶侯于唐,那唐的地方恰在恒山脚下。(现在河北唐县。明《一统志》以为河北唐山市西北八里有一座尧山,就说尧改封在唐山市,恐是靠不住的。)封骦兜于荆、扬二州之南部,何地相宜,听其自择,并令其子苗民先往治理,骦兜仍留都供职。

此诏降后,陶侯一边之事暂且不提,且说骦兜、三苗奉到了封册之后,就叫狐功来和他商议,怎样去制服那些人民。狐功道:"小人早想好了,共总有三个方法。第一个叫立威。南方的人民天性刁狡,而又好乱,非有严刑重罚,不足以寒其胆。从前玄都九黎氏的时候,百姓都非常服从他,听说就是用重刑的缘故。所以小主人这次跑去,切不可姑息为仁重刑是必须用的。"三苗听了,大笑道:"这个容易,我到那边,就立一个章程,叫他们有好的宝货、好的饮食统统都要献来给我,如不听号令,我就杀,你看如何?"狐功道:"据小人看来,不必定是如此。事有大小,罪有轻重,应该有一个分别,统统都杀,哪里杀得这许多呢?况且他们一死,就没有痛苦,倒反便宜他了。小人有个方法,叫他们求生不得,求死不能,那么才可以使他们惧怕。"三苗不等他说完,就问道:"什么方法?敲他么?打他么?囚禁他么?罚他做苦工么?恐怕都无济于事呢。"狐功道:"不是不是,小人的意思,除杀头之外,再添四项刑法:一项叫'黥',把那犯人的脸上或额上用针刺一个字,或刺一个符号,再用丹青等颜色涂在上面,使他永远不能磨灭,那么他虽则活在世上,无论走到哪里,人一看见,就知道他是个犯人,就可以嘲笑他、轻侮他,这种精神上的苦痛,到死才休,岂不是比杀头还要厉害么!"三苗拍手笑道:"妙极妙极!还有三项呢?"狐功道:"一项叫'劓',是割去他的鼻子;一项叫'刵',是割去他的耳朵。这两项和黥差不多,不过面上少了两件东西,比黥较为痛苦些、难看些。"狐功说到此处,骤然停住不说。三苗忙问道:"还有一项呢?"狐功只是看着三苗,不肯说。驩兜在旁,亦问道:"还有一项呢?你说呀!"狐功才笑着说道:"还有一项叫'椓',是将他的生殖器割去,但是仍不至于死,你看这个方法刻毒不刻毒!难过不难过!"三苗笑道:"男子的生殖器可以割去,女子怎样呢?"狐功道:"女子亦可以割,使它失其效用。"三苗听了,似乎有点不信,说道:"哦!有这么一个法子,我到了那边,首先要弄两个女子来试试,看它灵不灵?"驩兜笑向狐功道:"你这个椓刑的方法,就是从人的处置禽兽学来的。马有骟马,牛有宧牛,羊有羯羊,猪有阉猪,鸡有镦鸡,狗有善狗,猫有净猫,岂不是都用椓刑么。"狐功道:"是的,不过那处置禽兽的方法,都是去掉它里面的能力,根本解决,使它的生殖功用完全消失,连性欲都没有了,而且只能施之于牝的雄的。小人这个椓刑,是仅仅去掉他外面的作用,于里面的能力丝毫无伤,性欲的冲动仍旧是有的,而且女子亦可以适用。"三苗没有听完,就叫道:"是呀是呀!是要使他仍旧有性欲的冲动呀,假使施用椓刑之后,性欲完全消失,一点不难过,那么这椓刑的价值亦等于零了。是要使他性欲依旧存在,到那冲动的时候,要发泄无可发泄,方才够他受用呢。"骧兜道:"第一个方法是立威,说过了,第二个呢?"狐功道:"有威不可无恩,第二个方法,就是用恩惠去结他们的心,然后可以受他们的崇拜。"三苗不等说完,又忙叫道:"这个不能。用恩惠去结他们,不过多多赏赐,或者轻赋薄敛就是了,但是这个我做不到。"狐功道:"不是如此,小人用的方法,是惠而不费的。大凡人生在世,不过两大目的:一个是保持自己的生命,一个是接续自己的生命。要保持自己的生命,那饮食货贿是不能少的;要接续自己的生命,就是男女大欲了。所以世间万物,从极小的虫儿起,一直到我们人类,从朝到暮,一生一世,所孜孜营求的,直接间接,无非是为了这两大目的。但是以我们人类为尤其厉害,而我们人类对于两大目的之中,尤其以求接续生命之目为更厉害。所以有些人类,竟情愿舍弃饮食,舍弃货财,甚而至于情愿舍弃生命,以求满足他的男女大欲。照此看来,要人民感激崇拜,与其分给他们货物,不如使他们满足男女的大欲,一则惠而不费,没有博施济众的那样繁难,二则他们感激崇拜的心思,比较分给货物还要浓重。小主人,你看这个方法好么?"三苗听了不解,忙问道:"用什么方法使他们满足男女的大欲呢?"狐功道:"小人听见说,上古时候,男女的大欲本来是极容易满足的。自从伏羲氏、女娲氏定出嫁娶之礼以后,那男女的界限就束缚得多了。后世圣人又将那些礼节再限制得加严,说道:'男女无媒不交,无币不相见。'又说道:'男女非有行媒,不相知名;非授币,不交不亲。'到得颛顼氏的时候,定一个刑罚,叫作'妇人不避男子于路者,拂之于四达之衢'。

那些世上的男女,受了这种严酷的束缚,不要说满足他的大欲,就是寻常要相见一面都是很难的。他们的心理都没有一个不叫苦,不过受历代圣人礼教的束缚,不敢说,不敢动就是了。现在小主人到了那边之后,可首先下令,提倡一种新道德,同时竖起两块招牌:一块叫'废除吃人之礼教,社交公开';一块叫'打倒买卖式之婚姻,自由恋爱'。如有顽固的父母家长,欲从中干涉阻挠者,一经发觉,严重处罚。这么一来,那边所有的男女,都可以随意自由,无不各得其所愿,岂不是都要歌功颂德,感激小主人,崇拜小主人么!严刑峻罚,只可一时,不能持久,用这个方法接上去,所谓严寒之后,继以阳和,他们自然不会铤而走险了。"骊兜想了一想,说道:"这个方法,好是好的,不过圣人礼教推行得好久了,虽则有些人心中以为不便,但是有些人却很以为当然。万一我们废除礼教之后,反而招起许多人的反对,说我们大逆不道,岂不是倒反不妙么?"狐功道:"主公虑得极是,但是小人以为不妨,为什么呢?小人刚才说过,男女大欲,是人生最大的一个目的,可以满足他的目的,只有欢迎,决无反对。就使有人反对,亦不过几个顽固老朽在那里作梗,大多数的青年男女,包管非常之赞成。因为青年男女受礼教的浸染还不深,而且青年男女正在春情发动的时候,对于男女大欲尤其看得郑重真切,仿佛世界上的事情除了男女两性以外,没有再比它重要似的。准他们社交公开,准他们自由恋爱,不但可以满足他们的大欲,而且还可以博得一个新道德的荣名,岂有再来反对之理?青年男女既然欢迎,那么一批顽固老朽虽然要反对,亦决然没有这个力量。因为青年男女是越生越多的,顽固老朽是越死越少的。自古以来,新旧两派的竞争,旧派起初颇胜利,但是到后来,往往失败;新派起初必失败,到后来往往胜利。并非旧派所持的理由一定不如新派,就是这个越死越少、越生越多的缘故。所以小人现在为主人着想,要收拾蛮方人民的心,除去利用青年外,别无他法。至于礼教推行日久,究竟应该废除,不应该废除,那又是另一个问题了。"三苗道:"这是第二个方法,还有第三个呢?"狐功道:"第三个方法,是神道设教。小人知道南方之人,受了玄都九黎氏的感化,最重的是迷信。自从颛顼帝破了九黎氏之后,竭力禁止,已是好了许多。但是他们迷信的根性终究不能尽绝,譬如原上的草儿,虽则野火烧尽,一遇春风,又芊芊绵绵地长起来了。小人的意思,以为这个情形亦是可以利用的。因为第一个立威的方法,可以制服他的表面,不能制服他的心思;第二个结之以恩惠的方法,可以服其心,但是不能急切奏效;用神道设教起来,他们自然服服帖帖,一点不敢倔强了。"三苗道:"怎样用神道设教呢?"狐功道:"现在有一个人,虽则不是神仙,但与神仙亦差不多。他在黄帝轩辕氏初年,和蚩尤氏打仗的时候,已经在军中效力,后来隐居不仕,专门研究他的神道。他研究的神道,名叫巫术。'巫'字的写法,就是像一个人的两只大袖舞起来的样子。他要和鬼神交通的时候,只要秉着精诚,用两袖舞起来,便能使鬼神下降,他就可以和鬼神谈话,或者鬼神竟附在他身上,借他的嘴和人谈话,给人延福消灾,都是极灵验的。他的名字叫作'咸',人家因为他创造巫术,所以就叫他作巫咸,主公知道这人么?"骊兜、三苗都说不知道。狐功道:"小人从前曾经见过他一面。有一天,他在野外和许多人游玩,大家都要他试验法术,他便指着路旁一株参天拔地的大树说道:'我要叫它枯。'说毕,嘴里轻轻地叽里咕噜不知念了些什么,不多时,那株树果然枝叶憔悴,渐渐地枯了。又指着半空中飞的鸟儿说道:'我要叫它跌下来。'说着,又轻轻念了几句,那鸟儿果然立即跌下来了。大家看了,都莫名其妙,问他是什么缘故。他说:'我都有咒语的。'问他什么咒语,他却不肯说。这都是小人亲眼见的。后来听说他这种咒语不但能够变这个树枯鸟落的把戏，而且还能够替人治病。尤为灵验的是外症，无论什么痈疽疮疖，甚或跌打损伤，断肱折足，他亦不用开方撮药，只要念起他的咒语来，那病症自然就会好了，而且非常之速。主公看，这个人岂不是活神仙么！所以小人的意思，假使能够请这个人和小主人同去，做一点法术给那些百姓看看，那些百姓未有不敬小主人若天神，一点都不敢倔强的，主公以为何如？"驩兜听了！诧异道："果然如此，不但迷信很深的南方人要崇拜，就是我不迷信的，见了也要崇拜了。不过现在此人究竟在何处，肯否和我们同去，最好先设法探探他的意思。"狐功道："是是，这个人从前住在大荒之中，一座丰沮玉门山上。那山上百药丛生，并且是日月所入的地方，那是很远呢。现在听说住在北方登葆山，小人明日就动身去请，何如？"驩兜、三苗听了，都大喜，就叫狐功即速动身。

第二十八回

尧改封于唐　羿往少咸山杀猰貐

不提狐功动身而去,且说这时孔壬已从相柳处回来了。一日,骧兜、孔壬、鲧三人正在朝堂商决国事,忽报北方沈侯有奏章前来。原来沈侯就是台骀的儿子,台骀死了,受封于沈。他的奏章是为冀州北面少咸山地方,近来出了一个怪兽,牛身,人面,马尾,虎爪,名叫窫窳,大为民害,无法驱除,不得已,请帝派人前往,设法剿杀,以安闾阎等语。孔壬没有看清楚,就大嚷道:"我知道窫窳是生在弱水中的,为什么又会跑到少咸山上来?莫非它是两栖类么?恐怕是沈侯在那里遇事生风,欺骗朝廷,要想邀功呢。"鲧道:"或者是偶然同名,亦来可知。"孔壬道:"不管他。既是两种东西,应该有两个名字,这边是一个窫窳,那边又是一个窫窳,搅乱不清,我给他改一个名字吧。"说着,提起笔来,竟将那'窫窳'二字改为'猰貐'二字。三人将奏章看完之后,就商议办法,究竟理他呢,不理他呢?派人去呢,不派人去呢?鲧道:"依我看,不能派人去。为了区区一个兽,就要朝廷派兵,岂不是笑话么?如派兵去仍然杀它不掉,尤失威信,所以我看以不理他为是。"骧兜道:"我看不然,现在四方诸侯都有轻叛朝廷之心,只有沈侯随时还来通问。如今他来求救,我们再不理他,岂不是更失远人之心么。所以我想应该理他的。"孔壬道:"我有一法,陶侯尧现在已经改封于唐,唐和少咸山同在冀州,相去不远,我看就叫陶唐侯去救吧。如若他杀得了猰猰,当然仍旧是我们朝廷遣将调度之功,倘使杀不了猰貐,那么陶唐侯的信用必致大减,不至于和我们竞争天下了。如若他自己亲征,竟给猰貐吃去,尤为好极。"骧兜和鲧二人听了,都鼓掌大笑道:"好计好计!就照此做去吧。"于是一面打发沈侯的使者归国,并说道:"朝廷就派人来救了。"一面又下诏陶唐侯,叫他即速前往少咸山除害,按下不表。

且说陶侯尧自从亳邑出封之后,在他的国里任贤用能,勤民恤下,几年工夫,将一个陶国治得非常之好,四邻诸侯无有一个不佩服他。他所最注重的是农事,遣人到亳都去,将姜嫄、简狄两个母亲并弃、䚷两个兄长都接了来,住在一起,就叫弃做大由之官(大由就是大农,凡东西耕的田叫作横,南北耕的田叫作由),管理全国农田之事。一日,正在听政,忽报亳都的司衡羿同逢蒙来了。尧与羿本来要好,又兼是先朝的老臣,慌忙出门迎接。坐定之后,尧问他何日出都,有何公事。羿听了,摇头叹息,就将近日朝廷腐败的情形以及自己发愤辞职的经过统统说了一遍。尧亦叹息不置,就留羿住下。次日,设宴款待,叫了许多朝臣来做陪客。羿一一见过,内中有个白髯老者,骨格不凡,陶侯尧待他亦非常敬重,亲自替他布席,请他上坐,又亲自给他斟酒献菜。羿看了不解,忙问何人。尧道:"这位是务成老师,名字叫䞓,说起来司衡想亦是知道的。"羿吃惊道:"原来是务成老先生么,某真失敬了。"说着,慌忙过去,向务成子行礼道:"适才失敬,死罪死罪。"务成子亦还礼不迭,谦谢一番。羿道:"从前某得到一个可以避箭的药方,在颛顼帝讨伐共工氏的时候曾经用过,大大地收了功效,据说就是老先生发明的。当时某极想拜谒,以表感谢,苦于不知道老先生的住处。后来寻仙访道,跑来跑去几十年,又随时探听老先生消息,终究没有探听到,不想今日在此处相见,真是三生之幸。"务成子道:"那个方药,不过区区小技,何足挂齿。就是没有这个方子,以老将的威武,还怕破不来那共工氏么?老将归功于某的这个方药,未免太客气了。"羿又问道:"老先生一向在何处?何日到此?"务成子道:"某一向只是遨游,海内海外,并无定处。前月偶尔到此,承陶侯殷殷招待,并且定要拜某为师,某不好过辞,只能受了,计算起来,亦不过四十多天呢。"两人一问一答,渐渐投机,羿无事时,总来找务成子谈谈,好在务成子亦是个并无官守的人,正好和羿盘桓。

一日,陶侯忽然奉到帝挚的册命,说改封于唐,亦不知道恐什么缘故,只得上表谢恩,并且即日预备迁徙。可是那陶邑的百姓,听见了这个消息,顿时震动得不得了,一霎间扶老携幼,齐来挽留。陶侯一一好言抚慰,并告诉他们,这个是君命,无可挽回的。众百姓听了,亦无可奈何,但只是恋恋不舍。到了陶侯动身的那一天,差不多全邑都跑来走送,而且送了一程又一程,直至十里之外,经陶侯再三辞谢,方才哭拜而去。这里陶侯奉了姜嫄、简狄、庆都以及弃、离兄弟和务成子、羿、逢蒙等一大批臣子,径到唐邑。一切布置经营,自然又要一番辛苦。

一日,忽又奉到帝挚的诏令,说道"现在少咸山有异兽猰貐,大为民患,仰即遣兵前往剿灭,以安间阎"等语。陶唐侯拜受了,即刻召集臣工商议。大家都很诧异,说道:"一只野兽食人,有什么大不了的事,就近的国家尽可以自己设法剿除,何至于要我们起兵远征呢!"务成子笑道:"这个不然,这只猰貐确是异兽,不容易剿除的。它生得龙头,马尾,虎爪,长四百尺,是兽类中之最大者,而且善走,以人为食;遇有道之君在位,则隐藏而不见;遇无道之君在位,则出而食人。他们哪里能够剿除呢。"群臣道:"我们新到此,诸事未集,哪有工夫分兵出去,且待我们布置就绪之后再去救吧。"陶唐侯道："这个不可。一则君命难违,二则民命为重,不可缓的。"言未毕,老将羿起身说道："老臣有多日不曾打猎,很觉手痒,既然有这样异兽为患,虽则务成老先生说不容易剿除,老臣且去试它一试,何如？"务成子笑道："老将肯出手,想来那只猰貐的寿命已经到了。"陶唐侯大喜,就说道："司衡肯劳驾一次,甚好。请问要带多少兵去？"羿大笑道："不过是一只野兽,何至于用兵。老臣此去,仿佛是打一次猎,只需逢蒙等三数人就够了。"陶唐侯道："不然,宁可多带些。"于是议定,带了三十个人,即日动身。

过了几日,羿等一干人到了少咸山相近,先找些土人来问问,那猰貐究竟在哪里。岂知土人一听说到猰貐,就怕得不得了,说道："它在山里呢,你们千万不要过去,要给它吃去的。"羿道："我们此次专为杀猰貐而来,替你们除害,但不知道此地离山有多远,那个猰貐每日何时下山,你们可详细告诉我。"那些土人听了,很像不相信的模样,朝着羿等看了好一会,就问道："你们这几个人,恐怕不知道这个猰貐的情形呢。这个猰貐,不比别种猛兽,前次我们联合了几千个人,用长刀大斧去打它,还是打它不过,终究给它咬死了许多人。你们现在只有这几个人,如何中用？须要小心,不是游戏的事。"羿道："这且不管它,我问你,这个猰貐到底要什么时候下山,你们知道么？"土人道："不能一定,因为山的两面,路有好几条,它不是到此地,就是到彼方,所以有时候竟日日跑来,有时候隔几日才来,但是它来的时间总在申酉二时之后,午前午后是从来不来的,因此午前午后我们还敢出来做点事业,一到申刻,就家家闭户,声息全无了。这一年来,我们人人自危,不知道哪一日是我们的死期呢。"说到此处,向太阳影子看了一看,忙叫道："啊哟不好！时候要到了,赶快回去吧。"说着,也不和羿等作别,就各自匆匆而去。羿等一干人看了这种情形,真莫名其妙,不知道这猰貐究竟有怎样厉害,他们竟害怕到如此地步!一面诧异,一面向前走,果见所有人家都关上了门,寂静无声,仿佛和深夜一般。羿道:"照此情形看来,这个猰貐一定是很凶猛的,我们须要小心,不可大意。"说着,就和各人都将弓箭器械等取出,准备好了,再慢慢前进。走到山脚,日已平西,逢蒙问道:"我们上山去么?"羿道:"我们新到,路不熟,天又向晚,不如回转,等明日再说吧。"哪知回转身来,天色已晚,敲着人家的门,要求食宿之地,竟没有人肯答应。羿等无可如何,只得一路寻去,幸亏得月色微明,尚不致迷路。忽见一处大树多株,连枝接叶,荫庇甚广。逢蒙道:"我们露宿,究竟危险,不如到树上去,一则可以藏身,二则亦可以了远。"众人听了,都以为然,于是先将所备干粮打开分散,大家饱餐一顿,然后一个一个爬上树去。那些树上的宿鸟一齐惊起,在半空之中狂飞乱叫,把一个寂静的昏夜顿时搅乱了。但是众人也不去理它,有的爬在高处,有的爬在低处,各自攀枝倚干,或跨丫枒,或攀枝条,个个都稳固了。正要想打个盹儿,忽听得远远有婴儿啼叫之声,大家亦不以为意,以为是民家的婴儿夜啼。哪知这声音越近越大,而且极迅速,倏忽之间,仿佛已向林后斜掠而去。羿高声叫道:"哦!不要就是那猰貐么?尔等须留心注意,不要睡。"众人道:"这是婴儿声音,不是兽叫。"羿道:"不然,老夫跑的地方多了,所见的野兽亦不少,那叫声竟是各种都有的,你们须要注意小心。"说着,又叫逢蒙道:"我想来果然是那猰貐,既然跑去,必定要回转上山的,等它转来时,我们射它两箭吧,这个机会不可错过。"逢蒙答应道:"是,是。"于是师徒两个从高处爬到低处,拣着树叶稀疏可以瞭望的地方停下了,弯弓搭箭,凝神静气地四面注意。等了一会,果然又听见婴儿啼叫之声。羿叫众人肃静无哗,独与逢蒙两个对着婴儿啼叫的方向仔细望去,在那朦朦胧胧之中,仿佛见一大物,向林外疾驰而来。羿等不敢怠慢,飕飕两声,两支箭一齐射去,但听得那猰貐一片狂叫,如电一般地奔去,顷刻间万籁无声,不知所在。羿道:"怪不得大家制它不下,原来它的奔跑真是快不过,老夫的箭几乎射不着呢。这次它虽然受伤了,但是并非要害,明朝上山,还要留心。"说着,便和众人胡乱在树上睡了一夜。次早,大家起身下树,再向前面而来,只见街上仍是静悄悄地,又等了许久,日高三丈,才见有几家开门而出,但还是探头探脑,像很小心的样子。一见羿等在街上走,就说道:"你们这一班人,胆量太大了,这样早就出来闲逛,不怕身子被吃掉么?"羿的从人说道:"这只猰貐昨夜已经给我们射伤了,今天还要弄死它呢,怕什么!"那人听了,还当说的是玩话疯话,摇摇头不再理睬,就进去了。这里羿等一干人又将所备的干粮打开,尽量地吃了一餐,大家上山。羿一面走,一面吩咐众人道:"你们到了山上,千万要留心,那猰貐冲过来是极快的。如若来不及用箭,还是用刀。"众人唯唯听命。到得半山,只见地上有许多血迹,其色鲜红。逢蒙道:"想来昨夜猰貐受伤之后,曾在此处休息,所以有这许多血。"话犹未说完,只听得羿道:"来了来了,留心留心!"众人一看,只见山顶上一只大怪物,如飞一般冲来。大家一齐放箭,谁知那猰貐着了箭之后,仿佛不曾觉得,顷刻之间,已冲到面前,早有十几个人被它冲倒,连用刀都来不及,有几个竟被它抓住,就要俯首去咬。幸亏逢蒙力大,猛力向它腹上一刀刺去,那猰貐大叫一声,忙疾转身来,想往逢蒙猛扑。哪知逢蒙的刀已经深入腹里,急切不能拔出,因为猰貐转身甚猛,势力又大,逢蒙支持不住,不觉倒在地下,离开它的虎爪不过一寸多,真是危险之极。然而那一把刀,借着这般势力,已将猰貐肚腹划开,鲜血直淋。这里羿等一干人看见猰貐凶猛,逢蒙危险,哪敢怠慢,一齐用力向猰貐乱斩过去。猰貐究竟受伤甚重,又大叫一声,急忙向山顶逃去。羿等且不追赶,忙将逢蒙扶起,幸喜不曾受伤。其余受伤的人有九个,四个受伤尚轻,有五个为它虎爪所伤,血肉模糊,颇为痛苦,但细细察看,于性命尚无妨害。羿便将携带的伤药叫众人先给他们一一敷好包扎了,又叫几个人守护着,然后与逢蒙带了其余之人直向山顶追寻。羿道:"这个畜生受伤已重,谅来不能为患,不过我们仍要小心。"渐渐到了山顶,只见一片平阳,有一处巉岩斜覆,仿佛一个大洞,洞外猰貐正伏着,看见人来,又立起来。羿和逢蒙早是两支箭齐齐射过去,恰巧将它两眼射中。那猰貐瞎了,仍旧乱撞乱冲,咆哮一会,方才倒地。大家走过去一看,只见它龙头,牛身,人面,马尾,虎爪,长约四百尺,确是一个怪兽。再计点它的伤痕,除出两眼之外,只有背上一创,是昨夜所射的;腹上二创,一处仿佛已穿过了,一处深入里面,那箭尾还露出在外;其余众人所射的,都不觉得。它的身上,血流成池,想系逢蒙那一刀的厉害。羿看完叹道:"怪不得此地人民惧怕到如此,原来这种大兽真是世界所少有的。我们这次来得太大意,真算侥幸之至了。"众人道:"不知那洞里还有小猰貐没有,我们且去搜搜看。"于是大家都到洞口,只见人的骸骨遍地狼藉,有些还未吃完,正不知道有几千百具,真是可惨之至!但并没有小猰貐。羿道:"时已不早,我们下山吧。"有一人道:"这猰貐究竟死不死,我再斩它一刀看。"说罢,一刀斩去,哪知猰貐竟还未死,嘴里叫起来,四足乱动,仿佛还要想立起来。众人道:"不好不好!我们再斩吧。"于是大家一齐动手,斩了许久,脏腑都露出来,料想不能再活,大众方才转身。到了半山,扛了那几个受伤的人,一同下山。天已昏黑,细看所有人家,依旧和昨日一样,寂无声息,只得仍到那树林下休息。这时大家都疲倦了,吃过干粮,倒头便睡,因为猰貐已除,大家放心,这一觉直睡到红日高升方才醒来。细看那受伤的人,已无大碍,替他们换了些药,又吃了些干粮,然后羿和逢蒙几个人再走到街上去,见了土人,便告诉他们,猰貐已经杀死。那些土人听了,都不相信,说道:"世上决无如此大本领,几个人就能杀死这样怪兽的。"羿道:"你们如不信,只要到山上去看就是了。"众人听了,却又不敢。逢蒙道:"我等和你们同去,难道你们怕死,我们不怕死的么?"众人听了,还是犹豫。羿道:"我们来欺骗你们做什么?你们如再不信,那边树下还有几个我们受伤的同伴卧在那里,难道受伤亦是伪造的么?"众人听了,才有几个大胆地说道:"那么我跟你们去看,但是你们切不可造谎,这个不是开玩笑的事情呢。"羿和逢蒙听了,亦不作声,带了从人迈步向前。那些土人陆续跟着,走到半山,看见斑斑的血迹,众人方才相信了。走到山顶,众人看见那猰貐的尸首如此庞大怪异,个个惊骇,个个切齿,又个个快心。走到洞边,看到这许多骸骨,无不伤心落泪。有的哭父母,有的哭妻子,有的哭兄弟亲友,都说从前给猰貐吃去的,如今认不明白了。于是大家环绕拢来,把羿和逢蒙一干人感激崇拜得和天神一般。有一个人问羿道:"你这位老翁,究竟是哪里来的天使?"羿道:"老夫是陶唐侯遣来的。"大家听了,齐声道:"原来是陶唐侯遣来的,怪不得有这样大本领。前日有人说,亳都天子已经叫人来剿除异兽了,我们想亳都天子那样无道,哪里会遣人来管我们百姓之事呢。"羿刚要分辩,有一个人接口问道:"陶唐侯既然叫你老先生来替我们除害,为什么不预先知照,使我们可以供给招待,略尽一点心呢?"羿道:"陶唐侯最怕烦扰百姓,你们这里受猰貐的残害已经够了,哪可以再来烦扰你们。况且这次不过一个奇兽,并非敌国强兵,我们同来的亦不多,不过和打猎一般,何必又烦扰你们呢!"众人听了,益发感戴陶唐侯不止。于是一齐邀请羿等下山,置酒款待,十分真挚。羿等再三称谢。过了多日,那受伤的人已大愈了,才整队回国。这里众人,自将猰㺄尸肉脔割分食,又将它的骸骨焚化扬灰,方才泄恨,按下不提。

且说羿等归国之后,陶唐侯慰劳一番,随即拜表到帝挚处复命。这时帝挚在位六年,荒淫无度,借生病为名,将一切政治都托付在驩兜、孔壬、鲧三个人身上。这日三个人正在议事,看见陶唐侯表文到了,驩兜就向孔壬说道:"陶唐侯居然能够杀了猰㺄,以后威名愈大,恐不可制,将如之何?"孔壬道:"不要紧,前日我接到四方报告,作乱的人正多着呢。东方有大风,占据沿海一带;西方有九婴,占据凶水之地;听说都是有非常本领的。南方更有一条妖蛇,盘踞在洞庭之野,给它吞吃的人民不少,所以南方奏报有多少年不通了。好在各地诸侯多不来报告请援,所以我们亦落得随他去。假使来请救起来,我们只要下令叫陶唐侯去,料想陶唐侯那边所靠的不过一个羿,东西南北各处叫他跑起来,也尽够断送他的老命了。况且陶唐侯虽则是个大国,不过百里,兵役粮饷都有限,我们叫他去打仗,不给他接济,包管他坐困,岂不好么!"驩兜一听,对于陶唐侯一层倒毫不在意,对于南方妖蛇可着急了,忙问道:"南方有妖蛇,汝何以知之?这个消息的确么?"孔壬道:"为什么不确?我们忝居执政,天下四方之事都应该有人在那里探听,随时报告。你不知道,真太麻木了。"驩兜正要问他详细,忽见家中有人来请,说有要事,驩兜乃不再问,就匆匆而去。

第二十九回

巫咸弟子辅佐三苗　巫术之情形
羿往桑林杀封豕

且说驩兜回到家中,只见三苗、狐功陪着几个服式奇异的人坐在那里,男的也有,女的也有,看见驩兜,都站起来。狐功上前一一介绍,指着几个男的道:"这位是巫先先生,这位是巫祠先生,这位是巫社先生。"又指着几个女的道:"这位是巫保先生,这位是巫凡先生,都是巫咸老先生的高足弟子。"驩兜听了,慌忙一一致礼,让他们坐下,就问狐功道:"巫咸老先生为什么不见?"狐功未及开言,巫先代答道:"敝师尊承司徒宠召,又承狐功君不远千里,亲自枉驾,感激之至,极愿前来效力。只因山中尚有些琐事未了,不克分身,是以特遣小巫与巫凡君前来,听候司徒驱策。将来敝师尊事了下山,再到司徒处谒见谢罪,望司徒原谅。"驩兜听见说巫咸不来,面上顿时露出不满意之色,就向狐功道:"我久听说巫咸老先生道术高深,这次公子分封南方,为国宣劳,非得巫咸老先生同往辅佐不可,所以特地命汝前往敦请。老先生乃世外之人,不比寻常俗子,有何俗事未了?想系汝致意不诚,以致老先生有所推托,这是汝之过呀。"说着,两眼尽管望着狐功。狐功慌忙道:"不是不是,小人对于巫咸老先生真是竭力恳求的,不过老先生总是推辞,说有事未了,不能起身;并且说这位巫先先生是他手下第一个大弟子,道术与他差不多,辅佐公子前往南方,必能胜任,他可以负责担保的。小人听他说到如此,不好再说,只能罢了。主公不信,只要问诸位先生,就可以明白。"骦兜听了,就问巫先道:"令师尊是学道之人,以清净为本,有何琐事,我所不解。"巫先道:"敝师尊自从得道之后,曾立下一个大愿,要使他的道术普遍于天下,所以近年以来,广收生徒,尽心传授,以便将来分派到各州去传道。现在还有几个未曾学成,所以必须急急地教授,以此不能下山,这是实情,请原谅。"骦兜道:"令师尊现在共有多少高足弟子?"巫先道:"共有十余人。"骦兜道:"现在有几位已经派出去呢?"巫先道:"敝师尊之意,本来想将各弟子一齐教授完毕,亲自率领下山,到一处留几个,到一州留几个的。现在因为司徒宠召,不能不改变方法,先遣小巫和巫凡君前来效劳,以便即往南方传道。其余巫社、巫祠两君前往冀州传道,巫保君往雍州传道,这是已经派定的。此外各州将来必定一一派遣,不过此时敝师尊并未发表,小巫不得而知之。"骦兜一听,更觉诧异,便指指巫保、巫祠、巫社三人道:"原来这三位并不是随公子往南方去的人么?往南方去的只有汝等二人么?"巫先应道是。骦兜听了,大不以为然,暗想:我如此卑词厚礼,不远千里去请这个贱巫,不料他竟大摆其臭架子,不肯前来,仅仅派遣徒弟,又只肯给我两个,不肯多派,情愿分派到别处去,这真是可恶极了。而且这两个徒弟,一男一女,都是年轻文弱的人,究竟真个有道术没有呢?只怕是个假货,那更岂有此理了!想到这里,正要想法试探他们的本领,忽见三苗从外面引着一个病人呻吟而来,向诸巫说道:"诸位先生来得正好,昨日舍间这个人坠车伤臂,痛楚极了,据此地的医生说,已经断骨,一时恐不能痊愈,可否就请诸位先生代为一治?如能速愈,感激不浅。"当下巫凡就走过来,将那病人伤臂的袖子撩起一看,说道:"这个伤势很奇怪,不像昨日受伤的,很像刚才受伤的;而且不像压伤折伤的,很像用金属的器具打伤的,与公子所报告的完全不同,不知何故?"三苗听了,一时作声不得,勉强期期艾艾地说道:"我,我亦不知道是什么缘故,只是这个伤势容易治么?"巫凡道:"很容易,很容易,即使要它速愈亦不繁难。"说着,就从他所带来的许多箱篚之中,拣出一块黄布,拿来将那病人的伤臂扎住了。那病人疼痛非常,叫唤不止,巫凡也不去理他。扎好之后,左手托住伤臂,右手叠起了中指食指,不住地向那伤臂上指点,他的两眼却是闭着,口中念念有词,不知道念些什么。骦兜等众人亦莫名其妙,目不转睛地向他看。过了约半个时辰,只见他忽然将两眼一张,两手一齐放下。说道好了。众人细看,那病人呻吟顿止,解开黄布,只见臂上已无伤痕,和好的人一般,大家无不骇然。骦兜、三苗至此,方才倾心佩服,礼貌言谈之间,不像刚才那种倨傲轻蔑了。那病人谢了巫凡,便退出去。这里仆人便搬了午膳来,骦兜就邀请诸巫坐下。骦兜与巫先为一席,三苗与巫祠、巫凡为一席,狐功与巫保、巫社为一席,男女杂坐,社交公开,今日总算开始实行了,好在请巫向来本是如此的,倒亦不以为意。燕饮之间,骦兜、三苗着实恭维诸巫的神术。狐功道:"某有一事,还要向诸先生请求,不知可否?"诸巫忙问何事。狐功道:"敝小主人此次奉帝命前往南方,至小是一个大国,地方百里,境宇辽阔,辅佐的人才不厌其多。巫保、巫祠、巫社三先生,虽说奉巫咸老先生之命,到雍、冀二州去传道,但是并不限定日期。某想此刻请三位亦一同前往南方,到得敝小主人基础奠定之后,那时再由三位分往雍、冀,不知此事可以俯从否?"巫社道:"这个似可不必,因为某等道术由一师传授,大致相同,并非各有特长。南方有巫先、巫凡两君同去,已足济事,何必再要某等呢!"狐功道:"不然,譬如刚才受伤的人只有一个,巫凡先生治起来自然从容了,假使同时受伤的不止一个,那么岂不是延长时间,使病人多受苦痛;而巫凡先生一个人,自朝至晚,一无暇晷,亦未免太辛苦。"巫祠道:"这亦不然,一人有一人的治法,多人有多人的治法,可以同时奏功,不必人多。"三苗听了,诧异之至,便问多人用什么方法。巫祠道:"这个不是语言可以传达的,等一会实验吧。"三苗听了便不言语。午膳毕后,三苗就出去了,不一会,领了许多断臂折肱的人进来,请诸巫医治。巫保道:"我来吧。"于是先叫人取一只大锅,中间满注清水,下面用柴烧煮。霎时水已沸了,巫保取一大棒,在锅中乱搅,搅到后来,愈搅愈浓,竟成为膏。巫保便叫人将这膏用布裹了,去贴在那些病人的伤处,须臾之间,那许多病人都说已痊愈了,于是大众益发惊异,有的竟猜疑他们都是神仙。三苗忽然跑出去,又跑进来,说道:"一个人被我杀死了,可救治么?"巫先道:"怎样杀死的?且让小巫看一看再说。"三苗答应,领了群巫往外就走,骥兜、狐功也都跟了出来。到得一处,只见一人仰卧血泊之中,腰间腹间血流不止,显然是刚才弄死的。巫先先将他鼻管一摸,气息是没有的了,但是身体尚温;又将他的衣裤解开,原来是用刀杀死的,腰间深入尺许,肋骨、脊骨、大肠都已折断,直拖出外面,状甚可惨。巫先看了一会,说道:"可治可治,不过不能立刻见效,须要七日。"骥兜等要试验他的法术,当然答应。巫先便走到里面,将他带来的箱箧打开,取出一包药末,又向骥兜要了许多好酒,将药末和酒调和,然后走到外面,一手擎着药碗,一手将中指食指叠起,对着尸身指画,又念起咒来,一面念,一面两只脚或左或右、或前或后、或倚或斜,做出许多怪异的状态;做毕,俯身下去,用手指将死者的牙关撬开,随即将那碗药慢慢地向他口中灌去,足足灌了半个时辰,只听见死者喉间格格作声,眼帘忽开忽合,似乎复活的样子,众人真惊异极了。灌完药末之后,巫先又叫人取水来,将他拖出的肚肠细细洗过;受伤之处敷之以药;截断之处接好之后,用针线缝起来,再敷之以药;断了的骨头亦是如法施治;再将肚肠盘好,安放到他腹里边去;然后又将他外面的皮肉用针线统统缝好,又叫人取两块木板来,一左一右,将尸身夹住,外面又用绳索捆缚,吩咐众人不许丝毫移动;这个医治手术方才完毕。众人看巫先时,已经满头是汗,想是吃力极了。天亦昏黑,驩兜就邀巫先和诸巫到里面去坐。三苗就问道:"这死尸会得活么?"巫先道:"必活必活,明日就可以活,过七日可以复原。"众人似信似疑。当夜诸巫都留宿驩兜家中,到得次日,大家来看那死尸,果已复活了。巫先仍丝毫不许他动,早晚二次亲自来灌他的药,接连七日,解开木板,那人居然已能起坐行走。从此,驩兜一家之人都崇敬诸巫和天神一般。

一日,众人聚集闲谈,三苗又问道:"假使一个人被伤,骨节少了一段,不知去向,有法可医么?"巫保道:"可以医治。譬如一个人的下颏被打去,可以割取别个人的下颏来补换;一个人的手足骨毁坏了一段,可以将他人的手足骨切一段来接换;不过救了这个人,牺牲了那个人,仍旧是一样的,而且太觉残忍,公子切不可再拿来试试了。"说得众人都笑起来。驩兜问道:"诸先生道术高深如此,假使有一个妖怪或猛兽、毒物,为人民之患,不知诸位有法驱除么?"巫祠道:"要看它的能力如何。假使它的能力寻常,如虎豹之类,小巫等有法可以禁制;如果是天地异气所钟,不常见的怪物,却有点不容易了。"三苗接口道:"竟没法可想么?"巫先道:"方法亦有,不过不能直接,只能间接。"三苗道:"怎样间接?"巫先道:"就是请命于神。如何驱除,神总有方法的。"三苗父子大喜,过了几日,驩兜就命三苗带了几百个壮丁前往南方建国,又和狐功说道:"你在这里虽则是不可少之人,但是现在公子草创国家,须要你去辅佐,且到那边基础立定之后,你再回来吧。"狐功领命,遂和三苗、巫先、巫凡等动身自去。这里巫祠、巫社、巫保等亦各自向雍、冀三州而去,按下不提。

且说三苗等一干人一路南行,到了云梦大泽,只见泽边船只密密排排,正不知有多少!叫了舟子来,向他雇船,舟子回说:"现在大泽西南岸出了一条大蛇,吞食人民不知其数,大家都逃开了,所以我们亦不敢开船过去。"三苗等一听,才知道孔壬之言不谬,就问他道:"不过一蛇,有什么可怕呢?"舟子道:"我没有见过,听说有八百多丈长,躺在地上,身躯比平屋还要高,张开嘴来,比门还要大,所以它走过的时候,不要说房屋为之崩摧,就是山岳亦为之动摇。这种情形,我们人类如何能够抵敌?恐怕我们几十个人还不够它做一餐点心呢。前几年听见说,有许多大象都被它吞下去,三年之中,把象的骨头陆续排泄出来,竟堆得和丘陵一般高,你想可怕不可怕!(现在湖南临湘市西南三十里有一座象骨山,据说就是它暴骨的地方。)还有它嘴里的毒气呢,喷出来,几十里远的人民触者多死,这真是奇妖呢!"三苗道:"我从前走过几次,并未遇到这个,究竟是哪里来的?"舟子道:"听说是从西面巴山一个朱卷国里来的,所以大家都叫它巴蛇。起初据说还没有这么大,后来吃人越多,身躯也越大了。"狐功听说,忙问巫先道:"这个有方法可制?"巫先道:"这是天地异气所钟,非寻常所有之物,小巫恐不能制伏,须要请命于神。"说罢,到旅舍中找了一间静室,登时披散头发,舞起两只大袖,口中又不知念何咒语;过了一会,只见巫先仿佛若有所见、若有所闻的样子;又过了一会,方才绾起头发,整理衣裳,向狐功说道:"这个巴蛇可以制伏的,不过要司衡老将羿来,才有方法,此刻却非其时。"三苗向狐功道:"如此将奈何?"狐功道:"怕什么,我们回去,请帝下诏,叫羿来,他敢不来么?"

于是大家重复回到亳都,将此事与骦兜说明。骦兜道:"恰好,前月朝廷遣人去祭告先帝的陵墓,去者共总有二十个人,不料昨日归来,只剩了三个人。问起原因,说是走到桑林地方,给一只大野猪吃去了,他们三个在后,逃得快,才能回来。又据说,桑林一带已无人烟,所有人民统给大野猪吃去,所以此刻正要请帝降旨,叫陶唐侯遣兵剿除。既然如此,一客不烦二主,就一总叫他去剿吧。"次日,果然帝挚降诏与陶唐侯,说道"现在桑林之野,生有封豕,洞庭之野,藏有巴蛇,大为民害,朕甚悯之。前日少咸山猰㺄,汝曾迅奏肤功,朕心嘉赖。此次仍着汝饬兵前往诛除,以拯兆民,朕有厚望"等语。陶唐侯接到此诏,召集臣下商议。羿道:"可怪现在天下的患害,都是一班畜生在那里搅扰,真是从古所无的。"务成子道:"大凡天下大乱的时候,割据地方、为民祸害的,有两种:一种真是畜生,但知道敲剥民髓,吮吸民膏,其他一无可取,就是这种封豕、长蛇之类;还有一种,稍为有一点知识,稍为有一点才艺,但是只知道为自己争权夺利着想,而不知为百姓着想,以致百姓仍旧大受其害。这种人似人而非人,依某所知,现在天下已有好几个,将来还要仰仗老将的大力去驱除他们,一则为天下造福,二则为真王树德,区区封豕、长蛇,还不过极小之事呢。"陶唐侯道:"现在此事,自然亦非司衡不可,请司衡不要怕辛苦,为百姓走一遭。"羿听了亦不推辞,正要站起来,务成子忙止住道:"且慢且慢,某知道老将有神弓神箭,除灭封豕是极容易的,但是那巴蛇,却非封豕之比,它有毒气,喷出来很是难挡,还须有预备才好。"羿道:"那么怎样呢?"务成子道:"当初黄帝的时候,贲邱地方有很多灵药,却有很多毒蛇,黄帝屡次想去,终不能去。后来听了广成子的话,随行的人个个都带雄黄,那些毒蛇方才远避,可见得制伏毒蛇全靠雄黄,所以老将此去,雄黄必须多备。"羿道:"雄黄生于何处?"务成子道:"产于西方山中者佳,武都(现在甘肃陇南市武都区)山谷中所生,色黄如鸡冠者,尤佳。产于山之阳者为雄,产于山之阴者为雌,雌的不足贵,雄的其用甚多。"陶唐侯道:"那么先遣人到武都去采办,如何?"务成子道:"恐怕有点难,因为那边新近出了一种怪物,名叫九婴,专是陷害人民,采办雄黄的人决不能走过去呢。"羿道:"那么怎样?"务成子道:"依某愚见,老将此刻先去剿封豕,一面由陶唐侯申告朝廷,说明要除巴蛇,非先办武都山的雄黄不可;要往武都山取雄黄,非先剿灭那边的九婴不可;且看朝廷办法如何,再行定见。"羿冷笑道:"朝廷有什么办法,不过仍旧叫我们去就是了。"务成子道:"果然如此,老将还得一行。某刚才说过,这种民贼多着呢,老将一一去打平它,一则为天下造福,二则为真王树德,想来老将总是愿意的。"羿听到此,连声说道:"愿意愿意!果然能够如此,随便到哪里去,我都愿意。"于是陶唐侯就将此意用表章申奏朝廷,一面老将羿就带了逄蒙和二百个兵士,径向桑林而来。

原来那桑林地方,在菏泽的南面,孟豬(现在河南商丘市东)的西面,那边一片平原,密密的都是桑树,本来是人民繁富之地,自从给封豕占据之后,人民大半被噬,余者亦逃避一空,大好桑林,化为无用,那封豕却藏在里面,做个安乐之窝,亦不知道有几年了。据土人说,这封豕是个神兽,很能变化,所以百姓用尽方法,总是捉它不得。羿打听明白,就和逄蒙商议。逄蒙道:"既是神兽,只能用计取,不能用力攻。弟子想来,它所凭依的,不过是个密密桑林,可作隐蔽,现在先用一把火,将桑林烧尽,使它失所凭依,那么自然易于擒捉了。"羿道:"汝这话甚是,但老夫之意,这些桑林都是民生之计,统统烧去了,须有多少年不能恢复,百姓如何过活呢?岂不是他们免了封豕之害,又受我们之害么?老夫尝看见有些军事家打起仗来,先将百姓的房屋烧尽,以清障碍,讲到战略,虽说不错,然而总太残暴了。况且现在不过一兽,何必如此大举,难道我们二个人还敌不过一兽么?"逢蒙见羿不用他的计划,心中不快,但亦只能服从。到了次日,羿率逢蒙一干人带了弓箭器械和绳索等,到桑林四周察看情形,只见四面密密,纯是桑树,其间有许多地方,仿佛通路,想系封豕从此出入行走的。正在看时,忽见前面一只大猪,比象还大,张口舞爪,狂奔而来,其势非常猛迅。羿不敢急慢,连射两箭,逢蒙亦连射两箭,箭箭都着,但是它这个豕突是很厉害,虽则身中四箭,还是直冲过来。羿和逢蒙等慌忙避入林中,哪知地下尽是泥泞,两脚全陷下去,不能动弹。那封豕却张开大口,撞进林来,要想吞噬。羿趁势一箭,直贯它的喉咙,那封豕长噑数声,化道黑气,穿林而去,桑林给它摧倒的不下数十株。这里有许多未曾陷住的人,慌忙过来,将羿等一一拖出泥泞。逢蒙道:"这个封豕真是神兽,为什么一道黑气就不见了?倘使它再化一道黑气而来,那么我们真危险呢!"羿道:"不妨不妨,我知道它受伤甚重,料难为患了。"说着就带了众人,沿着桑中之路,一直寻去,约有二里之遥,但是那路径歧而又歧,颇难辨认。最后遇到一个大丘,四面骸骨纵横,不知其数。逢蒙道:"此处必是它的巢穴了,我们细细搜寻吧。"忽有兵士发现一个大穴口,里面幽黑,窅不见底。羿道:"这封豕一定藏在里面。"忙叫士兵将绳索结成一个大网,布在穴口,一面取箭向穴中射去。陡然听见狂噑之声,就有一大物冲穴而出,众人急忙把网一收,哪知封豕力大,几乎捉它不住,羿急忙又是一箭,封豕才倒下来,于是众人收了网,几十个人拖了它走。逢蒙道:"不怕它再化黑气么?"羿道:"老夫刚才这支箭是神箭,它不能再化了。"出得林外,大家休息一会,又拖到有人烟之地,众多百姓前来聚观,无不奇怪,又无不拍手称快,都道:"我们这两年中,给它吃去的人不知有多少了;它又将我们这桑林占据,我们失业、受饥寒的人也不知有多少了；难得陶唐侯派老将军来为我们除害，真是感恩不浅。"当下就有许多受害人的家属来和羿说，要想脔割这只封豕，且吃它的肉，以泄仇恨。羿答应了，于是大家拿了刀，七手八脚地乱割，却从它身上取出六支箭，原来都是羿和逢蒙所射的。内中一支较小，羿取出揩洗一会，收拾起来，说道："这是我的神箭，将来还要用呢。"逢蒙听了，颇觉奇怪，问道："这就是神箭么？老师从哪里得来的？"羿道："这是老夫幼时专心一志研炼得来的，并非仙传，亦非神授。还有一张神弓，亦是如此，可以仰射星辰。"逢蒙道："弟子追随老师几十年，从来没有听见老师说起过。"羿道："这是不常用之物，而且极不易为之事。老夫早想传授你，但是因你年龄太长，决炼不成功，所以就不和汝说起了。"逢蒙听了，将信将疑，然而因此颇疑心羿不肯尽心传授，不免有怨望之心了，这是后话不提。且说众人解剖封豕，忽然发现它的两髀上各有八颗白而圆的斑点，大家不解，纷纷议论。羿道："依此看来，这封豕真是神兽了。老夫知道天上奎宿，一名叫封豕，共总有十六颗联合而成；那奎字的意思，本来是两髀间之意，因为奎星像两髀，所以取名叫作奎；现在这封豕两髀之间，既有十六颗白点，上应奎星之精，岂不是个神兽么！"众人听了，方始恍然。到得次日，羿和逢蒙就率领众兵士归亳邑而去。

第三十回

羿杀九婴，取雄黄　羿往洞庭之野屠巴蛇

且说骧兜、孔壬、鲧三人，自从接到陶唐侯请讨九婴的表章以后，当即聚集商议。骧兜道："我看起来，这是陶唐尧不肯出师远征，所以想出这话来刁难我们的。杀一条大蛇，何必要远道去取雄黄？况且他在东方，并未到过西方，何以知道有九婴为患？岂非有意推托么？"孔壬道："这个不然。九婴为患却是真的，并非假话。"骧兜道："即使真有九婴，与他何干？我叫他去除巴蛇，他反叫我去除九婴，岂不是刁难么！"孔壬道："那么你看怎样？"骧兜道："依我看来，我就不叫他去除巴蛇，我这里自己遣将前去，料想一条大蛇，有什么厉害！只要人多，多操些强弓毒矢就是了。等我除了巴蛇之后，再降诏去斥责他，说他托故推诿，看他有何话说？"孔壬道："你这话不错，我想九婴既然在西方为患，天下皆知，我们朝廷尽管知而不问，总不是个办法，恐怕要失天下之心。现在你既调兵南征，我亦遣师西讨，趁此机会，张皇六师，一振国威，你看何如？"骧兜道："甚好甚好！只是我们调多少兵去呢？"孔壬道："我听说九婴甚是厉害，我拟调两师兵去。"骧兜道："我亦调两师兵去。"孔壬道："除一条蛇，要用两师兵，不怕诸侯笑话么？"鲧在旁听了，亦说道："太多太多，用两师兵捕一蛇，胜之亦不武，不如少些吧。"骧兜不得已，才遣了一师兵。原来那时天子之兵，共有六师，如今两师往西,一师往南,拱卫京畿的兵已只有三师了。到了那出师之日,驩兜、孔壬亲自到城外送行,指授各将士以方略,看三师兵分头走尽,方才进城,一心专待捷音。独有那鲧毫不在意,为什么缘故呢?原来驩兜要除巴蛇,是为自己南方封国的缘故;孔壬要除九婴,深恐将来九婴势大,阻绝了他和相柳交通的缘故;各人都是为私利起见,并非真有为民除害、为国立威之心。至于鲧,是一无关系之人,所以淡淡然毫不在意了。小人之心,唯利是图,千古一辙,真不足怪,闲话不提。

且说有一日,驩兜、孔壬正在朝堂静等捷音,忽然外面传说,有捷音报到。二人慌忙召来一问,原来是陶唐侯的奏表,说道"封豕已诛,桑林地方已经恢复原状"等语。二人看了,都默不作声。又过了多日,忽见南方将士纷纷逃归,报告道:"巴蛇实是厉害,我们兵士给它吃去的甚多,有些给它绞死,有些中它的毒气而死,有些被逼之后,跳入云梦大泽而溺死,总计全数,五分之中死了三分,真厉害呀!"驩兜听了,忙问道:"你们不是预备了强弓毒矢去的么?为什么不射呢?"那些将士道:"何尝不射呢,一则因它来得快,不及射;二则那蛇鳞甲极厚,射着了亦不能伤它;三则它的毒气真是厉害,隔到几十丈远就已经受到了,一受毒气,心腹顿然烦闷,站立不牢,那蛇的来势又非常之快,怎样抵敌得住呢?"驩兜道:"你们没有设立各种障碍物和陷阱么?"那些将士道:"巴蛇的身躯大得很,无论什么障碍物都拦它不住,区区陷阱更不必说了。"驩兜听了,长叹一声,心中深恨自己的失策,应该听神巫之言,叫羿去的。哪知这时亳都和附近各地的人民听到这个败报,顿然间起了极大的震动和骚扰,一霎时父哭其子、兄哭其弟、妻哭其夫的声浪,震动遍野。原来那时候的制度是寓兵于民,不是募兵制度,所以此次出师南征西讨的兵士就是近畿各邑人民的子弟,一家出一个壮丁,南征的兵士,五分中既然死了三分,计算人数当在几千以上,他们的家属焉得不痛哭呢!还有那西征将士的家属,尤其悬悬在心,究竟不知前敌胜负如何。

忽有一日报道,西征军有使者到了。孔壬忙叫那使者来问道:"胜败如何?"那使者道:"已大败了。"孔壬问:"如何会败呢?"那使者道:"我们初到那边,就叫细作前往探听,原来那九婴不是一个人名,是九个孩子,内中有四个而且是女的。我们将士听了,就放心大胆,不以为意。哪知第一夜就被他们放火劫寨,烧伤将士不少,损失亦很重。第二日整队对垒,恰待和他们交锋,哪知他们又决水来灌,那个水亦不知从哪里来的,因此我们又吃了一个大败仗。自此之后,他们不是火攻,就是水淹,弄得我们无法抵御,精锐元气都丧失殆尽,只好退到山海边,静待援军。望朝廷从速调遣,不胜盼切之至。"孔壬一听,作声不得,仔细一想,救是再救不得了,还是叫他们回来为是。遂又问那使者道:"现在全军损失多少?"那使者道:"大约一半光景。"孔壬听了,把舌头一伸,几乎缩不进去,就下令叫他们迅速班师,那使者领命而去。这里各处人民,知道这个消息,更是人心惶惶。驩兜、孔壬到此,亦无法可施。后来帝挚知道了,便召二人进去,对他们说道:"依朕看起来,还是叫陶唐侯去征讨吧。他有司衡羿在那边,尽能够平定的。"驩兜道:"当初原是叫他去的,因为他刁难推诿,所以臣等才商量自己遣兵。"帝挚道:"不是如此。陶唐侯乃朕之胞弟,素来仁而有礼,对于朕决不会刁难,对于朕的命令亦不会推诿,他不去攻九婴,要先奏闻朝廷,大约是不敢自专的意思。现在朕遵照古例,就赐他弓矢,使他以后无论对于何处得专征伐,不必先来奏闻,那就不会推诿了。"驩兜、孔壬听了这话,出于意外,不觉诧异,都说道:"这样一来,陶唐侯权势太盛,恐怕渐渐地不可制伏,那么将如之何?"帝挚笑道:"这却不必虑,朕弟尧的做人,朕极相信得过,决不会有夺朕帝位之心;即使有夺朕帝位之心,朕亦情愿让他,因为朕病到如此,能有几日好活,殊难预料,何必恋恋于这个大位?况且平心而论,朕的才德实在万不及他,为百姓计,这个帝位实在应该让他的。朕已想过,倘使朕的病再不能即愈,拟竟禅位于他,所以汝等不可制伏一层是不必虑的。"二人听了这话,都默然不敢作声。

次日,帝挚就降诏,赐陶唐侯弓矢,叫他得专征伐,并叫他即去征服九婴。陶唐侯得到诏命,就召集群臣商议。务成子道:"现在朝廷起了三师之兵,南征西讨,均大失利,所以将这种重任加到我们这里来。既然如此,我们已经责无旁贷,应该立即出师。但是出师统帅,仍旧非老将不可,老将肯再走两趟么?"羿道:"军旅之事,老夫不敢辞。现在出师,自然先向西方了,但是九婴究竟是个什么东西,何以朝廷两师之众仍然失败,老夫殊觉诧异,老先生可知道么?"务成子道:"九婴来历,某颇知之,他们是个水火二物之怪,所以善用水火,其他别无能力。"陶唐侯道:"水火能为怪么?"务成子道:"其中有个缘故,当初太昊伏羲氏生于成纪(现在甘肃秦安县),自幼即思创造一种符号,为天下利用,就是现在所传的八卦。后来仓颉氏因了他的方法,方才制造出文字母来,所以伏羲八卦实在是中国文字的根源。但是伏羲氏画八卦的地方,不止一个(河南淮宁县北一里,又上蔡县东三十里,都有伏羲八卦台)。而最早的地方,终究要算降生地方的成纪,所以成纪那边伏羲所画的八卦尤为文字根源的根源。那边画八卦的地方,后人给他起了一座台,作为纪念。每逢下雪之后,那台下隐隐约约还有所画八卦的痕迹,精诚所结,日久通灵,遇到盛世,就成祥瑞,遇到乱世,就为灾患。所以那九婴就是坎、离二卦的精气所幻成的。坎卦四短画、一长画,离卦二短画、二长画,共总九画,所以是九个。因为是伏羲氏幼时所画的,而且卦痕多不长,所以都是婴孩的样子。坎为中男,所以五个是男形;离为中女,所以四个是女形。坎为水而色玄,所以五个男婴都善用水,而衣黑衣;离为火而色赤,所以四个女婴都善用火,而衣红衣。大抵这一种精怪,所恃者,人不知其来历出身,所以敢于为患。老将此去,只要将这种情形向军士宣布,他们自然胆怯心虚,虽有伎俩,亦不敢施展了。再加之以老将的神箭,还怕他做什么?"羿听了,欢欣之至,急忙向务成子称谢,又辞了陶唐侯,出来择选了一千兵士,和逢蒙率领,向西进发。

过了多日,到了成纪地方,一条凶水旁边,果然遥见两大队九婴之兵,一队纯是黑色,有一个较大的男孩子领队,一队纯是红色,有两个较大的女孩子领队。羿在路上,早将这九婴的来历向众兵士说明,众兵士心中均已明白。古人说得好:"见怪不怪,其怪自败。"一到阵上,羿的兵士个个向他们大叫道:"坎、离两个妖怪!死期到了,还不早逃!"那九婴听见这话,料知事情败露,不禁张皇失措,要想逃走,禁不起这边羿和逢蒙的箭如雨点一般射来,登时把九婴统统结果了。其余都是胁从来的百姓,羿令兵士大叫:"降者免死!"于是九婴的兵都纷纷投降。这一回竟自马到成功,并没有交绥一次,把西方来助战的诸侯都惊得呆了。有了前此帝挚两师兵的失败,越显得这次陶唐兵的神奇,于是西方诸侯和人民无不倾心吐胆,归向陶唐侯了。

且说羿杀了九婴之后,一面遣人向武都山采取雄黄,一面即率师振旅归国。陶唐侯率臣下慰劳一番,自不消说。过了多日,武都山雄黄采到了,羿拜辞陶唐侯,又要出征。务成子送他道:"老将此去,杀死巴蛇不足为奇,不过巴蛇的皮肉很有用处,老将杀了巴蛇之后,它的皮肉请为某收存一点,勿忘勿忘。"羿问道:"有何用处?"务成子道:"可以制药,治心腹之疾,是极灵验的。"羿唯唯答应,于是又和逢蒙带了一千兵士,直向云梦大泽而来。一日,到了桐柏山(现在河南桐柏县),只见一人,形容枯槁,面色羸败,倒在山坡之上。羿忙叫兵士救他起来,问他姓名,又问他何以至此。那人道:"某姓樊,名仲文,向住在樊山的(现在湖北鄂州樊山),自从亳都天子遣将调兵来攻巴蛇之后,巴蛇没有除灭,而人民大受兵士之骚扰。后来兵士大败,相率北归,又是大抢大掠,而那条巴蛇却渐渐荐食过来。我们百姓,既遭兵士之蹂躏,又遇巴蛇之害,无处存身,只得弃了家乡,四散逃命。某有一个同族,名竖,号仲父,住在中原,本想去投奔他的,不料走到这里,资斧断绝,饿不过了,所以倒在这里。今承拯救,感激之至。"羿听了,急忙叫兵士给他饮食,等他回复气力之后,羿又问他道:"你既受巴蛇之害,知道它怎样厉害么?"樊仲文道:"当初巴蛇沿着云梦大泽向东来的时候,某亦曾倡议,纠合乡里的人去抵御。无如弓矢之力所及,不如它毒气喷得远,所以总御不住。假使有方法能够消除它的毒气,某想亦容易除灭的。"羿又问道:"你于那边的地理熟悉么?"樊仲文道:"家乡之地,很熟悉。"羿道:"那么你可否暂时不到中原,且在我军中做个向导,你情愿么? 老夫是奉陶唐侯之命来此诛巴蛇的,对于它的毒气已有抵御之法,你不要害怕。假如你不肯,亦不勉强。"樊仲文听了,大喜道:"原来是陶唐侯的大军,某情愿同去。"于是就留在军中,一同前进。

过了桐柏山,已离云梦泽不远,羿便吩咐樊仲文,带二十名兵士先往探听巴蛇消息,究竟此刻藏在哪里。去的时候,每人给一包雄黄,叫他们佩在身上,或调些搽在鼻端,或弄些吞在腹中,都是好的。仲文等领命而去,羿等亦拔营缓缓而前。过了两日,仲文等回报,说已探听着了,那蛇正在云梦大泽东边一座山林之中呢。羿听了,便叫兵士每人预备柴草两束,每束柴草之内,都安放一包散碎的雄黄并火种,个个备好,又各人发给一包雄黄,随身佩戴,临时如法施用。又向兵士说道:"假使碰到巴蛇,它来追赶,你们各人都将所拿的柴草先取一束烧起来,丢在地上,随即转身退回,我自另有处置。"告诫兵士完了,又和逢蒙说道:"他们兵士的箭都不能及远,我和汝二人每人各持十箭,箭头上都敷以雄黄,大概亦可以结果它了。"逢蒙道:"弟子看来,斩蛇斩七寸,能够射它的七寸,最好。但是它身躯太大,七寸恐不易寻,还是射它的两眼,老师以为如何?"羿道:"极是,那么你射右,我射左吧。"计议已定,即带了兵士,向大泽东方而进。羿吩咐前队,须要轻捷,不可惊动它,反致不妥。过了一日,只见前队来报,说巴蛇在对面山上,已经望见了。羿听了,即与逢蒙上前观看,只见那蛇确在山上曝它的鳞甲,头向西朝着大泽,足有车轮一般的大,张口吐舌,舔舐不已,好不怕人!周身鳞甲,或青或黄,或黑或赤,几乎五色毕具。细看它的全身,除一部分在山石上外,其半身还在林中,从东林挂到西林,横亘半空,俨如一道桥梁。众人看了,无不骇异。正在指点之时,那蛇似乎有点觉得,把头昂起,向北旋转,朝着羿等。羿和逢蒙一见,不敢怠慢,两支箭早已如一对飞蝗,直向它两眼而去;接着,又是两支箭,觑准了飕飕射去;但是它的那股毒气,亦是喷薄而来。这面兵士早已防到,一千束柴草顷刻烧起,雄黄之气馥裂袭人,凑巧北风大作,将雄黄烟卷向巴蛇而去。这时烟气弥漫,对面巴蛇如何情况,一时亦望不明白,但听见大声陡起,震动远近,仿佛是山崩的样子。过了一会,烟气渐渐消散,仔细一看,对面山上所有树林尽行摧折,山石亦崩坍了一半,却不见巴蛇的踪迹。逢蒙道:"巴蛇逃了,我们赶过去吧。"羿道:"此刻日已过午,山路崎岖,易去难回,恐有危险,不如先饬人去探听为是。"正在说时,只听见东面山上又是一声大响,众人转眼看时,原来巴蛇已在东山了,它忽而昂头十丈之高,忽而将身蟠起,又急而将尾巴掉起,四面乱击,山石树木给它摧折的又不少。原来那蛇的两眼确已被羿和逢蒙的箭射瞎了,本来想直窜过来,因雄黄气难挡,又因眼瞎,辨不出方向。所以乱窜,反窜到东山去了。过了一会,觉着两目不见,非常难过,因而气性暴发,就显出这个形状来。但是它口中的毒气,还是不住喷吐,幸而北风甚劲,羿等所立之地是北面,不受影响。又过了一会,那蛇忽伏着不动,想是疲乏了。逢蒙道:"看这个情形,它的两眼确已瞎了,我们再射两箭吧。"羿道:"极是极是。"于是两人拈弓搭箭,觑准了又连射三箭,箭箭都着,有一箭仿佛射在它要害里,那蛇像是疼痛难当,又乱撞乱窜起来,最后仿佛有点觉得了,望着羿等所在,竭力窜过来。众人猝不及防,赶快后退,一面将柴草烧起,向前面乱掷。幸喜那蛇眼睛已瞎,没有标准,行动不免迟缓,未曾冲到面前,给烟一熏,又赶快掉头回去。然而有几个人已经受了毒气,霎时间周身浮肿,闷倒地上。羿急叫人扛之而走,一面吩咐,将所佩戴的雄黄冲水灌服,约有一个时辰,腹中疼痛,泻出无数黑水,方才保全性命,亦可见巴蛇之毒了。且说巴蛇退去之后,羿亦不赶。率众回到行营,与逢蒙商议道:"今日那蛇受伤已重,料想不能远逃,明日当可歼除,不过柴草雄黄等还是要备,因为它的毒气真是可怕,汝看何如?"逢蒙道:"老师之见极是。"到了次日,各种柴草雄黄都备好了,大众再往前面而来,只见山石树木崩坏得非常厉害,道路多为之梗塞。羿叫兵士小心在前开路,走到一处,但见地上有一个血泊,腥秽难闻,血泊中却浸着一支箭。兵士认识是羿的箭,急忙取了出来,哪知这只手顿时红肿,情知中了蛇毒,急忙用雄黄调敷,方才平服。羿道:"这支箭必是中了它的要害,它疼痛不过,所以用牙衔出。大凡蛇的毒全在两牙,既然是用牙衔出来的,所以这支箭亦毒了。"逢蒙道:"现在我们只要依着血迹寻去,总可以寻得到。"众人道是,于是一路搜寻血迹,约有两里路,忽有一兵士说道:"前面蟠着的不是蛇么?"众人一看,如土堆一个,鳞甲灿然,相离已不过几十丈路。羿叫军士先烧起柴草,又和逢蒙及几百个兵士一齐放箭。那蛇又着了无数箭,急忙乱窜,但是受伤过重,又为雄黄所制,窜了多时,已不能动弹。羿等怕它未死,还不敢逼近,又远远射了无数箭,看它真不动了,才敢过来。只见它的头纯是青色,身子大部分是黑色而杂以青、黄、赤三色,其长不可约计,真是异物。众人就要去斩它,羿道:"且慢,再用雄黄在它头上烧一烧看。"兵士答应,烧了柴草,丢过去,哪知它余气未尽,昂起头,鞠起身躯,仿佛还要想逃的样子,但是终究无济,仍旧倒了下去,连一部分肚皮都向天了,众人知其已死。羿道:"且待明日再细细收拾它吧。"于是大家仍旧回营。到了次日,羿叫兵士备了无数刀锯斧凿之类,来处理那蛇。那时有些百姓知道了,无不称快,跟了羿等来看的人不少。羿叫兵士先将蛇头锯下,再翻转它的身躯,将胸腹剖开,取出脏腑,然后再细细将它皮肉割下。樊仲文在旁看了不解,便问道:"这蛇的皮肉有用么?"羿便将务成子的话告诉了他,仲文方始恍然。几百个兵士整整割了一日,方才割完。那蛇毕竟太大了,虽说可以制药,然而无论如何总用不了这许多,于是羿取了些,逢蒙和兵士各取了许多,樊仲文取了些,其余观看的百姓又各取了些,此外剩下的皮肉骨骼,就统统堆在大泽之边,盖上泥土,足足有丘陵那样高。后人就将这地方取名巴陵(现在湖南岳阳市),亦可以想见巴蛇之大了。

第三十一回

羿往寿华之野杀凿齿　帝挚下诏禅位唐尧
三苗建国于南方

司衡羿既屠巴蛇,在云梦大泽附近休息数日,正要班师,忽传南方诸国都有代表前来,羿一一请见。当有渌国的使者首先发言道:"某等此来,有事相求。因为近年南方之地,出了一种似人非人、似兽非兽的东西。说他是兽,他却有两手,能持军器;说他是人,他的形状却又和兽相类,竟不知他是何怪物,更不知他从何处发生。因为他口中的牙齿有三尺多长,下面一直通出颔下,其状如凿,所以大家就叫他凿齿。这凿齿凶恶异常,大为民害,又纠合了各地剽悍狠戾的恶少地棍等,到处残虐百姓,为他所杀去不知凡几。某等各国联合出兵,四面攻剿,但是总打他不过,只好坚壁自守,但他不时还要来攻打,去岁某等各国会议,乞救于中原,但到了此地,又为妖蛇所阻,不能前进。今幸得陶唐侯派老将军前来将妖蛇除去,真是造福无穷。所以希望老将军乘便移得胜之师,到南方剿灭凿齿,敝国等不胜感盼之至。"说罢,再拜稽首。羿道:"为民除害,某甚愿效劳,但未奉陶唐侯命令,不敢自专,请原谅。"云阳国使者道:"某素闻陶唐侯仁德如天,爱民如子,天下一家,决无畛域。现在南方人民受那凿齿之害,真在水深火热之中,老将军如果率师南讨,便是陶唐侯知道,亦断不会责备的。望老将军不吝援助,不但敝国等感激,就是所

— 266 —

有南方百姓,都无不感激。"说罢,亦再拜稽首。羿道:"某并非推却,亦非惧怕敝国君的责备,不过论到做臣子的礼节,是应该请命而行,不能专命的。现在诸位既如此敦促,某且驻师在此,遣人星夜往敝国君处陈请,奉到俞允后,再从诸位前往剪除那个怪物,诸位以为何如?"各国使者听了,连声道好。于是羿即申奏,一面将屠戮巴蛇之事叙明,又将巴蛇皮肉等附送务成子合药,一面又将各国请讨凿齿之事详细说明,使者赍表去了。各国使者向羿说道:"承老将军如此忱诺,料陶唐侯一定俯允。某等离国已久,那边人民盼望,不免焦急,而且这几日中,凿齿的蹂躏又不知如何,所以急想归去,一则安慰人民,二则探听凿齿情形,以便再来迎接报告。如果陶唐侯命令一到,还请老将军即速前来为幸。"羿答应了,各国使君都纷纷而去。

　　过了多日,陶唐侯的复令没有来,那云阳国的使者又来了,见了羿,就下拜道:"凿齿已经打到敝国,现在都城失守,敝国君和臣民等退保北山,真是危急之至,万望老将军勿再泥于臣下不自专的礼节,赶快前往救援,否则敝国从此已矣。"说罢,涕泣如雨,稽首不止。羿听了,一面还礼,一面说道:"去,去,去,某就去。"于是下令拔队前进。樊仲文因不愿随从,自回家乡而去。羿等大队直向前行,忽然前面一片喧吵之声,但见无数人民狼狈奔来,口中喊道:"凿齿来了!凿齿来了!"羿听了,忙叫兵士整队,持满以待。等了许久,果见前山拥出三十几个人,每人一手执刀,一手持盾,飞奔而来。羿见了,忙和逢蒙抽出无数箭,不断地向前射去。原来凿齿所持的盾,本是极坚固的,他的舞法又甚好,所以自从蹂躏地方以来,任你强弓利矢,总是射他不进,因此所向无敌。此次碰到了羿,他们以为不过如寻常一般,而且距离尚远,箭力不及,所以不曾将盾舞动,一直冲向前来。哪知羿和逢蒙的箭力都是极远,早有几个饮羽而死,有几个看得怪了,忙舞起盾来,但仍有几个着箭。那些人看看害怕,赶快退后,一经退后,再没有盾可以遮拦,因而中箭的更多。那时羿的兵士赶上去,除死者之外,个个都生擒,解到羿处,听候发落。羿一看,这些人都是寻常人民,并不是兽类,看他们的牙齿亦并不凿出,就审问道:"你们这批恶类,到底是人是兽?"那些凿齿兵连连叩首道:"我们都是人,不是兽。"羿喝道:"既然是人,为什么如此为害于百姓?"凿齿兵道:"我们本来亦是好好的百姓,因为有一年凿齿来了,他的状貌,全身兽形而有两手,且能够人立,立起来极其高大,上下牙齿甚长,又能够说人话,但是性情凶恶无比。到了我们那边,就用武力来强迫我们,叫我们给他服役,假使不听他的话,他就要处死我们。我们怕死,没有办法,只好降他。他又叫我们制造一支长戈,一张大盾,是他自己用的,另外又叫我们造无数短戈、小盾,都是分给我们用的。他又教我们用戈舞盾的方法。我们为他所用,实出于不得已,请求原谅。"羿道:"你们给他所用的人,共有多少?"凿齿兵道:"共总有二三千人。"羿诧异道:"有这许多人么?从哪里来的?"凿齿兵道:"都是历年里胁威逼来的。"羿冷笑道:"不见得吧,恐怕自己投靠他的人亦不少呢。"有一个凿齿兵道:"有是有的,有许多人甘心投靠他,情愿给他做儿子、称他作父亲的都有。"羿道:"这些人现在哪里?"凿齿兵道:"他们都在凿齿旁边,非常得势,亦非常富有了。"羿道:"你们这一队人共有多少?"凿齿兵道:"二百五十人。"羿道:"现在在什么地方呢?"凿齿兵道:"在前面约五十里远的一个村庄里。"羿道:"那个凶兽现在在哪里?"凿齿兵道:"他的行踪无定。我们出发之时,他亦在那村庄里,此刻不知在何处。"羿道:"你们到这里来骚扰做什么?"凿齿兵道:"亦是奉了凿齿的命,先来掠地的。"羿大喝道:"你们这班无耻的东西,甘心给害民的凶兽做走狗,倒反狐假虎威,来虐杀自己的同胞,实在可恶已极,罪无可赦,左右快与我拖出去,统统斩首。"那些人大哭大叫道:"我们实在不是本心,是被那凶兽强迫的。冤枉呀!冤枉呀!"叫个不止。羿喝道:"胡说!从前或者是被逼的,如今你们有的抢、有的房,饱食暖衣惯了,都非常得意,早把良心丧尽,还要说是被逼么?恐怕有些害民的方法,还是你们这些给凶兽做走狗的在那里教唆指导呢。不然,一个凶兽,哪里会害民到如此?我看你们也许已经做了凶兽的什么官职了,还要说是冤枉,骗谁来?"那些凿齿兵听了,作声不得,就一个个牵出去斩首,一共有二十多人。内中有一个,年纪甚轻,不过二十多岁左右,刚要拖出去,羿看了,忽然心中一动,就叫暂且留下,便问他道:"你要死要活?"那少年已吓得发颤了,战战兢兢地说道:"请饶命!请饶命!"羿道:"你甘心做那凶兽的走狗么?"那少年道:"我不甘心。"羿道:"你如要保全性命,须立功赎罪。"那少年不解所谓,呆着不作声。羿道:"我此刻放你回去,你可将今日的情形和我刚才所说的话,去告诉同伴的人,劝他们不要再给凶兽做走狗了。一个人总应有一点良心,何苦做这种无耻之事。要知道帮助凶兽来害同胞,这是天理所不容的。大兵一到,首从全诛,何苦来!一个人要想丰衣足食,自有方法,何必如此。你回去将这些话劝劝他们,劝得一个人转意,就是你的功劳;劝得多数人转意,就是你的大功劳。你能够如此,不但不杀你,将来而且有赏赐,你知道么?"那少年听了,连声说:"知道知道,能够能够。"羿又大喝一声道:"你不要口不应心,随便答应。假使你不依我的话,再去给凶兽做走狗,将来捉住,碎尸万段!"说完,又喝道,"去吧!"那少年向羿谢了一谢,慌忙疾奔而去。这里羿和逢蒙说道:"我刚才看那凿齿的兵,舞起盾来,煞是有法度,他们的兵又多,恐怕一时不易取胜,所以想出这个方法,要想离间他的羽翼,但是恐怕不能有多大效果。

明朝打起仗来,我想叫兵士伏在地上,专射他们的脚,他们的脚是盾所不能遮蔽的,你看如何?"逢蒙道:"老师之言甚是,弟子以为,明日接战最好用十面埋伏之法。弟子带些人先去交战,慢慢地诱他过来,老师带兵士伏在前面山冈树林之内,等他来时,出其不意,一齐丛射,可以取胜,老师以为何如?"羿道:"甚善甚善。"

计议已定,到了次日,逢蒙带了一百兵士前进数里,不见凿齿兵踪迹。正要再进,只见前面隐隐约约有多人前来,逢蒙便叫兵士且分藏在林子里。过了一会,那些人愈走愈近,果然是凿齿兵。逢蒙一声号令,百矢齐发,早射伤了几十个。凿齿兵出于不意,茫无头绪,正要想逃,谁知后面大队凿齿兵到了,数在一千以上。逢蒙急传令后退,凿齿兵不知是计,欺逢蒙兵少,紧紧追赶,不一时已入伏兵之中。逢蒙兵忽而转身,一齐伏地,凿齿兵莫名其妙,仍旧赶来。霎时众矢齐发,凿齿兵脚上受伤者不知其数。然而前者虽伤,后面的仍如潮而进,忽然一声呐喊,羿的伏兵一齐起来,凿齿兵不知虚实,方才急忙退转。羿等从后面追射,射死甚多,擒获的亦有几十个,只不见那个长牙的凿齿。羿就问那些擒获的凿齿兵道:"凿齿在哪里?"凿齿兵道:"在后面呢,他向来打仗,总是在后面的。打胜了,他才上前;打败了,他先逃之大吉,所以不在此处。"羿道:"照这样说来,他太便宜,你们太愚蠢了。你们为什么情愿如此为他效死出力?岂不可怪!"凿齿兵道:"我们不依他,他就要杀,所以只好如此了。"羿大喝道:"胡说!你们有许多人,他只有一个,难道敌他不过么?"凿齿兵道:"因为没有人敢发起这个意思,大众又不能齐心,所以给他制伏了。"羿道:"现在我放你们回去,你们敢去发起这个意思么?"凿齿兵齐叩头道:"若得如此,我们一定去发起,弄死他。"羿道:"这话靠得住么?"凿齿兵道:"我们已蒙不杀之恩,安敢再说谎话?"羿听了,就叫兵士取出无数金疮药来,给他们敷治,又赐以饮食,那些凿齿兵都欢欣鼓舞而去。云阳国使者道:"这种人残忍性成,放他们回去,恐怕仍旧不能改的呢。"羿道:"老夫也未尝不想到此,不过这种人推究他们的来源,何尝不是好好的百姓,因为国家不能教养他或保护他,陷入匪类,以致汩没到如此,论起来,国家也应该分负一部分的过失,决不能单怪他们的。况且凿齿现在所裹胁的人民,共有几千,岂能个个诛戮?所以老夫此刻,先加以劝导,使他们觉悟,如其有效,岂非好生之德!倘使教而不改,然后诛之,那么我们既问心无愧,他们亦死而无怨。敝国君陶唐侯,常常将此等道理向臣下申说,老夫听得烂熟了,极以为然,所以如此施行,亦无非是推行敝国君的德意罢了。"云阳使者道:"那么,昨日的二十几个人,都极口呼冤,除少年外,何以统统杀死呢?"羿道:"昨天二十几个人,情形不同。一则,如此少数之人离开大队,远来劫掠,必是积年老寇,陷溺已深,难期感化的人;二则,据难民说,刚刚杀人越货,那是不能不抵罪的。"云阳使者听了,深佩陶唐侯君臣不置。

次日,羿率师前进,到了一个村庄,只见尸横遍地,房舍都残破无余,尚有几个受重伤的人,呻吟于零垣败屋之中。羿急叫军医替他们施治,又问他们情形。这些人说:"凿齿大队在此已盘踞多日,抢掠淫杀,无所不致。昨晚不知何故,都匆匆向南而去,临走的时候,又大杀一阵。我们虽受重伤,幸亏逃得快,躲在暗陬,得延性命,然而家破人亡,生计凋毁,此后恐亦难存活了。"说罢,放声大哭。大众听了,无不惨然,不免抚慰一番。因为知道凿齿逃了,赶快向前追逐。走了一程,云阳使者遥指道:"左旁山林,是敝国君等困守之地,现在未知如何,容某去看来。"说罢,匆匆而去。过了一时,和云阳国君及其他臣民蜂拥而来。齐向羿行礼,表示感激。原来他们凭险固守,虽经凿齿兵屡次攻打,尚能应付,不过粮食看看将完,幸而羿兵来救,否则完全灭亡了,所以对于羿感激不置。羿亦谦谢而已。正要拔队向前,忽路旁有数十人齐向羿军叩首。羿问他们为什么事,那些人道:"我们是凿齿兵,昨日蒙不杀之恩,归去劝我们同伙,大家觉悟,愧悔的甚多。本来要想乘机刺杀那个凶兽,前来赎罪,只因他手下有几百个多年的老党,是死命帮他的。前日有几十个出来抢掠,不期都被天朝兵杀死,单剩一个少年逃回去。那少年就是凶兽部下一个最得宠之人的儿子,他逃回去报告说,天朝兵怎样叫他来劝降,因此那批老党都疑心了。昨日我们打败,有几个逃回去报告他们,就有逃遁之心,后来我们被放回去,他们更疑心,不许我们近着那凶兽,所以无从下手,特此先来报告。"羿道:"凶兽此番逃往何处,你们知道么?"那些人道:"听说是往南方,那边有一个大泽,名叫寿华,据说那凶兽就是出生于此,此番想是退守老巢了。"羿道:"此地离寿华多少路?"那些人道:"大约有几百里。"羿听了,慰劳那些人几句话,留在营中,一面仍率军进追。沿路凿齿兵自拔来归及逃散的不少,将近寿华之野,所剩下的不过几百个老党了。羿打听明白,下令明日两路进兵,羿率一路,沿寿华泽而右,逢蒙率一路,沿寿华泽而左。到了次日,竟追到凿齿。那凿齿料想不能逃脱,遂与其老党数百人作困兽之斗。凿齿一手持盾,一手执戈,站起来,高出于寻常人之上,又且长牙显露,是个兽形,最容易认识。羿军见了,两路就合围拢来,一场恶斗,凿齿的老党禁不住羿军的弓矢,一个个伤亡逃散,到后来,只剩了几十个人了。凿齿大吼一声,要想逃去,羿和逢蒙早抄到他的后面,当头截住。几十个老党又死完了,只剩得凿齿一人,却已浑身带伤,勉强撑持。最后羿一箭射他的脚,他急用盾往下一遮,却把头露出了。谁知羿又是一箭,直中胭颈,方才倒地而死。众兵士一齐上前,割去首级,仔细一看,似兽非兽,形状甚是凶恶。羿即叫人将其头用木匣盛了,凡是凿齿所蹂躏过的地方,统统持去传观号令,各地百姓见了,无不拍手称快。到了羿班师的那一日,送来犒师的礼物堆积如山,送行的人络绎不绝。云阳侯有复国之恩,尤其情重,直送羿等到出境,方才归去。

自此之后,四方诸侯看见陶唐侯之威德日盛,北斩猰貐,西灭九婴,中除封豕,南屠巴蛇,又杀凿齿,大家钦仰极了,于是信使往来,反复商议,都有废去帝挚、推尊陶唐侯为帝之心。这个消息传到亳都,把驩兜、孔壬、鲧三个人吓坏了,慌忙来见帝挚,将这个消息说知。帝挚听了,默然半晌,才说道:"朕前日已经说过,朕的才德万不及尧,为百姓着想,是应该推他做君主的。现在既然四方诸侯都有这个意思,那么朕就降诏禅位吧。"孔壬听了,忙拦阻道:"现在如此,未免太早。一则这个消息确否未可知,二则或者还有可以补救挽回之法,且再想想,何如?"帝挚道:"既有风闻,必有影响;既有影响,渐渐必成事实,补救挽回之法在哪里?现在趁他们但有议论、没有实行的时候,朕赶快禅位,那还算是朕自动的,还可保持一部分之体面;假使他们已经实行了,那么朕虽要禅位,已来不及了,岂不更糟么?"三凶听了,无话可说,只得任帝挚降诏,禅位于陶唐侯。不一时,那诏命办好,就发出去了。三凶退出,各自闷闷归去。

单表驩兜回到家中,狐功接着,就问道:"今日主公退朝,如此不乐,何故?"驩兜就将帝挚禅位之事大略说了。狐功道:"小人早考虑到这一着,所以劝主公经营三窟,以备非常,就是恐怕要到这一日。好在此刻巴蛇已除,主公应该叫公子即速前去建邑立国,树一基础为是。"驩兜道:"禅诏已经发出了,恐怕我们去立国无济于事,因为新主可以不承认的。"狐功道:"依小人看来不要紧。现在帝虽降诏禅位,但是陶唐侯新丧其母,正在衰绖之中,未必就会答应；即使要答应，但是那'东向让者三，南向让者再'的故事，他亦是要做的，往返之间，至少非几个月不能定；而且小人又听见说，占据东海滨的那个大风，知道司衡羿出师远征，要想乘虚而入，现在已经攻过泰山了。陶唐侯这个时候自顾不遑，哪有工夫再来更动诸侯之位置！况且主公这个国家，又是当今帝命册封，并不是自立的。陶唐侯果然受了禅位，他对于今帝当然感激，而且又是亲兄，决不会立刻就撤销前帝所册封的国家。等到三年五载之后，那时我们的基础已立定，还怕他做什么！还有一层，这回公子到南方去，我们先探听南方诸侯对于陶唐侯的态度，如果他们都是有意推戴的，那么我们就好首先发起，或签名加入，拥戴陶唐侯，攀龙鳞，附凤翼。到那时，陶唐侯虽要取消我们的国家，亦有点不好意思了。主公以为何如？"骧兜听了大喜，就说："是极是极，你们就去建国吧。"于是次日，三苗、狐功率领了巫先、巫凡及几百个壮丁，一齐往南方而去，相度地势，决定在幕阜山（现在湖南平江县东北）住下了，经营起来。一切开国的方略，都是狐功的规划，几年之间，势力渐渐扩张，右到彭蠡，左到洞庭，俨然成为一强盛的大国。小人之才，正自有不可及的地方，这是后话，不提。

第三十二回

唐尧居母丧　务成子论风
羿缴大风于青邱之野

且说陶唐侯自从遣羿南征之后，不到几日，庆都忽然生病了。陶唐侯衣不解带地服侍，真是一刻不离。有一日医生来诊治，说道："此地逼近大陆泽，地势低下，湿气太重，最好迁居高处，既可以避去潮湿，又可以得新鲜空气，于病体较为有益。"陶唐侯听了，当然遵从，急急预备，将庆都移到一座山上去居住。（后来这座山因为庆都所住之故，就叫作伊祁山；又因为尧在此奉母之故，又叫作尧山，在现在河北顺平县之西、唐县之北约十里。）但是，病仍不好，而且愈见沉重，急得没法，只能斋戒沐浴，去祈祷山川。那尧山东北有一座山，上有神祠，据土人说极其灵验。当下陶唐侯秉着一片诚心，徒步走上山祈祷，可是他身虽在此，心中却时时悬念着垂危之母亲，所以走上去的时候，不时地回转头来望望。望什么呢？就是望他母亲居住的地方，走下山来时，亦是如此，这亦可见陶唐侯的纯孝了。所以后人就将这座山取名叫望都山，以纪念陶唐侯的孝行。但是庆都的病始终医治不好，过了两月，竟呜呼了。陶唐侯居丧尽礼，自不消说。五月之后，就在唐邑东面择土安葬（庆都墓在现在河北望都县城内）。那时讣告到亳都，帝挚虽在病中，但是因庶母的关系，祭奠赗赠，却也极其尽礼，四方诸侯亲自来送葬者也不少。陶唐侯居丧亮阴，照例不言，一切政治概由务成子摄理。那时羿杀巴蛇及请讨凿齿的表文,都是务成子批发的。

一日,务成子正在处置政事之时,忽然取出一面朱布做成的小幡,上面图画着日月星辰之文,吩咐属官,叫他照这式样放大五倍,去做一百二十面,定期十日,须要如数完毕。百官看了,都莫名其妙,只能照样如数去做。过了十日,一百二十面朱幡一齐做成,只见东方诸侯的使者都纷纷来告难,说道:"占据海滨的大风,现在逐渐西来了。他所到的地方,房屋树木为之摧残;人民牲畜为之压毙;江湖之中,波浪滔天,交通断绝;田亩之中,茎枝毁折,秋收无望;近更纠合各地莠民,有据城池、占土地之情势。敝国等无法抵御,为此特来恳请陶唐侯,迅发雄兵,立予援助,不胜感激之至。"说罢,都再拜稽首。务成子道:"敝国君正在衰经之中,未能与诸位相见,殊为抱歉。但是对于此妖之为患,早有所闻,所以那破除他的器具亦预备好了。"说着,就叫人将那造的朱幡取一百面来,按次分给各国使者,说道:"大风所恃的,无非是他的风力。现在可将此幡于正月元日子时,在每邑每村的东北方竖立起来,以重兵守之,不要给他砍倒,他的风就失其效力,那就容易抵敌了。"各使者接到朱幡,口中虽竭力称谢,但是心中都不免疑惑,暗想:区区一幡,何济于事呢?仍向务成子恳求出兵。务成子道:"敝国老将司衡羿出师南征,现在听说凿齿已经伏诛,不日即可凯旋,到那时立刻就叫他来吧。"各使者听了,方才欢欣鼓舞,持了朱幡,拜谢而去。

过了几日,司衡羿果然班师回来了,务成子代表陶唐侯率领百官迎接,到朝堂之上,设宴慰劳。饮过三巡,务成子就向羿说道:"老将连年勤劳,今日才得归来,但是还要请你辛苦一趟,你愿意去么?"羿道:"果然于国于民有利益,某决不敢辞劳。请问老先生,还要叫某到哪里去?"务成子就将东方各国请求的事情说了一遍,并且说:"这事亦非老将前往不可,而且就要去的,某已答应他们了。"羿道:"大风的名字甚熟,但不知究竟是什么东西?老先生必知其详。"务成子道:"这个人亦是得道之士,生平专门喜欢研究风学,所以他的名字就叫大风。后来被上界的风伯收录了,他就在天上得了一个位置,和箕伯、巽二、飓母、孟婆、封姨共事。但是他却是个不安分之徒,被风伯查知,将他斥革,从此他就流落在下界,却仍旧僭称风伯。当少昊、颛顼、帝喾三个圣人相继在位之时,主德清明,四海康乂,所以他不敢为患。现在帝挚荒淫无道,三凶朋比为奸,四海鼎沸,万民咨嗟,他就趁机而起,这就是他的历史了。"羿道:"那个风力,有方法可破么?"务成子道:"有方法可破,前日某已制成了一百二十面大朱幡,给各国使者拿去一百面,还有二十面,请老将带去,竖起来,就可以使他的风失其效力,但是只能限于朱幡的范围以内,不能及于朱幡的范围以外,假使出了朱幡的范围以外,那就不中用了。老将去攻打起来,最好择要害之地,于二月二十一日子时将各朱幡一齐竖起,然后设法诱他入于幡的范围以内,风力无所施展,不怕他不成擒了。"羿道:"他既然做过上界的神仙,当然有变化隐遁的法术,即使失败,要想擒获他也恐怕难呢。"务成子道:"老将虑得可谓周密了,某还有一物,可以奉赠,以助老将之成功。"说着,就叫从人到寓所中将一个红匣子拿来,从人领命而去。

这里众人又随便谈谈,逢蒙问务成子道:"某听说,'大块噫气,其名为风'。风这项东西,不过是阴阳之气流动而成的,哪里是有神道在其中主持呢?"务成子道:"风的起来,有一定的时候,有一定的方向,又有一定的地方,这就是有神道主持的证据。不然,风这项东西并非动物,绝无知识,何以能如此呢?例如至治之世,风不鸣条;人君政治颁平,则祥风至;而乱离之世,往往巨风为灾;这是什么理由呢？神道的主持,就是主持在这种地方。"逢蒙道:"风这项东西,蓬蓬然起于北海,蓬蓬然入于南海,折大木,飞大屋,它的势力非常之猛烈,神道能够指挥它,真是奇怪不可思议了。"务成子道:"这个并没有什么奇怪,不必是神道,就是各种动物亦做得到的。山里的猛虎,长啸一声,谷风就跟着而至,所以古人有一句话,叫作'风从虎',岂不是动物亦能够号召风么！岳山有一种兽,叫作山㹤,它走出来则天下大风,这又是一种了。江里的江豚,浮到水面上来一吹,风亦应时而生,这种多着呢。小小动物尚且能如此,何况神道！"逢蒙道:"照这样说来,我们人类不能够如此,倒反不如动物了？"务成子道:"我们人类何尝不能够如此。从前有一个寡妇,事姑至孝,后来姑的女儿贪她母亲之财,谋杀了母亲,倒反冤枉是寡妇谋杀的。寡妇受了这个冤枉,无可申诉,不觉悲愤填膺,仰天大呼。顷刻之间,大风骤起,天地昏黑,将君主的宫殿都吹坏了,君主才明白她的冤枉。这岂不是人类亦能够致风么！但是这件事还可说是偶然的,或者说是神明之佑助,并非她自己要致风。还有一件,古时一个大将,和敌人交战,要想用火攻,但恨无东南风,恐怕纵起火来风势不顺,倒反烧了自己。后来另有一个人,会得借风,先在山下筑起一座三层的台,台上插二十八宿星旗,按着六十四卦的方法,用一百一十人侍立左右,每日祈求,三上三下,后来东南风果然大起。这岂不是人类能够致风之证据么！还有蚩尤氏能够征风召雨,尤其是大家所知道的。即如某前日分给各国的朱幡,能够止风,亦是人类能力之一种。"弃在旁边问道:"老先生刚才所说的风伯、箕伯、巽二、飓母、孟婆、封姨等,当然都是司风之神了,但是他们的历史如何,还请老先生讲给我们听听。"务成子道:"风伯名叫飞廉,是个神禽,其身如鹿,其头如雀,有角而蛇尾,浑身豹纹,是司风的专官。箕伯是二十八宿中之箕星,照五行推起来,箕是东方木宿,风是中央土气,木克土,土为妻,所以箕是风之夫,风是箕之妻,夫从妻之所好,所以箕星最喜欢风。但是箕星在二十八宿中自有专职,所以他的对于风,不过旁及,并非专司,平时不甚去管理,只有月亮走到他星宿里的时候,他就要起风了。至于巽二,是主持风信最紧要的职员,因为八卦之中,巽为风,他的排行,在兄弟姐妹之中是第二,所以叫作巽二。飓母所管的,是海里的风,常住在南海那方面,生性非常暴烈。每当夏秋之间,云中惨然,有晕如虹,长六七尺,就是他要出来的讯号,舟人看见了这讯号,就好去预备躲避,这亦是他暴而不害的好处。孟婆所管,是江里的风。她常游于江中,出入的时候,必有风跟着她,因为她是上帝的少女,所以尊称她为孟婆,那个风就叫少女风。封姨姐妹甚多,她的排行是第十八,所以又称为封十八姨,年轻貌美,性最轻狂,专喜欢作弄人,但她的职司最微,不过管理花时之信风而已。"嫦在旁又问道:"风神之中,一半是女子,为什么缘故?"务成子道:"八卦之中巽为长女,所以多女子了。"

正说到此,那从人已将务成子的红匣子取到。务成子把匣打开,从里面取出一物,递与老将羿。众人一看,原来是一颗极大的珠子,圆径一尺,色黑如漆,却是光晶耀目。务成子道:"此珠名叫玄珠,出在寒山之北,圆水之中,阴泉的底里。所以叫它圆水的缘故,因为这个水波常圆转而流,与他水不同。这水中有一黑蚌,其大无比,能够出水飞翔,常往来于五岳之上,千岁而生一珠。某在黄帝时,偶然游于寒山之巅,遇到此蚌,就取到此珠,这就是此珠的来历了。夜间悬起这珠来,明亮如日月;即使日间取出,照耀起来,亦能使百种神祇不能隐其精灵,真个是件宝物。所以这次大风战败之后,如果要变化而逃,老将但将此珠取出一照,他就无可隐遁了。"羿道:"假使他已逃远,亦能照得出么?"务成子道:"可以照得出,况且老将自有神箭,能够射高射远,怕他什么?不过据某看起来,老将的神箭上,最好先系一根极长的绳索,仿佛和那弋鸟儿的矰缴一般,射着之后,就可以寻踪搜获,拖它过来,岂不好么!"说得众人都大笑起来。当下席散,众人各自归去。

次日,羿到垩庐之中慰唁陶唐侯,又到庆都坟上去拜谒过,一面挑选兵士,正要东征,忽报亳都又降诏来了。陶唐侯虽在亮阴之中,但是对于君命理应亲接,当下拜受了一看,原来是个禅让之诏,内中并且有"本拟亲率群臣前来敦劝,因病体不堪跋涉,务望早登大位,以副民情"等语。陶唐侯不觉大吃一惊,就召集群臣,商议如何措词辞谢。司衡羿道:"现在帝的无道,可谓已极,但是这次禅让天下,颇有仁心,亦颇有识力,而且语气恳挚得很,从此可将以前的不善遮盖一半了。老臣的意思,劝我主竟受了他吧,不必辞了。古人说'成人之美',亦是此意,不知我主以为何如?"陶唐侯道:"这事万万不可。禅让之后,臣反为君,君反为臣,天下断无此理。况且寡人薄德,尤其不克承当,赶快拜表去辞吧。"羿道:"老臣听说,从前炎帝敌不过蚩尤,知道黄帝的德大,就让位于黄帝,黄帝亦不推辞。臣反为君,君反为臣,自古有之,何足为奇呢。"陶唐侯道:"这个不然,炎帝与黄帝不过一族,并非骨肉,今帝与寡人乃系同胞兄弟,攘兄之位,于心何忍?"羿道:"这次并非我主去攘帝的位,是帝自己情愿让位。况且九年以来,帝的失德太甚,难期振作,我主如不肯受禅,将来帝的失德愈久愈彰,四方诸侯,天下人民,必有怨叛分崩的一日,难免要身败名裂。现在受了帝的禅,既可以成就帝的美名,又可以保全帝的声誉,岂不是两利么!所以老臣替我主着想,替今帝着想,替天下兆民着想,替先帝的宗社着想,总是以受禅为是。"陶唐侯听了,仍旧是摇摇头,说:"不可不可。"那时君臣两个辩论了许久,其余务成子、弃、嵩等大小百官都默无一语。羿便向务成子道："老先生何以不发言,劝劝君侯受禅呢?"务成子笑道："依某看来,以辞之为是。"羿大诧异,忙问何故。务成子道："不必说缘故,讲理应该辞的。"羿听了虽不惬心,但素来尊重务成子,亦不再强争了。于是陶唐侯就恳恳切切地做了一篇辞表,内中还含着几句劝谏帝挚的话语。辞表刚刚拜发出去,忽然报道四方诸侯都有拥戴的表文来了,推尊陶唐侯为帝,废去帝挚,表文里面列名的,共有九千二百五十国。陶唐侯看了,更是吃惊。因为在丧服之中,不便自己招待,就由务成子代为延见,并且苦苦辞谢。那些使者都说道："这次小臣等奉敝国君之命,来推尊陶唐侯践临帝位,假使不答应,敝国君等只有亲来朝觐劝进。切望陶唐侯以天下兆民为重,不要再辞,小臣等不胜盼切之至。"务成子又将好多冠冕的话敷衍了一番,才将他们遣发回去。

　　羿因东方事急,不可再留,也就率师出征。那时大风的势力已过了泰山以北。羿到了历山(现在山东济南市),东方诸侯齐来相见。羿问起情形,才知道各国自从竖了朱幡之后,大风的风力就不能达到幡的范围以内,所以不能攻进来,但是各国之兵亦攻不出去,彼此成了相持之局。后来不知怎样,给大风知道是朱幡的缘故了,几次三番要来夺这个幡,幸而守备甚严,未曾给他夺去,这是近日的情形了。羿与逢蒙商议道："今日是二月十五日,再过五日,就是二月二十一日可以竖立朱幡之期。我和你各执十面,分向两旁由小路抄到他后面去,竖立起来,将他包围在当中,可以得胜,你看何如?"逢蒙道好。于是两人各带兵士,执了朱幡,夜行昼伏,向大风后面抄去。那大风本想从曲阜之南进攻中原,后来忽被朱幡所阻,不能施展风力,颇觉怀疑,不知对方何以有这种法术。仔细探听,才知道是陶唐侯所给的,不免愤恨,立刻变计去攻陶唐。哪知节节北行,过了八九十个村邑,处处都有朱幡保护,奈何它不得。

— 281 —

屡次设法要想去砍倒它,又做不到,不免心灰意懒,疏于防范,因此羿等抄袭他后路,他竟不知。到得二十一日子时,羿与逢蒙大圈已合成,要害之处都立起朱幡。看看天明,羿等兵士一声呐喊,从四面包围拢来,大叫:"大风从哪里走!快快出来受死!"大风大惊,竟不知道这些兵是从哪里来的,慌忙率领党羽出来迎敌,作起法来,哪知风息全无。顿时手足无措。禁不起那些羿的兵士,箭如飞蝗一般射来,大风军中死亡枕藉,顷刻大乱。大风情知不妙,将身一隐,向上一耸,望天空中逃去。那老将羿在对面山上瞭望久了,早取出玄珠,交与逢蒙,叫他拿珠向天空不住地照耀,一面取出系有长绳的神箭向天空中射去。说也奇怪,那大风逃到天空,本来已看不见了,给珠光一逼,不觉显露原形。羿觑准了一箭射去,正中着他的膝盖,立脚不牢,直从天空中掉下来,系着一根长绳,仿佛和风筝倒栽下来一般。各国兵士看了,无不称怪,又无不好笑。但是这一掉下来,直掉到后面去,幸亏有长绳牵住,可以寻觅他的踪迹。直寻到三里路外一个大泽边,只见大风已浸在水中,急忙捞起一看,却已头破脑裂,血肉模糊,一命呜呼了。原来这个大泽旁边有一座高邱,名叫青邱,青邱临水之处有一块大石,巉削耸峙,大风倒栽下来,头正触在石上,以致重伤,滚入水中,所以死了。一个神仙,结果如此,亦可给贪顽凶暴的人做一个鉴戒了。

且说大风既死,余党悉数崩溃,东方乱事至此遂告一结束。各国诸侯看见大风如此妖异,终逃不了羿的显戮,于是益发归心于陶唐侯,犒师的时候,款待羿等,各诸侯就向羿恳请:班师回去之后,务必力劝陶唐侯俯顺万国之清,早正大位,勿再谦辞。羿听了这种话,很是合意,不过不知道陶唐侯的意思究竟肯不肯,亦不敢多说,唯唯而已。过了几日,就班师回去,在路上仿佛听见说帝挚已崩逝了,未知确否。

第三十三回

唐尧践位,定都平阳　命官分职

蓂荚生阶　皋陶感生之历史

且说陶唐侯居丧,转瞬已是三年,服满之后,依旧亲自出来处理政事。一日,退朝归寝,做其一梦,梦见游历泰山,要想走到山顶上去,但是愈走愈高,过了一个高峰,上面还有一个最高峰,路又愈走愈偪仄。正在彷徨趑趄、无法可想的时候,忽见路旁山洞之中,蜿蜿蜒蜒,走出一条大物来,仔细一看,却是一条青龙。因想道:龙这项东西是能够飞腾的,我何妨骑了它上山去呢。正在想时,不知不觉已经跨上龙背,那龙亦就凌空而起,但觉耳边呼呼风声,朝下一看,茫茫无际,颇觉可怕。也不知过了多少时候,才落在一座山峰上,跨下龙背,那龙将身躯一振,顷刻不知去向。四面一望,但觉浩浩荡荡,无边无畔,所有群山,都在眼底。尧在梦中自忖道,此处想是泰山绝顶了,'登泰山而小天下',这句古话真不错呢。忽而抬头一看,只见上面就是青天,有两扇天门,正是开着,去头顶不过尺五之地,非常之近。心中暗想,我何妨到天上去游游呢,但是没有梯子,不能上去。踌躇了一会,遂决定道:我爬上去吧。就用两手攀住了天门的门槛,耸身而起,不知不觉,已到了天上,但觉银台金阙,玉宇琼楼,炫耀心目,真是富丽已极。不知怎样一来,蓬蓬而醒,原来是一场大梦。暗想:这梦真做得奇怪,莫非四方诸侯经我这番诚恳的辞谢,还不肯打消推戴之心么?青龙属东方,或者是羿已平定了大风,东方诸侯以为我又立了些功绩,重新发起推戴我的心思,亦未可知。天门离我甚近,我可以攀跻而上,也许帝还有来禅让于我的意思,但是我如何应付呢?想了许久,不得其解,也只好听之。

过了多日,羿班师回来,尧亲自到郊外迎接,慰劳一番,羿便将东方诸侯推戴的意思陈述了一遍。尧一听,却应了前夜的梦,亦不好说什么。到了晚间,忽报亳都又有诏到。尧慌忙迎接,哪知却是个遗诏,原来帝挚果然崩逝了。遗诏之中,仍是怛切恳挚的劝尧早登大位,以副民情。遗诏之外,还附一篇表文,亳都群臣除鲧之外,个个列名,而以驩兜、孔壬两个人领衔,仔细一看,原来是劝进表。陶唐侯不去理它,单捧着遗诏放声大哭。一则君臣之义,二则兄弟之情,都是不能不悲恸的。哭过之后,照例设位成服,正打算到亳都去奔丧送葬,扶立太子,忽报四方诸侯都有代表派来,为首的是东方诸侯代表爽鸠侯(封地在今山东淄博临淄区),北方诸侯代表左侯(黄帝臣左彻之后,其地在山西闻喜县)两个。见了陶唐侯,大家都再拜稽首,陈述各方诸侯的意思,务请陶唐侯速践大位。陶唐侯还要谦辞,务成子劝道:"从前帝挚尚在,当然推辞,如今帝挚已崩,遗诏中又谆谆以此为言,而四方诸侯的诚意又如此殷殷,真所谓天与人归,如再不受,那就是不以四方之心为心、不以遗诏为尊,毫无理由了。"说到此,陶唐侯方才答应,于是大家一齐朝拜起来。陶唐侯乃选择一个吉日,正式践天子位,从此以后,不称陶唐侯,改称帝尧了。过了几日,各方诸侯代表拜辞而去,按下不提。

且说那在亳都的帝挚,何以忽然会崩逝呢?说到此处,须补一句,大家方能明白。原来那帝挚的病是痨瘵,纯是荒淫无度,为酒色所伤,本来已难治了,后来知道诸侯要废己而立陶唐侯,不免忧急,病势顿增。后来降了禅让诏去,陶唐侯不受,暂且宽怀。过了多时，忽听到四方诸侯已推举代表到陶唐侯那里去朝觐，同时废去自己的帝号，那个檄文早已发出。这一气一急，身子支撑不住，就顿时病笃，忙叫了驩兜等三人进来，叫他们预备遗诏，禅位于陶唐侯。那时驩兜等知道大势已去，无可挽回，也就顺水推舟，去草遗诏，另外又和在朝的大小臣工商量，附表陶唐侯劝进。大家无不赞成，只有鲧不肯具名，等到帝挚安葬之后，鲧就不别而行，不知何处去了。所以，驩兜、孔壬、鲧三人虽则并称三凶，但是讲到过恶，鲧独少些，讲到人格，鲧更高得多，不可以一概而论也。闲话不提。

且说帝尧既登大位之后，将一个天下重任背在身上，他的忧虑从此开始了。草创之初，第一项要政是都城，决定建在汾水旁边的平阳地方（现在山西临汾市），就叫离和有倕带了工匠，前去经营，一切建筑，务须俭朴。第二项要政是用人。帝尧之意，人惟求旧，从前五正都是三朝元老，除金正、土正已逝世外，其余木正、火正、水正四人均一律起用，并着使臣前去敦请。过了几月，平阳都城营造完竣，帝尧即率领臣民迁徙，沿途人民欢迎不绝。一日，到了一座山边，看见山顶满布五色祥云，镇日不散，问之土人，据说已有好多月了，大约还是帝尧践位的那时候起的。（现在叫庆云山，在山西长子县东南。）大家听了，都称颂帝尧的盛德所感，帝尧谦逊不迭。到了平阳之后，布置妥帖，气象一新，正要发布新猷，忽报务成子不知所往了，留下奏表一道，呈与帝尧，大意是说"山野之性，不耐拘束。前以国家要事甚多，不敢不勉留效力，今则大位已定，可以毋须鄙人。本欲面辞，恐帝强留，所以只好拜表，请帝原谅恕罪"等语。帝尧看了，知道务成子是个神仙之士，寻亦无益，唯有叹息惆怅而已。过了几日，帝尧视朝，任命离为大司农，专掌教导农田之事；又任命篯为大司徒，专掌教育人民之事；又任命羿仍为大司衡，逄蒙副之，专掌教练军旅之事。三项大政，委托得人，帝尧觉得略略心宽。

一日,忽报火正祝融来了。帝尧大喜,急忙延见。但见吴回须发苍白,而步履轻健,精神甚好,尤为心慰。火正道:"老臣等承帝宠召,极应前来效力,无如木正重和水正兄弟都因老病不能远行,只有老臣差觉顿健,是以谨来觐见,以慰帝心,但官职事务亦不能胜任,请帝原谅。"帝尧道:"火正惠然肯来,不特朕一人之幸,实天下国家之幸。政务琐琐,岂敢重劳耆宿,但愿安居在此,国家大政大事,朕得常常承教,为福多矣。"说罢,又细细问起木正等的病情,火正一一告诉了,又说道:"木正有两子,一个叫羲仲,一个叫羲叔;臣兄重黎有两子,一个叫和仲,一个叫和叔;其材均可任用。臣与木正商定,援古人'内举不避亲'之例,敢以荐之于帝,将来如有不能称职之处,老臣等甘心受诛,以正欺君徇私之罪。"帝尧道:"两位耆臣,股肱先帝,公正不欺,朕所夙知,岂有徇私之嫌。朕决定任用,不知道已同来了么?"火正道:"现在朝门外候旨。"帝尧大喜,即令人召见。四人走进来,行过礼之后,帝尧仔细观察,只见羲仲温和敦笃,蔼然可亲,是个仁人;羲叔发扬蹈厉,果敢有为,是个能者;和仲严肃刚劲,懔懔不可犯,是个正士;和叔沉默渊深,胸多谋略,是个智者;看起来都是不凡之才,足见火正等所举不差。便问他们道:"汝等向在何处?所学何事?"羲仲年最长,首先说道:"臣等向在羲和国学习天文,因此就拿羲和两字来作臣等之名字,以表示志趣。"帝尧大喜道:"朕新践阼,正缺少此项人才,不期一日得四贤士,真可为天下国家庆。"当下,就命羲和等四人分掌四时方岳之职,他们的官名就叫作四岳。羲仲为东方之官,凡是东方之事,及立春到立夏两个节气以内的事情,都归他主持。羲叔做南方之官,凡是南方之事,及立夏到立秋两个节气以内的事情,都归他主持。和仲做西方之官,凡是西方之事,及立秋到立冬两个节气以内的事情,都归他主持。和叔做北方之官,凡是北方之事,及立冬到立春两个节气以内的事情,都归他主持。四人听了,都稽首受命。后来他们四人测候天文,常跑到边界上去。羲仲在东方边界,所住的是嵎夷之地(现在朝鲜境内)。羲叔在南方,所住的是南交之地(现在越南境内)。和仲住西方,是在极西之地(现在新疆以西)。和叔住北方,是在朔方之地(现在内蒙古境内)。那个火正吴回,就此住在平阳,虽则已不做火正之官,但是以相沿的习惯,仍旧叫他祝融,这是后话不提。

且说帝尧将农桑、教育、军旅以及时令内政四项重政委任了各人之后,当然要时时考查他们的成绩。军旅之事,最易收效,司衡羿和逢蒙又是个专家,不到几个月,已训练好了,就请帝尧于仲冬之月举行检阅,并请打猎一次,以试验各将士的武艺。帝尧答应了,就叫羿等去选择地点和日期。至于大司农教导农田的方法,是在汾水下流择了一块地,将百谷先按时播种起来(现在山西稷山县便是弃始教稼穑之地),又令各国诸侯派遣子弟,前来学习,一批毕业了,又换一批。开办之初,教导的人只有大司农一个,实在不敷,连姜嫄也住到那边去,帮同教授。但是他的成绩非几年之后不能奏效,一时无可考查。至于羲和等四人测候天文,他们所住的地方都远在千里以外,往返一次便需一年半年,所以更不容易得到成绩。恰好帝尧朝堂面前的庭院之中,生了一株异草,颇可为研究时令的帮助。那株异草是哪里来的呢?原来帝尧虽则贵为天子,但是他的宫室极其简陋,堂之高仅二三尺,阶之沿仅二三等,还是用土砌成的,那庭院中更不必说,都是泥了。既然是泥,那些茅茨蔓草自然茂密丛生,有的春生秋枯,有的四季青葱,有些开花结实,有些仅有枝叶而并不开花,真是种类繁多,不可胜计。不过帝尧爱它们饶有生意,从不肯叫人去剪除,每日朝罢,总在院中闲步徘徊,观看赏玩。过了多月,觉得有一株草非常奇怪,它的叶子每逢朔日则生一瓣,以后日生一瓣,到得十五,已是十五瓣了;过了十五,它就日落一瓣,直到三十日,十五瓣叶子恰好落尽,变成一株光干。到得次月朔日,又一瓣一瓣地生起来,十六以后,再一瓣一瓣地落下去。假使这个月应该月小,那么它余多的这瓣叶子就枯而不落,等到次月朔日,新叶生出之后,才落下去,历试历验。帝尧不觉诧异之至。群臣知道了,亦无不称奇,就给它取一个名字,叫作蓂荚,亦叫作历草。原来阴历以月亮为标准,月大月小最难算准,有了这株异草,可以参考,于羲和等四人之测候亦颇为有益,时令一部分已总算有办法了。

独有那大司徒所担任的教育,却无办法。为什么呢?讲到教育,不过多设学校,但是单注重于学校的教育,有效验么?例如说,"嫖、赌、吃、着、争、夺、欺、诈"八个字,学校教育当然绝对禁止的,假使做教师的人自己先嫖赌吃着争夺欺诈起来,夫子教我以正,夫子未出于正,这种教育固然绝对无效的;但是做教师的人个个都能本身作则,以身立教,他的教育就能有效么?亦不见得。因为学校之外,还有家庭,还有社会,还有官厅,学校不过一小小部分罢了。学校中的教导虽然非常完善,但是如果家庭教育先坏,胚子不良,何以陶冶?学生看了教师的行为,听了教师的训话,固然是心悦诚服,五体投地,但是一到社会上,看见社会上那种情形,心里不由得不起一种疑问。教师说:凡人不应该嫖赌的,但是现在社会上几乎大半皆嫖,尽人而赌,这个又是什么缘故呢?况且看到那嫖赌之人,偏偏越是得法,声气既通,交游又广,手势既圆,薪水又厚;而看到那不嫖不赌之人,则寂寞冷静,几于无人过问,如此两相比较,心中就不能不为所动。自古以来,守死善道、贫贱不移的人,真正能有几个?从前学校中所受的种种教育,到此地步,就不免逐渐取消了。况且社会的上面,还有官厅,官厅的感化力比社会还要大。譬如说,诚实、谦让等是学生在学校里所听惯的,但是一入政治界,看到那政治界的言语举动,则又大大不然。明明灭亡别人的国家,他反美其名曰合并;明明瓜分别人的土地,他反美其名曰代管;明明自己僭称一国的首领,他反美其名曰受人民之付托;明明自己想做一国的首领,反美其名曰为人民谋幸福;欺诈不诚实到如此田地,其余争权夺利、互相攻伐之事,那更不必说了。但是这种国家却越是富强,这种官员却越是受大家的崇拜。照这种情形看起来,那学校里面宜诚实不宜欺诈、宜谦让不宜争夺的话,是欺人之谈呢,还是迂腐之说呢?还是设教者的一种手段作用呢?那些学生更要起疑问了。学校中千日之陶熔,敌不了社会上一朝之观感;教师们万言的启迪,敌不了环境中一端的暗示;那么学校教育的效果就等于零了。帝尧等讨论到此,知道单靠学校教育,肯定是无效的。但是社会教育亦谈何容易,究竟用什么方法呢?况且学校教育,生徒有不率者,必须施之以罚,但是罚而不当,生徒必不服;社会教育,人民有不从者,必须辅之以刑,刑而不当,人民尤不服。所以,在社会教育未能普遍奏效之时,那公正明察的法官先不可少,可是这种人才又从何处去寻?大家拟议了一会,不得结果。

　　帝尧为此不免闷闷,回到宫中倦而假寝,便做其一梦。梦见在一个旷野之地,四顾茫茫,绝无房屋,亦不见有人物,只见西面耸起一个高丘,也不知道它叫什么名字。正在怀疑,仿佛东面远远地有一个人走来,仔细一看,却是一个女子,年纪不过三十上下,态度庄重,很像个贵族出身,又仿佛在什么地方见过面的,但一时总想不起来。等她走近面前,帝尧就问她道:"此处是什么地方?汝是何人?为什么一个年轻妇女,独自到这旷野地方来走?"那女子说道:"我亦不知道此地是什么地方。我是曲阜人,是少昊金天氏的孙媳妇。我的丈夫名大业,我是少典氏的女儿,名叫女华,号叫扶始,你问我做什么?"帝尧听了,暗想,怪道她如此庄重,原来果然是个贵族呢。但是何以独自一人来此旷野,甚不可解。既而一想,我自己呢,为何亦是独自一人来此?此处究竟是什么地方呢?正在沉思之际,忽听得后面一声大响,慌忙回头一看,只见一个神人从天上降下来,倏忽之间,已走到面前,向那女子扶始说道:"我是天上的白帝,我和你有缘,我要送你一个马嘴巴的儿子呢,你可跟了我来。"说着,回转身自向高丘上走去。这扶始本是一脸庄重态度的,给那个神人一说,不知不觉,态度骤然变了,急匆匆跟着那神人向高丘而去。帝尧看了,颇为诧异,目不转睛地向他们看,只见那扶始走上高丘之后,忽而那神人头上冒出无数白云,霎时间缊缊缤纷,竟把一座高丘完全罩住,那神人和扶始亦都隐入白云之中。过了多时,那白云渐渐飞散,帝尧再仔细看高丘之上,那神人已不知所往,只有扶始鬓发蓬松,正在结束衣带,缓缓下丘而来,看见了帝尧,不觉把脸涨得通红。帝尧正在诧异,忽然听见门响,陡然惊醒,原来是做了一个梦。暗想道:这个梦真是稀奇,莫非又是一个感生帝降的异人?然而感生帝降的梦,是要他的母亲做的,与我何干?要我夹杂在内,难道要我做个证人么?不要管他,既然有如此一个梦,我不可以不访求访求。好在梦中妇人说,是少昊之孙,大业之妻,号叫扶始,住在曲阜,这是很容易寻的。现在暂且不与人说明,且待将来查到了,再叫她来问。想罢,就提起笔来,将这梦细细记出,以备遗忘,并记明是元载季秋下旬做的梦。

第三十四回

帝尧田猎讲武　鸿超被鸟射伤其目

且说那日司衡羿请帝尧田猎,帝尧允许,就叫羿去筹备。羿退朝之后,就和大司农等商议起来。第一项是地点,定在霍太山北麓,那边有山有泽,林木蓊翳,禽兽充斥,可以举行。第二项是日期,决定在仲冬中旬五日。第三项是典礼仪节,这一种却很费研究,议了两日,方才决定。于是大司农、大司徒两个先往霍太山一带布置,这里羿自去通告部下将士人民,叫他们准备一切,并限于仲冬中旬四日以前到霍太山北麓大旗之下会齐,后至者照军法从事。这些将士人民得到这个消息,知道打猎是一项极愉快而有兴味的事情,平时武艺精练了,正愁太平之世无用武之地,现在有这种玩意儿,可以出出风头,岂不痛快!于是各各慌忙自去预备不提。且说大司农、大司徒二人带了些属官到了霍太山之后,就叫了当地许多虞人前来计议。原来上古时候土地全属于国有,所有山林川泽都有官员在那里管理,这种虞人就是管理山林川泽的官,山有山虞,泽有泽虞。那霍太山北面就接着昭余祁大泽,所以这次叫来的,山虞也有,泽虞也有,总共五个人。大司农就告诉他们天子要来举行冬狩的事情,并将拟好的章程交给他们,叫他们依着去照办。这个章程共有七条:

　　一　行猎围场,周围须五十方里左右,限十日以内必须选定,前来报告。

二 围场周围须处处竖立旌旗或其他物件,以为标志。

三 围场之内,地势道路等等均须制就地图,于二十日以内交呈。

四 围场之内,如有草莱翳障,有碍行猎之物,须预先除去之。

五 围场外须择一片平旷之地,为天子及将士驻足之所。

六 围场四周须建立四门,以为入围之路。

七 围场四门之内,亦须有平坦之地,竖立旌旗,以为猎者献禽之所。

虞人等接了章程,自去布置。到了仲冬上旬,各事备妥,大司农、大司徒二人先到围场四周察看一转,又将一面大旗交给虞人,叫他到十三日的侵晨在场外大旷地之上插起,不得有误。虞人答应。这里大司农、大司徒二人回到平阳,将日期奏知帝尧,并将一切布置情形通知了羿。到了十三这一日,近畿内外的将士领了人民,带了棚帐、器具、粮食等,一队一队地向东北而去。最后,老将羿和大司农、大司徒以及一班文武臣子扈卫着帝尧,共数百辆车子,亦都接续前往。

十四日午正,众人一齐到了,各人依照所编定的地方支帐驻扎。帝尧和群臣的幄幕居于当中,其余将士人民等一层一层地环列其外。帝尧略略休息一会,就和诸大臣出帐巡视,但见平原莽莽,万帐森森,从南北一望,穿林度谷,窅不知其所极;对面一带林峦,高低不一,都有旌旗插着。大司徒罍指示帝尧道:"此处是西门,便是正门,迤南是南门,迤北转过两个山冈便是北门,极东是东门。明日合围,请帝从正门进去,余臣从东南北三门进去,大约尽一日之长,亦可竣事了。"帝尧道:"四面合围,未免太不仁了,放它

— 292 —

一面吧。"大司徒道:"臣听见说,古时候天子的田猎,春天叫作搜,是搜寻不孕育之禽兽的意思,所以最不多杀;夏天叫作苗,专为保护禾苗起见,所以亦不多杀;至于秋天,是肃杀之气,可以杀了,所以那时的田猎就以杀为名,叫作狝;到得冬天,万物尽成,无所顾忌,所以田猎起来,所捉到的禽兽都可以杀,不必选择,这个名字就叫作狩。现在正是冬令,应该用狩法,何妨一合围呢。"帝尧道:"这个道理,朕亦知之,不过四面合拢来,使它们无可逃避,朕想总嫌它是个不仁之事,不如放开一面吧。"群臣听了,都佩服帝尧的仁德,不再多言。于是,由司衡羿飞饬传令,吩咐将士将东面一门撤了,所有预备从东门进去的军士,一半分配从南门而进,一半分配从北门而进。自此之后,"天子不合围"这句话就著为《礼经》,推想起来,或者是从帝尧起的,亦未可知。闲话不提。

且说帝尧君臣出帐巡视,行了数里,那时仲冬天气,日暮甚短,不知不觉,暮色已苍茫了。帝尧等即便转身,只见一轮明月涌上东山,照得大地如白昼一般。这时六师兵士已在传餐之后,个个在营休息,准备明日可以大逞技能,所以人数虽多,却是一点声息都没有,所有的仅仅是刁斗之声而已。古人有两句诗说得好,叫作"中天悬明月,令严夜寂寥",这种情形,最是描写得的当,闲话不提。且说帝尧君臣正走之际,忽然有一个黑影从面前横掠而过,众人都吃了一惊,不知它是何物。司衡羿手快,急忙拈弓搭箭,直向黑影射去,只听远远有一个动物在那里"铁马,铁马"地大叫,早有侍卫依着声音跑过去寻,果然在数十丈远之外看见一个奇兽,受伤卧地,众人急忙扛了它过来,与帝尧等观看。月光之下,非常清楚,只见它形如白犬,而头是黑的,嘴里兀自"铁马,铁马"地叫,左腿上着了箭,血流不止。众人猜度一会,都不知道它是什么东西。大司徒急忙饬人去传虞人,一面叫人扛了这个异兽,随帝尧等缓缓而归。到得帐中，虞人亦来了，帝尧就问他，这个异兽叫什么名字。虞人道："此兽出在前面一座马成山上，它的名字却不知道，因为书籍上无可考。它的鸣声仿佛'天马'二字，臣等就叫它天马，但是不典的。"大司农问道："它在空中能行走么？"虞人道："不能行走，它有两个肉翅，能飞，平常出来寻觅食物，见人则疾飞而逃。"说着，就用手在天马身上左右一扳，果然有两个肉翅。大家看了，都说道："兽类有翅，能飞，煞是奇怪。"虞人道："冀州之兽能飞的不止这一个，离此地几百里有一座天池之山（现在山西静乐县东北），山上有一种兽，其状如兔而鼠首，它背上的毛很长，就用它的毛来做翼翅而飞，飞的时候，腹向上，背向下，名字叫作飞鼠。再过去有一座山，叫作丹熏之山，上面有一种兽，因为其状如鼠，所以叫耳鼠，但是它的头又像兔，身又像麋，声音又像嗥犬，用它的尾来飞，真是奇怪之至。据说，这耳鼠的皮毛给孕妇拿了，可以治难产，亦可御百毒，功用很多，但不知可信不可信，却未曾实验过。"众人听了，都说道："天地之大，何所不有！"虞人将天马扛去之后，一宿无话。

到得次日五鼓，帝尧亲御甲胄，戎车之上放着一面大鼓，司衡羿立在右方，执弓挟矢，前面一张大红旗，翻飞招展。帝尧鼓声一响，六飞徐行，四轮辗动，群臣随着进入正门，天已向曙。渐近围心，只见前面远山之上人行如蚁，渐渐穿出林行，如一条黑线一般；又见近处山上人马，飞空下坂，点点如天仙撒米，而连续移动的是军士在那里奔走；又见有或红、或白、或青、或黄如星光之闪烁不定的，是旌旗在那里飘扬；又见有往来若飞，忽而出、忽而没的，是麋鹿、麝麂、麈麃、麚麢等兽类在那里逃窜；又见有飞腾奋迅、羽声肃肃、鸣声碌碌、散满天空的，是雉、鹊、鴗鸨、鸶、隼、雕、鹰等禽类在那里奔逸；真个是非常之壮观，非常之好看！当下众人看见了红旗,听见了鼓声,知道帝尧到了,格外地起劲用力。须臾之间,风荡云卷,南北两面渐渐地合拢来,帝尧在车上,只听得虎啸豺嗥,熊吟狼吼,以及兵士大呼喊杀之声,真正是震动山谷。细细一看,只见有猛虎被人追逐,无可逃遁,而转身扑人,人用刀和虎格斗的;又见有两三个兵士共同杀一只熊的;又见有一个人单独杀两只赤豹的;而半空之中,箭如飞蝗,禽鸟下坠,连贯如飞星,尤为好看。猎了半日,真所谓是风毛雨血,洒野蔽天了。当下帝尧看见众人之中,有一员小将往来奔驰,箭无虚发,既快又准,技能独精,便问老将羿道:"这个是什么人?汝认识么?"羿道:"这是逢蒙的弟子,名叫鸿超,他的射法颇不差。他从逢蒙学射,不过三年,颇有心得。听说有一天与他的妻子因事生气,他想吓他的妻子,取了一张乌号之弓,用一支綦卫之箭,射他妻子的眼睛,注着眸子而眶不睫,后来这支箭坠在地上而尘不扬,真有古时纪昌贯虱的本领,可以算得一个后起之秀了。"正说时,那鸿超渐近帝车,老将羿即饬人将鸿超叫来,谒见帝尧,行了一个军礼。帝尧在车上奖赞了他几句,又问了几句话,随即退去。帝尧便向羿道:"鸿超的才艺果然是好,但是朕观其相貌,察其举止,聆其言语,未免近于轻浮。轻浮的人,绝非远大之器,而且容易遇到危险。汝如见着逢蒙,可叫逢蒙加以劝诫,亦是朕等养成人才、保全人才之道,汝以为何如?"羿连声应道:"极是极是。"帝尧又道:"朕观逢蒙这个人,蜂目而豺声,他的心术恐怕有点靠不住,汝亦应该加以留意,不可过于信任他。朕因为汝刚才说起纪昌之事,忽而想起这个人,明朝要做起纪昌杀师的故事来,恐亦难说的呢。"羿听了,亦连声应道是是,但他口中虽然答应,而心中却不甚以为然。原来羿这个人天性正直,而心地又极长厚,以为我尽心教授逢蒙,又荐拔他起来做官,天下岂有恩将仇报之理,所以并不将帝尧的话放在心上,可是到得后来,悔已迟了,这是后话不提。

且说当下大军打猎一会,时已下午,所有禽兽,幸而奔脱的,统统向东面逃去。帝尧即令羿传令罢猎,然后徐徐向献禽的地方而来,只见鸟兽堆积如山,陆续来献的犹纷纷不绝,有无数小吏在那里分头点验录记,过了好一会,方才完毕。然后拔队起身,仍从正门而出,回到那昨日支帐的地方休息。时已黄昏,大家劳苦了一日,快乐既极,疲倦亦甚,各各安寝。到了次日,军吏将那献禽的记录细细斟校,呈上帝尧,请论定赏罚。结果,赏者甚多,受罚者不过数人。众将士得到无数的禽兽,无不欢欣鼓舞。其中奇异的禽兽,除出前日所捉着的那个天马外,又得到几种。一种兽,其状如牛而赤尾,其颈甚坚,状如句瞿。又有一种兽,其状如麢羊而有四角,其尾似马而有距,都不知道叫什么名字。又有一鸟,其状如鹊,身白而有三目,赤尾而六足,亦不知道叫什么名字。又有一鸟,其状如乌,首白而身青,足黄,亦不知道它是什么名字。据虞人说,那个像牛的兽,出在阳山,名叫领胡,其肉可以治狂疾;那像麢羊的兽,生在太行山中的归山,名字叫䮝,善于旋舞;那个白头鸟,出在马成之山,名叫鶌鶋,吃了它的肉就可以不饥,而且可以治昏忘之疾;那个六足鸟亦出在归山,名字叫䳬,最容易受惊吓,胆小不过。但是这四种禽兽,究竟叫什么名字,虞人等亦不知道,并且古书上亦无从稽考,不过听它们叫起来是什么声音,就给他取什么名字就是了。当下帝尧就将这几种异物分赏了羿、弃、离及羲和、有倕诸臣,诸臣拜谢。

到了第三日,帝尧吩咐回都,六师先行,帝尧及诸大臣在后。走到一个谷口,只听见有鸣泉汨汨之声,帝尧向谷中一望,觉得里面的景物非常幽雅,遂和诸臣说道:"朕等到里面游游吧。"说着便下车来,与诸臣一同步行进去,沿着溪流,走不半里,只见半山中有清泉一道,自空中飞流喷薄而下,其色洁白如玉,滔滔向西而去。帝尧就坐在一块石上,不住地向那飞泉观看。大司农道:"这个泉水名叫玉泉,从这里流出去,可以灌田百余顷,所以不但风景甚好,而且很是有利益。"帝尧点点头,又坐了一会,方才起身,出谷上车。后人因为这个谷是唐尧所赏玩过的,所以就给它取一个名字,叫陶唐谷(现在山西霍州市东三十里),这亦可谓地以人传了。

当下帝尧等仍复前行,忽然听见前面喧嚷之声,帝尧忙问何事。早有人前来报道:"鸿超在前面,他的眼睛给一只鸟儿射瞎了。"帝尧和群臣听了,都诧异道:"岂有此理!鸟儿哪里会射箭呢?"那人道:"的的确确之事,小臣哪里敢谎报呢!刚才鸿超听见说车驾游幸谷中,他亦约兵士在路旁休息,忽见林中飞来一鸟,他就射了它一箭,不料那鸟衔住了这支箭,随即就反射过来。鸿超出于不意,而且那反射的势力又大,速度又快,所以给它射中了左目。众人看了,惊异之极,一声呐喊,正要群射过去,但是那鸟儿已经飞去了。现在军医正在那里替鸿超医治呢。"正说到此,逢蒙匆匆跑来,奏知帝尧,所说情形大略相同。老将羿忽然想到,说道:"哦哦!是了,是了,这个鸟儿名叫鹳鹆,其形如雀,老臣从前亦曾吃它的亏过的。原来老臣幼时酷喜弓矢,时常出外弋飞射走,以为快乐。一日,遇到这种鸟儿,老臣一箭射去,哪知这鸟儿竟衔着箭反射过来,幸而老臣那时已知避箭之法,慌忙将身一偏,未曾给它射着。却不料足旁有一老树根,臣被它一绊,随即堕于地上,同行的人看了莫不大笑,因此又给臣取一个名字,叫作堕羿。后来臣东跑西走,经过的地方不少,却从没有再看见过这种鸟儿,不料此地亦有。可是鸿超这个亏比老臣当日更吃得大了。"帝尧道:"鸿超这时不知危险如何,朕且去看他一看。"说着,即向前面而来。只见许多人团团将鸿超围住,看见帝尧到来,都纷纷让开,鸿超亦站了起来。帝尧看时,只见他左眼已成一个窟窿,流血不止,原来箭杆虽已拨出,那个箭镞却留在里面,群医正在聚议,要想设法取它出来,但是始终取不出,不免相顾束手。在这个当儿,忽然有一个军校是近地方人,他上前献议道:"某听见说,前面村中近日来了三个神巫,医术非常灵奇,何妨请他们来看看呢。"帝尧听见了,就说道:"既然如此,朕等就过去吧,汝可先去通知。"那军校领命而去。

第三十五回

祝由科之方法　　巫咸以鸿术为尧医
越裳氏来献神龟　　开天辟地以后之历史

且说那军校去了,帝尧等亦慢慢起身前进。鸿超疼痛难禁,由众人扛了,同到前村。那军校已领着三个人前来见帝。帝尧一看,只见他们服式非常奇异,但是神气都峻整不凡,在前的是个老者,苍髯皓首,大袖飘飘,后面跟着两个少年,骨相亦复不俗。当下见了帝尧,行过礼之后,帝尧急于要他们治好鸿超,也不及问他们姓名、来历,就叫他们过去施治。那老者上前,向鸿超一看,便说道:"这个箭镞入骨,是很容易治的。"说罢,指定一个少年,叫他动手。那少年就从大袖之中取出一根钉来,四面一看,就钉在支帐的木柱上。众人看去,钉的入木约有一寸光景。钉好之后,他又闭着眼睛,叠着手指,周旋曲折,忽而向着鸿超,忽而又向着那木柱,徐步往来,口中念念有词,陡然之间,用手向那木柱上之钉一指,喝声道:"疾!"只见那长钉忽然飞舞而出,落在数尺外地上,随即转身向鸿超左目一指,亦喝声道:"疾!"只见那鸿超目中之箭镞亦飞舞而出,落在数尺外地上,自始至终,不过半刻。众人看了,无不骇然。帝尧急忙命他们三人坐下,然后问他们姓名。老者道:"小巫名字叫咸,这两个都是敝徒,这个叫祠,那个叫社。因为学习了这种巫术,不许娶妻,不许生子,用不着传宗接代,所以废去了姓氏,通常叫小巫等，就叫巫咸、巫祠、巫社罢了。"帝尧听了，颇觉诧异，就问道："从前先高祖皇考轩辕氏的时候，有一位善于卜筮之人，名字与汝相同，想来汝羡慕他的为人，所以亦取名叫咸么？"那巫咸笑道："不敢相欺，就是小巫呢。"众人听了，无不骇异，帝尧亦觉出于意外，便问道："那么汝今年几百岁了？"巫咸道："黄帝攻蚩尤氏的时候，小巫刚刚三十岁，如今已三百七十五岁了。"帝尧道："那么汝一向在何处？何以世上没有人知道汝呢？"巫咸道："小巫在黄帝轩辕氏乘龙升仙之后，心中着实羡慕，就弃掉了官职，向海外一跑，要想访求仙道，寻一个长生不死之方。但是仙人始终没有遇到，长生不死之方亦始终没有得到，却在大荒之中一座丰沮玉门山上住了二百多年，前数年方才重到中国，又在北方登葆山上住了几年，所以世人久不知道有小巫这个人了。"帝尧道："原来如此，朕看汝的学术，神妙极了，是自己发明的呢，还是自古就有的呢？"巫咸道："这个学术，名叫祝由术，是黄帝轩辕氏时候一个祝由之官传给小巫的。但照黄帝所著的那部《内经》看起来，《素问》一篇里面，就有几句，叫作'往古恬淡，邪不能深入，故可移精祝由而已。今之世，祝由不能已也'。可见得黄帝以前，早有这个法术，并非发明于黄帝时代。传授小巫的那个祝由，不过研究而集其大成，以官得名而已。"帝尧道："既然古时有这个法术，何以现今竟会失传，除汝师徒之外竟无人知道呢？"巫咸道："此法并不失传，黄帝轩辕氏并且还有许多著作留在世间。（宋淳熙中，节度使雒奇修黄河，掘出一石碑，上勒符章，人莫之辨。有道士张一楂独识之，曰：此轩辕氏之制作也。雒得其传，以治人病，颇验。）不过那时候，人民都能够与鬼神交通，所以其术大行，施治亦易有效。自从颛顼帝叫南正重司天以属神，北正黎司地以属民，断绝天地交通之后，这个学术就渐渐地不著名了。但是求之于从前南正属下的故府,恐怕那种书册还存在呢。"帝尧道:"人和鬼神交接,这个法术容易学么?"巫咸道:"说到易,亦不易;说到难,亦不难,大约总需从静功入手。从前有几句古话,说道:'古之民精爽不携贰者,而又能斋肃中正,其知能上下比义,其圣能光远宣朗,其明能光照之,其聪能听彻之,如是则神明降之。'照这几句话看起来,精爽不携贰,斋肃中正这九个字,真是入手第一步了。至于知、圣、明、聪四项,须看他的天资如何,学力如何,以定他的浅深,那是不能勉强的。"帝尧道:"刚才汝的高徒用手指那根钉,钉自然会飞出,指那个镞,镞亦自然会飞出,这个是真有鬼神在那里帮助的呢,还是另有原因呢?"巫咸道:"这个方法称作禁,纯是一股气的作用,并非有鬼神的帮助。"帝尧听了,诧异道:"气的作用能够如此么?如何才能够用这股气呢?"巫咸道:"天地之中,不过水、陆、气三种东西,这三种东西都是与天地俱来的。水与陆沉而在下,人的目力能够看见,所以用水、用陆都称作形而下之学。大气浮而在上,人的目力所不能看见,所以使用大气称作形而上之学。但是大气虽则无形,可是的的确确有这项物质,大而言之,就是风。风鼓荡起来,能够折大木、摧大屋,各种物件都为之飘动。假使不是的确有一种物质,哪里能够推动万物呢?但是它那种物质却是极细极细,无论什么地方,它都能够钻进去,躲在其中。所以水中有气,陆地之中亦有气,人的身体之中亦有气,动物之中有气,草木之中亦有气,总而言之,不管它是软的、硬的、疏的、密的,统统都有大气包含在里面。既然有大气包含在里面,那么用外面的大气一引,使它里面的大气往外一托,那个钉头箭镞自然出来了。这就是用气的一种方法。至于如何才能够用这股大气,说起来亦不甚繁难,不但人能够做到,就是动物亦有能够做的。例如,一种鹬鹈鸟,一名啄木鸟,是个微小的动物,它的巢在树穴之中,假使用木橛将树穴塞住,它就用嘴在地上左右乱画,如画符一般,不到多少时候,那木橛自然拔出了。又譬如鹳鸟、鸠鸟,都是一种小动物,都是喜欢吃蛇的,假使它们遇到一条蛇躲在大石或大木之下,不能吃到的时候,它们就用一种方法,将两只脚按着规矩进退左右地踏步起来,那块大石自然会得翻转过来,那株大木也自然会得倾倒,它们就可以吃到蛇了。从这种地方看起来,动物尚且如此,何况于人呢!人为万物之灵,依小巫的愚见,从前的人大概无人不知道这个法术,不过人的智慧和能力太发达了。如果一块木橛塞住,只需用手一拔,自能拔出;一块大石压住,一株大木阻住,只需一人手扳,或数人一扛,自能翻开倾倒,直捷敏速,何必画符踏步,麻烦费事?这个法术长久不用,久而久之,自然消灭,自然失传。现在看起来,人反不如动物了,不但不如动物,倒反要学动物了。即如小巫刚才那个拔钉去镞的方法,就是从啄木鸟的画符和鹳鸟、鸠鸟的踏步学来的。"帝尧忙问道:"如何学法?"巫咸道:"学啄木鸟画符之法,可用灰铺在树底下,再用木橛塞其穴口,啄木鸟用嘴画符,画过的地方灰上必定有迹,那么就有模形可寻,依样可画了。至于学踏步之法,等那鹳鸟育雏的时候,缘木而上,用一根篾组缚住它的巢,鹳鸟看见了,必定要走到地上来作法踏步,去解放那篾组,预先在地上铺满了沙,将它的足迹印在上面,也就可以模仿了。"众人听了,无不称奇,都说:"踏步画符,何以能鼓动大气,真是不可思议之事。至于啄木鸟、鹳鸟、鸠鸟等,又从何处学到这个方法,想来真是天性之本能了。"帝尧又问道:"朕闻擅长这种方术的人,男子叫作觋,女子叫作巫。现在汝明明是男子,何以亦称为巫,甚不可解。"巫咸道:"巫这个字是普遍称呼,所以男子亦可以叫作巫。但是女子却不能叫作觋,因为男子阳性能变,而女子阴性不能变的缘故。"帝尧又问道:"登葆山那边,风景如何?"巫咸道:"那边风景虽不及丰沮玉门山，但亦甚好，而且灵药亦甚多，可以服食。不过有一项缺点，就是多蛇，寻常人不敢前往。小巫有法术，可以制蛇，所以尚不怕，寻常无事，总以弄蛇为戏，左手操青蛇，右手操赤蛇，许多弟子学小巫的样子，亦是如此。所以左右的人因小巫等的形态、服式与别人不同，就将小巫等所住之地叫作巫咸国，这亦是甚可笑的。"帝尧道："汝弟子共有几人？来此何事？"巫咸道："小徒共有十余人，现在分散各州，专以救人利世为事。小巫常往来各州，考察他们的工作，并且辅助他们的不及。这次到冀州，还没有多少时候呢。"帝尧道："汝既来此，可肯在朕这里做一个官么？"巫咸道："小巫厌弃仕途长久了，但是求仙不得，重入凡尘，既然圣主见命，敢不效劳。"帝尧大喜，即命巫咸做一个医官，世传"巫咸以鸿术为尧医"，就是指此而言，闲话不提。

　　光阴荏苒，帝尧在位不觉五载，一日和群臣商议，出外巡狩，考察民情，决定日期是孟夏朔日起身，司衡羿、逢蒙以及大司农弃随行，大司徒离暨诸司留守。不料刚到季春下旬，忽然羲叔的属官有奏章从南交寄来，说道："越裳国要来进贡，现已首途了。"原来越裳氏在现在安南的南面，交趾支那柬埔寨一带之地，前临大海，气候炎热，向来与中国不甚往来。这次因为羲叔到南交去考察天文，和它做了比邻，两三年以来，帝尧的德化渐渐传到那边，所以他们倾心向化，愿来归附。当下帝尧君臣闻此消息，于是将巡狩之事暂时搁起，先来商议招待远人的典礼。大司徒道："远方朝贡之事，自先帝时丹邱国贡玛瑙瓮之后，久已无闻。臣等皆少年新进，一切典礼虽有旧章可稽，但是终究不如曾经躬亲其事的人来得娴熟。臣查先帝当日招待丹邱国，是木正、火正两人躬亲其事。现在木正虽亡，火正近在郊圻，可否请帝邀他前来一同商酌，庶几更为妥善，未知帝意如何？"帝尧道："汝言甚是，朕就命汝前往敦请，如其肯来最好，否则不可勉强，朕不欲轻易烦劳旧臣也。"大司徒领命，即日出北门向祝融城而去。

且说那祝融城究竟在什么地方呢，那火正祝融为什么住在那边呢？原来那祝融自从到了平阳，给帝尧留住之后，他就在平阳住下，虽则不作官，没有一点职司，但是帝尧的供给却非常之优渥，所以亦优游自得。后来他听见木正死了，他就慨然，想到万事无常，人生朝露，是极不可靠的，于是就起了一个求长生的念头，一味子祠起灶来。且说求长生为什么要祠灶呢，原来祠灶求长生是他高祖黄帝的成法。当初黄帝求仙，将各项方法都试过，古书上面说道：'祠灶可以致神，而丹砂可以化为黄金；黄金成，以为器饮食，则益寿；益寿，则海中蓬莱仙者皆可见；见之以封禅则不死，黄帝是也。'照这几句古书看起来，黄帝祠灶，实在是后来成仙的一种方法。祝融知道有这个方法，所以亦祠起灶来，但是苦于都城之中太觉繁杂，且无山林，不能静修，所以就搬到都城北面三百里外，汾水西面一个空旷之地去住下了。帝尧闻知此事，就饬人去替他营造几间精室，又叫他侄子和仲弟兄不时去探望。后来那边人民亦渐渐多起来，因为是祝融所居，所以就叫作祝融城（现在山西汾阳市西）。祝融既住到这个地方，索性连姓名都换过，不叫吴回了，叫苏吉利；连他续娶的夫人亦更换姓名，叫作王搏颊，以表示隐居杜绝世事之意。两夫妻便终日孜孜不倦，在那里祠他们的灶，足迹不出大门。这日正在祠灶，忽然大司徒奉命到了，祝融没法，只得出来招待。大司徒就将帝意说明，并请他同到平阳，共议典礼。祝融道："鄙人在先帝时，曾经参与过这种典礼，时候虽久，大略却还记得，既承下问，敢不贡献，但是亦不必鄙人亲往，只需书写出来，请司徒带回去参考就是了。"说着，就取出简册来，逐条书写，足足有半日，方才写完。自己又看了一遍，就递与大司徒道："当时大略，已尽于此,不过时代不同,还请诸位斟酌为是。"大司徒接了之后,看见祝融衣裳诡异,言词决绝,亦不敢强邀,并不敢久留,略略周旋几句,即便告辞,回平阳而来,与帝尧说知。帝尧即召集群臣,大家会议,将祝融所写的作为底稿,又稽考旧章,参酌情形,或增或减,于是将典礼议定了。

过了多日,越裳氏使者到了平阳,舍于宾馆,供帐丰厚,自不消说。这时正是五月,在明堂太庙之中延见。那使者一正一副,随同两个翻译,由羲叔陪伴而来。后面数人,抬着一座彩亭,亭中放着一只大缸,也不知盛的是什么东西。当下使者见了帝尧,行过礼之后,就开口叽叽咕咕地说了一遍,不知是什么话。后来旁边一个翻译提起喉咙,也哩哩噜噜说了一遍,大家亦不知道说的是什么话。最后羲叔手下的翻译才用中国话将它译出来,大约是慕德向化的意思。后来又说,有一项微物贡献天邦,也许是有用的。帝尧谦谢,慰劳他几句,亦由翻译辗转传译。当下将彩亭抬上来,取出大缸,放在地上,众人一看,里面盛着的原来是一个大龟,约三尺余见方,昂头,舒足,曳尾,端然不动,甲的四周细毛茸生,甲上全是花纹,想来是千岁以上之物了。越裳氏使者道:"小国得到此龟已有多年,但寡君自问德薄,不足以当此神物,谨敬畜养,以待仁圣之君。现在听见大国圣主,钦若昊天,敬授人时,那么此龟是很有用的,所以特遣小臣前来贡献,庶几可为圣主治历的一种帮助。"帝尧听了不解,便问道:"龟与历有关系么?"使者道:"寻常之龟与历无关系,此是神龟,它的背甲上全是记载开天辟地以来的事情,所以有关系。"帝尧君臣听了,无不骇异,说道:"那背上的花纹是文字么?"说着,都上前来细看,然而总看不明白。忽见那龟蠕蠕而动,转眼之间,爬出缸外,掉转身躯,往外就爬。大家慌忙让开,说也奇怪,那龟一面爬,一面将它的身躯放大,出了殿门,下了台阶,到了庭中,那身躯已足有五丈见方,比刚才竟大了几十倍,把一个庭中几乎塞满了。那龟至此,方伏着不动,大家才知此龟之神异。再细看那甲背时,果然都是个蝌蚪形文字,但是字体仍是甚细,不过如黄豆一般大小,而且距离过远,亦看不清楚,只有近着面前的,俯身下去,略略可以认到两句。帝尧等料想一时不能尽看,便走进殿来,招呼那使者。说也奇怪,那龟见帝尧不看,也就渐渐缩小,不到片时,即已恢复原状。众人看了,无不叹为从来未有之奇,真正是个神物了。当下帝尧和群臣按照前日议定的典礼,款待使者,并且深深致谢,优加犒赏。那个神龟早有专司其职的有司捧了,养到宫沼里去了。

　　过了数日,越裳氏使者动身归国,帝尧方叫人将那神龟取来,放在一个极大的场所,使龟体可以尽量地发展,然后又命史官将那龟背的文字照样录出来。当那抄录的时候,很不容易,因为看不清楚,只能叫一人爬在龟背上,且看且报,一个人再抄录,足足抄了大半日,才把全文录毕,那龟又依然缩小。史官就将所抄录的全文呈与帝尧。帝尧一看,只见上面所写的是:

　　　　天地初分之时,盘古生于其中,能知天地之高低及造化之理,故曰盘古氏开天辟地,盖首出御世之人也,又曰浑敦氏。

　　　　盘古氏后有天皇君兄弟一十三人,姓望,名获,字子润,号曰天灵,以木德王,被迹在柱州昆仑山下。其时地壳未尽坚固,屡屡遭逢劫火,天皇始制干支之名以定岁之所在。十干曰阏逢,旃蒙,柔兆,强圉,著雍,屠维,上章,重光,玄黓,昭阳。十二支曰困顿,赤奋若,摄提格,单阏,执徐,大荒落,敦牂,协洽,涒滩,作噩,阉茂,大渊献。其年岁兄弟各一万八千岁。

　　　　天皇君后有地皇君继之,姓岳,名铿,字子元。兄弟共十一人,兴于熊耳龙门山,以火纪官。爰定日月星三辰,是为昼夜。以三十日为一月,十一月为冬至。兄弟各一万八千余年。地皇君后共有十纪。

其一曰九头纪。是曰泰皇氏,亦曰人皇氏,姓恺,名胡洮,字文生,人面龙身,生于刑马提地之国。兄弟九人,驾六羽,乘出车,出谷口,依山川土地之势,裁度为九州,而各居其一方,亦曰居方氏。兄弟合四万五千六百年。

其二曰五龙纪。人皇氏厌倦尘事,乃授箓于五姓。五姓者,皇伯、皇仲、皇叔、皇季、皇少。五姓同期,俱驾龙,故号曰五龙氏。乘云车而治天下,治五方,司五岭,市五岳。

其三曰摄提纪。有五十九姓,亦曰五十九姓纪。

其四曰合雒纪,共有三姓,教民穴居,乘蜚鹿以理。

其五曰连通纪。共有六姓,乘蜚麟以理。

其六曰叙命纪。共有四姓,驾六龙而治。

其七曰循蜚纪。共有二十二氏,首曰巨灵氏,次曰句彊氏,谯明氏,涿光氏,钩陈氏,黄神氏,狙神氏,犁灵氏,大騩氏,鬼騩氏,弇兹氏,泰逢氏,冉相氏,盖盈氏,大敦氏,云阳氏,巫常氏,泰壹氏,空桑氏,神民氏,倚帝氏,次民氏。以上皆穴居之世也。

其八曰因提纪。共有十三氏,首曰辰放氏,是为皇次屈。古初之人卉服蔽体,至辰放氏时多阴风,乃教民搴木茹皮以御风霜,绹发闻首以去灵雨,而民从之。命之曰衣皮之人,传四世。次曰蜀魟山氏,传六世。次曰豗傀氏,传六世。浑沌氏传七世。东户氏传十七世。皇覃氏传七世。启统氏传三世。吉夷氏传四世。儿蘧氏传一世。狶韦氏传四世。其第十一曰有巢氏,教民栖木而巢,以避禽兽之害,又刻木结绳以为政,又教民取羽革纮衣挛领着兜冒以贲体,又令民之死者厚衣之以薪而瘗之,传二世。十二曰燧人氏,作钻燧,教民取火以为熟食,又教民范金合土以为釜,又立传教之台而师道以起,兴交易之道而人情以遂,故亦曰遂皇氏,有四佐焉,曰明由、必育、成博、陨邱,传四世。十三曰庸成氏,传八世。共为六十八世。

其九曰禅通纪。共有十六氏,首曰仓帝史皇氏,名颉,姓侯冈,龙颜四目,生而能书,实创文字,天为之雨粟,鬼为之夜哭,万古文化由此起。柏皇氏继之,以木纪德,居于皇人山,传二十世。中皇氏继之,居于嶅峨山。一曰中央氏,传四世。大庭氏继之,都于曲阜,以火为纪,号曰炎帝,传五世。栗陆氏继之,愎谏无道,有贤臣曰东里子,不能用而杀之,天下叛之,传五世而亡。昆连氏继之,一曰鳌连氏,又曰鳌畜氏,亦无道,传十一世。轩辕氏继之,始作车,伐山取铜以作刀货,传三世。赫胥氏继之,亦曰赫苏氏,传一世。葛天氏继之,始作乐,八人捉牿投足掺尾叩角而歌八终:一曰载民,二曰玄鸟,三曰遂物,四曰奋毂,五曰敬天常,六曰达帝功,七曰依地德,八曰临万物之极,块枡瓦缶武㫻从之,是谓广乐,传四世。宗卢氏继之,亦曰尊卢氏,传五世。祝诵氏继之,一曰祝龢,是为祝融氏,作乐名属续,以火施化,号赤帝,都于郐,传二世。昊英氏继之,传九世。有巢氏继之,教民编槿而庐,葺藿而扉,塓涂茨翳以蔽风雨,是为有房屋之始,亦曰古皇,传七世,权臣为变而亡。朱襄氏继之,其时多风,群阴闷曷,乃命其臣士达作五弦之瑟以来阴气,令曰来阴,传三世。阴康氏继之,其时阴多滞伏,民气壅闭,乃制为舞以利导之,是谓大舞,传三世。无怀氏继之,传六世。太昊伏羲氏继之,姓风,以木德王,都于陈,教民佃渔畜牧,画八卦,造书契,作甲历,定四时,制嫁娶,造琴瑟,以龙纪官。女娲氏继之,云姓,一曰女希,是曰神媒。神农氏继之,姓姜,以火德王,都曲阜,初艺五谷,尝百草,制医药,始为日中之市,以火纪官,传八世。

其十曰疏仡纪。首曰黄帝有熊氏,姓公孙,名荼,一曰轩辕,后改姓姬,字曰玄律。

那龟文到这个地方就完了,后面还有一行,叫作:

自开辟以来,至黄帝有熊氏元年,共二百七十五万七千七百八十年。

帝尧看完了这一篇龟文,不禁又喜又异,太息道:"从开天辟地到现在,竟有这许多年数么!可见吾人生在世上,不过如电光石火,一转眼间而已。争名夺利,何苦来!何苦来!"又说道:"有巢氏竟有两个,黄帝之前已有一个轩辕氏,伏羲氏画卦还在仓颉造字之后,这几项都是创闻,想来总一定是靠得住的。"说着,就将那龟文递给群臣,个个传观了一遍,然后叫史官谨敬地宝藏起来。这个神龟的故事就此完了。

第三十六回

帝尧东巡　樗蒲之起源
帝尧初见皋陶

且说越裳氏来贡神龟之后,朝廷无事,帝尧遂择日东巡。这次目的地是泰山,先饬羲仲前往通告各诸侯在泰山相见。到了动身的那一日,已是仲秋朔日了,司衡羿、逢蒙及大司农随行。到了曲阜境界,只见一个罪犯被胥吏用黑索絷着,在路旁牵了行走,见了帝尧的大队过来,就站住了,让帝尧等先行。帝尧忙饬人问他,以何事被拘。那胥吏知道是帝尧,就过来行礼,然后对道:"此人所犯的罪,是不务正业,终日终夜聚集了些不正当的朋友在家里做樗蒲之事,所以邑侯叫小人拘捕他去办罪的。"帝尧不解,便问道:"怎样叫樗蒲?"那胥吏将手中所握着的物件拿过来给帝尧看,说道:"就是这项东西。"帝尧一看,只见是五颗木头做成方形的物件,颜色有黑有白,上面刻有花纹,也不知有什么用处,便问道:"这是儿童玩具呀,有什么用处?"胥吏道:"他们是掷起来赌输赢的,输赢很大呢。"帝尧正要再问,只见前面有人报道:"曲阜侯来郊迎了。"帝尧遂命那胥吏带了犯人自去。

这里曲阜侯已经到了,向帝行礼,帝尧亦下车答礼,说了些慰劳的话。曲阜侯又与大司农、司衡等相见,遂邀了帝尧,直往曲阜城中预备的行宫而来。那时万人夹道,结彩焚香,个个都来欢迎圣天子,真是热闹之至。帝尧车子正走之际,忽见道旁一个中年妇人,领着一个四五岁的孩子,都是一身缟素,在那里张望躲避。帝尧觉得这妇人的面貌很熟,不知在何处曾经见过,就是那孩子面如削瓜,一张马嘴,亦仿佛有点熟识,可是总想不起。车行甚疾,转眼之间,已经过去,要想停车饬人去传问,又恐惊骇百姓。正在纳闷,忽然想起,那年秋天曾经做一个梦,梦中所见的仿佛是这样两个人,不要就是他们么?且再查吧。正在想时,车子已到行宫,坐定之后,曲阜侯早有预备的筵席摆了出来飨帝,其余随从官员亦均列席。飨罢之后,继之以宴。帝尧问起境内百姓情形,曲阜侯一一回答。帝尧道:"朕刚才来时,路上遇见一个罪人,据说是犯樗蒲之罪,樗蒲究竟是怎么一回事?"曲阜侯道:"惭愧惭愧,这是一种赌博之具,新从北方传来的,不过一两年吧,但是风行得很快,差不多各地都传遍了。男的也赌,女的也赌,老的也赌,小的也赌,富的也赌,贫的也赌,贵的也赌,贱的也赌。其初臣以为不过是一种游戏的事情,闲暇无事之时,借此消遣罢了,所以也不去禁止它,哪知他们大大不然,竟以此为恒业了。寻常输赢,总在多金以上,甚至于一昼夜之间倾家荡产的人都有。有一种小民,竟靠此为业,什么都不去做,专门制造了这件东西,引诱着少年子弟、青年妇女,在他家里赌樗蒲,他却从中取利。每人所赢的金帛,他取几分之几,叫作抽头。后来地方上的父老看到自己的子弟如此情形,都气极了,联名告到臣这里来,臣才知道有这种恶风,便出示严禁,有犯者从重的加罚,近来已比较好一点,但是总不能禁绝。刚才帝所遇到的那个罪人,据说还是在学校里读书的生员呢,他日日夜夜跑出去,干这个樗蒲的事情。他的妻子却很贤德,几次三番地劝他,他总是不改。后来家产荡尽了,妻子冻饿不过,遂用尸谏之法,悬梁自缢死了,案上却留着几首诗,劝谏她的丈夫。那几首诗做得情词凄婉,非常动人,虽则遇人不淑,苦到如此结局,但是并无半句怨恨之词,仍是苦苦切切,盼望她的丈夫改过回头,真是个贤妇人呢!臣知道了这回事,所以今日特地遣人将他拘捕。因帝驾适到,急于趋前迎谒,未曾发落,不想帝已经知道了。"帝尧道:"朕刚才看见那胥吏手中握着的,是五颗木子,上面刻着花纹,不过像儿童的玩具一般,究竟其中有何神秘奥妙,乃能使人入魔至此,汝可知道么?"曲阜侯道:"臣亦曾细细问过,据说就是以木上的颜色和所刻的花纹分输赢的。但是将五木掷下去,如何是输,如何是赢,臣亦不甚了了。"司衡羿在旁说道:"何不就叫那个罪人前来讲明呢?"帝尧道是,于是曲阜侯就饬人前去传提罪犯。这边宴罢,那罪人已提到了,帝尧就问那罪人道:"汝亦是好好良民,而且是在学校里读过书的,应该明理习上,何以不务正业,欢喜去弄这个樗蒲?究竟这樗蒲有何乐处?汝可从实说来,无须隐瞒。"那罪人已经知道是帝尧了,便跪下稽首道:"小人昏谬迷妄,陷于邪途,致蹈刑章。现在醒悟知罪了,乞我圣天子如天之仁,赦小人之既往,以后小人一定改过。"帝尧叫他立起来,又问道:"朕的意思,一个人犯罪,必定有一个缘由,譬如说偷盗,必定是因为贫穷的缘故;譬如说杀人,必定是因为仇恨的缘故。这五颗木子,据朕看来,不过是玩弄的东西,既经国君严厉的禁止,汝亦可以抛弃了,何以仍是这般秘密的赌博?况且连妻子的饥寒都不顾,连妻子以身殉都不惜,到底是什么理由?汝果欲免罪,可将自己的真心细细说出来,朕可详加研究,以便教导其他的人民,汝切勿捏造及隐瞒。"那罪人听了,不觉茫无头绪,等了一会,竟说不出一句话来。他并非不肯说,实在是无从说起。又过了一会,帝尧又催促他,他才说道:"据小人自己回头想来,有两种缘故:一种是闲空无事,一种是贪心不足。小人从前,本不知道樗蒲之事的。前年冬间,闲着无事,有几个朋友谈起,说现在很通行这一种游戏之法,且非常有趣,我们何妨玩玩呢。当时小人亦很赞成,以为逢场作戏,偶尔玩玩,有何妨害呢。哪知一玩之后,竟上瘾了,所以上瘾的缘故,就是贪字。因为这种樗蒲法,是可以赌输赢的,无论什么物件,都可以拿来赌。起初小人是赢了,赢了之后,心中非常高兴,以为片刻之间,一举手之劳,不必用心,不必用力,就可以得到如许多的金帛,岂不是有趣之极么!那要赌的心思就非常之浓起来了。不到几日,渐渐地有输无赢,不但以前赢来的金帛都输去,而且家中的金帛亦输去不少,即使偶尔赢过几次,但总敌不过输出去的多。越是输,越是急,越要赌。越要赌,越是输。一年以来,小人的入魔,就是如此。所以小人说是个贪字之故。"帝尧听了叹息道:"据汝所言,颇有道理。人的贪心,是极不容易祛除的,但是病根总由于闲空无事。逸居而无教,什么事情不可以做出来!古人说'民生在勤',正是为此呀。但是朕还有不明白的地方,樗蒲这个赌具,究竟如何而分胜负,汝可将方法说与朕听。"那罪人听说,就从身上摸出一张说明书并一个局来,递与帝尧。原来那局是布做的,折起来并不甚大,抖开一看,只见上面有横线,有直线,有关,有坑,有堑,再将那说明书细看,一时亦无从明白,遂又问道:"汝将这种东西都藏在身边做什么?可谓用功之极了。若将这种精神志愿用到学问上或有益的事情上去,岂不是好么!"那罪人听了,脸上涨得通红,说道:"圣天子在上,小人不敢欺。小人精于此道,因为穷极了,所以将这种东西带在身边,遇着有人要学,就可以拿出来教授,借以得点报酬,这都是小人利令智昏,罪恶实在无可逃了。现在一总拿出来,表示我永不再犯的诚意。"说着,又从身上摸出一包,打开了递与帝尧。帝尧一看,原来都是赌具,有好几种,有石做的,有玉做的,有兽骨做的,有象牙做的,有木做的,都是五颗一副。帝尧叹道:"这种东西都用象牙和玉做起来,真太奢侈无礼了。"那罪人道:"这是供给富有之家用的,掷起来名叫投琼,或叫出玖,名目雅些。"帝尧道:"朕且问汝,汝自称精于此道,那么应该赢而致富,何以反穷呢?"那罪人道:"小人此刻才知道,凡善赌的人,未有不穷的。一则因为赌的规矩,输的人固然失财,便是赢的人亦须拿出若干与那抽头的人,那么虽则赌赢,所入已无几了。二则,这种不劳而获的金帛,真所谓傥来之物,来时既然容易,用时亦往往不觉其可惜,那么虽则赢了,亦不能有所积蓄。三则,一般赌友看见小人赢了,不免存妒忌之心,或者要求小人做东道,请他们饮燕,或者要求借给他们用,不依他们是做不到的,那么更是所余无几了。四则,赌赢的财物既然不能拿到家中,而家中妻子的养育,当然仍旧是不能少的,欢喜赌博之后,不事生产,焉得不坐吃山空呢!五则,樗蒲之道,掷下去的色彩如何,半由人力,半由天命,虽则精通此道,不过将他的法熟而已矣,不能一定必赢。就是以人力而言,强中更有强中手,亦不是一定有把握的,所以小人穷了。"帝尧道:"照汝这样说来,颇近道理,亦颇见汝之聪敏。但既然明白这种道理,何以仍然如此执迷不悟呢?"那罪人默然不作一声。过了片时,说道:"小人得圣主开导,从今以后,一定改过了。"帝尧道:"汝虽改过,但是汝贤德的妻子已为汝一命呜呼,试问汝良心何在?对得住汝妻子么?"那罪人听到这句话,不禁呜呜地痛哭起来。帝尧道:"哭什么?汝已死的妻子,能哭得她活转来么?朕本来一定要治汝的罪,因为汝既已表示悔过,说话亦尚能诚实,又看汝贤德的妻子面上,且饶恕汝这一次吧。但是亦不能无条件地饶恕汝,现在朕饬人给汝妻子好好地造一座坟,坟旁盖一所祠宇,以为世之贤妇人旌劝,就罚汝在那里看守,每日必须做若干时间的工作,由官厅随时查察,倘有怠惰,或前样事情发生,决定严办,不稍宽贷。汝知道么?"那罪人听了,慌忙跪下,稽首谢恩,方才退出去。那边大司农及司衡等正在传观那个赌具,见帝尧已经发放那罪人了,便向帝尧道:"这种物件,实在是害人的利器,将来流传起来,天下后世之人不知道要给它陷害多少。听说通行的时间还不甚久,那个创造的人想来还查得出,臣等的意思,请帝饬下各诸侯,除严禁樗蒲之外,一面再查出那个创造的人,加以重惩,似乎可以正本清源,未知帝意何如?"帝尧尚未开言那罪人在阶下走不多远,听见了这话,忽然回转身来说道:"创造这项赌具的人,小人知道,是个老子,名叫渌图子,又叫务成子,他是到外国去创造了出来,后来再流传到中国的。"帝尧不等他说完,就斥他道:"岂有此理!务成老师是有道之士,哪里会做出这种物件来呢,汝不要胡说。"司衡羿亦说道:"渌图子是颛顼帝的师傅,正人君子,老臣当日和他共事过多少年,哪里会作这种害人之物,请帝不要听他的瞎说。"帝尧道:"朕决不信。"遂喝那罪人道:"汝不必多言,出去吧。"那罪人只能怏怏而去。

且说那樗蒲之具,究竟是哪个创出来的呢?据《博物志》所载,说"老子入胡,始作樗蒲",原来是大名鼎鼎的道德家做出来,真是出人意料了。但考察年份,老子的诞生在商朝中年,唐尧时候老子尚未降生,那么这樗蒲究竟是哪里来的呢?后来查到《神仙传》,才知道老子是个总名,他的名号历代不同。在上三皇时,叫玄中法师;在下皇时,叫金阙帝君;在伏羲时,叫郁华子;在神农时,叫九灵老子;在祝融时,叫广寿子;在黄帝时,叫广成子;在颛顼时,叫赤精子;在帝喾时,叫渌图子;在尧时,叫务成子;在舜时,叫尹寿子;在夏禹时,叫真行子;在殷汤时,叫锡则子;在周文王时,叫文邑先生,亦叫守藏史。照这样想来,这许多人统统就是他一个人的化身,那么樗蒲之事合到时间上算起来,就说是渌图子或务成子创造的,亦无所不可了。闲话不提。

且说帝尧喝退罪人之后,大家又商议了一会如何禁止樗蒲以及查究创造人的方法,时已不早,各自散去。到了次日,曲阜侯又来陪侍帝尧,帝尧忽然想起昨日之事,就问曲阜侯道:"此间有一个少昊氏的子孙,名叫大业的,汝知道么?"曲阜侯道:"这人臣认识,他是很有名誉的,可惜刚刚在前月间死了。"帝尧道:"已死了么?他家中尚有何人?"曲阜侯道:"他留有一子,不过四五岁,听说生得很聪明。大业的妻是少典氏的女儿,名叫华,号叫扶始,大家都知道她是很贤德的,将来苦节抚孤,或者有点出息,亦未可知。"帝尧道:"他家住在何处?"曲阜侯道:"大约与行宫不远。"帝尧道:"朕与大业系出一族,从前亦曾有一面之识,现在知道他妻子孤寡,意欲予以周恤,汝可召其子来,朕一观之。如人才尚有可取,朕将来正好用他。"曲阜侯答应,就饬人去传宣。原来那扶始所住的地方,就在行宫后面,不一会就到了,那扶始却同了来,见帝行礼。帝尧仔细一看,只见那扶始确是梦中所见的,那孩子面貌也和所见的神人差不多,不觉心中大为诧异,就问扶始道:"汝这孩子叫什么名字?今年几岁了?"扶始道:"他名叫皋陶,今年四岁。"帝尧道:"汝夫几时去世的?"扶始道:"三月前去世,昨日刚才安葬。"帝尧又叫皋陶走近身边,拉着他的手问道:"汝纪念汝的父亲么?"皋陶听说,就哭起来,说道:"纪念的。"帝尧道:"汝既然纪念汝父亲,汝将来总要好好地做人,好好地读书上进,给汝父亲争一口气,并且要好好地孝顺汝母亲,听汝母亲的教训,汝知道么?"皋陶答道:"我将来一定给父亲争气,一定孝顺母亲。"帝尧见他应对之间,意态从容,声音洪亮,就知道他确是生有自来的人,便又问他道:"汝欢喜做什么事情?"皋陶还未回答,扶始在旁说道:"他最喜欢管闲事。一群小孩子在那里玩耍,遇到争闹起来,他总要禀公判断,哪个是,哪个不是,可是说来倒都还在理的,这是他的长处。"帝尧道:"果然如此,足见志愿宏大,将来可成一法律人才,汝须好好地抚养他,不可令其失学。不过朕还有一句话要问汝,却是很冒昧的,但是朕因为要证明一件事情,所以又不能不问,请汝原谅。朕听要问的,就是汝孕育此子之时,是否先得到一个梦兆么?"扶始听了这话之后,顿时将脸涨得绯红,又似乎很疑怪的模样,迟了半晌,才说道:"梦是有的,那年九月里,曾经梦见一个神人……"说到此,那张脸涨得更红,也再不说下去了。帝尧知道梦是对了,也不复问,便说道:"朕知道汝这孩子生有来历,将来一定是不凡之人,汝可好好地教导他。二十年之后,朕如果仍在大位,当然拔用他。现在朕有点薄物,迟一会叫人送来,可以做汝子教养之费。另外朕再托曲阜侯随时招呼帮助,汝可去吧。"扶始听了,感激不尽,遂率皋陶拜谢了,出门而去。

又过了一日,帝尧就到泰山下,那时羲仲早率了东方诸侯在那里恭候。朝觐之礼既毕,问了些地方上的情形,帝尧遂将那樗蒲之害向各诸侯剀切陈说,叫他们切实严禁,并且调查那创始之人。过了七日,各事俱毕,诸侯陆续散去,一回东巡之事就此完了。

第三十七回

厌越述紫蒙风土　阏伯、实沈兄弟参商

东巡礼毕，帝尧趁便想到东海边望望，以览风景，遂向泰山东北而行。一日，到了一座山上（此山在现在山东青州市西北，因为尧曾登过，所以就叫尧山），正在徘徊，忽报紫蒙君来了。那紫蒙君是何人呢？原来就是帝喾的少子，尧的胞弟，名叫厌越。帝尧听了，非常欢喜，慌忙延见，大司农亦来相见了。嫡亲兄弟，十余年阔别，一旦重逢，几乎都滴下泪来。帝尧见厌越生得一表人才，比从前大不相同，装束神气，仿佛有外国人的模样，想来因为久居北荒的缘故，遂细细问他别后之事。厌越道："臣那年随先帝巡狩，先帝命臣留守在那边，叫臣好好经营，将来可以别树一帜，臣应诺了。后来先帝又饬人将臣母亲从羲和国接了来，送到紫蒙。臣母子二人和先帝所留给臣的五十人，后来羲和国又拨来五十人，合共百人，就在那里经营草创起来，倒也不很寂寞。现在户口年有增加，可以自立了。那年听到先帝上宾之信，本想和臣母前来奔丧的，因为国基新立，人心未固，路途又远，交通又不便，一经离开，恐怕根本动摇，所以只好在国中发丧持服，但是臣心中无日不纪念着帝和诸位兄弟。近来国事已渐有条理，手下又有可以亲信托付的人，正想上朝谒见，恰好听见说帝东巡泰山，道路不远，就星夜奔驰而来，不想在此相见，真是臣之幸了。"帝尧问道："汝那边风土如何？民

情如何？邻国如何？"厌越道："那边空气亦尚适宜，不过寒冷之至，大概八九月天已飞雪，各处江河都连底结冰，愈北愈冷，这一点是吃苦的。"帝尧道："那么汝如何能耐得住呢？"厌越道："臣初到的时候，亦觉得不可耐，后来因为那边森林甚多，森林之中盛产毛皮兽，如狐、如鼠、如虎、如獭、如狼、如豹之类，不可胜计，所以那边土著之人总以打牲为业，肉可以食，骨可以为器，皮毛可以御寒。还有一种奇兽，名叫貂，它的皮毛尤其温暖，非常珍贵，臣此番带了些来，贡献于帝。"说着就叫从人取来，厌越亲自献上，共有十二件，说道："臣那边荒寒僻地，实在无物可献，只此区区，聊表臣心罢了。"帝尧道："朕于四方珍奇贡献，本来一概不受，现在汝是朕胞弟，又当别论，就受了吧。"厌越听了，非常得意，又拿出两件送与大司农，又有两件托转送大司徒，其余羿和羲仲等各送一件，大家都称谢收了。羲仲问道："貂究竟是怎样一种兽？我等差不多都没有见过。"厌越道："这种貂，大概是个鼠类，其大如獭而尾粗，毛深一寸余，其色或黄或紫，亦有白者，喜吃榛栗和松皮等，捕了它养起来，饲以鸡肉，它亦喜吃，性极畏人，人走到它近旁，它就瞠目切齿，作恨恨之状，其声如鼠，捕之甚难。假使它逃入罅隙之中，千方百计取之，终莫能出；假使它逃在树上，则须守之旬日，待它饿极了走下来，才可捉得；假使它逃入地穴之中，那么捉之极易了。它的身体转动便捷如猿，能缘壁而上，倒挂亦不坠。那边土人捕捉之法，往往用犬，凡貂所在的地方，犬能够嗅其气而知之，伺伏在附近，等它出来，就跑过去噙住。貂自己很爱惜它的皮毛，一经被犬噙住，便不敢稍动。犬亦知道貂毛可贵，虽则噙住了貂，但噙得甚轻，不肯伤之以齿，因此用犬捕貂是最好的方法，而且往往是活捉的。穿了貂皮之后，得风更暖，着水不濡，得雪即融，拂面如焰，拭眯即出，真正是个异物，所以那边很看重它。"帝尧道："汝等贵人有貂裘可穿,或各种兽皮可穿,可以御寒了,那些平民亦个个有得穿么?"厌越道:"这却不能。"帝尧道:"那么如此苦寒,他们怎能禁受呢?"厌越道:"那边很是奇怪,又出一种草,土人叫它乌拉草,又细又软,又轻又暖,这种草遍地皆是,一到冬天,那些人民都取了它来作卧具,或衬衣衫,或藉足衣,非常温暖,到晚间将衣裳脱下时,总是热气腾腾的,所以那边人民都以它为宝贝,因此就不畏苦寒了。"帝尧听了,仰天叹道:"唉!上天的爱百姓,总算至矣尽矣了!这种苦寒的地方,偏偏生出这种草来,使百姓可以存身,不致冻死,真是仁爱极了。做人主的倘使能够以天为法,使天下人民没有一个不受到他的恩泽,那才好了。"不言帝尧叹息,且说那时大司农在旁边,禁不住问道:"那乌拉草固然奇异了,但气候如此之冷,五谷种植如何呢?"厌越道:"那边稻最不宜,寻常食品总是粱麦之类,只有菽最美,出产亦多。"帝尧道:"汝那边邻国有强盛的么?"厌越道:"臣国北面千余里有息慎国,东面千余里有倭国(现在日本)。东南千余里有一种部落,去年听说他们的人民正要拥立一个名叫檀君的作为君主,迁都到平壤之地(现在朝鲜平壤)建国,号叫朝鲜,现在有没有实行却不知道。总之,臣那边荒寒而偏僻,交通很不便,所以与邻国土地虽然相连,但是彼此不相往来,从没有国际交涉发生过。"帝尧听了,也不言语。过了一会,又问些家庭的事情,不必细说。

　　厌越在帝尧行营中一住七日,兄弟谈心,倒也极天伦之乐事。后来厌越要归去了,帝尧与大司农苦留不住,只得允其归去,就说道:"朕本意要到海边望望,现在借此送汝一程吧。"厌越稽首固辞,连称不敢。帝尧哪里肯依,一直送到碣石山,在海边又盘桓两日,厌越归国而去。帝尧等亦回身转来,他一路怅怅,想到兄弟骨肉,不能聚在一处,天涯地角,隔绝两方,会面甚难,颇觉凄怆;又想到自己同胞兄弟,共有十余人,现在除弃、㧱两个之外,其余多散在四方,不能见面,有几个连音信不通,不知现在究竟在何处,急应设法寻找才好;忽然又想到阏伯、实沈两个住在旷林地方,听说他们弟兄两个很不和睦,前年曾经饬人去劝诫过,现在不知如何。此次何妨绕道去看他们一看,并且访查其余各兄弟呢。想到这里,主意已定,遂与大司农商议,取道向旷林而行。

一日,正到旷林相近,忽听得前面金鼓杀伐之声,仿佛在那里打仗似的,帝尧不胜诧异。早有侍卫前去探听,原来就是阏伯、实沈两弟兄在那里决斗,两个方面各有数百人,甲胄鲜明,干戈耀目,一边在东南,一边在西北,正打得起劲。侍卫探听清楚了,要想去通知他们,亦无从通知起,只得来飞报帝尧。帝尧听了,不胜叹息,就吩咐羿道:"汝去劝阻他们吧。"羿答应正要起身,只见逢蒙在旁说道:"不必司衡亲往,臣去何如?"帝尧允许了。逢蒙带了三五个人,急忙向前而来。只见两方面兀是厮杀不休,西北面一员少年大将,正在那里指挥,东南面一员少年大将,亦在那里督促。逢蒙想,他们必定就是那两弟兄了,我若冲进去解围,恐怕费事,不如叫他们自己散吧。想罢,抽出两支箭,飕的一支先向那西北面的少年射去,早将他所戴的兜鍪射去了;转身又飕的一支箭,向东南面射,早把那大将车上的鼓射去了。两方面出其不意,都以为是敌人方面射来的,慌得一个向西北、一个向东南回身就跑。手下的战士见主将跑了,亦各鸟兽散。逢蒙就叫随从的三五个人跑过去,高声大叫道:"天子御驾在此,汝等还不快来谒见,只管逃什么?"两边兵士听了,似乎不甚相信,后来看见林子后面有许多车辆,又见有红旗在那里飞扬,原来帝尧已慢慢到了,那些兵士才分头去告诉阏伯和实沈。阏伯、实沈听了,还怕是敌人的诡计,不敢就来,又遣人来打听的确,方才敢来谒见。却是实沈先到,见了帝尧,行了一个军礼。

帝尧看他穿的还是戎服,却未戴兜鍪,满脸还是杀气,又带一点惊恐惭愧之色,就问他道:"汝等为什么又在此地相争?朕前番屡次饬人来和汝等说,又亲自写信给汝等,劝汝等和好,何以汝等总不肯听,仍是日日争斗?究竟是什么道理?"实沈正要开言,只见阏伯已匆匆来了,亦是全身戎服,见了帝尧,行一个军礼。帝尧便将问实沈的话,又诘问了他一番。阏伯道:"当初臣等搬到此地来的时候,原是好好的,亘耐实沈一点没有规矩,不把兄长放在眼里。臣是个兄长,应该有教导他的责任,偶然教导他几句,他就动蛮,殴辱起兄长来。帝想天下岂有此理么?"话未说完,实沈在旁边已气愤愤地傻着说道:"何尝是教导我,简直要处死我!我为正当防卫起见,不能不回手;况且他何尝有做兄长的模范,自己凶恶到什么地步,哪里配来教导我呢?"帝尧忙喝住实沈道:"且待阏伯说完之后,汝再说,此刻不许多言。"阏伯道:"帝只要看,在帝面前,他尚且如此放肆凶狠,其余可想而知了。"帝尧道:"汝亦不必多说,只将事实说来就是了。朕知道汝等已各各分居,自立门户了,那么尽可以自顾自,何以还要争呢?"阏伯道:"是呀,当初臣母亲因为实沈之妻屡次来与臣妻吵闹,臣妻受气不过,所以叫臣等各自分居,臣居东南,实沈住在西北,本来可以无事了。不料实沈结识一班无赖流氓地痞,专来和臣为难,不是将臣所种的桑树砍去,就是将臣所用的耕牛毒死。帝想,臣还能忍得住么?"实沈在旁,听到此句,再也耐不得了,便又傻着说道:"帝不要相信他,他带了一班盗贼,将臣所居的房屋都烧了许多,帝想臣能忍得住么?"阏伯道:"你不决水淹我的田,我哪里会来烧你的屋子呢?"实沈道:"你不叫贼人来偷我的牧草,我哪里会来淹你的田呢?"两个人你一言,我一语,气势汹汹,声色俱厉,几乎要动手打了。大司农忙喝道:"在帝前不得无礼。"帝尧将两人的话听了,前后合将起来,他们的是非曲直早已洞若观火,当下就叫他们在两旁坐下,恳恳切切地对他们说道:"汝等两人所争,无非'是非曲直'四个字,但是究竟谁是谁非,谁曲谁直,汝等且平心静气,细细地想一想,再对朕说来,朕可为汝等判断。"阏伯、实沈两个,一团盛气,本来是要性命相扑的,给帝尧这么一问,究竟是兄弟之亲,良心发现,倒反不好意思就说了。过了好一会,还是实沈先说道:"臣想起来,臣确有不是之处,但是阏伯的不是总比臣多。"阏伯道:"若不是实沈无理,屡屡向臣逼迫,臣亦不致薄待于彼。所以臣的不是,总是实沈逼成功的。"帝尧听了,叹口气道:"这亦怪汝等不得,朕只怪老天的生人,为什么两只眼睛却生在脸上,而不生在两手之上呢!假使生在两手之上,那么擎起来可以看人,反转来就可以自看,别人的美恶形状看见了,自己的美恶形状亦看见了。现在生在脸上,尽管朝着别人看,别人脸上的一切统统看得仔仔细细,但是自己脸上如何,面目如何,倘使不用镜子来照,一生一世决不会认识自己的。现在汝两人所犯的弊病,就是这个普通的弊病。朕今先问实沈:何以知道阏伯的不是比汝多?多少两字,是从什么地方比较出来的?又问阏伯:何以汝的不是是实沈逼成的?汝果然极亲极爱地待实沈,还会得被他逼出不是来么?兄弟亲爱之道,朕从前几番在劝汝等之信上早已说得详尽无遗了,现在再和汝等说,一个人在世做人,不要说是弟兄,即使是常人相待,亦不可专说自己一定不错,别人一定是错的。要知道人非圣贤,孰能无过,既然有过,那么应该把自己的过先除去了再说,不应该将自己的过先原谅起来、掩饰起来,把别人的过牢记起来、责备起来,那么就相争不已了。古人说得好:'责己要重以周,责人要轻以约。'又说:'躬自厚而薄责于人。'汝等想想,果然人人能够如此,何至于有争斗之事呢?即使说自问一无过失,都是别人的不是,一次自认、两次自认之后,他的待我仍旧横暴不改，那么亦有方法可以排遣的。古人说：'人有不及，可以情恕；非意相干，可以理遣。'果能'犯而不校'，岂不是君子的行为么？何以一定要争斗呢？至于弟兄，是骨肉之亲，那更不同。做阿弟的，总应该存一个敬兄之心，即使阿兄有薄待我的地方，我亦不应该计较；做阿兄的，总应该有一个爱弟之心，即使阿弟有失礼于我的地方，亦应该加之以矜谅。古人说：'父虽不慈，子不可以不孝；君虽不仁，臣不可以不忠。'做人的方法，就在于此。第一总须各尽其道，不能说兄既不友，弟就可以不必恭；弟既不恭，兄就可以不必友。这种是交易的行为，市井刻薄的态度，万万不可以沾染的。'仁人之于弟也，不藏怒焉，不宿怨焉，亲爱之而已矣。'这几句书，想来汝等均已读过，何以竟不记得呢？还有一层，弟兄是父母形气之所分，如手如足，不比妻子，不比朋友及其他的人，那是用人力结合拢来的。夫妻死了，可以另娶另嫁；朋友死了，可以另交；去了一个，又有一个。至于同胞兄弟，无论费了多少代价，是买不到的，汝等看得如此不郑重，岂不可怪！兄弟同居在一处，意见偶然冲突，是不能免的，但是应该互相原谅。例如左手偶然误打了右手一下，是否右手一定要回打它一下呢？右脚偶然踢了左脚一下，是否左脚一定要回踢它一下呢？何以兄弟之间，竟要如此计较起来呢？"说着，便问阏伯道："汝现在有几子？"阏伯道："臣有两子一女。"又问实沈道："汝有几子？"实沈道："臣有两子。"帝尧道："是了，汝等现在都有子女，而且不止一个，假使汝等的子女亦和汝等一样，终日相争相打，甚而至于性命相拼，汝等做父母的心里是快活呢，还是忧愁呢？古人说：'妻子好合，如鼓瑟琴；兄弟既翕，和乐且耽。'这几句书，汝等读过么？汝等的子女争闹不休，汝等倘还以为快慰，天下必无此理。假使以为忧愁，那么汝等何不替皇考想一想呢？汝等此种情形，皇考在天之灵是快慰还是忧愁？汝等且说说看。所以兄弟相争,非但不友不恭,抑且不孝,汝等知道么?"说到此处,不觉凄然下泪。阏伯、实沈听了帝尧这番劝告,又见了这种恳挚的态度,不觉为至诚所感,都有感悟的样子,低了头默默无言。帝尧一面拭泪,一面又说道:"朕今日为汝等解和,汝等须依朕言,以后切不可再闹了。要知道兄弟至亲,有什么海大的冤仇,解不开、忘不了呢?"说着,就向实沈道:"汝先立起来,向兄长行礼道歉。"接着又向阏伯道:"汝亦立起来,向阿弟还礼道歉。"两人听了帝尧的命令,不知不觉都站起来,相向行礼。不知道他们究竟是真心,还是勉强,但觉得两人脸上都有愧色罢了。行过礼之后,帝尧又道:"以往之事,从此不许再提了。阏伯家在何处?朕想到汝家一转,汝可前行,朕和实沈同来。"阏伯答应先走,这里帝尧、大司农和实沈随后偕往,其余人员暂留在行幄中不动。

且说帝尧等到了阏伯家,阏伯妻子也出来相见,忽见实沈也在这里,不觉脸上露出惊疑之色,便是实沈亦有点不安之意,但却不能说什么。过了片时,阏伯弄了些食物来,请帝尧等吃过之后,帝尧又向实沈道:"汝家在哪里?朕要到汝家去,汝可先行。"于是帝尧、大司农同了阏伯一齐到实沈家里,一切情形,与阏伯家相似,不必细说。看看天色将晚,帝尧回到行幄,阏伯、实沈二人亲自送到,并齐声说道:"明日臣等兄弟略备菲席,在阏伯家中,请帝和诸位大臣赏光,届时臣等再来迎接。"帝尧听了这话,非常欢喜,暗想道:他们二人居然同做起东道来,可见前嫌已释,言归于好了,遂急忙答应道:"好极好极!朕与诸位必来。"二人遂告辞而去。

到了次日,等之许久,始见阏伯跑来,向帝说道:"臣昨日本说与实沈公共请帝,后来一想,未免太简慢了。臣等和帝多年不见,幸得帝驾降临,如此草草,觉得过意不去。现在议定,分作两起,臣在今日,实沈在明日,此刻请帝和诸大臣到臣家中去吧。"帝尧一听,知道二人又受了床头人的煽惑,变了卦了,但是却不揭破,便问道:"实沈何以不来?"阏伯道:"听说在那里预备明日的物件呢。"帝尧道:"那么朕和汝先到实沈家中,邀实沈同到汝家,何如?"阏伯惑于枕边之言,虽不愿意,但只能答应,同到实沈家。实沈见帝尧亲来相邀,亦不敢推却,于是同到阏伯家,吃了一顿。次日,帝尧又同了阏伯到实沈家吃了一顿。兄弟二人,从此在面子上总算过得去了。过了两日,帝尧向他们说道:"汝等两人,年龄都已长大了,应该为国家尽一点气力。朕现在缺少一个掌火之官,听说阏伯善用火,就命汝做火正,离此地不远的商邱之地(现在河南商丘市)就封了汝,汝其好好地前往,恪共厥职,毋虐百姓,钦哉!"阏伯听了,连忙稽首谢恩受命。帝尧又向实沈道:"朕都城东北面有一块地方,名叫大夏,就封了汝,汝可搬到那边去,好好治理民事,毋得暴虐百姓,汝其钦哉!"实沈听了,亦稽首谢恩受命。又过了几日,两兄弟各将一切收拾妥当,各自到他受封的国土去了。一个在西北,一个在东南,从此两个永远不曾再见一面。阏伯上应天上的商星(就是二十八宿中之心宿),实沈上应天上的参星,参商二星,它们的出没永远不相见。兄弟二人之仇敌到得如此,亦可谓至矣尽矣了。后人说二人不和睦的叫作参商,就是这个典故。

第三十八回

帝尧遇赤将子舆　　植物有知觉

且说阏伯、实沈既去之后,帝尧忽然想起帝挚的儿子玄元,不知道他近状如何,遂动身向亳都而来。一日,刚近亳都,忽见路旁草地上坐着一个工人装束的老者,童颜鹤发,相貌不凡,身畔放着许多物件,手中却拿了不少野草花在那里大嚼。帝尧觉得他有点奇怪,心想道,朕此番出巡,本来想访求贤圣的,这人很像有道之士,不要就是隐君子么? 想罢,就吩咐停车,和大司农走下车来,到那老者面前,请问他贵姓大名。那老者好像没有听清楚,拿起身畔物件来,问道:"你要这一种,还是要那一种?"帝尧一看,一种是射箭用的矰缴,一种是出门时用来扎在腿上的行縢,就问他道:"汝是卖这矰缴和行縢的么?"那老者道:"是呀,我向来专卖这两种东西。矰缴固然叫作缴,行縢亦可以叫作缴,所以大家都叫我缴父,叫出名了。大小不二,童叟无欺,你究竟要买哪一种,请自己挑。"帝尧道:"大家叫你缴父,你的真姓名叫什么呢?"老者见问,抬头向帝尧仔仔细细看了一看,又向四面随从的人和车子看了一看,就问帝尧:"足下是何人? 要问我的真姓名做什么?"早有旁边侍从之人过来通知他道:"这是当今天子呢。"那老者听了,才将野草花丢下,慢慢地立起来,向帝拱拱手道:"原来是当今圣天子,野人失敬失敬。野人姓赤将,名子舆,这个姓名早已无人知道了,野人亦久矣乎不用了,现在承圣天子下问,野人不敢不实说。"帝尧听了

'赤将子舆'四个字,觉得很熟,仿佛在那里听见过的,便又问道:"汝今年高寿几何?"赤将子舆道:"野人昏耄,已不甚记得清楚。但记得黄帝轩辕氏征伐蚩尤的时候,野人正在壮年,那些事情如在目前,到现在有多少年可记不出了。"大众听了,无不骇然,暗想又是一个巫咸第二了。帝尧道:"朕记得高祖皇考当时,有一位做木正的,姓赤将,是否就是先生?"赤将子舆听了,哈哈大笑,连说道:"就是野人,就是野人,帝真好记性呀!"帝尧听了,连忙作礼致敬,说道:"不想今日遇见赤将先生,真是朕之大幸了,此处立谈不便,朕意欲请先生到前面客馆中谈谈,不知先生肯赐教否?"赤将子舆道:"野人近年以来,随遇而安,帝既然要和野人谈谈,亦无所不可,请帝上车先行,野人随后便来。"帝尧道:"岂有再任先生步行之理,请上车吧,与朕同载,一路先可以请教。"赤将子舆见说,亦不推辞,一手拿了吃剩的野草花,一手还要来拿那许多缴。早有侍从的人跑来说道:"这个不需老先生自拿,由小人等代拿吧。"赤将子舆点点头,就和帝尧、大司农一齐升车。原来古时车上可容三人,居中的一个是御者,专管马辔的,左右两边可各容一人。起初帝尧和大司农同车,另外有一个御者,此刻帝尧和赤将子舆同乘,大司农就做御者,而另外那个御者已去了,所以车上仍是三人,并不拥挤。

当下车子一路前行,帝尧就问赤将子舆道:"先生拿这种野草花做食品,是偶尔取来消闲的呢,还是取它作滋补品呢?"赤将子舆道:"都不是,野人是将它作食品充饥的。"帝尧道:"先生寻常不食五谷么?"赤将子舆道:"野人从少昊帝初年辟谷起,到现在至少有二百年了,再没有食过五谷。"大司农在旁,听到这句话,不觉大惊,暗想,我多少年来,孜孜矻矻地讲求稼穑,教导百姓,原是为人民非五谷不能活呀,现在不必食五谷,但咦野草花亦可以活,而且

— 328 —

有这么长的寿,那么何必定要树艺五谷呢?想到此处,忍不住便问道:"先生刚才说二百多年不食五谷,专吃野草花,究竟吃的是哪几种野草花呢?"赤将子舆道:"百种草花都可以啖,不必限定哪几种。即如此刻野人所啖的,就是菊花和款冬花这两种,因为现在是冬天,百种草卉都凋萎了,只有这两种,所以就啖这两种。"大司农道:"有些野草有毒,可以啖么?"赤将子舆道:"有毒的很少,大半可以啖的,就是有些小毒,也无妨。"大司农道:"先生这样高寿,是否啖野草花之功?"赤将子舆道:"却不尽然,野人平日是服百草花丸的,一年中做好几次,现在偶尔接济不上,所以权且拿花来充饥,横竖总是有益的。"大司农道:"怎样叫百草花丸?"赤将子舆道:"采一百种草花,放在瓷瓶里,用水渍起来,再用泥封固瓶口,勿令出气,百日之后,取出来煎膏和丸,久久服之,可以长生。如有人猝然死去,将此丸放在他口中,即可以复活,其余百病亦可以治。煮汁酿酒,饮之亦佳。野人常常服食的就是这种丸药,真是有功用的。"大司农道:"既然如此,我们何必再种五谷、再食五谷呢?只要教人民专啖百草花,岂不是又省事、又有功效么?"赤将子舆听了,连连摇头,说道:"这个不行,这个不行,五谷是天生养人最好的东西,百草花不过是一种。"正说到此,忽见前面侍从的人和许多人过来奏帝尧道:"亳侯玄元知道帝驾到了,特饬他的臣子孔壬前来迎接。"帝尧听了,就叫大司农停车,这么一来,大司农和赤将子舆的谈话就打断了。究竟百草花不如五谷的地方在哪里,以后大司农又没有再问,赤将子舆如何说法,均不得而知,只好就此不述了。

且说车停之后,那孔壬早在车前向帝稽首行礼。帝尧虽知孔壬是个著名的佞人,但毕竟是先朝大臣,帝挚崩了之后,辅相幼主,尚无劣迹,这次又是奉命而来,在礼不能轻慢他,也就还礼慰劳。

大司农亦和他行礼相见,只有司衡羿不去理睬他,孔壬亦佯作不知,便向帝尧奏道:"小臣玄元闻帝驾将到,特遣陪臣在此预备行宫,兼迎圣驾,玄元随后便来也。"正说着,后面一辆车子已到,车上站着一个幼童,由一个大臣扶他下车,原来那幼童就是帝挚的儿子玄元,那大臣就是驩兜。那驩兜辅相着玄元,到帝尧车前向帝行礼,随即自己也向帝尧行礼。帝尧亦下车答礼,细看玄元,相貌尚觉清秀,便问他道:"汝今年几岁了?"玄元究竟年纪小,有点腼腆,不能即答,驩兜从旁代答道:"八岁了。"帝尧道:"现在可曾念书?"驩兜道:"现在已经念书。"帝尧道:"人生在世,学问为先,况且是做国君的,尤其不可以没有学问,将来治起百姓来,庶几乎懂得治道,不至于昏乱暴虐,汝可知道么?"玄元答应了一个是。孔壬从旁儳言道:"现在陪臣采取古来圣贤修身、齐家、治国的要道,以及历代君主兴亡的原因,政治的得失,日日进讲,所喜玄元资质聪敏,颇能领悟。"帝尧道:"果能如此,那就好了。"孔壬道:"天色渐暮,前面就是行宫,请帝到那边休歇吧。"帝尧向前一望,相隔不多路果然有一所房屋,就也不坐车子,与大众一齐步行过去。到了行宫,早有孔壬等所预备的筵席铺陈起来,请帝和诸臣饮宴,玄元和驩兜、孔壬另是一席,在下面作陪。赤将子舆虽不食五谷等,但亦列席,专吃他的百草花。玄元是个孩子,帝尧问他一句,答一句,或竟不能答,由孔壬等代答,所以一席终了,无话可记。到得后来,帝尧问孔壬道:"此去离城有多少路?"孔壬道:"还有五十多里。"帝尧道:"那么汝等且自回去安歇,朕明日进城可也。"孔壬答应,和玄元、驩兜退出。

这里帝尧又和赤将子舆谈谈,便问赤将子舆道:"先生既然在先高祖皇考处做木正,何时去官隐居的呢?"赤将子舆道:"野人当日做木正的时间却亦不少,轩辕帝到各处巡狩,求仙访道,野人差不多总是随行的。后来轩辕帝铸鼎功成,骑龙仙去,攀了龙髯跌下来的,野人就是其中的一个。自从跌下来之后,眼看帝及同僚都已仙去,我独无缘,不禁大灰了心。后来一想,我这无缘的缘故,大概是功修未到,如果能够同轩辕帝那样的积德累仁,又能够虔诚地求仙访道,那么安见得没有仙缘呢!想到这里,就决定弃了这个官,去求仙访道了,这就是野人隐居的缘由。"帝尧道:"后来一直隐居在什么地方呢?"赤将子舆道:"后来弃了家室,奔驰多年,亦不能得到一个结果。原来求仙之道,第一要积德累仁,起码要立一千三百善。野道是个穷光蛋,所积所累,能有几何?后来一想,我们寻常所食的总是生物,无论牛羊鸡豚等能鸣能叫的,固然是一条生命,就是鱼鳖虾蟹等类不能鸣不能叫的,亦何尝不是一条生命,有知觉总是相同的。既然有知觉,它的怕死,它受杀戮的苦痛,当然与人无异。杀死了它的生命来维持我的生命,天下大不仁的事情哪里还有比此更厉害的呢!而且以强凌弱,以智欺愚,平心论之,实在有点不忍。我既不能积德累仁,哪里还可以再做这不仁之事。从此以后,野人就决计不食生物,专食五谷、蔬菜等等。又过了些时,觉得牛羊鸡豚、鱼鳖虾蟹等类固然是一条生命,那五谷蔬菜等类亦能生长、能传种,安见得不是一条生命?后来细细考察,于植物之中发现一种含羞草,假使有物件触着它,它的叶子立刻会卷缩起来,同时枝条亦低垂下去,仿佛畏怯一般,倘有群马疾驰而来,它那叶子即使不触着,亦顿时闭合紧抱,仿佛闻声而惊骇似的。这种岂不是有知觉么!而且日则开放,夜则卷缩,如人之睡眠无异,更为可怪了。还有一种罗虫草,它的叶子一片一片叠起来,仿佛书册,能开能合,叶边有齿,叶的正中有三根刺,刺的根上流出极甜的汁水,凡是虫类要想吃它的甜汁,落在它叶子上,那叶子立刻就合拢来,它的刺就戳在虫身上,使虫不能展动,叶子的合口又非常之密,不一时虫被闷死,它的叶就吸食虫体中的血液以养育它的身体。这种植物竟能擒食动物,不是有知觉焉能如此?还有一种树木,竟能够食人食兽,它的方法与罗虫草无异,那是更稀奇了。还有一种,叫茛蓿草,它的根极像人形,假使将它的根叶剪去一点,它竟似觉得痛苦,能够发出一种叹息之声,那不是更奇异么!还有一种叫猪笼草,亦叫罐草,因为它叶下有一个罐形的囊,囊上有盖,假使有虫类入其罐中,它就将盖一合,虫类就闷死其中,它却拿来做食物,这种虽是机械作用,但是说它有知觉亦何尝不可呢!此外,还有水中的团藻、硅藻,都是会得行动的。假使没有知觉,何以能行动呢?还有些树木种在地里,这边没有水,那边有水,它的根就会向那边钻过去。种牡丹花也是如此,只要远处埋下猪肚肠等物,虽跨墙隔石,离有十多丈远,它终能达到它的目的。野人将这种情形考察起来,断定植物一定是有知觉的,不过它的知觉范围较小,不及动物的灵敏,而且不能叫苦呼痛就是了。既然有知觉,当然也是一条生命,那么弄死它,拿来吃,岂非亦是不仁之事么!所以自此之后,野人连活的植物都不吃,专拿已死的枝叶或果类等来充饥。后来遇到旧同事宁封子,他已尸解成仙了,他传授野人这个吃百草花并和丸的方法。自此以后,倒也无病无忧,游行自在,虽不能成为天仙,已可算为地行仙了。无论什么地方都去跑过,并没有隐居山谷,不过人家不认识野人,都叫野人'缴父'就是了。"帝尧道:"先生既已如此逍遥,与世无求,还要卖这个缴做什么?"赤将子舆道:"人生在世,总须做一点事业。圣王之世,尤禁游民。野人虽可以与世无求,但还不能脱离这个世界,假使走到东,走到西,无所事事,岂不是成为游民,大干圣主之禁么!况且野人还不能与世无求,就是这穿的用的,都不可少,假使不做一点工业,那么拿什么东西去与人交易呢?"帝尧听到此处,不禁起了一个念头,就和赤将子舆说道："朕意先生既然尚在尘世之中,不遽飞升而去,与其做这个卖缴的勾当,何妨再出来辅佐朕躬呢？先生在高祖皇考时立朝多年,经纶富裕,见闻广博,如承不弃,不特朕一人之幸,实天下苍生之幸也。"赤将子舆道："野人近年以来,随遇而安,无所不可,帝果欲见用,野人亦不必推辞,不过有两项须预先说明：一项,野人做官只好仍旧做木正,是个熟手,其他治国平天下之事非所敢知。第二项,请帝对于野人勿加以一切礼法制度之拘束,须听野人自由。因为野人二百年来放浪惯了,骤然加以束缚,如入樊笼,恐怕是不胜的。"帝尧连声答应道："可以可以,只要先生不见弃,这两项有何不可依呢！"于是黄帝时代的木正,又重复做了帝尧时代的木正。

第三十九回

帝尧以宝露赐群臣　大司农筹备蜡祭
帝尧遇馋铿　屈轶生于庭

次日,帝尧率领群臣到了亳邑,玄元君臣和百姓欢迎,自不消说。帝尧先至帝喾庙谨敬展拜,又至帝挚庙中展拜,就来到玄元所预备的行宫中休歇。原来这座行宫,就是帝尧从前所住过的那一所房屋,十年不见,旧地重来,不胜今昔之感。又想起昔日皇考和母后均曾在此居住,今则物是人非,更不免引起终天之恨,愀然不乐了一会。次日,帝尧又到帝喾所筑的那个合宫里去游览,但见房屋依然,不过处处都是重门深扃,除去守护的人员在内按时整洁外,其余寂静无声,想来多年游人绝迹了。向外面一望,山色黯淡,正如欲睡,千株万株的乔木却依旧盘舞空际,凌寒竞冷,与从前差不多,就是那凤凰、天翟等不知到何处去了。据守护的人说,自从帝喾一死之后,那些鸟儿即便飞去,也不知是什么缘故。何年何月能否重来,更在不可知之数了。帝尧一想,更是慨叹不止。在合宫之中,到处走了一遍,那乐器等按类搁置在架上,幸喜得保管妥善,虽则多年不用,还不至于尘封弦绝。帝尧看到此处,心中暗想,朕能有一日治道告成,如皇考一样的作起乐来,这些乐器当然都好用的,但恐怕没有这个盛德吧。一路走,一路想,忽然看见一处放着一口大橱,橱外壁上画着一个人的容貌。帝尧看了,不能认识,便问这是何人。孔壬在旁对道:"这是先朝之臣咸黑,此地所有乐器都是他一手制造的,乐成之后,不久他便身死。先帝念其勋劳,特叫良工画他的容貌于此,以表彰并纪念他的。"帝尧听了,又朝着画像细看了一会,不胜景仰,回头再看那口大橱,橱门封着,外面再加以锁,不知其中藏着什么东西,想来总是很贵重的。正在悬揣,孔壬早又献殷勤,说道:"这里面是先帝盛宝露的玛瑙瓮。当初先帝时丹邱国来献这瓮的时候,适值帝德动天,甘露大降,先帝就拿了这个瓮来盛甘露,据说是盛得满满的,藏在宫中。后来到先帝挚的时候,因帝躬病危,医生说能够取得一点甘露来饮,可以补虚祛羸,回生延命,陪臣等想起,就在宫中寻了出来。哪知打开盖一看,已空空洞洞,一无所有了。不知道是年久干涸的缘故呢,还是给宫人所盗饮了,无从查究,只得罢了。后来先帝挚崩逝,陪臣恐怕这瓮放在宫中,玄元年幼,照顾不到,将来连这个宝瓮都要遗失,非郑重先帝遗物及国家重器的意思,所以饬人送到此地,与先帝乐器一同派人保管,现在已有好多年了。"说着,便叫人去取钥匙来。那时司衡羿在旁,听了孔壬这番话,真气愤极了,原来他天性刚直,疾恶如仇,平日对于三凶早已深恶痛绝,这次看见帝尧仍旧是宽洪大度地待他,心中已不能平,所以连日虽与驩兜、孔壬同在一起,但板起面孔,从没有用正眼儿去看他们一看,更不肯和他们交谈了。这次听了孔壬的话,觉得他随嘴乱造诳话,因而更疑心这宝露就是他们偷的,禁不住诘问他道:"孔壬!这话恐怕错了,当日丹邱国进贡来的时候,老夫身列朝班,躬逢其盛,知这瓮内的甘露亦是丹邱国所贡,并不是先帝所收。当日丹邱国进贡之后,先帝立刻将此露颁赐群臣,老夫亦曾叨恩,赐尝过一勺,后来就扛到太庙中谨敬收藏,当然有人保守,何至被人偷窃?又何至于移在宫中?汝这个话不知从何处说起?现在露既不存,地又迁易,恐怕藏在这厨内的玛瑙瓮亦不是当年之物了。"孔壬听了这话,知道羿有心驳斥他,并且疑心他,但他却不慌不忙,笑嘻嘻地对答道:"老将所说,当然是不错的,晚辈少年新进,于先朝之事未尝亲历,究竟甘露从何而来,不过得诸传闻,错误之处或不能免,至于移在宫中,露已干涸,这是事实,人证俱在,非可乱造。老将不信,可以调查,倘使不实,某愿受罪。至于说何人所移,那么某亦不得而知了。厨中之瓮是否当时原物,开了一看,就会明白,此时亦毋庸细辩。"老将羿听了这番辩驳,心中愈愤,然而急切又奈何他不得。忽见赤将子舆在旁边,哈哈大笑道:"甘露的滋味,野人在轩辕氏的时候尝过不止一次,不但滋味好,香气好,而且听见异人说,它还是个灵物,盛在器皿之中存贮起来,可以测验时世之治乱。时世大治,它就大满;时世衰乱,它就干涸;时世再治起来,它又会得涸而复满。帝挚之世,不能说他是治世,或者因而涸了,亦未可知。现在圣天子在上,四海又安,如果真的是那个宝瓮,瓮内甘露一定仍旧会满的,且待开了之后再看如何?"众人听了这话,都有点不甚相信,孔壬尤其着急,正要分辩,那时钥匙已取到了,只好将锁一开,打开厨门。大众一看,只见这瓮足有八尺高,举手去移它,却是很重,费了三人之力,才将它移在地上,揭开盖之后,但觉得清香扑鼻,原来竟是满满一瓮的甘露。众人至此,都觉诧异,又是欢喜。孔壬更是满脸得意之色,对着赤将子舆说道:"幸得你老神仙说明在前,不然,我孔壬偷盗的名声,跳在海水里也洗不清了。"众人听了他这样说,恐怕羿要惭愧,正想拿话来岔开,只听见帝尧说道:"刚才赤将先生说,甘露这项东西世治则满,世乱则涸,现在居然又满起来,朕自问薄德鲜仁,哪里敢当'治世'这两字,想来还是先皇考的遗泽罢了。当初皇考既然与诸大臣同尝,今日朕亦当和汝等分甘。"说罢,便叫人取了杯勺来,每人一杯,帝尧自己也饮了一杯,觉得味甘气芳,竟有说不出的美处,真正是异物了。众人尝过甘露味之后,无不欢欣得意,向帝尧致谢。帝尧道:"可惜还有许多大臣留在平阳,不能普及。且俟异日,再分给他们吧。"孔壬道:"帝何妨饬人将这瓮运到平阳去呢?"帝尧道:"这瓮是先帝遗物,非朕一人所敢私有。况且朕素来不贵异物,这次出巡,取这异宝归去,于心不安。"孔壬道:"陪臣的意思,帝现在承绍大统,先帝之物当然应该归帝保守,况且据赤将子舆说,这个甘露的盈涸可以占验世道的治乱,那么尤其应该置在京都之中,令后世子孙在位的可以时常考察,以为修省之助,岂不是好么!"当下众人听孔壬这番措词,甚为巧妙合理,无不竭力怂恿,帝尧也就答应了,又游玩了一时,方才回行宫。

一日,忽报平阳留守大司徒崇有奏章传到,帝尧拆开一看,原来去岁帝尧曾和群臣商议,筹备一种祭祀,名叫蜡祭,其时间定在每岁十二月,现在时间已将到了,所以请帝作速回都。帝尧看了,便和诸臣说道:"既然如此,朕就归去吧。"孔壬等本想留帝多住几日,以献殷勤,知道此事,料想留也无益,只得预备送行。这时玄元与帝尧已渐渐相熟,不大怕陌生了,帝尧叫了他过来,恳切地教导他一番,大约叫他总要求学问、养才能、修道德等语,玄元一一答应。帝尧看他似乎尚可造就,将来或能干父之蛊,遂又奖赏了他几句。到了次日,帝尧等动身,玄元和骓兜、孔壬直送至三十里以外,帝尧止住他,方才回去。这里帝尧等渡过洛水,向王屋山(现在河南济源市西北)而来。其时正是十一月间,满山林树,或红或黄,点缀沿路,景色尚不寂寞。正走之间,忽听有读书之声,隐约出于林间,沨沨可听。帝尧向大司农道:"如此山林之中,居然有人读书,真是难得。"大司农道:"像是幼儿的声音。"帝尧道:"或者是个学校,朕等过去看看吧。"说罢,即命停车,与大司农下车,循声访之,只见林内三间草屋,向着太阳,那书声是从这屋里出来的。帝尧和大司农走到屋前一看,只见里面陈设得甚是精雅,三面图书堆积不少,一个童子年约十岁,丰颐大耳,相貌不凡,在那里读书。帝尧等走过来,他仿佛没有看见,兀自诵读不辍。帝尧走近前,看他所读的书,却是一部说道德的经典,帝尧忍不住,就问他道:"汝小小年纪,读这种深奥的书,能够了解么?"那童子见帝尧问他,他才不读了,放下书,慢慢地站起来,向帝尧和大司农仔细看了一看,便答道:"本来不甚了解,经师傅讲授之后,已能明白了。"帝尧道:"汝姓名叫什么?"童子道:"姓篯,名铿。"帝尧道:"汝父亲叫什么名字?"篯铿道:"我父亲名叫陆终,早已去世了。"帝尧听到陆终两个字,便又问道:"汝祖父是否叫作吴回,从前曾经做过祝融火正的?"篯铿应道:"是的,我祖父住在平阳天子的地方呢,我两个叔父亦在平阳做官。"帝尧道:"汝原来是陆终的儿子,怪不得气宇不凡,难得今朝遇到。"大司农在旁问道:"帝认识陆终么?"帝尧道:"却没见过,不过从前曾经有人说起他一桩异事。原来陆终所娶的,是鬼方国(现在贵州)国君的女弟,名字叫作嬇,怀孕了三年才生,却生了六个男子,都是六月六日生的。她的生法与大司徒相仿,先坼开左胁来生出三个,后来剖开右胁来,又生了三个,岂不是异闻么,所以朕能记得。"说着,便问篯铿道:"汝兄弟是否共有六个,都是同年的么?"篯铿应道是。帝尧道:"汝排行第几?"篯铿道:"我排行第三,上面有两个哥哥,一个叫樊,一个叫惠连,下面有三个弟弟,一个叫求言,一个叫晏安,一个叫季连。"帝尧道:"那么汝这些兄弟在哪里呢?"篯铿听说,登时脸上现出悲苦之色,须臾就流下泪来,说道:"我兄弟们在未出世之前,我父亲已去世了。我兄弟们生后,三岁那年,我母亲又去世了。我们六个孩子,伶仃孤苦,幸喜得祖父、叔父和其他的亲戚分头领去管养,才有今日。但是我们兄弟六个,天南地北地分散开,有多年不见面了。"帝尧道:"那么此处是汝亲戚家么?"篯铿道:"不是,是师傅家。"帝尧道:"汝师傅姓甚名谁?"篯铿道:"我师傅姓尹,名寿,号叫君畴。"帝尧道:"现在在哪里?"篯铿道:"出去采药去了。"帝尧道:"何时归来?"篯铿道:"甚难说,或则一月,或则十几日,都不能定。"帝尧道:"汝几时住到此地来的?"篯铿道:"我本来住在亲戚家里,有一年,师傅经过门前,看得我好,说我将来大有出息,和我那亲戚商量,要收我做弟子,并且说将来要传道于我。我那亲戚知道师傅是个正人君子,连忙写信去与我叔父商量,后来我叔父回信赞成,我就到师傅这里来,已经有两年了。"帝尧口中答应道:"原来如此。"心中却在那里想这个尹寿必是个道德之士,又细看那堆积案上的书,大半是论道德、讲政治、说养生的书,还有天文、占卜之书亦不少,遂又问篯铿道:"汝师傅到底几时可以回来?"篯铿道:"实在不能知道。"帝尧沉吟了一会,向大司农道:"朕想此人一定是个高士,既到此地,不可错过,何妨等他回来见见他呢。"大司农亦以为然,但是时已不早,遂慢慢地退出来。篯铿随后送出,看见远远有许多人马车骑停在那边,觉得有点奇怪,遂向帝尧问道:"二位光降了半日,师傅不在家,失于招待,究竟二位是什么人,是否来寻我师傅,有无事情,请说明了,等我师傅回来,我好代达。"帝尧道:"不必,我等明日还来拜访呢。"说罢,别了篯铿,与大司农绕道草屋之后,只见后面还有两间小草屋,又有几间木栅,养着许多鸡豚之类。小草屋之内放着一个炉灶,旁边堆着许多铜块,里面几上又放着几面镜子,也不知道它们有什么用处。帝尧看了一会,就和大司农上车,但是时已近暮,找不到行馆,就在左近选了一块地方,支起行帐,野宿了一夜。次日上午,帝尧和大司农再到尹寿家来探望,那尹寿果然未回,篯铿仍在那里读书。帝尧又和他谈谈,问他道:"汝师傅平日做何事业?"篯铿道:"除出与我讲解书籍之外,总是铸镜。"帝尧道："铸了镜做什么？"籛铿道："去与人做交易的。师傅常说道：'人生在世，不可作游民，总须有一个生计。'此地山多，不利耕种，所以只好做工业铸镜。"帝尧听了，叹息一会，遂与大司农回到下处。司衡羿道："蜡祭期近了，依老臣愚见，不如暂且回都吧。前天据籛铿说，他师傅的归期是一月半月不定的，那么何能再等呢？好在此地离平阳甚近，和叔兄弟又和这个人是相知，且到归都之后，访问和叔兄弟，叫他们先为介绍，等明春再召他入朝，何如？"帝尧道："汝言亦有理。"遂叫从人备了些礼物，再到尹寿家中，和籛铿说道："朕访汝师傅多次，可奈缘悭，未得相见。现在因事急需回京，不能久待，区区薄物，留在此处，等汝师傅回来，烦汝转致。明春天和，再来奉谒。"籛铿道："我昨日已听见邻人说过，知道汝是当今天子，但是来寻我师傅做什么？我师傅向来见了贵人是厌恶的，或者给他做弟子，我师傅倒肯收录，但是汝肯给师傅做弟子么？这些东西，我不便代收，恐怕明朝师傅要责罚，横竖你说明年还要再来，何妨自己带来，此刻请汝带回去吧。"帝尧听了这话，作声不得，只得收转礼物，和籛铿作别，怅怅而回。众人知道了，都说这个童子太荒唐无礼。帝尧道："朕倒很爱他的天真烂漫，真不知世间有'势利'二字，不愧隐者的弟子。"

且说帝尧离了王屋山，回到平阳，次日视朝，群臣皆到，就是赤将子舆也来了，仍旧穿着工人的衣服。众人看了，无不纳罕，但知道他是得道之士，并加敬重，不敢嗤笑。帝尧和群臣商议蜡祭礼节单，又定好了日期，是十二月二十三日，又议了些别种庶政。正要退朝，只见赤将子舆上前向帝说道："野人不立朝廷，已经二百多年，不想今日复在朝廷之上，想起来莫非'天数'之前定。不过野人有两件事情，要求圣天子。一件是承圣天子恩宠，命野人为木工，可否仍准野人着此工人之服。一则木工着工服，本是相称；二则于野人不少方便。如嫌有碍朝仪，请以后准野人勿预朝会，有事另行宣召，未知可否？”帝尧道：“着工人之服亦是可以，朕决不以朝服相强。朝会之时，还请先生出席，以便随时可以承教。”赤将子舆道：“第二件，野人闻说帝的庭中生有一种历草，能知月日，野人食野草花二百年，于百草所见甚多，不下几万种，独没有见过这种异草，可否请帝赐予一观？”帝尧道：“这个有何不可！”说着，便退朝，和群臣一齐引导赤将子舆向内庭而来。这时正是十一月十七日，这株历草，十五荚之中已落去两荚，形迹尚在。赤将子舆细细视察了一会，不住地赞叹，又回头四面一看，这时虽是隆冬，百草枯萎，但还有许多依然尚在。赤将子舆忽然指着一株开红花的草说道：“这里还有异宝呢，此草名叫绘实，四时开花成实，是个仙草，极难得的。假使用它的实，拿了龙的涎沫磨起来，其色正赤，可以绘画，历久不变。如果画在金玉上，它的颜色能够透入一寸，永不磨灭，所以叫作绘实。可惜此刻没有龙涎，不然是可以面试的。”众人听他如此说，也似信不信。赤将子舆又指着一丛草说道：“这是菖蒲呀！本来是个薤草，感百阴之精，则化为菖蒲，这是人间所不可多得的。”众人听了，颇不相信，独有帝尧深以为然，因为帝尧是日日闲步庭阶，观察各种植物的。起初确是薤草，后来渐变成如此形状，所以相信赤将子舆的话是对的。后世称菖蒲的别名为尧韭，就是这个缘故，闲话不提。且说赤将子舆在庭中，低了头看来看去，忽然又指着一株草大呼道：“此地还有屈轶呢！真是个圣君之庭，无美不备了。”众人听了，都知道屈轶一名指佞草，有佞人走过，它就会得屈转来指着他的，所以叫作指佞草。从前黄帝之时，曾经生于庭中，因此大家都知道这个名字，不过从没有看见过，所以亦没有人认识。这次听见赤将子舆如此一说，大家都注意了，就问道：“是真的么？”赤将子舆道：“怎么不真？野人在轩辕帝时代看了多少年,记得清清楚楚,怎么不真?"众人道:"何以从来没有看见它指过?"赤将子舆道:"一则你们并没有知道它的奇异,不曾留心;二则圣天子这里并无佞人,叫它指什么？你们只要以后留心就是了。"众人听了,仍是似信不信,遂各散去。

第四十回

帝尧师事尹寿　尹寿称许由等四贤
玛瑙瓮迁入平阳　指佞草之奇异

且说帝尧从王屋山归来之后,一面筹办蜡祭,一面即访和叔弟兄。探听尹寿这个人究竟如何。据二人说,尹寿的确是个有道之士,本来要想荐举他的。因为知道他隐居高尚,决不肯出来做官,所以未曾提起。帝尧道:"他不肯做官,亦不能勉强。朕往见之,他总不至于拒绝。朕想古来圣帝,都求学于大圣,如黄帝学于大真,颛顼帝学于渌图子,皇考学于赤松子。朕的师傅只有务成老师一个,现在又不知到何处去了,尹先生既然道德高超,又高蹈不肯出山,朕拟拜之为师,亲往受业。汝二人可以朕之命,先往介绍,朕再前往谒见。"和仲二人都答应了。过了蜡祭之后,转瞬冬尽春回,正月又逐渐过完,帝尧择日动身,径往王屋山而来。这次并非巡狩,侍从不多,除和仲之外,别无他人。到了尹寿居住的地方,远远望见草屋,帝尧便叫车子停下,与和仲徐步过去。走到草屋边,只见篯铿仍旧在那里读书,帝尧便问他道:"师傅呢?"篯铿见是帝尧,又见他叔父跟在后面,便放下了书,站起来,先和和仲行礼,又和帝尧行礼,说道:"师傅正在铸镜呢!我去通知吧,请等一等。"说罢,急急进内而去。过了一会,只见一个修髯老者从后面出来,篯铿跟在后面,和仲是认识的,先与他招呼,又代帝尧介绍。那尹寿先对着帝尧深深致谢,说道:"去岁辱承御驾数次枉顾,鄙人适值他出，未克迎迓，实在抱歉之至。后来又由和氏昆玉转达帝意，尤觉惶恐万分，那北面受学的盛事，在古时原是有的，不过那个为师的，都是道德学问非常卓越的人，如鄙人这样山野之夫，寡闻浅见，知识毫无，哪里敢当'帝者之师'这四个字呢？"帝尧道："弟子访问确实，仰慕久深，今日专来执贽，请吾师不要见拒，和仲、和叔断不是妄言的。"说着，走在下面，就拜了下去。尹寿慌忙还礼。这里和仲早命仆夫将带来的贽仪呈上。尹寿还要推辞，和仲从旁说道："我主上一片至诚，斋戒沐浴而来，请先生不要推辞了。"尹寿方才答应，叫篯铿将贽礼收了进去，一面请帝尧与和仲坐下，彼此倾谈。渐渐谈到政治，足足说了半日，帝尧听了十二分佩服。但是究竟说的是什么话呢，因为当时失传，在下亦不能杜造，但知道有两句大纲，叫作"讲说道德经，教以无为之道"，如此而已。

后来又渐渐谈到当世的人物，帝尧叹道："弟子德薄才疏，忝居大位，实在惭悚万分。即位以来，所抱的有两个希望：一个是访求到一个大圣人，立刻将这个大位让给他，以免贻误苍生，这是最好的。第二个，如若访求不到大圣人，亦想寻几个大贤来作辅佐，庶几不致十分陨越，这是退一步想了。"尹寿道："大圣人是应运而生的。照帝这样的谦光，当然自有大圣人出世，可以遂帝的志愿，成帝的盛德，并可以做一个天下为公的模范，但是此刻尚非其时。至于大贤辅佐一层，照现在在朝的群臣算起来，如大司农、大司徒，如羲和四君，何尝不是大贤呢！命世英才，萃于一时，亦可谓千载一时之盛了，帝还嫌不足么？"帝尧道："他们诸人分掌各官，固然是好的，但是治理天下之大，人才岂患其多，这几个人万万不够。老师意中如有可以荐举的人，务请不吝赐教，弟子当躬往请求。"尹寿听到此处，沉吟了一会，说道："人才岂患没有，不过鄙人山野之性，所知道的亦不过是几个极端山野之性之人，即使说出来，即使帝去请他,恐怕他们亦未必肯出仕呢。"帝尧听见说有人,不禁大喜,便说道:"既然有人,请老师明以见告,待弟子去请,请不到,那另是一个问题。"尹寿道:"离帝居不远,就有四个呢。他们虽则不是那里人,但是常到那里去游览聚会,帝难道不知道么?"帝尧听了,不胜愕然,说道:"弟子真糊涂极了,未曾知道。这四个人究竟住在哪里,姓甚名谁,还请老师明示。"尹寿道:"这四个人,一个姓许名由,号叫武仲,是阳城槐里人。他生平行事,必据于义,立身必履于方,席斜就不肯坐,膳邪就不肯食,真正是个道德之士。还有一个名叫啮缺,是许由的师傅。还有一个名叫王倪,又是啮缺的师傅。还有一个名叫被衣,又是王倪的师傅。这三个人说起来远了,大概王倪是得道于伏羲、神农之间的人;那被衣是王倪的师傅,岂不更远么!啮缺是王倪的弟子,年代似乎较近,但是他的里居亦无可考,想来亦因为隐居日久,世间早已忘却此人的缘故;许由是近时人,所以最详悉,现在知道他的人亦多。他们四代师弟,非常投契,常常相聚。听说他们相聚次数最多的地方,就在帝都西北面,汾水之阳,一座藐姑射山上,帝听见说过么?"帝尧道:"藐姑射山离平阳不过几十里,真所谓近在咫尺。五六年来,有这许多异人居在那边,弟子竟无所闻,真可谓糊涂极了。但是老师知道他们一定在那边的么?"尹寿道:"他们常常到那边的,此刻在不在那边却不知道。"帝尧又问道:"这四位之外,道德之士还有么?"尹寿道:"以鄙人所知,还有几个,都是真正的隐士,居在山中,不营世俗之利的。有一个,他的姓名已无人知道,因为他老了,并无家室,就在树上做一个巢,寝在上面,所以世人称他为巢父。他的意见,以为此刻的世界机械变诈,骄奢淫佚,争夺欺诈,种种无所不致,实在不成其为世界,所以他缅想上古,最好恢复以前的风气,淳朴简陋,不知不识,他的巢居就是企慕有巢氏时代的意思。这人听说现在豫州,究居何地鄙人亦不了了。还有一个姓樊,……"刚说到此,忽听门外一片嘈杂之声,接着就有侍从之人进来奏帝尧道:"亳邑君主玄元,遣他的大臣孔壬送玛瑙宝瓮到平阳去,经过此地,听说天子御驾在此,要求叩见。"帝尧听了,知道孔壬是有意来献殷勤的,就说道:"此地是尹老师住宅,朕在此问道,不便延见,且叫他径送到平阳去,回来再见吧。"侍从之人答应而去。尹寿忙问何事,帝尧便将宝露瓮的历史大略说了一遍。忽然想到宝露既来,何妨取些请尹老师尝尝呢。想罢,就叫和仲饬人去舀一大勺来,为尹老师寿,又将忽涸忽盈之事告诉尹寿。尹寿道:"照这样说来,岂不是和黄帝时代的器陶相类么?"帝尧便问:"怎样叫器陶?"尹寿道:"鄙人听说,黄帝时有一种器陶,放在玛瑙瓮中,时淳则满,时漓则竭,想来和这个甘露同是一样的宝物。"和仲在旁说道:"臣前几日亦曾听见赤将子舆说过,黄帝时有此器陶异物,而且他说尝过的。"尹寿道:"既然如此,那器陶此刻必定存在,帝暇时可饬人于故府中求之。先朝宝器安放在一处,亦是应该之事。"帝尧答应。过了一会,宝露取来,尹寿饮了,又和帝尧谈谈。自此以后,帝尧就住在王屋山,日日在尹寿处领教。

  过了十日,方才辞别尹寿,回到平阳。那时孔壬早将玛瑙瓮送到了,等在那里,要想见见帝尧,献个殷勤,因帝尧未归,先来拜访各位大臣。司衡羿是痛恨他的,挡驾不见,并不回访。大司农、大司徒从前在亳都时候都是见过的,而且忠厚存心,不念旧恶,仍旧和他往来。那孔壬的谈锋煞是厉害,指天画地,滔滔不休。对于大司农,讲那水利的事情,如何修筑堤防,如何浚渫畎浍,说得来井井有条,一丝不错。大司农对于水利本来是有研究的,听了孔壬的话,不知不觉佩服起来,便是大司徒也佩服了,暗想,一向听说他是个佞人,不想他的才干学识有这样的好,或者帝挚当时受了驩兜和鲧两个的蛊惑,他不在内,亦未可知。将来如果有兴修水利的事情,倒可以荐举他的。不说大司农、大司徒二人心中如此着想,且说孔壬见过大司农、大司徒之后,又来拜谒羲仲、羲叔及和叔等,一席之谈,更把那三人佩服得不得了,以为是天下奇才。有一日,大家在朝堂议事,政务毕后,偶然闲谈,谈到孔壬,羲叔等都有赞美之词,大司农等亦从而附和,司衡羿在旁听了,气愤不可言,便站起来说道:"诸君都上了孔壬的当了,诸君都以为这个孔贼是好人么?他真正是个小人。以前帝挚的天下,完全是败坏在这孔贼和驩兜、鲧三凶手里。老夫当日在朝,亲见其事。"说着,便将以前的历史滔滔地述了一遍,并且说道:"古圣人有一句名言,叫'远佞人'。这个佞贼,奉劝诸位,千万和他相远,不可亲近,以免上他的当。"众人听了,再想想孔壬的谈吐神气,觉得并没有什么可疑之处,因此对于老将的话都有点似信不信,嘴里却说道:"原来如此,人不可以貌相,以后我们倒要注意他一下才是。"赤将子舆在旁边听了哈哈大笑起来。众人都问他道:"老先生此笑必有道理。"赤将子舆道:"诸位要知道孔壬是不是佞人,此刻不必争论,亦无须再注意他,只要等帝归来之后,就可见分晓了。"司衡羿道:"赤将先生的意思,不过请帝说明就是了,其实孔贼之恶,老夫就可以证明,何必问帝?以帝知人之明,何尝不知道他是个佞人,不过因他是帝挚朝的大臣,友爱之心,不忍揭帝挚之过,所以总是优容他,真所谓如天之度。帝岂有不知他是佞人之理!"羿话未说完,赤将子舆连连摇手道:"不是不是,不是要帝证明他是佞人,自有一种方法可以证明的。"众人听了都不解。赤将子舆用手向庭前一指,说道:"它可以证明。"众人一看,原来就是赤将子舆前日所发现的那株佞草屈轶。众人虽听说有指佞草之名,但是从没有见它有所指过,所以都是将信将疑,不敢以赤将子舆的话为可靠。羿听了,尤不佩服,便说道:"小草何知?老先生未免有意偏袒孔贼了。"赤将子舆道:"此时说也无益,到那时且看吧。"过了几日,帝尧回到平阳,次日视朝,孔壬果然前来请见。帝尧便命叫他进来,众人此际的视线,不期而然都集中到那株屈轶上去,说也奇怪,只见孔壬远远地刚走进内朝之门,那屈轶劲直的茎干立刻屈倒来,正指着他。孔壬渐渐走近,那屈轶亦渐渐移转来。孔壬走进朝内,向帝尧行礼奏对,屈轶亦移转来,始终正指着他,仿佛指南针向着磁石一般。众人至此,都看呆了,深叹此草之灵异。司衡羿尤其乐不可支,几乎连朝仪都失了。后来孔壬奏对完毕,帝尧命其退出,那屈轶又复跟着他旋转来,一直到孔壬跨出朝门,屈轶茎干忽然挺直,恢复原状。帝尧召见过孔壬之后,向诸大臣一看,觉得他们都改了常度,个个向着庭之一隅观望,不免纳罕,便问他们何故如此。大司徒遂将一切情形说明,帝尧听了,也深为诧异。后来这个消息渐渐传到孔壬耳朵里。孔壬非常惭愧,因愧生恨。心想:这一定是那老不死的羿在那里和我作对,串通了有妖术的野道,弄出这把戏来,断送我的;刚才退朝的时候,偷眼看他那种得意之色,一定是他无疑了。此仇不报,不可为人,但是用什么方法呢?眉头一皱,计上心来,拍案叫道:"有了,有了!"又用手向着外面指指道:"管教你这个老不死的送在我手里!"话虽如此,可是他究竟用什么方法,并未说出。过了几日,他自觉居住在这里毫无意味,又不敢再去上朝,深恐再被屈轶草所指,只得拜了一道表文,推说国内有事,急需转去,托羲叔转奏。帝尧看了,也不留他,亦不再召见,但赏了他些物件,作为此次送玛瑙瓮的酬劳。孔壬在动身的前一天,各处辞行之外,单独到逄蒙家中,深谈半日,并送他许多礼物。究竟是何用意,亦不得而知,但觉他们两人非常投契而已。次日,孔壬便动身而去,按下不提。

第四十一回

麒麟之情形　　五星坠地
尹寿说天文　　羿与逢蒙较射

自此之后,帝尧于勤政之暇,常往来于藐姑射山、王屋山两处。到藐姑射山,希冀遇到被衣等四子,但是始终遇不到。有一次,遇到许由,因为不认识他,当面被他骗过,帝尧不胜怅怅。一日,正从藐姑射山回来,路上忽见无数百姓纷纷向东而去。帝尧忙问何事。那些百姓道:"今日听说,东郊来了两只异兽,所以我们跑去看。"帝尧忙问道:"不会害人么?"百姓道:"听见说不会害人。"正说着,只见大司徒已率领几个虞人从平阳而来,迎着帝尧,奏道:"昨日东郊虞人来报说,那边来了两只异兽,状似麒麟,但不知究竟是不是。臣等从来没有见过,不敢决定,所以特来奏闻。"帝尧听了一想道:"此事只有请教赤将先生。他从前在高祖皇考的时候,应该见过的。"大司徒道:"这两日他正在家里合百草花丸,有多日未曾出来,所以不曾见他。"帝尧道:"且先去问问他吧。"说着,一齐回到平阳,就宣召赤将子舆入朝,告诉他有这样一种异兽,叫他前去辨认。赤将子舆道:"真个是麒麟,很容易辨认的。牡者为麒,牝者为麟。身体像麕,脚像马,尾像牛,颜色正黄,蹄是圆的,头上生一只角,角端有肉。它叫起来的声音,合于乐律中黄钟大吕之音。牡的鸣声,仿佛是'游圣'二字。牝的鸣声,仿佛是'归昌'二字。夏天叫起来,又像个'扶幼'二字。冬天叫起来,又像个'养绥'二字。它走起路来,行步中规,折旋中矩。它的游行,必先择土,翔而后处;不履生虫,不折生草;不群居,不旅行。它的性灵,又很机敏;不犯陷阱,不罹罘网;真正是个灵异之兽。它的寿又非常之长,最少一千岁,多则三千岁,上应岁星之精,下为毛虫之长。它的出来,必须盛德之世,大约有六个条件:第一个是王者至仁,不刳胎,不割卵。第二个是王者德及幽隐,不肖者斥退,贤人在位。第三个是王者明于兴衰,武而仁,仁而有虑。第四个是王者动则有义,静则有容。第五个是王者之政,好生恶杀,德至鸟兽,恩及羽虫。第六个是王者视明礼修。六个条件有一个,它才肯出来。如今圣天子在位七年,六个条件,可谓已经兼而有之。据野人想起来,一定是麒麟无疑了。"帝尧听了,非常谦逊。赤将子舆道:"且待野人前往一观,如何?野人在轩辕帝时代,看得熟极了。如果是它,可以一望而知。"帝尧道:"朕亦同去,以广见识。"于是大众随侍帝尧,到东郊之中,果见两只野兽,与赤将子舆所说的一般无二。赤将子舆一见,就说道:"这个不是麒麟是什么!"那时麒麟正在丛林之中,伏着休息。旁边观看的百姓不知其数,它亦不恐不惊。看见帝尧等到了,它就慢慢地立起来。一只叫的声音,的确是"游圣"二字;一只叫的声音,的确是"归昌"二字;仿佛欢迎帝尧的模样。大家知道的确是麒麟了,齐向帝尧称颂。后来百姓知道,尤其欢跃。大家三呼万岁,声震原野。但是,帝尧仍是谦让未遑,与群臣回平阳而去。自此之后,那一对麒麟就在东西南北四处郊薮之中来往游息,不再去了。这是后话不提。

有一次,帝尧又到王屋山访尹寿。这日正是十一月朔日。尹寿向帝尧道:"帝来得正好。鄙人仰观天象,今夜有一奇事,于后世很有影响。请帝夜间到对面山上,鄙人追陪,共同观看,亦很有趣味的。"帝尧忙问何事。尹寿道:"五星之精,今夜下降,不可不前往一看。"帝尧听了不解,但亦不再问。到了晚间,帝尧和尹寿带了侍卫,径到对面山上。那时星斗满天,山径昏黑,咫尺不辨。侍卫等烧炬,在前引导。帝尧正在壮年,尹寿亦老而弥健,曲曲登跻,毫不吃力。直到山巅,已是酉初光景,就在一块大石上坐定。尹寿用手指着东方的一颗大星,向帝尧说道:"这颗就是土星。从前野人遇到一个真仙,曾经在各星中游行过的。据他说,这颗土星,美丽无比。星的外面有光环三道,分内中外三层。每层的距离不过几千尺。它的全径约四十八万里。它的体质极薄如纱,可以从外表望见里面。走到土星上一看,更稀奇了,但见那光环如长虹三道,横亘天空,下垂天际;还有十个月亮,或上或下,终夜不绝;岂不是美丽之至么!"说着,又指西南一颗大星,向帝尧道:"这颗是木星,又名岁星。它的外面,亦有环带数条,不过多是灰色的,当中阔,两头狭;当中的颜色,有时赭,有时白;形象位置,常常在那里变动,不知是何缘故。它的外面,有八个月亮,亦是或上或下,终夜不绝,非常美丽。"又向南面指着一颗星,向帝尧道:"这颗是火星。它的上面一切与我们地上无异。不过所有河川,都是由人工开凿而成。最小的川,阔约四十五里。大的阔至一百八十里。最短的川,长约七八百里。长的川,在一万里以上的很多。川的流行,多经过湖泊;或则无数大川,统统会归到一个大湖中去。它的星面上天气,比较我们地上为冷。一到冬初,各川各湖,无不冰冻;直到春深,方渐渐融解。据那真仙说,火星内所居的人,能力异常广大。或者将来能够设法,使我们地面上的人与他们通信或往来,都未可知呢。它有两个月亮,比我们地面上多一个。"又指着正西面一颗星,向帝尧道:"这颗是金星。天明之前在东方,叫作启明星;日落之后在西方,叫作长庚星;只有这两个时候可见,其余多在日间,若遇着日食的时候,亦可以见之。它亦有两个月亮。"又指着西北面一颗星道:"这颗是水星,最难得看见。只有冬天一二日中,太阳未出之先,或落山之后,可以见之。假使这一二日中,适遇阴雨,就不能见。所以有些研究天文的人,一生一世见不到水星的都有。今日恰恰能够遇到,真是难得之机会也。"正说到此,忽听见西方嗤的一声。急回头看时,只见一道光芒,仿佛一大火球,从金星中分出来,直向下界坠去。接着西南方,又是嗤的一声,一道光芒,一个火球,从木星中分出来,向下界坠去。接着西北方,又是嗤的一声,一道光芒,一个火球,从水星中分出来,向下界坠去。过了些时,火星、土星中,又同时嗤嗤两声,两道光芒,两个火球,向下界坠去。帝尧这时,看得非常奇异,便问尹寿道:"这种现象,是从来所罕见的。究竟主何灾祥,请老师示知。"尹寿道:"鄙人昨日已占过一卦。这种现象,与现世并无关系;与二千年之后,大有关系。"帝尧道:"怎样的关系,老师知道么?"尹寿道:"据卦象上看起来,土星之精,坠下去,在谷城山下,化为一块黄石。二千年后,化为一老人,以兵书教授一个俊杰之士,做王者之师。后来这个俊杰之士,大功告成,退而求仙,求访老人于谷城山下,果然得到这块黄石,就造起祠堂来岁时祭祀。又历若干年,俊杰之士得道仙去,其家人葬其衣冠,并这块黄石亦附葬在内。近旁居人,常看见这个坟上黄气上冲,高约数丈。又隔了若干年,这个坟为盗贼所发掘,不见俊杰之尸,并这块黄石亦失所在,从此黄气没有了。这土星坠地之精,才告结束。木星之精,坠于荆山,化为一块稀世的美玉;侧面看起来,其色碧;正面看起来,其色白。有一个人得到了它,拿去献给国君。国君以为是假的,刖去那人的一足,以正其欺君之罪。后来国君死了,新君即位,那人又拿这块玉去贡献。新君又说他是假的,又将那人的一足刖去。后来新君死了,又换了一个新君,那人再要去献,又不敢去献,抱了这块玉,在旷野之中哭了三日。新君知道了，叫那人拿了玉去剖开来，果然是稀世之珍，于是才重赏那个献玉之人。后来国君拿这块玉，转献之于天子。天子就用它做成一个传国的宝玺，世世相承，代代相传。直到千年之后，有一个天子，被其臣下所逼，携了这宝玺，登楼自焚，这木星坠地之精方才消散。火星之精，坠于南海之中，化为一颗大珠，径约尺余，时时出见海上，光照数百里，红气亘天。后世的人，因将那个地方取名为珠池，或称珠匡。它的气候最长，可历四五千年而不衰，卦上竟看不到它的结果。金星之精，坠于终南山圭峰之西，化为一块白石，状如美玉，时常有紫气笼罩其上。三千年后，有一个天子，要想雕塑一个神像，苦于没有好材料。一日夜间，梦见一个神人向他说，教他掘取紫气底下的这块大石来做材料。天子醒了，依着梦中的话，饬人去掘，果然得到，就雕琢成一个二尺多高的神像，又雕琢了几个高约六尺多的人像。隔了几百年，这许多雕像渐次毁坏，那金星坠落之精方才消灭。水星之精，坠在西北一个柳谷之中，化为一块黑石，广一丈余，高约三尺。二千五百年之后，渐有文采，但是还不甚分明。又过了多年，忽如雷震，声闻数百里。这块黑石居然自己能立起来，化为一块白石，上面有牛、马、仙人等等形状，又有玉环、玉玦和文字的形迹。大概那时，必定应着一个真主降生的祥瑞。但是，究竟如何，卦上亦看不出。这五项，就是与后世有关系的事情了。"帝尧道："老师虽如此说，弟子终究有点疑心。何以不先不后，在这个时候，五星之精都会一齐下降呢？"尹寿道："天上陨星，本来是常有的。一年之中，不知道有多多少少，但是与世界上或后世的关系甚微，而且大半陨在海洋及丛山之中，所以不大有人去注意它。这次五星之精，却与后世很有关系。今日帝又适来，所以特地邀帝一看。帝尽可放心，于现在时世，是一无关系的。"帝尧又问道："适才老师说，曾经遇到游行过星辰的人，和他谈过。究竟星上是如何情形？弟子从前曾听人说：天上七日，世上千年。这句话未知可信么？"尹寿道："这句话可信不可信，不敢说。不过星辰上的日子和年份，亦是长短不同。据鄙人所闻，大约水星上面的日子，比地面上长一点，它以十二个时辰零为一日；至于它的年份，却比地面上短得多了。现在帝所新测准的年份，是三百六十六日为一年；水星上的一年，却只有八十八日，岂不是短得多么！金星上面的一日，只有十一个半时辰多一点，比地面上为短。它的一年，只有二百十余日，亦比地球上短。至于火星的一日，比地面上稍为长一点。它的一年，有七百八十日，比地面上长一倍了。至于木星，日子极短，只有五个时辰光景，便是一日。但是它的年份很长，约有我们地面上十二年，方才是它的一年。至于土星上的一日，亦不过五个时辰多一点。但是它的年份更长，地面上二十九年光景才算它一年，岂不是长极么！此外还有许多星，它们的一年，等于地面上八十四年，等于地面上一百六十四年，等于地面上三百多年的，统统都有。当初亦曾经听那个真仙说过，所谓'天上七日，世上千年'的话，或者是以一年通计，或者的确有这样一个境界，却不敢妄对了。"二人一路说，一路下山。过了几日，帝尧又归平阳而去。

光阴荏苒，这一年已是帝尧在位十一年的冬天了。帝尧一日，忽想起自从五年东巡之后，还没有出巡过。依照天的大数，十二年为一周。天子上法天象，以后应该每到十二年巡狩一次才是。从前巡狩的是东方，此刻听说平安无事，尚可以不去；只有南方，地湿天热，民性狡诈。自从三苗在那里立国之后，听说暴虐无道得很，万不可以不去看看，以便劝导惩罚。想到此处，主意决定，次日视朝，遂向群臣说知。司衡羿首先说道："帝驾南巡，老臣极端赞成。要知道南方，自从驩兜、三苗父子盘据以来，肆行暴虐，实行他贼民、蛊民、愚民的种种方法,百姓真是困苦极了。帝这回跑去,正可以给他们一个警戒。不过老臣之意,以为应该带了几千兵去,一则可以使他们震慑;二则倘使他们竟敢不听号令,就可以乘此剪灭了他,省得将来再劳师动众。"帝尧摇摇头道:"带了兵去巡狩,太骇人听闻了。德不足以服人,凭仗武力,自己想想亦未免惭愧;而且反使诸侯怀疑,亦觉不妥。"羿道:"帝切不可大意。当初先帝南巡的时候,老臣亦是苦劝带兵的。后来因为熊泉地方的乱事,先帝以民命为重,半路上遣老臣前去讨伐,未能扈从,以致为房、吴二逆所困,几遭不测。先帝爱女,因此失身于盘瓠。前车不远,这是帝所知道的。况且现在这三苗,雄据南方,久有不臣之志,岂可轻身冒险。古人说:'千金之子,坐不垂堂。'何况是天下之主,还请慎重为是。"说罢稽首。当下群臣听了司衡之言,知道的确是个实事,大家都赞成带兵。帝尧才问羿道:"那么带多少兵呢?"司衡羿道:"带五千兵去。"帝尧道:"太多太多。"羿道:"至少三千人。"帝尧道:"还太多。劳民伤财,朕是不忍的。"羿道:"三千人不能再少了。老臣知道南方之民,欺善而畏威。若有兵威震慑,就使有奸谋异志,亦不敢动,此所谓'兵法攻心'。倘若兵带得少了,虽则亦可不受危险,然而焦头烂额,何苦来!"帝尧见他如此说,方才答应。和仲道:"据臣愚见,王者之道,固然应该耀德不观兵,但是兵戎究竟是国家要政之一。自前数年田猎讲武之后,久已不治兵了。虽则司衡平时训练极勤,士气极盛,但是没有烈烈轰轰的举动,外面看起来,是看不出的。既然看不出,他们难免有轻视朝廷之心。可否于明年正月间,明令治兵一次,比较技艺,检阅车马,庶几使四方诸侯知道朝廷军容之盛,士马之精,自然有所畏而不敢发生异心。就使那三苗之国,难保没有奸细在这里窥探虚实,亦可以使他知所警惧。古人兵法,有所谓'先声而后实'者,就是这个方法。未知帝意何如?"帝尧道:"这策可行。本来治兵,是国家应有之事,并不算什么。"于是决定日期,在明岁正月下旬举行,一切由司衡羿和逢蒙去预备。

到了那时,各种都已预备好了。选一块平原旷野之地,在最高处造了一座校阅台,请帝尧和各大臣居处。第一、二、三日,检阅车马。共有车一万余乘,马四万余匹。车皆坚致完整,马皆高大肥壮。第四、五日检阅武器。刀矛戈戟弓箭之属,不可胜计,大约可分配数十万人之用。十余年来司衡羿苦心经营,修整添备。这个成绩,亦真可观了。第六、七日考查阵法。原来古时阵法,起于黄帝时候的风后。他著有《握奇经》一书,虽则寥寥数百字,但是后世兵家,都崇奉他。所以当日所布的阵法,亦不外乎天地风云、龙虎鸟蛇、四正四奇这几种。不过教练得非常纯熟,步伐整齐,进退坐作,一丝不乱;而且变化错综得非常神妙,如此而已。第八、九、十三日,比较射箭,亦是个个精熟,箭箭中的。大家无不称赞司衡的功绩。逢蒙在旁听了,心中着实难过,暗想:"这种全是我的劳绩,现在统统归功于羿,给我平日教练的功绩一概抹杀,未免可恶。正应了孔壬那日的话,羿一日不死,我一日不得出头了。"想到此处,闷闷不乐。且说治兵之事,至此正要结束,只见羲叔向帝尧提议道:"臣等向来听说司衡和逢蒙的射法,都是千秋绝技,但从来未见他们射过。现在趁此较射的时候,可否请帝命他师徒二人,比较一回,以尽余兴?臣等亦可以增广眼界。"大众听了,无不赞成。于是羿与逢蒙,各携弓箭,来到广场中,比起射来。第一次比远。在五百步之外,立一箭垛,垛上画一鹄鸟,鸟的两眼,用红色涂着,以射中两目者为胜。(后世目的两字,就是指此而言。)羿连射三箭,都穿过鹄眼,细看只有一孔,并无第二个。逢蒙连射三箭,也是如此。众人无不喝彩。第二次比力。拿了十块铜板,都是厚约一寸,放在五十步远的地方。羿一箭过去,十块铜板一齐穿通。逄蒙亦是如此。众人看了,无不咋舌。第三次比巧。相去百步之远,立一根方木,方木上放一个鸡卵,卵上又放一块细石。羿一箭过去,小石不知何往,但是鸡卵丝毫未动。逄蒙一箭也是如此。众人看了,佩服之极,拥着他师徒二人,称颂不致,把个逄蒙乐得来口都合不拢。忽然远远来了一群人字式的鸿雁。逄蒙立即取出三支箭来,指着鸿雁,向众人说道:"我要射左边一行第一、二、三只的头。"说着,那三支箭如连珠一般地上去,那三只鸿雁,一只只连翻掉下来。早有兵士飞跑过去,拿来一看,果然都中在头部。大家无不赞美逄蒙的射法,以为独一无二。原来逄蒙这种射法,不是羿所传授,是得之于从前的师傅甘蝇,后来又苦心研练,才能有此,就叫作连珠箭。今朝有意卖弄,以博众人称赞。哪知老将羿见了,顿觉技痒,不禁起来说道:"果然是好射,可谓青出于蓝了。老夫亦来射射,如射不着,请诸位不要见笑。"众人见那鸿雁时,已与从前大不同了。从前是整齐的,现在失了三只,惊恐之余,东逃西窜,无复队伍,而且那飞行亦较从前为速。只见老将也搭着三箭,一齐向上射去,一东,一西,一南,同时并发,三只鸿雁亦同时掉下来。兵士跑去取来,亦都是中在头部。众人喝彩之声,恍如春雷一般,都说道:"究竟是老将,手段更是高妙。"这一句,真把逄蒙惭愧得无地缝可钻,恨不得立刻将羿杀死,因为他有意胜过我,要压我的头;又恨他秘密藏着他的本领,不肯尽传授我。正在愤恨的时候,老将羿是天性爽直的人,以为这种比较,不过玩玩的事情,丝毫不曾介意;便是众人,亦不曾留心;只有帝尧,看见逄蒙的面色,已经有几分觉察了,忙用好话,将逄蒙着实称赞了一会,随即论功行赏。逄蒙平日教练之功,赏赐亦特别优渥。那治兵之事,就算结束了。

第四十二回

尧访许由于箕山及沛泽　长淮水怪
三江之形势　文身风俗之情形

治兵之后,帝尧就商议南巡。大司农、大司徒等留守,老将羿及羲叔随行。赤将子舆道:"野人放荡惯了,这几年拘束在这里,实在闷得很,请随帝同行。"帝尧允许。逢蒙亦请同去。羿道:"外面之事,有老夫足以了之。都城重要,这个责任,非汝不可,汝宜在此。"逢蒙听了,很是不快,但亦不敢违拗。到了动身的那一天,正妃散宜氏和帝子考监明一同送帝出宫。原来帝尧依着帝喾的成法,即位之后,不立皇后。散宜氏就是正妃,此外还有三个妃子,以上应后妃四星。那考监明就是次妃所生。散宜氏及三妃、四妃,此时均尚无所出。考监明今年已八岁了,生得非常聪明活泼,不过身体单弱些。但是帝尧,眼看见阏伯、实沈两弟兄,不友不恭到如此地步;又想到帝挚,本来是先帝元子,亦会如此荒淫,一半固由于气质之偏,一半亦由于失教所致,所以对于考监明,很注意于教育他。在去年七岁的时候,已经请了名人做他的师傅,有时退朝之后,还要查考他的功课。这次将要远行,少不得切实再训勉他一番,并限定他几种功课,等巡狩归来必定要细细查问的。考监明一一答应,帝尧才出宫与群臣一齐上道,直向南方而行。到了洛水,早有好几路诸侯前来迎接,玄元亦在其内。这次却是骊兜同来,孔壬不到,大约是怕见司衡羿的缘故。帝尧看玄元益发长大了,应对一切,着实中礼,人亦沉静,不免大大奖勉了一番。

一日,到了中岳嵩山,大会诸侯,考计政绩,有的行赏,有的惩罚,但是惩罚的很是少数。礼毕之后,帝尧与各诸侯随意闲谈,问起草野之中,有无隐逸的贤士。伊邑侯道:"臣听说箕山之下(现在河南登封市东南三十里),颍水之阳,有一个贤士,姓许,名由,极是有道德的。"帝尧道:"那么汝何不任用他呢?"伊邑侯道:"臣亦极想请他出来做官,辅佐政治。一则他近几年来,总是游历在外,不曾归来,遇他不到。二则据他的朋友严僖说,他决不肯做官,就是请他,亦无益的。"帝尧道:"许由这人,朕亦久闻其名,苦于寻他不到,不知道他究竟在何处。"伊邑侯道:"据他的朋友严僖说,他所常去的地方,共有八处:一处在帝都相近的藐姑射山上;一处在太行山上(现在山西辽县东南七十里有箕山,相传许由隐处);一处在大陆泽西南面的一座什么山上(现在河北唐县西北五十里有箕山,相传许由隐处),臣记不清了;一处在山海东面的中条山上(现在山西平陆县东北九十里有箕山,相传许由隐处);一处在泰山之南、沂水相近的一座山上(现在山东莒县西有箕山,相传许由隐处);一处在徐州沛泽之中(现在江苏沛县一带);一处在黟山东麓(现在浙江杭州市临安区昌化镇西北有箕山,相传许由隐处);一处在渐水旁边一座虎林山(现在浙江杭州市)。前几天臣刚与严僖谈起,据说这许由去年已到沛泽去了,不知确否?"帝尧听了,沉吟了一会,说道:"那么朕暂不南行,先到沛泽去吧。"当下就转辕而东,一面饬大队军士一直向南,在彭蠡北岸等候。

帝尧等经过商邱,商邱侯阏伯置酒接风。帝尧问起他火正之事。阏伯将历来研究的木头搬了出来,一一试验给帝尧等观看,成绩甚佳。帝尧大为称赞,奖勉了他一番。原来古时取火之法,甚为艰难,所以特设火正一官,以为百姓的指导。他那取火的方法,是钻木取火;而各种木头,又因季候而不同。春天应该用榆树、柳树的木头,夏天应该用枣树、杏树的木头,夏季应该用桑树、柘树的木头,秋天应该用柞树、楢树的木头,冬天应该用槐树、檀树的木头。这种取火的木头,名字叫燧,是上古燧人氏第一个发明的。他的取火,是用钻子来钻。至于钻子钻了,如何就能得到火,又何以四季及夏季,木头都需改过,是否季候换了,木头就失其效力,这种方法及理由,现在早已失传,无人知道了。但是,当时靠它做炊爨活命之源,必定确实有一种道理。商邱侯阏伯做了火正之后,能够如此精细详考,并且能够将取火方法画图立说,分送民间,这亦可谓克尽厥职了。闲话不提。

过了两日,帝尧等就向沛泽而来。原来那沛泽,是个茫茫大泽,附近多是些渔户,亦有业农的人。四处一问,不见有许由踪迹。向南面绕过沛泽,就是彭城之地(现在江苏徐州市)。那面有些出,却不甚高。细细打听,果然有一个姓许的,是阳城人,在此地住过几时,可是现在已到江南去了。帝尧因又寻访不到,不胜怅怅,只得径向南方行去。向东南一望,只见白云茫茫,千里无际,原来此地已近海滨了。到得淮水南岸,早有阴国侯(现在安徽定远县有阴陵城,即古阴国)前来迎接。帝尧问起地方情形,阴侯道:"十数年前大风作乱,沿海的岛夷亦起来为患,敝国颇受蹂躏。近来早已安静了,年谷丰熟,百姓亦尚率教。不过此地逼近淮水,前年以来,淮水时常泛滥。臣与邻近诸国,尽力捍御,终无效果。去岁来了一个骑鸾鸟的仙人,臣等请他设法消弭这个水患。他说,淮水之中,有一个妖怪,修炼将成,早晚就要出来。这种水患,就是那妖怪在里面作祟,没有方法可治的。臣等苦苦请他降伏妖怪,他说这是天意,不能挽回。此刻他修炼尚未成功,所以虽则为患,尚不算厉害;将来着实要厉害呢!淮水上下,千里之内,恐怕民不得安居。直待五十年之后,始有大圣人出来,降伏那妖怪,水患方可平息,此刻正在萌芽的时候,'降怪治水'这四个字,远谈不到呢!臣等又问他:'天心仁爱,为什么忽然如此残暴起来,纵令妖怪,荼毒生灵?况且当今圣天子在上,似乎不应该有这个大灾。莫非沿淮水一带的百姓,都有伤天害理之处,足以上干天怒,所以特遣这个妖怪来降罚的么?'那仙人道:'不然不然,这种叫作劫数,是天地的一个大变,隔多少时间,总要有一次,与人事毫无关系。这种劫数,有大有小,时间有长有短。此次不幸,适值遇到既长且大的劫数,不但淮水上下,千里之内,要受一种大害,恐怕全世界都要受害呢。不过全世界的受害,别有原因,与这淮水中之妖怪无关系罢了。'臣等听了,恐慌之至。恰好今日圣主驾临,未识有何良策,可以防御?"帝尧听了这番话,颇不相信,就向阴侯道:"这骑鸾的仙人是什么人?何以汝等如此相信他?不要是个有左道邪术的匪类、妖言惑众?"阴侯道:"不是不是。这个仙人,叫作洪厓先生,向来住在彭蠡湖(现在江西鄱阳湖)南面,的确有道术的,人人皆知。不然,臣等虽愚,何至于轻信妖言。"老将羿道:"洪厓仙人,老臣从前在西王母处仿佛曾经见过的,长长的身材,五绺长须,面孔微红,像个薄醉的样子,果然骑的是一只青鸾。假使是他,的确是上界神仙呢。"阴侯忙道:"老将军说得不差。洪厓仙人的状貌,果然是如此的。"赤将子舆在旁听了,哈哈大笑道:"帝知道这洪厓仙人是谁?"帝尧道:"朕不知道。"赤将子舆道:"他就是黄帝轩辕氏时代的伶伦呢。当初黄帝叫他作乐律,他于是就跑到大夏(现在新疆)的西面,阮隃的阴面,嶰溪谷里,选了几枝大竹,劈断了,每管三寸九分长,吹起来,作为黄钟之宫,就是律吕之根源。后来又叫他和荣瑗两个人铸了十二口钟,以和五音。他自己又特别制造出一种乐器,就是现在所用的磬。这个人多才多艺呢。"帝尧道:"原来就是伶伦先生么!他的登仙,是否和先高祖皇考同时的?"赤将子舆道:"他的成仙,着实早呢。他在轩辕氏时代,名目虽是个臣子,实在亦是轩辕帝所交游各神仙中的一个,不过是个很滑稽、很圆通、不自高声价,而欢喜游戏人间的一个仙人,所以肯屈居于臣下了。帝知道他此刻约有多少岁?"帝尧道:"朕不知道。"赤将子舆道:"他在黄帝时,已经有二千几百岁,此刻足足有三千岁了。"帝尧道:"如此看来,洪厓先生真正是仙人了。仙人有预知将来的道力,既然仙人说天意如此,劫运难挽,我们人类又有什么方法可想呢?我们人类能力所能够尽的,不过是修缮堤防,积聚粮食,或者迁移人民,使他们居于高阜之上,如此而已。汝可与邻近诸国商量,竭力去做吧。人虽不能胜天,或者亦可以补救于万一。"阴侯听了,稽首受命。帝尧随即与阴侯沿淮水两岸,察看了一会。但见长流滚滚,有时白浪滔天,声势非常汹涌,但亦看不出有什么妖怪的痕迹,只得罢了。

　　过了两日,帝尧到了长江口。原来当时的长江,与现在形势不同。现在江苏省的苏、松、常、镇、太、通、海、淮、扬各归府属,以及浙江省的嘉、湖、杭三归府属,在上古时候都是大海,并无土地。到帝尧的时候,苏、常、镇、淮、扬及嘉、湖等处,已有沙洲渐渐地堆起。这种沙洲,纯是由淮水、长江两大川上流各高山中所冲刷下来的泥沙,随水堆积而成,在地理学上,叫作冲积层平原。但是当时还未与大陆相连,不过散布于江淮之口,大海之边,无数的岛屿,星罗棋布,到处相望罢了。所以当时长江出口,分作三条:一条叫北江,是长江的正干。它出海的海口,在现在扬州、镇江之间。一条叫中江,从安徽芜湖县分出,直冲江苏高淳区、溧阳市、宜兴县,穿过太湖,再经过吴江市、青浦区、嘉定区等处入海。一条叫南江,从安徽贵池区分出，经过青阳县、泾县、宁国市、广德县，到浙江的安吉县、吴兴县入海。照这种形势看起来，就是江苏省的江宁、安徽省的太平、宁国、广德等处，亦是在长江之口，不过同现在的崇明岛一般。那时太湖，虽则已经包围在无数沙洲之中，形成一个湖泊的形式，但是港汊分歧，或大或小，处处通海；而长江的中支，又直接穿过去，那江身尤为开阔。所以海中的波潮，日夕打到太湖之中，湖水的震荡，非常之厉害。因此那时候，还不叫它太湖，叫它作震泽。这是当时长江下游一带的形势了。

且说帝尧到了长江口，但见那些岛夷的情形与中国大不相同。那边天气炎热，这时又是初夏，所以他们个个都是赤身露体，便是女子也是如此，仅仅下身围着一块布，遮掩遮掩，或者在腰间系一根带，用一块布从后面绕过胯下，在前面脐下系住，仿佛和婴孩所用的尿布一般。所有男子，大概如此，再看他们的头发，都剪得很短，蓬蓬松松，披披离离，真是一个野蛮样子。再看他们的身体，更加奇了，有的在腿上，有的在臂上，有的在足上，有的在身上、背上，有的在脸上，都是花纹。那花纹的式样，有花卉，有葫芦，有鸟兽，种种不同；而且男女老少，亦人人不同。帝尧向羲叔道："朕久闻扬州之南，有'断发文身'之俗，今朝方才看到。但不知道他们这种文身，是什么意思？"羲叔道："臣曾经考询过，据说，他们的文身，有两种意思：一种是求美观，大约越是野蛮人，越喜欢花采，可是他们又没有制造锦绣的能力，而天气炎热，就使有了锦绣，亦不适用，但是终日裸体相对，也觉得很不雅观，所以想出这个方法来，就在现成的肉体上，施以文采，亦可谓恶要好看了。第二种意思，是为厌胜。大约南方之人，迷信极深。水居者常防有蛟龙之患，山居者常防有狼虎之伤，以为文身之后，此种灾难，才可以免；就使钻入波涛之中，独处山谷之内，亦可以有恃无恐了。所以他们文身的式样,个个不同,因为他们各人之所谓避忌,亦各各不同的缘故。比如有些人,据相面的人说,是怕虎的,那么他的身上,就应该刺成如何一种的花纹,才可免于虎患;有些人,据相面的说,是怕水的,那么他的身上,就应该刺成如何一种的花纹,才可免于水患。"帝尧道:"他们这一种厌胜,果有效验么?"羲叔道"并不见得。臣在南方多年,对于那种文身之俗,颇加考察。曾经看见一个人,刺了一种避水患的花纹,自以为可以入水而不濡,哪知后来竟溺死了。又有一个塾师,待生徒非常严厉。有一生徒的父亲,以理想制成一种花纹,刺在他儿子身上,以为可以受塾师之鞭扑而不会痛了,哪知后来受责起来,仍旧是很痛的。此外刺避虎患的花纹,而仍旧为豺虎所伤;刺避蛟龙的花纹,而仍旧为大鱼所吞噬的,尤不计其数。可见全是假造及迷信了。"帝尧道:"那么他们应该觉悟。"羲叔道:"大凡迷信极深,变成习惯之后,要他觉悟,非常繁难。明明他的厌胜不灵,但是他决不肯说厌胜不灵,必定说别有缘故,或者说触犯了什么神祇了,或者说他本人犯了什么大罪恶了,如此种种,即使百端晓谕,舌敝唇焦,亦决不会觉悟的。"大家听了,不觉都叹息了一会,即到客馆中暂时休息。

第四十三回

各方奇异之风俗　帝尧见许由
黄帝问道于广成子　胎息之法

晚餐之后,帝尧君臣闲谈,又谈起日间所见文身的岛民。老将羿道:"一个人欢喜美观,亦是常情。但是刻画肌肤受尽痛苦,以求美观,殊出情理之外。"羲叔道:"世间这种不合情理之事,多得很呢。某听见有一处地方的人,将女子的两足从小就用布巾缠起来,使它尖而且小,不过三寸光景,走起路来,袅袅婷婷,以为美观。但是这些女子,从此都是弱不禁风,成为废物;而且缠的时候,须将足骨折断,成为弓形,非常痛苦。然而那些做父母的,并非没有爱女之心,终究不肯不下这个辣手。虽则看见他们的爱女宛转呼号,仍有所不顾;而且越是爱女心切,越想缠得它小,以求美观,岂非怪事么!还有一处,它的风俗,以扁头为美。子女生出,就用重的物件压在他头上。年龄渐大,压的物件亦渐渐加重,所以到得大了,那张脸竟如'西'字,岂非奇怪么!还有一处,风俗以长颈为美观。子女一生落地,就用一个箍儿束在他颈上。年龄越大,箍儿也逐渐加长。因此他们的脰颈,竟有长到一二尺的,以为美观,岂非亦是怪事么!还有一处,以腰细为美观。所有女子,从小都用细带紧束她的腰部。长大之后,前面两个乳峰突出,后面臀部耸起,以为美观。腰最细的女人,周围不足一尺,仿佛蜜蜂、蚂蚁,岂不亦是奇怪么!平心想起来,文身固然没有什么美观,就是小足细腰,亦有什么美观呢！至于扁头长颈,不但不能说美,并且觉得可丑,然而他们竟不惜牺牲其子女,孜孜然而为之,反以为天下之至美者无过于是,这真是不可解之事了。"帝尧道:"大概人的性情,最怕是狃于习惯。一成习惯之后,再没有什么好丑善恶之分。大家如此的,就是好而善;大家不如此的,就是丑而恶。好丑善恶,以习惯而分,极不容易改变。朕看起来,这种文身之风俗,再过五千年,恐怕还不能革除净尽,亦是一定之理呢。"(现在日本、缅甸、南洋群岛以及新西兰等处,文身之俗仍是盛行。至于中国五代时候的郭雀儿,近日上海的"刺花党",亦不能不说他是文身的遗风。闲话不提。)帝尧又问羲叔道:"汝在南方多年,知道他们的文身是用什么东西刺的?"羲叔道:"用针头,蘸了墨水刺的。刺了之后,血和墨水混合,终身不会消灭了。初刺的时候,痛苦非常,远望过去,仿佛裹了一块粉紫色的手巾一般。所以无论怎样强壮的人,决不能一日刺毕,少则一年以上,多则三四年亦有。大约他们看得这种文身是极重要的典礼,无论男女,到得成童的时候,就要刺了。刺花纹的人,叫作雕文之人,是一种专门行业,有高手,有低手。高手能知道人的灾害避忌,创造种种式样的花纹以为厌胜,而且能减少针刺的痛苦,他的身价也特别高。低手不过依样葫芦而已。刺完之后,才算得是一个成人,仿佛和中国男子的二十而冠,女子的十五而笄一般,亦算是他们的礼节了。"帝尧听了,叹息一会,说道:"天下之大,万民之众,风俗习惯,竟有这许多的不同,可见一道同风,移风易俗,真是极不容易之事呢。"

次日,帝尧等渡过北江,一路南行,又过了中江,路上所见的一切人民,情形都与以前无异。一日,刚到南江边,只见对面一座大岛上,两个山峰,都笼罩着一阵赤云,如烟如火。但细看起来,又似乎不是云,一阵一阵都从下面上腾,仿佛和火烟一般。大众看了不解,忙找了土人来问。土人道:"这座山叫作浮玉之山(现在浙江天目山),从前并没有什么赤云的,自从圣天子即位的那年起,才冒出这一种赤云来,终年不断,非常之好看。后来有人前往调查,才知道它的山下有一个深穴,穴中的水色,其赤若火,那水蒸气上腾,就变成赤云了。"(说到此处,在下又有一种臆想。原来天目山上,东西各有一个大池,如人之目,后人所以取名叫作天目。按照地理学上讲起来,山上有湖泊的,大半是火山喷火口的遗迹。那么,这两座天目山,在古时当然是个活火山。帝尧的时候,有这种现象,或者那时正在喷发,因为古代的人,不知道有这种原理,以为是应着帝尧火德之运,作为祥瑞,因而有此传说,亦未可知。还有一层,山名浮玉,可见四面有水,而且必不甚高峻。当时长江之南江,系从天目、黄山两大山脉之间流出,照现在地势看起来,决无可能之理。但是南江故道,在历史上历历可考。因此,足见天目山在当时不过为长江之一岛,且不甚高,后来因为它是火山的缘故,土地不绝地升高,所以山势大变。南江故道,既然逐渐涸绝隔断,而浙西一带土地亦逐渐高出水面,那浮玉山亦渐变为现在崔嵬突兀的天目山。这都是在下的推想,究竟是不是,须待博雅君子的教正了。闲话不提。)

且说帝尧君臣,听了那土人一番话,大家亦莫名其妙。雇好了船只,正要渡江,只见前面江中,一只小船载着三四个人,开到岸边。帝尧觉得里面一个瘦瘦的人,非常面善,因为他是穿衣着履的中原人,不是断发裸体的岛夷,所以特别注意,不知在何处曾经见过的。正在想时,早有一个侍卫走来,向帝尧说道:"这个人,就是那年在藐姑射山遇着的那个人呢。"帝尧一听,恍然大悟,知道就是许由了。正是:

  踏破铁鞋无觅处,得来全不费工夫。

当下看他上岸之后，就迎上前去，向他施礼，说道："许先生，难得在此地相遇，真是天缘。"许由出其不意，还要想推托，不肯承认。羲叔上前说道："主上为寻访先生的缘故，由箕山到沛泽，由沛泽又到这里，还想渡江而南。一片至诚之心，亦可谓无以复加。先生若推托，未免绝人已甚，使千古好贤之君主失望了。"许由听到此句，方才向帝尧拱手答礼道："承圣驾屡次枉访，鄙人自问，一无才德，只好逃遁，不敢相见。现在又承千里相访，尤觉不安之至。"帝尧刚要答言，老将羿道："此处非聚谈之地，就请许先生到船中坐坐吧。"当下不由分说，就拥着帝尧、许由，到雇定的大船中坐定。帝尧就和许由倾谈起来。起初都是些虚套泛话，后来许由要想观察帝尧的志趣，便问道："帝此刻已经贵为天子，坐在华堂之上，向着两个魏阙，享受人君的荣耀，自问生平，于志愿亦可谓得偿了。"帝尧道："不是如此。余坐在华堂之上，觉得森然而松生于栋。余立于棍扉之内，觉得霖然而云生于牖。虽面双阙，无异乎崔嵬之冠蓬莱。虽背墉郭，无异乎回峦之紫昆仑。余安知其所以安荣哉？"许由听了这话，知道帝尧志趣不凡，的确是个圣主，亦倾心地陈述。两个人足足谈了大半日，方才停歇。帝尧佩服之极，因此就拜许由为师。在船中留宿两日，许由告辞。帝尧尚要再留，许由道："圣上自须南巡，鄙人亦有俗事待理，且待将来到冀州再见吧。"于是订了后期，许由上岸，仍旧徒步芒鞋，飘然而去。

当下羲叔就向帝尧道："如今虎林山可以不去了，一径到三苗国去吧。"帝尧道："是。"赤将子舆道："前面离黟山不远（现在叫黄山，在安徽歙县）。这座黟山，是当初黄帝与群臣修炼成仙的地方。便是野人，亦曾在此随侍多年。那山上仙草灵药，随地皆是；并且有生汞，可以炼丹；有玉浆，可以解渴；真是一个仙灵之府。野人自从攀龙不成之后，隐居匿迹，时常到此来居住，多则十余年，少

— 368 —

则六七年,所有百草花丸,大半在此山上采制的。现在帝既到此,不可不瞻仰瞻仰祖宗的遗迹,而且可以扩一扩眼界。"帝尧听了,亦以为然,随即渡过南江,一径向黟山而来。到了山下,山路愈走愈仄。帝尧君臣,多舍了车子,徒步而上。赤将子舆是熟游之地,一路走,一路指点。大约黟山大小山峰,不可胜计。最大的有三十六个,内中一个天都峰,尤为高峻,从下面望上去,高约四千仞光景。众人跟着赤将子舆,都向此方而行。须臾之间,忽闻砰訇之声,远望前面,只见山顶一道瀑布,层折而下,大小共总有九叠,上如银汉接天,下如渴龙赴海,真正可说是天下之奇观。到了一处,有一块大石,大家就在石上少息,赏玩那瀑布的奇景。远远望见四周的山容,半阴半暗,云雾都从脚下而出,如絮如绵,氤氲不已,方才知道此身已经走入云中了。赤将子舆道:"天将下雨,此地不可久留,上面有房屋,可以栖宿。"大众听了,急急上行,果见有房屋不少,原来是黄帝那时留下的。虽则年岁已久,但是常常有人修葺,所以并不颓败,现在还有几个百姓,居住在里面。帝尧到房屋居中的这一间一看,只见当中还供着黄帝骑龙升天的一个遗像,慌忙率同群臣行礼。赤将子舆道:"从山下到山顶,非走三五日不能到,所以当初轩辕帝在此修道之时,特地预备这许多房屋,以便上下的时候,可以住宿,上面还有好几处呢。"到得次日,天果下雨,不能上行。向外面一望,满山云雾,迷漫四野,所有山峰,一个都不能看见。但见云中瀑布,高下错落,或长竟数丈,或短不盈尺,如银潮雪海,骇目惊心,不可逼视。次日天仍下雨,接续数日,不能行路。帝尧与群臣,除观望山景之外,不过相聚闲谈。

一日晚间,天已放晴,君臣数人,偶然谈到黄帝到此山来修炼的历史。赤将子舆道:"当初黄帝,虽有志于仙道,但是未得其诀。后来听人说,有一个广成子,住在崆峒山上(现在甘肃平凉市),是个真正的神仙。黄帝于是亲自去访问他。他将至道之精告诉了黄帝,黄帝恍然大悟,以后渐渐地修炼,才得道成仙。当时黄帝又有两个臣子,一个叫容成子,一个叫浮邱子。容成子是专门用内功的,他所讲究的是胎息之法。浮邱子从前住在荆州南部衡山之北(现在湖南益阳市西南九十里有浮邱山,以浮邱子所住得名),后来跑到彭蠡湖南面一座华林山上(现在江西奉新县西南),修炼了多年,后来又跑到南海海滨去苦心修炼(现在广东省城有浮邱山,相传浮邱子得道之地),方才成功。他做黄帝臣子的时候,早已得道了。他是专门用外功的,所讲究的是炼丹之法。容成子做黄帝的臣子,其时在先,所以胎息之法,黄帝已经学习纯熟。浮邱子做黄帝的臣子,其时在后,他的功夫,黄帝还未了了。一日,黄帝问他道:'朕知汝是个神仙中人,深明求神仙的方法。现在朕想超过溟海、渤海,游玩蓬莱山,舍弃了妻子,跑到那边去,汝看应该用什么方法?'浮邱子道:'第一要能够选择圣贤做师傅,那么他的所学必定精奥。第二要能够选择名胜之地,栖息在那边,那么他的所学,必定容易成功。现在帝要成仙,必须先炼金丹;要炼金丹,必须选一块山秀水正的地方,那么所炼的丹药才能灵验。依臣看起来,天下名山,只有黟山最为相宜。一则地据四方之中,云凝碧落,气冠诸山,天上群仙时常在那里游玩的,可以相见;二则山中灵泉奇药,四时皆春,若能够斋心洁己,晏安在那里,那么万病皆除,千祥俱集,必定能够登仙了。'黄帝听了这话,立刻叫大臣风后,辅佐太子,代理政事。自己就同了浮邱子、容成子两个,来到此山,专心修炼。这就是黄帝来到此山的原因了。"老将羿在旁问道:"怎样叫作胎息法?"赤将子舆道:"胎息这两个字,就是不用口鼻呼吸,如人在胞胎中的时候一样,所以叫作胎息。"老将羿道:"不用口鼻呼吸,用什么呼吸呢?"赤将子舆道:"不是用别种器官替代呼吸,实在是不呼吸。"大众听了这话,都非常诧异,便问道:"不呼吸,岂不要窒死么?"赤将子舆道:"这是很不容易的。所以第一要师傅传授,第二要练习功深,不是自己所能够蛮做,亦不是一时半刻就能做到。"老将羿道:"先生练习过么?"赤将子舆道:"野人略略知道一点,大约初学起的时候,先从鼻管中吸入清气,到肺里藏闭起来,不使它呼出;然后在心中暗暗地数着一二三四五的数目,一直数去,数到一百二十,才从口中将那藏闭之气,缓缓地呼出来;在那吸进去的时候,与那呼出来的时候,都不许自己耳朵中听见有出入之声,总要使它入多出少,最好用一片鸿毛,放在鼻口之间,呼出气来,鸿毛不动,才算合法;吸进去也是如此;又渐渐增加数的数目,从一百二十可以增加到一千;增加到一千,那么就有许多时候可以不呼吸,岂不是和不呼吸一样么!能够如此,可以返老还童,长生不死了。这个就是胎息方法的大略。但是还有一个条件,胎息的时候,要在生气之时,勿在死气之时。从子时到巳时,叫作生气。从午时到亥时,叫作死气。死气的时候,学胎息亦无益,所以俗语有一句,叫作'仙人服六气',所谓六气者,并不是有六种气可服,不过说有六个时辰的气是可以服罢了。胎息这个方法,练习成功之后,不但可以却病长生,而且还有许多用处。用了这股气去吹水,水就为之逆流;用了这股气去嘘火,火就会得熄灭;用了这股气去吹虎狼,虎狼就潜伏而不敢动;用了这股气去嘘蛇虺,蛇虺就盘屈而不能去;假使有人为兵刃所伤,吹一口气,血能立止;假使有人为毒虫所伤,即使没有看见这个受伤人,只要将自己的手一吹,男的吹左手,女的吹右手,那么受伤的人虽远在一百里以外,亦能立刻痊愈,岂不是用处甚多么!"众人听他说得如此神异,无不稀奇之极,很有人想立刻就学学看。老将羿刚想再问,这时晚膳已经陈列,大家才打断言谈,各自就餐。

第四十四回

帝尧游黟山　黟山之风景

　　晚餐毕后，大家又聚拢来闲谈。羲叔问赤将子舆道："容成子到底是个什么人？世间传说他著了一部书，叫作《容成阴道》，总共有二十六册，专门讲究采阴补阳，采了妇女的阴水，来补益他自己的阳水，名叫容成御女术，不知道究竟有没有这一回事？"赤将子舆道："野人在当时，并没有听见他有这种方术。后来他随黄帝升仙去了，与世长辞，更不会再有这一部书流传于人间。想来是后世左道邪魔的方士，造出来，假托他的名字的。讲到容成子这个人，很是敦厚而睿智。他起先在东海边一个岛上（现在浙江永嘉县东面华盖山，相传是容成子修炼之地），服食三黄，就是雌黄、雄黄、黄金三种，专心修炼。后来黄帝知道了，请他出山。他就做了两件大事：一件是盖天，像周天之形，可以考察天文，利用不少。一件是调历，岁纪甲寅，日纪甲子，所有时节因之而定，利用亦不少。这两件之外，他又发明一种测定东西南北方向之术。辨别方向，本来有指南针可用。但是指南针所向，不必一定是正南正北，往往略有所偏。所以容成子又发明一个法术，用一根长木，竖起来，做一个表，拿一根索系在上面，再拿了这根索绕着表画地成一规形，以考察太阳之影子。假使太阳向中，影子渐短，候西北隅影子初初入规的地方，就给它记起来。假使太阳过中，影子渐长，候东北隅影子初初出规的地方，再给它记起来。这两个记起来的地方，就是正东正西;拿这两个折半起来以指着表,就是正南正北。他这个方法,是在梁州地方发明。所以现在梁州人用这个方法,还叫它是容成术。至于采阴补阳的容成术,淫秽无理已极,岂是可以长生之道!即使确有效验,求仙的人亦决不应该去做的;即使做了,亦决不会成仙的;你看是不是?"羲叔道:"某本来有点疑心。给先生一说,更觉明白了。可怜容成子冤枉受了多年,今日才始昭雪,先生亦可谓对得住老朋友了。"说到此处,帝尧问道:"容成子的胎息,先生说过了。浮邱子的炼丹方法又如何呢?"赤将子舆用手指指山上道:"所有药料,都在这座山里。第一种是朱砂,就出在上面一个朱砂洞里。第二种是紫芝,生在山顶及溪边,大的长到五六尺,其大如箕,颜色紫碧相杂,香气如兰如桂,真正是个神物。第三种是红术,其状和珊瑚一样。第四种是乳水,出在岩穴之中,长滴石髓;其状其色,都和乳相仿,所以叫作乳水,是炼丹必不可少之物。久服乳水,亦可以长生。第五种是汤泉,在中峰之巅,水味甘美,亦是炼丹煮石必不可少之物。天下世界汤泉很多,但是多含有硫磺质;只有此山所产,带朱砂质,所以可贵。此外如同黄连人参种种名贵的药品,山中无不齐备。"正说到此,只听得外面侍卫人等一片呼喊之声。大家诧异,不知何故,急忙起身,出来一看,只见满山之中,大大小小,都是灯火;忽高忽低,忽上忽下,忽东忽西,忽隐忽现;或则千百为群,或则只有两三点,漫山遍谷到处皆是,照得千丘万壑,几乎同白昼一般;隔了许久,方才渐渐消灭,大众无不诧异。赤将子舆道:"这个叫作仙灯,是黟山三大奇景之一。灵山之灵,与他山不同,就在此处。"老将羿道:"另外还有两种是什么?"赤将子舆道:"一种叫作云海,一种叫作放光,将来都可以看见的,此时说也说不相象。"

次日天晴,大众徐步上山,走不多路,忽然有两只乌鸦迎面飞来,向着大众叫了几声,立刻回转飞去;隔了片时,又飞来叫几声,又飞回去。赤将子舆道:"这一对叫作神鸦,是本山灵物之一。每有客来游山,它已知道,总先来迎接。它们每年孵小鸦几只,一到秋天,它们就领了小鸦,各处峰头都去飞一转,然后送小鸦出山外去,从此不复再来。它们一对老鸦,总是住在这里,不知道有多少年了,岂不是神鸦么!"大众又走了许多路,只见遍山都是桃树,约在万株以上。赤将子舆道:"这是黄帝所手植的,起初没有这许多,现在桃子桃孙,年年繁衍,每到春天,万花齐放,真是锦绣世界。可惜现在来迟,已是绿叶成荫子满枝了。"过了桃林,赤将子舆指着前面一个山峰,说道:"这个亦是黄帝的遗迹。"众人看时,只见山上两个石峰,如人对坐。一个朝南,后面围绕一山,俨如君主座后的黼扆。一个朝北,俯了头,非常恭肃,如同臣子朝见君主的样子。赤将子舆道:"当初这山上有两块石头,黄帝和浮邱子常在这石上休息论道。后来仙去,这两块石头就化作双峰,朝南的就是黄帝,朝北的就是浮邱子,岂不是奇怪么!"正说时,只听得一阵音乐,大众听了,都向四处张望,说道:"哪里作乐呢?"赤将子舆道:"过去有一个山峰,壁立千仞,人不能到,上面常有仙人聚居。每当清风明月之夜,作起仙乐来,山下人时常听见,但总在夜间,日里是没有的。此刻所听见的,是音乐鸟的鸣声,不是有人奏乐。"帝尧道:"音乐鸟这名字很好听,从来没有见过。"赤将子舆道:"音乐鸟,一名叫作频伽鸟,亦叫作迦陵鸟。它在卵壳中已能发声,而且微妙,能压倒众鸟,大概亦是仙禽之类呢。"说着,四面一望,指着东面树上说道:"这就是音乐鸟了。"大众细看,果见有十余只美丽之鸟,黄羽、黑眉、赤脊、翠尾,正在那里争鸣。其声非笙非笛,非竹非丝,引商刻羽,真如奏乐一般,和谐清脆,非常好听。忽然之间,又从峰上飞下数十只,一齐鸣起来,更觉悠扬入耳。那鸟飞的时候,翅尾之间,带着一线白色,可算得五色都齐备了。羲叔道:"某听见说,频伽鸟,一名叫共命鸟,两个身子共一个头,常住在西方极乐净土的。何以这个鸟并不如此?"赤将子舆道:"野人习闻如是,究竟不知孰是孰非。或者那个共命鸟亦叫频伽,名字偶然相同,亦未可知。"帝尧问道:"山中有猛兽么?"赤将子舆道:"虎豹之类都有,但是从不害人,大家以为是已经仙人点化的缘故。另外有五种神兽,极为特别。一种是猿,此山猴类本多,但有两只是神猿,一黑一白,都在数千岁以上,见了人,往往作揖打拱。那只黑猿,常常引着大批的猿到处觅食。那只白猿,不常看见;偶然看见,总是坐在竹筐里,由四只大猿抬着了走;但是那看见的人,总可以遇到祥瑞或快意的事情。一种是天马,常常飞腾于最高各峰的顶上,有电光绕着它的四足,但亦是不常见的。一种是白鹿,往来各处,忽隐忽现。一种是青牛,其大如象,常出来吃草,遇见人立刻飞驰而去,倏忽之间,已不知去向。一种是紫豸,头像龙,身像麋,尾像牛,蹄像马,远望过去,俨然是一只麒麟,但的确不是麒麟。这五种都称为神兽。又有三种怪物:一种叫鮑鱼,四足,长尾而无鳞,声如婴儿,能够升到树木上,含着水去饵鸟,捕获了来做食品。缘木求鱼,竟可以得鱼,真是奇事了。它的脂膏可以点灯,久而不熄,现在山上居民往往用之。一种叫卢狹,很像穿山甲,但是没有鳞片。它最喜欢吃猿及蜂两种。每次要吃猿的时候,只须抗声一叫,群猿都闻声而至,环绕了它,跪在地上。它挑选几个肥猿,用木叶或砖石放在它头上,那肥猿就战战兢兢,捧了头,一动也不敢动,仿佛唯恐木叶、砖头跌坠似的。挑选完毕之后,瘦的猿就纷纷四散,那肥猿就做了它的食料,岂不是怪物么!还有一种,叫作石斑鱼,只有雌的,没有雄的。到得春天,它与蛇交合而生子,所以这时候的石斑鱼不可吃,其余时候钓了来做鱼干,其味甚美,且能久而不饥,所以亦算怪物之一。"正说着,已走到一个洞口。赤将子舆道:"这个叫作驾鹤洞,从前浮邱子在这里控鹤的。"又指着西面一个峰头道,"这峰叫作浮邱峰,是从前浮邱子在这里修炼的,上面有浮邱导引坛,彩云灵禽时常拥护、翔集在上面。每到春天,音乐鸟一定日日到坛上来飞鸣一次,真是仙迹。"又指着一个峰头说道,"这个叫容成峰,是容成子栖息的地方,现在还有宝箓、丹篆藏在上面,但是人不能上去,所以无从证明。容成峰的下面,有一片平地,叫作容成台,是从前容成子登啸的地方。"又指着一个峰头说道,"这座叫作轩辕峰,当初黄帝采药就在此地,现在还有紫芝、玉菌之类生在山顶上。轩辕峰下面,过去几十步路,有一块仙石座,当初黄帝与浮邱、容成诸臣会息,常坐在这块石上。现在偶然去坐坐,常有异香从空中而来;假使在梅花开的时候,就闻到梅花香;在桂花开的时候,就闻到桂花香;在荷花开的时候,就闻到荷花香;但是左右前后,并没有梅花、桂花、荷花等等,竟不知从何处飘来的。野人从前在此,历试历验,真是不可思议之事。"帝尧道:"轩辕峰离此地有多少远?"赤将子舆道:"看看像近,但是有不少之路。"帝尧道:"且先到那边去望望。"于是大众直向轩辕峰而来,一路鸟道崇冈,非常难走。走到一个峰上,只见一块方石,上面纵横刻有数十道深线,都成方罫形;旁边又置有数百颗圆形的小石子,不知何用。赤将子舆道:"这个亦是黄帝的遗物。从前黄帝和容成、浮邱诸人,常常拿了这个东西来遣兴。两人对坐了,一个用白石子,一个用黑石子,在这方罫之上,你放一颗,我放一颗,差不多放到一半光景,只听他们说:你赢了几路了;或者说:你输了几路了。这个玩意儿,名字叫作弈棋,大约是可以分胜负的。"帝尧道:"先生可懂么?"赤将子舆道:"当初野人在旁,亦曾细细观察,看见黑子怎样去围住那个白子,白子又怎样去包住那个黑子,觉得亦很有道理;但是那道理非常深细,野人粗心浮气,实在有点不耐烦去研究它,所以不懂。"帝尧听了,将所布在那里的石子行列细细观看,揣摩了良久,又将石子统统移开,自己再一颗黑、一颗白的摆起来。赤将子舆在旁看了,说道:"原来帝是懂这个玩意儿的。"帝尧道:"朕不过研究研究,并没有懂。"赤将子舆道:"野人不相信。既然没有懂,为什么这个摆的方式,有点和当初黄帝他们相像呢?"原来帝尧是天纵之圣,敏悟异常;一经思索,已觉得有点头绪;而且知道此事是极有趣的,因而将石子一齐移开,又细细摆了一会。羲叔在旁说道:"天色不早,轩辕峰不能去了。此地无房屋,恐怕天黑了,山路难行,不如且寻个宿处,明日再来如何?"帝尧一看,红日已衔西山,果然不早,不觉叹道:"朕一时贪弄这个玩物,把半日光阴竟消耗了。可见一个人对于戏玩的东西,是不可沾惹的。"当下由赤将子舆引路,曲曲折折,到了一处,和山顶已有点相近,果然看见许多房屋,亦是从前黄帝所留下的。其中虽无居人,却喜尚可住宿。那时已经暮色苍茫,侍卫早将预备的灯火、餐具、卧具等铺设好了。大家饱餐一顿,因日间跋涉疲劳,大家亦不多谈,各个归寝。帝尧在枕上,还是细细想那个弈棋之理,久而久之,恍然大悟,不觉得意道:"从前伏羲氏的时候,河中有龙马负图而出,上面点点,都是个加减的数目,名字叫作河图。现在这个弈棋的道理,就是从河图数得来的,看看繁难,实在亦很容易懂呢。"想罢之后,就沉沉睡去。

到了次日,天尚未明,赤将子舆已经起来,邀了帝尧和老将羿、羲叔等,跑到山顶上,观看日出。但见西面诸山为霞气所映,峰峰都作赤色,美艳之至。向东一望,则红霞半天;歇了一会,红霞之中,又起了黑影一线,高高低低,如同远山一般;又歇了一会,忽然大放光明,如火之上焰,如金之发光;约有半个时辰光景,忽见一个太阳出来,其色雪白,如一面大镜,若隐若现,摇曳不定,而且既然上来,忽又下去,如此者三次。赤将子舆道:"这个太阳是假的呢。"众人听了,不甚相信。又过了一会,果然真的太阳方才上来,其色甚红,而且甚大,渐渐上升,颜色亦逐渐淡下去,轮廓亦逐渐小下去,久而久之,已和平时所见一样了。众人看了,无不叹为奇观,连说有趣有趣。帝尧问赤将子舆道:"刚才那个白色的太阳,先生何以知道它是假的?"赤将子舆道:"天地之中,纯是大气所充塞。大气这项东西,能够有一种回光、折光之妙用。天体是圆的,太阳从地下上来,那个光芒,先射到天空之中;天空中的大气,受到这个光芒,立即反射到地面上来;所以那时太阳并未出地,霞光已经普照于大千世界,就是这个缘故。后来将近出地了,天空中的大气,已将它的影子吸收了上来,所以它的颜色雪白,而且摇动升沉不定,这就可以知道是它的影子了。既是影子,岂非是假的么?比如盂底放一项物件,寻常是看不见的;注满了水,就可以看见。那个理由,与此相仿,就是折光的缘故。"正在说时,只见树林中飞来一阵好鸟,毛色浅赤,个个乱叫。它的叫声,好像"客到"二字。赤将子舆道:"这种亦是音乐鸟之类。游人到此,它必先期而鸣,亦是奇怪的。还有一种鸟类,很像百舌,亦是几十只成一群。它的声音,屡屡更变;有时候大声轰轰,仿佛车轮走过;有时候细声袅袅,仿佛洞箫抑扬,大概亦是音乐鸟之类。"帝尧等听了,亦不言语,只管贪看朝景,不住地四面张望。赤将子舆指着西面天尽处说道:"这个青白色的,就是彭蠡湖西岸的敷浅原山。"(现在江西庐山)又指着北面雪白的一线,说道,"这就是大江。"帝尧正看得出神,忽然有无数白气,从远处山上涌出,渐移渐近;忽然自己所立的山面上,亦蓬蓬勃勃,氤氤氲氲的涌出白气来,如絮如棉,迷漫四塞。赤将子舆连连叫道:"好极,好极!云海来了!云海来了!"帝尧再向四面一望,不要说大江、敷浅原不知到何处去,就是远近诸山,都一无所见;只有几个最高之峰,浮青凝绿,还矗立于茫茫白气之中,仿佛大海中的点点岛屿;忽而天风一卷,那一片云气,奔腾舒展,如波涛之澎湃,直冲无数岛屿而去;忽而又复冲来,真是奇态诡状,瞬息万变。再看那些近前的山冈,则沉埋韬晦,若隐若现,仿佛长鲸、巨鲲、蛟龙、鼋鼍等等,出没于惊涛骇浪之间。歇了好一会,忽然云开一线,日光下射,那个景象更加奇怪,或如瀑练,或如积雪,或如流银之泻地,或如振鹭之翔鬐,或如海舶扬帆而出岛口,或如大蜃嘘气而为楼台宫阙;有时天边隐隐,露出一发之青天,仿佛如海外诸番之国人;立在峰顶,仿佛如坐了大船,乘风而坐在天上;真正是奇极了。又歇了好一会,云气才散,日光复来。帝尧道:"所以叫作云海,真个如身在海中一般。"赤将子舆道:"这个是此山独一无二之奇景,所以这山上的地方,都以海字取名;在前面的许多山峰,叫作前海;在后面的许多山峰,叫作后海;在东面的叫东海;在西面的叫西海;中间的叫中海;明明是山,却叫它作海,岂不是奇事么!"老将羿道:"老夫年纪不算小,游历的地方不算少,从来不曾见过这种奇景。不到此地,几乎错过一生了。"羲叔道:"我等寻常想想,只有仙人,能够在云中来往。不想今朝,居然置身云外,真个难得了。仓颉氏造字,人在山上曰仙,想来真是有研究的。"赤将子舆道:"岂但云在我们下面,就是雷电等,亦在我们之下呢。野人从前住这里的时候,有一年夏天,在山上游玩,观望这个云海的景色,忽然看见云气之中,有一物窜来窜去,忽东忽西,竟猜不出是什么东西,颇以为怪。后来跑到山下,问那居民,知道刚才雷雨大作,才觉到那个在云中窜来窜去的东西就是雷霆呢。照此看来,岂不是雷霆亦在我们的下面么!最奇怪的,下面听到呼呼之声,甚为猛烈,上面竟一点声音没有,不知何故。或者仍旧是大气的缘故,下面浓厚,上面稀薄,因此声音传达不到,不知是不是?"帝尧道:

"云生于山,所以山总比云高。凡有高山,想来都是如此,不必一定只有此山有云海。或者此山高大,所以特别著名就是了。"大众又观望一会,才回到宿舍,进些饮食,再往轩辕峰而来。路过昨日的棋局,可怪那棋子,又照常布着在那里了。帝尧诧异道:"朕昨日分明记得都移在旁边,正要想摆,并没有摆,就动身了。现在此局究竟是何人所摆,这山中并无多人,而且摆得又非常合法,这个真是奇事。"赤将子舆道:"所以叫作仙棋石,是有神灵在这里呵护的。"众人听了,嗟叹不已。到了轩辕峰之后,路旁紫芝甚多,而且甚大。走到峰顶,有一间石室,室中有石几、石座各一。赤将子舆道:"这就是黄帝当初在这里受胎息的地方。"帝尧到此,俯仰流连了好一会,方才下峰,回到宿舍。

第四十五回

黟山之风景　帝尧遇金道华
兰之可贵

且说帝尧与群臣等游玩黟山,流连多日。其时正在四五月之间,山下已有炎夏景象,但是山上仍不甚暖,早晚尤寒。山上开的花卉,以木莲花为第一奇品。大的有十几围,高到二丈左右。花分九瓣,形如芙蕖,而颜色纯白,香气之远,可闻数里。它的叶子,颇像枇杷,但光而不糙,秋冬不凋,亦是个常绿树。在四五月之交,正是盛开的时候,帝尧非常爱赏它。赤将子舆道:"此花到八九月间结实,如菱而无角,色红且艳。"帝尧道:"可惜朕不能久居于此,且待将来八九月间再来吧。"一日,帝尧等游到汤池。池长丈余,阔约一丈,深不过二尺,水清可以见底,底下都是淡红色的细沙。北面有一个冷泉,由石罅中流到池内。沸热的水,有了冷泉调剂,刚刚温冷适中,真是天生的浴室。赤将子舆向帝尧道:"这是有名的汤池,帝何妨试试呢。"帝尧听了,果然解衣入浴。但见水面热气蒸腾,初下水的时候,不过微温,以后渐渐加热。脚下踏着的红沙,甚为细腻,就拿来擦身,擦到后来,汗如雨下。浴完之后,觉得暖气沁入毛髓,许久不散。两只手中,更是馨香扑鼻,仿佛兰花气味,不禁连声呼妙。赤将子舆道:"这个沙,叫作香沙,此地很多。那边峰上,还有一个香沙池,取了池水洗目,盲者可以复明;取了香沙,藏在衣袋里,香气可以终年不散,亦是异物。"老将羿和羲叔听了,都要入浴,于是一齐都洗过了。赤将子舆道:"这个还是普通的汤池,人人洗浴,未免污秽了。黄帝炼丹煮石的汤池,在过去一个高峰的顶上,寻常人不能上去。从对面峰上望过去,但见热气上升,如蒸如沸而已。"

一日,赤将子舆又引帝尧等到一个峰顶上,只见上面有一石床,长八尺有半,阔约四尺余,仿佛是用玉琢成的。床上有碧色的石枕三个,下面又有三座紫石床。赤将子舆指着上面的床,说道:"这是黄帝与浮邱、容成三人休息之所。"又指着下面的床,说道:"这是从臣燕寝之所。野人当日,就是其中之一,在此间住了好几年呢。下面还有一个石室,深八十尺,阔有数丈,是其余从臣所住的。"帝尧道:"当初高祖皇考升仙,就在此地么?"赤将子舆道:"不是,还在过去一个峰上。那边峰上,也有一个大石室。当初黄帝功行圆满的时候,有一日从山上得到一个珠函、一个玉壶。珠函之内,所藏的是珠履、霞衣之类,玉壶之内所盛的是琼浆、玉液之类。黄帝既然得到这两种物件,知道上升之期到了,即携归石室之中,与浮邱、容成二人先饮了玉液、琼浆,再将珠函中的霞衣披起来,宝冠戴起来,珠履着起来。须臾之间,有一条天龙从空飞下,前面有无数仙人,拿着彩幢珠盖,为之引导;旁边又有无数仙人,各奏乐器,相与欢迎。那时黄帝和容成公、浮邱公三人,就骑在龙上,飘飘然从峰顶上升,那时野人不凑巧,刚在下面作一件事情。听见空中有管弦丝竹之声,急忙抬头一望,看见仙人天龙下来,知道是来迎接黄帝了,急忙赶上山去。不想偏偏没有福分,到得中途,被石子一绊,跌了一跤。及至跑到山上,黄帝与群臣数十人早已在龙背上,离地数尺。当时有许多人和野人一样,赶不上,慌忙攀住龙须,但是龙须是不牢的东西,一经众人攀扯,纷纷连人都掉了下来,不得成仙,反而几乎跌死,可见成仙必须要有缘分、有福命的。所以野人从此以后，不要做官，亦不想成仙，但求长生而已。"说罢，叹息不已。帝尧道："朕听说高祖皇考的上升，是在荆山地方，何以又在此地呢？"赤将子舆道："这恐怕是后人传说之误吧。要知道铸鼎虽在荆山，上升确在此地。当时鼎成之后，就移到此地来炼丹，这都是野人所亲见的。如不相信，现在就有凭据。"说着，飞跑下去。隔了多时，手中拿着许多细草，又细又软，长约丈余，其色黑而微白，向帝尧说道："这是龙须草。当初野人等攀龙髯跌下之后，这些拔在手中之龙须，都弃在山中，后来尽化为草，滋生日蕃。现在山下居民，竟有采取了去织以为簟的，岂不是的确证据么！"帝尧听了，悠然若有遐想。老将羿在旁，问道："帝想学仙么？"帝尧道："朕何尝不作此想。不过当初高祖皇考的求仙，是在治定功成之后；就是皇考的求仙，亦是在治定功成之后。现在朕临驭天下，只有十二年，去'治定功成'这四字远而又远，何敢作此非分之事。朕的意思，总想访求一个大圣人出来，将这个天下让给了他，到那时，或者可以效法祖父，此刻哪里谈得到此呢。"大众听了，知道帝尧对于天下百姓，极负责任，决不肯舍弃政治而求神仙的，所以亦不言语。

一日，赤将子舆向帝尧道："今日须往黄帝炼丹处一看，可以见到许多遗物。"大众就跟了他走，走到一处，忽见赤将子舆向一个小石洞中钻了进去，转身出来，携着一个小石臼，向众人道："请大众尝尝。"众人一看，只见中间满满贮着流质，芳香扑鼻，竟不知是什么东西。大家都尝了一口，觉得甘香醇美，仿佛玉液。赤将子舆道："这个叫花醖，是山中猿类采了百花醖酿而成的。久饮之后，可以长生，并可以久视。野人适才看见地上有猿行之迹，里面又有一个小洞，知道必定有物藏在其内了。"羲叔戏说道："先生此番偷窃猿类所藏之酒，似乎不在理上。"赤将子舆也笑道："充类至义之尽地说起来,不是自己所有的东西,拿了它来,就是偷窃,这话固然不错。但要知道,人生如不用偷窃的手段,竟几乎不能做人。即如足下家里,就不免日日有这种偷盗的行为,而足下所吃所用的,亦不免有贼赃在内。习非成是,久已乎变为自然,足下何独怪野人呢?"羲叔听了不解,忙问道:"某家里何尝有这种偷盗之事?某又何尝吃用过贼赃?请先生不要诬蔑人。"赤将子舆道:"足下吃鸡卵么?"羲叔道:"吃的。"赤将子舆又道:"足下用蜂蜜么?"羲叔道:"用的。"赤将子舆道:"那么这个卵、这个蜜,从哪里来?还不是从鸡从蜂那里去偷盗来的贼赃么!"众人听了这话,一齐不服,嚷道:"岂有此理!这个鸡,这个蜂,都是自己养的。自己养了鸡,取它的卵;养了蜂,取它的蜜,哪能算是偷盗呢?要知道养鸡养蜂,原为取卵取蜜起见。鸡和蜂尚且是自己的,何况乎卵与蜜!"赤将子舆笑道:"那么野人还有一种行为,做给诸位看看,是偷盗不是偷盗?"说着,飞身跑到一个岩壁旁的树下,两手将树一攀,两脚将树一踏,转瞬之间,已到树顶。众人看了,不胜诧异,都说道:"不想这个老头子,有如此之轻捷!"再看他在一个石缝里,两手伸进去,不知弄什么。过了一会,只见他又翻身而下,手中用树叶裹着一种半流质,过来说道:"请帝和诸位尝尝。"众人尝过了,都知道是蜂蜜,但觉得其味较寻常之蜜来得浓厚。赤将子舆道:"这个叫石蜜,是野蜂所酿的。久服之后,能延年益寿。"羲叔道:"先生何以知道这个里面有石蜜?"赤将子舆道:"野人从前在此,住过几十年,就是以这些物件做粮食,无处不去搜寻过,所以能一望而知。但是请问足下,这种行为,亦可算是偷盗么?"羲叔给他这一问,不免踌躇,勉强说道:"蜜是蜂酿的,蜂不是你养的,当然亦是窃盗。"赤将子舆道:"那么地下生的仙草,可采么?山上出的丹砂,可采么?"羲叔道:"那是无主之物,天所生产,原是供给人用的,不能算偷窃。"赤将子舆道:"那么足下所持的理由,自相矛盾了。请问足下,究竟偷盗二字,以什么为标准?倘使以是不是自己所有的为标准,那么就使它无主,我亦不应去取,因为总不是我的呀。倘使以有主无主为标准,卵是鸡生的,蜜是蜂酿的。不错呀,但是鸡和蜂又是哪里来的呢?最初之鸡,是从野雉收养而来;最初之蜂,是从野蜂收养而来。野鸡可以收养,野鸡之卵倒反不可以取食;野蜂可以收养,野蜂所酿之蜜,倒反不可以取食;这是什么理由?猿猴之类,我们无可利用,所以只好随它去;假使如牛马之有用,我们人类,亦当然收它来,供我们之用。猿类本身,尚且可以收来供用;猿类所酿的酒,倒反不可以取来供饮,这又是什么缘故?"羲叔听了,只能笑着,无言可对。帝尧道:"古人有一句话,叫作'窃钩者诛,窃国者侯',这是很不平的事情。同是一个人,我拿了你的物件,就是偷窃,就是攘夺;但是他一经做了天子或全国首领之后,就叫作富有四海,不但四海之内,所有物件,都算是他的,可以予取予求,就是四海中之人民,亦都算是他的臣子,可以任意生死,岂不是不平之极么?越是偷窃得大,越发无罪。人与人尚且如此,何况对于禽兽昆虫!现在世界,只有强权,并无公理。不知何年何月,才能矫正得转来呢?时候不早,我们走吧。"二人听了,也就不再辩驳。大众走到炼丹之处,只见一块平地,广可容数百人,俯临大壑,深不可测。赤将子舆道:"此地又叫作晒药台,当初晒药,亦在这里。"边角之上,还剩着一座丹灶。到得下面,炼丹源、洗药溪、捣药之杵,舂药之臼,种种都还存在,想见当初修炼的精勤。旁边一个峰头,色红如火,还有丹霞隐隐流出。赤将子舆一一地指点。帝尧看了,不胜景仰。刚要下山,只见对面山谷中,忽然发出金光,五色灿烂,忽而如楼台殿阁,忽而如人物花鸟,忽而如蛟龙虎豹,忽而如甲胄干戈,足足有一个时辰之久,方才渐渐消灭。大众又看得奇极了。赤将子舆道:"这个就叫作放光,是此山三大奇景之一。"帝尧道:"看这个情形,大概是蜃楼海市之类。"赤将子舆道:"当初野人亦如此想。后来不但日间看见,就是夜间月下,也有得看见,似乎与海市蜃楼不同,究竟不知是什么缘故。"大众研究了一回,也都莫明其理,只索罢休。

这时帝尧住在山中,已有旬余,各处都已游遍,遂向群臣道:"朕来此久了,巡狩之事搁置,究竟不是道理,且俟将来有机会,再来重游吧。"赤将子舆道:"野人天性喜欢游荡,既然劝帝到了这里,还要劝帝到一处。"帝尧忙问何处。赤将子舆道:"离此地不远,有一座缙云山(现在浙江缙云县东二十三里),一名仙都山,亦是当初黄帝炼丹的地方。帝既然为瞻仰祖宗遗迹而来此,那么彼处亦是遗迹,何妨顺便一往瞻仰呢。好在路径不远,尚不至于有误巡狩之期。"帝尧沉吟了一会,说道:"那亦试得。"于是次日,大众就下黟山。临走的时候,各人都取了不少物件。赤将子舆取了百花洞边的百花。老将羿取了一种放光木,放在室中,夜间能放光的。羲叔取了两种:一种是五色石,这项石子,锥碎之后,放在火中烧起来,能起五色光,是可玩的物件。一种是磁石,能够吸铁,是有用的物件。其余从人,取得尤多,如龙须草、香沙、丹砂之类。香沙和放光木两种,取的人尤多。还有一种云雾草,既可以作饮料,又可以治目眚,取的人亦多。大众此番游玩多日,既得饱畅眼福,又得无数珍奇物件,归去可以夸耀家人,馈赠亲友,无不欢欣鼓舞。

下了黟山,顺着一条港水而下。那港水下流,就是渐水(现在的钱塘江),流到南江里去的。赤将子舆道:"前面有一座山,风景甚好。黄帝时候,名医桐君隐居在那里,此刻他的庐舍还存在呢。"(现在浙江桐庐县桐君山,"桐庐"二字,就是由此而来)帝尧道:"船过去经过么?"赤将子舆道:"不经过了。此地另有一条横江,我们是转弯去的。"隔了一日,舟进横江,只见两岸山色,非常之秀丽。帝尧看了,不觉心喜,就上岸步行。走到一处,桑树成林,稻田盈野,这时正是五月中旬,农夫工作正忙。帝尧看了,甚为惬意;尤其可怪的,此地人民都是穿衣着裳,并无裸体文身之陋状,心中不觉暗暗称奇。又走了一程,忽见田野旁边,有一所广大的园圃,竹篱围绕,茅亭两三,内中仿佛甚为精雅。帝尧看了,遂信步踱进去望望,只见里面所种的,都是兰花蕙草之类。正是不解,早有守门的狗狂吠起来,惊动了里面的主人,出来问道:"诸位光降,有何见教?"帝尧看他,竹冠草履,气宇不俗,正要回答,早有侍卫上前,告诉他是天子。那人听了,慌忙行礼道:"小民不知帝驾来到,有失迎迓,死罪死罪。不嫌污秽,请里面坐坐。"帝尧亦不推辞,就和赤将子舆、老将羿、羲叔一同入内。那人先到草堂中布好了席,然后再出来敦请。帝尧等进去坐定,那人又请教了羲叔等姓名,方才在下面陪坐。帝尧等此时,但觉一阵幽香,沁入心脾。四面一望,只见室中到处都放着兰花,便问那人姓氏。那人道:"小民姓金,名道华,是此地人,生平足迹,未出里门。久想到帝都观光,终苦无缘。难得今朝仰接天子之光,真幸运极了。"帝尧道:"汝向来以何为业?"金道华道:"小民务农为业。"帝尧道:"汝一定读过书。"金道华道:"小民虽读过书,但僻在蛮夷,书籍甚少,读得不多,不过识几个字罢了。"帝尧道:"汝种这许多兰草,是什么意思?"金道华道:"小民生性,确爱此草,所以多种。"帝尧道:"兰草亦是寻常之草,有何可爱?"金道华道:"小民的意思,觉得兰草可爱之处有三种:一种是高致。凡是花卉,都是种在平原,众人易于瞩目之处,争妍竞美。独有兰花,偏喜生在深谷之中,或者幽岩之上,仿佛不愿人见,亦不求见人,足有隐君子之风。这种高致,岂不可爱!一种是幽德。凡是花卉,如桃、李、梅、杏、牡丹、菡萏之类,或以颜色悦世,或以浓香动人。独有兰花,颜色越淡越妙,香气极幽极微;而看过去别有风趣,闻着了无不倾心;不屑媚人,而人自钦倒;比如君子之道,暗然日彰。这种幽德,岂不可爱!还有一种是劲节。凡有花卉,无论草本木本,在那风和日丽之中,无不炫奇斗艳,仿佛都有一切不惧的模样;一到隆冬,霜飘雪压,那草本的固然连支干都不存在,就是那木本的,亦大半红叶萧萧,只剩了一丛光干。昔日繁华,而今安在?岂不可叹!独有兰花,明明是个草本,但是任你严寒奇冷,那几条翠叶,依旧飘扬飞舞,一无更改。植物之中,和它一样的,能有几个?这种劲节,岂不可爱!小民常怪古人,说起劲节来,不是推松,就是推柏。有的拿了松树和梅、竹两种来并称,说是'岁寒三友'。不知道松梅等都是木本的,岁寒不凋,有什么稀奇!兰是草本的,岁寒不凋,倒反没有人赞它,真是令人气愤不平。小民的见解如此,未知圣天子以为如何?"众人听了这番议论,都说:"极是极是。兰草这项东西,从古没有人称道过,得足下这番提倡,恐怕将来还有人称它是王者香或国香呢。"金道华道:"果然如此,小民的意思亦不以为然。因为兰之可爱,并不全在乎香。况且它明明有隐君子之风,偏要说它是王者,未免背道而驰,拟于不伦了。"帝尧听了这话,暗暗佩服他的人品高尚,不愧为隐君子。当下又问他些兰草的种类和种法。金道华便起身进内,隔了一会,取出一厚册书来,献于帝尧道:"这是小民所著,一切有关系于兰草的,俱在其中了。请帝赏收,加以鉴定,小民不胜荣幸。"帝尧接来一看,只见面上写着"兰谱"二字,随意翻了两页,但见前面所载的,都是兰之种类,足有几十种,并且有图附在上面。有一种叫风兰,它的图形,系用竹篮挂在空中,下面有注云:"风兰产于东南海边山阴之谷中(现在浙江温台两归府属),悬根而生。其花黄白,似兰而细,不用栽去。大窠者盛以竹篮,或束以妇人头发,悬于见天不见日之处,朝夕噀以清水,冬夏长青,可称仙草。又能催生,妇人将产,悬于房中最妙。"又翻到中间,都是说种兰的方法和宜忌。翻到后面,都是关于兰的杂说,有一段云:"凡蜂采百花,俱置翅股之间;唯兰花则拱背入房,以献于蜂王。小小物类,尚知兰之可贵如此。人有不爱兰者,吾不知其何心也!"正要再看下去,只听见老将羿问道:"老夫一路来,看见所有居民,都是文身裸体,此地却不如此,是什么缘故?"金道华道:"此间本来是蛮夷之俗,断发文身的。自从先祖迁到此地之后,训诲子孙,切不可沾染这种风气。一则赤身露体,全无礼教。二则毁伤肌肤,有伤孝道。小民懔遵祖训,世世不敢违背;并且遇着有机会的时候,常将这种道理和邻居的人说说,哪知甚有效验,逐渐将这种陋俗改正了。现在乡僻之地,虽然还有存在,但也是少数。"帝尧问道:"令祖是何人?"金道华道:"小民是金提国之后。"帝尧恍然道:"原来汝是贤者之后,怪不得有这样的气度学识,朕真失敬了。"当下又谈了一会,天色不早,帝尧等起身,金道华送至门外,行礼而别。

帝尧一路归舟,一路谈起金道华这个人,说他真是高士,真是隐者。羲叔道:"臣看此人,甚有道德。帝何不举他一个官职,想来定有治绩的。"帝尧道:"刚才朕亦如此想,但是听了他那番议论,恐怕他一定不肯受,所以亦不说。"羲叔道:"受不受在他,举不举在帝。明日何妨饬人去和他商量呢。"帝尧点首称是。到了次日,就命羲叔前往,哪知到了他家一问,他家人说,金道华昨夜已经出门去了。问他到何处,答称不知。问他何时归来,答言不定。羲叔没法,只得怏怏而回,将此情形告知帝尧。帝尧点头叹息道:"真是隐士,真是隐士。但是看到他昨日酬对及赠书的情形,贞不绝俗,尤为难得。"大家叹惜久之,于是君臣等仍上路前进。后来此地就叫作兰溪(现在浙江兰溪市),以金道华种兰得名。不过在下有一句话要声明,这是在下想当然耳,并无证据。即如兰溪相近的金华市,据志书上所载,是因金星与婺星而得名。但是这个解释,很是模糊,婺星竟未提及,华字亦无着落。据在下的推想,或者因金道华而得名,亦未可知。不过遍查各书,不得证据。金提国在何处,亦考不出。姑且写在此处,以俟博雅君子教之。

第四十六回

缙云山黄帝修道　太姥山老母成仙
迷信之谬　海神救人之情形
洪厓仙人漏泄天机

　　且说帝尧君臣上路,一日,走过一山,山上有一座石城。赤将子舆道:"从前黄帝到缙云山去,总是经过此山的,所以后人筑起此城,做一个纪念,就叫他做天子山,亦叫石城山(现在浙江永康县南三十四里),对面就是缙云山了。"帝尧看这座山势,参差高下,仿佛如城墉的雉堞,无甚可观,亦不久留,即向缙云山前进。那缙云山孤石干云,高约三百丈;虽则没有黟山那样灵异,但是亦有一百零六个峰头,或如羊角,或如莲花,幽奇俊秀,颇惬心目;又有瀑布一道,日光照着,仿佛晴虹,风所吹过,有如细雨,尤觉可观。黄帝炼丹的地方,一切遗物,经赤将子舆一一指点,帝尧都见过了。据赤将子舆说,黄帝在此炼丹的时候,一日有非红非紫的一种祥云出现,名叫缙云,所以这座山就叫缙云山。帝尧立在最高峰上,向东南一望,只见一片茫茫,都是大海。原来这座缙云山,是紧贴海边的,海中群岛点点,如星之罗,如棋之布。赤将子舆指着说道:"这近前的岛屿,名字叫瓯(现在浙江温州一带,当时尚在海中);远处的岛屿,名字叫闽(现在福建,当时亦在海中);瓯岛之中,有一个岛,就是容成子修炼之处;又有一个岛,上有方石,其形如柜,从前黄帝将玉版、金券、篆册等等藏在里面,所以亦叫作玉柜山

（现在浙江永嘉市西北八十里）。帝要过去望望么？"帝尧道："不可，不可，越走越远了，且待将来有便，再说吧，现在且到海边望望。"

于是君臣等即便下山，到得海边，只见停泊着无数船舶，又有无数百姓，扶老携幼，纷纷向海边而来，要上船去，手中各执着种种祭品，其中尤以妇女为多。帝尧看了不解，忙叫侍卫去打听。隔了些时，那些百姓老幼男女，一齐走来。原来他们听见说圣天子在此，大家都想瞻仰瞻仰，兼且听听圣天子的言论，所以都跑来。行礼过之后，有一个百姓说道："承圣天子下问，小民等是到仙姥岛上拜仙姥去的。"帝尧道："仙姥是什么人？"百姓道："是个老姥，住在岛上（现在福建霞浦县东北太姥山），不知道有多少年了。她的年龄，亦不知道有多少岁。她是专门炼金丹的，那金丹有九转玄功，她也不知道炼了多少年。前五年，忽然修炼成功，服了金丹，顿然白日飞升，成仙而去。岛上百姓，就给她立了一座庙，并且将她的生日作为纪念日。到得这一日，无论远近各处的人，都要去朝拜顶礼，烧些香料的。小民等此去，就是为此。"帝尧道："仙姥生日是几时？"百姓道："六月十九。"帝尧道："汝等去求些什么？是不是求仙？"百姓道："不是求仙。这位仙姥，平日在世，是很慈善的。无论哪一个对于她有什么请求，凡是她所做得到的，无不答应，她又最喜欢济人之急，救人之难，所以大家都给她上一个大慈大悲、救苦救难、广大灵感的徽号。小民等这番跑去，或是求财，或是求子，或是求寿，或是求福，或是求病愈，种种不一呢。"帝尧听了，不禁叹口气道："据朕看来，汝等此种念头，未免弄错了。'天道福善而祸淫'这句话，古时候固然是有的。但是，必定行了善，天才降之以福；必定作了恶，天才降之以祸。假使并未行善，天就降之以福；并未作恶，天就降之以祸；那么天道不公不明，不成其为天了。

汝等自己想想,曾经行过善事么?如果行过善事,即使不到那边去拜求仙姥,皇天自会赐汝等以福。汝等再想想看,曾经行过恶事么?如果没有作过恶事,即使不到那边去朝拜仙姥,皇天亦决不会罚汝等以祸。假使没有行过善事,那么赶快回去行善;假使已经作过恶事,那么赶快回去改过修行。要知道作了恶事,不行善事,徒然跑到仙姥那边去磕几个头,烧些香料,祭她一祭,是无用的。仙姥究竟是什么样一个人,朕不知道。就算她已成了仙,是个神人,既然是神人,当然替天行道。福善祸淫,自有一个标准。决不会因汝等去朝拜了她,她不问善恶,就赐汝等以福的道理;亦决不会因汝等不去朝拜她,她不问善恶,就降祸于汝等的道理。所以朕说汝等的念头未免弄错了。"那些百姓道:"帝的话固然不错,但是小民等朝拜烧香,正是修行行善呀!"帝尧听了这话,觉得更不对,便说道:"汝等这话又错了。朕且问汝等,怎样叫作善?怎样叫作恶?善恶二字,究竟是怎样解说的?"百姓听了,面面相觑,大家都答不出。帝尧道:"朕告诉汝等,有益于人类的事情,叫作善。比如汝等刚才所说,那个仙姥最喜欢济人之急,救人之难,大慈大悲,广大灵感,那才叫作善。有益于少数的人,是小善;有益于多数的人,是大善;有益于极多数的人,是至善,善这个字,是从人类上面发生出来的。不从人类上面发生出来,无论如何都不能叫它是善。因为人类在世,是应该互相扶助、互相救济的;假使不互相扶助,不互相救济,那么汝等想想,还成个世界么?朕且问汝等去朝拜仙姥,不要说仅仅磕几个头,即使将汝等之头一齐磕破,可谓至诚极了,然而于人类有何益处?不要说仅仅烧些香料,即使将天下世界所有的香料统统拿来烧去,亦可谓尽心极了,然而于人类有何益处?不但于人类没有益处,就是对于仙姥亦没有益处。她已经成仙了,所以人世间一切关系,早已脱离,而无所系恋。大家去朝拜她,于她有什么光荣？大家去供祭她，她又受不到实惠。大家去烧些香料，她又有什么用处？汝等想想看，岂不是无谓之至么！还有一层，人生在世，善是应该行的，并不是因为行了善可以得福，才去行善的。恶是决不应该作的，并不是因为作了恶必定得祸，才不去作恶的。这个就叫作人之良心。假使因为可以得福，才去行善，那么这个行善之心就是假的，假的善就靠不住了。假使恐怕得祸的缘故，才不去作恶，那么这个不作恶之心亦是假的，假的就又靠不住了。要知道'福善祸淫'，是上天的公理，是上天的权衡，并不是上天开了一个交易所，向人间作买卖，你拿了多少善来，我给你多少福，决没有这种事情。况且现在汝等，拿了区区一点祭品，区区一点香料，跑过去向仙姥磕几个头，就算是行善，要向她求子得子，求财得财，求寿得寿，求福得福，就算上天果然开了一个交易所，亦决没有这样便宜的事情。汝等再仔细想想，以为何如？"那百姓道："照帝这样讲来，确有至理。那么，仙姥山小民等就不去朝拜了。"帝尧道："这又不然。崇拜她是一件事情，求她又是一件事情，不能连拢来说。比如这个仙姥，是修炼到九转金丹、白日升仙的，又是大慈大悲救苦救难广大灵感的，那么汝等先自己想一想：我究竟崇拜她的哪一项？假使崇拜她的炼丹成仙，徒然朝拜朝拜，是无益的。最要紧是自己亦学炼起来。神仙之事，虽说渺茫，但是她既可以因此成仙，汝等亦何尝不可以因此成仙呢！假使崇拜她的大慈大悲，那么尤其应该学她。救苦救难，本来是人类应该做的事情。我能够学她，就是她的同志，即使不去朝拜她，她未始不来扶助我、保佑我的。假使不去学她，仅仅敬重她，崇拜她，亦是无益。侥幸求福，更不必说了。所以朕说崇拜是一件事，求她又是一件事，还有学她又是一件事。遇到圣贤豪杰、英雄神仙，崇拜他是极应该的。崇拜他，可以得到一个做人的榜样；不过不去学他，终是枉然，汝等知道么?"那时,百姓男女老幼听了无不满意,齐声说:"知道,知道。"帝尧道:"仙姥生日,既然在六月十九,离现在还有一个月左右,汝等去得这样早,为什么?"百姓道:"海船难行,全靠风力。风顺到得早,风逆到得迟。小民等深恐风逆,误了日期,所以不能不赶早一点。"帝尧向那些停泊的船一望,只见它们又高又大,上面矗立着无数桅杆,里面情形,不知如何。帝尧从未坐过海船,便想趁此看一看,遂向众百姓道:"汝等上船吧,朕亦来看看海船的内容,见识见识。"

众人听了,欢迎之至,簇拥了帝尧君臣上船。只见船中分作无数舱位,约有几百个人可住,一切器用俱全。另有一舱,专储粮食淡水。另有一舱,专供炊爨。当中一舱,却供着一位女神,神前面放着一根雕刻精致的木棍。帝尧便问这是什么神祇。百姓答道:"这位女神姓林,是前面闽海中一座岛上的人。据说,她在童年的时候,已非常神异。她看见海上往来的船常有覆溺的危险,她便发心要去救,或是叫人去救,或是自己冒险去救。父母因她年幼,禁止她,她的灵魂竟能于夜间飞越海上,往来救人,岂不是神异么!后来她年岁大了,亦不嫁人,专在海边设法做这个救人的事业,几十年不倦。死了之后,有的人说是成仙了,大家感激她的恩惠,到处立庙崇拜。我们海船,要她保佑,所以益发崇奉她,差不多只只船上都供她的。"帝尧道:"这位女神,有这样大的志愿,有这样坚的毅力,有这样仁慈的心肠,真正可钦可佩。大家都供奉她,的确应该的。"又问道:"这根木棍,有什么用处?"百姓道:"这个叫女神棍。我们航海,有三种危险。一种是风,一种是浪,一种是蛟龙及大鱼、水怪等等。飓风骤起,波浪掀天,危急万分的时候,人力无可施展,只有祷求女神之一法。女神往往前来救护,或则亲自现身,或者神兵维护。我们航海之人,亲历目睹的不知道有多少。假如说大风大雨的夜里,天黑如墨,桅杆上忽然看见一点火光,就是神灯出现,女神前来保护,无论如何危险,决不会覆溺的。假使船中忽然发现一点火光,从下面升到桅杆上,陡然不见,这是女神不保佑,神灯他去,无论如何,这只船一定要覆溺的。以上两端,屡试不爽。所以飓风波浪作起患来,除出祷告女神、请求保佑之外,别无他法。至于蛟龙、大鱼、水怪为患,只要将这根女神棍向船舷连敲几下,那蛟龙、大鱼、水怪等就纷纷逃去,这也是很灵验的。"话未说完,旁边又有一个百姓,儳着说道:"我们海中还有一位水仙王,亦是很灵验的。我们的海船,大而且重,寻常篙橹等类,一概用不着,所靠的是桅杆坚固,舵板结实,绳碇牢紧,这三项物件,乃是航海所必需的。假使大风倏起,大浪冲来,桅杆倾倒了,绳也断了,船底也裂了,这时候技力无所施,智巧无所用,只有叩求水仙王了。水仙王也一定来救的。"帝尧道:"怎样救呢?"百姓道:"到得那时,大家叩求水仙,崩角稽首,就披散了头发,一齐到船头上来,蹲在那里,用空手做出一种划船的模样,众人口中,又装出种种钲鼓之声,那么船虽破裂,自然会立刻近岸。这个就叫作划水仙。"帝尧听了,有点不信,说道:"船既破裂,海水当然灌入,又无桅杆舵板,又在大浪飓风之中,空手划划,竟能达到彼岸,真是奇怪。"一个百姓道:"的确有此事。我前年渡海,刚到半中间,船身碎了,快要沉下去。大家没法,只得划水仙。几划之后,船忽浮起,直到那边岸旁,这是我亲身遇到之事。"又有一个百姓道:"我亦遇到过呢。我那年浮海,半路遇风,船底已破,水已浸到舱中了,船头亦要沉下去,舵亦断折,当时在惊涛骇浪之中,大家以为必无生理。后来有人倡议划水仙,一划之后,船就浮起,向前面直进,破浪穿风,在平日虽则挂十张帆,亦没那样神速,顷刻之间,已在沙上搁住了。岂不是神灵呵护么!"又有一个百姓道:"我那年遇着的,比你们还要危险,还要奇怪。船一出口,就觉得风色不对,赶快祷求女神,请她保佑,果然得到顺风。但是,风太大了,舵板断了三次,风中忽有蝴蝶几千百个,绕着船飞舞,大家都知道是个不祥之兆。忽而又有几百只黑色的小鸟,飞集在船上,驱之不去,用手捉它,亦不去,反呷呷地向人乱叫,仿佛有话告诉人似的,大家知道更是不祥之兆。歇了一会,风势越大,看看船就要沉下去。大家齐向女神求船的安全,占了一个卦,是个凶象,知道大难不能免了。再求一个卦,但求船上诸人得免于死,得到了一个吉兆,于是大家复有一线希望,尽力扯帆,向前行进。到得黄昏以后,果然达到一个小港,无不欢喜之至,感激女神不已。因为沙浅,天黑,港小,不能进去,人又疲乏,姑且在沙边下锚停泊,各自就寝。哪知一觉醒来,天已大亮,那根锚索不知如何断去,此刻船已漂在大洋中了,而且风更大,浪更猛。过了一回,船头破碎,就要下沉。大众至此,唯有待死。忽然有一个人倡议道:'我们划水仙。'众人赞成,立刻划起来,果然渐渐近岸。哪知刚要到岸的时候,又是一个大浪,全船皆碎,众人尽落于水中,幸喜大家都会泅水,都上了岸,没有一个人溺死。你想危险不危险!奇怪不奇怪呢!"众人你一言,我一语,满船中乱纷纷,各谈他自己的经历,帝尧也不及细听。过了一会,才静下去,帝尧问道:"水仙王是什么人?"众人都道不知,大约是古时治水或忠臣烈士死于水的人。帝尧亦不再问,回身上岸,百姓一齐欢送不提(现在离缙云山不远,也有一座太姥山,是否后来这些百姓因为浮海危险,朝拜不便,所以移到此地供奉,因而得名,不得而知。查无实据,不敢乱造)。

且说帝尧等从缙云山动身,向彭蠡大湖而行,不走原路,往西直走,到了一座山,叫作三天子鄀(现在浙江、江西两省间的怀玉山)。这座山亦很有名,高约三百丈,夜间光烛霄汉,世人都说是山中韫玉的缘故。当初黄帝亦曾到此游览。帝尧经过,却不再停留。一日,将到彭蠡湖相近,只听得空中有异鸟飞鸣之声,举头一看,却是一个仙人,骑了一只青鸾,自西南翱翔而至。赤将子舆认得是洪厓仙人,高声大叫道:"洪厓先生!洪厓先生!请少停一停,下来谈谈。"洪厓仙人听见了,就降下鸾驭,先过来与帝尧行礼道:"原来是圣天子在此,幸遇,幸遇。"又向老将羿和赤将子舆拱手道:"久违,久违。"羲叔在旁,亦行过了礼。赤将子舆和洪厓是老同事,极其相熟,就拍拍他的肩膀,说道:"你真好自在呀!"洪厓仙人道:"你何尝不自在么!"帝尧看洪厓仙人,白须鬖鬖,鬓发如银,却是满脸道气,暗想:赤将子舆说他有三千岁,真是看不出。但是,他能够骑鸾遨游,一定是个真仙无疑,遂和他说道:"久仰老先生大名,现在此地相遇,真是生平大幸。不知道老先生自从先高祖皇考上升之后,一向究在何处?高祖皇考近日又在何处?何以不如老先生一样地降临人世,使某等子孙可以拜识?"洪厓仙人道:"贫道在令高祖的时候,虽曾做过几年官,但是后来早已不在朝廷了。一向萍踪浪迹,各处游玩,亦无一定的住所。后来游到此地,彭蠡湖边,一座洪厓山上,爱它风景清幽,就住了甚久,并在那里掘井炼丹(现在江西南昌县西山有洪井、鸾冈,都是他的遗迹),有些道友就呼贫道为洪厓先生,其实贫道并非姓洪名厓呀。后来总常到那边去玩玩。便是此刻,亦刚从那边来。至于令高祖,现在住在九重天中之无想无结无爱天上,是最高的这一重天,所以不轻易下来。如贫道等,不过卑微下贱之流,九重天上游玩游玩尚且难得,何况居住。所以只好仍在人世间混混了。"羲叔在旁问道:"某闻上界有三十三天,何以只有九重?"洪厓仙人道:"三十三天,是一种天的名字,并非有三十三重天。"羲叔道:"这三十三天,是否就是九重天中之一重?"洪厓先生道:"不是,不是。九重天是清虚超妙之天,三十三天是欲界十天中之第六天。凡人生在世,能够不杀不盗,死后就可以生在三十三天。可见生到三十三天,并非甚难之事。清虚超妙天,是正途直上。欲界十天,总名忉利天,不过旁门而已。"两人正在问答,帝尧是个圣君,听了这种说话,并无动心稀奇之意。他的心中,唯时时以百姓为意,见他们不谈了,就问洪厓仙人道:"前日某在淮水之阴,看见淮水为患。据阴侯说,老先生的意思,以为是天数,并且说将来还有极大极大的灾患,究竟不知有无其事,还请老先生明白见示。"洪厓仙人叹道:"的确有的,这个真是天意,无可如何。"帝尧听了,不免惊慌,忙问道:"老先生总有仙术可以挽救。"洪厓仙人摇摇头道:"实在无法挽救。但是圣天子不要着慌,经过五十年之后,自有大圣人出来挽救。"帝尧道:"是大圣人么?"洪厓仙人道:"虽则是大圣人,亦须神仙帮助。"帝尧道:"是哪一位神仙?"洪厓仙人道:"天机不能预泄。"帝尧苦苦追问,洪厓仙人说了三个字:"西王母"。帝尧听了,谨记在心。洪厓仙人问帝尧道:"圣天子此刻到何处去?"帝尧道:"某此番巡狩,拟从三苗国再到交趾去。"洪厓仙人道:"三苗国可去,交趾去不得了。"帝尧忙问何故。洪厓仙人道:"交趾路远,往返勾留,约须两三年。贫道仰观天象,恐怕后年春夏之交,天有非常大变,为灾不小,这就是贫道所说几十年灾害的第一步。帝若远出,不在京师,殊非所宜,所以贫道劝帝不要到交趾去。"帝尧又惊问道:"果如老先生所言,大灾骤来,那时某即使在京师,又怎样呢?"洪厓仙人道:"请圣天子斋戒沐浴,虔诚地祷祀天地宗庙,再请这位老将帮忙,就是了。"说着,用手指指羿。羿听了,顿时义形于色,说道:"某果能消弭大灾,无不出力,虽死不辞。"洪厓仙人称赞道:"真是英雄!真是英雄!"说毕,遂与众人告辞,又向赤将子舆说道:"我们隔十年再见。"说完之后,跨上青鸾,扶摇而去。

第四十七回

三苗狐功设计害帝尧　帝尧严责三苗

话分两头,现在要说三苗国了。那三苗自从帝挚时候,到彭蠡、洞庭两大湖之间立起国来,依照狐功所定的三条政策去实行。先则严刑峻罚,百姓都是重足而立,侧目而视,颇有不安之象。后来新道德一提倡,缓和了许多。那些青年男女,无不倾心醉倒,举国若狂。但是,那些中年以上的人,依然是激烈反对,又有杌陧之势。最后巫先、巫凡两个,大显其神通,医治疾病,固然屡有灵验;求福祛灾,亦似乎屡有效果。那南方人民的心里,经玄都九黎氏多少年的陶冶,本来迷信很深,虽则后来有历代圣帝感化教导,但是根柢萌芽,终有些潜伏在他们遗传的脑海之中。一经三苗、狐功的鼓舞,便如雨后春笋,万芽齐簇,一发而不可遏,而迷信最深的,尤其以下等社会的人为最多。下等社会的人,总占全国人民的大多数。他们既靡然成风,则已可谓倾动全国了。所硁硁反对的,仍旧不外乎几个中年以上、知识阶级的顽固老朽。靠他们几个顽固老朽来反对,那个效力已经甚微,而且一年一年地少下去,所以自三苗立国五六年之后,竟把这些百姓收拾得来帖帖服服,无论叫他们去赴汤蹈火,亦不敢不去。小人有才,煞是可怕!后来国基渐渐牢稳了,又商量向外面发展。左右邻近诸国的百姓,都被他们所鼓动,渐渐地倾向三苗,受他们的号令。所以那时候,三苗国的势力,北面到云梦大泽,东至彭蠡,西面直越过洞庭湖而到沅水之西,南面亦到衡山之南,俨然是个大国了。那三苗、狐功,仍旧日夜在那里想称霸中原的方法,平阳帝都亦有他的间谍探听朝廷之事。一日,得到信息说帝尧要南巡了;又说起治兵的时候,军容如何的盛,技术如何的精;又说起羿与逢蒙比射的神妙;末了又说起帝尧南巡,老将羿带了三千兵士扈从。狐功看到这一句,就说道:"带了兵士扈从做什么?尧上次东巡,并不带兵的。这次为什么要带兵?若不是有疑我们的心思,就是有不利于我们的念头。好在只有区区三千兵,还不必怕他。"三苗道:"我们选三万兵去打,一概杀死他,如何?"狐功道:"不好,只能智取,不能力敌,且看将来情形再说。"过了几日,亳邑的驩兜亦有信来,说道:"听说尧要南巡,带了兵来,其势不妙。现在与共工商酌,尧所依靠的,就是一个老不死的羿。到那时,最好先将羿弄死了,一切便都可以迎刃而解。但是如何弄死他的方法,可与狐功商量,想来他是个智囊,必定有妙计的。"三苗看了这信,又来请教狐功。狐功道:"这个思想,正与小人不约而同。小人昨日已想得一法,等他们来了,可以叫他们一个一个都死,请小主人放心。"三苗问道:"是什么方法?"狐功附着三苗的耳朵,叽叽咕咕,不知说了些什么,但见三苗连连点头,接着,又拍掌大笑,连声称赞道:"好计好计!果然不愧为智囊。尤妙在泯然看不出痕迹,这个计策,真妙极了。"自此之后,三苗等将他的妙计安排妥当,专等帝尧等前来。

且说帝尧等自从会见过洪厓仙人之后,一路向彭蠡大泽而来。路上羲叔说道:"从此地经过三苗国,经过鬼方国,再到交趾。路程虽远,但是少则六个月,至多一年,亦可以往还了。臣素来走惯,是知道的。洪厓仙人所说,天降大变,是在后年春夏之交。那么就始到交趾一转,亦尽来得及。何以力劝帝不要去,殊不可解。"帝尧道："或者恐朕有意外之延搁，或者须朕返都之后，可以有一种预备布置，均未可知。"老将羿道："或者是三苗变叛，须用兵征讨，因此延迟。但是三苗如果敢于变叛，老臣管教杀得他一个不剩。"赤将子舆道："现在亦毋庸去研究他。总而言之，洪厓仙人决不会造谣言。既然他这样说，我们总依他就是了。"帝尧听了，甚以为然。

一日，行到彭蠡东岸，与那三千个兵士会合，正要想渡过去，忽报三苗国有使者前来迎接。帝尧即命传见。那使者进见，行礼之后，就说道："小国留守臣苗民，听见圣天子驾到，先遣陪臣出境，前来迎接，臣苗民随后就来。"帝尧慰劳了他几句。过了一会，果然三苗到了。朝见之礼已毕，帝尧问他道："汝父骥兜，不常在国么？"三苗道："臣父因亳邑玄元侯处一切须要维持，所以不能到此地来。前数岁亦曾来住过几时，此刻已有多年不来了。"帝尧道："国内政治，现在都是归汝主持么？"三苗道："臣父命臣留守，一切政治都是禀承臣父意旨行之。父在，子不得自专，这是古礼，臣不敢违背，臣父亦不许臣违背。"帝尧听了，暗想：他的相貌，甚不是个善类，但是听他的话语，却尚守礼，或者是甘言相欺，亦未可知，倒不可以不防备。想罢，就问道："汝国在彭蠡之西，从此地前往，水程须要走多少日？陆行须要走多少日？"三苗道："陆行只要四日，水程须看风色。风顺就是一日，亦可达到；风逆却难说，有时须三四日，或四五日，多不能定。"帝尧道："水行安稳么？"三苗道："不甚安稳。因为彭蠡泽西岸，紧靠着敷浅原山（现在江西庐山），山虽甚低，但很吃风，风势从那边削过来很厉害，所以尝有覆舟之事，不如陆路稳当。"这两句话，却说得帝尧点头了。原来帝尧因所带兵士甚多，深恐航行不便，又恐怕三苗在彭蠡之中或有什么陷害的诡计，本来想从陆路过去的。所以经三苗一说，甚合帝心，于是就说道："既然如此，朕就走陆路吧。汝可先行，朕随后就来"。三苗唯唯答应，辞拜而出。随后就送上无数的食品来，有些专献与帝尧和群臣的，有些馈送侍从之人的，有些犒劳兵士的，色色周到。帝尧一概不收。那送来的人说道："敝国留守，法令甚严。假使圣天子不肯赏收，敝国留守必定说小人不能办事，或者说小人有冒犯圣天子之处，这次转去，大则性命不保，小则身体不全，务请圣天子矜怜小人，赏收了吧。况且敝国留守亦是一片恭敬之心，圣天子何必不赏收呢？"帝尧见他说到如此，无可奈何，只得说道："既然如此，暂且留下，将来朕见到汝留守时，再当面奉璧。"那人听了大惊道："圣天子果然如此，小人一定不得活了。敝国留守，性极暴烈，令出唯行。假使圣天子不收，他必老羞成怒，对于圣天子决不敢发泄，终究必归罪于小人，小人一定死了，务乞圣天子始终成全小人，不要退还。"说罢，连连稽首。帝尧不得已，只得说道："既然如此，朕就不退还了。"那人大喜，拜谢而去。羲叔向帝尧道："照此情形看来，三苗这个人，真太暴虐了，否则何至于此！"帝尧叹息道："朕向来出巡，不受诸侯贡献的，现在竟因此破例了。朕看且保存了它，不要动，待将来再作处分。"羲叔答应道是。

于是君臣等就向陆路而行，绕过彭蠡，已是三苗国境。哪知就发现了许多怪现状，有些没鼻子的，有些没耳朵的，有些没有脚腿的，有些脸上刺字的，差不多都看见了。只有被宫刑的人，无从看出，想来一定是有的。帝尧不住的叹息。又走了一程，只见路旁奇异古怪的祠庙亦不少，其中往往有人在那里祷祀，或则有巫觋在那里见神说鬼。帝尧看了，更是不乐。又走了一程，只见三苗上来迎接，后面跟着狐功。行礼之后，帝尧看那狐功，满脸叵测之相，话时带诈，笑里藏奸，实非善类，不觉厌恶之至。只听见三苗开言道："时已不早，前面备有行宫，圣天子及诸位风尘劳顿，且进去歇歇吧。"帝尧答应了,亦不言语,即往行宫而来。进了门,只见室中陈设非常华丽,而且式式俱到。过不多时,立刻就搬出许多筵席来,请帝尧和诸臣宴饮。帝尧道:"朕各处巡狩,向不受贡献,前日已为汝破例,今日又备如此之华屋,设如此之盛馔,朕心不安,请汝收去吧,朕等心领就是了。"狐功道:"前日不腆之物,何足齿及,今日区区肴馔,亦不过略表微忱。圣驾远至,在寻常人尚须一尽宾主之谊,置酒接风,何况臣子对于君上呢!"帝尧道:"朕已说过,一切皆由朕自行备办,汝等切勿再费心了。"帝尧说时,词色严正。狐功知道拗不过,只得赔笑说道:"既然如此,恭敬不如从命。"就率领众人,将所有肴馔均收拾而去。三苗却仍陪着帝尧,谈话片时,方才告归。

三苗去后,羲叔向帝尧道:"三苗设备筵席,亦是人情之常,帝何以如此深深拒绝?"帝尧道:"朕看苗民这个人,虽则性情凶恶,不过粗暴而已;狐功这人,阴险刁狡,实在不可测度。这次看他们礼太重,言太甘,难保不有什么恶意存乎其间。朕看起来,总以远之为是,所以决计不受。"羲叔听了,半信半疑。次日,三苗又来谒见,路上并且随行。这一日所见的情形,与昨日所见大略相同,不过又多了些。到了行馆,帝尧正色向三苗道:"朕在平阳,久听见说,汝在这里作种种暴虐之刑,那时还未深信。昨今两日所见,才知道真有此事,汝真太不仁了。汝要知道,天生万民,立之司牧,是要叫他治百姓的,不是叫他暴虐百姓的。百姓果有不好,应该以德去化他,应该以礼去教他,不应该动辄就拿了刑罚去残杀他。汝看那些百姓,或是缺耳,或是少鼻,或是无脚,来来往往,汝看了于心忍么?君主和父母一样,百姓和子女一样。子女不好,做父母的,或去其耳,或截其鼻,或断其足,世界上有这种忍心的父母么?朕切实告汝,以后切不可如此。"三苗道:"这种理由,臣非不知,不过臣听见古圣人说:治乱国用重典。此地蛮夷错杂,又承玄都九黎之后,民性狡诈,非用重刑不能使之畏服,亦是不得已的缘故,请帝原谅。"帝尧道:"汝这话不对。所谓乱国这句话,是在既乱之后,还是在将乱之先?还是在正乱之时?这三种须要辨清。如其在既乱之后,则已经平治,正应该抚绥他们,安辑他们,不应该再用重刑去压迫他们。如果在将乱之先,那么朕试问汝,何以知道将要乱呢?如果在正乱之时,汝之建国,已经十余年之久了,还不能使国家平定,汝的政绩在哪里?这句话汝恐怕说不出吧。九黎败俗,蛮夷杂处,朕知道他是难治的。但是治国之道,应该从根本上着想,用道德教育去感化他,不应该严刑峻罚的蛮干。况且九黎的风俗,最不好的是迷信鬼神。汝既然知道它不好,应该首先革除它,为什么朕昨今两日经过的地方,淫祠到处都是,人民迷信又非常之深呢?"三苗道:"臣听见说圣人以神道设教而天下服,所以用这个方法。"帝尧道:"汝这个话又不对。汝要知道'神道设教'的'教'字,是怎样讲?教字的意思,是教人为善,教人不为恶,并非教人去祀神求福,祭鬼免祸。祀神求福,祭鬼免祸,与善恶二字有什么相干?没有相干,就不是教了。况且古圣人是用神道来设教,并非用神来设教。神道来设教,就是教人行善,教人不为恶。用神来设教,就是教人祀神求福,祭鬼免祸。汝现在一切木石牛蛇,都叫他们去祭拜,简直是借了鬼神的威势来恐吓愚民,哪里配说教!"三苗道:"那么,圣人所作的种种祭祀之礼,为什么呢?"帝尧道:"祭祀之礼,就是一个教字。分析起来,有三种意义:一种是不忘其本的意思。比如人人皆有祖宗,则人人都应该祭祀。不祭祀祖宗,就是忘本。忘本的人,他的心肠浇薄已极,与禽兽无异。第二种是崇尚有德的意思。比如现在有一个圣贤豪杰的人,我遇见他之后,必定要对他表示一种敬意,因为他可以做我们的模范,是有益于我们的。

现在的圣贤豪杰,既然要对他表敬意,那么,以前的圣贤豪杰,当然也要对他表示敬意了。如何对他表示敬意?就是祭祀。况且对于圣贤豪杰表示敬意,一则固然是崇德,二则亦是教导的一种方法,给百姓看看,果然能够做圣贤豪杰,自可以受几千百年的尊崇,岂不是教导的意思么!第三种是报功的意思。比如第一个发明饮食的人,发明火化的人,始制衣服的人,始创房屋的人,以及削平大难的人,都是有功于我们人类,那么,我们应该发出一个良心,去感激他,谢谢他。如何感谢呢?亦就是祭祀了。至于天是覆我们的,地是载我们的,日月星辰是予我们以光明的,山川原隰是予我们以利用的,凡此种种,所以都要去祭祀它,并非是用了祭祀去求福免祸呀!祸福二字,与祭祀毫无关系。一个人倘若存了一个祭祀可以求福、祭祀可以免祸的念头,那么就将圣人制作祭祀的深意统统失去了。他的心中也并不知道怎样是善,怎样是恶,只知道如何是福,如何是祸,如何可以得福,如何可以免祸,如此而已。但是,假使人人都是如此,听命于天,而人力一点都不尽;孜孜为利,而善恶一切都不管;还成个世界么?"三苗听到此,亦无话可说,只得应道:"臣就去改它吧。"帝尧见他愿改,亦不再说。

过了几日,到了衡山,大会诸侯,举行黜陟之典,三苗当然是考了一个下下,也不必说。礼毕之后,诸侯将散,帝尧仍拟南行。三苗设宴,大飨帝尧君臣及各路诸侯。这个却是常有的礼节,帝尧不好推辞,然而颇有戒心。但见那席次有十几席,却是参伍错综的,三苗陪着帝尧,狐功陪着老将羿,其余有两个诸侯陪着羲叔和赤将子舆。帝尧君臣本来都想托故一点不尝的,深恐他酒肴之中,或有什么恶意。忽见那三苗立起来,说道:"臣听见说,古礼臣侍君宴,所有的酒肴,应该臣先尝之。现在某仿照这个典礼,每项先尝一尝,想来圣天子和诸位同僚不会说某无礼,拿吃过的东西给君上吃的。"说着，拿起酒壶，斟了满满一杯，自己先一饮而尽；然后再斟一杯，跪献帝尧；又拿起筷子，将所有的肴馔，项项都尝过，然后就坐。那边狐功，亦站起来说道："诸位公侯在此，狐功亦得参预末席，荣幸之至。但是狐功对于诸位公侯，亦在臣子之列，应该仿照敝主君之例，先将各项酒肴尝一尝，以表敬意。"大家听了，都推辞道："没有这个道理。那是臣对于君的礼节。足下与吾辈，是个宾主，万万不敢当。"狐功道："即使是宾主，亦不妨仿行。"说罢，也都先尝过了。饮宴之间，谈笑甚欢。帝尧总有一点疑心，吃得甚少。赤将子舆是素来不吃烟火食的。羲叔正在中暑以后，亦不多食。独有那老将羿，食量向来甚大，起初与狐功同席，心中很不舒服，本不愿吃；后来看见狐功一杯一杯地饮，大筷大筷地吃，料想无甚要紧，遂不觉多饮多食一点。酒阑席散，各自归寝。到了次日，大家安然无事，方始把心放下。

第四十八回

自由恋爱男女同川而浴　帝尧君臣中蛊瘴气之情形

且说帝尧自从受了三苗燕享之后,又延搁了几日,就向南方进发,要到百粤地方去观察一会。一日,溯湟水(现在湖南桂阳县桂水)而上,只见无数青年男子围绕在一个溪边,不知做什么。走近一看,原来有六七个年轻女子,正在溪中洗浴,一面洗,一面与岸上的男子调笑。男子手中,都拿着许多裙带,一个一个分递给她们。帝尧叹道:"廉耻道丧,到这个地步,朕失教之罪也。"再看那些男子,头上都叠着红巾,有的二三层,有的十几层,有的约有几十层,高得不得了。帝尧看了不解,叫侍卫将那男子叫一个来问。那男子道:"这红巾是我情人所赠的。情人越多,那么红巾自然越多。我的红巾有八方,我的情人就有八个,何等体面呀!"说罢,颇有得意之色。帝尧听了,无话可说,叹气而已。便又问道:"此处妇女,赤身裸体在溪水中洗浴,任凭汝等男子在旁观看,不知怕羞耻么?"那男子诧异道:"有什么可耻之处?人的身体,是天生成的,给人看看,有什么可羞耻呢?况且美人的美,最贵重的,就是天然的曲线美。假使衣服装起来,脂粉涂起来,那就全是人为之美,不足贵重了。寻常我们遇到女子洗浴,不要说在旁边看看不打紧,即使走过去,周身摸她一摸,也不打紧,只要不触着她的两乳。假使触着她的两乳,她就要生气。因为全身皮肉,都是天地生它,父母给她的；独有那两乳，是她自己生长的，所以不可触着它。但若是我们的情人，不要说触着她的两乳，就是抚摩她的两乳亦不打紧。"帝尧听他夸夸而谈，毫无理性，不知道他是禽言，还是狗吠。正要叫他走开，那老将羿早已气得暴跳了，斥骂那男子道："你这种禽兽，不要再讲了，快滚开去吧！"那男子正说得兴高采烈，津津有味，忽然受了两句骂声，不知道是为什么缘故，只得怏怏走去。帝尧向羿道："朕不想到南方风俗，竟弄到这个地步，真正如何是好？"说罢，忧心如焚，默然不语。

　　晚间，到了一个客馆。馆中有一老人，年岁约在七十上下，颇觉诚实。帝尧叫了他来，问问地方民情，偶然说到了日间所见之事。那老者叹口气道："现在此地的风俗，真是不堪问了。从前男女婚嫁，都是确守伏羲氏的制度，必须有父母之命，媒妁之言。自从北方那个三苗国创出一种稀奇古怪的论调来，以为婚姻是男女终身的大事，必须男女情投意合，才可以白头到老。如若听了那漠不相关的媒妁之言，将两个陌陌生生的男女，不管他情投不投，意合不合，硬仔仔合拢来，叫他们成为匹配，以至家庭不和；夫妻反目的事情，常常有得发生。而既然做了夫妻之后，就有名分的关系，不能轻易离异。男子对于不贤之妻，如坐愁城。女子见了不良之夫，如入狴狱。这种都是婚姻制度不良、不自由的结果。所以他创出一个新制度来，凡有男女婚姻，必须自己亲自选择，做父母的绝对不得干涉，违者处罪。那媒妁二字，当然更用不着了。但是向来礼教所定，女子是深居闺中，不到外面走动的，如何自己能选择呢？他又创出一个跳舞的方法来，每年定一个时候，择一块平旷的场所，凡是近地无妻无夫、未婚未嫁的男女，统统集合到这块地方来，相对谈心，由自己选择。假使谈得对了，继之以跳舞。跳舞到后来，男的背了女的，一对一对地出去，跑到深山之中，密树之内，立刻野合,成为夫妻了。但是他的制度虽如此,大众还以为不便。因为平时没有见过面,忽然见了面,而且又是广众之中,男子有许多,女子也有许多,要他自己选择,甚觉为难。一则有些脸嫩的男子,骤然和女子交谈,总有点不好意思,女子方面尤其怕生怕羞。二则人多了之后,这个是好的,那个亦是好的,弄得来左右为难,犹豫不定;或者我中意了他,他竟不中意我,更觉进退维谷。三则即使一时之间,男女都互相中意,成为夫妻了,但是'情投意合'四个字,仍旧说不到。因为情意两个字,是流动的,是有变迁的。况且他们之所谓中意,不过一时色欲上的中意。色欲之瘾一过,那个情意,尤其变迁的容易,所以反目的夫妻格外加多。后来又想出一法,一个青年女子,必须出外去结交许多男朋友;一个男子,亦必须结交许多女朋友;结交既多,然后可以慢慢地留心,细细地选择。选择定了,再到那跳舞场中,举行那背负结婚的仪式。自从这个方法一行之后,许多青年男女乐不可支,出则携手同行,入则并肩而坐,有的时候,无论深夜白昼,两个人关在一间房中,也不知道他们在那里干什么。这个风气,渐渐地传到这里来,一班青年男女,简直如同吃了迷药一般。你啊是情人,他啊亦是情人。刚才圣天子看见女子当众洗浴,任人观看,恬不知耻,以为可怪么?其实他们的心里,岂但当众洗浴,不以为可耻;就使叫他们和猪狗一样,白昼之中,街衢之上,当众交尾,亦恬不以为耻呢!他们的心里,以为男女之事,是天地自然之理,人类化生之始,至平常、至神圣的,有什么可耻呢。"帝尧问道:"果有此事么?"那老人道:"这是小人过激之词,现在尚无此事。现在他们在跳舞场中出来,到外面去野合的时候,总在路旁插一根青的树枝,或在林外挂一条巾带之类,作一个标记,使后来者看了,知道有人在内,就不进去,还算有一点羞耻之心。但是几年之中,风气之败坏已经到如此,那么再过几年,这一点羞耻之心,打破打破,亦很容易,岂不是将来要成猪狗世界么!小人不幸,活到七十多岁,看见这种事情,还不如早死为幸。"说罢,叹息不已。老将羿问道:"他们这么一来,个个自己选择过,那么情必定投,意必定合,夫妻决没有反目之事了。"那老人道:"何尝有这种事!离婚的事情,越加多了。"羿道:"为什么缘故呢?"那老人道:"从前的夫妇,所以能够维系的缘故,全是为名分关系,全是为礼教关系。夫虽不良,妻不能不隐忍;妻虽不贤,夫不能不含容;从那委曲求全、潜移默化之中,做出一个良好的家庭来。现在他们哪里是如此;今朝要好了,就是夫妻;明朝闹翻了,就变成路人。这一种还是爽直的。还有一种,正式夫妻明明在这里,暗中却各有各的情人。夫妻一伦,糟到如此,还可以究诘么!"羲叔道:"这个理由,我不明白。女子呢,为了礼教所拘,要另外去偷汉子、觅情人,恐怕人知道,不能不暗中去来往;至于男子呢,尽可以去纳妾,三个五个,都是不妨的,何必亦要暗中去结识呢?"那老者道:"这个有好几种缘故:一种是目的不同。纳妾的目的,是为推广宗嗣起见;她们的目的,是为满足色欲起见。目的在推广宗嗣的人,三五个妾,自然尽够了;目的在满足色欲的人,以情人越多越好,决不能尽数都纳她到家里来。而且这种人,最是厌故喜新。寻常诱到了一个情人,几日之后,已舍弃了,另换一个新者,这种是他们最得意之事。假使纳她在家里,那么决不能时换新鲜,反受到一种赡养束缚的苦,所以他们是不愿的。还有一种,是财力不及,不能养活,只好结识露水夫妻。而且有些是有夫之妇,其势不能纳作小妾,只好暗中苟合。还有一种,是家庭关系,为其妻所制服,不敢公然纳妾,只好在外暗养。还有一种更可笑,外面唱起大高调说道:一夫一妻,是世界之公道。女子不能有小夫而男子可以有小妻,是天下最不公平之事。所以他主张不可纳妾。"帝尧听到此地,就说道:"这个理由不错呀!"那老者道:"何尝是如此,他不过嘴里说吧。等到他色欲冲动起来的时候,外面的偷偷摸摸,真正不可再问。尤其可恶的,外面的情人勾结上了,要想正式弄到他家里来,而又碍于那个一夫一妻不可纳妾的高调,于是就想出方法,将那结发的正妻休弃了,宣告离婚,并且用种种话语来诬蔑那个发妻,说她如何不良,如何与我情不投、意不合,作为一种离婚之理由。其实他们的结婚,已经多少年,儿女已成行了。为另娶情人的缘故,忍心至此,岂不可叹!这种方法,一人创之于前,多人继之于后,一般厌故喜新的少年争相模仿,可怜这几年来,不知屈死了多少妇女了!据他们的理论,女子离婚之后,亦可再嫁的,并非屈抑她。殊不知女子与男子不同,年龄过了,就没有人要,唯有孤苦到死而已。嘴里高唱尊重女权,男女平等,而实际上女子之穷而无告者越多,真是可恶!"帝尧亦叹道:"朕在平阳,早听说三苗国的男女是无别的,不知道它的流毒竟到这个地步!但是朕此番从三苗国经过,并看不出有这种情形,并且连女子都绝少看见,不知何故?"说到此处,阶下有一个侍卫上前奏道:"小人前在三苗时,听见传说,三苗之主曾经禁止女子出外一月,或者是这个缘故。"帝尧听了,默然不语。

哪知这日夜间,帝尧就发起热来了。同时老将羿亦发热,兼之头痛欲裂,胸闷欲死。急传随行的医生前来诊治,据说是中暑受热,加以忧闷恼怒之故,开了方药,服了下去。到得次日,全无效验,那病势反加厉害。接着羲叔也病倒了,病情相同。服了药,亦无效验。赤将子舆知道三人同病,必有原因,到第三日之后,就叫医生不必开方,专将自己所吃的百草花丸,用水冲了,不时给三人灌服。那时三人神志都已昏迷。帝尧和羲叔,每到早晨尚有清醒之时,老将羿则竟是终日昏迷,形状极险。赤将子舆估计这个病情,一时是不能好的,即使好了,亦须长期休养,不能就上路,所以一面饬人星夜到平阳去叫巫咸来,商酌医治之法,一面又饬人在前面山麓之中,另建一座行宫,以为治病养病的地方,因为现在所住的这个行馆,实在湫隘卑湿,不适于病人。自此之后,三人总是昏沉,足足二十余日,帝尧和羲叔才有点清楚起来,解了无数黑粪,老将羿却昏沉如故,势将不救。帝尧知道了,不禁叹息落泪。赤将子舆忙慰劝道:"帝病新愈,万万不可忧虑伤心。野人知道,老将之病和帝与羲叔一样,不过一时之灾难,于大命决无妨害。"帝尧道:"朕等三人,同时同病。今朕和羲叔皆已渐愈,而老将仍旧厉害,绝无转机,何以知道他决无妨害呢?"赤将子舆道:"野人以洪厓仙人的话想起来,知道决无妨害。洪厓仙人不是说,后年春夏之交,老将还要建立大功么?既然还要立功,那么有什么妨害呢?"帝尧听了这话,心中稍宽。羲叔道:"帝和某此番重病,全仗先生救护之力。先生医道,真是高明。"赤将子舆道:"野人并不知医。不过病初起的那两日,野人觉得有点奇怪。一则何以三个最重要之人,同时生病,而其余一个不病?二则何以三人的病情,无不相同?三则这两个随行的医生,医理向来都是很好的,何以三剂不效,倒反加重?野人防恐药物错误,越治越糟,还不如百草花丸能治百病,不妨久服。所以毅然戒勿服药,专服百草花丸,果然告愈。这亦是帝与足下之洪福耳。"

过了几日,那山麓的行宫造成了,赤将子舆就请帝尧搬进去住,老将羿亦抬了进去(现在桂阳山上有白石英,山下有平陵,有大堂基,是尧当时行宫)。又过了几日,老将羿之病似有转机,恰好巫咸亦从平阳赶到,拟了一个方剂,服下去,解下黑粪尤多,病势更觉减轻。巫咸饬人将羿所下之黑粪细细检查,只见里面如钩如环、纠结不解的虫类甚多,但俱已死了。大家亦猜不出它的来源,又追悔当日帝尧和羲叔所下之黑粪未曾检验,不知是否相同。一日,羲叔和巫咸谈谈,羲叔道:"某等此次之病,据赤将先生的意思,甚为可疑。现在看到老将粪中之死虫,尤为可怪。某知道先生能以精诚感鬼神,可否为某等向鬼神一问,究竟这个病从何而起?"巫咸答应,自去静室中作法,隔了一会,出来说道:"这病确有小人暗中伤害,但不妨事。"羲叔道:"我们早疑心,这个小人,不必说,当然是三苗了。但不知道他究用何法厉害至此,先生问过么?"巫咸道:"小巫问过,据云不久自知,无须预说。"羲叔听了,遂和赤将子舆及帝尧拟议起来。帝尧道:"三苗叵测,朕早防及。所以他送的食物,一概不去动它。就是那日宴会,若不是三苗先吃,朕亦想一点都不吃,不料吃了竟受其害。"羲叔道:"臣当时亦如此想。不过现在看来,三苗等陪吃,当然他们自己有药可解。但是,我们亦不当时发病,直待过了二十多日之后,才生起病来,难道这种毒虫需二十几日之后才能为患么?"赤将子舆道:"是否毒虫,此时还不能定。因为无论什么毒虫,经过熬煮,经过盐油,必定死了,即使吃下去,亦不致为患。当时的肴馔,并没有生的在内。好在此事既然不久即可明白,此时亦可不必去研究它了。"

且说这时正是仲秋之月,满山桂树,渐渐结实,暑退凉生,天气快美。帝尧与羲叔早已复原,只有老将羿还是卧在床上,有气无力。帝尧一定要等羿完全复原之后,才肯动身,所以君臣三个,不是闲空谈天,就是到左近山间游玩,差不多各处都游玩遍了。北面一座山,叫作招摇之山。那山上异物最多,除出桂树之外,有一种草,名叫祝余,其状如韭而青华,嗅之能使人不饥,真是可宝之物。又有一种树木,其状如谷,而文理是黑的,开起花来,光焰四照,佩在身上,可以使人不会迷路,名字叫作迷谷,亦是一种异物。又有一种兽,其状如禺而白耳,伏在地上会走,立起来亦会走,名叫狌狌,吃了它的肉,能够使人善于走路,亦是一种异物。又有一处,有一所汤池,池旁有一块热石(现在湖南临武县),将物件放在石上,过一刻就焦,亦是一种异物。此外奇景名胜,不可悉数。帝尧在行宫之中,足足住了三个多月。其时已是仲冬,老将羿完全复原了,大众乃起身西进。

过了苍梧之野,但见桂树越多,弥望成林。一日,到了一座山上(现在广西桂林县东北十五里名叫尧山,就是以尧登此得名),平旷奥衍,足有十几亩大(现在叫天子田,亦是以尧得名)。帝尧还想前进,赤将子舆谏道:"野人听说,南方多瘴,于北人身体甚不相宜。况且帝与老将等都是大病新愈,不可再冒这个险,不如下次巡狩再去吧。"帝尧道:"朕闻瘴气是山林恶浊之气,发于春末,敛于秋末。现在正是冬天,有什么妨害?"羲叔道:"不然。臣往南交去,各路都走过。大概各路的瘴气,都是清明节后发生,霜降之后收藏,独有自此地以南以西的瘴气却不如此,可以说四时都有的。春天叫作青草瘴,夏天叫作黄梅瘴,秋天叫作新禾瘴,冬天叫作黄茅瘴,还有什么菊花瘴、桂花瘴等名目,四时不绝,尤其以冬天、春天为最厉害,与别处不同。既然与新愈之病体不宜,请帝就不要去吧。"帝尧又问道:"瘴气发作的时候,情形怎样?"羲叔道:"有两种:一种是有形的,一种是无形的。有形的瘴,如云霞,如浓雾;无形的瘴,或腥风四射,或异香袭人,实则都是瘴气。还有一种,初起的时候,但见丛林灌林之内,灿灿然作金光,忽而从半空坠下来,小如弹丸,渐渐飘散,大如车轮,忽然迸裂,非虹非霞,五色遍野,香气逼人,人受着这股气味,立刻就病,叫作瘴母,是最可怕的。有些地方瘴气氤氲,清早起来,咫尺之间,人不相见,一定要到日中光景,雾散日来,方才能辨别物件,山中尤其厉害。所以居民晓起行路,必须饱食,或饮几杯酒,方可以抵抗瘴气,否则触着之后,一定生病。夏天甚热,挥汗如雨,但是居民终不敢解开衣裳、当风取凉;夜间就卧,必定密闭门户;都是为防有瘴气侵入的缘故。"帝尧道:"这种瘴气,真害人极了!有什么方法可以划除它?"羲叔道:"一种是薏苡仁,久服之后,可以轻身辟瘴。还有一种,是槟榔子,亦可以胜瘴。其余如雄黄、苍术之类,时常拿来烧了熏,亦可以除瘴。"帝尧道:"这种都不是根本办法。"羲叔道:"根本办法,只有将土地统统开辟起来,人民一日稠密一日,那瘴气自然一日减少一日了。还有一层,在这个地方住得长久,亦可以不畏瘴气。试看那些蛮人,终年栖居深山之中,并不会得触瘴而死,可见凡事总在一个习惯吧。"帝尧道:"此地却没有瘴气,是什么缘故?"羲叔道:"此地还近着北方,山势又高,四面之风都吹得到,所以将所有瘴气祛除涤荡,自然没有了。况且多瘴的地方,它那个山岭差不多是纯石叠成,一无树木,雨淋日炙,湿热熏蒸,加以毒蛇、毒物的痰涎、矢粪,洒布其间,所以那河流溪水不是绿的,就是红的,或是腥秽逼人的,这种都是酿成瘴气之原因。此地山上,林树蓊翳,空气新洁,瘴气自然无从而生了。"帝尧听了,点头不语。

第四十九回

养蛊之情形　苗民跳月之情形

苗民夫妇之情形

且说帝尧回车北行,忽然想起盘瓠子孙,此刻不知如何了;虽则是个异种,然而论起血统来,终究是自己的亲外甥,照理亦应该去看看他们;于是径望潕水流域而来。一日,走到一处,住了五六日,天气沉晦,如入云雾之中,绝无光耀。帝尧疑心,问羲叔道:"这个是否瘴气?"羲叔道:"此地接近鬼方,阴霾的日子居多,往往一月之中,有二十几日如此,土名叫作罩子,不是瘴气。"帝尧才放了心。

一日,又行至一处,夜宿在营帐中。帝尧偶然出外望望,只见对面一家民房中,忽然飞出二物,闪闪有光。一物圆如流星,一物长如闪电,都飞到前边溪中去;过了一会,仍旧飞回民房之中。帝尧看了,不觉稀奇,就问羲叔,羲叔亦不知道。到了次日,帝尧就饬人到那人家去访问。那人家回说:"并无物件,或者是萤火飞虫之类,汝等看错了。"帝尧等听了这话,都不相信,说道:"现在冬尽的时候,百物潜藏,哪里会有萤火飞虫呢?况且昨夜看见,的的确确,决不是萤火飞虫之类,其中必有缘故。"但是大家猜想了一会,亦说不出道理,只好且等将来再细细探听。

一日,又走到一处,刚刚午膳之后,帝尧正要上车,忽见前面一个老者,约有六七十岁,背上负了一大包布,走得气呼呼,到路旁山石上坐下,犹不住喘息。帝尧最敬重老者,看他如此高年,还要如此负重行远,心中着实过意不去,就来和他谈谈。问他几岁了,他说七十三岁了。问他做什么行业,他说是卖布的。问他家中还有甚人,他说:"儿子新死,剩有寡媳一人,孙男女四人,一家六口,无人赡养,只能拼着这副老骨头,再出来谋谋生计。前几年儿子未死的时候,早已含饴弄孙、享家庭之福了,如今只好重理旧业,这个真正叫作命苦。"说罢不胜叹息。帝尧亦叹道:"如此斑白的人,还要负载于道路,是朕之罪也。有老而不能养,有孤独而不能养,亦朕之罪也。"便又问他道,"汝食过午膳么?"那老者道:"大清早起出来,交易还不曾做得一起,哪里有午膳吃呢?"帝尧听了,越加可怜,便命人引他到行帐之中,赐他午膳,且给他肉吃。那老者再拜稽首地谢过,然后就坐。却是可怪,帝尧从人给他的筷子,他却不用,反从自己衣袋中摸出一对银镶筷子来。帝尧见了,非常不悦,暗想:南方人民,果然刁诈。用得起银镶筷子,必定是个富人,何至于抱布贸易?可见得是假话。况且饮食用银镶的筷子,亦未免太奢华。朕为天子,还不敢用,何况乎平民。正在思想,不一会,那老者狼吞虎咽,已将午膳并肉类都吃完了,舔嘴抹舌,走过来拜谢。帝尧便问他道:"汝家中有财产么?"那老者道:"小人家贫如洗,一无财产,所以七十多岁还在这里干这个道路生涯,否则亦可以享福了。"帝尧道:"那么汝所用的筷子,何以这般的奢华呢?"那老者听了,叹息道:"不瞒圣天子说,因为要防蛊毒,不得已才千拼万凑,去弄这双筷子,并非是要奢华。正是古人所谓'行路难'呀!"帝尧听了,知道内中必有道理,便问他道:"怎样叫作蛊毒?"那老者道:"圣天子没有听见过?这种蛊毒,是谋财害命唯一的好方法。因为害死的人,与病死的一样,丝毫没有形迹可循,岂不是妙法么!这个方法,不知起于何年何月,也不知是何人所发明,有人说,是从三苗国传出来的,但亦不知道确不确。"帝尧道:"这种蛊毒,究竟是什么东西,汝知道么?"那老者道:"听说是一种毒虫的涎沫或矢粪等。"帝尧道:"是什么毒虫?"那老者道:"听说这毒虫,不是天生的,是人造的。他们于每年五月五日的正午时,搜集了蜈蚣、蛇虺、蜥蜴、壁虎、蝎、蚕等种种有毒的动物,将它们盛在一个器皿之中,上面加了盖,重重压住,勿使它们逃去,一面念起一种咒语,去厌制它们。过了一年之后,打开来看,内中各种毒物因饥不得食,不免自相吞噬,到得最后,只剩了一个,就叫作蛊。它已通灵,极善变化,而其形状不一。有些长形的,叫蛇蛊。有些圆形的,叫虾蟆蛊。有些五彩斑斓,屈曲如环,名叫金蚕蛊。此外还有蜥蜴蛊、蜣螂蛊、马蝗蛊、草蛊、石头蛊、泥鳅蛊、疳蛊、癫蛊、挑生蛊等种种名目,大概都因它的形状而得名。有人说,就是各种毒物,互相吞噬,最后剩下的一个是什么,就叫作什么蛊。详细情形,亦不得而知。据说金蚕蛊最毒,亦最灵幻。人家养到了它,米筐里的米可以吃不完,衣箱里的绸帛可以用不完,一切金宝珠玉自会得凭空而来,贫穷之家可以立刻变成大富。但是有一项可怕,就是那蛊虫喜吃人,每年至少需要杀一个去祭它;若不去祭它,它就要不利于养蛊的主人,跑进他胸腹之中,残啮他的肠胃;吃完之后,和尸虫一般地爬出来,你想可怕不可怕呢!所以养蛊的人家,往往开设旅舍或食店,专等那孤身无伴的旅客来,下了蛊去弄死他,供蛊虫的食料。这种害人,真是出于不得已的。但是,其他专门以此而谋财害命的亦不少。"

说到此处,羲叔傫着说道:"这种旅舍食店如此凶恶,久而久之,外间总有人知道。虽则中毒而死,与病死一样,寻不出痕迹,不能加之以罪,但是大家怕了,竟没有人去投宿,那么他怎样?"那老者道:"他们所弄死的,都是远方孤客,不知道此中情形的人。一年之中,总有一个两个,撞来送死。至于近地的人,他亦不敢加害的。假使竟没有人来送死,那养蛊的主人只有自受其殃,或儿子,或女儿,或媳妇,只能牺牲了,请蛊虫大嚼。小人曾听见说,有一处养蛊之家,一门大小,竟给蛊虫完全灭尽,这亦可谓自作自受了。"羲叔道:"竟没有方法可以避免么?"那老者道:"有是有的,小人听见说,有一种嫁蛊之法。养了蛊之后,觉得有点可怕了,赶快将蛊虫用锦绣包裹了,里面又将金宝珠玉等等安放其中,它的价值要比蛊虫所摄来的加一倍,包好之后,丢弃大路之旁。假使有人拾了去,那蛊虫就移至他家,与原养的主人脱离关系了。假使包内金宝珠玉之类不能比蛊虫摄来的加一倍,则蛊虫不肯去。假使没有人肯来拾,则蛊虫无可去,仍旧寻着原主人,原主人必至灭门而后已。所以养蛊容易去蛊难,真是危险而可怕之事。"老将䍧道:"小小虫儿,弄死它就是了,怕什么?"那老者连连摇头道:"弄不死呢!它已通灵,仿佛是个鬼神,倏忽之间,能隐形而不见,你从何处去弄死它?它倒能够钻入你的肚皮之内,弄死你呢!就使你捉住了它,脚踏之不腐,刀砍之不断,水浸之不死,火烧之不焦,你奈何不了它!"帝尧道:"竟没有方法可以弄死它么?"那老者道:"有是有的,小人听见说,有两个。一个是读书人,偶然清晨出门,看见一个小笼,里面盛着银器。他拿到室中,便觉得股上有物蠕蠕而动,一看是个金蚕,其色灿然,捉而弃之,须臾又在股上,无论如何弄它不死,并且赶它不走。一个朋友知道了,就和他说:'你上当了,人家嫁出的金蚕蛊,你去娶来了,是很难对付的。'那读书人听了,懊丧之至,回去告诉妻子道:'我不幸得到这个金蚕蛊,要想养它起来呢,于理不可;要想转嫁它出去呢,照例要加倍的银器,我家贫哪里拿得出?想来是前世的冤牵,横竖总要给它啮死的了,不如早点吧。'说着,就将那金蚕蛊吞下肚去。妻子大哭,说他是必死的了,但是久之无恙,他的寿而且很长。这个是至诚之极,妖不胜正,可算一种方法,然而不能仿行的。还有一个,是养蛊的人家,因为无法供给蛊虫,大遭荼毒,全家人口几乎都被蛊虫食尽,所余已无几了。内中有一个人,无聊之极,异想天开,竟跑到地方官那里去控告,求他救援。适值遇到一个地方官,是很仁慈干练的,不说他是发狂,竟答应了,督同公役亲自到他家里去细细搜查。但是蛊虫能隐形,能变化,哪里搜查得出来呢!那地方官回去发愤研究,得了一个方法。第二日,捉了两只刺猬,带了公役,再到他家,将刺猬一放。可怪那刺猬,如猫捕鼠一般,东面张张,西面嗅嗅,那躲在榻下或墙隙中的金蚕蛊,刺猬将它的刺一挑,统统都擒获出来,咬死,吃去。这又是一个方法了。"羲叔等听了,大以为奇,都说道:"这个真是一物一制了。"但是刺猬能捕金蚕蛊,这个地方官从何处研究出来,亦是不可思议之事。帝尧问道:"那么汝的银镶筷子,究竟有什么用处呢?"那老者道:"是呀,凡养蛊的旅舍食店,总是拿了蛊的涎或粪暗放在食物中来害人的。要防备他,只有两个方法:一个是当面叫破,将要饮食的时候,先将碗敲几下,问主人道:此中有蛊毒没有?这么一来,其法自破,就不会中毒了,但是太觉显露。小人未曾实行,不知有效无效。还有一个,就是用银筷或象牙筷,因为这两种,都可以试毒的。象牙筷遇毒就裂,银镶筷见毒即黑。小人孤身来往,深恐遭凶徒之暗算,所以不得不带银筷子。"羲叔道:"中了蛊毒之后,是否立刻就发作?"那老者道:"听说不一定,有的隔一日发作,有的隔几日发作,甚而至于隔几年发作的都有。这边妇女,近来最欢喜自由恋爱,尤其欢喜与中土人恋爱,因为中土人美秀而文的缘故。你在中土,有妻无妻,她都不计较。她既和你发生恋爱之后,决不许你再抛弃她。假使她不另有恋爱时,一定要你和她白头到老。你要回中土去望望你的旧妻子,她亦答应,不过要你约定,过多少日子转来。原来她早已下蛊毒在你的肚里了。你假使按期而至,她自有药可以给你解救。假使不来,到那时便毒发而亡。照这样看来,岂不是隔几年发作的都有么!"帝尧等听了这话,不觉恍然大悟,才知道三苗的毒计真是厉害。当下帝尧又问道:"养蛊的人看得出么?"那老者道:"人的面貌是看不出的,至于他的家庭里,是看得出的。跑到他家里去,只见洁净之至,一无灰尘,这个情形就有一点可疑了。还有一种养蛊的人家,到得夜间,往往放蛊虫出来饮水,如流星,如闪电,如金光。假使看见有这种情形,就可以知道这份人家一定是养蛊的。"帝尧等听了,又恍然大悟,便又问道:"养蛊究竟是用什么东西养的,汝可知道么?"那老者道:"小人只知养金蚕蛊,是用梁州地方所出的锦。它每日吃四寸,如蚕食桑一般。因为金蚕产于梁州,以后才蔓延各处,所以须用梁州锦,其余小人却不知道。"帝尧听了,便不再问,赏赐那老者不少的财物,足以养他的老,养他的孤寡,使他以后不必再做这个负贩的生计了。那老者欢天喜地,拜谢而去。

  这里羲叔等觉着三苗如此之阴险凶恶,无不痛恶切齿。老将羿尤其愤愤不平,请帝尧下令征讨。帝尧道:"事虽的确,然而毫无证据,他可以抵赖,岂不是倒反师出无名,不如且待将来再看吧。"老将羿只得罢休。

  一日,走到一处,这日正是正月初二日,天气晴快,只见前面一片广场,场的四面处处钉有桩柱,绕以红绳,留着几处作为道路,正南面有门,竖起一块木板,板上大书"月场"二字,场内宽广,可容数千人。帝尧看了,向羲叔说道:"看这个情形,想来就是婚姻跳舞了。但不知道已经跳舞过了没有。如未跳舞过,朕既到此,不可以不看看。"羲叔道是,于是就叫了一个土人来问。那土人道:"我们此地不叫跳舞,叫作'跳月'。每年从正月初三起到十三为止,是个跳月的日期,所以明日就要举行了。"帝尧问道:"何以要这许多日子?"那土人道:"人数太多,一日二日不能完事。"帝尧听了,亦不言语。到了次日,帝尧与群臣都前去观礼。他们知道天子和公卿到了,都欢喜之极,乐不可支。以为这次的跳月,是从来未有之盛,遇得有天子降临,所有配合的夫妇都是有福气之人,将来一定是大富大贵、子孙绳绳的,所以特别搭起一座高台,请帝尧和群臣上去观看。过了些时,只见一队一队的男女都来了,个个穿红着绿,打扮得非常华丽。有的手中拿着一支芦笙,笙梢挂一个葫芦,据说,葫芦之中是盛水的,因为吹久了,笙簧要燥,不能吹响,所以需时时以水润之。有的手中拿着一个绿巾结成的小圆球,不知何用。又过了些时,来的人越多,几乎将这所广场塞满,但其中亦有不少看客及青年男女跳月者之家属或朋友,并非纯是跳月之人。一则因为这跳月是他们的一个大礼,应该来看。二则亦因为圣天子在此,破天荒,从来未有,不但这次配合的夫妇受福无穷,就是看客亦可以得到福气,所以来的人越多了。隔了一会,只听见芦笙悠悠扬扬地吹动了,嘈杂无比的人声顿然为之肃静。凡有看客,都在外面一圈。在当中的,都是求偶的青年男女,有的手牵手,有的交头接耳,或是并坐,或是并立,都是非常之亲昵。过了片时,芦笙又吹,只见对对男子,立在一处,相对跳起来,足有几百对。每对旁边,必有四五个女子,联着手臂,将他们围绕在里面,口中都唱着歌曲。虽则人声嘈杂,芦笙激越,然而隐隐约约亦听得几句。有一个男子唱道:

  狂狗吠月唔知天,想妹姻缘会发癫。
  妹今好比月中丹桂样,看时容易折时难。

又有一个唱道:

阿妹生得像斯文,当门牙齿白如银。

　　两旁乳峰隆隆起,难怪阿哥日夜魂。

又有一个女子唱道:

　　翠竹低垂是我家,竹枝用来编篱笆。

　　阿侬若解郎心意,结伴山陬亦不差。

又有一个唱道:

　　前月姘识于山中,昨夜幽会于林丛。

　　什么万般的恩爱,只换得泪珠儿血红。

　　帝尧听他们如此淫荡秽亵的话,不要再听,以后也不去留意了。只见他们跳舞到后来,两个倦了,再换两个,仍复对跳。这时候所有看客,亦都吹着芦笙以助兴。一霎时笙声沸天,那跳舞的及围绕的,亦越发起劲。忽然只见一个男子,拿起绿巾球向一个女子掷去,那女子亦用绿巾还掷,接着,掷绿巾球的不计其数,顿时满场之中,绿巾飞舞。但是仔细一看,男子掷去,女子不还掷的也有;女子掷去,男子不还掷的也有;落在地上之绿巾球,大家都跑去乱抢。如此纷闹了许久,这日"跳月"之事,已告终了。但见一对一对的,男子吹芦笙于前,女子牵住男子的衣带跟着了走,绕场三匝,走出正门,男子便将牵他衣带的女子一背,背到丛箐密林之中,去干他那个"拉阳"之事去了。(按,"拉阳"二字,就是苗语野合之别名。)无数男女既然都去拉阳,其余剩下的青年男女,寻不到配合的,或掷绿巾球而人不理他的,还不知有多少,个个垂头丧气,废然而返,大约只好且等明朝再来了。

　　帝尧看了,又是叹息,又是稀奇,暗想:他们这种礼节,不知道是怎样想出来的,真是不可思议。到了行帐之中,君臣都有所感,相对无言。羲叔又饬人去叫一个土人来问道："汝处风俗,女子必须经过跳月大礼,方才算有家么?"那土人不解,转问道："怎样叫有家?"羲叔道："就是出嫁,就是有夫。"那土人应道："是的。"羲叔道："寻常处女,不和男子做朋友么?"那土人道："为什么不和男子做朋友?这是官厅明令所定的,男子必定要有女友,女子必定要有男友。"羲叔道："那么汝处女子的贞操如何呢?"那土人道："为什么女子要讲贞操?女子和男子同是一样的人。男子可以三妻四妾,女子何以独不可以人尽为夫呢?"羲叔道："那么汝处女子,未跳月以前怎么样?都有情夫么?"那土人道："亦并没有什么,不过和多情的男子一般,遇着中意的,都可以和他做一回暂时的夫妻。不要说外人,就是家中的侄儿伯叔等都是可以的。"老将羿听到这句,不禁直跳起来,顿足大叫道："有这种事么?"那土人道："这是天地的生机,相爱相怜,暂时尝一尝他肉欲的瘾,有什么要紧呢?况且在家的处女,并没有正式的夫君。照法权上说起来,是个无主的人,很自由的,为什么不可以呢?"老将听了,真气得无话可说。羲叔又问道："跳月之后,算是正式夫妻了么?"那土人道："还没有呢,跳月过之后,不过算行了一个聘礼,并不能算正式的夫妻。所以既经拉阳过的女子,仍旧要结交许多的情夫。这种情夫,名叫野老。寻常时候,野老进去,是很自由的,倒是那聘夫,若要和聘妻寝处,却很繁难,往往要在夜间,偷偷摸摸地进出,有时还要强而后可。"羲叔道："跳月之后,夫妻不同住么?"那土人道："不能同住,女子仍旧住在母家。"羲叔道："什么时候才同住呢?"那土人道:"要等女子有孕之后,才告诉那聘夫。那聘夫就延请了师巫,结起一座花楼来,祭祀圣母,又邀请亲族男妇,唱歌饮酒,或则一日,或则二日,这个礼节名叫'作星'。作星之后,女子方才住到夫家,才算有了正式的丈夫,所有以前的情人野老,一概断绝来往。假使还有人前来,觊觎挑引,那本夫可以白刃相加,杀死无罪。"赤将子舆笑道:"情夫既然多了,所怀的胎,安见得就是他本夫所下的种子呢?"那土人道:"总是一个子女,安见得不是他本夫所下的呢?"帝尧听到这里,才发言道:"朕闻北方有一个国家,它的风俗,所生的第一个子女,必杀而食之。说如此才宜于兄弟,大约亦是因为辨不清楚的缘故。不然,同是一个子女,何以重第二个,而不重第一个呢?夷狄之俗,知识简单,做出这种渎乱残忍之事,真是可叹。所以圣人治国,必以礼教为先。"羲叔又问那土人道:"刚才汝所说祭祀圣母,这圣母究竟是何种神祇?"那土人道:"听说是女娲氏,专管人间婚姻之事的。"赤将子舆听了,哈哈大笑道:"请女娲氏管这种婚姻,女娲氏要痛哭了,哪里还来受你们的祭呢!"当下羲叔将土人遣去,君臣又相对叹息一会,筹商以后怎样化导的方法,但无结果。

第五十回

盘瓠子孙之状况　人化异物

帝尧师事善卷　帝尧灭西夏国

尧杀长子　尧见四子

次日,仍旧顺着沅水前行,过了几十里,不见人踪,正在怀疑。一日,忽见前面山头有数人来往,忙叫人去探问,原来就是盘瓠的子孙,帝尧大喜。那盘瓠子孙,听说帝尧来了,亦来迎接。两个是男,两个是女,都是一长一少。那少年女子,怀中还抱着婴孩。帝尧看他们,服式斑斓,气象狞恶,甚非善类。幸喜言语尚可相通,便问他一切情形,才知道这两个年长的男女,就是盘瓠的三男次女;年少的两个男女,就是盘瓠的孙男女;怀中抱着的婴儿,竟是盘瓠的曾孙了。他们居然亦有姓氏,而且用的是中国文字,这是当初帝誉教导之效。盘瓠长子姓盆;次子姓槃,三子姓雷,四子姓蓝,五子姓胡,六子姓侯;长子的名字叫自能,三子的名字叫巨佑,四子的名字叫光军,其余都不可考了。盆自能共生六男六女,另有孙男女五人;次子共生三男四女,孙男女二人;雷巨佑生五男一女,孙男女三人;蓝光军生五男六女,孙女一人;五子姓胡的,生二男四女;六子姓侯的,生四男四女,孙男女还没有;都是自相婚配的。总计起来,二十余年之中,已生有六十一人之多。连他们自己十二个老夫妇,算起来,竟有七十三人之多。生育之蕃,实在大可惊异。当下帝尧就问他弟兄姊妹现在何处。雷巨佑道:"可惜我们的五弟,于前数年亡故了。他的妻子,就是五妹,已另嫁了一个中国人,姓钟,名智深,亦搬到别处去住了。其余的都在此地。"于是就引了帝尧,曲曲弯弯,过峰越岭的,到他石室老屋来。其余男女,都分头往各处去通报。帝尧看那石室之中,果有天生石床,还有石臼石灶之类。就是帝女、宫女所留遗的物件亦不少,他们倒还知道爱惜保存。原来这间石室,是他们公共议决分给了盆自能。其余兄弟,均分住在外面。帝尧看了一转,即走出室外,只见男男女女,大大小小,一齐都聚拢来了。帝尧亦不及一一接见,只和那盆自能、蓝光军等略为敷衍敷衍。后来又到那宫女化石的山上望望,只见那石人仍旧兀立于风日之中,不过面貌衣褶已渐渐有点剥蚀了。帝尧看了,叹息不置。后来又走到一处,只见半山中,高高下下,用大石叠起,和城墙一般高厚,连绵不断,不知到何处为止。帝尧就问他们道:"汝等居此深山之中,人迹不到,用这种石头叠起来做什么?想来从前决定没有的。"蓝光军道:"本来是没有的。前年山中,忽然来了一种和人一般的怪物,是生尾的,那尾巴比他的身体还要长,身子是绿的,头发是红的,眼睛是金色的,牙齿钩出唇外二三寸,手爪又非常尖,攀岩越岭,往来如飞,将我们所养的牛羊等等不知道吃去了多少,幸喜得还没有伤人。我们怕得没有办法。他们的力气又非常之大,我们不能抵御,只好筑起这个石城来。但是工程浩大,我们人手又少,到现在还没有筑完呢。"帝尧道:"这是什么怪物,汝等不知道么?"大家都齐声说道:"不知道。"

羲叔在旁,想了一会,说道:"臣从前从鬼方到南交去,曾经看见一种怪物,名叫'绿瓢',和刚才他们所说的情形相类,不要就是绿瓢么?"帝尧道:"怎样叫绿瓢?"羲叔道:"西南方有一种野人,名叫猩猩,他的寿很长,多有活到一百八九十岁的,但是决不可活到二百岁。若是活到二百岁,那么他的子孙就不敢和他同居,用一张大榻,将他扛到深山大谷之中,寻到一个石洞,洞里安放四五年的粮食,让他一个人住在那里。那老猩猩此时亦渐渐不省人事了,除出饮食及睡眠之外,大概已一无所知。久而久之,脸上身上渐生绿毛,仿佛青苔,尻骨突出,变成长尾,头发化红,牙齿如钩,眼作金色。到这个时候,他已不复再住石洞之中,往来山谷,专喜攫虎豹獐鹿之类而食之,而且力大无穷,即使最大的象,见了他亦怕。所以臣想,或者就是这个绿瓢。不过绿瓢是在西南方的,此地向来没有见过,未免可疑。"帝尧道:"他已失其本性,与禽兽无异了,安见得不是追逐走兽,偶然游行到此呢?"众人听了这样异闻,个个称奇。赤将子舆在旁笑道:"这个何足为奇。这猩猩虽则变化,但是还具人形,不过多了一根长尾,头发、牙齿等颜色、形状稍稍变换而已。依野人历年来各处经历,所见所闻,竟有人变成各种动物的,那更奇了。有一年,走到长江口,听见说有一老妇,年已八十岁,偶然在后湖洗浴,忽然化而为鳖。有一年走到一处,听见说,有一人生了七日病,忽然发狂,将衣服等尽行脱去,伏在地上,登时遍体生毛,化而为虎。他的阿兄走进去望他,立刻被他吃去。这两桩事情,岂不是甚奇么!但还是野人所耳闻,并非目击。有一年走到云梦大泽东北岸,亦有一老妇洗浴,忽化而为鼋,游入深渊之中,但是时常浮到水面。野人始则不信,后来看见那鼋浮起,头上还有头发;当时所簪的钗,还在她发上,方才相信。有一年,走到一处,听见说有个男子,无缘无故跑到深山里去,好多日不归家。他的儿子很为纪念,入山去寻,只见他父亲蹲在一株空树之中,浑身生毛,其色如熊。他儿子慌得忙问他,何以会得如此。他说:'天罚我如此,汝赶快去吧。'他儿子听了,恸哭下山,刚遇着野人,问明原因,跑去一看,果然不假。过了一年,又遇到他的儿子,知道他父亲已全身都化为熊,非复人形了。又听见江汉之间,有一种人叫'貙人'，能化为虎。照这样看来，天地之大，无奇不有。老猓猓化为异物，又何足为奇呢。"羲叔道："岂但如此，还有以人变畜的呢。某听见说，有一个商人，与许多伙友共投旅舍，偶因小遗，半夜至中庭，只见店主妇屋中火尚未熄。这商人本少年佻达，穴隙窥之，哪知店主妇赤身裸体披发，手中拿着一碗水，正含着向地上乱喷；又拿出许多木刻的人，手中各拿着锄犁之类，向地上作耕田之势；不多时，地下就生出无数麦苗来，俄而长大开花，俄而结穗，又俄而收割，俄而装入磨中，磨成麦粉，一切都是木人做的，那店主妇不过在旁指点，并口中念念有词而已。自始至终，不过半个时辰，一切完毕。店主妇着衣收拾，灭火就寝。那商人亦回到自己室里，暗想这事甚奇。次日早晨，店主妇邀各旅客进内闲谈，拿出麦饼来供客，竭力称赞其味之美。那商人觉得可怪。暗中藏起数饼，假说吃过。其余客人不知就里，狼吞虎咽，将这麦饼都吃尽了，须臾之间，俱各倒地作驴鸣，辗转多化为驴。店主妇出来，统统赶到后园驴房中去，以廉价售与人作代步，独有那商人得免。岂非奇怪之事么！"帝尧道："这种事情，与作蛊毒的人同样伤天害理。总需在上者设法化导，绝其根株才是。"当下谈了一会，帝尧又向各处游了一转，看他们畜牧耕耘颇能讲求，兄弟家族亦尚和睦，甚为欣慰。遂将随带的物件，赏赐了他们好许多，又剀切教导他们一番做人的道理，并且说："朕此刻在客边，所带物件不多，将来回到平阳之后，再饬人颁赐汝等。"那盘子盘孙等听了，都非常感悦，一直送帝尧下山，方才归去。

这里帝尧等沿沅水而下。一日，刚要到云梦大泽的西岸，这时正是暮春之初，只见两岸桃花盛开，如锦如绣，接续数里，连绵不断。帝尧看了，有趣得很。桃林里面，却是田亩。许多农夫正在犁云锄雨，非常忙碌。内中有几个人，一面耕田，一面在那里唱山歌。

帝尧细听那歌词,很有道理,于怡情悦性之中,寓有一种劝世醒俗的意味,与一路行来所听见的那些淫歌俗曲、有伤风化的,迥不相同,真仿佛有如听仙乐耳暂明的光景,禁不住上前问道:"汝刚才所唱的歌曲,是旧日相传下来的呢,还是自己作的呢?"那农夫看见帝尧和许多从官的情形,后面又有兵队跟着,知道是个贵人,慌忙放下犁锄,拱手对道:"都不是,是善先生教我们的。"帝尧道:"善先生是什么人?"那农夫道:"善先生是本地人,向来读书的,名字叫卷。"帝尧道:"善先生为什么作这种歌曲教汝等?"那农夫道:"善先生是很有学问的,平常待人,又是非常仁慈和蔼。他空闲的时候,总和我们说些圣贤的道理,做人的规矩,以及古来忠臣孝子义夫烈妇的事迹,和可以做鉴戒或法则的话语,所以我们这里一百里之内,没有一个人不佩服他、敬仰他。这个歌曲,就是他教我们的一种。"帝尧听了,不禁对这个善卷也起了一个敬仰之意,便问道:"善先生现住在何处?"那农夫道:"他住在离此地东北十五里,有一个地方,名叫汪渚,是贴着山的。山上一个坛,是善先生与我们谈话聚会的所在。山下朝南的几间草屋,就是善先生的住宅,无人不知,一问就是。"帝尧听了,就别了农夫,向羲叔等道:"又是一位隐君子了,不可不去访他。"羲叔道是,于是君臣遂向东北而行。

　　一路但见人民熙熙皞皞都有怡然自得的景象,与别处不同。到了汪渚一问,果然就是。将近草堂,听见里面有鼓瑟之声。帝尧暂不进去,在外面停了一会,等琴声止了,刚要举步,只见一人行歌缓步而出,年约五旬左右,面白无须,气宇潇洒,一见帝尧,便慌忙趋前施礼道:"来者是当今圣天子。草野书生,失迓失迓,死罪死罪!"帝尧急急还礼,说道:"先生何以知某来此?"善卷道:"天子仪表,与众人不同,卷闻之熟矣。久闻圣驾南巡,山中别无他客,今见仪表又相像,所以猜着了。"说罢,就邀帝尧及从官等入内就坐。

帝尧就将刚才所见所闻的情形,统统述了一遍,并极道敬慕之意。善卷听了,非常谦让。帝尧道:"某这番南巡,只有三苗之国风俗最坏,差不多南方邻近诸国都受了它的熏染。先生此地,近在咫尺,居然不为所动,非有大德感化众人,何以至此。适才从西南来,看见一路尽是桃花,所有人民亦都有文明气象,朕想此地真可叫作世外桃源了(晋陶明渊所作《桃花源记》虽是寓言,但实指此处,在湖南桃源县)。"善卷又谦让道:"卷何敢当此!不过平常想想,读圣贤书,应该行圣贤之道。对于人民,能够尽一分力,总应该尽就是了。"后来谈谈,又谈到政治上及德行上去。善卷一番话,说得帝尧非常倾倒,五体投地,当下就北面以师礼事善卷。善卷一定不敢受,禁不得帝尧固请,又经羲叔等再三说辞,善卷方始承认。

　　自此之后,帝尧就在附近住下,无日不到善卷处去请教。一日,谈到三苗国所行的政治,没有几年工夫,竟能够风行全境,并且及于邻国,效力如此之大,有点不可解。善卷道:"这个亦不难解的。古人有句话,叫作:'五谷者,种之美者也。苟为不熟,不如荑稗。'古来君主,口口声声,总说是行圣贤之道,尊重圣贤,其实按下去,何尝真能行圣贤之道。不要说不能自己躬行实践,就是他所出的号令、所用的方法,亦都与圣贤之道相违背;不过将那圣贤之道,挂在口中,做一个招牌罢了。上以是求,下以是应。所以满天下的读书人,个个都是读圣贤之书,但是算起来,真正能学圣贤的有几个?这个就叫作'五谷虽美而不熟',不但无所用之,而且徒然消耗了无数的财物、气力与光阴,养成作伪之风而已。三苗的政治,虽与圣贤之道大相反背,但是他君臣上下,抱定宗旨,一心一意,切实去施行,所以效力非常显著。比如荑稗,既经成熟,就可以暂时充饥了。自古以来,讲治道的很多,有的主张清净无为,有的主张道德化导,有的主张尚刑名,有的主张重杂霸。主张各不同,美恶各不同。总而言之,能够本了他的主张,切切实实去做,未有不成功,否则决不会得成功。不知帝意以为何如?"帝尧正要再问,忽见外面递到大司徒的奏报。帝尧一看,原来是考监明病重,群医束手,要巫咸赶回去,并请帝无事即速归。帝尧到此,父子情深,不免忧虑,便想归去,当邀善卷一同入都。善卷是个隐士,执定不肯。帝尧只得将善卷现在所居住的山和地,统统封了善卷,方才起身。后来这座山,就取名叫善德山(现在湖南常德市)。所谓地以人传了,闲话不提。

且说帝尧与群臣辞了善卷,急急言归,一路上诸侯的迎送,帝尧的慰劳,自不消说。一日到了西夏国(现在湖北鄂城市),那国君出来迎接。帝尧细细考察他的政绩,发现两项大弊病:一项是贪。借口种种政费,专门搜刮百姓的财物,以供一己之淫乐奢侈,以致百姓困苦非常,怨声载道。一项是武备废弛。全国之中,兵甲不完,守备毫无;托名治国尚文德不尚武力,实则省了这笔用款下来,可以入自己之私囊,供自己之挥霍。当下帝尧不禁大怒,一则怒他的虐民;二则三苗在南方,早有异谋,其志不小;西夏逼近三苗国,人民困苦,必定投降三苗,是所谓"为渊驱鱼"。武备废弛,万一三苗窃发,乘间北上,何以御之?所以将那西夏国的国君切实责备一番,使他改过。哪知西夏国君自以为是,竟无悛改之志。帝尧不得已,乃下令废他为平民,又叫老将羿率领兵士将他的社稷宗庙统统毁去,那西夏国从此就亡了。帝尧这次率兵巡狩,那三千个人到此地总算用了一用。

西夏国既亡,帝尧亦就此匆匆归去。到得平阳,不料考监明早已呜呼。原来考监明人甚聪敏,而身体素弱,多病。帝尧临行时,既然限定他功课,叫他修习,考监明天性好学,孜孜不倦,加以父命,益发焚膏继晷,昼夜不息,因此身体不免更差。后来又听说帝尧在南方患病甚重,来叫巫咸,不免心中一急,病更加增。巫咸又往南方,医治不得其人,遂至不起。那时百姓知道了,都说帝尧教子太严之故,体弱多病之幼童怎样可以如此督责他读书呢!后世记载上,便有"尧杀长子"之说,其实并非故杀呀。闲话不提。且说帝尧到了平阳,知考监明已死,父子之情,不免伤感,但亦只能勉强遏抑。后来正妃散宜氏得生一子,取名叫朱,那考监明之死便渐渐忘怀了。

一日视朝,得到华邑(现在陕西华阴市)的奏报,说道:"太华山上,现在发现一条大蛇,六足四翼,甚为奇怪。查到志书,知道这蛇名叫'肥䗂',见则天下大旱。究竟可信与否,不可知。但既有此说,且关系天下,不敢不以奏闻。"帝尧看了,就向大司农道:"去年朕遇到洪厓仙人,曾说天有大变大灾。现在果有些异物出现,不要就是旱灾么?天数虽定,人事总不可不尽,汝去预备吧。"大司农答应,立刻发文书,通告天下,叫他们修缮隍池陂泽,蓄储水量,并修理种种取水之物,不在话下。

一日,帝尧得到消息说道,藐姑射山上,那四个老者又在那里聚会呢。帝尧听了,大喜,立刻轻车简从地跑去,好在路不远,不半日就到了。走到半山,只见一间草屋,外面石上坐着四个人,许由就在其内。帝尧慌忙上前,先与许由行礼,并恳介绍、谒见三位太老师。许由介绍过了,一个白须老人是王倪,一个面貌欹奇古怪的是啮缺,一个矮小苍髯、面色如婴儿的是被衣。当下帝尧都见过了。大家都让坐,帝尧坐了,便细细地向四人请教,直谈到日平西山,不觉五中倾悦,莫可名言。但是他们所谈的,究竟是什么话呢?不但作书的人不能杜撰,就是前代著书的人亦不敢妄言,只能记着几句,叫作:"尧往见四子藐姑射之山,汾水之阳,窅然丧其天下焉。"如此而已。次日,帝尧又往求见。哪知王倪等都去了,只剩了一个许由。许由道:"我们都是无事游民,到处为家,随意闲谈,都不打紧。帝是有职守的,为了我等抛荒政务,未免不可,请帝回去吧。将来如欲相见,可往沛泽寻找,定当恭候。"说罢,亦飘然而去。帝尧亦只得回归平阳。好在四人的言论丰采,都已亲炙,既偿夙愿,亦不虚此一行了。

转瞬残冬过去,又是新春。帝尧想,洪厓仙人所说的大灾期限,渐渐近了,究竟不知道是何现象,颇觉忧虑。一日,南交地方来了奏报,说道:"令邱之山(在现在越南)出了一种异鸟,其状如枭而人面,四目而有耳,其声颙颙,因此就叫它'颙鸟'。北面鸡山(现在云南永昌县鸡足山)下,黑水中(现在澜沧江),出了一种鲐鱼,其状如鲋,而生彘毛,其音如豚。据土人说,这两种东西出现,天下必定大旱,历试不爽。既有所闻,不敢不奏。"帝尧一看,与那太华山的肥蟥,正是一类,遂和群臣商议道:"照这个情形看起来,异物迭见,洪厓仙人所说的大灾,必定是旱灾了。百姓预防之法,不知如何?"大司农道:"臣早查过,都有预备了。"和叔道;"依臣所见,这个话还有点不像。旱灾是半年多不降雨,才得成灾,不会专指春夏之交而言。现在已是春初,即使再两个月不降雨,亦是常事,何得成灾?"帝尧道:"或者是从春夏之交开始旱起,亦未可知。"自此以后,帝尧君臣无日不在忧危戒备之中,亦可谓苦极了。